BESTSELLER

Terry Hayes nació en Sussex (Reino Unido) en 1951, aunque se crio en Australia, donde estudió Periodismo. Trabajó en *The Sydney Morning Herald*, diario del que fue corresponsal en Estados Unidos durante dos años, y para el que cubrió acontecimientos tan importantes como el Watergate y la caída de Nixon. Tras este periodo, regresó a Sídney y trabajó como periodista de investigación, corresponsal político y columnista. Finalmente, accedió al mundo del cine de la mano del director George Miller, con quien escribió el guion de la película *Mad Max 2, el guerrero de la carretera*. Arrancaba así una dilatada y exitosa trayectoria como productor y guionista de películas y series de televisión, que le ha reportado numerosos premios. Entre los guiones más destacados que llevan su firma se encuentran *Calma total*, *Mad Max, más allá de la cúpula del trueno*, *Payback*, *Límite vertical* o *Desde el infierno*. MGM prepara la versión cinematográfica de *Soy Pilgrim*, con guion de su autor.

TERRY HAYES

Soy Pilgrim

Traducción de
Cristina Martín Sanz

DEBOLS!LLO

Papel certificado por el Forest Stewardship Council®

Título original: *I Am Pilgrim*

Primera edición en Debolsillo: mayo de 2024
Primera reimpresión: julio de 2024

© 2014, Leonedo, Ltd.
© 2015, 2024, Penguin Random House Grupo Editorial, S.A.U.
Travessera de Gràcia, 47-49. 08021 Barcelona
© 2015, Cristina Martín Sanz, por la traducción
Diseño de la cubierta: Penguin Random House Grupo Editorial
Imagen de la cubierta: Shutterstock. Diseño de R. Shailer / TW

Printed in Spain – Impreso en España

ISBN: 978-84-663-7634-1
Depósito legal: B-5.989-2024

Impreso en Liberdúplex
Sant Llorenç d'Hortons (Barcelona)

P 3 7 6 3 4 1

No existe un terror tan constante, tan esquivo a la hora de describirlo, como el que acosa a un espía que se encuentra en un país desconocido.

JOHN LE CARRÉ, *El espejo de los espías*

Por estas calles mezquinas tiene que andar un hombre que no es mezquino, que no está corrompido ni tiene miedo.

RAYMOND CHANDLER, *El simple arte de matar*

PRIMERA PARTE

1

Hay lugares que recordaré toda la vida: la Plaza Roja barrida por un viento cálido, el dormitorio de mi madre, ubicado en el lado malo de la carretera 8-Mile, los interminables jardines de un elegante hogar de adopción, un hombre aguardando para matarme en un grupo de ruinas conocido como el Teatro de la Muerte...

Sin embargo, nada está tan grabado a fuego en mi memoria como aquel hotelucho de Nueva York sin ascensor: cortinas raídas, muebles baratos, una mesa repleta de metanfetaminas y otras drogas... Junto a la cama, reposan un bolso de mujer, un tanga negro tan estrecho que parece hilo dental y un par de zapatos Jimmy Choo con tacones de quince centímetros. Al igual que su propietaria, allí parecen fuera de lugar. Ella está en el cuarto de baño, desnuda, con el cuello rajado, flotando boca abajo dentro de una bañera llena de ácido sulfúrico, el ingrediente activo de un producto para desatascar desagües que puede adquirirse en cualquier supermercado.

Hay docenas de botellas del producto —DrainBomb, se llama— desperdigadas por el suelo, ya vacías. Sin que nadie se fije en mí, empiezo a abrirme paso entre ellas con sumo cuidado. Todas llevan aún la etiqueta del precio, y observo que quien ha matado a esa mujer las compró en veinte tiendas diferentes con el fin de no despertar sospechas. Siempre he dicho que resulta difícil no admirar una buena planificación.

En la habitación reina el caos, el ruido es ensordecedor: las radios de la policía a todo volumen, los ayudantes del forense que piden refuerzos a gritos, una hispana que llora. Incluso cuando la víctima no tiene ni un solo conocido en el mundo, por lo visto siempre hay alguien que llora en este tipo de escenas.

La joven de la bañera está irreconocible, los tres días que ha pasado sumergida en el ácido han destrozado sus facciones. Imagino que ése era el plan, porque quien la ha matado también se aseguró de hundirle las manos bajo el peso de sendos listines telefónicos. El ácido no sólo ha disuelto las huellas dactilares, sino también casi toda la estructura del metacarpo. A menos que los del equipo forense de la policía de Nueva York tengan suerte con la dentadura, van a pasarlas canutas intentando identificar a la fallecida.

En sitios como éste, donde uno tiene la sensación de que el mal continúa adherido a las paredes, la mente puede aventurarse por territorios extraños. La idea de una mujer joven sin rostro me recordó una antigua canción de Lennon/McCartney, una que hablaba de Eleanor Rigby, una mujer que guardaba su cara junto a la puerta de casa, dentro de un tarro. En mi cabeza, comencé a llamar Eleanor a la víctima. El equipo de especialistas en investigación del escenario del crimen aún tiene trabajo que hacer, pero aquí no hay nadie que no crea que a Eleanor la han asesinado en pleno acto sexual: el colchón medio retirado del canapé, las sábanas revueltas, un chorro color parduzco de sangre arterial ya semidescompuesta sobre la mesilla de noche... Los más pervertidos suponen que el asesino la degolló mientras todavía estaba dentro de ella. Y lo malo es que tal vez estén en lo cierto. Muriera como muriese, quienes siempre buscan el lado bueno de las cosas podrán encontrarlo también aquí: seguramente ni siquiera se dio cuenta de lo que estaba ocurriendo... por lo menos hasta el último instante.

De eso debió de encargarse la meta, el cristal. Cuando llega al cerebro te pone tan cachondo, tan eufórico, que resulta imposible tener ningún presentimiento. Bajo su influencia, la única idea coherente que logran concebir la mayoría de las personas es la de buscar a alguien y follárselo a lo salvaje.

Junto a las dos papelinas vacías de cristal hay algo parecido a esos botecitos de champú que dan en los hoteles. No lleva ninguna marca y contiene un líquido transparente: GHB, supongo. Una sustancia que está causando furor en los rincones más oscuros de internet, porque, utilizada en grandes dosis, ha ido sustituyendo al Rohypnol como droga favorita para las violaciones perpetradas con la ayuda de drogas. La mayoría de los locales donde ponen música están inundados de GHB; la gente se toma una cantidad mínima para contrarrestar los efectos del cristal, y de ese modo consigue mitigar un poco la paranoia que provoca la meta. Pero el GHB también tiene sus propios efectos secundarios: se pierden las inhibiciones y se disfruta de una experiencia sexual más intensa. En la calle, uno de los nombres por los que se lo conoce es «polvo fácil». Seguro que Eleanor, después de quitarse sus Jimmy Choo y su minifalda negra, fue un auténtico cohete del Cuatro de Julio.

Me abro paso entre los presentes —ninguno de ellos sabe quién soy, un desconocido que lleva una carísima chaqueta echada sobre el hombro y un montón de lastre en su pasado— y me detengo frente a la cama. Me aíslo mentalmente del ruido y la imagino a ella encima, desnuda, montándolo a él. Tiene veintipocos años y un buen cuerpo, y supongo que estará en plena ebullición: el cóctel de drogas está empujándola hacia un orgasmo devorador, su temperatura corporal se eleva por el efecto de la meta, sus pechos hinchados rebotan como locos, su ritmo cardiorrespiratorio se dispara impulsado por la embestida de la pasión y de las drogas, y su respiración se vuelve entrecortada y jadeante; su lengua húmeda busca un alma gemela y se hunde ansiosa en la boca del otro... Está claro que hoy en día el sexo no es para los gallinas.

Los rótulos de neón de la ristra de bares que se ven por la ventana debieron de iluminar las mechas rubias del peinado que está de moda esta temporada, y arrancar destellos al reloj Panerai sumergible. Vale, es una falsificación, pero buena. Conozco a esta mujer. La conocemos todos, o por lo menos a esta clase de mujeres. Se las ve en la enorme tienda de Prada que acaba de abrirse en Milán, haciendo cola a la puerta de los locales del Soho, tomando café con leche desnatada en las cafeterías de moda de la avenida Montaigne... Son mujeres jóvenes que confunden la revista *People* con un periódico y creen que el símbolo japonés que llevan en la espalda es una señal de rebeldía.

Imagino la mano del asesino en su pecho, tocándole el anillo con adornos de pedrería que lleva en el pezón. Lo toma con los dedos y tira de él para atraer a la joven. Ella deja escapar un grito, estimulada, porque ahora su cuerpo está hipersensible, sobre todo los pezones. Pero no le importa; si alguien quiere sexo duro, significa que le gustas de verdad. Encajada encima de él, con el cabecero de la cama golpeando sin piedad la pared, seguramente estaba mirando hacia la puerta principal... que por supuesto estaría cerrada con llave y con la cadena de seguridad echada. En este vecindario eso es lo mínimo que uno puede hacer.

Al fondo hay un diagrama que indica la ruta que debe seguirse en caso de evacuación. Está en un hotel, pero ahí termina cualquier posible parecido con el Ritz-Carlton. Se llama Eastside Inn, y es hogar de nómadas, mochileros, desequilibrados y todo aquel que tenga veinte pavos para pasar la noche. Uno puede quedarse todo el tiempo que quiera: un día, un mes, el resto de su vida; sólo piden dos documentos de identidad, uno de ellos con foto.

El individuo que se había instalado en la habitación 89 llevaba ya un tiempo allí, porque encima del mueble escritorio hay un paquete de seis cervezas, junto con cuatro botellas medio vacías de licores fuertes y un par de cajas de cereales para el desayuno. Sobre una mesilla de noche descansan un estéreo y unos cuantos CD. Les echo un vistazo y veo que el tipo tenía buen gusto para la música, eso por lo menos hay que reconocérselo. Sin embargo, el armario está vacío. Por lo visto, la ropa fue casi lo único que se llevó consigo cuando se fue y dejó el cadáver licuándose en la bañera. En el fondo del armario hay un montón de basura: periódicos viejos, una lata vacía de insecticida para cucarachas, un calendario de pared con manchas de café... Lo cojo y observo que cada página contiene una fotografía en blanco y negro de una ruina de la Antigüedad: el Coliseo, un templo griego, la Biblioteca de Celso vista de noche... Así que se trata de un amante del arte. Sin embargo, las páginas están vacías, no hay ninguna cita anotada en ninguna de ellas. Da la impresión de que nunca se ha usado, salvo quizá como mantelito para el café, así que lo echo de nuevo al montón.

Me vuelvo y, sin pensarlo, en realidad llevado por la fuerza de la costumbre, paso la mano por encima de la mesilla de noche. Qué raro, no hay polvo. Hago lo mismo en el escritorio, el cabecero de la cama y el equipo de música, y obtengo el mismo resultado. El asesino lo ha limpiado todo para eliminar sus huellas. No es que eso sea excepcional, pero de pronto percibo un olor característico, me llevo los dedos a la nariz y entonces todo cambia: el residuo que acabo de oler corresponde a un aerosol antiséptico que se utiliza en los hospitales, en cuidados intensivos, para combatir las infecciones. No sólo mata las bacterias sino que, además, como efecto secundario, destruye el ADN que pueda haber en el sudor, en la piel o en el cabello. Al rociar con él todo lo que hay en la habitación, y también la moqueta y las paredes, el asesino se ha asegurado de que la policía no tenga necesidad de molestarse en ordenar a los forenses que pasen la aspiradora.

Con una súbita nitidez, me doy cuenta de que esto es cualquier cosa menos un homicidio convencional motivado por el dinero, las drogas o la gratificación sexual. No es un simple asesinato, sino un crimen ciertamente extraordinario.

2

No todo el mundo lo sabe, y tal vez a nadie le importe, pero la primera ley de la ciencia forense es el Principio de Intercambio de Locard, y dice así: «Todo contacto entre un perpetrador y el escenario de un crimen deja un rastro.» De pie en esta habitación, rodeado de decenas de voces, me gustaría saber si el profesor Locard se topó alguna vez con algo parecido a la habitación 89, en la que todo lo que tocó el asesino se encuentra ahora sumergido en un baño de ácido, más limpio que una patena o empapado en un antiséptico industrial. Estoy seguro de que no queda de él ni una célula, ni un folículo.

Hace un año escribí un libro más bien desconocido para el público acerca de las técnicas de investigación modernas. En el capítulo titulado «Nuevas fronteras», decía que sólo una vez en mi vida había visto un caso en el que se hubiera utilizado un aerosol antibacteriano: en un golpe de alto nivel contra un agente de inteligencia de la República Checa. No era un caso que augurara nada bueno, y aún hoy continúa sin resolverse. Está claro que el individuo que se alojaba en la habitación 89 sabía lo que hacía, de modo que decido examinar la estancia con el respeto que merece.

No era una persona ordenada, y, entre el resto de la basura, descubro una caja de pizza vacía en el suelo, junto a la cama. Estoy a punto de pasar por encima de ella cuando, de pronto, reparo en que seguramente ahí es donde el asesino tenía el cuchillo: posado sobre la caja, fácil de alcanzar, tan lógico y natural que tal vez Eleanor ni siquiera se percató de que estaba allí.

La imagino sobre la cama, pasando la mano por debajo de las sábanas revueltas en busca de la entrepierna de su compañero. Lo besa en el cuello, en el pecho, y sigue bajando. Puede que él sepa lo que lo aguarda, puede que no: uno de los efectos secundarios del GHB es que anula el reflejo de las arcadas. No hay motivo para que una persona no pueda tragarse un cañón de dieciocho, veinte o veinticinco centímetros. Por eso uno de los lugares donde resulta más fácil comprarlo son las saunas gais. O los rodajes de películas porno.

Puedo imaginar al asesino agarrando a la chica. La tiende de espaldas y, acto seguido, le apoya las rodillas a ambos lados del pecho. Ella cree que se está colocando para acceder a su boca, pero seguramente, con total naturalidad, su mano derecha desciende por un costado de la cama. Sin ser visto, va palpando con los dedos la caja de pizza hasta que encuentra lo que está buscando. Frío al tacto, barato, pero, como es nuevo, está más que suficientemente afilado para cumplir con su cometido.

Cualquiera que estuviera observando la escena desde atrás vería que la chica arquea la espalda y deja escapar una especie de gemido: sin duda, él ha penetrado en su boca... Pero no ha sucedido eso. Los ojos de Eleanor, brillantes por el efecto de las drogas, se inundan de miedo. La mano izquierda del asesino le ha tapado la boca y le ha empujado la cabeza hacia atrás para dejar la garganta al descubierto. Ella se debate y forcejea, intenta defenderse empleando los brazos, pero el asesino ya ha previsto esa reacción y, a caballo sobre sus senos, hace fuerza con las rodillas para inmovilizárselos. ¿Que cómo sé yo todo esto? Por los dos ligeros hematomas que presenta el cuerpo sumergido en la bañera. Eleanor no puede hacer nada. De pronto, aparece en su campo visual la mano derecha de su asesino. La ve e intenta gritar, convulsiona violentamente, lucha por liberarse. Los dientes de acero del cuchillo de pizza relampaguean al pasar por encima de su pecho en dirección a la blanca piel del cuello y trazan un tajo profundo...

El chorro de sangre salpica la mesilla de noche. Al seccionar una de las arterias que suministran sangre al cerebro, todo termina en pocos instantes. Eleanor se derrumba, emite un gorgoteo, se desangra. Los últimos vestigios de conciencia le permiten comprender que acaba de presenciar su propio asesinato; todo cuanto ha sido hasta ahora y cuanto esperaba ser en el futuro se ha esfumado. Así es como ha actuado el asesino. Por tanto, no estaba dentro de ella cuando la mató... Una vez más, supongo que hay que dar gracias a Dios por los pequeños detalles como ése.

El asesino se va a preparar el baño de ácido, y por el camino se quita la camisa blanca y manchada de sangre que debía de llevar puesta; han hallado fragmentos de ella en la bañera, bajo el cuerpo de Eleanor, junto con el cuchillo. La hoja mide diez centímetros de largo y tiene el mango de plástico negro, es de los que se fabrican por millones en algún taller clandestino de China.

Como todavía le estoy dando vueltas a esa vívida reconstrucción mental de lo sucedido, apenas reparo en que alguien me ha tocado en el hombro. De inmediato le aparto la mano, dispuesto a romperle el brazo al momento; un eco de una vida anterior, supongo. Tengo miedo. Se trata de un tipo que, tras pedirme disculpas brevemente y mirarme con un gesto de extrañeza, intenta que me haga a un lado. Es el jefe de uno de los equipos forenses, formado por tres hombres y una mujer, que está colocando las lámparas de luz ultravioleta y los platos de tinte Fast Blue B que van a utilizar para buscar manchas de semen en el colchón. Aún no han descubierto lo del antiséptico, y no pienso decírselo; que yo sepa, el asesino se dejó una parte de la cama. Si así fue, dada la categoría del Eastside Inn, calculo que obtendrán varios miles de positivos que se remontarán a la época de cuando las putas usaban medias.

Me aparto, pero estoy profundamente abstraído; intento aislarme de todo porque en la habitación, en toda esta situación, hay algo que me intriga. Aún no sé qué es exactamente, pero hay una parte de la escena que no encaja, y tampoco sabría decir por qué. Miro a mi alrededor para hacer inventario de nuevo de lo que voy viendo, pero no logro dar con ello. Sin embargo, tengo la sensación de que se refiere a algo que ha sucedido esta misma noche. Retrocedo mentalmente, rebobino hasta el momento en que entré en esta habitación.

¿Qué era? Rebusco en mi subconsciente intentando recuperar la primera impresión que tuve al entrar aquí... Se trataba de algo que no tenía nada que ver con la violencia, un detalle menor pero que resultaba enormemente significativo. Si por lo menos pudiera tocarlo... Fue como una sensación... como... como cuando se tiene una palabra en la punta de la lengua. Recuerdo que en mi libro escribí que son las suposiciones, las suposiciones que no se cuestionan, las que nos hacen tropezar siempre... y de pronto lo recuerdo.

Cuando entré, vi el paquete de seis cervezas sobre el mueble escritorio, encontré un cartón de leche en la nevera, leí los títulos de varios DVD que había junto al televisor y me fijé en la bolsa que protegía el cubo de la basura. Y la impresión —la palabra— que me vino a la mente en aquel momento, pero no llegó a mi nivel consciente, fue «femenino». Había acertado con todo lo que había ocurrido en la habitación 89, salvo en lo más importante. Quien se alojaba aquí no era un hombre joven; quien había estado practicando sexo con Eleanor y acabó rajándole el cuello no era un listo hijo de puta que le borró las facciones de la cara con ácido y empapó la habitación con un aerosol antiséptico.

Era una mujer.

3

A lo largo de mi carrera he conocido a muchas personas poderosas, pero sólo me he tropezado con una que poseyera verdadera autoridad innata, uno de esos individuos que son capaces de hacerte callar con tan sólo emitir un susurro. En este momento cruza el pasillo, viene hacia mí, advirtiéndoles a los del equipo forense que deberán esperar, porque los bomberos quieren cerciorarse de que el ácido ya ha dejado de hacer efecto, para que nadie sufra una quemadura.

—Pero no os quitéis los guantes —les aconseja—. Luego, a la salida, podréis hacerle un examen de próstata gratis al compañero.

Todos le ríen la broma, excepto los forenses.

El de la voz es Ben Bradley, el teniente de homicidios responsable del escenario del crimen. Ha estado hasta ahora en el despacho del encargado, tratando de localizar al cabrón que dirige este garito. Es un hombre alto —Bradley, no el cabrón—, de cincuenta y pocos años, manos grandes y vaqueros Industry con el dobladillo vuelto hacia arriba. Su mujer lo convenció no hace mucho para que se los comprara, en un vano intento de que actualizara un poco su imagen, pero —según él— en lugar de eso le dan el aire de un personaje sacado de las novelas de Steinbeck, un refugiado moderno llegado del desierto.

Al igual que a todos los habituales de estos circos del crimen, le hacen poca gracia los especialistas forenses. En primer lugar, porque cuando se subcontrató este servicio, hace ya varios años, empezaron a aparecer tíos demasiado bien pagados, como éstos, vestidos con monos de un blanco inmaculado y con un rótulo en la espalda que decía «Servicios Forenses Biológicos». En segundo lugar, y eso fue lo que en realidad terminó sacándolo de quicio, por las dos series televisivas, de gran éxito, en las que se mostraba el trabajo que realizaban los forenses: eso provocó un insufrible brote del síndrome del famoso en todos los que se dedicaban a ello.

—Dios —se había quejado recientemente—, ¿es que no hay nadie en este país que no sueñe con salir en un *reality*?

Mientras observa cómo las futuras estrellas de la televisión guardan sus trastos en los maletines, repara en mi presencia. Estoy de pie, en silencio, apoyado en la pared, simplemente observando, lo mismo que llevo haciendo media vida. Hace caso omiso de la gente que intenta acaparar su atención y se dirige hacia mí. No nos estrechamos la mano, no sé por qué, simplemente no es nuestro estilo. Ni siquiera estoy seguro de que seamos amigos, y además nunca me han ido esos convencionalismos, de modo que no soy el más indicado para criticar. En cambio, nos respetamos, aunque tampoco tengo claro que eso sirva de algo.

—Gracias por venir —me dice.

Hago un gesto de asentimiento y observo sus vaqueros de dobladillo vuelto y sus botas de trabajo negras, ideales para abrirse paso entre la sangre y la mierda del escenario de un crimen.

—¿En qué has venido, en tractor? —le pregunto.

No se ríe, Ben se ríe en muy raras ocasiones; es el tío más impasible con el que me he topado. Lo cual no quiere decir que no sea gracioso.

—¿Has podido echar un vistazo a la escena, Ramón? —me pregunta en voz baja.

Yo no me llamo Ramón, y él lo sabe de sobra. Pero también sabe que hasta hace poco era miembro de una de las agencias de inteligencia más secretas de nuestro país, así que imagino que está refiriéndose a Ramón García, el agente del FBI que se tomó infinitas molestias para ocultar su identidad mientras vendía los secretos de nuestra nación a los rusos... y luego dejó sus huellas en todas las bolsas de basura de Hefty que utilizaba para entregar los documentos robados. Ramón era, casi con toda seguridad, el operativo encubierto más incompetente de la historia. Como digo, Ben es muy gracioso.

—Sí, algo he visto —le respondo—. ¿Qué tenéis de la mujer que vivía en este antro? Porque es la principal sospechosa, ¿no?

Ben sabe disimular muchas cosas, pero sus ojos no son capaces de enmascarar una expresión de sorpresa. ¡¿Una mujer?!

«Excelente», pienso. Ramón ataca de nuevo. Aun así, Bradley encaja el golpe con indiferencia.

—Eso es interesante, Ramón —dice, intentando averiguar si de verdad estoy sobre la pista de algo o simplemente estoy rizando el rizo para hacerme notar—. ¿Cómo has llegado a esa conclusión?

Le señalo el paquete de cervezas que hay sobre el mueble escritorio y la leche de la nevera.

—¿Qué tío haría algo así? Cualquier hombre mantendría fría la cerveza y dejaría que la leche se estropease. Y fíjate en los DVD, son todos de comedias románticas, ni una sola película de acción. ¿Te apetece pasear un poco? —le pregunto sin esperar respuesta—. Averigua cuántos tíos hay en este antro que protejan el cubo de basura con una bolsa de plástico. Esas cosas las hacen las mujeres, Bradley, en este caso una que no pega nada en este sitio, más allá del papel que estuviera representando.

Ben sopesa lo que acabo de decirle sosteniéndome la mirada, pero me es imposible distinguir si considera mi lógica acertada. Antes de que pueda preguntárselo, por detrás de los equipos de descontaminación de sustancias peligrosas que utilizan los bomberos aparecen dos detectives jóvenes —una mujer y su compañero— y se detienen bruscamente delante de Bradley.

—¡Tenemos algo, Ben! —dice la mujer—. Tiene que ver con la persona que ocupaba...

Bradley asiente con gesto tranquilo.

—Sí, es una mujer. Decidme algo que no sepa. ¿Qué pasa con ella?

Imagino que, en efecto, ha dado por ciertas mis suposiciones. Los dos policías se quedan mirándolo sin saber cómo demonios lo ha averiguado. Mañana, la leyenda de su jefe se habrá extendido todavía más. ¿Y yo? Yo creo que este tipo no tiene vergüenza; ¿va a atribuirse todo el mérito sin pestañear? Me echo a reír.

Bradley me mira y, por un instante, tengo la sensación de que va a echarse a reír también, pero es una esperanza vana. Sin embargo, sus soñolientos ojos parecen lanzarme un guiño cuando vuelve a centrar la atención en los dos detectives.

—¿Cómo habéis descubierto que se trata de una mujer? —les pregunta.

—Nos hemos hecho con el registro del hotel y con las fichas de todas las habitaciones —contesta el detective, de nombre Connor Norris.

De pronto, Bradley parece sorprendido.

—¿Os lo ha dado el encargado? ¿Habéis encontrado a ese cabrón? ¿Habéis conseguido que os abriera el despacho?

Norris niega con la cabeza.

—Hay contra él cuatro órdenes de búsqueda y captura por drogas, probablemente estará ya a mitad de camino de México. No, ha sido Álvarez. —Señala a su compañera—. En el piso de arriba vive un tipo al que buscan por allanamiento, y Álvarez lo ha reconocido. —Se vuelve hacia la detective, sin saber muy bien si debe contar más.

Álvarez se encoge de hombros, confía en que la cosa salga bien y se sincera:

—Le he ofrecido la posibilidad de librarse del calabozo si forzaba la cerradura del despacho del encargado y de la caja fuerte.

Mira a Bradley, nerviosa, preguntándose cuántos problemas va a traerle eso. Pero el semblante de su jefe no deja traslucir nada, y su tono de voz baja todavía un poco más y se suaviza:

—¿Y bien?

—En total han sido ocho cerraduras, y las ha forzado en menos de un minuto —responde Álvarez—. No me extraña que en esta ciudad no haya ningún lugar seguro.

—¿Qué había en la ficha de la mujer? —pregunta Bradley.

—Recibos. Llevaba viviendo aquí poco más de un año —dice su compañero—. Pagaba en efectivo y no tenía conexión de teléfono, ni televisión, ni cable, nada. Está claro que no quería que la localizasen.

Bradley asiente. Eso es exactamente lo que estaba pensando él.

—¿Cuándo fue la última vez que la vio algún vecino?

—Hace tres o cuatro días, nadie está seguro —contesta Norris.

—Supongo que desaparecería justo después de asesinar a la chica —murmura Bradley—. ¿Y qué se sabe de su identidad? En su ficha debía de haber algo.

Álvarez repasa sus apuntes.

—Había fotocopias de un permiso de conducir de Florida y un carnet de estudiante o algo así, pero sin foto. Estoy segura de que eran auténticos.

—Comprobadlo de todos modos —les dice Bradley.

—Se los hemos dado a Petersen —contesta Norris, refiriéndose a otro joven detective—. Ya está en ello.

Bradley acepta con un gesto.

—¿Ese ladrón, o algún otro vecino, conoce a la sospechosa, sabe algo de ella?

Ambos niegan con la cabeza.

—Nadie. Sólo la veían entrar y salir —comenta Norris—. Según el ladrón, tenía veintipocos años, medía como un metro setenta y tenía un cuerpo espectacular...

Bradley pone los ojos en blanco.

—Para el nivel de exigencia de ese tío, seguramente eso quiere decir que tenía dos piernas.

Norris sonríe, pero Álvarez no; ojalá Bradley le dijera algo acerca del pacto que ha hecho con el ladrón. Si va a reprenderla o dar el asunto por terminado. Pero tiene que seguir participando, seguir siendo profesional:

—Según una supuesta actriz que vive en la ciento catorce, cambiaba continuamente de aspecto físico. Un día era Marilyn Monroe, y al siguiente era Marilyn Manson, y a veces era las dos Marilyn en un mismo día. También imitaba a Drew y a Britney, a Dame Edna, a k. d. lang...

—¿Hablas en serio? —la interrumpe Bradley. Los dos detectives asienten con la cabeza y sueltan varios nombres más, a modo de demostración—. Estoy deseando ver ese retrato robot —dice, comprendiendo que están cerrándose todas las vías de investigación habituales en un asesinato—. ¿Algo más?

Ellos niegan con un gesto, ya han terminado.

—Será mejor que toméis declaración a esos pirados, o por lo menos a los que no tengan encima una orden de detención, que seguramente no serán más de tres.

Bradley los despide. A continuación se vuelve hacia mí y empieza a hablar de un tema que lo inquieta mucho desde hace rato.

—¿Habías visto alguna vez algo así? —me pregunta al tiempo que se pone unos guantes de plástico y saca una caja metálica que hay en un estante del armario.

Es de color caqui, por eso yo no la había visto siquiera. Antes de abrirla, sin embargo, Bradley se vuelve un momento hacia Norris y Álvarez. Los dos se dirigen hacia la salida, abriéndose paso entre los bomberos, que ya están recogiendo el equipo.

—Eh, muchachos —los llama. Ellos se vuelven y lo miran—. Eso del allanador, lo del ladrón, ha estado muy bien.

Vemos la expresión de alivio en el rostro de Álvarez, luego ambos levantan la mano en señal de que han recibido el mensaje y sonríen. No me extraña que los de su equipo lo adoren.

Miro de nuevo la caja metálica. Al observarla más de cerca, me doy cuenta de que se trata más bien de un maletín que lleva un número de serie grabado en el costado, en letras blancas. Obviamente es militar, pero sólo tengo un vago recuerdo de haber visto alguna vez uno parecido.

—¿Es un equipo quirúrgico de campaña? —aventuro sin mucha convicción.

—Caliente —me contesta Bradley—. Es un equipo de dentista.

Cuando abre la caja aparece, sujeto entre gomaespuma, un juego completo de instrumentos dentales del Ejército; separadores, sondas, fórceps de extracción...

Me quedo mirándolo y le pregunto:

—¿Le arrancó algún diente a la víctima?

—Todos. No hemos encontrado ninguno, así que imagino que debió de tirarlos en algún sitio, a lo mejor a la taza del váter, y en ese caso tendríamos suerte, por eso estamos desmontando las tuberías.

—¿Los dientes se los arrancó antes o después de matarla?

Ben se da cuenta de adónde quiero ir a parar.

—No, no la torturó. El forense asegura que se los sacaron después de matarla, para impedir que la identificasen. Por eso te he pedido que te pasaras por aquí; me acordé de que en tu libro decías no sé qué de un equipo dental casero y un asesinato. Si sucedió en Estados Unidos, abrigué la esperanza de que pudiera haber una...

—No existe relación alguna, aquello pasó en Suecia —digo—. Un individuo utilizó un martillo quirúrgico para romperle a la víctima la dentadura postiza y la mandíbula, con el mismo objetivo, supongo. Pero ¿el fórceps? Nunca había visto nada igual.

—Pues ahora ya lo hemos visto los dos —contesta Ben.

—Muy estimulante —comento—. Me refiero al avance imparable de la civilización.

Dejando a un lado mi pérdida de fe en la humanidad, he de decir que me siento cada vez más impresionado por la asesina. No tuvo que ser nada fácil arrancar treinta y dos dientes a un cadáver. Estaba claro que la asesina había captado un concepto importante, un detalle que pasan por alto la mayoría de las personas que deciden dedicarse a esta profesión: a nadie lo han detenido jamás por haber cometido un asesinato, sino por no haber sabido planificarlo como Dios manda.

Señalo la caja metálica y pregunto:

—¿Dónde pueden conseguir uno de esos equipos los ciudadanos de a pie?

Ben se encoge de hombros.

—En cualquier sitio. Llamé a un tipo del Pentágono para que mirase en los archivos. Había un excedente de cuarenta mil unidades. En estos últimos años, el Ejército ha ido deshaciéndose de ellos a través de tiendas que venden material de acampada. Les seguiremos el rastro, pero dudo que por ese camino vayamos a encontrar nada. No estoy seguro de que cualquier persona pueda...

Deja la frase sin terminar. Está perdido en un laberinto, recorre la habitación con la mirada, intentando encontrar una salida.

—No tengo un rostro —dice en un susurro—, ni dentadura, ni testigos. Y lo peor de todo, tampoco tengo un móvil. Tú conoces este negocio mejor que nadie: si te preguntase cómo lo resolverías, ¿qué probabilidades le calcularías?

—¿En este momento? Las mismas que las de ganar la lotería —respondo—. Nada más entrar aquí, lo primero que piensa cualquiera es que esto ha sido obra de un aficionado, otro caso de drogas o de sexo. Pero cuando te fijas un poco más... Sólo he visto un par de asesinatos casi tan bien perpetrados como éste.

A continuación, le cuento a Ben lo del aerosol antiséptico y, como es lógico, no le gusta nada enterarse de ese detalle.

—Gracias por darme ánimos —me dice.

Sin pensar, se frota el dedo pulgar con el índice, y deduzco, después de lo mucho que llevo observándolo, que tiene ganas de fumarse un cigarrillo. En una ocasión, me dijo que había dejado de fumar en los años noventa y que desde entonces debía de haber pensado por lo menos un millón de veces que fumarse un pitillo lo ayudaría. Obviamente, ésta era una de aquellas ocasiones. Para combatir el deseo de fumar, se pone a hablar:

—¿Sabes cuál es mi problema? Una vez me dijo Marcie —Marcie es su mujer— que me acerco demasiado a las víctimas, y termino imaginando que soy el único amigo que les queda.

—¿Su héroe? —sugiero yo.

—Ésa es exactamente la palabra que utilizó ella. Y hay una cosa que nunca he sido capaz de hacer, Marcie dice que tal vez sea lo único que le gusta de mí de verdad: jamás he podido dejar tirado a un amigo.

«El héroe de los muertos», pienso. Podría haber cosas peores. Ojalá pudiera hacer algo para ayudarlo, pero esta investigación no me corresponde a mí, y, además, aunque sólo tengo treinta y tantos años, ya estoy jubilado.

En ese momento entra un técnico a toda prisa, gritando con acento asiático:

—¿Ben? —Bradley se vuelve hacia él—. ¡En el sótano!

4

Tres técnicos vestidos con el mono del equipo forense han abierto un boquete en una vieja pared de ladrillos. A pesar de ir protegidos con máscaras, están sufriendo arcadas a causa del hedor que sale de la cavidad. No es un cadáver lo que han encontrado —la carne podrida tiene un olor particular—, sino agua de alcantarilla, moho y un centenar de generaciones de mierda de rata.

Bradley se abre paso a través de las nauseabundas estancias del sótano y se detiene bajo la áspera luz de varias linternas que alumbran la pared destrozada. Yo voy detrás de él, junto con los demás investigadores, y llego justo a tiempo para ver cómo el asiático —un chino-americano al que todo el mundo llama Bruce por razones obvias— ilumina con su linterna el interior profundo de la cavidad recién abierta.

En ella puede verse una maraña de tuberías que se mezclan en un desorden chapucero. Bruce explica que, como levantaron todo el baño de la habitación 89 y no encontraron nada atascado en los codos de las tuberías, decidieron dar un paso más. Cogieron una cápsula de tinte Fast Blue B de los forenses, la mezclaron en dos vasos de agua y la echaron por el desagüe. Todo aquello tardó cinco minutos en llegar, lo cual les ha hecho pensar que, si ha circulado tan despacio, ha sido porque tenía que haber algo que obstruyera el paso del agua en algún punto del recorrido que va desde el sótano hasta la habitación 89. Y ahora lo han encontrado: en el batiburrillo de tuberías y conexiones ilegales que hay detrás de la pared.

—Por favor, decidme que son los dientes —pide Bradley—. Decidme que los tiró por el váter.

Bruce niega con la cabeza y concentra el haz de luz de su linterna en una masa de papel chamuscado que ha quedado atascada en un codo en forma de ángulo recto.

—La tubería baja directamente de la habitación ochenta y nueve, lo hemos comprobado —afirma señalando la masa de papel—. Sea lo que sea, probablemente la asesina lo quemó y después lo tiró por el desagüe. Y habría sido una buena idea, pero no tuvo en cuenta que, en sitios como éste, acostumbran a saltarse las normas de sanidad.

Con la ayuda de unas pinzas, Bradley empieza a desdoblar la masa de papel.

—Trozos de recibos, la punta de una tarjeta del metro, una entrada de cine... —va contando mientras todo el mundo observa la operación—. Por lo que parece, le dio un último repaso a la habitación y se deshizo de todo lo que se le había pasado por alto. —Separa con cuidado más fragmentos quemados—. Una lista de la compra, podría ser de utilidad para comparar la letra, si encontráramos...

De pronto, se interrumpe y se queda mirando un trozo de papel ligeramente menos chamuscado que los otros.

—Siete números. Escritos a mano: «nueve, cero, dos, cinco, dos, tres y cuatro». No está entero, el resto se ha quemado.

Levanta en alto el trozo de papel para que lo vea el grupo, pero yo sé que en realidad me lo está mostrando a mí, como si el hecho de que yo haya trabajado para una agencia de inteligencia me cualifique como criptógrafo. Siete cifras escritas a mano, entre las que faltan algunas. Podrían significar cualquier cosa. Pero yo cuento con ventaja: la gente de mi antiguo trabajo siempre anda manejando fragmentos, y sé que no debe descartarse nada.

Por supuesto, todos los demás integrantes del grupo comienzan a especular de inmediato: será una cuenta bancaria, una tarjeta de crédito, un código postal, una dirección IP, un número de teléfono... Álvarez dice que no existen códigos postales que empiecen por 902, y tiene razón. Más o menos.

—Sí, pero nosotros estamos conectados con el sistema canadiense —le dice Petersen, un joven detective que tiene la constitución de un jugador de fútbol americano—. Nueve, cero, dos es el de Nueva Escocia. Mi abuelo tenía allí una granja.

Bradley no reacciona, continúa mirándome a mí, esperando mi opinión. Yo he aprendido, por amarga experiencia, que no debo decir nada a menos que esté seguro, así que me limito a encogerme de hombros, lo cual da lugar a que Bradley y todos los demás pasen a otra cosa.

En lo que estoy pensando en realidad es en el calendario de pared. Me intriga desde la primera vez que lo vi. Según la etiqueta del precio que tiene en la parte de atrás, costó cuarenta pavos en Rizzoli, una elegante librería, y eso es gastarse mucho dinero sólo para saber la fecha, y ni siquiera estrenarlo. Es evidente que la asesina era una mujer inteligente, por eso pensé que no lo utilizaba de calendario y que tal vez sí le gustaran las ruinas antiguas...

Yo he pasado la mayor parte de mi carrera trabajando en Europa, y, aunque hace ya mucho tiempo que viajé tan al este, estoy bastante seguro de que 90 es el prefijo internacional de Turquía. Sólo hay que pasar un día entero viajando por ese país para darse cuenta de que tiene más ruinas grecorromanas que ningún otro lugar del planeta. Si 90 es el prefijo de Turquía, es posible que las cifras siguientes sean el código de área, y que por tanto formen parte de un número de teléfono. Sin que nadie se percate, salgo de la estancia y me dirijo a la parte más tranquila del sótano para hacer una llamada a Verizon desde mi móvil. Quiero averiguar cuáles son los códigos de área de Turquía.

Mientras espero a que la compañía telefónica conteste, consulto el reloj y me sorprende ver que seguramente ya está amaneciendo. Han transcurrido diez horas desde que un conserje que pretendía investigar por qué se había ido la luz en la habitación contigua abrió la puerta de la 89 para poder acceder al cableado. No es de extrañar que todos tengan cara de cansados.

Por fin me responde alguien del servicio de atención de Verizon. Es una mujer, y, por su fuerte acento, calculo que se encuentra en una oficina de Bombay. Descubro que mi memoria sigue estando en plena forma. En efecto, 90 es el prefijo internacional de Turquía.

—¿Qué puede decirme de las cifras dos, cinco, dos? ¿Es un código de área?

—Sí, una provincia... Se llama Mugla... o algo así —contesta la operadora poniendo todo su empeño en pronunciar bien.

Turquía es un país grande, mayor que Texas, y tiene más de setenta millones de habitantes, de modo que ese nombre no me dice nada. Me dispongo ya a darle las gracias y colgar, cuando de pronto añade:

—No sé si le servirá de ayuda, pero aquí dice que una de las ciudades más importantes de esa zona está situada en la costa del Egeo. Se llama Bodrum.

La sola pronunciación de ese nombre hace que todo mi cuerpo se estremezca: un temblor de pánico que apenas se ha disipado con el paso de tantos años. «Bodrum», dice la operadora, y ese nombre aflora a la superficie como si formara parte de los restos de algún naufragio lejano.

—No me diga... —respondo con calma, luchando contra un tumulto de pensamientos.

De pronto, la parte de mi cerebro que se ocupa del presente me recuerda que, en esta investigación, soy tan sólo un invitado, y entonces me inunda una sensación de alivio. No quiero volver a tener nada que ver con esa parte del mundo.

Regreso a la habitación 89. Bradley me ve, y le digo que, según he deducido, el fragmento de papel es el comienzo de un número de teléfono, sí, pero que yo me olvidaría de Canadá. Le explico lo del calendario, y él me contesta que ya lo había visto antes, y que también le había llamado la atención.

—¿Bodrum? ¿Dónde está Bodrum?

—Tienes que salir más, Bradley. Está en Turquía. Es uno de los lugares de veraneo más de moda del mundo.

—¿Y qué pasa con Coney Island? —replica Ben con gesto impertérrito.

—Se le acerca bastante... —contesto al tiempo que rememoro su puerto repleto de yates carísimos, sus elegantes residencias, su diminuta mezquita encaramada en las colinas, sus cafeterías de nombres pintorescos, como Mezzaluna y Oxygen, abarrotadas de hormonas y de capuchinos a diez dólares.

—¿Tú has estado allí? —me pregunta Bradley.

Niego con la cabeza; hay algunas cosas de las que el gobierno no me permite hablar.

—No —miento—. Pero ¿para qué iba a hacer la asesina una llamada a Bodrum? —pregunto pensando en voz alta, para cambiar de tema.

Bradley se encoge de hombros, como distraído, no está por la labor de especular.

—El grandullón también ha hecho un buen trabajo —me informa señalando a Petersen, que está al otro lado de la habitación—. Lo que encontró Álvarez en la carpeta del encargado no era un carnet de estudiante, con nombre falso, por supuesto, sino una tarjeta de la Biblioteca de Nueva York.

—Oh, vaya —respondo sin mucho interés—, entonces era una intelectual...

—Lo cierto es que no —replica Bradley—. Según la base de datos, sólo sacó un libro en todo un año. —Hace una pausa y me mira fijamente—. El tuyo.

Le devuelvo la mirada, me he quedado sin habla. No es de extrañar que estuviera abstraído.

—¿La asesina ha leído mi libro? —consigo decir por fin.

—No sólo lo ha leído, yo diría que lo ha estudiado al detalle —responde Bradley—. Tú mismo dijiste que no habías visto muchos casos tan bien perpetrados como éste. Ahora ya sabemos por qué. Los dientes arrancados, el aerosol antiséptico... Todo eso aparece en tu libro, ¿verdad?

Esto me causa un impacto tan fuerte que casi doy un paso atrás.

—Ha tomado material de varios casos distintos y ha utilizado el libro como un manual: cómo matar a una persona, cómo encubrirlo todo...

—Exacto —contesta Ben, y a continuación sonríe, lo que convierte este momento en una de las escasísimas ocasiones en que su rostro muestra esa expresión—. Muchas gracias: ahora tengo que darte caza de manera indirecta a ti, que eres el mejor del mundo.

5

Si quieren saber la verdad, les diré que el libro que escribí sobre técnicas de investigación era bastante poco conocido, de los típicos, que yo recuerde, que desafiaban todas las teorías editoriales: una vez que la mayoría de la gente lo dejaba, era incapaz de retomarlo.

Sin embargo, entre el limitado grupo de profesionales al que iba dirigido causó una sacudida sísmica. El material rayaba en el límite de lo tecnológico, de lo científico, hasta de lo creíble. Pero, cuando se examinaba más de cerca, ni siquiera los escépticos más inflexibles lograban seguir dudando, porque cada uno de los casos que cité incluía esos detalles minúsculos, esa extraña pátina de circunstancias y motivaciones que permite a un buen investigador separar lo verdadero de lo falso.

Un día después de que se publicara el libro, estalló un revuelo de preguntas que empezaron a rebotar por el cerrado mundo de los investigadores de altos vuelos. ¿Cómo diablos era posible que alguien tuviera noticia de cualquiera de aquellos casos? Eran como comunicados llegados de otro planeta, tan sólo se habían cambiado los nombres para proteger a los culpables. Y, lo que era más importante, ¿quién diablos había escrito ese libro?

Yo no tenía intención de permitir que se descubriera quién era el autor. Debido a mi anterior trabajo, tenía tantos enemigos que ya no me apetecía contarlos, y no deseaba arrancar el coche una mañana y terminar convertido en un puñado de polvo cósmico que diera vueltas alrededor de la luna. Si a algún lector le daba por indagar acerca de los antecedentes del supuesto autor, lo único que encontraría sería un hombre que había fallecido recientemente en Chicago.

Una cosa era segura: yo no lo había escrito ni para hacerme famoso ni para ganar dinero. Me dije a mí mismo que la única razón era que había resuelto crímenes cometidos por personas que actuaban en el límite superior de la inventiva humana, y pensé que a otros investigadores podría serles de utilidad alguna de las técnicas de las que yo era pionero. Y aquello era verdad... hasta cierto punto. En un nivel más profundo, había otra razón: todavía soy joven, y abrigo la esperanza de tener aún por delante otra vida, la auténtica, y mi libro fue como un sumario, una forma de dar un adiós definitivo a mi anterior existencia.

Durante casi una década formé parte de la agencia de inteligencia más secreta de nuestro país; trabajábamos tan sumidos en las sombras que únicamente un puñado de personas sabía que existíamos. El cometido de nuestra organización era vigilar a las agencias de inteligencia de nuestro país, actuar como un departamento de asuntos internos encubierto. En ese sentido, podría decirse que representábamos un retroceso a la Edad Media. Éramos los cazadores de ratas.

Aunque el número de empleados de los veintiséis organismos de inteligencia reconocidos públicamente en Estados Unidos —ocho de ellos ni siquiera están en esa lista— constituye información clasificada, es razonable decir que dentro de nuestra órbita teníamos a más de cien mil personas. Una población de semejante tamaño implicaba que los delitos que investigábamos abarcaran la gama entera: desde los casos de traición hasta los de corrupción, desde asesinatos hasta violaciones, desde el narcotráfico hasta el robo. La única diferencia era que algunos de los perpetradores de esos crímenes eran los mejores y más brillantes de todo el mundo.

El grupo al que se confió la misión de articular esa organización, tan de élite y tan secreta, fue creado por Jack Kennedy en los primeros meses de su mandato. Tras un escándalo especialmente sensacionalista que estalló en la CIA —cuyos detalles continúan siendo secretos—, por lo visto Kennedy llegó a la conclusión de que los miembros de la inteligencia eran susceptibles de tener las mismas debilidades humanas que la población general. Y probablemente más.

En circunstancias normales, el FBI habría actuado como investigador independiente de aquel mundo sumido en la sombra; sin embargo, bajo el puño perfumado de J. Edgar Hoover aquella agencia era de todo menos normal. Darle el poder de investigar a los espías habría sido... en fin, como permitir que Sadam anduviera suelto por una fábrica de armamento. Por esa razón, Kennedy y su hermano crearon un organismo al que se le concedió, en virtud de sus responsabilidades, un poder sin precedentes. Al haber sido creado por orden ejecutiva, también se convirtió en uno de los tres únicos organismos que dependían directamente del presidente, y por tanto no necesitaba contar con la supervisión del Congreso. No se molesten en preguntar por los otros dos: en ambos casos, la ley también tiene prohibido que se divulguen sus nombres.

Al principio, en el entorno enrarecido en el que viven quienes poseen la máxima autorización de seguridad, aquel nuevo organismo con tan importante cometido fue objeto de cierto desprecio. Encantados con lo agudo del chiste, lo denominaron la División Aerotransportada n.º 11, o dicho de otro modo: «la caballería». Pocos de los que conocían su existencia esperaban que tuviera éxito, pero a medida que fue aumentando su impresionante reputación dejó de parecerles tan gracioso.

Como si se hubieran puesto todos de acuerdo, una parte del nombre fue desapareciendo gradualmente, hasta que toda la comunidad de inteligencia terminó refiriéndose a la agencia —ahora ya en tono reverencial— simplemente como la División. No es vanidad cuando digo que muchos de los que pertenecieron a ella eran brillantes. Tenían que serlo, pues algunos de sus objetivos eran los operativos encubiertos más capaces de aquel mundo en la sombra. Los años de entrenamiento habían enseñado a aquellos hombres y mujeres a mentir y a despistar, a desaparecer sin dejar rastro, a meter la mano en todo y no dejar sus huellas dactilares en nada. La lógica decía que quienes pretendieran darles caza tenían que ser aún más hábiles que ellos. La presión que sufrían los cazadores para ir siempre un paso por delante de su presa era enorme, en ocasiones casi insoportable, y no era de extrañar que la División registrase la mayor tasa de suicidios de todos los organismos gubernamentales, aparte de Correos.

Fue durante mi último curso en Harvard cuando me reclutaron para que formara parte de aquella agencia de élite casi sin que me diera cuenta. Uno de los batidores de la División, una mujer agradable, de bonitas piernas y falda sorprendentemente corta que dijo ser una vicepresidenta de la Rand Corporation, vino a Cambridge a hablar con los jóvenes graduados más prometedores.

Yo llevaba tres años estudiando Medicina, en la especialidad de farmacología y drogas, y cuando digo que era una especialidad me refiero a ello en sentido literal. Durante el día aprendía la teoría, y los fines de semana adoptaba un enfoque mucho más práctico y directo. Durante una visita que hice a un médico de Boston, después de haberme informado a fondo sobre los síntomas de la fibromialgia y convencerlo de que me extendiera una receta de Vicodin, tuve una revelación.

¿Debería decir ahora que no fue una auténtica revelación? Simplemente imaginé que era yo quien estaba detrás de aquel mostrador tratando las dolencias, tanto reales como imaginarias, de los pacientes que había estado observando en silencio en la sala de espera, y me di cuenta de que, de hecho, lo que me interesaba no eran las enfermedades que padecían aquellas personas afligidas, sino lo que motivaba aquella aflicción.

De modo que abandoné la medicina, me apunté a Psicología, me gradué *magna cum laude* y me dispuse a concluir mi doctorado. En cuanto lo terminé, la mujer de la minifalda estaba ofreciéndome ya el doble de sueldo inicial del que ofrecía cualquier otra empresa, junto con lo que parecía ser una cantidad casi ilimitada de oportunidades para investigar y avanzar en mi carrera.

Así que me pasé el año siguiente escribiendo informes que nunca leería nadie, diseñando cuestionarios que nunca se rellenarían, hasta que descubrí que en realidad no estaba trabajando para la Rand Corporation. Estaba siendo observado, examinado, evaluado y controlado. Y de repente, la de la minifalda había desaparecido del mapa.

En lugar de ella aparecieron dos hombres —dos tipos duros— que yo no había visto en mi vida y que me trasladaron a una «habitación segura» en el interior de un edificio anodino situado en un polígono industrial que había al norte de la sede de la CIA, en Langley, Virginia. Me hicieron firmar una serie de impresos en los que me comprometía a no divulgar nada, y después me dijeron que estaban evaluándome como candidato a ocupar un puesto en un servicio clandestino de inteligencia cuyo nombre no quisieron desvelar.

Yo me quedé mirándolos, intentando imaginar por qué se habían fijado en mí. Aunque, para ser sincero, ya conocía la respuesta. Yo era un candidato perfecto para el servicio secreto. Era inteligente, siempre había sido un lobo solitario y llevaba una herida profunda en el alma.

Mi padre se marchó de casa antes de que yo naciera, y nunca volvió a aparecer. Pocos años después, mi madre fue asesinada en su dormitorio, en el piso que teníamos en Detroit, justo al lado de la carretera 8-Mile. Como dije antes, hay lugares que recordaré toda la vida.

Al ser hijo único, acabé siendo adoptado por una pareja de Greenwich, Connecticut. Ochenta mil metros cuadrados de césped bien cuidado, los mejores colegios que se podían pagar con dinero y la mansión más tranquila que existía. Supongo que Bill y Grace Murdoch hicieron todo lo que estaba en su mano, ahora que su familia parecía estar completa, pero yo nunca pude ser el hijo que ellos deseaban.

Un niño que no tiene padres aprende a sobrevivir; desde muy pronto se esfuerza en disimular sus sentimientos, y, si el dolor rebasa el límite de lo soportable, fabrica una cueva en el interior de su mente y se esconde en ella. Ante el mundo en general, procuré ser lo que pensaba que deseaban Bill y Grace, y terminé siendo un desconocido para los dos.

Sentado en aquella «habitación segura» de las afueras de Langley, me di cuenta de que adoptar otra identidad y enmascarar una gran parte de lo que uno es y lo que uno siente constituía un entrenamiento ideal para el mundo de los servicios secretos.

En los años que siguieron viajé en secreto por el mundo bajo una veintena de nombres diferentes, y he de decir que los mejores espías que conocí en esa época habían aprendido a llevar una doble vida mucho antes de entrar a trabajar para una agencia. Había hombres encerrados en el mundo homófobo que los rodeaba, adúlteros secretos que tenían una esposa en los barrios residenciales, jugadores, alcohólicos, pervertidos, adictos de todo tipo. Fuera cual fuese el lastre que arrastraban, todos ellos eran expertos, desde mucho antes, en el arte de hacer creer al mundo un espejismo de lo que eran en realidad. Para ellos, ponerse otro disfraz y servir a su gobierno sólo era dar un paso más.

Supongo que aquellos dos tipos duros percibieron algo parecido en mí. Por fin, pasaron a la fase del interrogatorio relacionada con la ilegalidad.

—Háblenos de las drogas —me dijeron.

Me acordé de un comentario que me hicieron en una ocasión acerca de Bill Clinton: que nunca había conocido a una mujer que no le hubiera gustado. Supuse que no serviría de nada que a aquellos tipos les dijera que a mí me ocurría lo mismo con las drogas, así que negué poseer siquiera un conocimiento superficial, y afirmé que daba gracias por no haber adoptado nunca el temerario estilo de vida que normalmente acompaña a su consumo. Había transformado mi afición por las drogas en parte de mi vida secreta, y la mantenía oculta siguiendo mis propias normas: si alguna vez me colocaba, lo hacía estando solo, no intentaba enrollarme en bares ni en clubes, opinaba que las drogas recreativas eran para los aficionados, y la idea de acercarme en coche hasta un lugar donde se vendieran drogas al aire libre me parecía la situación idónea para que a uno acabasen pegándole un tiro.

Y mis normas habían funcionado a la perfección: nunca había sido detenido ni interrogado al respecto, de modo que, como ya llevaba una vida secreta, ello me proporcionaba ahora la seguridad en mí mismo que necesitaba para iniciar otra. Cuando los dos tipos se pusieron de pie y quisieron saber cuánto tiempo necesitaba para pensarme la oferta, simplemente les pedí un bolígrafo.

Y así fue como sucedió todo. Firmé el Memorándum de Compromiso en una habitación sin ventanas situada en un sombrío polígono industrial y me incorporé al mundo secreto de la agencia. Si dediqué un momento a reflexionar sobre el precio que iba a tener que pagar por aquel paso —las cosas normales que jamás iba a experimentar ni compartir—, la verdad es que no lo recuerdo.

6

Tras cuatro años de entrenamiento —de formación para aprender a captar señales insignificantes que otros podrían pasar por alto, a sobrevivir en situaciones en las que otros morirían— ascendí rápidamente por el escalafón. Mi primer destino en el extranjero fue Berlín, y a los seis meses de mi llegada ya había matado a un hombre por primera vez.

Desde que se creó la División, sus operaciones en Europa estaban dirigidas por uno de sus agentes más veteranos, que tenía su base en Londres. La primera persona que ocupó dicho puesto había sido un oficial de alto rango de la Marina, un hombre que había formado parte de la historia de las guerras navales. Por ese motivo empezó a denominarse a sí mismo Almirante de los Mares. Aquel hombre había sido el tercero al mando de la flota, y ésa era precisamente la posición que ocupaba ahora dentro de la División. El apodo perduró en el tiempo, pero con el paso de las décadas se modificó y se corrompió, hasta que finalmente terminó siendo el Tiburón de los Mares.

Cuando yo llegué a Europa, el que ocupaba el puesto por aquel entonces estaba llevando a cabo una labor que gozaba de muy alta consideración, y existían pocas dudas de que algún día regresaría a Washington para sentarse en lo más alto de la jerarquía de la División. Estaba claro que quien le cayera en gracia inevitablemente acabaría siendo ascendido gracias a él, y existía una intensa competencia para ganarse su aprobación.

Éstas eran las circunstancias cuando la oficina de Berlín me envió a Moscú a principios de un mes de agosto —el peor mes para estar en esa ciudad tan calurosa y desesperada—, con la misión de investigar un supuesto fraude económico denunciado en un servicio clandestino norteamericano que operaba allí. Sí, había desaparecido dinero, pero al indagar un poco más descubrí que era mucho peor: un alto oficial de inteligencia estadounidense había viajado a Moscú con la única intención de vender al FSB —el sucesor del KGB, tanto en su función como en su brutalidad— los nombres de nuestros informadores rusos más valiosos.

Como yo había llegado muy tarde a aquella fiesta, tuve que tomar una decisión sobre la marcha. No tenía tiempo de buscar asesoramiento ni de pararme a hacer conjeturas. Salí al encuentro de nuestro oficial de inteligencia cuando él se dirigía a entrevistarse con su contacto ruso. Y sí, él fue el primer hombre que maté.

Le disparé. Maté de un tiro al Tiburón de los Mares en mitad de la Plaza Roja, mientras soplaba un viento despiadado procedente de las estepas, un viento cálido que traía consigo el olor de Asia y el hedor de la traición. No sé si es algo de lo que deba sentirme orgulloso, pero, aunque era joven e inexperto, maté a mi jefe igual que un profesional.

Lo seguí de cerca hasta el lado sur de la plaza, donde había un tiovivo funcionando. Calculé que el estruendo de la música contribuiría a disimular el estampido de una pistola al dispararse. Me acerqué a él en una trayectoria oblicua —conocía bien a aquel hombre—, y él sólo me vio en el último instante.

Por su semblante cruzó una expresión de desconcierto que casi de inmediato se transformó en miedo.

—Eddy... —acertó a decir.

Mi verdadero nombre no era Eddy, pero, al igual que todos los que trabajaban en la agencia, había cambiado mi identidad la primera vez que salí a trabajar sobre el terreno. En mi opinión, de ese modo todo resultaba más fácil: era como si no fuera yo quien lo hacía.

—¿Ocurre algo...? ¿Qué estás haciendo aquí? —Era del sur, y siempre me había gustado su acento.

Me limité a mover la cabeza en un gesto negativo.

—*Vysshaya mera* —respondí.

Era una antigua expresión del KGB que los dos conocíamos, y que significaba «máximo castigo», un eufemismo para meterle a uno en la nuca una bala de gran calibre.

Ya tenía la mano en el arma que llevaba en el bolsillo lateral, una estilizada PSM 5.45, que irónicamente era de diseño soviético, fabricada para que fuera poco más gruesa que un encendedor. Lo cual quería decir que uno podía llevarla encima sin que causara apenas una arruga en la chaqueta de un traje bien cortado. Vi que sus ojos, llenos de pánico, se desviaban hacia los niños montados en el tiovivo; probablemente estaba acordándose de sus dos hijas pequeñas y se preguntaba cómo se habían torcido tanto las cosas.

Sin sacar el arma, apreté el gatillo y le disparé un proyectil de núcleo de acero, capaz de penetrar las treinta capas de Kevlar y los dos milímetros de titanio del chaleco antibalas que supuse que llevaría puesto.

Nadie oyó el más mínimo ruido por encima del estruendo del tiovivo.

La bala se hundió en su pecho a tal velocidad que le paró el corazón instantáneamente y lo mató en el acto. Para eso estaba diseñada la 5.45. Extendí un brazo para sostenerlo cuando se desmoronó y con la mano le limpié el sudor de la frente, fingiendo que mi compañero acababa de desmayarse por efecto del calor.

Lo trasladé medio a rastras hasta una silla de plástico situada debajo de una sombrilla que ondeaba al viento, mientras me excusaba en un ruso vacilante con el grupo de madres que aguardaban a sus hijos diez metros más allá, y señalaba al cielo quejándome del tiempo. Ellas sonrieron, secretamente complacidas de confirmar una vez más que los eslavos eran fuertes y los norteamericanos, débiles.

—Ah, el calor... terrible, sí —dijeron, comprensivas.

Le quité la chaqueta al Tiburón y se la puse sobre el pecho para ocultar el orificio, que se iba enrojeciendo poco a poco. Me dirigí de nuevo hacia las madres para decirles que me ausentaba un momento para ir a llamar a un taxi. Ellas asintieron con la cabeza, más interesadas por sus hijos, que estaban en el tiovivo, que por lo que yo estaba haciendo. Dudo que alguna de ellas se diera cuenta siquiera de que llevaba en la mano el maletín de mi compañero, y mucho menos su billetera, cuando me fui a toda prisa hacia los taxis de Kremlevskiy Prospekt.

Antes de que alguien pudiera reparar en el reguero de sangre que salía de la boca del muerto y llamase a la policía, yo ya estaba entrando en la habitación de mi hotel. No había tenido la oportunidad de vaciarle los bolsillos, así que sabía que no iban a tardar mucho en identificarlo.

En algunas de las visitas que había hecho a Londres, me había invitado a cenar a su casa y había jugado con sus hijas —dos niñas que habían comenzado a ir al colegio—, y conté los minutos que, según mis cálculos, tardaría en sonar el teléfono en su domicilio de Hampstead para darles la noticia de que su padre había muerto. Debido a las circunstancias de mi propia infancia, sabía mejor que la mayoría de la gente lo que aquello iba a suponer para unas niñas de su edad: la oleada de incredulidad, la lucha interna por comprender la irreversibilidad de la muerte, el abrumador sentimiento de pánico, el tremendo vacío del abandono... Por más que me esforzaba, no lograba impedir que la escena siguiera reproduciéndose en mi mente: los elementos visuales eran de ellos, pero me temo que los emocionales eran míos.

Por fin me senté en la cama y forcé la cerradura del maletín. El único objeto interesante que encontré fue un DVD con una foto de Shania Twain en la carátula. Lo introduje en la disquetera de mi portátil y lo pasé por un programa de algoritmos. Ocultos en la música digitalizada, encontré los nombres y los expedientes clasificados de diecinueve rusos que nos estaban pasando información secreta a nosotros. Si el Tiburón hubiera conseguido hacer la entrega, *Vysshaya mera* para ellos.

Mientras trabajaba en los expedientes mirando los datos personales que contenían los diecinueve archivos, empecé a llevar un recuento de los nombres de todos los hijos que tenían esos hombres. No era mi intención, pero advertí que estaba creando una especie de cuenta de pérdidas y ganancias. Cuando acabé, había catorce niños rusos en una columna y las dos hijas del Tiburón en la otra. Podría decirse que el balance final había sido bastante favorable. Pero aquello no era suficiente para mí: los nombres de los rusos resultaban demasiado abstractos, y las hijas del Tiburón eran muy reales.

Recogí mi chaqueta, me eché al hombro la bolsa de viaje, me guardé la PSM 5.45 en el bolsillo y me fui a un parque infantil que había cerca de Gorky Park. Por los expedientes, sabía que algunas de las esposas de nuestros agentes rusos llevaban por la tarde a sus hijos a aquel lugar. Me senté en un banco y, siguiendo las descripciones que había leído, identifiqué a nueve de ellas con plena certeza; sus hijos estaban construyendo castillos de arena en una playa de mentirijillas.

Me aproximé a ellos y me puse a observarlos. Dudo que se fijaran siquiera en el desconocido que llevaba un agujero en el bolsillo de la chaqueta y que los contemplaba desde el otro lado de la barandilla. Eran niños que sonreían, y yo deseaba que su verano durase más de lo que había durado el mío. Y aunque conseguí transformarlos en personas reales, no pude evitar pensar que todo lo que yo les había dado a ellos equivalía en igual medida a la parte de mí mismo que había perdido. Hasta ese extremo puede llegar mi ingenuidad.

Sintiéndome más viejo, pero, sin saber por qué, también más tranquilo, me dirigí hacia una fila de taxis. Varias horas antes, cuando corrí a mi hotel tras haber matado al Tiburón, hice una llamada encriptada a Washington, por eso sabía que estaba en camino un avión de la CIA que volaba de encubierto como el reactor privado de un ejecutivo de la General Motors. Se dirigía al aeropuerto de Sheremetyevo para recogerme.

Me preocupaba que la policía rusa me hubiera identificado ya como el asesino, y el trayecto hasta el aeropuerto se me hizo uno de los más largos de toda mi vida, de modo que cuando subí al avión me sentí muy aliviado. Sin embargo, mi alegría duró unos doce segundos. Dentro del avión había cuatro hombres armados que se negaron a desvelar su identidad, aunque tenían toda la pinta de pertenecer a alguna unidad de las Fuerzas Especiales.

Me entregaron un documento jurídico, y me enteré de que, debido a aquel asesinato, había pasado a ser objeto de la investigación al más alto nivel que se lleva a cabo en las agencias de inteligencia: el Análisis de Incidentes Críticos. El jefe del grupo me informó de que nos dirigíamos a Estados Unidos.

A continuación, me leyó mis derechos y me arrestó.

7

Mi primera impresión fue que nos dirigíamos a Montana. Cuando miré por la ventanilla del avión y vi la forma de las montañas, casi tuve la certeza de que nos encontrábamos en el noroeste. No había nada más que me permitiera deducir dónde estaba: la pista de aterrizaje quedaba oculta en una zona de difícil acceso, los depósitos de combustible no tenían ningún rótulo, había una docena de hangares subterráneos y varios kilómetros de valla electrificada.

Volamos durante la noche, y para cuando tomamos tierra, justo después del alba, mi estado de ánimo ya era de abatimiento total. Había tenido mucho tiempo para darle vueltas al asunto, y las dudas habían ido aumentando con cada milla que recorríamos. ¿Y si el DVD de Shania Twain era falso? ¿Y si se lo habían metido en el maletín inadvertidamente? Era posible incluso que el Tiburón estuviese llevando a cabo una operación encubierta de la que yo no tenía noticia, o a lo mejor otra agencia se estaba sirviendo de él para proporcionar al enemigo una gran cantidad de información falsa. ¿Y qué tal esta otra posibilidad? Podía suceder que los investigadores sostuvieran que el DVD era mío y que el Tiburón había ido a por mí porque había descubierto que el traidor era yo. Eso explicaría que yo le hubiese matado sin consultar a nadie.

Estaba hundiéndome cada vez más en aquel laberinto de dudas, cuando de pronto los de Operaciones Especiales me hicieron salir del avión y subir a un todoterreno que tenía las lunas tintadas. Las puertas se cerraron automáticamente, y vi que habían quitado los tiradores. Habían transcurrido cinco años desde que entré en el servicio secreto, y ahora, después de pasar tres frenéticos días en Moscú, todo estaba en la cuerda floja.

Viajamos durante dos horas sin salir de los límites de la valla electrificada, hasta que por fin nos detuvimos frente a una solitaria casa de campo rodeada de un césped reseco.

Con mis movimientos limitados a dos habitaciones pequeñas, y habiéndoseme prohibido todo contacto con cualquier ser humano excepto mis interrogadores, sabía que en alguna otra ala de aquella casa habría una docena de equipos forenses peinando detalladamente toda mi vida —y también la del Tiburón—, intentando encontrar las huellas de la verdad. Sabía asimismo cómo iban a interrogarme, y que no hay suficientes sesiones de entrenamiento práctico que puedan prepararlo a uno para la realidad de verse sometido a unos interrogadores hostiles.

Fueron cuatro equipos trabajando por turnos, y lo siguiente lo digo sin connotaciones de ningún tipo, sólo como constatación de los hechos: los peores fueron las mujeres, o las mejores, dependiendo del punto de vista. La más curvilínea parecía pensar que el hecho de dejarse la parte superior de la camisa sin abrochar y de inclinarse hacia delante iba a acercarla más a la verdad. La denominé Wonderbra. Utilizaba el mismo método que se emplearía años más tarde, y con grandes resultados, con los musulmanes detenidos en Guantánamo. Entendía la razón de ese «método»: era un recordatorio del mundo que uno ansiaba, el mundo del placer, muy apartado del de la angustia constante. Lo único que debía hacer uno era colaborar. Y permítanme señalar que funciona. Cuando a uno lo martillean día y noche para que revele detalles, en busca de algo que no concuerde, acaba agotado, con el cansancio metido hasta los huesos. Al cabo de dos semanas soportando lo mismo, ansía ya otro mundo, el que sea.

Una noche, ya tarde, después de doce horas sin pausa, pregunté a Wonderbra:

—¿Acaso pensáis que lo tenía todo planeado y que disparé a mi jefe en plena Plaza Roja? ¡¿En la Plaza Roja?! ¿Por qué iba a hacer algo así?

—Supongo que por estupidez —respondió ella sin alterarse.

—¿Dónde la han reclutado a usted? ¿En Hooters? —repliqué casi gritando.

Había levantado la voz por primera vez, y también intentado ofenderla comparándola con una de esas camareras de curvas generosas típicas de Hooters, pero era consciente de que acababa de cometer un error. Ahora el equipo de analistas y psicólogos que lo observaban todo a través de las cámaras ocultas sabrían que estaban derrotándome.

Al instante, abrigué la esperanza de que ella me devolviera la pelota, pero era una profesional, de modo que, manteniendo su tono calmado, se inclinó hacia delante todavía más, hasta que los botones de su camisa parecieron a punto de estallar, y me dijo:

—Son naturales, y el mérito no es del sujetador, si es eso lo que está pensando. ¿Qué canción estaba sonando en el tiovivo?

Hice un esfuerzo para bloquear la furia.

—Ya os lo he dicho...

—Pues díganoslo otra vez.

—*Smells Like Teen Spirit*. Lo digo en serio, esto es la Rusia moderna, y nada tiene lógica.

—¿La había oído antes? —me preguntó.

—Naturalmente que sí, es de Nirvana.

—Me refiero a si la había oído en la plaza, mientras buscaba localizaciones.

—No busqué localizaciones porque no había ningún plan —le dije en voz baja, sintiendo que empezaba a dolerme la cabeza en la sien izquierda.

Cuando por fin permitieron que me fuera a la cama, tuve la sensación de que ella estaba ganando. Por muy inocente que sea uno, no es bueno pensar algo así cuando se encuentra en una casa aislada, aferrándose a su libertad y sintiéndose perdido y alejado del mundo.

A la mañana siguiente, temprano —según mis cálculos era miércoles, pero de hecho era sábado, tal era mi estado de desorientación—, se abrió la puerta de mi cuarto, entró el encargado y colgó detrás de la hoja una percha con ropa limpia. Habló por primera vez, y me ofreció una ducha en vez del lavabo que tenía en un rincón para lavarme por partes. Aquella técnica también la reconocí: consistía en hacerme pensar que empezaban a creerme, para animarme a que me fiara de ellos, pero después de tantos días de interrogatorio a mí ya me daba lo mismo la psicología de todo aquello. Como podría haber dicho Freud: a veces, una ducha no es más que una ducha.

El encargado abrió con llave una puerta que daba a un cuarto de baño contiguo y se fue. Todo lo que había en aquel baño era de color blanco, aséptico, a excepción de unos pernos con argollas que colgaban del techo y las paredes que apuntaban a un propósito mucho más siniestro. Pero me dio igual. Me afeité, me desnudé y dejé que el agua recorriera mi cuerpo. Mientras me secaba, reparé en mi propia imagen, desnudo, reflejado en un espejo de cuerpo entero. Dejé de hacerlo. Me sentía extraño. Lo cierto es que llevaba mucho tiempo sin mirarme en un espejo.

Había adelgazado unos diez kilos en aquellas tres semanas o las que fueran que llevaba en aquel rancho, y no recordaba haberme visto nunca el rostro tan demacrado. Me hacía parecer mucho más viejo. Me quedé un rato mirándolo, como si fuera una ventana que daba al futuro. No era un hombre feo: era alto y tenía el cabello salpicado de hebras rubias, gracias al verano de Europa. Con los kilos que me había quitado de la cintura y del trasero gracias a aquel interrogatorio, me encontraba en buena forma; no lucía los abdominales de una estrella de cine, pero sí tenía la tonicidad que había conseguido practicando Krav Maga durante cuarenta minutos todos los días. Se trata de un método israelí de defensa personal que, según las personas que lo conocen, es el modo de combate sin armas más respetado entre los narcotraficantes de Nueva York que están al norte de la calle Ciento cuarenta. Siempre pensé que, si aquello era lo bastante bueno para los profesionales, también lo era para mí. Algún día, varios años más tarde, solo y desesperado, ese entrenamiento me salvaría la vida.

Mientras estaba de pie ante el espejo, haciendo inventario del hombre que estaba viendo y preguntándome si realmente me gustaba tanto, se me ocurrió que a lo mejor yo no era el único que estaba mirándolo. Lo más probable era que Wonderbra y sus amigos estuvieran al otro lado del cristal, realizando su propia evaluación. Puede que yo no figurase en el primer puesto de la lista de los candidatos a protagonizar *Garganta Profunda II*, pero no tenía nada de que avergonzarme. No, no era aquello lo que me ponía furioso, sino la intrusión en todas las parcelas de mi vida, la interminable búsqueda de unas pruebas que no existían, la demoledora convicción de que nadie podía hacer algo simplemente porque le parecía lo correcto.

Los instructores de Krav Maga dicen que el error más común al pelear es el de pegar un puñetazo con todas las fuerzas en la cabeza del adversario. Lo primero que rompe uno son sus propios nudillos. Por ese motivo, un verdadero profesional aprieta el puño y utiliza el canto de la mano a modo de martillo que golpea un yunque.

Un golpe así, asestado por una persona que se encuentre razonablemente en forma, según los instructores descarga más de cuatro newtons de fuerza en el punto de impacto. Cualquiera puede imaginar el efecto que tiene eso en la cara de una persona... O en un espejo. Se rompió en pedazos y se hizo añicos en el suelo. Lo más sorprendente fue que detrás no había nada, ni un cristal bidireccional, nada. Me quedé mirando la pared desnuda y me pregunté si no sería yo el que estaba quebrándose.

Ya duchado y afeitado, regresé al dormitorio y, tras vestirme con la ropa limpia, me senté en la cama y me dispuse a esperar. No vino nadie. Me acerqué a dar unos golpes en la puerta y descubrí que no estaba cerrada con llave. «Ah, qué ingenioso», pensé, el cociente de confianza se situaba ahora por debajo de la órbita. O eso, o en aquel episodio particular de *La dimensión desconocida* descubriría que la casa se hallaba vacía y que llevaba años deshabitada.

Me dirigí al salón. Aún no había estado allí, pero fue donde encontré al equipo completo, unas cuarenta personas, todas mirándome, sonrientes. Por un instante de horror, pensé que iban a aplaudir. El jefe del equipo, un tipo que parecía tener una cara formada con piezas de repuesto, dijo algo que apenas entendí. Acto seguido, Wonderbra me tendió la mano y me dijo que era sólo trabajo y que esperaba que no le guardara rencor.

Estuve a punto de sugerirle que me acompañase al piso de arriba para que yo practicara con ella varios actos de violencia, algunos de ellos de índole cada vez más sexual, pero lo que acababa de decir el jefe me hizo cerrar la boca: semejantes pensamientos eran indignos de una persona que acababa de recibir una carta manuscrita del presidente de Estados Unidos.

Descansaba sobre una mesa, y me senté para leerla. Debajo del impresionante sello dorado y azul, el escrito decía que, tras la exhaustiva y concienzuda investigación llevada a cabo, yo había quedado libre de toda sospecha de haber actuado mal. El presidente me daba las gracias por haber mostrado lo que él denominaba «una gran valentía, por encima y más allá de lo que exige el deber».

«En territorio hostil, sin ayuda ni apoyo, y enfrentado a la necesidad de obrar de manera inmediata, usted no titubeó ni dedicó un solo instante a pensar en su bienestar personal», rezaba la carta. El presidente añadía que, si bien era imposible que el público llegara a tener conocimiento de mis acciones, tanto él como el país en general se sentían profundamente agradecidos por el servicio que yo les había prestado. En alguna parte del texto empleó también la palabra «héroe».

Me levanté y fui hasta la puerta. Sentía las miradas de todos los presentes clavadas en mí, pero apenas les presté atención. Salí y me quedé de pie sobre el césped, contemplando aquel inhóspito paisaje. «Libre de toda sospecha de haber obrado mal», decía la carta, y al pensar en aquella frase y en la otra palabra que había utilizado el presidente me sentí embargado por un cúmulo de emociones. Me habría gustado saber qué habrían pensado Bill y Grace. ¿Habrían encontrado por fin la razón para estar orgullosos de mí, esa razón que yo les había negado durante tanto tiempo?

Oí el crujido de los neumáticos de un coche sobre la grava del largo camino de entrada y percibí que se detenía delante de la casa, pero mi mente estaba en otro lugar. ¿Qué habría pensado aquella mujer que murió en Detroit, la que tenía los mismos ojos que yo, de aquel tono azul tan sorprendente? Me había amado, no me cabía la menor duda, pero siempre me había resultado extraño, dado que apenas llegué a conocerla. ¿Qué pensaría mi madre, si yo hubiera podido contárselo?

Continué allí de pie, con los hombros encorvados para protegerme del viento y envuelto en un torbellino de escombros emocionales... hasta que oí que se abría la puerta detrás de mí. Me volví y descubrí al jefe del equipo y a Wonderbra en el porche. Los acompañaba el hombre mayor que acababa de llegar en el coche. Un hombre al que yo conocía desde hacía mucho tiempo. Su nombre no tiene importancia aquí, pues de hecho nadie sabe que existe siquiera: era el director de la División.

Lentamente, descendió los escalones y se situó a mi lado.

—¿Has leído la carta? —me preguntó.

Yo asentí. Entonces apoyó una mano en mi brazo y ejerció una ligerísima presión. Aquél era su único modo de darme las gracias: dijera lo que dijese, nada podría competir con aquel sello dorado y azul.

Siguió mi mirada perdida en el triste paisaje y me habló del hombre al que yo había matado:

—Si dejamos a un lado lo de la traición, era un buen agente, uno de los mejores.

Lo miré a los ojos.

—Ésa es una manera de verlo —repuse—. Si dejamos a un lado lo de la bomba, seguramente el seis de agosto fue un buen día para Hiroshima.

—¡Por Dios, Eddy! Estoy haciendo todo lo que puedo. Intento buscar algo positivo... era amigo mío.

—Y mío también, director —repliqué en un tono desprovisto de emoción.

—Ya lo sé, ya lo sé, Eddy —dijo él, conteniéndose. Resulta increíble lo que es capaz de hacer una carta del presidente—. Ya he dicho una docena de veces que me alegro de que fueras tú y no yo. No sé si habría sido capaz de hacer algo así, ni siquiera cuando era más joven.

Guardé silencio. Por lo que me habían contado, si hubiera pensado que ello lo ayudaría a avanzar en su carrera, el director habría sido capaz de entrar en Disneyland empuñando una ametralladora.

Se subió el cuello del abrigo para resguardarse del viento y me pidió que fuera yo quien se encargara de Londres.

—He consultado a todos los que deben firmar la orden, y la decisión ha sido unánime: voy a nombrarte nuevo Tiburón de los Mares.

No dije nada, me limité a seguir mirando durante un buen rato aquellos campos yermos, entristecido en lo más hondo de mi alma por las circunstancias y por aquellas dos niñas pequeñas. Tenía veintinueve años, y era el Tiburón de los Mares más joven que había existido.

8

Londres nunca me había parecido tan hermosa como la noche en que aterricé: la catedral de San Pablo, las Cámaras del Parlamento y todas las demás ciudadelas antiguas del poder y de la grandeza, erguidas como esculturas contra un cielo de color rojo y cada vez más oscuro.

Habían transcurrido menos de veinte horas desde mi nombramiento, y llevaba todo aquel tiempo viajando sin pausa. Ahora ya sabía que me había equivocado con la ubicación de la casa de campo: se encontraba en las Colinas Negras de Dakota del Sur, un lugar todavía más remoto de lo que había imaginado. Desde allí, tuve dos horas de coche hasta el aeropuerto público más cercano, donde un reactor privado me trasladó a Nueva York para que conectase con un vuelo transatlántico de British Airways.

Un todoterreno Ford, de tres años de antigüedad y lleno de salpicaduras de barro para que no llamase la atención, me recogió en Heathrow y me llevó a Mayfair. Era domingo por la noche y había poco tráfico, pero aun así avanzábamos despacio; el vehículo estaba blindado, y el peso adicional dificultaba mucho la conducción.

El tipo que manejaba el volante se metió por fin en una calle sin salida que había cerca de South Audley Street, y vi que se abría la puerta del garaje de una elegante mansión. Entramos en el garaje subterráneo de un edificio que, según la placa de bronce que había en la puerta principal, era la sede europea del Balearic Islands Investment Trust. Un letrero que había debajo advertía al público de que las citas se acordaban únicamente por teléfono. Aun así, no se indicaba en ella ningún número, y, si alguien intentaba buscarlo, la sede no figuraba en la guía telefónica de Londres. No hace falta decir que nunca llamaba nadie.

Tomé el ascensor desde el sótano hasta la última planta, y entré en lo que siempre había sido el despacho del Tiburón de los Mares: una amplia extensión de suelos de madera barnizada y sofás de color blanco, pero carente de ventanas y de luz natural. El edificio tenía un núcleo central de hormigón, y fue en aquella celda dentro de otra celda donde comencé a desenredar la red de engaños de mi predecesor. Aquella primera noche, ya tarde, llamé a varios números secretos que las compañías telefónicas ni siquiera sabían que existían y reuní a un equipo especial de criptógrafos, analistas, archiveros y agentes de campo.

A pesar de lo que puedan asegurar los gobiernos, no todas las guerras se libran con periodistas presentes en mitad de la acción ni bajo la luz de los focos de las cámaras de televisión durante las veinticuatro horas. Al día siguiente, el nuevo Tiburón y su pequeño grupo de «partisanos» lanzaron su propia campaña por toda Europa y presentaron batalla con lo que resultó ser la mayor penetración de la inteligencia de Estados Unidos desde la Guerra Fría.

Obtuvimos varios éxitos importantes, y aun así, a pesar de que, conforme fue pasando el tiempo, los cadáveres de los enemigos empezaron a amontonarse como si fueran hojarasca, yo seguía sin poder dormir. Una noche, en Praga, mientras seguía una vieja pista, pasé varias horas caminando por el casco antiguo y me obligué a mí mismo a hacer inventario de la situación en que nos encontrábamos. Según mi propio nivel de exigencia, y una vez descontadas todas las complicaciones, había fracasado por completo. Al cabo de veinte meses de trabajar sin descanso, aún no había descubierto el método que utilizaban los rusos para pagar a nuestros agentes, o, dicho de otro modo, a los traidores, a los hombres que habían corrompido.

El rastro del dinero seguía siendo tan misterioso como antes, y, a no ser que lográramos descubrirlo, nunca sabríamos cómo se había extendido la infección. Ya había decidido abordar el problema haciendo uso de todo lo que teníamos a nuestra disposición, pero al final todo aquello no sirvió de nada, porque lo que acudió a rescatarnos fue un tímido auditor forense y una buena dosis de casualidad.

Antes de desaparecer en los archivos de la División, el auditor se zambulló por última vez en la montaña de material confiscado en el domicilio londinense de mi predecesor, y encontró un papel con una lista de la compra escrita a mano en la parte de atrás de un talonario de cheques. Cuando ya se disponía a tirarla, le dio la vuelta y vio que la habían escrito en el dorso de un albarán de Fed-Ex en blanco. Le pareció extraño, porque en ninguna de nuestras investigaciones se había visto que existiera una cuenta con FedEx. Intrigado, llamó a la empresa y descubrió una lista de recogidas efectuadas en aquella dirección, todas ellas abonadas en metálico.

Sin embargo, sólo una resultó ser de interés: una caja de carísimos puros cubanos que se envió al lujoso hotel Burj Al Arab de Dubái. Rápidamente, supimos que el nombre del destinatario que figuraba en el albarán de FedEx era falso, y aquello debería haber puesto fin al asunto, pero aún faltaba la buena dosis de casualidad. Una mujer que trabajaba codo con codo con el auditor había sido agente de viajes, y sabía que todos los hoteles de los Emiratos Árabes Unidos estaban obligados a hacer una copia del pasaporte de todos sus clientes.

Llamé al hotel fingiendo ser un agente especial del FBI asociado a la Interpol, y convencí al encargado de que examinara sus archivos y me proporcionara los detalles del pasaporte del cliente que había ocupado la suite 1608 en la fecha indicada.

Resultó ser alguien llamado Christos Nikolaides. Tenía un nombre elegante, lo sentí por él.

9

Todo el mundo coincidió en una cosa: Christos habría sido un tipo atractivo si no fuera por su estatura. Su piel olivácea, el cabello moreno, ondulado y rebelde, y la buena dentadura no lograban compensar unas piernas que eran demasiado cortas para su cuerpo. Pero seguramente el dinero lo ayudaba a salir adelante, sobre todo con las mujeres con las que le gustaba pasearse, y estaba claro que a Christos Nikolaides el dinero le sobraba.

Un frenesí de búsquedas en bases de datos de la policía reveló que Nikolaides era un hombre real, un verdadero indeseable que nunca había sido condenado, pero que había participado de manera significativa en tres asesinatos y en una miríada de delitos con violencia. De origen griego, tenía treinta y tres años y era el mayor de sus hermanos; sus padres, gente sin estudios, vivían en Tesalónica, una localidad situada en el norte del país. En este caso es importante hacer énfasis en lo de la falta de estudios, que no es lo mismo que ser idiota, cosa que desde luego ellos no eran.

A lo largo de las semanas siguientes, a medida que íbamos indagando más en su vida, su familia fue resultando cada vez más interesante. Formaban un cerrado clan de hermanos, tíos y primos, y a la cabeza de todos se situaba Patros, el padre de Christos, un hombre de sesenta años y el despiadado brazo ejecutor de la familia. Como dicen en Atenas, «tenía una chaqueta gruesa», es decir, una larga lista de antecedentes penales, pero todo esto venía acompañado de un gran éxito en lo material. Un ajuste de la órbita de un satélite norteamericano que vigilaba los Balcanes proporcionó algunas imágenes en las que se apreciaba con todo detalle la residencia donde vivía la familia.

Ubicado en el centro de muchas hectáreas de campos de espliego, el complejo, formado por siete lujosos edificios, varias piscinas y enormes establos, estaba rodeado por una tapia de cuatro metros de altura en la que patrullaban unos guardias que parecían ser albaneses y que iban armados con subfusiles Skorpion. Aquello resultaba extraño, sobre todo teniendo en cuenta que la familia se dedicaba al negocio de la floristería al por mayor. A lo mejor en el norte de Grecia el robo de flores constituía un problema más importante de lo que pensaba la gente.

Establecimos la teoría de que, al igual que había hecho el cartel de Medellín, esta familia había adaptado la compleja red de transporte por aire y por carretera que se necesitaba para trasladar un artículo perecedero como las flores para incluir un «producto» mucho más rentable.

Aun así, ¿qué tenía que ver una familia de narcotraficantes griegos con mi predecesor? ¿Y por qué éste había enviado una caja de puros a su hijo mayor, alojado en un hotel de siete estrellas de Oriente Próximo? Era posible que el anterior Tiburón de los Mares consumiera algún tipo de droga y que Christos fuera su camello, pero eso no tenía mucho sentido: estaba claro que los griegos se dedicaban a la venta al por mayor.

A punto de descartar toda aquella investigación por considerarla un callejón sin salida —tal vez Christos y mi predecesor no fueran más que dos cabrones simpáticos—, la suerte quiso que en aquella lúgubre noche londinense no consiguiera conciliar el sueño. Y ahí estaba yo, contemplando los tejados desde mi apartamento de Belgravia y pensando que seguramente aquellos dos tipos habían almorzado juntos en uno de los restaurantes con estrellas Michelin que había en la zona, cuando de pronto caí en la cuenta de que la solución del problema más difícil al que nos enfrentábamos podía tenerla justo delante de las narices.

¿Y si los rusos no eran los encargados de pagar directamente a nuestros agentes corruptos? Supongamos que quienes hacían los pagos fueran Christos Nikolaides y su familia. ¿Por qué? Porque introducían droga en Moscú, y aquélla era la aportación que debían hacer a los rusos forrados de dinero, a cambio del permiso para traficar. Como si fuera, de algún modo, un impuesto de actividades económicas.

Eso significaría que los griegos estaban sirviéndose de su dinero negro y de su habilidad para el blanqueo para transferir fondos desde sus propias cuentas a otras que estaban a nombre de nuestros traidores, de forma que las agencias de inteligencia rusas no intervenían de ningún modo en todo aquel proceso. Según aquella hipótesis, sería lógico que alguien que hubiera recibido una gran suma de dinero, como el Tiburón de los Mares, enviara una exclusiva caja de puros al hombre que acababa de pagarle: Christos Nikolaides, que se encontraba de vacaciones en Dubái.

Dejé por imposible toda idea de dormir, regresé al despacho y puse en marcha una intensa investigación —con la ayuda del gobierno griego— sobre los trapicheos económicos de la familia de Nikolaides.

Fue la información que afloró durante esta investigación la que me condujo a Suiza y a las tranquilas calles de Ginebra. Pese a la fama de limpia que tiene esa ciudad, es la más sucia que he visto en mi vida.

10

Las oficinas del banco privado más secreto del mundo se encuentran detrás de una anónima fachada de piedra caliza del centro de un barrio de Ginebra denominado Quartier des Banques. No hay placa alguna, pero quien lleva doscientos años ocupando ese edificio es la empresa Clément Richeloud & Cie, entre cuyos clientes figuran incontables déspotas africanos, numerosas sociedades delictivas y los ricos descendientes de unos pocos miembros prominentes del Tercer Reich.

Los Richeloud eran también los banqueros de la familia Nikolaides, y, con la información que tenía, representaban la única vía que nos permitiría avanzar. Iba a ser necesario persuadirlos para que nos proporcionaran una lista de las transacciones realizadas por el clan Nikolaides en los cinco últimos años, una documentación que demostraría si Christos estaba actuando de pagador de los rusos, y, en ese caso, qué estadounidenses figuraban en la nómina.

Por supuesto, podíamos presentar una solicitud en el juzgado, pero Richeloud alegaría, correctamente, que era ilegal divulgar información, así lo establecían las leyes del secreto bancario del gobierno suizo, una legislación que ha logrado que esa nación sea la favorita de delincuentes y tiranos.

Por ese motivo, cuando me puse en contacto con el banco, me presenté como un abogado, con base en Mónaco, encargado de velar por ciertos activos relacionados con el ejército de Paraguay, y llegué a su elegante portal de mármol preparado para hablar de una serie de asuntos económicos sumamente confidenciales. Portando un maletín lleno de documentos falsificados y valiéndome de la perspectiva de lo que parecían ser depósitos por valor de varios cientos de millones de dólares, tomé asiento en una sala de juntas repleta de antigüedades falsas y aguardé a que apareciera el socio administrador.

Aquella reunión acabó siendo uno de los acontecimientos más memorables de mi vida profesional, y no gracias a Christos Nikolaides, sino a la lección que aprendí. Comencé a ilustrarme en cuanto se abrió aquella puerta de roble.

Es justo decir que una gran parte de mi trabajo había consistido hasta entonces en remar por una cloaca a bordo de un bote cuyo fondo era de cristal, pero, incluso teniendo el listón tan bajo, Markus Bucher superó todas las expectativas. Pese a ser un predicador laico de la austera catedral calvinista de Ginebra, estaba, como todos los de su profesión, de mierda y de sangre hasta el cuello. Rondaba los cincuenta, y podía decirse que había triunfado en su vida profesional —una enorme residencia en Cologny, frente al lago, un Bentley en el garaje—, pero, si se tenía en cuenta que había partido de un escalón más alto, sus éxitos no lo eran tanto: su familia era el accionista más importante del banco.

Presumió ampliamente de que aquella sala se hallaba insonorizada, «a la altura de lo que marcan los estándares de calidad de las agencias de inteligencia norteamericanas», pero no mencionó la cámara oculta que yo había detectado en el marco de un retrato que colgaba en la pared. Estaba situada de forma que enfocaba por encima del hombro del cliente y grababa cualquier documento que éste pudiera tener en la mano. Sólo por fastidiar, antes de que él entrara recoloqué las sillas con total naturalidad, de modo que lo único que pudiera captar el objetivo fuera la parte posterior de mi maletín. «Aficionados», pensé.

Mientras Bucher examinaba mi documentación falsificada, sin duda calculando mentalmente los honorarios que podrían ganar por la gestión de semejantes sumas, yo consulté mi reloj. Faltaban tres minutos para la una, era casi la hora de comer.

Por desgracia para ella, la familia Nikolaides, que no dejaba de ingresar más y más dinero en su cuenta bancaria, había pasado por alto un punto débil del banco de Richeloud: que el único retoño de Bucher también había entrado en el negocio de la banca. Era una joven de veintitrés años que, sin tener mucha experiencia con los hombres ni demasiado mundo, estaba trabajando en el extremo más respetable de aquel oficio: para Credit Suisse, en Hong Kong.

Volví a mirar el reloj. La una menos dos minutos. Me incliné hacia delante y le dije en voz baja:

—En mi vida he visto a un puto miembro del ejército paraguayo.

Bucher me miró, confuso, y luego se echó a reír, pensando que aquélla era la versión norteamericana del humor. Pero yo insistí, y le aseguré que no se trataba de eso.

Le di el nombre completo de Christos y su supuesto número de cuenta, y le dije que quería una copia de las transacciones bancarias llevadas a cabo en los cinco últimos años por él, por su familia y por sus empresas asociadas. En un oscuro rincón de mi mente esperaba haber acertado, porque de lo contrario iba a pagarlo muy caro, pero ya no había vuelta atrás.

Bucher se puso de pie con el pecho hinchado de indignación, despotricando acerca de las personas que lograban entrar allí fingiendo ser otra cosa, y asegurando que se había dado cuenta al instante de que aquella documentación era falsa. Luego añadió que sólo un norteamericano pensaría que un banquero suizo sería capaz de divulgar aquella información, aunque se viera obligado. Vino hacia mí, y comprendí que se me iba a conceder el singular honor que se les había negado a tantos dictadores y asesinos de masas: iba a ser expulsado de un banco suizo.

Era la una en punto. Bucher se detuvo de pronto, y advertí que sus ojos se desviaban un instante hacia su mesa. Su móvil particular, que reposaba entre sus papeles —el número que él creía que conocían tan sólo sus parientes más íntimos—, estaba vibrando. Observé en silencio cómo lanzaba una mirada furtiva al aparato para ver de quién era la llamada entrante. Sin embargo, decidió ocuparse de aquello más tarde, se volvió de nuevo hacia mí y me taladró con la mirada sirviéndose de su indignación a modo de blindaje.

—En Hong Kong ahora son las ocho de la noche —dije en voz queda, sin moverme en la silla, listo para romperle el brazo si intentaba tocarme.

—¡¿Qué?! —replicó, sin asimilar aún lo que acababa de decirle.

—Digo que en Hong Kong —repetí más despacio— ya es tarde.

Capté una chispa de miedo en sus ojos. Por fin había comprendido el alcance de lo que yo acababa de decir. Me miró, invadido por una oleada de preguntas que era incapaz de responderse... ¿Cómo diablos sabía yo que aquella llamada procedía de Hong Kong?

Se volvió y agarró el teléfono. Yo continué mirándolo fijamente, mientras él comprobaba que no sólo estaba en lo cierto al insinuar que la llamada era de Hong Kong, sino que además su hija, haciendo un esfuerzo para que no se le notara el pánico en la voz, le decía que tenía un problema importante. Todavía era la hora del almuerzo en Ginebra, pero para Markus Bucher la jornada iba tornándose más negra a cada segundo que pasaba.

Por lo visto, dos horas antes, en el lujoso rascacielos en que vivía su hija la red de comunicaciones había sufrido un fallo general: el teléfono, la televisión por cable, la wifi, la conexión de fibra óptica... todo se había caído. Había acudido una docena de equipos técnicos de Hong Kong Telecom para intentar averiguar la causa. Y uno de aquellos equipos —tres hombres, todos vestidos con un mono blanco oficial y tarjetas identificativas colgando del cuello— había logrado entrar en el apartamento de Clare Bucher.

Cuando llamó a su padre, la joven ya había llegado a la conclusión de que aquellos tipos quizá no fueran quienes afirmaban ser. La primera prueba que tenía era que dos de ellos, al parecer, ni siquiera hablaban chino; de hecho, parecían norteamericanos. La segunda pista estaba relacionada con el equipo de comunicaciones. Aunque ella no sabía mucho de aquellas cosas, estaba bastante segura de que, para arreglar un fallo en la línea, no se necesitaba una Beretta de 9 mm, como las que utilizaba la OTAN, con silenciador incluido.

Mientras ella le explicaba la situación, vi cómo el rostro de su padre adquiría un tono grisáceo nada saludable. Miró hacia mí con una mezcla de odio y desesperación.

—¿Quién es usted? —me preguntó en un tono de voz tan bajo que casi resultó inaudible.

—A juzgar por lo que he escuchado sin querer —respondí—, soy la única persona en el mundo que puede ayudarlo. Por suerte, el jefe de Hong Kong Telecom me debe un favor, digamos que lo ayudé a conseguir un jugoso contrato telefónico en Paraguay.

Pensé que en aquel momento Bucher iba a lanzarse contra mí, así que me preparé para hacerle daño de verdad si era necesario y continué hablando:

—Estoy seguro de que, con los incentivos adecuados, podría llamarlo para pedirle que ordene a sus técnicos que busquen en otra parte.

No sé cómo, pero Bucher consiguió dominarse. Me sostuvo la mirada, consciente de que se hallaba en una encrucijada, perdido en lo más profundo del bosque: la decisión que tomara en aquel momento iba a determinar el resto de su vida.

En su semblante percibí con claridad la batalla interna que estaba librando: no podía abandonar a su hija, pero tampoco podía quebrantar todo aquello que creía representar. Estaba paralizado, y yo tenía que ayudarlo a tomar la decisión acertada. Como he dicho, aquel hombre estaba viviendo una mañana terrible.

—Permítame que le aclare una cosa: si decide no colaborar y los técnicos se ven obligados a eliminar a su hija, yo no puedo influir en lo que tal vez le hagan antes, no sé si me entiende... No está en mi mano.

No me gustaba utilizar el término «violar» cuando me dirigía a un hombre que era padre. Bucher no dijo nada y, acto seguido, se volvió hacia un lado y vomitó en el suelo. Se limpió la boca con la manga y se incorporó, tembloroso.

—Le proporcionaré esos datos —afirmó al tiempo que echaba a andar con paso inseguro.

He oído a algunas personas decir que el amor es débil, pero están equivocadas: el amor es poderoso. En casi todos los casos se impone a todo lo demás, ya sea el patriotismo o la ambición, la religión o la educación recibida. Y de todas las clases de amor, el de proporciones épicas y el pequeño, el noble y el básico, el más fuerte de todos es el que siente un padre hacia su hijo. Ésa fue la lección que aprendí aquel día, y es algo por lo que siempre estaré agradecido, porque unos años más tarde, en lo más profundo de las ruinas que llaman el Teatro de la Muerte, esa lección lo salvó todo.

Cuando lo agarré del brazo, él ya estaba camino de la puerta, dispuesto a entregarlo todo, desesperado por salvar a su hija.

—¡Quieto! —le ordené.

Se volvió hacia mí con lágrimas en los ojos.

—¿Cree que voy a llamar a la policía? —me gritó—. ¿Estando todavía esos «técnicos» suyos en el apartamento de mi hija?

—Claro que no —contesté—. No creo que sea tan necio.

—¡Pues entonces deje que vaya a buscar esos datos, por Dios!

—¿Y qué le impide entregarme los de otro cliente? No, iremos juntos a ver ese ordenador.

Bucher, presa del pánico, negó con la cabeza.

—¡Eso es imposible! Nadie puede entrar en la oficina de atrás, el personal se dará cuenta...

Aquello era cierto, salvo por un detalle:

—¿Por qué cree que he escogido la una de la tarde de un viernes víspera de festivo? —le dije—. Porque todo el mundo está almorzando.

Recogí mi bolsa, salí con él de la sala de juntas y lo observé mientras utilizaba una tarjeta identificativa encriptada para abrir una puerta que daba a las oficinas interiores.

Nos sentamos frente a un monitor. Bucher abrió el sistema mediante un escáner de huellas dactilares y tecleó los dígitos de un número de cuenta. Allí estaban: varias páginas llenas de los movimientos bancarios de Christos Nikolaides, supuestamente secretos, enlazados con una matriz de otras cuentas de la familia. En cuestión de minutos, ya lo teníamos todo impreso.

Pasé un buen rato hojeando aquellas páginas, aquel registro de tanta muerte y corrupción. Eran una familia de multimillonarios —o estaban lo bastante cerca de serlo como para que el término ya no importase—, pero aquellos datos también demostraban sin lugar a dudas que Christos era el pagador de los rusos. Más aún, como yo esperaba, aquellos documentos también desvelaron el resto del negocio: una serie de transferencias regulares efectuadas a otras cuentas del banco revelaron los nombres de seis de los nuestros, que yo jamás habría imaginado que eran traidores.

Dos de ellos eran agentes del FBI involucrados en tareas de contraespionaje, y los otros cuatro eran diplomáticos de carrera que trabajaban en embajadas estadounidenses de diversos países europeos, incluida una mujer con la que me había acostado en una ocasión: todos recibían la misma cantidad por cada una de sus «colaboraciones». En una parte de mi corazón, abrigué la esperanza de que se buscaran buenos abogados que les consiguieran un arreglo para que todo quedase en una condena de cadena perpetua. No se crean ustedes lo que les digan, es terrible tener la vida de otra persona en la palma de la mano.

Así que, con una satisfacción menor de la que había esperado, guardé el material en mi maletín y me volví hacia Bucher. Le aseguré que, en el plazo de dos horas, llamaría al jefe de Hong Kong Telecom y le diría que se llevara a los técnicos a otra parte. Me levanté y, dadas las circunstancias, decidí no ofrecerle la mano. Salí del despacho sin decir nada más, y allí lo dejé, solo, con el traje manchado de vómito y un temblor en la mano, intentando dilucidar si las palpitaciones que sentía en el pecho se debían a los nervios o a algo mucho más grave.

No sabía si Bucher llegaría a recuperarse, y tal vez hubiera sentido cierta empatía hacia él si no hubiese sido por un extraño incidente que tuvo lugar en mi niñez.

Acompañado por Bill Murdoch, hice una excursión a un pueblecito francés llamado Rothau, ubicado en la frontera con Alemania. Han transcurrido veinte años y mil aventuras, pero en cierto modo una parte de mí todavía no se ha ido de aquel lugar... o quizá debiera decir que una parte de ese lugar nunca se ha ido de mí.

11

Si alguna vez se encuentran ustedes en la parte del mundo en que se juntan Francia y Alemania y quieren que se les rompa el corazón, cojan la sinuosa carretera que sale del pueblo de Rothau, atraviesa los pinares y penetra en las estribaciones de los Vosgos.

Tarde o temprano llegarán a un lugar aislado que se llama Natzweiler-Struthof. Fue un campo de concentración nazi, ahora casi olvidado porque no llegó a figurar en las guías turísticas que ofrecen visitar lugares de sufrimiento, como Auschwitz o Dachau. Uno sale de los pinares y llega a una bifurcación en la que hay un sencillo indicador de carretera: un ramal lleva a un bar, el otro, a la cámara de gas. No, no estoy bromeando.

Decenas de miles de prisioneros cruzaron las puertas de este campo, pero eso no es lo peor. Lo peor es que casi nadie está enterado de ello, ese inmenso sufrimiento no es lo bastante inmenso para figurar en la escala de Richter del siglo XX. Otra manera de medir el progreso, supongo.

Yo tenía doce años cuando entré allí. Era verano, y estaba de vacaciones. Como acostumbraban a hacer, Bill y Grace habían reservado una suite en el hotel George V de París para casi todo el mes de agosto. A los dos les interesaba el arte: a ella le gustaban los Antiguos Maestros, lo cual indicaba a la gente que entraba en casa que era una mujer rica y de buen gusto. Bill, gracias a Dios, estaba en el filo de la vanguardia... Claro que la mitad del tiempo lo que hacía era más bien husmear en el filo de la vanguardia. Nunca era más feliz que cuando encontraba una galería nueva o merodeaba por el estudio de un artista joven.

Grace, a quien no le interesaba nada ese tipo de obras, hacía mucho que le había prohibido que colgase sus adquisiciones en la pared, y entonces Bill me guiñaba un ojo y me decía: «Grace tiene razón, sea lo que sea, no se puede decir que sea arte. Yo lo llamo "caridad". Hay gente que da dinero a una ONG, yo se lo doy a los artistas que se mueren de hambre.»

Pero más allá de todas aquellas bromas, Bill sabía lo que hacía; años más tarde, me di cuenta de que tenía muy buen ojo, lo cual era extraño dado que carecía de toda formación y su familia sólo se había interesado por los productos químicos. El apellido de soltera de su madre era DuPont.

En nuestra segunda semana de estancia en París, Bill recibió una llamada de un individuo de Estrasburgo que dijo que tenía en su poder una resma de dibujos de Robert Rauschenberg, que databan de cuando dicho artista pop era un marine anónimo. Al día siguiente, los dos nos subimos a un avión con una pequeña bolsa de fin de semana y dejamos a Grace disfrutando a solas de su segunda gran pasión: ir de compras a Hermès.

Y así fue como, después de que Bill hubiera adquirido los dibujos, nos encontramos en Estrasburgo en domingo y sin nada que hacer.

—He pensado que podríamos ir de excursión a los montes Vosgos —comentó—. Seguro que Grace diría que eres demasiado pequeño, pero hay un sitio que deberías ver. Hay ocasiones en que la vida puede parecernos difícil, y es importante no perder la perspectiva de las cosas.

Bill conocía la existencia del campo de Natzweiler-Struthof por su padre, que había sido teniente coronel del 6.º Ejército de Estados Unidos y había estado de campaña en Europa. El coronel había llegado a aquel campo de concentración justo después de que lo abandonasen las SS, y le asignaron la tarea de redactar un informe que acabó llegando hasta el tribunal de crímenes de guerra de Núremberg.

Desconozco si Bill leyó alguna vez aquel documento de su padre, pero encontró aquella sinuosa carretera sin problemas, y llegamos al aparcamiento justo antes de las doce de aquel luminoso día de verano.

Cruzamos la entrada de aquella casa de la muerte lentamente. El campo se había conservado como lugar histórico porque allí habían muerto muchos miembros de la Resistencia francesa, y Bill me señaló el antiguo hotel que los alemanes habían convertido en cámara de gas y crematorio, repleto de ascensores y hornos.

Aquélla fue una de las pocas veces en toda mi vida que me agarré de su mano.

Pasamos junto a la horca que se empleaba para las ejecuciones públicas, luego rodeamos el edificio en el que se realizaban experimentos médicos y llegamos al barracón de prisioneros número uno, donde había un museo. En el interior, entre viejos uniformes de prisioneros y diagramas del sistema del campo de concentración, nos separamos.

En un silencioso rincón, al fondo de la sala, cerca de una hilera de camastros en los que los fantasmas que nos rodeaban parecían todavía más tangibles, encontré una foto expuesta en una pared. De hecho, había numerosas fotos del Holocausto, pero aquélla era la que iba a grabarse para siempre en mi memoria. Era en blanco y negro, y mostraba a una mujer gruesa y de baja estatura andando por un ancho camino que discurría entre altas vallas electrificadas. A juzgar por la luz, era por la tarde, y, por utilizar el lenguaje de aquella época, la mujer iba vestida como una campesina.

Casualmente, en la foto no había ni un solo guardia, ni perros ni torres de vigilancia, aunque estoy seguro de que estaban allí, cerca; únicamente se veía a una mujer solitaria con un niño pequeño en brazos y otros dos fuertemente asidos de su falda. Estoica, inquebrantable, sirviendo de apoyo a las diminutas vidas de sus hijos, ayudándolos lo mejor posible, como toda madre... y caminando con ellos en dirección a la cámara de gas. Casi era posible oír el silencio y oler el terror.

Me quedé mirándola, animado y deprimido al mismo tiempo por aquella dura imagen de una familia y del amor eterno de una madre. Una vocecilla interior, una voz infantil, me repetía constantemente algo que no se me ha olvidado: que me habría gustado conocerla.

66

En aquel momento sentí una mano en el hombro. Era Bill, que había venido a buscarme. Me di cuenta de que había estado llorando. Abrumado, me indicó los montones de zapatos y algunos artículos menores, como cepillos del pelo, que habían pertenecido a los prisioneros.

—No me había dado cuenta de la fuerza que pueden tener los objetos corrientes.

Luego volvimos hacia las torretas de la verja de salida por un sendero que seguía el límite de la antigua valla electrificada. Mientras caminábamos, me preguntó:

—¿Has visto la parte dedicada a los gitanos?

Contesté con un gesto de la cabeza: no.

—En términos de porcentaje, ellos perdieron aún más que los judíos.

—No lo sabía —repuse, intentando ser adulto.

—Yo tampoco —admitió Bill—. Los gitanos no lo denominan Holocausto, en su idioma le dan otro nombre: lo llaman «Devoramiento».

El resto del camino hasta el coche lo recorrimos en silencio, y aquella misma noche regresamos en avión a París. Acordamos tácitamente no decirle a Grace dónde habíamos estado, creo que ambos sabíamos que ella no lo habría entendido.

Meses después, un par de días antes de Navidad, cuando bajaba por la escalera de la tranquila casa de Greenwich, me detuve al oír unas voces airadas.

—¿Cinco millones de dólares? —estaba diciendo Grace en tono de incredulidad—. En fin, terminarás haciendo lo que te apetezca, es tu dinero.

—Lo es, ya lo creo que sí —respondió Bill.

—El gestor dice que irá a parar a un orfanato húngaro —añadió ella—. Ésa es otra cosa que no entiendo. ¿Qué sabes tú de Hungría?

—No mucho. Al parecer, es de allí de donde proceden muchos gitanos; es un orfanato de gitanos —respondió Bill en tono más o menos neutro.

Grace lo miró como si se hubiera vuelto loco.

—¿Gitanos? ¡¿Gitanos?!

En aquel momento, los dos parecieron intuir mi presencia y se volvieron hacia la puerta. Bill cruzó su mirada con la mía y se dio cuenta de que yo había comprendido: *Porrajmos*, como dicen los gitanos en romaní, el Devoramiento.

Después de aquella Navidad, me inscribieron en la Caulfield Academy, un instituto realmente hipócrita que se enorgullecía de «proporcionar a todos los alumnos los medios necesarios para que lleven una vida satisfactoria». Aunque, teniendo en cuenta las exorbitantes cuotas que cobraban, lo más probable era que aquel objetivo ya estuviera cubierto de antemano, porque uno tenía que llevar a sus espaldas como unas seis generaciones de éxito empresarial para poder siquiera cruzar aquella puerta.

En mi segunda semana de estancia, hicimos un curso para mejorar nuestra capacidad de hablar en público. Sólo la Caulfield Academy podía soñar con impartir semejantes cursos. El tema que se escogió, sacándolo de un sombrero, fue el de «la maternidad», y estuvimos treinta minutos escuchando a compañeros que contaban lo que habían hecho sus madres por ellos, que probablemente no era nada, y algunas anécdotas divertidas que habían sucedido en sus villas del sur de Francia.

Cuando llegó mi turno, me levanté, bastante nervioso, y empecé a hablar de los pinos en verano y de la sinuosa carretera que subía a las montañas. Intenté describir la foto que había visto y aseguré que sabía que aquella madre amaba a sus hijos más que a nada en el mundo. También estaba aquel libro que había leído, cuyo autor se me había olvidado, que contenía la expresión «la tristeza flota»; aquello era lo que yo sentía al recordar la foto… Estaba intentando enlazar todos esos elementos cuando la gente empezó a reírse y a preguntarme qué había fumado. Incluso la profesora, una chica joven que creía ser sensible pero no lo era, me dijo que me sentase y dejase de decir tonterías, y añadió que tal vez debería pensármelo dos veces antes de presentarme como candidato a algún cargo importante, lo que acabó provocando carcajadas aún más fuertes.

Después de aquello, no volví a hablar en clase en los cinco años que pasé en Caulfield, por más problemas que ello me ocasionara. Mis compañeros terminaron pensando que yo era un tipo solitario, que había algo siniestro en mí, y supongo que de algún modo tenían razón. ¿Cuántos de ellos acabaron por llevar una vida secreta y matando a la mitad de gente que he matado yo?

Sea como sea, en todo esto hay un detalle extraño: después de todas esas dificultades, después de veinte años, el tiempo no ha borrado el recuerdo que me quedó de aquella foto. No ha hecho sino avivarlo, está siempre ahí, aguardándome para volver justo en el momento de irme a la cama, y, por más que lo intento, nunca he sido capaz de sacármelo de la cabeza.

12

Aquella imagen acudió de nuevo a mi memoria cuando crucé la puerta principal de Clément Richeloud & Cie y salí al sol de Ginebra. Sí, era posible que hubiera sentido cierta empatía hacia Markus Bucher y su hija, pero no podía evitar acordarme de que eran los banqueros suizos como Bucher y su familia los que habían ayudado a financiar y apoyar el Tercer Reich.

No me cabe duda de que tanto la mujer de aquella foto como los otros millones de familias que viajaron en vagones de ganado habrían cambiado con mucho gusto aquel par de horas de incomodidad de los Bucher por lo que les tocó vivir a ellos. Era justo como había dicho Bill tantos años atrás: es importante no perder la perspectiva de las cosas.

Pensando aún en la siniestra historia que pesa sobre una gran parte de la riqueza oculta de Ginebra, me encaminé hacia la rue du Rhône, giré a la derecha y me detuve cerca de la entrada del casco antiguo para efectuar con mi teléfono móvil una llamada encriptada a cierta isla griega.

Los datos bancarios que guardaba en el maletín, que ahora llevaba sujeto a la muñeca con unas esposas, representaban la sentencia de muerte de Christos Nikolaides, y en el mundo en que habitaba yo no existían apelaciones ni suspensiones de la ejecución en el último momento. Resultó finalmente que matarlo no fue un error, aunque sí lo fue el modo en que lo hice.

En Santorini había cinco ejecutores esperando mi llamada: tres hombres y dos mujeres. Con su puerto de aguas de un azul intenso, con esas casas blanquísimas que trepan por los acantilados y con esos burros que llevan a los turistas hasta unas *boutiques* que parecen joyeros, Santorini es la más bella de todas las islas griegas.

Vestidos con pantalón pirata y ropa informal de algodón, los miembros de mi equipo resultaban invisibles entre los miles de turistas que visitan la isla cada día. Las armas iban ocultas en los estuches de las cámaras fotográficas.

Unos meses antes, cuando la familia Nikolaides ya se había situado claramente en nuestro objetivo, despertó nuestro interés un rompehielos llamado *Ártico N*. Era un buque de noventa metros, con bandera de Liberia, capaz de resistir casi cualquier ataque, y había sido transformado, con enorme coste, en un crucero de lujo provisto de helipuerto y garaje para un Ferrari. Supuestamente equipado para el superelitista negocio de los cruceros chárter por el Mediterráneo, lo raro era que siempre tenía un único cliente: Christos Nikolaides y su séquito de tías buenas, parásitos, socios comerciales y guardaespaldas.

Durante todo el verano estuvimos siguiéndole la pista por satélite, y mientras nos encontrábamos en Grozny y en Bucarest dando caza a traidores y a narcotraficantes, observábamos cómo el *Ártico N* se desplazaba constantemente entre Saint-Tropez y Capri, hasta que por fin recaló en la caldera volcánica que forma la bahía de Santorini.

Allí estaba ahora el barco. Todos los días, Nikolaides y sus invitados se trasladaban desde el enorme solárium del *Ártico N* hasta los restaurantes y las discotecas de la ciudad y regresaban de nuevo.

Mientras tanto, a medio continente de distancia, yo aguardaba en una esquina de Ginebra a que me contestaran al teléfono. Cuando cogieron la llamada, dije tres palabras a un hombre sentado en un café ubicado en lo alto de un acantilado:

—¿Eres tú, Reno?

—Se ha equivocado de número —contestó el otro, y después colgó.

Reno era el apellido del actor que desempeñaba el papel de asesino en la película *El profesional*, y el jefe de mi equipo, que era el hombre sentado en el café, sabía que aquellas palabras significaban muerte.

Hizo una seña a su colega, quien inmediatamente llamó a los otros tres agentes, que se hallaban sentados en otras terrazas, entre los turistas que pululaban por allí. Los cinco se encontraron junto al hermoso bar-restaurante Rastoni, y a los ojos de todo el mundo eran un grupo de europeos ricos que estaban de vacaciones y se habían reunido para comer. Las dos mujeres de la brigada eran los principales tiradores, y me temo que ahí radicó mi error.

Eran justo antes de las dos, y el restaurante todavía estaba abarrotado, cuando mis presuntos turistas entraron en él. Los tres hombres se dirigieron al estresado encargado para pedirle una mesa, mientras las dos mujeres iban al bar, con la aparente intención de retocarse el maquillaje. Pero en realidad lo que pretendían era servirse del enorme espejo que había tras la barra para tomar nota de la posición que ocupaba cada uno de los presentes.

Christos y su cortejo, compuesto por tres guardaespaldas albaneses y un puñado de chicas contra las que probablemente le habría advertido su madre, estaban sentados a una mesa que daba directamente al puerto.

—¿Todo preparado? —preguntó una de nuestras mujeres a sus colegas varones en un italiano aceptable.

Lo formuló como si fuera una pregunta, pero pretendía ser una afirmación. Los hombres asintieron.

Las mujeres abrieron los bolsos, guardaron los pintalabios y cogieron los estuches de sus cámaras de fotos. Ambas sacaron sendas SIG P232 de acero inoxidable y se volvieron describiendo un arco cerrado.

Los guardaespaldas de Christos, con sus vaqueros True Religion, sus camisetas ajustadas y sus subfusiles checos, no tuvieron ninguna posibilidad frente a profesionales de verdad como aquéllas. Dos de ellos ni siquiera lo vieron venir, lo único que oyeron fue el crujido de huesos que se partían cuando las balas se les incrustaron en la cabeza y el pecho.

El tercer guardaespaldas consiguió ponerse en pie, una estrategia que tan sólo le sirvió para ofrecer un blanco de mayor tamaño al jefe de mi equipo. Eso demostraba lo mucho que sabía de su oficio aquel matón. Mi agente le metió tres balas, algo innecesario porque la primera ya le había destrozado el corazón cuando le salió por la espalda.

Como suele ser habitual en este tipo de situaciones, muchas personas se pusieron a chillar inútilmente. Una de ellas fue Christos, que intentó asumir el mando, supongo, y se levantó a toda prisa al tiempo que introducía una mano por debajo de su camisa de lino para sacar la Beretta que llevaba en el cinturón.

Al igual que muchos tipos duros que en realidad no se entrenan, creía que estaba bien preparado para llevar una pistola sin el seguro puesto y, dominado por el pánico de un tiroteo de verdad, extrajo el arma, puso el dedo en el gatillo y se disparó a sí mismo en la pierna. Luchando contra el dolor y la humillación, aún fue capaz de revolverse para enfrentarse a sus agresores, pero lo que vio fue a dos mujeres de mediana edad con las piernas separadas que, de haber habido una orquesta, se diría que estaban a punto de ejecutar un extraño baile.

En vez de eso, las dos dispararon desde una distancia de siete metros, dos ráfagas cada una. La mayoría de los órganos vitales de Christos, incluido el cerebro, quedaron inactivos antes de que se desplomara en el suelo.

De inmediato, los cinco agentes empezaron a disparar contra los espejos para generar un gran estruendo y que la gente entrara en pánico. Los comensales, aterrorizados, echaron a correr hacia las puertas, un turista japonés intentaba filmarlo todo con su teléfono, y una bala rebotada alcanzó a una de las féminas del séquito de Christos en el trasero. Por lo que me contó después una de nuestras agentes, dada la vestimenta de la chica probablemente la última vez que había soportado un dolor semejante en el culo le habían pagado por ello.

Aquella herida fue el único daño colateral, un logro nada despreciable si se tiene en cuenta el número de personas que había en el restaurante y lo impredecible que es siempre cualquier asesinato.

Los agentes guardaron las armas, salieron rápidamente por la puerta entre el tropel de gente que huía y pidieron a gritos que alguien llamara a la policía. Se reagruparon en un punto acordado con anterioridad —una minúscula plaza adoquinada— y se subieron a cuatro motocicletas Vespa, que sólo podían usar los residentes, pero que ellos se habían agenciado aquel mismo día dejando una importante suma de dinero en un taller mecánico. El equipo se perdió a toda velocidad por las estrechas callejuelas de Santorini, y el jefe llamó con su móvil para que las dos lanchas rápidas que estaban esperando en una bahía cercana fueran a recogerlos.

Tres minutos después, los agentes llegaron a un teleférico panorámico que ofrece la posibilidad de descender mucho más rápidamente que a lomos de los burros, pues tarda menos de dos minutos en salvar un desnivel de trescientos cincuenta metros. Las lanchas ya estaban aproximándose al muelle. Para cuando llegaron los primeros policías al Rastoni, el equipo ya se encontraba a mitad de camino de la isla vecina, surcando a toda velocidad las aguas azules y cristalinas en medio de una nube de espuma blanca.

La policía griega se carcajeó de lo lindo cuando se enteró de que Christos, el primogénito y el hijo más querido de Patros Nikolaides, había sido acribillado por dos mujeres ataviadas con pantalón pirata y gafas de sol de Chanel. Y ése fue mi error, no el hecho de haberlo matado, sino las dos mujeres. Sinceramente, ni lo pensé; me limité a enviar a los mejores a hacer aquel trabajo, pero nunca termino de aprender la lección de que las suposiciones que no nos cuestionamos son las que siempre nos hacen caer.

En los pueblos del norte de Grecia, en los que las decisiones se toman en consejos formados exclusivamente por varones, que alguien hubiera encargado un asesinato como aquél a dos mujeres era en cierto modo peor que el asesinato en sí. Era un agravio. Para el padre de Christos, era como si los asesinos le estuvieran diciendo que su hijo era un cabestro tan insignificante que ni siquiera se merecía un matador.

Quizá Patros, el despiadado padre y brazo ejecutor de la familia, habría salido de todas formas de su residencia para vengarse, pero, cuando se enteró de cuáles habían sido las circunstancias, supo de inmediato que, por su dignidad como hombre y por su honor —olvidemos que, dado su pasado, carecía de esas dos cosas—, no tenía más remedio que actuar en consecuencia.

La agente también se equivocó con respecto a la joven que había sido herida: a pesar de la licra, no era una putilla que alquilaba su culo, sino la hermana pequeña de Christos. Como sabría yo más tarde, aquel día en Rastoni, y en contra de lo que era habitual en ella, la menor de los Nikolaides estaba relativamente sobria, y mientras los demás clientes corrían hacia la salida pisando cristales rotos, ella se inclinó sobre su hermano para suplicarle que no se muriese.

Cuando se dio cuenta de que no lo conseguía, cogió su teléfono móvil e hizo una llamada. Y a pesar de todos los años de sexo desenfrenado, a quien llamó fue al único hombre verdadero que había en su vida: su padre. De modo que Patros y su falange de albaneses supieron con toda exactitud, y antes que yo, lo que había hecho mi equipo aquella tarde.

Yo no me había movido de la esquina cercana al casco antiguo de Ginebra, y recibí una llamada diez minutos después de que Nikolaides se enterara de lo sucedido. Era un mensaje en el que me daban el precio del DVD de la película *El profesional* en Amazon. Aquello quería decir que Christos había muerto, que el equipo se encontraba a salvo en las lanchas y que no había indicios de que nadie estuviera persiguiéndolos. Guardé el móvil y consulté el reloj. Habían pasado dieciocho minutos desde que hice la llamada que puso en marcha toda la operación.

Mientras se llevaba a cabo, había telefoneado a otros números para ordenar el despliegue de equipos más pequeños que detuvieran a los seis agentes que colaboraban con los rusos. Aquella operación, que había comenzado tantos años atrás en la Plaza Roja, estaba tocando a su fin. Supongo que podría haberme tomado unos instantes para felicitarme en silencio, que podría haberme permitido un leve sentimiento de triunfo, pero por desgracia soy un hombre proclive a dudar de mí mismo. Siempre estoy dudando.

De modo que, mientras ajustaba el maletín a mi muñeca —un joven y anónimo hombre de negocios que salía de las sombras para mezclarse con una muchedumbre de extranjeros sin rostro—, en lo que pensaba realmente era en un orador y escritor británico, ya fallecido. Edmund Burke decía que el problema de la guerra es que, por lo general, consume las cosas mismas por las que uno está luchando: la justicia, la decencia, la humanidad. Y no pude evitar acordarme de las muchas veces que había quebrantado yo los valores más profundos de nuestra nación con el fin de protegerlos.

Sumido en mis pensamientos, me dirigí hacia el pequeño puente que cruzaba el río. Desde el casco antiguo hasta el hotel en el que me alojaba hay ochocientos pasos. Ochocientos pasos y unos cuatro minutos que, en términos históricos, no es ni el tiempo que dura un parpadeo, y sin embargo en aquel momento todas nuestras almas estaban en las manos de unos pocos locos.

13

El vestíbulo del Hôtel du Rhône estaba desierto cuando entré. El portero había desaparecido, el conserje no estaba en su puesto y no había nadie atendiendo el mostrador de recepción. Sin embargo, lo que me pareció más inquietante aún fue el silencio. Llamé en voz alta, y al ver que no me contestaba nadie me dirigí hacia el bar que había al lado del vestíbulo.

Allí los encontré a todos, de pie con los clientes, mirando una pantalla de televisión. En Ginebra eran pocos minutos antes de las tres de la tarde, en Nueva York eran casi las nueve de la mañana. La fecha era el 11 de septiembre.

El primer avión acababa de estrellarse contra la torre norte del World Trade Center, y ya se estaban reproduciendo las imágenes una y otra vez. Un par de reporteros de noticias empezaron a especular con que pudiera tratarse de un ataque terrorista contra Estados Unidos, una teoría que varios suizos idiotas que había en el bar acogieron con risotadas. Hablaban en francés, pero gracias a los veranos pasados en París yo conocía ese idioma lo bastante bien para entender que estaban alabando el coraje y la inventiva de quienquiera que fuese el responsable.

Pensé en las personas que estaban en Nueva York, en su casa, viendo las mismas imágenes que nosotros, conscientes de que sus seres queridos tal vez se encontraban en alguna parte de aquel edificio en llamas y rezando con desesperación para que consiguieran salir. Quizá haya cosas peores que ver a tus familiares morir en directo por televisión, pero, si las hay, en aquel momento no se me ocurrió ninguna.

Llevaba un arma en el bolsillo —una pistola de plástico y cerámica, diseñada para burlar los detectores de metales, como los que había en el despacho de Bucher—, y me sentí lo bastante furioso como para pensar en utilizarla.

Mientras luchaba por reprimir mis sentimientos, el vuelo 175 de United Airlines, procedente de Boston, impactó contra la torre sur. Todos los presentes, hasta los idiotas, se quedaron estupefactos. El recuerdo que tengo es que, tras un alarido inicial, todo el bar quedó sumido en el silencio, pero puede que no sucediera así exactamente. Lo único que sé es que me invadió la terrible sensación de que tenía lugar una colisión entre mundos y que la Gran República se tambaleaba sobre su eje.

Solo y lejos de casa, temí que ya nada volviera a ser lo mismo. Por primera vez en la historia, un enemigo sin identificar había segado vidas en la porción continental de Estados Unidos. Y no sólo eso, además había destruido un símbolo que en cierto modo representaba a la nación misma: ambiciosa, moderna, siempre apuntando cada vez más alto.

Nadie podía decir cuán profundo iba a ser el daño causado, pero en aquel bar la vida se fracturó en instantes inconexos: un teléfono que sonaba sin que nadie lo atendiera, un cigarrillo que se consumía hasta convertirse en ceniza, la televisión saltando entre el pasado inmediato y el presente aterrador...

Y la gente seguía sin hablar. A lo mejor los idiotas estaban preguntándose, como yo, si sucedería algo más. ¿Dónde terminaría aquello, en la Casa Blanca, en la tristemente famosa central nuclear de Three Mile Island?

Dejé mi pistola donde estaba, dentro del bolsillo, y me abrí paso entre la multitud que, sin que me hubiera percatado, se había congregado detrás de mí. Me dirigí al ascensor para subir a mi habitación, y allí intenté hacer una llamada a Washington. Primero usé una línea convencional fija, conectada a través de Londres y del satélite Pine Gap, pero todas las comunicaciones de la Costa Este de Estados Unidos estaban colapsándose debido a la saturación. Decidí entonces que lo mejor era llamar a una estación repetidora que la Agencia de Seguridad Nacional tenía en Perú; les proporcioné la clave de prioridad del Tiburón de los Mares y contacté con la División por medio de una red de satélites de emergencia. Hablé con el director a través de una conexión tan débil que sonaba como si estuviéramos teniendo una conversación dentro de un lavabo, y le pedí que me enviase un avión para que pudiera volver, pues deseaba saber cómo podía ayudar.

Me contestó que no había nada que yo pudiera hacer, y que en cualquier caso acababa de enterarse por el Consejo de Seguridad Nacional de que iban a suspenderse todos los vuelos que entraran o salieran del país. Me dijo que debía quedarme donde estaba, que nadie sabía cómo iba a acabar todo aquello. Lo que me asustó no fue lo que estaba diciéndome, sino el pánico que noté en su voz. Luego añadió que debía irse: al parecer, iban a evacuar el edificio y también la Casa Blanca.

Dejé el teléfono y encendí el televisor. Todo el que estaba vivo aquel terrible día sabe lo que ocurrió: personas que saltaban agarradas de la mano desde Dios sabe qué altura, el derrumbe de las dos torres, el polvo y las escenas apocalípticas que tuvieron lugar en el Bajo Manhattan. En las casas, oficinas y centros de operaciones de todos los países del mundo la gente estaba viendo cosas que jamás olvidaría. La tristeza flota.

Y aunque yo aún tardaría mucho tiempo en descubrirlo, en aquel momento había una persona que, mientras contemplaba a los policías y a los bomberos que corrían hacia lo que iba a ser su tumba de hormigón, vio la oportunidad de su vida en aquel caótico torbellino. Era una de las personas más inteligentes con las que me he topado, y, teniendo en cuenta que, a pesar de la afición que he tenido por otras sustancias, mi verdadera droga ha sido siempre la inteligencia, sólo por esa razón la recordaré para siempre. Piense lo que piense la gente de la moralidad, no cabía duda de que hacía falta ser un genio para comenzar a planificar el asesinato perfecto en el torbellino del 11-S y luego llevarlo a la práctica mucho tiempo después, en un mugriento hotelucho llamado Eastside Inn.

Mientras ella urdía su siniestro plan, yo pasaba las horas viendo cómo se arrojaba la gente al vacío hasta que, hacia las diez de la noche, hora de Ginebra, la crisis comenzó a remitir. El presidente estaba regresando a Washington desde el refugio de la base de Offutt de las Fuerzas Aéreas, en Nebraska. El incendio del Pentágono estaba ya controlado, y comenzaban a reabrirse los primeros puentes de Manhattan. Más o menos a aquella misma hora, recibí una llamada de un auxiliar del Consejo de Seguridad Nacional, el cual me aseguraba que el gobierno disponía de información de los servicios secretos que apuntaba a un ciudadano saudí, Osama bin Laden, y que ya se estaba preparando todo para atacar las bases que este individuo poseía en Afganistán. Dicho ataque se llevaría a cabo como una misión encubierta, a través de una supuesta organización rebelde denominada Alianza del Norte. Veinte minutos después, vi en las noticias que había habido explosiones en Kabul, la capital afgana, y supe que había comenzado la llamada «guerra contra el terror».

Abrumado por un sentimiento de claustrofobia y deprimido, salí a dar un paseo. Eso de la guerra contra el terror sonaba casi tan genérico como la guerra contra las drogas, y yo sabía por experiencia personal el éxito que había tenido esta última. Las calles de Ginebra estaban desiertas, los bares en silencio, los tranvías vacíos. Más tarde me dijeron que estaba ocurriendo lo mismo en muchas ciudades, desde Sídney hasta Londres, como si por una vez se hubieran atenuado las luces del mundo occidental en solidaridad con Estados Unidos.

Atravesé la zona del Jardin Anglais, y al pasar junto al corrillo de narcotraficantes marroquíes que se lamentaban entre ellos de la falta de clientes, por un momento me entraron ganas de meterles una bala en el cuerpo sólo porque sí. Después continué por el paseo que bordea el lago. Al fondo podía distinguir la exclusiva zona de Cologny, en la que tenían una casa el rey Fahd de Arabia Saudí, el Aga Kan y la mitad de los criminales del mundo. Me senté en un banco al borde del lago y contemplé el edificio de la ONU, que se erguía en la orilla de enfrente: brillantemente iluminado y totalmente inútil.

Debajo de él, casi al borde mismo del agua, se alzaba la mole gris del hotel Président Wilson, que disfrutaba de un panorama perfecto de la playa más popular del lago Ginebra. Todos los veranos se alojaban en él saudíes y otros árabes ricos, que pagaban una prima exorbitante por tener una habitación orientada hacia el agua y poder ver a las mujeres que tomaban el sol en *topless* en el césped. Con su bien provisto minibar, era como una versión árabe de los locales de *striptease*, pero sin la incomodidad de tener que dar propinas.

Aunque ya era tarde, la mayoría de las habitaciones tenían la luz encendida. Supuse que los clientes se habían dado cuenta de la mierda que iba a caerles encima, y estaban metiendo los prismáticos en la maleta y preparándose para tomar el primer avión de vuelta a casa.

Aun así, fuera cual fuese el modo que eligiera Occidente para vengarse de Osama bin Laden y de los árabes en general, una cosa era segura: que los sucesos de aquellas doce últimas horas constituían un fallo de inteligencia de proporciones históricas. La misión primordial de la costosa comunidad de inteligencia de Estados Unidos consistía en proteger a la nación, y desde Pearl Harbor aquellos organismos todopoderosos no la habían cagado de una forma tan espectacular y tan pública.

Sentado en aquella fresca noche de Ginebra, mi intención no era señalar con el dedo a otros responsables de la inteligencia estadounidense. De hecho, ninguno de nosotros estaba libre de culpa. Todos llevábamos la insignia azul, de modo que todos cargábamos con dicha responsabilidad. Pero también el presidente y los miembros del Congreso, a los que servíamos, que eran quienes establecían nuestro presupuesto y nuestras prioridades. A diferencia de nosotros, ellos por lo menos podían hablar públicamente, pero calculé que íbamos a tener que esperar mucho hasta que el pueblo norteamericano recibiera una disculpa por parte de sus gobernantes... Quizá hasta el próximo milenio.

Empezaba a levantarse un viento que provenía de los Alpes y traía olor a lluvia. Había una caminata muy larga hasta el hotel, y debería haberme ido en aquel momento, pero no me moví.

Estaba seguro, aunque nadie más lo pensara todavía, de que muy pronto el Bajo Manhattan no iba a ser lo único que quedaría en ruinas: toda la estructura de inteligencia del país acabaría hecha trizas. Y así tenía que ser si se deseaba reconstruirla. En el mundo del espionaje ya nada volvería a ser lo mismo, y mucho menos para la División: nuestros gobernantes ya no tendrían ningún interés en vigilar secretamente el mundo de los espías, y todos los recursos de inteligencia se destinarían a escudriñar el mundo islámico.

Me había levantado aquella mañana, y ahora que estaba a punto de irme a la cama, el planeta entero había cambiado. El mundo no cambia ante tus ojos, cambia a tus espaldas.

Sabía que yo no poseía ni el recurso del idioma ni las capacidades operativas necesarias para el nuevo mundo de la inteligencia que estaba a punto de nacer, así que de improviso me encontré, al igual que Markus Bucher, en una encrucijada. Sin saber con seguridad lo que iba a depararme el futuro, y sin buscar necesariamente la felicidad, aunque no estaría mal alcanzar cierto grado de realización personal, me sentí perdido. Tenía que preguntarme a mí mismo qué clase de vida deseaba de verdad.

Sentado a solas y con la tormenta cada vez más cerca, volví la mirada hacia los años vividos y encontré, si no una respuesta, por lo menos sí un camino que tomar. Del pasado surgió y acudió a mi encuentro una remota aldea llamada Jun Yuam, situada en Tailandia, justo en la frontera con Birmania. Al verlo ahora en retrospectiva, creo que aquel recuerdo llevaba años esperando en la oscuridad, sabedor de que le llegaría su momento.

Aquél es un país salvaje y sin ley, por algo no se halla muy lejos del Triángulo de Oro, y, cuando yo estaba empezando en este oficio —tan sólo llevaba un mes en Berlín—, me vi arrojado por la marea a aquellas costas. Nada distinguía a Jun Yuam de las otras aldeas tribales de las montañas, si no fuera porque, a los cinco pasos de internarse en la jungla, uno se topaba con una serie de adustas construcciones de hormigón rodeadas por torres de vigilancia y una valla electrificada.

Oficialmente era una estación repetidora del Sistema de Posicionamiento Global o GPS, aunque en realidad se trataba de una cárcel secreta de la CIA, parte de un gulag norteamericano cuya existencia las autoridades habían negado con vehemencia, pero muy real: unas instalaciones remotas utilizadas para alojar a reclusos a los que no se podía torturar de forma legal en suelo estadounidense.

Uno de los guardias había muerto allí dentro, y aunque normalmente habría sido la oficina de Tokio quien se habría encargado de la situación, aquellos días se encontraba tan abrumada por otro de los muchos escándalos de espionaje chino que tuve que salir de Europa y volar hasta un lugar que se llamaba Mae Hong Son —la Ciudad de las Tres Brumas— a bordo de un avión de hélices.

Durante casi todo el año, a la estación de GPS se podía llegar desde Mae Hong Son tras un trayecto corto en helicóptero, pero estaban en la época de los monzones y aquel sitio por algo se llamaba la Ciudad de las Tres Brumas. Alquilé un Toyota con tracción a las cuatro ruedas a un tipo que supuso que yo era algún barón del opio de aquella zona, y puse rumbo a Jun Yuam y su prisión de la CIA.

Atravesé montañas espectaculares y llegué a un viejo transbordador por cable. Aquélla era la única manera de cruzar un caudaloso río que aún había crecido más debido al monzón, un afluente del poderoso Mekong, escena de tantas operaciones secretas y de tantas desgracias para Estados Unidos durante la guerra de Vietnam.

Bajé del coche demacrado y con ojeras. Llevaba treinta y dos horas viajando sin pausa, sin más combustible que la ambición y la ansiedad que me causaba aquella misión. Mientras aguardaba entre un grupo de vendedores de comida y campesinos, y observaba el cable oxidado que arrastraba hacia nosotros el transbordador de fondo plano levantando rociones de agua, un monje budista vestido con una túnica anaranjada me preguntó si quería una taza de *masala-chai*, el té típico de aquella zona. Hablaba bien el inglés, y como no había otra cosa que tomar, excepto la mortífera cerveza tailandesa cuya etiqueta muestra a dos elefantes enfrentados, acepté agradecido el ofrecimiento.

El monje también se dirigía al interior del país, y dado que supuestamente yo era un experto de la OMS que estaba evaluando las enfermedades endémicas, me resultó bastante difícil negarme a su petición de que lo llevara en mi coche. Cruzamos el río en el Toyota, cuyo peso hizo que la barcaza se hundiera considerablemente y apenas consiguiera mantenerse a flote. El agua rebasaba las bordas, y un cable oxidado de cinco centímetros de grosor era lo único que nos separaba de una de las mayores cataratas de aquel país, que se encontraba a medio kilómetro corriente abajo. Fue el trayecto más espantoso que he recorrido en toda mi vida.

Cuando salimos de la garganta y la jungla se cerró de nuevo por encima de nosotros, el monje me miró fijamente y me preguntó por mi trabajo. Gracias a mis estudios de medicina, pude darle una excelente explicación sobre el dengue, pero enseguida se notó a las claras que no se creía una palabra de lo que le estaba diciendo. A lo mejor conocía el recinto construido en Jun Yuam.

Había vivido en un *ashram* situado no muy lejos de Nueva York, por eso tenía más conocimientos del estilo de vida estadounidense de los que cabría esperar, y hablaba de manera inteligente de las drogas recreativas y las presiones de la vida moderna. Empecé a tener la sensación de que aquello no era una conversación casual.

—Se lo ve perseguido —me dijo finalmente en aquel típico tono budista, más de tristeza que de crítica.

¿Perseguido? Me eché a reír y le aseguré que era la primera vez que me lo decían, por lo general la gente me ubicaba en el otro lado de la cadena alimentaria.

—No existe ningún otro lado de la cadena alimentaria —repuso él en voz queda—. Esas cosas se piensan sólo en Occidente. Sin la gracia, todo el mundo huye de algo.

Nos miramos a los ojos. Yo, sonriendo, le pregunté si alguna vez había pensado en hacerse religioso. Al momento, lanzó una carcajada y quiso saber si yo sabía cómo capturaban monos los aldeanos.

Le respondí que sabía unas cuantas cosas de la vida, pero que precisamente aquélla no.

—En Harvard no comíamos mucha carne de mono, por lo general la reservábamos para Acción de Gracias y Navidad —añadí.

De modo que me explicó que los aldeanos ataban un aguamanil, que no era más que una jarra de cuello estrecho y fondo bulboso, a la base de un árbol.

—Llenan el fondo con frutos secos y todo lo que les gusta comer a los monos. Por la noche, un mono baja del árbol e introduce la mano por el cuello del aguamanil, agarra los frutos y cierra la mano en un puño, que es demasiado grueso para pasar por el cuello de la jarra, con lo cual queda atrapado. A la mañana siguiente, cuando aparecen los aldeanos, sólo tienen que darle un golpe en la cabeza.

Se quedó mirándome unos instantes.

—Es un cuento zen, por supuesto —dijo sonriendo otra vez—. Y quiere decir que, si uno desea ser libre, lo único que tiene que hacer es soltarse.

Sí, aquello lo entendí, y así se lo dije. Era un cuento interesante, pero a mí no me decía nada, por lo menos no en aquel momento.

—Tal vez sea así —repuso el monje—, pero es posible que yo haya aparecido en su camino para contárselo. Es usted joven, doctor, puede que llegue un día en que esta breve historia le diga algo.

Y tenía razón, desde luego, porque el día llegó, y de una manera muy distinta de lo que yo podía haber imaginado: sentado en la noche de Ginebra, esperando a que llegara una tormenta, pensando en los asesinatos en masa perpetrados en Nueva York y en mujeres con minifalda que reclutarían a jóvenes recién licenciados, todavía más inteligentes que los anteriores, para una nueva era.

Yo tenía treinta y dos años y me daba cuenta de que, aunque hasta entonces había hecho bien mi trabajo, me habían entrenado para la guerra de tanques en Europa, y ahora descubría que la batalla era de guerrillas y en Afganistán. Me gustase o no, mi tiempo había pasado.

Por otro lado, y en un sentido mucho más profundo, yo sabía que tarde o temprano querría encontrar algo más, algo que me cuesta nombrar... es lo que la mayoría de la gente llama «amor», supongo. Quería pasear por una playa con alguien sin pensar a qué distancia es capaz de disparar el rifle de un francotirador. Quería olvidar que uno siente la bala mucho antes de oír el disparo. Quería encontrar a una persona que pudiera decirme lo que significaba de verdad un puerto seguro.

Supe con toda mi alma que, si no dejaba el mundo del espionaje en aquel momento, nunca lo dejaría. Es muy difícil dar la espalda a todo lo que uno conoce, sin duda es una de las cosas más difíciles a las que un hombre puede enfrentarse en la vida, pero no dejo de repetirme a mí mismo una cosa: si uno desea ser libre, lo único que tiene que hacer es... soltarse.

14

Aquella misma noche redacté mi carta de dimisión en el Hôtel du Rhône, a la mañana siguiente la envié por valija diplomática, e inmediatamente después volé a Londres.

Pasé las tres semanas siguientes cerrando todos los casos pendientes y entregando los expedientes al FBI: en el primero de los muchos cambios profundos que estaba sufriendo la comunidad de inteligencia norteamericana, la División se había liquidado, y sus responsabilidades, tras varias décadas de intentos frustrados, se habían trasladado definitivamente a manos de los federales.

Por una ironía del destino, mi último día de trabajo lo pasé en Berlín, la ciudad en la que todo había empezado de verdad para mí. Cerré con llave el despacho por última vez y acompañé al personal hasta Tempelhof para tomar el vuelo de regreso a casa. Les estreché la mano a todos y, metido en mi papel de agente hasta el final, les dije que yo tenía plaza reservada en un vuelo posterior.

Lo que hice en realidad fue volver a salir por la puerta y, tras asumir otra identidad totalmente nueva, tomar un taxi hasta un concesionario de coches, donde me dieron las llaves de un Cayenne Turbo. Con sus quinientos caballos de potencia, calculé que estaba más o menos preparado para lanzarme a las autopistas alemanas.

Metí mis bolsas en el maletero, y para cuando se hizo de noche ya había rebasado Fráncfort. Crucé la frontera durante las primeras horas de la madrugada. Aquel año, el otoño había llegado tarde, e incluso a la luz de la luna no recuerdo haber visto más hermosa la campiña francesa. Pasé raudo junto a pueblos que tenían nombres de lo más románticos y encontré por fin el peaje que estaba buscando.

Cuando se entra en París desde el sur, hay un punto memorable, situado entre los altos bloques de pisos en los que los franceses almacenan a sus inmigrantes: desde allí, la primera panorámica de la ciudad queda totalmente oculta a la vista. Lo único que se ve es la torre Eiffel destacando en el horizonte.

Era por la mañana, muy temprano, y el frío que flotaba en el aire confería una centelleante nitidez a todo. Había contemplado muchas veces aquella vista, pero de nuevo me dejó sin aliento. La sensación de liberación que había ido cobrando fuerza en mi interior a lo largo de la noche por fin rompió las compuertas que la contenían, y detuve el automóvil a un lado de la carretera. Estar en París cuando uno es joven y libre... En fin, no hay muchas cosas que sean mejores que ésa.

Alquilé un apartamento en la zona del Huitième Arrondissement que los parisinos llaman el Triángulo de Oro, situado justo enfrente de la hermosa rue François 1er.

Un día tras otro, hasta bien entrada la noche, escribí el libro que pocas personas iban a leer, excepto la joven de Nueva York, y que, más tarde, desearía con toda mi alma que nunca lo hubiera leído.

Seis meses después, lo terminé: cientos de miles de palabras, comentadas con notas a pie de página y documentadas. Sólo entonces tuve la sensación de haberme librado completamente de mi vida anterior: había escrito el último capítulo de aquella época y la había enviado corriente abajo, como si fuera una barca funeraria que regresa al pasado. Me sentí orgulloso de mi libro: llámese servicio público, llámese ingenuidad si se quiere, pero pensé que, si mi experiencia podía ayudar a derrotar aunque sólo fuera a otro hombre como Christos Nikolaides, habría sido un esfuerzo que merecía la pena.

Tras un riguroso escrutinio por parte de un equipo de analistas que trabajaban para el director de inteligencia, el libro lo publicó una pequeña editorial especializada en desgarradoras memorias de huidas de la Cuba de Castro y en asesinatos de mujeres por cuestiones de honor en el mundo árabe. Dicho de otro modo, era una filial secreta de la CIA.

Obviamente, una editorial como ésa estaba acostumbrada a autores cuya identidad debía quedar oculta, pero aun así mi caso resultaba complicado: cuando entregué mi insignia, se decidió que yo sabía demasiadas cosas acerca de la seguridad nacional como para permitir que alguien supiera quién era y a qué me había dedicado. Sin que fuera mi intención, el mundo del espionaje incluso me había arrebatado mi identidad y mi historia.

Cuando el libro salió por fin a la luz, no sólo figuró como autor un tal Jude Garrett, sino que además se le confeccionó una identidad ficticia. Si alguien indagaba al respecto, encontraba la biografía siguiente:

Jude Garrett, licenciado por la Universidad de Michigan, pasó más de catorce años trabajando para las autoridades gubernamentales, primero en el Departamento del Sheriff de Miami y más tarde como investigador especial del FBI. Falleció mientras llevaba a cabo una misión en Chicago. El manuscrito del presente libro, para cuya redacción tuvo que investigar a fondo, fue hallado en su estudio poco después de su muerte y representa el último testimonio de uno de los mejores investigadores del mundo.

Y era cierto... Bueno, al menos en parte. Había existido un agente del FBI llamado Jude Garrett y había muerto, pero a causa de un accidente de tráfico que sufrió cuando regresaba del trabajo. Estaba soltero y era un tipo solitario al que le interesaban pocas cosas aparte del trabajo, de modo que la editorial se limitó a apropiarse de su identidad y a otorgarle tras su muerte un logro literario que nunca había pretendido alcanzar en vida.

He de reconocer que me gustó su biografía y también el hecho de que hubiera fallecido, porque, a ver, ¿quién iba a ponerse a buscar a un muerto?

Pues hubo una persona que sí lo hizo.

Una vez publicado el libro, y con la barca funeraria de mi otra vida ya casi perdida de vista, por primera vez en mi edad adulta empecé a vivir en un mundo sin secretos. Miraba a todas las mujeres que reían y se paseaban contoneando las caderas por los anchos bulevares de París, y a medida que la primavera fue dando paso al verano empecé a creer que todo era posible.

Sin embargo, el problema que tiene el oficio del espionaje es que, aunque uno pueda dimitir, nunca puede marcharse. Supongo que en aquel momento no quise reconocerlo, pero, tras una vida como la que había llevado, quedan demasiados restos flotando: la gente a la que has hecho daño nunca te olvida. Por suerte, en el fondo de tu mente la primera lección que te inculcaron cuando eras joven y tenías toda tu carrera por delante permanece inmutable: en este oficio no se puede aprender de los errores. Nunca tendrás una segunda oportunidad. Si cometes un error, estás muerto.

Lo único que puede salvarlo a uno es la intuición y la pericia. Hay que grabarse eso en el cerebro. Y supongo que así debí de hacerlo, porque sólo llevaba nueve meses retirado cuando me fijé en un taxi ocupado por un único pasajero que estaba dando vueltas a la manzana. En París nadie hace tal cosa: con el tráfico tan caótico que hay, podría llevar horas.

Eran poco más de las ocho de la animada tarde de un viernes y yo estaba tomando un café en una terraza de la Madeleine, esperando a un médico entrado en años. Era un gourmet aficionado a salir con unas chicas rusas cuyos servicios de una noche normalmente le costaban todavía más caros que las lujosas cenas a las que las invitaba, así que siempre andaba corto de dinero. En mi opinión, la pobreza refinada suponía una gran ventaja para un médico: cuando daba un diagnóstico y extendía una receta, estaba preparado para escuchar cualquier sugerencia del paciente, no sé si me entienden.

La primera vez que pasó el taxi no reparé en él —al menos de forma consciente—, pero en algún punto de mi competencia como agente la cambiante maraña del tráfico debió de quedar registrada.

La segunda vez supe de inmediato que ya había pasado antes.

El corazón se me aceleró, pero no reaccioné. El entrenamiento acababa de entrar en acción. Simplemente me limité a seguirlo con la mirada con tanta naturalidad como me fue posible, al tiempo que maldecía el hecho de que la combinación de semáforos y vehículos me impidiera ver con claridad quién iba en el asiento trasero. Supongo que eso tampoco tiene demasiada importancia, pero siempre me ha gustado conocer la identidad de las personas que vienen a matarme.

La riada de automóviles se llevó consigo el taxi de nuevo, y supe que no disponía de mucho tiempo: la primera vez que pasan te localizan, la segunda vez planifican los ángulos y la tercera vez disparan. Dejé diez euros sobre la mesa y eché a andar rápidamente por la acera.

Oí una voz a mi espalda que me gritaba; era el médico, pero no tenía tiempo de pararme para decirle que aquella tarde no íbamos a poder ayudarnos mutuamente. Torcí hacia la izquierda para entrar en Hédiard, la mejor tienda *delicatessen* de todo París, pasé a toda prisa junto a las pirámides de frutas perfectas y me interné en la sección de vinos, abarrotada de gente.

Todo estaba sucediendo muy deprisa, como siempre, y aunque no tenía ninguna prueba de ello, mi instinto me gritaba que se trataba de los griegos. El padre de Christos tenía no sólo el poder para financiar una operación de castigo, sino también una profunda razón emocional para buscar venganza: era una clase de incentivo que iría aumentando con cada Navidad y cada cumpleaños que su hijo se perdiera. Y además, podía acceder fácilmente a los datos del personal necesario para llevar a cabo una operación como aquélla: todos los informes de inteligencia criminal de cualquier policía de Europa revelarían que la mitad de Albania estaba implicada en el negocio de matar por encargo.

En la sección de vinos de Hédiard había otra puerta que daba a una calle lateral, y, sin detenerme ni un instante, salí por ella y giré a la izquierda. Era una calle de sentido único, así que comencé a caminar de cara al tráfico que venía, pues era la única estrategia viable en aquellas circunstancias: al menos uno podía ver venir al asesino.

Mientras escaneaba la calle, me di cuenta de que estaba actuando conforme a un plan bien organizado. Hasta aquel momento no fui consciente de ello, pero, al parecer, estuviera donde estuviese, una parte de mí siempre tenía presente la mejor manera de salir: como si actuara por cuenta propia, mi cerebro valoraba constantemente las rutas de escape disponibles. Lo que más lamentaba era no llevar encima mi pistola.

Una taza de café, una entrevista breve con el médico y un taxi a casa, media hora como máximo. Así lo había calculado. Lo cual quería decir que mi pistola se encontraba en mi apartamento, dentro de una caja fuerte. Me había vuelto torpe, supongo. Aunque los viera venir, poco iba a poder hacer.

A casa era precisamente adonde me dirigía, y lo primero que haría sería abrir la maldita caja fuerte y armarme. Torcí a la derecha, recorrí una manzana a buen paso, giré a la izquierda y me encontré en la rue Faubourg Saint-Honoré, justo donde quería estar, un poco más abajo del palacio del Elíseo. El griego o albanés que iba en aquel taxi sabría que aquélla era la calle más segura de todo París: había francotiradores en las azoteas y se hallaba en todo momento vigilada de punta a punta contra posibles terroristas. Sólo entonces me sentí lo bastante cómodo para tomar un taxi.

Hice que el taxista me dejara justo delante de la entrada de servicio de mi edificio, porque de aquel modo, abriendo apenas la portezuela del coche y caminando agachado un par de pasos, podía abrir la puerta de acero y entrar sin que me viera nadie. El taxista debió de pensar que estaba loco, pero su religión considera razonable lapidar a una mujer por adulterio, así que me dije que estábamos más o menos en paz.

Cerré la puerta de golpe y atravesé los garajes subterráneos a la carrera. Aquel edificio de piedra caliza había sido en otra época una magnífica mansión urbana, levantada en la década de 1840 por el Comte de Crissier, pero había quedado en estado ruinoso. El año anterior había sido restaurada y transformada en apartamentos, y yo había alquilado uno en el primer piso. Aunque era pequeño, por lo general una persona que estuviera en mi situación jamás habría podido permitirse pagar un alquiler tan alto, pero mis circunstancias materiales habían cambiado: tres años antes había fallecido Bill Murdoch, mientras yo estaba en Italia desempeñando un breve encargo.

No me invitaron al funeral, y eso me dolió. Tan sólo me llegó una nota de Grace en la que me decía que Bill había muerto de repente y que ya lo habían enterrado. Así era mi madre adoptiva: celosa hasta la médula. Unos meses más tarde, recibí una carta de un abogado que me informaba de que el entramado de empresas de Bill, controlado por un fondo en el extranjero, le había sido legado en herencia a Grace. Era lo que cabía esperar, habían estado cuarenta años casados. La carta decía que, aunque a mí no me había correspondido nada, Grace había decidido apartar suficiente dinero para que yo tuviera una renta de ochenta mil dólares, anual y de por vida. No lo decía específicamente, pero la intención era clara: Grace consideraba que, de aquel modo, se descargaba de toda responsabilidad para conmigo.

Dos años después de aquel arreglo, casi el mismo día, Grace falleció también. Sentí que su anterior comportamiento me liberaba de toda obligación, de modo que no regresé para asistir al enorme funeral que se celebró en la vieja iglesia episcopaliana de Greenwich.

Una vez más, y no era la primera, estaba solo en el mundo, pero no pude evitar sonreír al pensar en lo mucho que pueden cambiar las cosas en dos años. Si mis padres adoptivos hubieran fallecido en el orden inverso, yo sabía que Bill me habría dejado una herencia sustanciosa. En cambio, Grace se lo dejó todo al Museo Metropolitano de Arte, para que se reconstruyera en su nombre la galería de los Antiguos Maestros.

Esta información me fue transmitida en una carta del mismo abogado, en la que también se mencionaba que había un pequeño asunto concerniente a las propiedades inmobiliarias de Bill que había que zanjar. Le dije que me reuniría con él en su oficina de Nueva York la próxima vez que volviera a casa... y luego dejé que se me fuera olvidando. Los cheques de la asignación que me había legado Grace llegaban con regularidad, lo cual me permitía llevar una vida mucho más cómoda de la que habría imaginado el gobierno con su pensión.

El beneficio más tangible era aquel apartamento de París. Crucé como una exhalación lo que antiguamente había sido la cocina de la mansión, convertida en un cuarto de calderas, y subí volando un tramo de la escalera de incendios en dirección a mi apartamento. Abrí una puerta disimulada que había junto al ascensor e irrumpí en el pequeño rellano.

Allí de pie me encontré con madame Danuta Furer, mi vecina septuagenaria, que vivía en el apartamento más lujoso de la casa. Era una mujer que siempre iba perfectamente acicalada, viuda de algún industrial aristocrático, y que poseía la rara habilidad de hacer que todos los demás nos sintiéramos miembros del Tercer Mundo.

Se dio cuenta de que llevaba la camisa colgando por fuera y de que respiraba agitadamente.

—¿Sucede algo malo, señor Campbell? —me preguntó con su inescrutable francés de clase alta.

Para ella era Peter Campbell y me encontraba disfrutando de una temporada sabática de mi trabajo como gestor de fondos de cobertura. Era la única ocupación que encajaba con el hecho de que un hombre de mi edad pudiera permitirse vivir en aquel apartamento sin trabajar.

—Nada, madame, es que me preocupaba haberme dejado el horno encendido —mentí.

Llegó el ascensor, mi vecina entró en él, y yo abrí la puerta blindada de mi apartamento. Eché los cerrojos y, sin encender ninguna luz, atravesé a la carrera el cuarto de estar, con sus hermosos ventanales y su pequeña pero creciente colección de arte contemporáneo. A Bill le habría gustado esto último.

A oscuras, abrí rápidamente un armario del vestidor y tecleé la contraseña en una pequeña caja fuerte ubicada en el suelo. Dentro había una gran cantidad de dinero en efectivo, un montón de papeles, ocho pasaportes con nombres diferentes y tres pistolas. Saqué una Glock de 9 mm equipada con un cañón largo —la más precisa de todas—, comprobé el mecanismo y cogí un cargador adicional.

Mientras la guardaba en el cinto, me puse a pensar en una cosa que no había dejado de revolotear por mi cabeza durante todo el trayecto: si se trataba de los griegos, ¿cómo diablos me habían encontrado?

Una teoría que se me ocurrió fue que los rusos habían dado casualmente con algo y se lo habían pasado a sus antiguos socios, sólo por los viejos tiempos, ya se sabe, junto con una jugosa suma de dinero imposible de rastrear.

También era posible que yo hubiera cometido algún error minúsculo en Richeloud, y que Markus Bucher le hubiera pasado la información a sus clientes, lo cual, con el tiempo, les permitió averiguar quién era yo. Pero tanto en un caso como en el otro, ¿qué era lo que los había conducido hasta París? Por Dios, yo estaba viviendo con una identidad completamente distinta.

Los golpes que se oyeron en la puerta eran firmes y decididos.

No reaccioné al instante. Siempre había sabido que un visitante hostil apenas habría tenido dificultades para irrumpir en aquel edificio, porque François, el conserje, un hombre de mediana edad que siempre estaba quejándose, a menudo se dejaba abierto el portal. En su afán de rebajarse hasta el servilismo más extremo, en cuanto oía a madame Furer bajando en el ascensor se apresuraba a salir a la calle para alertar al conductor de la limusina con grandes aspavientos, todo con el fin de asegurarse de que su nombre estuviera incluido con más claridad si cabe en la lista de regalos navideños de la viuda.

Sin dudarlo, hice justo lo que dice el entrenamiento que hay que hacer: me fui rápidamente y en silencio hacia la parte posterior de la vivienda. Una estrategia que emplean los sicarios experimentados es la de adherir cien gramos de Semtex —un explosivo plástico que tiene la consistencia de la arcilla— al marco de una puerta antes de llamar al timbre. El asaltante se pone a cubierto —en este caso se metería dentro de la cabina del ascensor— y detona el explosivo efectuando una llamada desde su teléfono móvil. Doscientos veinticinco gramos de Semtex fue la cantidad que derribó el vuelo Pan Am 103 en Lockerbie, así que ya pueden imaginarse lo que le haría la mitad de esa cantidad a una puerta de acero y a una persona que estuviera escudriñando por la mirilla.

Retrocedí a través el comedor, agarré una chaqueta para ocultar mi Glock y me dirigí hacia el dormitorio de invitados. Cuando aquel edificio era la mansión del Comte de Crissier, la servidumbre utilizaba un elevador de manivela para enviar los platos desde la cocina hasta una pequeña estancia que daba al comedor; esa pequeña habitación había terminado convertida en una despensa, la cual era actualmente mi dormitorio de invitados.

Durante la renovación, el hueco del elevador había sido reconvertido para pasar por él el cableado eléctrico, y, con la excusa de instalar un cable de fibra óptica para mi ordenador que me permitiera seguir las actividades de mi inexistente fondo de cobertura, obtuve permiso para que accediera a dicho hueco una empresa que había instalado un equipo de vigilancia por encargo de la División. Hice que colocaran una escalera de mano por dentro para poder bajar al sótano, y calculé que con todo aquel dispositivo la vivienda casi valía lo que pedían por el exorbitante alquiler. En aquel momento, para mí era algo que no tenía precio.

Abrí la puerta de un armario, retiré un panel de acceso y, en menos de un minuto, iba ya camino de un estrecho callejón que discurría por detrás del edificio. Esperaba oír en cualquier momento la explosión y el estruendo de aquella fachada decimonónica y de aquellos históricos ventanales estrellándose contra el asfalto de los Campos Elíseos.

Pero no ocurría nada. ¿Qué los estaría frenando? Imaginé que, como me habían perdido en la plaza de la Madelaine, habían regresado inmediatamente a mi apartamento. Y como no sabían con seguridad si había llegado ya, decidieron llamar a la puerta para averiguarlo.

Menos mal que no contesté. Estaba casi seguro de que eran dos —yo también habría enviado a dos agentes— y de que en aquel momento estaban escondidos cerca del ascensor, esperando a que yo volviese. Eso me ofrecía una oportunidad: si entraba por el portal y subía por la escalera, era muy probable que los sorprendiese. Nunca había sido un as disparando cuando me gradué, pero era lo bastante bueno para liquidar a dos sicarios.

Cuando salí del callejón, aminoré el paso y escruté con mirada profesional a los transeúntes, sólo para cerciorarme de que los tipos que estaban dentro no tenían a alguien vigilando la calle. Vi a varias mujeres que volvían a casa después de haber estado de compras por las lujosas tiendas de la avenida Montaigne, a parejas paseando al perro, a un individuo tocado con una gorra de los Mets que me daba la espalda —un turista, a todas luces— mientras miraba el escaparate de la pastelería que había al lado de mi edificio... Pero no vi a nadie que encajara con el perfil que tenía en mente. Estudié los vehículos que había cerca y tampoco vi ningún taxi blanco ni a ningún pistolero que aguardara dentro de alguno de los automóviles estacionados allí.

Me acerqué a una mujer cincuentona calzada con tacones que iba acompañada de su novio, veinte años más joven que ella; no me servirían totalmente de escudo en caso de que hubiera un francotirador apostado en un tejado, pero al menos se lo pondrían más difícil. Amparándome en ellos, fui reduciendo sigilosamente la distancia que me separaba de mi edificio: ochenta metros, cuarenta, veinte... Al pasar por delante de la pastelería, el tipo de la gorra de los Mets se dirigió a mí:

—¿No habría sido más fácil que abriera la puta puerta, señor Campbell?

Se me paró el corazón, y todos mis miedos se precipitaron hacia el hueco vacío que antes era mi estómago. Al instante siguiente, me asaltaron dos pensamientos distintos y contradictorios que lucharon por imponerse el uno al otro. El primero fue: «¿Cómo va a acabar esto?» El agente retirado es burlado en una calle de París y le pegan un tiro en la cabeza, probablemente alguien que se encuentra en el interior de la pastelería. *Vysshaya mera* para mí, supongo. Acabo desangrado en la acera, un hombre al que ni siquiera conozco se guarda el arma en el bolsillo y se va con el tipo de la gorra de los Mets para que, seguidamente, a ambos los recoja... ¿qué?... ¿un taxi blanco?

El otro pensamiento fue el siguiente: «De ninguna manera van a matarme.» Aunque hubiera un tirador en un edificio o en una habitación del hotel Plaza Athénée de enfrente, el de la gorra les habría hecho una señal muda y habrían cumplido con su misión sin más. En el mundo real no se paran a hablar con el objetivo: eso sólo ocurre en las películas, donde el malo tiene la necesidad patológica de contarte la historia de su vida antes de apretar el gatillo. Aquí fuera hay demasiado peligro y uno tiene el cerebro demasiado revolucionado como para no quitarse cuanto antes el asunto de encima. Recuerden lo que ocurrió en Santorini...

De todas maneras, siempre hay una primera vez, de modo que seguía sin saber con seguridad si mearme encima de miedo o de alivio. Miré al individuo en cuestión: era un negro de cincuenta y tantos, de cuerpo esbelto y rostro agraciado, al que ya se le empezaban a notar los años. «Más loza barata que porcelana fina de Limoges», me dije a mí mismo. Mi evaluación quedó confirmada cuando se aproximó un poco más y me di cuenta de que cojeaba ostensiblemente de la pierna derecha.

—Me parece que me ha llamado usted «señor Campbell». Se equivoca —le dije en francés, llenando cada sílaba con mi mejor imitación del desdén propio de los parisinos—. Yo no me apellido Campbell.

Estaba ganando tiempo, intentaba deducir lo que estaba ocurriendo allí.

—Eso es algo en lo que ambos estamos de acuerdo —repuso él en inglés—, porque no existe ningún Peter Campbell que tenga licencia para operar en Wall Street, y porque el fondo de cobertura que él gestiona tampoco ha existido nunca.

¿Cómo diablos sabía aquel tipo todo aquello? Cambié de posición con toda la naturalidad de que fui capaz, de manera que él quedase centrado entre el escaparate de la pastelería y yo.

—De modo que, si usted no es Campbell, ¿quién es? —siguió diciendo—. ¿Tal vez Jude Garrett, agente del FBI y escritor? Bueno, eso también sería bastante difícil, dado que está muerto. ¿Y sabe otro detalle extraño de Garrett? —añadió con calma—. He estado hablando con una prima suya que vive en Nueva Orleans, y se ha quedado bastante alucinada de su éxito literario, porque dudaba de que hubiera leído un libro en su vida, y más aún de que lo hubiera escrito.

Aquel tipo sabía todas aquellas cosas sobre mí, ¡y aun así yo continuaba vivo! Eso era lo importante, aunque al parecer él no lo veía como yo. Oteé las azoteas intentando descubrir si había un francotirador. El de la gorra siguió mi mirada y supo lo que estaba haciendo, pero no pareció afectar en nada a su actitud.

—¿Sabe lo que pienso, señor Campbell o quienquiera que sea? Que vive usted con una identidad falsa y que ha escrito ese libro usando el nombre de un muerto, sólo por seguridad. Pienso que usted ha trabajado para el gobierno y que las personas que conocen su verdadero nombre pueden contarse con los dedos de una mano. Puede que ni siquiera sean tantas. Y eso me dice que probablemente no sea sensato preguntarle qué clase de trabajo hacía, pero lo cierto es que eso me da lo mismo. Su libro es el mejor que he leído sobre técnicas de investigación, y lo único que quiero es hablar de él.

Lo miré fijamente.

—¡¿Quiere hablar de un libro?! —solté por fin en inglés—. ¡Iba a matarlo!

—Bueno, eso no es del todo exacto, señor... —replicó. Luego bajó la voz—: ¿Quiere que lo llame «señor Garrett»?

—Campbell —respondí con los dientes apretados—. Campbell.

—Pues eso no es del todo exacto, señor Campbell. Yo diría que, si alguien iba a matar aquí a alguien, iba a ser yo.

Tenía razón, por supuesto, lo cual, como cabía esperar, me cabreó todavía más. Me tendió una mano sin sonreír... Con el tiempo iría descubriendo que era un hombre que casi nunca sonreía.

—Ben Bradley —se presentó en tono calmo—. Teniente de homicidios de la policía de Nueva York.

Sin saber muy bien lo que debía hacer, le tomé la mano y se la estreché. Fue un apretón de manos entre un policía que estaba volviendo a aprender a andar y un agente encubierto ya retirado.

Ahora sé que aquella tarde, al encontrarnos por primera vez, los dos pensamos que nuestra carrera se había acabado, que nuestra trayectoria profesional había tocado a su fin, pero lo extraño fue que aquel encuentro tuvo una enorme repercusión en nuestras vidas.

Fue de vital importancia, ya lo creo que sí. Todo resultó ser importante y estar extrañamente conectado: el asesinato cometido en el Eastside Inn, Christos Nikolaides abatido en un restaurante de Santorini, la fallida operación encubierta de Bodrum, mi amistad con Ben Bradley... Incluso aquel monje budista que viajaba por una remota carretera de Tailandia. Si creyera en el destino, diría que había una mano que estaba guiándolo todo.

Muy pronto descubriría que aún tenía por delante una tarea de gran calado, algo que, más que ninguna otra cosa, definiría mi vida. Al cabo de unas pocas semanas, en una fatídica tarde de otoño, me vería arrastrado de nuevo al mundo del espionaje y vería desaparecer toda esperanza de llevar una vida normal, probablemente para siempre. Como dice la gente, «si quieres hacer reír a Dios, dile que tienes planes».

Con una información escasa pero de gran valor, y menos tiempo todavía, me encargaron la tarea de encontrar lo único que teme por encima de todo cualquier agencia de inteligencia: un hombre que carece de afiliaciones radicales, que no figura en ninguna base de datos y que no tiene antecedentes penales. Un individuo totalmente *limpio*, un fantasma.

Me temo que lo que sigue a continuación no les resultará agradable. Si desean dormir plácidamente en su cama, si quieren mirar a sus hijos y pensar que existe una posibilidad de que vivan en un mundo mejor que el que nosotros dejamos atrás, tal vez sea más recomendable que no sepan nada de ese individuo.

SEGUNDA PARTE

1

Por muchos años que pasen, aunque tuviera suerte y me hiciera viejo tomando el sol, para mí él siempre será el Sarraceno. Ése fue el nombre en clave que le puse al principio, y pasé tanto tiempo intentando descubrir su verdadera identidad que me cuesta trabajo imaginarlo de forma distinta.

Sarraceno significa «árabe», o, en una acepción mucho más antigua, «musulmán que luchaba contra los cristianos». Si nos remontamos todavía más en el tiempo, veremos que en cierta época significó «nómada». Todos estos apelativos encajaban con él a la perfección.

Aún hoy, una gran parte de lo que sabemos de ese hombre es información fragmentada, lo cual no es de sorprender dado que pasó la mayor parte de su vida corriendo entre sombras y cubriendo deliberadamente sus huellas igual que un beduino en el desierto.

Pero toda vida deja un rastro, todo barco forma una estela, y, aunque en ocasiones no era más que una leve fosforescencia en la oscuridad, lo perseguimos siempre. Me obligó a recorrer la mitad de los zocos y las mezquitas del mundo, hurgar en los archivos secretos de los estados árabes y sentarme en los despachos de decenas de personas que pudieran haberlo visto. Más adelante, incluso años después de que hubieran pasado los terribles acontecimientos de aquel verano, varios equipos de analistas interrogaron a su madre y a sus hermanas por espacio de varias semanas, y aunque se me podría acusar de haber puesto palabras en su boca o pensamientos en su cabeza, no pedí disculpas. Terminé conociendo al Sarraceno y a su familia mejor que ninguna otra persona.

Un punto que no admite discusión es el de que, cuando el Sarraceno era muy joven, tuvo que soportar la decapitación de su padre en público. Aquello sucedió en Yeda, la segunda ciudad más grande de Arabia Saudí y, por consenso popular, la más sofisticada. Pero, créanme, eso no es decir gran cosa.

Yeda se encuentra en la costa del mar Rojo, y cuando el Sarraceno tenía catorce años vivía allí con sus padres y sus dos hermanas pequeñas, en una modesta villa ubicada en las afueras, lo bastante cerca del mar como para percibir el olor a sal. Eso lo sabemos porque, muchos años después, fui a visitar su antigua casa y le hice fotos.

Al igual que la mayoría de los saudíes, su padre, que era zoólogo, despreciaba a Estados Unidos y a lo que los periódicos árabes denominan su «puta a sueldo», Israel. Sin embargo, su odio no se basaba en la propaganda ni en la dura situación de los palestinos, ni siquiera en la intolerancia religiosa. No, su odio era mucho más profundo.

A lo largo de los años, había escuchado las promesas que venían tanto de Washington como de Tel Aviv y, a diferencia de la mayoría de los occidentales, él creía lo que decían nuestros líderes políticos: que su objetivo era llevar la democracia a Oriente Próximo. Y como era un musulmán profundamente devoto, aquella perspectiva lo enfurecía. Era una persona cultivada —al menos según los estándares de su país— y sabía que uno de los cimientos de la democracia es la separación entre religión y Estado. Y para muchos musulmanes la religión es el Estado. Lo último que quieren es separar ambas cosas.

En su opinión, el único motivo por el que los infieles defendían tal cosa era para dividir y conquistar, vaciar el mundo árabe y destruirlo, como si la campaña que iniciaron los cristianos hace mil años con la Primera Cruzada nunca se hubiera interrumpido.

Sería fácil decir que aquel zoólogo era un extremista, pero en el borroso mundo de la política de Oriente Próximo él se hallaba situado en el ala «moderada» de la opinión pública saudí. Sin embargo, había una cosa que lo diferenciaba del punto de vista más generalizado: lo que pensaba de la familia real.

En el reino de Arabia Saudí hay muchas cosas que uno no puede hacer: predicar sobre el cristianismo, ir a ver una película, conducir un coche si se es mujer, renunciar a la propia fe... Pero por encima de todas esas prohibiciones está la de criticar a la casa de Saud, la dinastía reinante compuesta por el rey, doscientos príncipes poderosos y veinte mil parientes.

A lo largo de aquel año, por todo Yeda corrían ciertos rumores de que el rey había permitido que tropas estadounidenses, los soldados de un país impío, pusieran el pie en la sagrada tierra del Profeta. Igual de inquietante era la información que estaban filtrando a su vez los disidentes saudíes que vivían en Europa, que afirmaban que varios príncipes prominentes estaban perdiendo fortunas en el casino de Montecarlo y regalando relojes de oro a chicas de ciertas agencias de «modelos» de París. Como todos los saudíes, el zoólogo conocía perfectamente el despilfarrador estilo de vida del rey, con sus palacios dorados, pero en el islam el mal gusto y el derroche no son *haram*, es decir, no están prohibidos. En cambio, sí lo están la prostitución, el juego y el alcohol.

Por supuesto, si uno vive en Arabia Saudí puede expresar el asco que siente por las políticas del rey y por el comportamiento de su familia, si quiere incluso puede opinar que eso representa una ofensa a Dios, y hasta puede abogar por su eliminación forzosa. Sin embargo, debe cerciorarse de que todo eso quede en la intimidad de su mente, porque hablar de ello con alguien que no sea la esposa o el padre, incluso de la manera más abstracta, es una temeridad. La Mabahiz, la policía secreta saudí —que sigue sus propias leyes—, con su red de informantes, lo oye todo y lo sabe todo.

Era el final de un día de primavera cuando cuatro de sus agentes, todos vestidos con la túnica blanca llamada *zobe* y el habitual turbante a cuadros blancos y rojos, visitaron al zoólogo en su trabajo. Le mostraron sus tarjetas de identificación y lo sacaron de la oficina, atravesaron un área de laboratorios y ordenadores y lo llevaron al aparcamiento.

Las otras veinte personas que trabajaban en aquella sección del Departamento de Biología Marina del Mar Rojo vieron cómo la puerta se cerraba de golpe tras él, pero nadie pronunció ni una palabra, ni siquiera sus tres amigos íntimos, uno de los cuales era, casi con toda seguridad, el informador.

Jamás sabremos con exactitud de qué acusaron al zoólogo ni qué alegó él en su defensa, porque los procesos judiciales saudíes, celebrados en secreto, no se molestan en perder el tiempo con tonterías tales como testigos, abogados, jurados ni pruebas.

El sistema se basa por completo en las confesiones firmadas que obtiene la policía. Resulta extraño que los métodos de tortura sean una de las pocas cosas que consiguen traspasar todas las fronteras raciales, religiosas y culturales: las milicias pobres de Ruanda, que adoran a los espectros, utilizan casi los mismos métodos que los católicos ricos que supervisan la seguridad del Estado en Colombia. Debido a ello, los policías musulmanes que metieron al zoólogo en una celda de una cárcel de Yeda no tenían nada nuevo que ofrecer, tan sólo una batería de camión equipada con unas pinzas especiales para los genitales y los pezones.

La familia del zoólogo no supo nada de la catástrofe que se les avecinaba hasta que vieron que no volvía del trabajo. Tras la oración de la tarde, hicieron una serie de llamadas a sus compañeros de oficina, los cuales no atendieron al teléfono o respondieron con voz forzada que ellos no habían visto nada, pues la gente sabía por triste experiencia que había personas escuchando para señalar como objetivo a todo el que intentase ayudar a la familia de un sospechoso. La esposa del zoólogo, cada vez más desesperada, accedió por fin a que su hijo de catorce años saliera a buscarlo. No podía ir ella misma, ya que las leyes saudíes prohíben que una mujer se muestre en público, a no ser que vaya acompañada de su hermano, su padre o su marido.

El chico dejó en casa a su madre y a sus hermanas, y se marchó en la motocicleta que le había regalado su padre por su útimo cumpleaños. Sin salirse de las calles secundarias, se dirigió rápidamente al complejo donde estaban las oficinas en que trabajaba el zoólogo, que se alzaba al borde del mar. Cuando llegó, vio en el aparcamiento el automóvil de su padre, solitario. Tan sólo en un Estado policial como ése un chico reza para que a su progenitor no le haya sucedido nada más grave que un accidente que lo deje paralítico. Suplicando a Alá que sólo estuviera herido y que aún se encontrara dentro del edificio en sombras que albergaba su oficina, se acercó hasta la entrada.

Un guardia de seguridad pakistaní, apostado en un rincón del vestíbulo en penumbra, se sobresaltó al ver la cara de un chico asomando por las puertas de cristal. Le gritó algo en su árabe macarrónico y le indicó por señas que se fuera, al tiempo que sacaba una porra provista de un asa lateral, dispuesto a abrir las puertas y utilizarla con el chico si fuera necesario.

Pero el joven no se inmutó. Respondió a su vez en árabe, desesperado, implorando la ayuda del Profeta, y dijo algo de que su padre había desaparecido. Sólo entonces el guardia cayó en la cuenta de que aquella visita guardaba relación con el suceso que, durante toda la tarde, había provocado una oleada de chismorreos disimulados. Observó fijamente el rostro desencajado del muchacho, demasiado joven para aferrarse a una esperanza tan inasible, y bajó la porra. A lo mejor se debió a que él también tenía hijos, pero lo cierto es que las placas tectónicas de su universo se desplazaron de tal modo que se vio empujado a hacer una cosa que no concordaba en absoluto con su forma de ser: se arriesgó.

Dando la espalda a las cámaras de seguridad que vigilaban las puertas del edificio y gesticulando como si pretendiera ahuyentar al chico, le dijo lo poco que sabía: que cuatro miembros de la policía, encabezados por un coronel, se habían llevado a su padre esposado. Según el conductor del vehículo que los había llevado hasta allí —un compatriota pakistaní con el que había tomado un té—, llevaban varios meses investigándolo en secreto. «Pero escucha con atención —le dijo—, que ahora viene lo más importante: estuvieron hablando de acusarlo de "corrupción en la tierra". —Una expresión tan vaga que resultaba carente de significado, salvo por una cosa: acarreaba la condena a muerte—. Díselo a tu familia —continuó el guardia pakistaní—, tendréis que actuar deprisa si queréis salvarlo.»

Y dicho esto, abrió las puertas de golpe como si hubiera perdido la paciencia y, actuando para las cámaras, empezó a asestar golpes con la porra con rabia vengativa. El chico echó a correr hacia su motocicleta y la arrancó. A continuación, sin preocuparse por sí mismo, cruzó el aparcamiento a toda velocidad, casi perdido en una nube de arena, y salió volando por la verja de entrada.

Aunque nadie podrá saberlo nunca con certeza, imagino que en aquellos instantes el muchacho estaría desgarrado por dentro.

Como niño que era, deseaba con desesperación el consuelo de su madre, pero como hombre, como el cabeza de familia en ausencia de su padre, necesitaba el consejo de otro varón. Sólo existía una manera de resolver aquel conflicto. Él era árabe, y eso implicaba dos mil años de bagaje de orgullo masculino. Así que fue inevitable que se dirigiera al norte, hacia la zona más oscura de la ciudad, hacia la casa de su abuelo.

Mientras conducía, el pesimismo comenzó a apoderarse de él. Su padre bien podría encontrarse en aquel momento en un vagón de ganado de la seguridad del Estado, y comprendió que iba a ser necesario recurrir a la *wasta* para alterar el curso de aquel viaje. En ausencia de democracia y de burocracias eficientes, la *wasta* es la forma en que funciona el mundo árabe: quiere decir contactos, influencia, una red de antiguos favores y de vínculos tribales. Si uno puede recurrir a la *wasta*, las puertas se abren ante él, incluidas las de los palacios. Pero, si una familia no tiene ese tipo de contactos, esas puertas permanecen cerradas para siempre.

El chico nunca se lo había planteado siquiera, pero aquel día se dio cuenta de que los miembros de su familia, incluido su abuelo, al que tanto amaba, eran gente modesta, modesta en ambición y modesta en contactos. Que ellos influyeran en las fuerzas de seguridad del Estado y consiguieran que la Mabahiz desestimara lo que se consideraba un ataque contra la casa de Saud era... en fin, era como acudir a una guerra nuclear armado con una navaja.

Al llegar la noche, después de que las prolongadas e íntimas reuniones con sus tíos, su abuelo y sus primos no hubieran dado como resultado ni una sola llamada telefónica significativa, supo que no se había equivocado respecto de sus posibilidades. Pero ello no quería decir que se hubieran rendido: por espacio de cinco meses, la familia, a punto de derrumbarse a causa de la angustiosa situación, intentó penetrar en el gulag saudí y buscar una minúscula salida oculta en su laberinto.

¿Y qué obtuvieron como premio a sus esfuerzos? Ninguna información y ninguna ayuda por parte de su gobierno, y desde luego en ningún caso consiguieron contactar con el zoólogo. Igual que las víctimas del 11-S, aquel padre de familia había ido a trabajar por la mañana y nunca volvió.

Estaba perdido en un laberinto surrealista, atrapado entre los muertos vivientes de centenares de celdas abarrotadas. Enseguida comprendió que era allí donde todo el mundo terminaba firmando una confesión —testimonio directo de la batería de doce voltios—. Sin embargo, entre los reclusos había dos grupos claramente distintos.

Los que pertenecían al primero se habían rendido a su destino, o a Alá, y se limitaban a garabatear su nombre en aquel inmundo lugar. Los del segundo grupo calculaban que su única esperanza estribaba en firmar el documento para poder comparecer por fin ante un juez. Sólo entonces podían retractarse de su confesión y proclamarse inocentes.

Ésta fue la estrategia que adoptó el zoólogo. Sin embargo, el sistema judicial saudí ha inventado un modo de abordar ese juego: el preso simplemente es devuelto a la policía para que explique por qué ha cambiado de opinión. Resultaría demasiado deprimente entrar en detalles de los métodos «mejorados» que se emplean contra esos hombres y mujeres; baste decir que nadie ha comparecido nunca ante un juez para retractarse de su confesión por segunda vez. Nunca.

Cuando el zoólogo por fin hubo admitido su culpa y fue acusado de emitir declaraciones sediciosas y de corrupción en la tierra, su recorrido por el sistema judicial saudí se detuvo de golpe.

La causa fueron los problemas de tráfico que había en el centro de Yeda. Se necesitaba avisar por lo menos con diez días de antelación para cerrar el gigantesco aparcamiento de la mezquita principal. Sólo entonces podría construirse la plataforma de mármol blanco que iba a levantarse en el centro.

2

Los espectadores comenzaron a congregarse desde primeras horas de la mañana, en cuanto vieron las barricadas que se estaban colocando y al equipo especial de operarios que estaba erigiendo la plataforma. En Arabia es poco frecuente que se haga un anuncio público de una ejecución inminente, pero siempre se corre la voz mediante el teléfono móvil y los mensajes de texto.

En cuestión de horas ya había grandes multitudes dirigiéndose en masa hacia el aparcamiento, y para cuando un niño de doce años —amigo íntimo del Sarraceno— pasó por delante, dentro del automóvil de su padre, supo con toda exactitud lo que significaba aquello. Era viernes, el día de descanso para los musulmanes, y había un tráfico terrible, así que el muchacho tardó más de una hora en llegar a casa. De inmediato, cogió su bicicleta y recorrió unos doce kilómetros para ir a contarle a su amigo lo que había visto.

El Sarraceno, temiéndose lo peor, y sin mencionar nada a su madre ni a sus hermanas, tomó su motocicleta, le dijo a su amigo que subiera también y se dirigió a la Corniche, la carretera que lleva al centro de Yeda bordeando el mar Rojo.

Para cuando los dos muchachos avistaron el mar, ya había finalizado el rezo del mediodía en la mezquita principal y estaban saliendo de ella cientos de hombres, que se sumaron a las masas de espectadores que aguardaban en el aparcamiento. Bajo el fuerte sol del verano, aquellos varones ataviados con *zobes* blancas contrastaban vivamente con los grupos de mujeres, cubiertas con sus *abayas* y con el rostro oculto por el velo. Únicamente los niños pequeños, vestidos con vaqueros y camisas, aportaban una mancha de color.

En Arabia Saudí, las ejecuciones son prácticamente el único entretenimiento público que está permitido, ya que los cines, los conciertos, el baile, el teatro y hasta las cafeterías donde puedan mezclarse ambos sexos son cosas prohibidas. Sin embargo, todo el mundo puede asistir, también las mujeres y los niños, a ver cómo pierde la vida una persona. Si lo comparamos con algunas innovaciones modernas, como la inyección letal o incluso el pelotón de fusilamiento, por lo visto lo que más satisface a las masas es el método saudí: la decapitación en público.

En la Corniche, aquel día la temperatura era de cuarenta y tres grados, y el calor reverberaba desde el asfalto despidiendo vaharadas de aire caliente mientras la motocicleta sorteaba a toda velocidad el tránsito del fin de semana. Delante de ellos, empezó a formarse un caos de vehículos: estaban demoliendo la carretera para construir un nuevo paso elevado, y las máquinas bloqueaban todos los carriles excepto uno, de modo que los coches se veían obligados a retroceder varias manzanas.

El hijo del zoólogo, agobiado por el calor del casco, también se sentía sumido en el caos: aterrorizado casi hasta el punto de vomitar, esperaba desesperadamente que la persona que iban a subir a aquella plataforma fuera un narcotraficante africano. No podía soportar la idea de ver a su padre por última vez arrodillado sobre el suelo de mármol, con las moscas ya zumbando a su alrededor, y la espada de plata desapareciendo en una fuente de color rojo.

Observó el tráfico impenetrable que tenía delante y decidió salirse del carril. En un torbellino de polvo y escombros, se metió con la motocicleta en el emplazamiento de la obra, lleno de socavones.

A pesar del gentío que se había congregado para el espectáculo, en el aparcamiento no había mucho ruido, tan sólo un murmullo de voces y el soniquete de un mulá que leía el Corán por el sistema de megafonía de la mezquita. Poco a poco, incluso los murmullos fueron disminuyendo cuando un coche oficial atravesó el cordón y se detuvo junto a la plataforma.

Del vehículo se apeó un individuo de gran corpulencia vestido con una *zobe* de un blanco inmaculado, que subió los cinco peldaños de la plataforma. Llevaba una banda de brillante cuero que cruzaba su pecho y terminaba en la cadera izquierda, y de la que pendía una funda que guardaba en su interior una espada de hoja larga y curva. Era el verdugo. Se llamaba Said bin Abdulá bin Mabruk al Bishi, y era considerado el más habilidoso de todo el reino, una reputación basada principalmente en un procedimiento denominado «amputación transversal». Mucho más difícil que una simple decapitación, y creado para castigar a los salteadores de caminos, este método requería utilizar rápidamente unas hojas fabricadas a medida para amputar la mano derecha y el pie izquierdo del prisionero. Aplicándose diligentemente a este proceso, con los años Said al Bishi había ido subiendo el nivel general de las ejecuciones públicas de Arabia Saudí. En la actualidad, sólo en raras ocasiones veía el público que un verdugo tuviera que asestar varios golpes en la cabeza o las extremidades de un prisionero para separarlas del cuerpo.

Al Bishi devolvió el saludo a varios de los presentes. Apenas había tenido tiempo de familiarizarse con el lugar donde debía llevar a cabo su trabajo, cuando vio una furgoneta de color blanco que se abría paso entre la muchedumbre. Un policía levantó una barrera, y el vehículo, dotado de aire acondicionado, se detuvo al pie de los escalones. Cuando se abrieron las portezuelas traseras, la multitud se agolpó a su alrededor para intentar ver a la persona que ocupaba el asiento.

El zoólogo se apeó de la furgoneta y se enfrentó al calor abrasador descalzo, con los ojos tapados por una gruesa banda de tela blanca y las muñecas sujetas con grilletes a la espalda.

Entre los que contemplaban la escena, había algunas personas que lo conocían, o que creían conocerlo, y tardaron un poco en reconocer sus facciones. Sabe Dios qué le habría hecho la policía secreta en aquellos cinco meses, pero daba la impresión de haber encogido; era sólo una cáscara, un hombre destruido y disminuido, al menos físicamente, y parecía uno de esos ancianos de carne traslúcida que a veces se ven en las residencias de la tercera edad. Tenía treinta y ocho años.

Sabía exactamente dónde se encontraba y qué estaba pasando, porque cuarenta minutos antes se había presentado en su celda un funcionario del presunto Ministerio de Justicia y le había leído un decreto formal. Entonces supo que lo habían condenado a muerte. Mientras dos policías uniformados lo conducían despacio hasta los peldaños de la plataforma, según afirmaron los testigos, levantó el rostro hacia el sol e intentó enderezar los hombros. Estoy seguro de que no quería que su hijo y sus hijas se enterasen de que su padre no había tenido valor.

En la Corniche, los conductores bloqueados en aquel embudo de vehículos veían con una mezcla de disgusto y envidia la motocicleta que pasaba rauda por su lado, sirviéndose de la zona en obras como autopista particular. Malditos críos...

El muchacho maniobró entre las mangueras de los bomberos —que se utilizaban para regar a los agotados obreros bangladesíes, y evitar así que se desmayaran por el calor—, y acto seguido sorteó un bosque de pilotes de hormigón. Disponía sólo de unos siete minutos para llegar a la plaza.

No creo que, ni siquiera años después, hubiera sido capaz de explicar por qué razón se lanzó a aquella frenética carrera. ¿Qué iba a hacer él allí? Sin embargo, creo que, en su miedo y su angustia, lo único que se le ocurrió pensar fue que pertenecía a su padre en cuerpo y alma, y que un vínculo tan fuerte merecía como mínimo que él se hallara presente. Hizo girar la motocicleta violentamente hacia la izquierda, atravesó una explanada de escombros y se lanzó todavía más deprisa hacia una calle que desembocaba en la plaza. La encontró bloqueada por una valla metálica, pero, al otro lado de los haces de varillas de acero del hormigón armado, vio una abertura justo del tamaño suficiente para colarse por ella. ¡Alá estaba con él!

Inclinó la motocicleta más hacia la izquierda, atravesó en zigzag los haces de varillas levantando finas nubes de polvo y libró el último obstáculo por los pelos. ¡Iba a conseguirlo!

El zoólogo, de pie en la plataforma y con los ojos vendados, sintió que alguien le posaba una mano en el cuello y lo empujaba hacia abajo; era el verdugo, que lo instaba a ponerse de rodillas. Mientras obedecía, notó el calor del sol en la cara: supo entonces que estaba orientado hacia La Meca, situada a sesenta y cinco kilómetros de allí. En la misma dirección se encontraba su casa, y, al acordarse de su mujer y de sus hijos, que estarían resguardados en el amor de aquellas paredes, experimentó un sentimiento de pérdida que le provocó un escalofrío en todo el cuerpo.

El verdugo le dio un apretón en el hombro: eran tantas las veces que había vivido aquello, que sabía reconocer perfectamente el momento exacto en que un hombre necesitaba serenarse.

De repente, se oyó una voz que dio una orden desde el sistema de megafonía, y, al instante, los miles de personas que llenaban la plaza, que abarcaba desde el austero Ministerio de Asuntos Exteriores hasta el césped que había ante la mezquita, se postraron de rodillas de cara a La Meca para rezar. El zoólogo, como todo musulmán devoto, se sabía aquella oración de memoria y la pronunció en voz baja, siguiendo el rezo de la multitud. También sabía exactamente cuánto tiempo duraba: según una estimación razonable, le quedaban cuatro minutos en la tierra.

El muchacho, medio cegado por el polvo que levantaba la motocicleta con cada viraje, no vio uno de los haces de varillas del hormigón armado hasta que fue demasiado tarde. Sobresalía de los otros por lo menos treinta centímetros, y cuando atinó a verlo, una de las varillas ya se había introducido entre los radios de la rueda delantera.

Su tiempo de reacción fue increíble, lanzó la motocicleta hacia un lado, pero no fue lo bastante rápido. Como la rueda continuó girando, la varilla de acero destrozó los radios y los convirtió en un amasijo de hierros retorcidos. Varios pedazos de metal abrieron una brecha en el depósito de gasolina y en la cabeza del cilindro, la rueda se salió, la horquilla delantera se hundió en la tierra y la motocicleta se detuvo de forma instantánea. Sin embargo, el hijo del zoólogo y su amigo no se detuvieron: salieron volando por encima del manillar y cayeron juntos, formando una maraña de brazos y piernas en medio de una nube de tierra. Aturdidos, y con la motocicleta condenada al desguace, apenas estaban conscientes.

Para cuando llegó hasta ellos el primero de los sorprendidos conductores que los observaban desde la Corniche, la multitud que rezaba en el aparcamiento había terminado la oración y ya estaba incorporándose. El verdugo se acercó al prisionero arrodillado, y la plaza entera guardó silencio. El hombre hizo un leve ajuste en el ángulo que formaba la cabeza del zoólogo, y los espectadores que se encontraban lo bastante cerca vieron que ambos intercambiaban unas palabras.

Muchos años después, tuve ocasión de hablar con varias personas que estuvieron aquel día ante la mezquita. Una de ellas fue Said al Bishi, el verdugo. Tomé un té con él en el *machlis* —salón para recibimientos formales— de su casa y le pregunté qué le había dicho el zoólogo.

—Es poco frecuente que un hombre sea capaz de hablar en una situación así —me dijo Said al Bishi—, de modo que, por supuesto, es algo que se te queda grabado. —Inspiró profundamente—. Fue breve, pero lo dijo con convicción: «Lo único que importa es que Alá y el pueblo saudí perdonen mis pecados.»

Al Bishi guardó silencio y miró hacia La Meca, y por lo visto aquello fue todo. Yo asentí con gesto reverente.

—*Alahu akbar* —murmuré a modo de contestación—. Dios es grande.

Al Bishi bebió otro sorbo de té con la mirada fija en la media distancia, sumido en sus pensamientos acerca de la sabiduría que encuentra un hombre en sus últimos momentos. Yo continué mirándolo y asintiendo, confirmando así que aceptaba lo que acababa de contarme. Una de las cosas que nunca se hacen en ningún país árabe es acusar a un hombre de mentir, aunque sea de forma muy indirecta.

Así que continué mirándolo, y él continuó con la mirada perdida, reflexionando sobre la sabiduría. En el exterior, se oía el gorgoteo del agua de una fuente que había en su hermoso patio y el trajinar de los sirvientes en las dependencias de las mujeres. Por lo visto, ser un verdugo del Estado debía de ser un trabajo bien remunerado.

Por fin, empezó a removerse incómodo en su asiento, y de pronto me dirigió una mirada para ver si yo era de los que se callaban o si en realidad estaba desafiándolo.

Como no desvié la mirada, Al Bishi rompió a reír.

—Para ser un occidental, es usted un hombre inteligente —me soltó—. Bien, vamos a hablar de lo que dijo el prisionero en realidad, si le parece. Cuando me incliné hacia él, le dije que mostrarse el cuello todo lo que pudiera y que no se moviese, que eso nos facilitaría las cosas a ambos. Pero por lo visto a aquel hombre eso le daba lo mismo, y me hizo una seña para que me acercase más. Debían de haberle hecho alguna herida en la boca, puede que con un electrodo, porque le costaba trabajo hablar. Me preguntó susurrando si yo conocía al rey. Aquello me cogió por sorpresa, pero le respondí que había tenido el honor de ver a Su Majestad en varias ocasiones. Entonces él asintió, como si ya se lo esperase, y me dijo: «La próxima vez que lo vea, dígale que un americano dijo en cierta ocasión que se puede matar al pensador, pero no se puede matar lo que piensa.»

Al Bishi me miró y se encogió de hombros.

—¿Y llegó a decírselo? —quise saber—. Al rey, me refiero.

El verdugo lanzó una carcajada.

—No —contestó—. Después de haber visto cuál es la alternativa, prefiero seguir conservando la cabeza sobre los hombros.

No tuve necesidad de preguntarle qué sucedió a continuación, ya me lo habían contado otras personas que estuvieron presentes aquel día en el aparcamiento.

Mientras Al Bishi terminaba su breve conversación con el prisionero, se levantó una fuerte brisa procedente del mar, casi todo el mundo lo mencionó porque sobre el asfalto de la plaza hacía un calor insoportable. El verdugo se incorporó y desenvainó su espada en un único movimiento fluido. Acto seguido, dio un solo paso atrás para apartarse del prisionero, midió la distancia con ojo experto y afirmó los pies en el suelo.

Lo único que se oía era la estática de la megafonía de la mezquita. Al Bishi sostuvo la larga hoja en posición horizontal, irguió la espalda y alzó el mentón para acentuar su perfil —cuando lo conocí, no pude evitar fijarme en lo vanidoso que parecía—. Empleando una sola mano, levantó en alto la espada, y, cuando ésta alcanzó el punto más alto del arco, todos los ojos de la plaza siguieron su movimiento, casi cegados por la luz blanca del sol que caía en vertical.

Al Bishi hizo una pausa y dejó que la espada centellease al sol, como si quisiera exprimir al máximo el dramatismo del momento. Acto seguido, cerró la otra mano en torno a la empuñadura y descargó un golpe con una velocidad sobrecogedora. La afiladísima hoja alcanzó al zoólogo de lleno en la nuca. Tal como le había pedido, el prisionero no se movió.

Lo que todo el mundo comenta es el crujido que se oye: sonoro y húmedo, como cuando se parte una sandía. La espada cortó la espina dorsal del zoólogo, las arterias carótidas y la laringe, y la cabeza se separó limpiamente del tronco.

Rodó por el mármol parpadeando, seguida por un chorro de sangre que surgía de las arterias seccionadas. El torso del prisionero pareció flotar durante un instante, como si el desconcierto se hubiera apoderado de él, y luego se desmoronó y cayó sobre sus propios fluidos.

El verdugo, con su *zobe* todavía inmaculada, contempló su obra. La estática de la megafonía fue reemplazada por una oración musulmana. Sobre el cadáver empezó a congregarse un enjambre de moscas, y la multitud de los presentes estalló en una ovación.

El hijo del zoólogo, con la respiración agitada a causa del esfuerzo de la carrera, con todo el lado izquierdo del cuerpo gravemente magullado y con una mano sangrando y envuelta en un vendaje, entró cojeando en el aparcamiento justo después de que introdujeran el cuerpo de su padre en el sorprendente frescor de la furgoneta blanca. Ése era el motivo de que estuviera provista de aire acondicionado: no para procurar comodidad a los vivos, sino para mitigar el hedor de los muertos.

La mayoría de los espectadores se habían ido ya, y quedaban únicamente los policías que desmontaban las barricadas y un par de operarios bangladesíes para limpiar el mármol ensangrentado.

El muchacho buscó con la mirada, intentando encontrar a alguien conocido a quien preguntarle por la identidad del prisionero ejecutado, pero todo el mundo se apresuraba para huir del viento y se tapaba la cara con el turbante a cuadros, como hacen los beduinos. Al otro lado del césped, el muecín —el ayudante del mulá de la mezquita— estaba cerrando las contraventanas de madera para proteger el edificio de lo que cada vez más se iba perfilando como una potente tormenta de arena.

Zarandeado por el ventarrón, el muchacho echó a correr hacia él y lo llamó a voces desde la barandilla de hierro para pedirle que le proporcionara un nombre, una profesión. El muecín se volvió, protegiéndose el rostro de los remolinos de polvo, y le gritó algo a su vez. Pero el viento se llevó la voz, y el muchacho sólo alcanzó a oír una palabra: «zoólogo».

Mucho tiempo después, las imágenes captadas por las cámaras de vigilancia de la plaza revelaron que el muecín volvió a aplicarse a su tarea, y ni siquiera vio que el muchacho se giraba y contemplaba fijamente la plataforma de mármol, con el cuerpo azotado por el viento abrasador y el corazón consumido por la desolación más profunda. Permaneció allí, inmóvil, durante varios minutos, empeñado en actuar como un hombre y no llorar: parecía una estatua acribillada por un vendaval.

En verdad, pienso que en ese momento debía de estar viajando a toda velocidad; al igual que les sucede a la mayoría de las personas que viven una situación de horror, se había desconectado del espacio y del tiempo. Probablemente habría permanecido allí de pie varias horas, pero se aproximó uno de los policías y le dijo a gritos que se fuera, y él se alejó dando tumbos para escapar de la caña de bambú que blandía el agente.

Mientras avanzaba entre remolinos de arena, por fin las lágrimas pudieron más que su voluntad de hierro y, sintiéndose solo en una ciudad que ahora odiaba, dejó escapar un único y terrible aullido. Más tarde me contaron que fue un grito de dolor, pero yo sabía que no. Había sido el llanto primigenio del recién nacido.

En un proceso igual de sangriento y doloroso que el del parto, el Sarraceno había nacido al terrorismo en un aparcamiento del centro de Yeda. Con el tiempo, inspirado por el imperecedero amor a su padre, llegaría a convertirse en un apasionado seguidor de la doctrina más conservadora del islam, en un enemigo de todos los valores de Occidente, en un jurado destructor de la monarquía Fahd y en un defensor de la violenta yihad.

Gracias, Arabia Saudí, gracias.

3

A pesar de su enorme riqueza, de sus vastas reservas de crudo y de su pasión por el armamento norteamericano de alta tecnología, lo cierto es que en Arabia Saudí no funciona nada. Un ejemplo es el sistema de autobuses de Yeda.

Ahora que su motocicleta había quedado inservible, el hijo del zoólogo no disponía de ningún vehículo para volver. Debido a los erráticos horarios del transporte público y a la tormenta de polvo, que lo empeoraba todo, la noticia de la ejecución llegó a su casa veinte minutos antes que él. Toda su familia en pleno ya se había congregado en el modesto *machlis* de la villa, y el comportamiento de su madre estaba dejando cada vez más horrorizados a todos los presentes. Entre arrebatos de dolor y de incredulidad, despotricaba contra su país, contra el sistema judicial saudí y contra la propia familia real. Aunque ningún varón saudí, y mucho menos la sociedad misma, había podido admitirlo nunca, ella era la persona más inteligente de las que se hallaban presentes.

Su amarga diatriba llena de rencor tan sólo se interrumpió cuando alguien se asomó por la ventana y dijo que su hijo había regresado. Respirando a duras penas por culpa del llanto, acudió a su encuentro en el pasillo, desesperada al pensar en la posibilidad de que, sumando una tragedia a otra, el muchacho hubiera sido testigo de la ejecución de su padre.

Cuando éste negó con la cabeza y le contó a medias que se había estrellado con la motocicleta en la obra, ella cayó de rodillas por primera y única vez, y dio gracias a Alá por todas y cada una de las heridas que había sufrido su hijo en el cuerpo. El muchacho se inclinó para levantar a su madre del suelo y entonces vio a sus dos hermanas pequeñas, de pie a un lado, como abandonadas en su propia isla de desesperación.

Las atrajo a todas a sus brazos y les informó de lo que había estado atormentándolo durante todo el camino de vuelta a casa, pero que aún no se le había ocurrido a ninguna de ellas: su padre había sido ejecutado tras ser condenado, por tanto no tendría ni funeral ni entierro, nadie le cerraría los párpados, nadie lo lavaría ni lo envolvería en un sudario, tal como indicaba el ritual islámico a modo de último gesto de bondad hacia él. Sus restos serían arrojados a una fosa común y se enterrarían en una tumba anónima. Si tenían suerte, uno de los operarios lo colocaría sobre el costado derecho y mirando hacia La Meca. Si tenían suerte...

En los meses que siguieron, la madre, en el muy posterior interrogatorio al que fue sometida, dijo que la opresiva nube de tristeza que pesaba sobre aquella casa apenas se vio alterada. Aparte de los familiares más allegados, no hubo visitas ni llamadas telefónicas, pues la índole del delito había condenado a la familia al ostracismo por parte de sus amistades y de la comunidad en general. En cierto modo, también la familia había sido enterrada en una tumba anónima. Aun así, el lento pasar de los días finalmente fue atenuando el afilado dolor inicial, y el muchacho, que siempre había sido un estudiante destacado, por fin volvió a tomar los libros y reanudó sus estudios en casa. Aquello, más que ninguna otra cosa, fue lo que estabilizó a la familia. Al fin y al cabo, la educación supone una forma de asegurarse un futuro mejor, por muy imposible que pudiera parecer dicha perspectiva en aquel momento.

Luego, ocho meses después de la ejecución, se abrieron los cielos con un nuevo amanecer totalmente imprevisto: sin que la familia lo supiera, el abuelo había estado trabajando sin descanso en su favor. Haciendo uso de la *wasta*, recurrió a los pocos contactos que tenía, y pagando sobornos que a duras penas podía permitirse había logrado obtener pasaportes, permisos para salir del país y visados para su nuera y sus tres nietos. Era sin duda una prueba de lo mucho que los amaba, pero lo cierto era que su familia resultaba embarazosa para las autoridades, y lo más probable era que éstas se alegrasen de librarse de ella. Fuera cual fuese la verdadera razón, un día se presentó en casa a última hora, les dio la sorprendente noticia y les dijo que debían marcharse a la mañana siguiente, temprano, antes de que las personas cuya ayuda había comprado tuvieran oportunidad de cambiar de opinión.

Pasaron la noche entera haciendo el equipaje con las escasas posesiones que les eran más preciadas, dieron un último repaso a sus recuerdos y, sin tener a nadie de quien despedirse, al rayar el alba ya estaban en marcha. El convoy formado por cuatro vehículos sobrecargados avanzó durante doce horas a través del ancho del país, cruzando el intemporal desierto y los interminables campos petrolíferos, hasta que, cuando ya se ponía el sol, divisaron las aguas azul turquesa del golfo Pérsico.

Extendida sobre el océano como si fuera un collar, apareció la iluminada autopista que comunicaba Arabia Saudí con la nación independiente e insular de Baréin. Eran veinticinco kilómetros de puentes y viaductos, un triunfo de la ingeniería holandesa conocido como Autopista Rey Fahd. La familia atravesó el mar, encontrando a cada poco retratos gigantescos del monarca saudí que le sonreían desde lo alto, una ironía que no le pasó inadvertida al muchacho, pues aquél era el hombre que había firmado el decreto de ejecución de su padre. El odiado rostro del rey fue lo último que vio de su país natal.

Tras pagar otro soborno en la frontera, el abuelo y tres primos habían conseguido entrar con ellos en Baréin sin documentación para ayudarlos a llevar los enseres de la familia a una casa que él había alquilado por medio de un amigo de un vecino. Nadie dijo nada, pero a todos se les cayó el alma a los pies nada más verla.

La destartalada vivienda se encontraba en una pequeña plaza sin asfaltar, situada en un sector medio industrial de Manama, la capital. La puerta principal colgaba abierta, la instalación de agua estaba en precarias condiciones, la electricidad sólo llegaba a dos de las estancias... Pero ya no había vuelta atrás, y cualquier cosa era mejor que vivir en Yeda.

Una vez desempaquetadas las escasas posesiones de la familia, la madre, de pie en la ruinosa cocina con el abuelo, intentó darle las gracias en voz baja por todo lo que había hecho. Él negó con un gesto de la cabeza, le puso en la mano un pequeño fajo de billetes y le dijo que le enviaría más dinero, no mucho, pero sí suficiente, todos los meses. Mientras ella se mordía el labio para no llorar ante tanta generosidad, el abuelo se acercó despacio hasta sus nietas, que lo observaban desde el patio, y las rodeó con sus brazos.

Acto seguido, se volvió y vaciló unos instantes; había dejado lo más difícil para el final. El muchacho, consciente de lo que iba a pasar, se fue al porche de atrás y procuró dar la impresión de estar ocupado abriendo cajas. El abuelo se le acercó y aguardó a que levantara la vista. Ninguno de los dos estaba seguro, por ser varones, de qué grado de sentimiento debían mostrar, hasta que el abuelo dio un paso adelante y lo abrazó con fuerza. Aquél no era momento para mostrarse orgulloso, él ya era viejo y sólo Dios sabía si volvería a ver a su nieto.

Luego se apartó y lo miró a los ojos; todos los días pensaba en lo mucho que le recordaba a su propio hijo, al que habían ejecutado. Aun así, la vida continúa en nuestros hijos y en los hijos de nuestros hijos, y ni siquiera un rey puede arrebatarnos eso. Después se volvió bruscamente hacia los vehículos y les dijo a voces a los primos que arrancasen el motor; no quiso mirar atrás, para que la familia no viese las lágrimas que resbalaban por sus mejillas.

El muchacho, rodeado por su madre y sus dos hermanas, se quedó largo rato allí de pie. La noche iba cayendo, y contempló cómo se perdían en la oscuridad las luces de los vehículos en los que se alejaba para siempre la vida que habían llevado todos hasta entonces.

4

Dos días después, por primera vez desde su infancia, la madre salió a la calle sin ir acompañada de un varón adulto. A pesar del miedo y la vergüenza que sentía, no tuvo más remedio, porque, si no mantenía ocupados a sus hijos, la soledad y la nueva situación de pobreza podían acabar con ellos.

Perdida a la deriva en una tierra extranjera sin amigos ni parientes, buscó la parada del autobús, y con sus tres hijos se dirigió al centro de la ciudad para pasar varias horas caminando con ellos por los centros comerciales. Fue una revelación. Ninguno había experimentado nunca una interpretación liberal del islam, así que miraban con ojos como platos los carteles de las películas norteamericanas y de los musicales de Bollywood, se quedaban contemplando a las mujeres occidentales vestidas con camisetas ajustadas y pantalones cortos, y les costó creer que las musulmanas que usaban complicadas *abayas* hubieran cambiado sus velos por gafas de sol de Chanel.

Para el muchacho, había una cosa por encima de todas que lo tenía totalmente maravillado. Los únicos rostros femeninos que había visto en su vida eran los de su madre y sus familiares más próximas; ni siquiera había visto mujeres en fotografías, ya que en Arabia Saudí las revistas y los anuncios en las vallas publicitarias en los que se viera a mujeres sin velo estaban prohibidos. De modo que en las tiendas de Baréin, que de repente se le ofrecieron como base comparativa, descubrió algo que de otra manera nunca habría descubierto: que su madre era muy guapa.

Por supuesto, todos los hijos piensan lo mismo acerca de sus madres, pero el muchacho sabía que en su caso no se trataba de una idea preconcebida: su madre tenía sólo treinta y tres años, los pómulos marcados, el cutis sin una sola imperfección, y unos ojos grandes y almendrados en los que brillaba la inteligencia. Su nariz era fina y recta, y atraía las miradas hacia la curva perfecta de la boca. Más aún, los recientes sufrimientos le habían conferido una prestancia y un aplomo que estaban muy por encima de la modesta posición que ocupaba en la vida.

Una noche, no mucho después, cuando sus hermanas ya estaban acostadas, el muchacho se sentó bajo una bombilla colgada en la cocina y, con la voz entrecortada, le dijo a su madre lo hermosa que era. Ella sonrió y besó a su hijo en la coronilla, pero aquella noche, en la cama, lloró en silencio; que un niño empezara a fijarse en la belleza de una mujer quería decir que estaba transformándose en un adulto, y supo que pronto lo perdería.

En las semanas que siguieron, consiguió inscribir a sus tres hijos en buenos colegios públicos, y el muchacho, tras seis intentos, encontró por fin una mezquita que fuera lo bastante rígida y contraria a todo lo occidental como para haber contado con la aprobación de su padre. Un muchacho de quince años que venía directamente de la calle, sin que lo acompañase ningún varón de su familia, representaba algo insólito para cualquier grupo de fieles, así que el primer viernes, tras los rezos, el imán, ciego de nacimiento, y algunos hombres más lo invitaron a tomar el té en un bello jardín que había en la parte de atrás del edificio.

Bajo un ejemplar de jacarandá de flores moradas, el muchacho no parecía muy dispuesto a revelar los detalles de los acontecimientos que lo habían llevado a Baréin, pero los otros hombres no le permitieron desviar la conversación, de modo que, sintiéndose incapaz de mentir al imán, les relató de forma un tanto fragmentada la historia de la muerte de su padre. Cuando terminó, los hombres inclinaron la cabeza y elogiaron a su padre.

—¿Qué hijo o qué musulmán devoto no estaría orgulloso de un hombre que había hablado públicamente en defensa de su fe y de sus valores? —dijeron enfadados.

Para un muchacho que se había visto avergonzado y rechazado por su comunidad, que llevaba tanto tiempo solo, la reacción de aquellos hombres supuso un gran alivio. Aquella mezquita ya estaba empezando a llenar el vacío emocional que había en su vida.

El imán ciego le dijo que Alá nos envía sólo la cantidad de sufrimiento que somos capaces de soportar. Por lo tanto, los horrorosos sucesos de Yeda constituían un testimonio de la profunda devoción y el valor que poseía su padre. Dicho esto, alargó una mano y pasó los dedos por el rostro del adolescente para poder recordarlo. Era una señal de respeto, una bienvenida especial al grupo.

El muchacho, explicando únicamente que los fieles de aquella mezquita eran muy cultos, no le contó nada a su madre de las sesiones a las que asistía la mayoría de las noches. Eran cosas de hombres, decía el imán, y un hombre sólo podía hablar libremente si sabía que las palabras que pronunciara no iba a repetirlas nadie.

Y mientras el muchacho daba aquellos primeros pasos hacia los principios violentos de lo que resultó ser una célula de los Hermanos Musulmanes, el resto de la flota navegaba en sentido contrario. A diferencia de la mayoría de los habitantes de Baréin, la familia no tenía televisión, pero las niñas se veían cada día más expuestas a la cultura pop: en el colegio, en los centros comerciales, en las vallas publicitarias, y al igual que sucedía en todos los demás países de aquella región del mundo, cultura popular no quería decir necesariamente «árabe».

La creciente americanización de sus hermanas era causa de discusiones cada vez más fuertes entre el muchacho y su madre, hasta que una noche ella le habló largo y tendido al respecto. Le dijo que Baréin era el único futuro que tenían y que ella deseaba que las niñas encajasen en aquella sociedad, que encontrasen el cariño de la amistad —cosa que deseaba para todos sus hijos—, y que si ello implicaba rechazar la manera en que habían vivido en Arabia Saudí, no pensaba derramar una sola lágrima por algo que les había traído tantos sufrimientos.

Le aseguró que la soledad era una cuchilla que hacía trizas el alma, que un niño tenía derecho a soñar, y que si sus hermanas no hacían un esfuerzo por ser felices en aquel momento, nunca lo harían. Hablaba con convicción y sinceridad, y, ¿por qué no?, bien podría estar refiriéndose también a sí misma. El muchacho nunca había visto a su madre hablar de manera tan apasionada, y comprendió que, aunque para el mundo exterior seguía siendo musulmana, en el fondo de su corazón, ahora que se sentía abandonada por Alá, lo único que adoraba era la vida y sus hijos. Profundamente turbado, el muchacho le recordó que Alá los vigilaba, y sin añadir nada más se fue a la cama.

Tras comprobar que su hijo se había dormido, ella se dirigió a la habitación de las niñas, las despertó sin hacer ruido y las abrazó estrechamente. Les dijo que sabía que estaban naciendo a una luz nueva, pero que no podían continuar ofendiendo a su hermano en su propia casa. La música tenía que acabarse, y, cuando salieran de casa para ir al colegio, tendrían que ponerse el velo.

Las niñas se parecían a su madre, no sólo por su belleza, sino también por su temperamento, y ambas empezaron a protestar. Pero ella hizo que guardaran silencio y les explicó que aquello era porque su hermano las quería y sólo estaba intentando cumplir con la enorme responsabilidad que sentía hacia su padre. Las pequeñas le rogaron que cambiara de opinión, pero ella las miró fijamente y, reprimiendo una sonrisa sin conseguirlo apenas, les dijo que iba a contarles un secreto que no le había revelado a nadie, excepto a su propia madre.

—Necesito que me ayudéis —les dijo—. Tengo que plantear a vuestro hermano una cosa que es muy importante, y de ningún modo aceptará si cree que vosotras os estáis corrompiendo.

Las dos niñas se olvidaron de protestar, intrigadas por saber qué podía querer contarles su madre.

—No podemos seguir así —aseguró—. No se trata sólo de esta casa, vuestro abuelo no es joven... ¿qué sucederá si muere y deja de enviarnos dinero?

Esperó a que sus hijas asimilaran las siniestras ramificaciones de aquella situación, y después lo soltó:

—He solicitado un empleo.

De todas las lecciones que aprenderían las niñas en su dimensión de jóvenes musulmanas, la más importante fue la que les enseñó su madre aquella noche: la de asumir el mando, la de comprender que la única escalera que conduce al cielo es la que uno mismo se construye en la tierra. Se quedaron mirándola, boquiabiertas. ¡¿Un empleo?!

Les contó que se había enterado por una de las madres del colegio de que existía una vacante en cierta empresa, y que unas semanas atrás había telefoneado para solicitar la plaza. Ya estaba a punto de perder la esperanza, pero aquel mismo día había llegado una carta en la que la citaban para una entrevista. Les explicó que no le había dicho nada a su hermano, por si acaso no la contrataban.

—Seamos realistas —dijo—, estaba casi segura de que no iba a obtener un empleo así, a la primera, de modo que no merecía la pena tener una discusión sin nada que ganar.

Aparte de aquellos pocos datos, no iba a decirles nada más, e insistió en que ya era muy tarde y debían dormirse.

A la mañana siguiente, las niñas demostraron que apoyaban a su madre de la única manera que podían hacerlo: los pósters habían desaparecido, los fajos de revistas habían sido arrojados al cubo de la basura, y habían escondido toda la música y el maquillaje.

El día de la entrevista, con los niños ya en el colegio, la madre tomó los pocos ahorros que tenía y, siguiendo un plan cuidadosamente trazado, se dirigió a una tienda situada en uno de los mejores centros comerciales y adquirió un bolso Louis Vuitton y unas gafas de sol Gucci, todo de imitación.

Después, se metió en los aseos públicos y cambió de bolso, tiró el viejo a la basura y se quitó el velo. Estaba decidida a utilizar todos los recursos que tuviera a mano, incluido el que le había señalado su hijo unos meses atrás: su belleza. Sin embargo, no resultaba nada fácil superar una vida entera de pudor, y ni siquiera llevando las gafas de sol puestas tuvo el valor suficiente para mirarse en el espejo.

Ya con una imagen moderna y muy atractiva, por fin salió del centro comercial y se fue paseando hasta la torre de oficinas que había al lado. Se trataba de la sede central de Batelco, el monopolio telefónico de aquella zona. Sintiendo un hormigueo de emoción y miedo, se sentó en un sofá y esperó a que la llamaran para la entrevista. Se dijo a sí misma que lo que sentía en aquel momento no se diferenciaba mucho de lo que había experimentado en su noche de bodas: era como estar desnuda.

«No me extraña que a las mujeres les guste salir así», pensó.

Poco después, se le acercó una secretaria y la condujo hasta una sala de reuniones, en la que dos hombres y una ejecutiva le explicaron que Batelco estaba ampliando el número de encargados de «relaciones con los clientes». ¿Qué opinaba ella al respecto? Contestó que le parecía una buena idea, que aquella compañía tenía tan mala fama en cuanto al servicio que costaba creer que siquiera tuviera algo con lo que empezar.

El individuo de más edad la miró fijamente durante unos instantes y luego se echó a reír. Llevaban todo el día entrevistando a candidatos que les decían lo maravillosa que era la empresa. Por fin habían dado con alguien que por lo menos comprendía que aquel puesto era necesario. Sonriendo todavía, le informó de que la mayor parte del trabajo consistía en atender las reclamaciones de los clientes por facturación incorrecta, en explicar los ciclos de facturación y en descifrar los misterios de la aplicación de tarifas.

Ella les dijo que de hecho carecía de experiencia, pero que aun así era una experta: al ser una viuda que contaba con ingresos bajos, tenía que entender y analizar todas las facturas que llegaban a casa, incluida la de Batelco. El nerviosismo la hizo hablar sin parar, y no se dio cuenta de que los tres asentían constantemente, pero apenas estaban escuchándola.

Sabían que aquel trabajo consistía más en lidiar con abonados indignados que con cuestiones técnicas. La mujer que tenían delante parecía poseer una rara mezcla de inteligencia y estilo, suficiente para apaciguar hasta al cliente más enfurecido.

Los miembros del comité se miraron unos a otros, se comunicaron mediante una taquigrafía de elevaciones de cejas y leves encogimientos de hombros, y sin decir una sola palabra tomaron una decisión. El de más edad la interrumpió y le preguntó si podía empezar el lunes siguiente. Ella estaba tan emocionada que no fue capaz de responder, y únicamente cuando él le repitió la pregunta pudo contestar que sí.

Salió de aquella sala de reuniones con la cabeza envuelta en un torbellino de emociones, pero incluso así fue consciente de que no podía dar la noticia a sus hijas. Todo podía estropearse todavía en el último escollo: su hijo.

Después de cenar, le pidió con toda naturalidad que la acompañase al mercado que había cerca. Llevaba planeando aquello toda la tarde, y cuando salieron descubrió que había escogido el momento perfecto. Era el inicio del fin de semana, y se cruzaron con varios grupos de jóvenes frente a un taller mecánico, con cuadrillas de hombres pakistaníes que vivían en el propio emplazamiento de las fábricas donde trabajaban, acuclillados en las esquinas, y con automóviles repletos de muchachos alborotados que se dirigían a los cines del centro. Ella fue indicando todas aquellas conductas indecentes y le comentó que sus hermanas, con velo o sin él, no tardarían en alcanzar una edad en la que ya no podrían salir de casa. El muchacho asintió; él había pensado lo mismo, y como era el cabeza de familia se sentía responsable de la virtud de sus mujeres.

—Tenemos que mudarnos a una zona mejor —comentó ella.

—Ya, claro —respondió él—, ¿y cómo vamos a costearlo?

—Yo podría buscar un empleo... —contestó ella en voz baja, omitiendo oportunamente mencionar que ya tenía uno.

El muchacho se detuvo y la miró.

—¡Eso es ridículo! —exclamó.

La madre inclinó el rostro cubierto por el velo en un gesto de obediencia y, sensatamente, esperó a que a su hijo se le pasara el primer arrebato de sorpresa y de enfado. El muchacho continuó caminando en dirección a la tienda de comestibles, pero ella no se movió de donde estaba.

—Puede que suene ridículo, pero me dará una alternativa —dijo sin alterarse—. ¿Cómo, si no, vamos a velar por la seguridad de tus hermanas?

Él no se detuvo, y ella continuó sin moverse del sitio, decidida a pelear con su hijo por la oportunidad de llevar una vida mejor.

—¡No podemos vivir para siempre de la caridad! —le gritó—. ¿Qué hombre querría eso? Ninguna madre lo toleraría. Si yo tuviera un trabajo, podríamos permitirnos una vida nueva...

No pudo terminar la frase. Su hijo se volvió y caminó hasta ella despacio, furioso.

—La respuesta es no. ¡Es inmoral!

Empezó a tirarle de la manga, pero ella ya había visto abrirse el resquicio de esperanza que anhelaba con desesperación.

—Puede que una mujer que trabaje no encaje con alguna idea de lo que es la virilidad, o puede que ofenda a unos cuantos imanes fanáticos, pero no es inmoral —dijo con frialdad.

Su hijo vislumbró el abismo que se abría ante él, pero no podía retractarse de lo que había dicho. En vez de eso, intentó zanjar el asunto señalando los grupos de hombres que estaban observando aquella disputa doméstica.

—¡Vamos! —dijo—. Estás dando un espectáculo.

Sin embargo, ella no se movió.

—Ya hace años que estudié religión —insistió—, así que, dímelo tú: ¿dónde dice el islam que es inmoral que la mujer acepte un trabajo digno?

—Es inmoral porque lo digo yo...

Pero su madre no le permitió terminar aquel disparate.

—¿Y tu opinión es más importante que la del Profeta, la paz sea con él? —replicó.

El mero hecho de pensar algo semejante constituía un sacrilegio, y el muchacho no supo qué replicar. Su madre aprovechó la ventaja.

—Fue voluntad de Dios que tú ocuparas el lugar de tu padre, pues bien: ahora debes empezar a actuar como lo haría él. ¿Crees que tu padre querría que sus hijas vivieran así? ¿Crees que querría que su esposa llevara una vida como ésta?

El muchacho conocía la respuesta a aquellas preguntas. Contempló a su madre desde la ancha brecha de género que los separaba, a través de una ventana minúscula. Era la estrecha abertura del velo, la única manera en que, en el mundo árabe, hombres y mujeres se habían observado unos a otros durante más de mil años.

Su madre le sostuvo la mirada con sus bellos ojos sombreados.

—Te he preguntado si crees que tu padre querría que viviéramos en estas circunstancias, así que respóndeme —le exigió.

Su hijo intentó dominarla con la mirada, pero ella no se lo permitió, de modo que el muchacho acabó desviando los ojos. Seguía siendo su madre, y la amaba profundamente.

—¿Cuánto te pagarían si tuvieras un empleo? —preguntó por fin.

5

Aquel período de calma de la familia podría haber durado indefinidamente si no hubiera sido por un grupo de obreros de la construcción de origen bangladesí.

Un mes después de que su hijo accediese a su pretensión de trabajar, la familia se trasladó a una casa ubicada en un buen barrio, y cinco días a la semana la madre tomaba el autobús con sus hijas y se iba a trabajar. En toda su vida había sentido aquella profunda resolución ni aquella callada alegría por sus dos pequeñas. Pero todo terminó dos días después de que los obreros iniciasen la construcción de un pequeño bloque de oficinas junto al colegio al que iba el muchacho.

Los bangladesíes, que desconocían los puntos delicados de la preparación de una obra, empezaron a trabajar con una retroexcavadora y se llevaron por delante los conductos subterráneos de agua y de electricidad, con lo cual dejaron el colegio sin aire acondicionado. Mientras el desdichado conductor de la retroexcavadora miraba su máquina chamuscada, los niños lo vitoreaban desde las ventanas de las aulas, convencidos de que les concederían el resto del día libre.

El Sarraceno decidió entonces sorprender a su madre llerándola a comer, pero el servicio de autobuses de Manama era casi tan poco fiable como el de Yeda, de modo que llegó unos minutos después de que Batelco cerrase para el almuerzo. Dio por hecho que su madre estaría en la cafetería de los empleados, y decidió ir al centro comercial a comprarse algo de beber y a pensar en cómo pasar la tarde.

Al bajar de una escalera mecánica, sin embargo, la vio a unos treinta metros de donde se encontraba él, y en aquel momento la vida que se había construido en Baréin, por pequeña que fuese, se rompió en pedazos. Sin velo, con los labios pintados y las gafas de sol Gucci sobre la cabeza, su madre estaba almorzando en un café con un grupo de compañeros de trabajo.

Contempló destrozado su rostro maquillado y descubierto. A sus ojos, era como si su madre estuviera desnuda. Pero todavía más grave que su falta de recato eran los cuatro hombres que estaban sentados a su lado en aquella larga mesa. Le bastó una sola mirada para saber que no eran ni los padres ni los hermanos de ninguna de las otras mujeres que había allí.

De repente sufrió una súbita oleada de náuseas. Experimentó un sentimiento de traición que estuvo a punto de ahogarlo, pero, al mismo tiempo que luchaba por intentar reprimirlo, lo invadió una abrumadora desolación. En aquel momento supo que había fracasado en lo más importante: había decepcionado a su padre de la peor forma que cabía imaginar.

Contempló la posibilidad de enfrentarse a su madre allí mismo, delante de toda aquella gente. Le entraron ganas de cubrirle el rostro y llevársela a casa a rastras, pero consiguió convencerse de que lo mejor era alejarse de aquel lugar. Airado y profundamente herido, sin posibilidad de reparación, huyó hacia el único refugio que conocía, la mezquita, desesperado por obtener consuelo y consejo del imán y de los otros soldados de los Hermanos Musulmanes.

Aquella noche regresó a casa tan tarde, y a la mañana siguiente se levantó tan tarde también, que no vio a su madre ni a sus hermanas hasta la hora de cenar. Por extraño que pudiera parecer, no hizo ninguna referencia a lo que había visto en el centro comercial, y aun así su madre se dio cuenta enseguida de que ocurría algo.

Cuando las niñas se hubieron acostado, le preguntó qué le sucedía, pero él se mantuvo reservado y arisco; no quería que su madre lo acorralase para obligarlo a hablar del asunto. Lo único que fue capaz de imaginar era que su actitud tendría algo que ver con alguna chica, de manera que decidió no presionarlo. Ella había vivido con muchos hermanos y sabía lo difícil que era la adolescencia para los chicos.

Le llevó varios días, pero finalmente el Sarraceno se sentó a hablar con su madre. Sin mirarla a los ojos le dijo que, tras varios meses de introspección, había decidido adoptar la vida religiosa, y que algún día, si Alá así lo quería, se convertiría en imán.

Su madre lo miró estupefacta, pero prefirió no interrumpirlo; fueran cuales fuesen las aspiraciones que tenía para su hijo, desde luego no iban en aquella dirección.

El Sarraceno le dijo en tono pausado que sabía que la vida espiritual representaba un camino difícil. Aun así, lo cierto era que, desde la muerte de su padre, la religión le había procurado más consuelo que ninguna otra cosa, y además sabía que, como le había dicho el imán en varias ocasiones, era una decisión de la que su padre se habría sentido inmensamente orgulloso.

Ella reconoció que todo aquello era cierto, y aunque explicaba el silencio de los últimos días, no pudo evitar pensar que en aquella decisión había algo más que no acababa de entender.

Miró fijamente a su único hijo varón en un intento de persuadirlo para que se lo contase todo —cada día que pasaba se parecía más a su padre, razón por la que lo amaba más todavía—, pero él se limitó a sostenerle la mirada sin pestañear.

—Dentro de dos semanas cumplo dieciséis años —dijo—. Pero aún necesito tu permiso para formalizar mi pasaporte. Quiero ir un mes a Pakistán.

Ella no dijo nada, estaba demasiado perpleja. ¿Pakistán? ¿De dónde había salido aquella idea?

—Será durante las vacaciones de verano, de modo que no afectará a mis estudios —prosiguió el muchacho sin alterarse lo más mínimo—. A las afueras de Qüetta hay una famosa madraza que imparte un curso perfecto para los jóvenes que están empezando. El imán me ha dicho que ese curso establecerá el nivel para el resto de mi carrera.

Su madre hizo un gesto de asentimiento, casi se imaginó a aquel ciego pronunciando aquellas palabras. ¿Qué sabía él de su hijo? Era un muchacho alto y fuerte, sorprendentemente atlético, y ella dudaba que llegara a satisfacerlo una vida limitada al estudio del Corán.

—Aunque te diera permiso, ¿cómo íbamos a costear algo así? —señaló, optando por poner primero la objeción que parecía más razonable.

—Es un curso gratuito —repuso su hijo—, y el imán se ha ofrecido a pagarme el billete de avión. Además, varios miembros de la mezquita me han dicho que van a escribir a algunos amigos suyos para que arreglen lo del alojamiento.

Su madre se mordió el labio. Ya debería haberse esperado algo así.

—¿Y cuándo te irías? —preguntó.

—Dentro de diez días —contestó el muchacho desafiándola a que protestara que era demasiado pronto.

—¿Cuándo?

—Dentro de diez días —repitió, consciente de que su madre lo había oído perfectamente la primera vez.

Ella tardó unos instantes en calmar los acelerados latidos de su corazón. Sólo entonces pudo intentar hacer frente al miedo: sabía que, si no ayudaba a su hijo, podría abrirse entre ambos un abismo que tal vez nunca se cerrase.

—¿Qué me dices? —preguntó él en un tono lo bastante desafiante como para que ella comprendiera qué respuesta esperaba recibir.

—No se me ocurriría oponerme a tan honrosa ambición —dijo ella por fin—. Pero, como es natural, yo también tengo cosas que me preocupan, así que todo dependerá de que hable con el imán y de que quede satisfecha de cómo se ha organizado todo.

El muchacho sonrió complacido y se puso de pie.

—No hay problema. Está esperando tu llamada.

Dos días después, ya más tranquila tras la reunión, ella firmó la solicitud urgente de pasaporte, y aquella misma tarde el Sarraceno fue a la oficina de Pakistan Airlines a comprar el billete de avión.

Para entonces, su madre ya se había dado cuenta de que pasaría su cumpleaños estando fuera del país, y en medio del revuelo de hacerle el equipaje y comprarle lo necesario, asumió, junto con las niñas, otra carga más: organizarle una fiesta de cumpleaños sorpresa para el día de su partida. Fue un secreto mal guardado, pero él pareció seguir el juego hasta el final, fingiendo no darse cuenta de que estaba entrando en casa más comida que la de costumbre y de que se estaban enviando invitaciones al colegio y a la mezquita.

Sin embargo, a las cuatro de la madrugada del día de la partida ya estaba despierto y completamente vestido. Sin hacer ruido, se coló en la habitación de sus hermanas y permaneció inmóvil al pie de las camas. Las niñas estaban exhaustas, pues se habían quedado despiertas hasta muy tarde terminando los preparativos, y ninguna de las dos se dio cuenta de nada. Contempló sus caritas, que navegaban plácidamente por los oscuros mares del sueño, y tal vez fue justo entonces cuando cayó en la cuenta de lo mucho que las quería. Pero no era momento de debilidades, así que les colocó debajo de la almohada un ejemplar del Corán que llevaba su nombre inscrito y las besó por última vez.

Con un peso en el alma mayor de lo que podía haber imaginado, avanzó un poco más por el pasillo y abrió la puerta de la habitación de su madre. La encontró dormida de costado, de cara a él, iluminada por el tenue resplandor que procedía de la lamparilla del cuarto de baño.

Ninguna de ellas lo sabía, pero tres días antes había regresado a la oficina de las líneas aéreas y había cambiado su billete para el vuelo de las seis de la mañana. Desde que vio a su madre en el centro comercial había ocultado sus sentimientos, pero no estaba seguro de poder seguir haciéndolo durante el tumulto emocional de lo que tan sólo él sabía que iba a ser una fiesta de despedida definitiva. Les había dicho que estaría de nuevo en casa en el plazo de un mes, pero no era cierto. En realidad no tenía ni idea de si volvería a verlas algún día.

Mientras contemplaba el rostro de su madre, supo que no existía una manera fácil de hacer aquello. Al haber crecido en el desierto, sólo una vez en su vida había visto la niebla: una mañana temprano en que lo despertó su padre para enseñarle un muro de vapor de color blanco, como de otro mundo, que se aproximaba a ellos desde el mar Rojo. Ahora le vinieron recuerdos como aquél: el vientre de su madre agrandándose cuando estaba embarazada de una de sus hermanas, su padre propinándole una bofetada en la boca porque lo había desobedecido, su agradable rostro bailando al reír uno de sus chistes. Aquella ingente ola de emociones humanas, que iban de la esperanza a la desesperación, del amor infantil a la decepción y el resentimiento, lo envolvió en su extraño abrazo hasta que se perdió en aquel universo blanco y cambiante.

Se habría quedado flotando a la deriva en aquella triste rememoración, si no hubiera sido por la lejana voz del muecín, que llamaba a los fieles a la oración. Eso significaba que llegaba el amanecer y que a él se le estaba haciendo tarde. Se aproximó a la cama y se inclinó hacia el rostro de su madre para sentir su suave respiración en la mejilla. Dicen que, cuando los hombres mueren en la batalla, casi siempre hunden los dedos en la tierra intentando aferrarse a ella y a todo el amor y el dolor que guarda dentro. En aquel momento él no era consciente de ello, pero si hubiera bajado la vista habría visto que sus dedos se hundían en la ligera manta que cubría la cama de su madre.

Le dio un beso en la frente, al tiempo que murmuraba una única palabra, algo que no le había dicho nunca: la llamó por su nombre, como si ella fuera hija suya.

A continuación se incorporó de nuevo y retrocedió hasta la puerta sin apartar los ojos de ella, para mirarla todo el tiempo que fuera posible. Rápidamente recogió su mochila, salió al nuevo día y echó a correr por el sendero lo más deprisa que pudo, para impedir que las lágrimas pudieran más que él y que sus pies hicieran caso al corazón y lo obligaran a dar media vuelta.

Al final de la calle, según lo previsto, había un coche esperando. Dentro estaban el imán y dos destacados miembros de los Hermanos Musulmanes. Lo saludaron mientras se acomodaba en el asiento de atrás. El conductor metió la marcha, y el automóvil puso rumbo al aeropuerto.

Su madre se despertó dos horas después, pues tenía pensado levantarse temprano para terminar los preparativos de la fiesta. En la cocina, encontró una carta dirigida a ella. Cuando empezó a leerla, se sintió igual que si del suelo hubiera surgido una ola de agua helada que la llevara con ella la parte inferior de su cuerpo, porque tuvo la sensación de que las piernas dejaban de sostenerla y apenas logró agarrarse a una silla antes de desplomarse en el suelo.

Empleando una prosa sencilla, su hijo le decía que la había visto en el centro comercial exhibiéndose sin pudor, que estaba seguro de que sus hermanas eran cómplices de semejante conducta, y que su única ambición había sido protegerlas a las tres exactamente como habría querido su padre.

Al leer aquellas dos páginas escritas por su hijo con esmerada letra, aprendió la lección que tarde o temprano la mayoría de los padres aprenden algún día: que suelen ser los hijos quienes nos hieren de manera más atroz.

Por fin, llegó al último párrafo y se dio cuenta de que el imán la había engañado por completo. Lo que leyó a continuación destrozó las últimas hebras de su entereza y le causó un profundo sentimiento de pérdida y de culpabilidad que la sumió en un miedo terrible.

Su hijo le confirmaba que se dirigía a Qüetta, pero allí no había ninguna famosa madraza, sino otra clase muy distinta de centro: un campamento escondido entre las montañas. En él recibiría entrenamiento básico durante seis semanas, y después lo trasladarían, siguiendo una antigua ruta de contrabandistas, hasta el otro lado de la frontera, al campo de batalla. Decía que en ningún momento había tenido la intención de llevar una vida religiosa. Al igual que cualquier musulmán devoto, iba a Afganistán a librar la yihad contra los invasores soviéticos, que estaban matando a los hijos del islam.

6

Durante los nueve años que duró la guerra de Afganistán, murieron más de un millón de personas. El Sarraceno no fue una de ellas, un hecho que, teniendo en cuenta lo que hizo más adelante, provocaría que la mayoría de la gente cuestionara, si no la existencia de Dios, por lo menos sí su divino sentido común.

Después de atravesar la frontera, el Sarraceno luchó contra los soviéticos durante dos años, hasta que una fría noche de febrero, con dieciocho años de edad, alto y curtido en la batalla, se subió a una loma y contempló una carretera que se perdía a lo lejos en dirección a Europa.

A su espalda, la luna en cuarto creciente proyectaba su luz sobre una apretada cordillera de picos y cumbres en las que había otros diez mil muyahidines endurecidos en el combate, haciendo de centinelas como él. Todos habían presenciado cosas bastante extraordinarias: lo rápido que es capaz de bailar un prisionero ruso cuando se le rocía con gasolina y se le prende fuego, el aspecto que presentaban los cadáveres de sus propios compañeros con los genitales amputados y metidos en la boca... Pero en aquella noche, en la que brillaban un millón de estrellas, era como encontrarse en el quinto anillo de Saturno viendo pasar la flota estelar imperial. Nadie había visto nada parecido.

En el valle, a lo largo de setenta kilómetros y, según aseguraban las radios militares afganas, otros ciento cincuenta kilómetros más allá, la carretera de asfalto de doble carril iba repleta de vehículos articulados, camiones y transportes para tanques. Cada pocos kilómetros había hogueras que alumbraban la noche como piras funerarias. Cuando los vehículos pasaban junto a ellas, los soldados que ocupaban el puesto del copiloto lanzaban por la ventana el material sobrante, como trajes para la nieve, cajas de alimentos, tiendas de campaña o botiquines de primeros auxilios.

De vez en cuando, explotaba accidentalmente alguna caja de munición o de bengalas en el interior de los vehículos, con lo cual los hombres que iban dentro salían volando e iluminaban el cielo a modo de tristes fuegos artificiales que, por un instante, esculpían en pronunciado relieve la silueta de uno de los convoyes más grandes nunca vistos. Los vehículos se dirigían hacia el río Amu Darya, en la frontera de Uzbekistán. El enorme 40.º Ejército soviético, el de la ocupación afgana, se retiraba, derrotado.

El Sarraceno, igual que los demás muyahidines, sabía exactamente por qué habían perdido los soviéticos. No había sido a causa del valor de los rebeldes, ni de la determinación de Moscú de librar una guerra inmoral. No, los soviéticos habían perdido porque no tenían dios: era la fe lo que había dado la victoria a los muyahidines.

«Alahu akbar!», exclamó una voz desde lo alto de una de las cimas más elevadas. «Dios es grande.» Otras diez mil voces se sumaron al grito con devoción, al escuchar el eco de aquellas palabras: «Alahu akbar!», se repitió una y otra vez la frase, que parecía rodear a los soviéticos que regresaban a casa. Afganistán, tumba de tantos imperios, se había cobrado otra víctima.

Dos semanas después, veinte hombres fuertemente armados entraron a caballo en la aldea cubierta de nieve en la que acampaba el Sarraceno en compañía de otros combatientes extranjeros que también habían luchado.

El líder de los visitantes se llamaba Abdul Mohamed Kan, y ya en una época de gigantes él era una leyenda. Tenía cuarenta y tantos años cuando tuvo lugar la invasión soviética; llevó a su clan a la guerra, fue conducido a una trampa por dos «asesores militares» de otra tribu, y acabó siendo capturado tras un feroz tiroteo. Lo torturaron en una prisión de Kabul, hasta el punto de que incluso los guardias rusos se sintieron asqueados. Finalmente, consiguió escapar durante un sangriento motín que estalló en la cárcel. Gracias a su fuerza de voluntad, más que a los vendajes, logró mantenerse en pie y emprender el regreso a su bastión de las montañas.

Seis meses después, ya parcialmente recuperado, vio cumplido el único deseo que lo había mantenido con vida en Kabul durante las largas horas de tortura con golpes y electrodos: sus combatientes capturaron vivos a los dos hombres que lo habían traicionado tendiéndole la trampa. No los torturaron. Los introdujeron en unos moldes de gran tamaño desnudos, boca arriba y con bloques de acero atados a la espalda. Incapaces de ponerse en pie, los traidores agitaban los brazos y las piernas mientras veían cómo sus captores iban vertiendo hormigón líquido en los moldes.

Cuando hubieron cubierto el cuerpo y la cara lo suficiente para ahogar a los presos, sus captores interrumpieron el vertido de hormigón y dejaron que se solidificase. Así quedaron aquellos hombres cuando quitaron los moldes: capturados para siempre en la piedra, con las extremidades agitándose y los rostros gritando, a modo de grotesco bajorrelieve.

Aquellos bloques con los hombres enterrados en el hormigón, con sus figuras detenidas en su eterno intento de escapar, se colocaron en la pared de la lujosa sala de juntas de la fortaleza, a modo de advertencia para todo el que fuera a visitar al caudillo Abdul Mohamed Kan. Nadie osó traicionarlo de nuevo.

Al ser un señor de la guerra sin rivales y un devoto hombre de fe, cuando llegó a la helada aldea con su escolta militar ya se había nombrado a sí mismo gobernador de la provincia, y precisamente en calidad de gobernador estaba recorriendo ahora sus inmensos dominios para dar las gracias a los combatientes extranjeros por su ayuda y organizar su repatriación.

Durante todo su largo viaje, había un hombre al que deseaba conocer más que a ningún otro. Llevaba dos años oyendo contar historias del Sarraceno, que había combatido por todas aquellas montañas llevando a la espalda un lanzamisiles Blowpipe de dieciocho kilos y un AK-47 al hombro.

En los años de guerra que siguieron a la llegada de los primeros tanques soviéticos a la frontera afgana, los rusos habían perdido más de 320 helicópteros. Tres de ellos, los temibles Hind de combate, fueron derribados por aquel joven árabe con su Blowpipe: dos durante los peores meses del conflicto, y uno durante la última semana. Desde cualquier punto de vista, era un logro realmente extraordinario.

Abdul Kan, al que le había quedado una cojera irreversible debido a la temporada que pasó en lo que los soviéticos denominaban afectuosamente el Club Deportivo de Kabul, y con un semblante atractivo y demacrado pero siempre próximo a la sonrisa, aun cuando convertía a los hombres en esculturas de hormigón, rindió audiencia a toda su gente y atendió todas las peticiones, desde tratamientos médicos hasta gastos de viaje. Tan sólo el Sarraceno, de pie, al fondo, no dijo nada, no quiso nada, y Abdul lo admiró todavía más por ello.

Cuando ya todo el mundo hubo cenado en el comedor comunitario de la aldea, el gobernador le hizo una seña al Sarraceno para que se reuniera con él a solas en un rincón, cerca del fuego. Mientras el viento azotaba los valles aullando en su recorrido hasta China y la nieve de la ventisca se acumulaba contra las casas apiñadas, Abdul Kan se sirvió un té y le comentó al joven que, según tenía entendido, era un musulmán profundamente devoto.

El Sarraceno se limitó a asentir con la cabeza, y Abdul le dijo que había un erudito religioso, un antiguo comandante de muyahidines que había perdido un ojo en la batalla, que estaba formando una madraza propia, de élite, en la ciudad de Kandahar. Sus alumnos eran todos ex combatientes, y si el Sarraceno deseaba estudiar el islam en toda su gloria, el gobernador Abdul Kan tendría mucho gusto en encargarse de los gastos.

El Sarraceno bebió lentamente de su taza metálica y dio una calada al cigarrillo americano que le había ofrecido poco antes el gobernador. Había oído hablar del mulá Omar y su grupo de talibanes —término árabe que significa «persona que busca el conocimiento religioso»—, y aunque se sintió halagado por la oferta del gobernador, la declinó con un gesto.

—Vuelvo a casa, al país en que nací —dijo.

—¿A Yeda? —preguntó Abdul sin poder disimular su sorpresa.

Otras noches, alrededor de otras fogatas, había oído a los hombres narrar la historia de la ejecución que había impulsado a aquel joven a tomar el camino de la yihad.

—No, a Riad —respondió el Sarraceno.

Y el gobernador adivinó enseguida sus intenciones: Riad era la capital de Arabia Saudí, la sede de gobierno del rey y de la casa de Saud.

—¿Sabes lo que le hicieron a mi padre? —preguntó el joven clavando la mirada en los ojos hundidos del gobernador.

—Los hombres me han hablado de ello —contestó con voz queda.

—Entonces lo entenderás. Debo empezar a cobrarme mi venganza.

Lo dijo sin rencor y sin emoción, en un tono puramente práctico. Aun así, si aquello lo hubiera dicho cualquier otro hombre, Abdul se habría echado a reír y le habría ofrecido otro de sus cigarrillos. Pero la mayoría de los jóvenes que conocía nunca se habían enfrentado a un helicóptero Hind soviético de combate en plena carga, ni una sola vez, ni siquiera en sus peores pesadillas. Al contemplar al Sarraceno, el gobernador se preguntó, y no era la primera vez, si él mismo habría tenido el valor necesario —sin más armas que un Blowpipe— para intentar algo así. En Afganistán, todo el mundo sabía que aquel lanzamisiles era la mayor mierda que se había inventado, y que casi estaba garantizado que acababa matando a todo el que tuviera la osadía de utilizarlo.

Con un metro veinte de longitud y apoyado en el hombro, funcionaba con un sistema manual de guiado; dicho de otro modo, el combatiente disparaba el misil, y después se servía de una palanca de mano montada en la caja de una pequeña radio para guiarlo hacia el objetivo. Como si eso no fuera ya bastante peligroso, el misil provocaba un fogonazo tan brillante al ser lanzado que la víctima prevista, normalmente un helicóptero de combate, siempre veía de dónde había partido el disparo.

De inmediato, la tripulación de a bordo dirigía la nave hacia el atacante y ponía en acción sus ametralladoras múltiples y sus cañones del calibre 50. Disparando una granizada de metal, el piloto intentaba acabar con el operador y su palanca, antes de que éste pudiera orientar el misil hacia ellos.

Tener diecisiete años y estar solo, sin unos padres que te entierren y mucho menos que te protejan, encontrarte cada día al ponerse el sol en la rocosa ladera de una montaña afgana con las sombras alargadas de sus cimas como única protección, viendo pasar balas y fragmentos de roca mientras unos hombres curtidos desatan a los perros del averno ante ti, estar en el ojo del huracán viendo cómo el mundo gira y se desintegra a tu alrededor, oír el ensordecedor rugido de rotores y motores, el retumbar de las ametralladoras y de los cañones cada vez más cerca, y mantenerte firme en el sitio, sin encogerte ni huir, y manejar una palanca haciendo frente a la muerte que viene veloz a tu encuentro, contar los segundos interminables que faltan para que uno de los caballos del Apocalipsis huya despavorido, girar la palanca y guiar el proyectil hacia la blanda panza de su motor y sentir el calor de la explosión, y después percibir el olor a muerte y a carne quemada y comprender de repente que, por lo menos en esta ocasión, no es la tuya... En fin, no hay muchos hombres que sean capaces de hacer algo así.

Tres veces participó el Sarraceno en uno de los juegos más mortíferos de «a ver quién es más valiente» que se conocen, y tres veces ganó. El caudillo Abdul Kan jamás se reiría de nada que dijera un hombre así.

—Quédate —le dijo el gobernador en voz baja—. Los saudíes te detendrán nada más llegar. Con tu nombre y tu historial de yihad, no conseguirás pasar de la frontera.

—Lo sé —replicó el Sarraceno sirviendo más té para ambos—. Cuando me vaya, iré a Qüetta. Con mil dólares, en el bazar de armas que hay allí es posible comprarse un pasaporte con el nombre que uno quiera.

—Quizá... Pero ve con cuidado, la mayoría de las falsificaciones que hacen los pakistaníes son muy malas. ¿Qué nacionalidad piensas adoptar?

—Me da igual, cualquiera que me permita entrar en el Líbano. En Beirut hay una facultad de Medicina que está entre las mejores.

Abdul Kan calló unos instantes.

—¿Vas a estudiar para ser médico?

El joven asintió.

—Si ya no soy saudí, ¿cómo si no voy a poder regresar a mi casa y vivir allí? —repuso—. El país está cerrado a los extranjeros, pero no a los que son médicos. Un musulmán extranjero con un buen título de médico tiene garantizado el visado. Y además existe otra ventaja: la Mabahiz no va a perder el tiempo vigilando a un médico. Se supone que los médicos salvan vidas, ¿no?

Abdul Kan sonrió, pero no desvió la mirada.

—Algo así te llevará años —dijo al fin.

—Puede que toda la vida —coincidió el Sarraceno sonriendo a su vez—. Pero no tengo más remedio: se lo debo a mi padre. Creo que por eso Dios me ha mantenido a salvo en estas montañas, para que acabe con la casa de Saud.

El gobernador guardó silencio durante largo rato. De ningún modo había imaginado que aquel joven combatiente pudiera hacer algo que lo impresionara más que derribar a los Hinds. Estaba equivocado.

Dio vueltas al té de su taza y finalmente la levantó, a modo de saludo. Él conocía la venganza mucho mejor que la mayoría de los hombres.

—Entonces, brindemos por Arabia Saudí y por la venganza —dijo—. *In shaa Allah.*

—*In shaa Allah* —repitió el Sarraceno. Si Dios quiere.

Y por espacio de casi quince años, aquélla fue la última palabra que cruzaron ambos hombres, porque el gobernador y su escolta partieron al día siguiente al amanecer. No obstante, tres semanas después, cuando los combatientes extranjeros ya habían levantado el campamento y estaban esperando a que pasara la última nevada del año, llegaron a la aldea dos de los jóvenes sobrinos del gobernador.

Se habían visto obligados a deshacerse de sus monturas por la ventisca, y aunque los caballos lograron descender a un terreno más seguro, ellos continuaron subiendo a través de la nevada. Llegaron sin previo aviso y sin que nadie los esperara, y traían consigo un pequeño paquete protegido por un envoltorio impermeable, para entregárselo al Sarraceno, el legendario muyahidín apenas mayor que ellos.

A solas con él en la cocina, aguardaron a que firmara un documento que atestiguara que lo había recibido. Dentro había un pasaporte libanés con nombre falso. No se trataba de una mala imitación comprada en el bazar de Qüetta, sino de un documento auténtico, con todos sus detalles, obtenido de un empleado corrupto de la embajada libanesa de Islamabad, la capital de Pakistán, a cambio de diez mil dólares estadounidenses en efectivo.

No menos importante era que el pasaporte también contenía visados y permisos que demostraban que el portador había entrado tres años atrás procedente de la India, con el fin de sacarse el diploma de enseñanza secundaria en un instituto respetado internacionalmente. Además, en la parte posterior había cuatro mil dólares estadounidenses en billetes usados. No había ninguna carta que explicase nada, ni era necesario que la hubiera: aquello era equiparable a un AK-47 bien cuidado, un regalo de un guerrero, cuya guerra había finalizado, a otro cuya campaña acababa de empezar.

Cuando las nieves comenzaron a fundirse en primavera, el Sarraceno emprendió su largo viaje para salir de Afganistán. En su camino por carreteras secundarias, por todas partes fue encontrando señales de la destrucción que había causado la guerra: ciudades arrasadas, campos devastados, cadáveres en las cunetas. Pero las familias ya estaban preparando sus tierras para el cultivo más lucrativo de todos: el del opio. Al aproximarse a la frontera con Pakistán, se encontró con el primero de los cinco millones de refugiados que regresaban a sus hogares, y a partir de ese punto tuvo que avanzar abriéndose paso por una riada de seres humanos cada vez más copiosa.

Ya en la frontera, descubrió que cualquier cosa parecida a un punto de control había desaparecido, de modo que una tarde, con un cielo sin nubes, salió de Afganistán sin que nadie se diera cuenta: un hombre joven provisto de un pasado falso, una identidad falsa y un pasaporte auténtico. No me extraña que, cuando empecé a seguirle la pista, me costara tanto dar con él. Como ya he dicho, era un fantasma.

7

El Sarraceno consiguió llegar a Karachi justo cuando empezaban las primeras embestidas del monzón. Esta enorme ciudad se extiende a lo largo del mar de Arabia, y gastó unos pocos dólares en alquilar un espacio para dormir en la cubierta de un viejo carguero que se dirigía a Dubái. Desde allí, hay una decena de aerolíneas que vuelan directamente a Beirut, y una semana más tarde el pasaporte cumplió fielmente con su cometido y le permitió pasar por el control de inmigración libanés sin que nadie cuestionara su identidad.

Beirut era en sí misma la historia de un desastre: la mitad de la ciudad se encontraba en ruinas, y la mayor parte de la población estaba exhausta o herida. Pero aquello le convenía al Sarraceno, pues el país estaba recuperándose de ocho años de guerra civil y un hombre sin familia no tendría problemas para pasar por nativo en una ciudad llena de vidas destrozadas.

Él siempre había sido buen estudiante, de manera que, tras seis meses de duro esfuerzo, y ayudado por tutores que conoció en la mezquita más radical y erudita de la ciudad, no le resultó difícil aprobar el examen de ingreso en la universidad. Al igual que para la mayoría de los alumnos, el alto coste de las tasas universitarias constituía un problema, pero por suerte consiguió entrar en un programa de becas del Departamento de Estado que tenía como fin reconstruir la nación y fomentar la democracia: el personal de la embajada de Estados Unidos incluso lo ayudó a rellenar los formularios.

Con las espaldas bien cubiertas gracias al dinero norteamericano, el Sarraceno dedicó aquellos largos días —tan sólo interrumpidos por la oración y por comidas sencillas— a estudiar medicina... Y las noches, al terror y a la revolución. Leyó a todos los grandes —Mao, el Che, Lenin—, y asistió a debates y conferencias pronunciadas por panarabistas fanáticos, instigadores palestinos y varios otros individuos cuya mejor forma de describirlos sería diciendo que eran cavernícolas islámicos. Uno de ellos, que se encontraba en una visita organizada para recaudar fondos, estaba formando una organización cuyo nombre significaba «la ley» o «la base»: Al Qaeda en árabe. El Sarraceno había oído hablar de aquel *sheij* alto, saudí como él, mientras luchaba en Afganistán, pero, a diferencia de todos los que se hallaban presentes aquel día en la mezquita, no hizo intento alguno de impresionar a Osama bin Laden con una encendida retórica, otra prueba más de que el hombre que menos habla suele ser el que más peligro entraña.

Fue en otro de aquellos grupos de debate, en aquella ocasión uno tan pequeño que se convocó en una sórdida habitación que normalmente utilizaba el club filatélico de la universidad, donde se topó con una idea que habría de cambiar su vida. Y a nosotros la nuestra, debo añadir con tristeza. Irónicamente —debido a que el ponente invitado era una mujer—, aquel día estuvo a punto de no acudir. La ponente dijo llamarse Amina Ebadi, aunque probablemente era un nombre falso, y era una activista política de Jabaliya, el enorme campo de refugiados situado en Gaza, hogar de ciento cuarenta mil refugiados palestinos y una de las zonas más deprimidas y radicales que existen en el mundo.

El tema de su charla era la crisis humanitaria que asolaba dicho campamento, y asistieron un total de diez personas. Pero ella estaba tan acostumbrada a nadar a contracorriente de la indiferencia internacional que aquel detalle no la preocupó: algún día alguien la oiría, y dicha persona lo cambiaría todo.

Aquella noche hacía un calor brutal, y a mitad de su alocución hizo una pausa para quitarse el velo.

—Somos tan pocos, que me siento como en familia —comentó sonriendo.

Ninguno de los escasos asistentes puso ninguna objeción, y aunque el Sarraceno se sintió inclinado a ello, tardó tanto tiempo en recuperarse de la visión de su rostro que al final perdió la oportunidad.

Mientras ella llevaba el velo y el Sarraceno sólo podía guiarse por el timbre serio de su voz, se había formado mentalmente una imagen de ella que resultó ser muy distinta de aquellos ojos grandes, aquella boca expresiva y aquella piel sin defectos. El cabello, tan retirado hacia atrás, le prestaba un aire de muchacho, y a pesar de que por separado sus facciones eran demasiado irregulares para considerarlas atractivas, cuando sonreía todo parecía fundirse, y nadie podría haber convencido al Sarraceno de que no era hermosa.

Aunque tenía unos cinco años más que él, había algo en ella —la forma de los ojos, sus ganas de vivir— que le recordó a la mayor de sus hermanas. No había tenido contacto alguno con su familia desde el día en que se fue de Baréin, y de improviso lo invadió una oleada de profunda nostalgia.

Para cuando consiguió superarla, la ponente estaba hablando de los «enemigos cercanos».

—Lo siento —la interrumpió él—, ¿le importa repetirlo?

Ella posó sus grandes ojos en aquel hombre sereno y dueño de sí mismo. Alguien le había dicho que era un fervoroso estudiante de Medicina, pero, según adivinó al fijarse en su rostro curtido por la intemperie, debía de ser sin duda un guerrero que había vuelto de la yihad. Conocía bien a los que eran como él: el campamento de Jabaliya estaba repleto de muyahidines veteranos.

Dirigiéndose a aquel joven con el gran respeto que merecía, le dijo que casi todos los problemas del mundo árabe tenían su origen en los que se podían denominar «enemigos cercanos»: Israel, naturalmente; los despiadados dictadores diseminados por toda la región; las corruptas monarquías feudales como Arabia Saudí, que comían de la palma de la mano de Occidente...

—Siempre oigo decir que, si nuestros enemigos cercanos fueran destruidos, se resolverían la mayoría de los problemas. Yo no creo que eso sea así: los enemigos cercanos son demasiado implacables, les gusta demasiado oprimirnos y matarnos, pero sólo sobreviven y prosperan porque los apoya el «enemigo lejano». Unas pocas mentes iluminadas, personas sensatas, afirman que si se lograse derrotar al enemigo lejano todos los enemigos cercanos se derrumbarían.

—Eso es lo que me gusta de las teorías —replicó el estudiante de Medicina—, que siempre funcionan. Pero, cuando hay que llevarlas a la práctica, todo cambia. ¿Es posible siquiera destruir a un país tan poderoso como Estados Unidos?

La ponente sonrió.

—Estoy segura de que usted sabe muy bien que los yihadistas derrotaron en Afganistán a una nación igual de poderosa.

El Sarraceno recorrió los ocho kilómetros que había hasta su casa profundamente turbado. Nunca había tenido una idea clara de cómo vencer a la casa de Saud, y debía reconocer que existía una razón evidente para que todos los saudíes disidentes vivieran fuera del país: los que vivían o viajaban dentro de sus fronteras eran invariablemente denunciados y eliminados. No había más que fijarse en lo que le había sucedido a su padre. Pero no entrar en Arabia, y aun así forzar el derrumbe de la monarquía saudí infligiendo una herida grave al enemigo lejano... En fin, ¡aquélla era una propuesta muy diferente!

Para cuando llegó a la puerta de su diminuto apartamento, ya sabía cuál era el camino que debía tomar: si bien de todas formas sería necesario acabar la carrera de Medicina, ahora se daba cuenta de que no era imprescindible regresar a Arabia Saudí. Tampoco sabía cómo iba a hacerlo, ya se lo mostraría Alá cuando llegara el momento, pero iba a trasladar la lucha al único lugar que se erguía más grande que ningún otro en el pensamiento colectivo del mundo árabe.

Iba a llevarle años, y en ocasiones los obstáculos le parecerían insuperables, pero su largo viaje hacia el asesinato masivo ya había comenzado. Golpearía en el corazón mismo de Estados Unidos.

8

Diez años después de la revelación que tuvo el Sarraceno aquel día, y a medio mundo de distancia, me encontraba yo en una acera de París discutiendo con un desconocido, un negro que sufría cojera.

El teniente Bradley acabaría con mi vida en sus manos, pero de momento yo maldecía a toda su familia. Al decirme que deseaba hablar de mi libro, había destruido completamente todas las capas de identidades falsas que yo había construido con tanto esmero en torno a mi persona.

Como al parecer no era consciente de la detonación que había provocado, ahora me estaba explicando que una hora antes había llegado a mi apartamento justo a tiempo para ver a una persona que creyó que era yo subiendo a un taxi. Él también tomó uno, me siguió hasta la plaza de la Madeleine, rodeó la manzana intentando dar conmigo, y al ver que no lo conseguía regresó al apartamento para retomar el rastro inicial. Era él quien había llamado a la puerta y, al no estar seguro de si yo estaba dentro o no, había decidido esperar en la calle a ver si aparecía.

Me dio la impresión de que todo aquello se le antojaba bastante divertido, y empezó a desagradarme todavía más. Pero, por más ganas que me entraron de mandarlo a paseo, no pude hacerlo. Tenía miedo. Me había encontrado, y, si él había podido, también podían otras personas. Los griegos, por ejemplo. Era necesario dejar a un lado cualquier otra consideración, incluidos mis sentimientos, hasta que averiguase cómo lo había conseguido.

—¿Le apetece un café? —le dije en tono amable.

Sí, le apetecía, y se ofreció a pagar él. Aquello fue un pequeño error por su parte. Teniendo en cuenta la zona de París en la que nos encontrábamos, lo más probable era que tuviera que sacar dinero de su cuenta de ahorros para pagar un *espresso* y un *éclair*, pero yo no estaba de humor para mostrar clemencia.

Echamos a andar por la calle François 1er ligeramente separados el uno del otro, en silencio, pero no habíamos recorrido ni cinco metros cuando tuve que hacer un alto; Bradley se esforzaba valerosamente por seguir mi ritmo, pero la cojera de su pierna izquierda era peor de lo que yo había imaginado.

—¿Es de nacimiento? —le pregunté.

Cuando estoy cabreado, puedo ser bastante desagradable.

—Ésa es la otra pierna —contraatacó él—. Esto lo tengo desde el año pasado.

—¿Por trabajo o por deporte? —Iba a tener que caminar con él, así que lo más razonable era continuar con aquella conversación.

—Por trabajo. —Hizo una pausa mínima—. Me ocurrió en el Bajo Manhattan, me estrellé contra un edificio sin darme cuenta. No era la primera vez que me pasaba, pero en este caso fue distinto, tuve suerte de no matarme. —Por el tono que había usado, me di cuenta de que no quería explayarse en los detalles circunstanciales.

—Por lo que veo, es de la cadera —dije al tiempo que reanudábamos el paseo más lentamente todavía, bastante seguro de haber acertado, a juzgar por la manera en que avanzaba y acordándome de mis estudios de medicina.

—Me pusieron una prótesis de plástico y titanio. Me dijeron que iba a necesitar mucha fisioterapia, pero no me explicaron que tendría que hacerlo durante ocho meses, joder.

Un policía de homicidios, una cadera destrozada, unos clavos de titanio para sujetar el hueso... Todo aquello me sonaba a una herida producida por una bala de gran calibre. No dije nada más, y he de admitir, en contra de mi voluntad, que aquel tipo empezaba a caerme simpático. No hay nada peor que un policía con una anécdota de guerra que contar... Excepto tal vez un espía.

Nos detuvimos en el semáforo y señalé un hotel de fachada de caliza frente al que estaban aparcados tres Rolls-Royce Phantom.

—El Plaza Athénée —dije—. Podemos tomar el café ahí.

—Tiene pinta de caro —replicó él, sin ser consciente de que muy pronto entendería el verdadero significado de aquel término.

Cruzamos las puertas giratorias, atravesamos un vestíbulo de mármol y penetramos en la grandiosa galería del hotel. Allí había unas puertas gigantescas que conducían a uno de los patios más bellos de todo París. Totalmente cerrado, tenía los muros cubiertos de hiedra, y las ventanas de algunas habitaciones daban a él. Los balcones se asomaban entre el intenso verdor protegidos por toldos de color rojo, y desde ellos sus inquilinos podían contemplar el piano de cola, la poda ornamental de los setos... y también a numerosos oligarcas rusos y a todo un surtido de escoria europea de diferentes tipos. Ocupamos una mesa situada al fondo, casi oculta a la vista, y el maltrecho policía empezó a explicarme cómo había desmontado la leyenda de uno de los agentes secretos más famosos del mundo.

Aunque no lo dijo empleando tantas palabras, enseguida quedó claro que las heridas que sufrió cuando se estrelló contra aquel edificio habían sido mucho más graves que una cadera rota. Se le había colapsado un pulmón —a causa de otra bala, supuse—, se había lesionado la columna y había recibido un fuerte golpe en la cabeza; todo ello le supuso tres semanas de estancia en la Unidad de Cuidados Intensivos.

Pasó la primera semana con muy pocas posibilidades de sobrevivir, y Marcie no se apartó de su lado. Pero de alguna manera ella y los médicos lograron retirar la losa del sepulcro, y, finalmente, lo trasladaron a la Unidad de Vigilancia Intensiva. Allí se hizo evidente que sus males eran más que físicos. Fuera cual fuese el abismo al que se había asomado, lo cierto era que apenas hablaba, y daba la impresión de sentir todavía menos. Tal vez fuera miedo, tal vez fuera cobardía, quizá todo se debiera a una persona a la que no había podido salvar aquel día, nunca lo explicó; pero, fuera lo que fuese lo que había encontrado en aquel edificio, se había llevado consigo una gran parte de él.

—Estaba vivo, pero era una sombra de la persona que aquel fatídico día acudió al trabajo —dijo en voz queda—. El entumecimiento, la desconexión emocional, fue peor que cualquier herida física. Y no sólo para mí, sino también para Marcie.

Ni siquiera el amor de su esposa consiguió que volviera el rostro hacia la luz, y yo estaba seguro, aunque en ningún momento utilizó dicho término, de que sufría lo que antiguamente se denominaba «neurosis de guerra», y que hoy se conoce como «desorden de estrés postraumático». Tras pasar varias semanas tomando fármacos para la ansiedad, pero sin mostrar una mejoría significativa, los médicos sugirieron que quizá si volvía a casa lograría recuperarse. Seguramente el hospital necesitaba la cama.

Marcie pasó dos días reorganizando el piso: convirtió un rincón del dormitorio en una zona para las sesiones de fisioterapia y la llenó con su música, sus libros favoritos y todo lo que pensó que pudiera interesarle.

—Pero tampoco funcionó —dijo—. Yo llevaba mucha rabia dentro, y constituía un caso grave de lo que los psicólogos llaman «sentimiento de culpa del superviviente».

Por primera vez caí en la cuenta de que en aquel incidente debieron de morir otras personas: ¿un compañero?, elucubré, ¿un par de integrantes de su equipo? Viéndolo ahora en retrospectiva, he de decir que mantuve una actitud bastante insensible ante todo aquello, pero en mi defensa puedo alegar que no tuve tiempo para estudiarlo en detalle, porque él lo contaba a toda velocidad.

Dijo que las esperanzas que pudiera haber abrigado Marcie de devolverle la salud con grandes dosis de cariño no tardaron en verse aplastadas por el terrible precio que puede cobrarse una enfermedad mental, incluso en una relación saludable.

Como él había resultado herido en el cumplimiento del deber, ella no tenía que preocuparse de los gastos médicos, así que, después de tres semanas realmente destructivas, por fin obtuvo el número de teléfono de una residencia que gozaba de muy buena reputación, ubicada en el norte del estado de Nueva York. En sus horas más bajas, se preguntaba si, una vez que su marido hubiera ingresado en aquel lugar, volvería alguna vez a casa.

He asistido a suficientes reuniones de Narcóticos Anónimos para saber que sólo hay que esperar unos veinte minutos antes de que alguien se ponga de pie y cuente que tuvo que tocar fondo para poder empezar a salir del agujero. Eso fue lo que le sucedió a Marcie: una noche empezó a rellenar los impresos que había recibido aquella mañana de la Wellness Foundation de Hudson Falls.

Con Ben dormido en la habitación contigua —viendo a gente morir una y otra vez en sus pesadillas— y en las manos un cuestionario que la hacía rememorar tantas experiencias compartidas, se sintió más hundida que nunca en el abismo de la desesperación. Ella no lo sabía, por supuesto, pero por fin había tocado fondo. Una pregunta que se formulaba en el impreso era la de qué objetos le gustaría al paciente tener consigo. «En realidad, ninguno», respondió ella. No servía de nada, ya había intentado proporcionarle toda clase de objetos. Estaba a punto de continuar, cuando de pronto miró fijamente aquella palabra y se le ocurrió una cosa extraña.

—Ninguno... —dijo en voz alta.

Marcie era una mujer inteligente, trabajaba de profesora en un instituto concertado de Nueva York, y, al igual que la mayoría de las mujeres, había reflexionado mucho acerca del amor. Sabía que, incluso dentro del matrimonio, si uno avanzaba demasiado deprisa para agradar a la otra persona, ésa se alejaba y uno siempre terminaba riendo, peleando y follando en el terreno del otro. A veces había que mantenerse firme y hacer que el otro viniera a ti, sólo para conservar el equilibrio.

Se volvió para mirar la puerta del dormitorio; sabía que había hecho tanto por intentar que su marido se recuperase, que el equilibrio estaba muy descompensado. A lo mejor la solución consistía en hacer que Ben emergiera del profundo agujero en el que se había metido y regresara a ella por sí mismo.

Siete horas después, Ben se despertó de su sueño inducido por los fármacos y creyó que se encontraba en la vida de otra persona. Aquél no era el dormitorio que compartía con Marcie, aquélla no era la habitación en la que había cerrado los ojos. Sí, las puertas y las ventanas estaban en el mismo sitio, pero todos los objetos que le conferían su carácter individual, que convertían aquello en un espacio suyo y de Marcie, habían desaparecido. No había fotografías, ni cuadros, ni desorden en el suelo. El televisor ya no estaba, e incluso la pequeña alfombra, el kilim que tanto les gustaba a los dos, había desaparecido. Aparte de la cama y del equipo de fisioterapia, ¿qué había? Nada. Por lo que él podía distinguir, aquella habitación blanca se encontraba en el confín del universo.

Confuso respecto de dónde se encontraba realmente, se bajó de la cama y, cojeando a causa de su cadera destrozada, fue hasta el otro extremo del dormitorio. Abrió la puerta y se asomó a un universo paralelo.

Su mujer estaba en la cocina, intentando darse prisa con el desayuno. Bradley la contempló en silencio. En los veinte años que llevaban juntos, había ido ganando en belleza. Era alta y esbelta, y llevaba el cabello cortado con una sencillez que acentuaba el fino óvalo de su rostro, pero que, sobre todo, transmitía la sensación de que no le importaba mucho ser guapa. Por supuesto, aquélla era la mejor manera de actuar ante una cualidad semejante, y eso la hacía aún más atractiva.

Al verla allí, en medio del hogar que ambos amaban, sintió un terrible nudo en la garganta y se preguntó si le estaban mostrando lo que había dejado atrás; quizá aún no había logrado salir de aquel edificio, y ya estaba muerto.

De repente, Marcie reparó en él y le sonrió. Bradley sintió cierto alivio; estaba bastante seguro de que las personas que veían a un muerto en la puerta de su dormitorio no actuaban así. Por lo menos Marcie, que no creía en Halloween y tenía aversión a los cementerios.

Por primera vez en varios meses, a Marcie se le levantó un poco el ánimo. La nueva estrategia por lo menos había conseguido que Ben se acercase al borde del agujero y se asomase al exterior.

—Dentro de un minuto salgo para el trabajo... Volveré a tiempo para la cena —dijo.

—¿El trabajo? —preguntó él, haciendo un esfuerzo mental para comprender. Marcie no había ido a trabajar desde que él resultó herido.

Su mujer no dijo nada: si él quería respuestas, iba a tener que ganárselas. Bradley observó cómo se metía una tostada en la boca, agarraba el termo de café y se encaminaba hacia la puerta despidiéndose a medias con la mano.

Ben se quedó allí, abandonado en la puerta de su habitación, de modo que, transcurridos unos instantes de silencio, y dado que no podía seguir apoyando el peso en la pierna vendada, hizo lo único que le pareció sensato: salió del mundo paralelo y volvió a entrar en aquella habitación blanca.

Se tumbó, pero, por más que lo intentó, llevando tantos fármacos psicoactivos en el cuerpo, no consiguió pensar con claridad en lo que estaba pasando. En silencio y allí solo, en aquella lúgubre mañana, llegó a la conclusión de que la única solución práctica era librarse de los fármacos. Fue una decisión peligrosa pero crucial, por fin estaba responsabilizándose él mismo de su recuperación.

A pesar de lo que le había prometido, aquella noche Marcie no le preparó la cena; estaba sumido en un sueño inquieto, así que ella lo dejó tranquilo. En vez de una bandeja con comida, le puso en la mesilla un libro nuevo, de tapa dura, con la esperanza de que, al no tener ninguna otra cosa en que ocuparse, terminase por abrirlo. La idea del libro se le había ocurrido aquella mañana, y nada más salir del instituto corrió a una librería que había cerca de la calle Christopher. Se llamaba Zodiac Books, pero no tenía nada que ver con la astrología: había tomado ese nombre de un asesino en serie del norte de California cuyas hazañas habían dado origen a una industria editorial basada en un maníaco.

Marcie nunca había estado en aquella librería, la conocía sólo por Ben, de modo que, cuando subió los empinados escalones de la entrada y penetró en el interior, se sorprendió de encontrar un espacio tan grande como una nave industrial, abarrotado con la mayor colección de libros sobre delincuencia, ciencia forense e investigación de todo el mundo. Explicó al avejentado propietario situado tras el mostrador lo que estaba buscando; algo técnico, práctico, que enganchara a un profesional. El propietario, que había trabajado para el FBI trazando perfiles, medía casi dos metros y al encontrarse ante él a uno le daba la impresión de que su hábitat, más que una librería, era la selva. Se levantó lentamente y condujo a Marcie a lo largo de varias estanterías cubiertas de polvo hasta llegar a una fila de libros y revistas rotulada como «Novedades». Algunos de ellos debían de tener, sin embargo, cuarenta años de antigüedad. De una caja de cartón que había en el suelo, recién llegada de la editorial, tomó un tremendo tocho de libro de color beis.

—Me ha dicho usted que está enfermo, ¿verdad? —dijo la «Secuoya», al tiempo que abría aquel tomo sumamente técnico para mostrárselo—. Pues con cincuenta páginas que se lea de esto quedará liquidado.

—¿En serio? —dijo ella—, ¿es bueno?

El propietario sonrió y señaló la librería con un gesto de la mano.

—Todo lo demás se puede tirar a la basura.

El resultado fue que el libro que yo había tardado tantos meses en escribir acabó encima de la mesilla de noche de Bradley. Lo vio cuando se despertó a la mañana siguiente, pero no hizo ningún intento de cogerlo. Era sábado, y cuando Marcie le llevó el desayuno aprovechó para preguntar.

—¿Para qué es este libro?

—Se me ha ocurrido que a lo mejor lo encontrabas interesante, échale un vistazo si te apetece —le dijo ella procurando no presionarlo.

Bradley ni lo miró, en lugar de eso se volvió hacia el desayuno. A lo largo de todo aquel día, cada vez que entraba en la habitación a ver qué tal seguía su marido, Marcie fue sintiéndose cada vez más decepcionada. El libro continuaba allí, intacto.

Marcie no lo sabía, pero Bradley había estado sumido en su propia confusión desde el momento en que se despertó. Ahora que estaba dejando los fármacos, un tremendo dolor de cabeza lo partía en dos: su mente intentaba ir adaptándose al caleidoscopio de pensamientos, todos desordenados, que le hacían recordar cuando ni siquiera quería pensar.

Para cuando llegó la hora de hacer la cena, ya había abandonado toda esperanza; como su marido no daba muestras de interesarse por el libro, buscó de nuevo los impresos de la Wellness Foundation y empezó a ensayar cómo iba a decirle que lo mejor sería que ingresara otra vez en el hospital. No se le ocurrió ninguna manera de maquillar el asunto para que no pareciera una derrota, y sabía que aquello podía destrozarlo, pero ya se le habían agotado todas las ideas, de modo que, al borde del llanto, abrió la puerta del dormitorio y se armó de valor para afrontar el desastre inminente.

Ben estaba sentado en la cama, leyendo la página treinta de mi libro, sudando copiosamente y con el rostro contraído de dolor. Sabe Dios el esfuerzo que le habría costado llegar a aquel punto, pero era consciente de que para Marcie era importante, porque cada vez que entraba en la habitación no había podido evitar desviar la mirada hacia aquel tomo.

Marcie se quedó mirándolo, temiendo que se le cayera la bandeja de las manos, pero llegó a la conclusión de que el mero hecho de comentar aquel acontecimiento podía turbar a su marido y precipitarlo de nuevo al abismo en el que había estado sumido. Decidió continuar como si nada.

—Menuda chorrada —dijo Ben.

Oh, Dios, esta vez sí que le hundió el ánimo a Marcie, quien se preparó para otro de sus episodios de mal genio.

—Lo siento, el de la librería me dijo que... —empezó a decir.

—No, no me refiero al libro, el libro es fantástico —contestó Ben, irritado—. Me refiero al autor. Será una intuición o lo que quieras, pero este tipo no es del FBI. Yo los conozco bien, y no trabajan en la frontera. Este tipo es algo especial...

Le hizo una seña a su mujer para que se acercase y le mostró los pasajes que había marcado como más fascinantes. Ella no recordaba que Ben hubiera marcado nunca un libro de esa forma. No hacía más que lanzar miradas furtivas a su marido, preguntándose si aquella chispa de entusiasmo encendería una hoguera o, tal como les ocurría a las personas que salían de un coma, se apagaría rápidamente, y Ben volvería a hundirse en el vacío.

Bradley cogió la servilleta de la bandeja y se limpió el sudor de la cara. Aquello le dio a Marcie una oportunidad para volver las hojas del libro hasta el principio. Se detuvo en las líneas biográficas, pero la fotografía del autor brillaba por su ausencia.

—¿Y quién es, entonces? —preguntó—. ¿Quién crees tú que es Jude Garrett en realidad?

—Ni idea. Aunque tengo la esperanza de que cometa un error y nos revele su identidad de manera accidental —contestó Bradley.

Durante todo aquel fin de semana, para alivio de Marcie, la hoguera siguió encendida. Estuvo sentada en la cama mientras su marido iba devorando las páginas y le leía algún que otro párrafo o discutía alguna idea con ella. Y a medida que fue adentrándose más en la lectura, pensando continuamente en la ciencia de la investigación, se vio obligado a recapacitar de nuevo sobre el único crimen que tanto se había esforzado por olvidar. No dejaban de aflorar a su mente fragmentos de lo que había sucedido en aquel edificio, recuerdos que le robaban la respiración y el sudor.

El domingo por la noche, y al parecer de manera totalmente imprevista, la presión abrió por fin las compuertas y Bradley le contó a su mujer el momento en que se había visto atrapado en una especie de tumba de hormigón, y que aquel lugar estaba tan oscuro que no alcanzaba a ver el rostro del hombre moribundo que yacía a su lado. Se puso a llorar y le contó que lo único que pudo hacer fue intentar recordar lo último que dijo aquel hombre: un mensaje para su esposa y sus dos hijos. Y por primera vez, Marcie, mientras su marido lloraba en sus brazos, pensó que a lo mejor todo se resolvía.

Poco a poco, Ben retomó la lectura, y Marcie se quedó con él sin moverse del sitio. Horas después, su marido le dijo que, en su opinión, el autor era demasiado inteligente y que no iba a revelar su identidad sin querer. Bromeó acerca de que la prueba de fuego de todo gran investigador consistiría en descubrir quién era en realidad aquel tipo. Ambos se volvieron despacio y se miraron.

Marcie, sin pronunciar palabra, fue a la habitación contigua y cogió su portátil. A partir de aquel momento, descubrir mi identidad pasó a ser su proyecto, la rehabilitación para los dos, la renovación de su historia de amor.

¿Y para mí? Para mí supuso un desastre.

9

Diecinueve palabras. Sentado en el Plaza Athénée, y sin haber reconocido nada, le pregunté a Bradley qué le había hecho pensar que el autor se encontraba en París, y eso fue lo que me contestó. De un total de trescientos veinte mil términos que tenía el libro, diecinueve jodidas palabras habían desvelado mi secreto.

Siete de ellas, aseguró, eran un intento por parte del autor de describir los diferentes colores que presenta la sangre en descomposición. Recordé perfectamente aquel pasaje: en él había comparado los diferentes tonos con los de un tipo de árbol concreto que había visto cambiar de color, desde el rojo vivo hasta el marrón, en todos los otoños de mi infancia. ¿Y qué? Bradley se había dedicado a verificar todos los detalles y había llamado a un profesor de botánica para preguntarle por el árbol en cuestión. Por lo visto, era una especie endémica de la Costa Este, y yo, tontamente, había identificado por lo menos el área general en la que me había criado.

Las otras doce palabras, situadas doscientas páginas más adelante, se referían al arma de un crimen: el palo que se utiliza para jugar al *lacrosse*; yo escribía en mi libro que lo reconocí porque en mi instituto había visto a varios alumnos practicando dicho deporte. Bradley me dijo que, si uno llama a la Asociación de Lacrosse de Estados Unidos, puede comprobar que en la Costa Este hay 124 institutos que lo ofrecen como deporte. Estaban acercándose.

A aquellas alturas, Marcie ya había localizado a la prima de Garrett que vivía en Nueva Orleans, y se había enterado de que todo lo que había leído Garrett en su vida se limitaba a cuatro letras:

ESPN, un canal deportivo de televisión por cable. La prima dijo que Garrett había terminado el instituto en 1986, y Bradley supuso, basándose en dos referencias del libro, que el verdadero autor era de la misma época.

Llamó a los 124 institutos en los que se jugaba al *lacrosse* y, como era detective de la policía de Nueva York, ordenó que le facilitaran los nombres de todos los estudiantes varones que se habían graduado entre 1982 y 1990; quiso ampliar la búsqueda, sólo para asegurarse. Muy pronto tuvo en su poder una larguísima lista de nombres, pero sabía que entre ellos había uno que contenía la identidad del verdadero autor.

Investigar la lista entera habría resultado abrumador... si no hubiera sido por el detalle de que aquellos institutos eran en su mayoría instituciones privadas que siempre estaban buscando donaciones para incrementar su dotación. La mejor fuente de ingresos eran los ex alumnos, y no había muchas bases de datos que fueran mejores que una asociación de antiguos alumnos que pide dinero. Poseían un extenso registro de todas las personas que habían estudiado allí, de modo que Bradley se puso a peinar páginas y más páginas de abogados y banqueros de Wall Street en busca de algo que se saliera de lo corriente.

No obtuvo resultados en sus pesquisas, hasta que una noche, entre los nombres de un instituto llamado Caulfield Academy, Marcie y él se toparon con un tal Scott Murdoch.

—Se había graduado en el instituto en 1987 —me dijo Bradley al tiempo que daba un mordisco al *éclair* más caro del mundo—. Lo admitieron en Harvard, estudió Medicina y obtuvo un doctorado en Psicología. Lo esperaba una carrera fulgurante, pero, de repente... nada. La asociación de antiguos alumnos no tenía ni su dirección, ni su historial profesional ni ninguna noticia suya. Desde el momento mismo en que se graduó, y a diferencia de lo que ocurría con los otros alumnos, no supieron nada más de él. Sencillamente, había desaparecido. De todos los ex alumnos que estuvimos investigando, él era el único que se encontraba en esa situación.

Levantó la vista para ver cómo reaccionaba. Yo no dije nada, estaba demasiado abstraído. Se me hacía extraño oír el nombre de Scott Murdoch al cabo de tantos años. En ocasiones, en los peores momentos de mi vida en las sombras, cuando yo era a la vez juez y verdugo, me había preguntado qué fue de aquel joven Murdoch.

Tras un largo silencio, Bradley prosiguió en su empeño:

—Después de investigar durante varias semanas, en Harvard me dijeron que el doctor Murdoch había empezado a trabajar en la Rand Corporation, y que lo sabían porque fue reclutado dentro del campus y porque habían encontrado constancia escrita de ello. Pero ahora viene lo más extraño: en Rand estaban seguros de no conocerlo de nada. Y lo mismo ocurrió con las asociaciones profesionales, las entidades que proveen autorizaciones y todos los demás organismos con los que nos pusimos en contacto. Según lo que podíamos deducir, cuando el doctor Murdoch salió de Harvard, desapareció de la faz de la tierra. ¿Y adónde se fue?, nos preguntamos.

Un escalofrío que había nacido en la parte baja de la columna vertebral comenzó a ascender con rapidez. Aquellos dos habían desenterrado a Scott Murdoch y sabían que se había esfumado; un trabajo ciertamente extraordinario, pero sospeché que ni la mitad de bueno del que iba a explicarme a continuación.

—Teníamos una dirección de Scott Murdoch de cuando estaba en el instituto —continuó Bradley—, así que fuimos a Greenwich, Connecticut. Estuve hablando con una persona a través de un interfono, dije que era de la policía de Nueva York y se nos abrieron las puertas.

Miré a Bradley preguntándome qué debieron de sentir él y su mujer, un matrimonio de Manhattan con dificultades económicas, cuando subieron por el interminable camino de entrada de lo que fue mi hogar en la infancia, cuando pasaron junto al lago ornamental y junto a los establos, cuando se detuvieron en lo que se ha descrito como una de las diez casas más bellas del país. Casualmente, Bradley respondió a mi pregunta sin que se la planteara.

—No sabíamos que en Estados Unidos hubiera mansiones como aquélla —comentó en voz baja.

El propietario actual, un famoso tiburón del mundo empresarial, les dijo que el matrimonio Murdoch ya había fallecido.

—Tengo entendido que sólo tenían un hijo —comentó Bradley.

—No tengo ni idea de lo que habrá sido de él. Pero debe de estar forrado, es lo único que puedo decir.

Al día siguiente, los dos «investigadores» examinaron el registro de defunciones y hallaron los nombres de Bill y Grace.

—Incluso llegamos a hablar con varias personas que habían asistido a ambos funerales —dijo Bradley—. Todas nos dijeron que Scott no había estado en ninguno de los dos.

El tono que empleó dejaba claro que, para él, aquél era el detalle más extraño de todos, pero yo no tenía ninguna intención de decirle que habría hecho lo imposible por asistir al funeral de Bill... si hubiera sabido que iba a celebrarse.

Creo que Bradley detectó que había tocado una fibra sensible, y me di cuenta de que era una persona decente porque no siguió por ahí. En vez de eso, me dijo que estaban seguros de que Scott Murdoch era su hombre.

—Dos días después, lo supimos con certeza.

Por lo visto, Marcie y él habían enviado mi número de la Seguridad Social a Washington —o al menos el que tenía yo en la Caulfield Academy y en Harvard— para someterlo a un examen exhaustivo. Querían saber dónde se había expedido, si había cambiado, y otra serie de detalles que pudieran arrojar una pista del paradero del doctor Murdoch. Cuando les llegó la respuesta, ésta fue alarmante, de tan breve: aquel número nunca se había expedido.

Guardé silencio. Algún idiota de las oficinas de la División la había cagado a base de bien. Supe de inmediato lo que había ocurrido. Años atrás, cuando adopté una identidad nueva, a punto ya de empezar a trabajar sobre el terreno, un equipo especial había eliminado mi nombre y mi historial anteriores. Cerraron cuentas bancarias, anularon tarjetas de crédito y suprimieron pasaportes; la intención era hacer desaparecer todo aquello que pudiera relacionar a un agente encubierto con su anterior identidad. Se suponía que aquel sujeto se había marchado al extranjero, como hacían muchos jóvenes, y había desaparecido.

Un miembro del equipo de «limpieza» —bien por exceso de celo o porque estuvo mal supervisado— debió de llegar a la conclusión de que sería mucho más eficaz eliminar mi antiguo número de la Seguridad Social. Podrían haber notificado a la Seguridad

Social que yo había muerto, podrían haber dejado que mi número quedase inactivo, podrían haber hecho cien cosas distintas, pero lo único que no deberían haber hecho por nada del mundo era solicitar que el número fuera eliminado.

Aquel error condujo a la situación a la que me enfrentaba ahora: en Connecticut, había una persona con un número de identificación que, según el gobierno, nunca se había expedido. No había que ser Bradley para deducir que allí estaba ocurriendo algo raro.

—Pensé que, para que un número de la Seguridad Social desapareciera tragado por un agujero negro, tenía que haber intervenido la CIA o algo así —dijo el policía.

Aquello me confirmó que ya había empezado a sospechar que, aunque en el libro muchos detalles se habían modificado, los casos que se trataban procedían del mundo del espionaje.

Una tarde que había comenzado con un encuentro placentero con un médico manipulable se había transformado en un desastre, y estaba empeorando a toda velocidad: el libro había llevado a Bradley hasta Scott Murdoch y lo había convencido de que era la misma persona que Jude Garrett. Ahora ya sabía a qué clase de trabajo me dedicaba yo.

Pero ¿tan grave era la cosa?, me pregunté a mí mismo. «Es muy grave», contestó el agente que llevaba dentro de mí. Resolví que aquélla iba a ser la última noche que pasaría en París.

Sin perder más tiempo, miré a Bradley y, en tono tranquilo pero implacable, le dije:

—El tiempo se agota, teniente. Respóndame a una pregunta: usted cree que Garrett es un espía, pero podría encontrarse en cualquier parte del mundo. ¿Qué le hizo venir a buscarlo a Europa?

—El instituto —me respondió.

«¿El instituto? ¿Cómo diablos iba a saber la Caulfield Academy que a mí me habían destinado a Europa?», me dije para mis adentros.

—Cuando visitamos el campus, algunos de los profesores se acordaban de Scott. Comentaron que era un joven un tanto extraño, que se negaba a hablar en clase, pero que se le daban muy bien los idiomas, sobre todo el francés y el alemán. Supuse que, si estaba trabajando para alguna de las agencias secretas del gobierno, no irían a enviarlo a Sudamérica, ¿no?

—Tal vez no —contesté—, pero en Europa hay setecientos millones de habitantes, ¿y en cambio usted ha venido a parar a París? Venga, alguien le dijo dónde encontrarlo, ¿no es cierto?

Aquélla era la verdadera pesadilla de todo agente: la traición, ya fuera accidental o deliberada, era lo que nos acababa matando a todos. El policía me perforó con la mirada, molesto de que alguien pensara que sus capacidades eran tan limitadas.

—Consistió en mucho más que un simple soplo.

Me contó que, tras pasar varios meses buscando a Scott Murdoch, ya convencido de que estaba trabajando para una agencia de inteligencia, cayó en la cuenta de que debía buscarlo con un nombre distinto. Si Murdoch era un agente norteamericano encubierto, ¿cómo iba a entrar en un país extranjero? Supuso que la mejor manera, y la más segura, sería adoptar la identidad y el cargo de un funcionario menor: un analista comercial júnior, un agregado comercial o algo similar.

Como el padre de Bradley había trabajado en Washington, sabía que todos esos nombramientos quedaban registrados en diversas publicaciones internas del gobierno. Por lo general, incluían datos tales como nivel de estudios, edad, historial profesional, códigos postales, fecha de nacimiento y otros detalles que parecían poco importantes.

Una noche en la que estaba desvelado, intentó imaginar cómo sería vivir adoptando constantemente identidades nuevas, sintiendo ansiedad al cruzar cualquier frontera, luchando por memorizar sin errores una lista interminable de mentiras sin tener nunca tiempo para pensar, sólo para responder.

Bradley sabía que, si tuviera que hacerlo él, para aspirar siquiera a tener alguna posibilidad de éxito debería poblar las identidades falsas con datos que fueran fáciles de recordar, como un número de teléfono de la niñez, una fecha de nacimiento auténtica pero con el año cambiado, los verdaderos nombres de pila de los padres...

—Usted ya me entiende —concluyó mientras tomábamos despacio el café.

Nos encontrábamos a un universo de distancia del alambre de espino de un control policial de la frontera de Bulgaria, donde fui interrogado por un matón de uniforme cuyo aliento olía a tabaco y a la cena de la noche anterior, y que mientras examinaba mis documentos con parsimonia me lanzaba preguntas que no venían a cuento, alerta a cualquier titubeo, contento de considerarse un héroe y de decirles a los desharrapados policías de la Vopo que no creía a aquel estadounidense, o británico, o canadiense, o lo que fuera de lo que iba disfrazado, en aquel lugar, en aquel día y a aquella hora.

Sí, lo entendía, pero estaba demasiado alterado para responder. Armado únicamente con su inteligencia, Bradley había adivinado con toda exactitud cómo entraban los agentes encubiertos en un país y cómo controlaban los inacabables detalles de los que podía depender su vida. Con total sinceridad, me estaba costando seguir enfadado con un hombre al que empezaba a admirar.

Bradley explicó que había comentado su teoría con Marcie y que ambos habían decidido seguir probando suerte con aquella línea de investigación. Juntando toda la información que habían recopilado acerca de la temprana vida de Scott Murdoch, elaboraron una lista de veinte datos menores. Mientras Marcie se ponía manos a la obra, Bradley pasó el día ante el ordenador, descargando las ediciones correspondientes a los últimos diez años de una de las publicaciones que registraban los nombramientos gubernamentales: el semanario *Federal Register*.

Aquella noche, Marcie y él introdujeron los datos en un robot de búsqueda y, abrigando la esperanza de encontrar alguna coincidencia, utilizaron el programa para extraer los datos de la ingente cantidad de nombramientos que figuraban en el *Register*.

Treinta y seis horas después, tenían tres coincidencias. Una de ellas era el código postal de Greenwich, Connecticut, utilizado por un individuo que había sido nombrado delegado de Estados Unidos en el Consejo Internacional de Artes de Florencia. Podía significar algo o nada. Otra se refería a un agregado comercial que en Harvard había jugado al *squash*, igual que Scott Murdoch, y que parecía muy prometedora... hasta que se dieron cuenta de que lo que estaban leyendo era su necrológica. La tercera coincidencia correspondía a un tal Richard Gibson, observador de Estados Unidos en una reunión de la Organización Mundial para el Clima celebrada en Ginebra. En su minibiografía figuraba una fecha de nacimiento idéntica a la de Scott Murdoch y un resumen de los estudios que había cursado. El instituto que se indicaba era la Caulfield Academy.

—Examinamos los registros de los antiguos alumnos, pero en Caulfield no había habido nadie que se llamara Richard Gibson —dijo Bradley en voz baja.

Aquello constituía un logro extraordinario. Marcie y él, partiendo sólo del nombre de un árbol endémico de Connecticut, habían encontrado a Richard Gibson, la tapadera que había empleado yo cuando fui a Ginebra para charlar con Markus Bucher en el banco Richeloud & Cie.

Pero el apellido Gibson era sólo la prueba de concepto: ahora que ya estaban seguros de que el método funcionaba, se lanzaron a todo gas. Tres semanas más tarde, el sistema identificó a un funcionario menor que trabajaba en el Tesoro y que había viajado a Rumanía para asistir a una conferencia. El nombre que utilizaba era Peter Campbell.

—Llamé al Departamento de Finanzas de Rumanía y encontré a un tipo que había ayudado a organizar el evento. Tenía una copia del visado de entrada de Peter Campbell, en el que estaban incluidos los detalles de su pasaporte. Un colega de Seguridad Nacional hizo una verificación y descubrió que aquel mismo pasaporte se había usado para entrar en Francia.

»El gobierno francés nos comunicó que Campbell no sólo había entrado en el país, sino que además había solicitado la residencia en París. En su solicitud decía que era gestor de un fondo de cobertura, así que Marcie llamó a la Comisión del Mercado de Valores y le dijeron que nunca había habido ningún Peter Campbell que hubiera tenido licencia para comerciar en valores y que dicho fondo de cobertura no existía.

Permanecí mudo mientras Bradley introducía una mano en su chaqueta, sacaba dos papeles y los depositaba encima de la mesa.

El primero era una página de un viejo anuario del instituto, en la que se veía una foto de los cuatro miembros del equipo de *squash* de la Caulfield Academy. Uno de ellos estaba separado del resto, como si jugase dentro del equipo pero no formara parte de él. Su cara y su nombre aparecían rodeados por un círculo: Scott Murdoch.

El segundo papel era una fotocopia de una solicitud de residencia en Francia: contenía una fotografía de pasaporte, y estaba a nombre de Peter Campbell. No cabía duda de que ambas imágenes eran de la misma persona. Yo. No dije nada.

—De modo que deduzco lo siguiente —concluyó por fin Bradley—: Scott Murdoch fue a la Caulfield Academy, estudió en Harvard y entró a formar parte de un programa secreto del gobierno. Se convirtió en agente encubierto, utilizó un centenar de nombres diferentes, y uno de ellos fue Campbell...

Yo continuaba con la mirada fija en la foto del anuario, intentando acordarme de los integrantes del equipo de *squash*. Uno de ellos se llamaba Dexter Corcoran, un tipo repelente, todo el mundo lo odiaba, me acordé de eso. Los otros, más gilipollas todavía, ni siquiera recordaba quiénes eran. «Supresión deliberada», lo denominaría un psicólogo.

—A lo mejor el tal doctor Murdoch acabó siendo expulsado de la agencia a la que pertenecía, o simplemente acabó cansándose, no sé —empezó a decir Bradley—, pero entró en Francia con el nombre de Campbell en el pasaporte, escribió un libro para transmitir lo que sabía y lo publicó con el seudónimo de Jude Garrett, un agente del FBI ya fallecido.

Al ver que yo seguía sin responder, se encogió de hombros.

—Bien, pues aquí termina nuestra investigación...

Sí, y no había ninguna duda al respecto: Bradley y su mujer habían llevado a cabo una obra maestra, pero, como ya he dicho, lo que ellos habían descubierto hoy otro podría descubrirlo mañana.

Sólo me quedaba una cosa por hacer, de modo que me levanté. Había llegado el momento de echar a correr.

10

Bradley me alcanzó en las puertas que conducían del bello patio del hotel a la elegante galería, moviéndose sorprendentemente rápido a pesar de su cojera.

Yo había dicho un escueto adiós y me había dirigido hacia la salida, pero él se las ingenió para agarrarme por el brazo antes de que me diera cuenta de que venía detrás de mí.

—Tengo que pedirle un favor —me dijo—. Por eso hemos venido Marcie y yo a París.

Negué con la cabeza.

—Debo irme —contesté.

—Escuche... Por favor... —Tomó aire para lo que iba a decir, pero yo no le di la oportunidad; me zafé de su mano y eché a andar de nuevo—. ¡No! —exclamó con voz autoritaria.

Me volví hacia él y vi que los clientes de las mesas vecinas nos estaban observando. No deseaba montar una escena, de modo que le concedí un momento.

—Cuando uno ha estado en lo más hondo de un abismo, ya nada vuelve a ser igual —me dijo en tono sereno—. El hecho de estar herido me hizo pensar de manera distinta, respecto de la vida, de mi relación con Marcie, de mi trabajo. Sobre todo de mi trabajo. Si hubo algo positivo que...

No aguanté más.

—Disculpe —lo interrumpí—, las lesiones que sufrió debieron de ser terribles, y me alegro mucho de que se haya recuperado bien, pero hay cosas de las que debo ocuparme.

No tenía tiempo para un culebrón, y menos aún para que un individuo al que nunca más volvería a ver me contara sus reflexiones acerca de la vida. Iba a marcharme de París, iba a huir para ponerme a cubierto y tal vez salvar la vida, y no tenía tiempo que perder.

—Es sólo un minuto... uno más —rogó Bradley.

Dejé escapar un suspiro y acepté con un gesto de cabeza; supongo que le debía un poco de cortesía por haberme contado la manera de desvelar fácilmente toda mi vida anterior. Aun así, no me tomé la molestia de moverme del sitio, y todo mi lenguaje corporal le indicó que el Muro de las Lamentaciones estaba en Jerusalén y que acabara de una vez.

—En ningún momento me ha preguntado cómo me hice esas heridas, y quiero agradecérselo. Los profesionales no solemos preguntar, naturalmente, porque la mayoría hemos vivido situaciones desagradables, y por lo tanto no merece mucho la pena hablar de ello.

«Sí, vale, ya está bien de hablar de la conducta correcta de un profesional. ¿Qué quieres preguntarme?», pensé.

—Ya le he dicho que quedé atrapado en el interior de un edificio, pero lo cierto es que fue algo... un poco más... Me encontraba dentro de la torre norte del World Trade Center cuando se derrumbó.

11

Bradley continuó hablando, pero aun hoy sigo sin saber qué fue lo que me explicó. No sé cómo, regresamos a la mesa, aunque yo estaba demasiado absorto en maldecir mi estupidez y no escuchaba. No me extrañó que sufriera de estrés postraumático, no me extrañó que hubiera pasado semanas en cuidados intensivos, no me extrañó que tuviera el sentimiento de culpa del superviviente, no me extrañó que necesitara un proyecto de investigación imposible para regresar del mundo de los muertos.

Ben Bradley me había contado que, en la más absoluta oscuridad, escuchó las últimas palabras de un hombre que murió en sus brazos. Mientras tanto, fuera de aquella tumba de hormigón, el Bajo Manhattan estaba en llamas. Y yo había sido tan listo que había creído que lo suyo era un disparo en la cadera y una segunda bala que le alcanzó el pulmón. Si aquello era todo lo que sabía hacer, probablemente había sido buena idea retirarme.

Me sacó de mi dura evaluación personal el sonido de su voz: había cogido su teléfono móvil y estaba preguntándome algo.

—¿Le importa que haga una llamada? Quisiera ver qué está haciendo Marcie.

Consentí con un gesto de la cabeza. Bradley esperó a que su mujer contestara, se volvió y dijo unas breves palabras que yo no pude oír. Cuando colgó, le hizo una seña al camarero para que trajera más café y pastas. Esperaba que su tarjeta de crédito no tuviera límite de gasto.

—Sólo he mencionado el once de septiembre —dijo— porque está estrechamente relacionado con lo que quiero pedirle.

—Continúe —respondí en voz baja, en un intento de compensar el haber pensado siquiera que aquel pobre idiota debería haber acudido al Muro de las Lamentaciones.

—Durante mi recuperación, regresé a la Zona Cero, al lugar en que se alzaba la torre norte. Allí me quedé largo rato, observando lo que quedaba de ella. Dios, hacía mucho frío, pero en aquel momento comprendí por fin que estaba tan furioso que, de aquella forma, jamás iba a lograr recuperarme del todo. Sin embargo, no estaba furioso contra los hombres que habían secuestrado los aviones, que ya estaban muertos. Ni tampoco por las heridas que había sufrido. Al fin y al cabo, yo estaba vivo. Estaba furioso a causa de la injusticia, de la indiferencia con la que funciona el mundo. Sabía que aquel día habían muerto allí muchas personas corrientes, y no por culpa de los escombros que se les cayeron encima, sino porque los movió la compasión. Los desesperados intentos que hicieron por salvar a otros seres humanos, que en muchos casos eran completos desconocidos, fueron lo que al final acabó costándoles la vida a ellos.

Bebió un sorbo de café, pero yo sabía que ni siquiera le apetecía. Estaba ganando tiempo, intentando pensar en la mejor manera de continuar. Me limité a esperarlo: a mi modo de ver, se había ganado el derecho de tomarse todo el tiempo que necesitara.

—¿Ha pensado alguna vez cuántos discapacitados estaban trabajando aquel día en las torres? —preguntó por fin—. No, a mí tampoco se me habría ocurrido pensarlo, hasta poco después de que se estrellaran los aviones. Como es lógico, los que iban en silla de ruedas tuvieron muchas más dificultades que el resto de la gente, la cosa no estaba como para intentar salir del edificio en ascensor. Eso lo sabemos todos, ¿no? Siempre hay letreros que nos advierten de que utilicemos las escaleras. Pero digamos que uno no puede andar. Si alguna vez me quedo atrapado en un edificio en llamas, señor Campbell, lo único que pido es poder utilizar las piernas. Tener una oportunidad como todos de echar a correr para no morir. No es mucho pedir, ¿no le parece? Una oportunidad, como todos.

»Había un tipo que trabajaba para una empresa de servicios financieros y que había estado atento cuando se hicieron los simulacros de incendio rutinarios, de modo que sabía dónde había una silla de evacuación. ¿Las ha visto alguna vez? Son como sillas de aluminio normales, pero con unas largas sujeciones que sobresalen por delante y por detrás para que otras personas puedan levantarlo a uno en vilo y trasladarlo. Era parapléjico, y supongo que se sentía orgulloso de haber superado su discapacidad y haber encontrado un empleo. Puede que también tuviera mujer e hijos, nunca se sabe.

»El once de septiembre era el primer día de colegio, así que mucha gente llegó tarde a trabajar. De modo que él se encontraba solo en su rincón de la torre norte cuando chocó el avión de American Airlines. El impacto lo lanzó con su silla de ruedas al otro extremo de la oficina, y por la ventana vio una llamarada que se elevaba hacia el cielo y comprendió que debía moverse deprisa, o de lo contrario era hombre muerto.

»Fue a buscar su silla de evacuación, se la puso encima de las rodillas y se dirigió hacia la escalera de emergencia. Por el camino se empapó de agua, porque se habían puesto en marcha los aspersores al activarse los detectores de incendios. Además, las luces se habían apagado.

»Llegó al vestíbulo de los ascensores, pero como allí no había ventanas, todo estaba oscuro. Fueron los encargados de mantenimiento quienes le dieron una oportunidad. Unos años antes habían pintado las puertas de emergencia con pintura fluorescente, de modo que, en caso de producirse un desastre, la gente pudiera encontrarlas. Sabe Dios cuántas vidas se salvaron ese día gracias a aquella decisión.

»Empujó la puerta, salió a la escalera A con su silla de ruedas y colocó dentro la silla de evacuación. No era una persona fuerte, pero logró trasladarse solo de una a otra.

»Ahora estaba inmovilizado, en una escalera de emergencia de un edificio ardiendo, así que hizo lo único que podía hacer: esperar.

»En la torre norte había tres escaleras de emergencia. Dos de ellas medían poco más de un metro de ancho, la otra un metro y medio. Era una diferencia muy grande, porque por la más ancha podían pasar dos personas y no era tan cerrada en las curvas. Esas curvas serían muy difíciles para alguien que intentara bajar cargando con lo que en realidad es una camilla con asiento. Sin embargo, como ya habrá imaginado, el parapléjico se encontraba en una de las escaleras estrechas: el destino es a veces muy cabrón.

»En todo el edificio la gente estaba pensando por dónde huir, si hacia abajo o hacia la azotea para que la rescatara un helicóptero. Los que decidieron subir murieron todos, porque la puerta de la azotea estaba cerrada con llave para prevenir los suicidios.

»La escalera A estaba llena de polvo, humo, agua y gente. Parecía un río de aguas bravas. El agua de los aspersores, que estaban funcionando a todo lo que daban de sí, se sumaba a la de las tuberías rotas y se precipitaba escaleras abajo. Pero el hombre que estaba en la silla de evacuación no llamó a nadie, no pidió ayuda. Se limitó a esperar. A esperar un milagro, supongo.

Bradley guardó silencio, imagino que estaría reflexionando sobre los milagros. Cuando volvió a hablar, por un instante se le notó un ligero temblor en la voz, pero consiguió controlarlo.

—Mucho más abajo, un individuo de mediana edad, no muy en forma, se entera de que hay una persona en silla de ruedas y se pone a gritar. Está pidiendo voluntarios que vuelvan a subir con él y lo ayuden a trasladarlo. Se ofrecen tres hombres. Tipos corrientes. Suben detrás del individuo de mediana edad, agarran la silla cada uno por un extremo y eligen el camino adecuado, es decir, no el de subida, sino el de bajada. A través de la riada de gente, del humo, del agua y de aquellos jodidos recodos demasiado estrechos.

De nuevo hizo una pausa.

—¡Bajaron sesenta y siete pisos cargando con él! ¿Y sabe con qué se encontraron cuando llegaron abajo? Con que no había salida. Habían tardado tanto, que el derrumbe de la torre sur había desestabilizado a su vecina. Lo único que tenían ante ellos eran cascotes de hormigón. Y a su espalda estaba el incendio.

Bradley se encogió de hombros. Yo guardé silencio. ¿Qué cabía decir, aun cuando pudiera fiarme de que no se me iba a quebrar la voz? «La tristeza flota», eso fue lo único que se me ocurrió.

—Dieron media vuelta, llegaron hasta una puerta que se abría a un rellano y pasaron al vestíbulo. Poco después, todo se fue a la mierda porque el edificio se derrumbó. El hombre de la silla de ruedas y dos de sus rescatadores lograron llegar a un lugar seguro, no sé cómo, pero los otros dos que habían subido para salvarle no tuvieron tanta suerte. —Calló unos momentos—. ¿Sabe qué fue lo que acabó con sus vidas, señor Campbell?

—¿La compasión? —propuse.

—Exactamente, tal como le he dicho antes. Lo que los mató no fueron los escombros que caían, no fueron las llamas, sino el maldito intento de ayudar a otra persona. Por eso estaba yo tan furioso. ¿Dónde está ahí la justicia?

Dedicó unos instantes a recuperar el aliento y luego añadió con serenidad:

—No estaba seguro de querer vivir en un mundo así.

En aquel momento, supe que Bradley había visitado la Zona Cero en más de un sentido. Lo imaginé de pie, bajo la nieve, al anochecer, una figura minúscula en medio de aquella inmensa explanada vacía en la que antes se habían alzado las Torres Gemelas, haciendo todo lo posible por encontrar una razón para vivir.

Afortunadamente, Marcie estaba a su lado, y me dijo que la tomó de la mano y le habló de la desesperación que sentía.

—Bueno, ¿y qué vas a hacer al respecto? —preguntó ella en tono totalmente práctico.

Bradley me contó que la miró, confuso, sin saber a qué se refería.

—Sí, Ben, lo entiendo: no quieres vivir en un mundo así —dijo Marcie—. De acuerdo. Pero, como suele decirse, ¿vas a quejarte de la oscuridad que te rodea, o vas a encender una vela? Así que te lo pregunto otra vez: ¿qué vas a hacer al respecto?

Así era Marcie: se había vuelto tan dura que ya no pensaba ceder ni un milímetro más.

—Tenía razón, naturalmente —prosiguió Ben—, y estuvimos hablando de ello durante todo el camino de vuelta a casa. Como había estado fuera de la circulación debido a mis heridas, no sabía gran cosa de la investigación que se estaba llevando a cabo sobre el 11-S, y Marcie me contó que quince de los diecinueve secuestradores eran saudíes, que a la familia de Osama bin Laden la habían sacado del país de forma clandestina poco después, que la mayor parte de los terroristas se encontraban en Estados Unidos con un visado ya caducado, y que varios de ellos habían aprendido a pilotar aviones, aunque no habían mostrado el menor interés en saber cómo debían aterrizar.

»Estaba claro que los secuestradores, a pesar de que habían cometido muchísimos errores, eran mejores que nosotros. Y si alguien lo dudaba, allí estaban los tres mil homicidios en mi ciudad para demostrarlo. Para cuando llegamos al Village, me di cuenta de que una idea empezaba a tomar forma en mi cabeza. Trabajé en ella toda la noche, y, al día siguiente, que era lunes, fui a la Universidad de Nueva York y encendí mi vela.

Bradley me dijo que, en una amplia oficina que daba a Washington Square, explicó a los responsables de la universidad su deseo de crear un evento que, de alguna forma, acabara siendo tan famoso como el Foro Económico Mundial de Davos: un encuentro anual con conferencias, seminarios y clases magistrales dirigidos a los investigadores más destacados de todo el mundo. Un espacio en el que se expusieran ideas nuevas y se exhibiera la ciencia de vanguardia. Dicho evento sería moderado por los máximos expertos de cada campo, y abarcaría todas las disciplinas y todos los organismos.

—Señalé a través de la ventana el lugar en que antes habían estado las Torres Gemelas, y les dije: «Volverá a haber hombres como ésos, y la próxima vez serán mejores, más inteligentes, más fuertes. Nosotros debemos serlo también, todos los investigadores tenemos un objetivo claro: la próxima vez tenemos que vencerlos.»

»En aquella sala había once personas, y calculé que había convencido a tres, así que conté la anécdota del tipo de la silla de ruedas y les recordé que aquella universidad era la que estaba más próxima a la Zona Cero, y que por lo tanto tenía una responsabilidad especial. Si ellos no ponían aquel plan en marcha, ¿quién iba a hacerlo?

»Cuando acabé mi exposición, la mitad de ellos estaban avergonzados, unos cuantos lloraban, y el voto a favor fue unánime. Puede que el año que viene me presente como candidato a alcalde. —Intentó sonreír, pero el peso que llevaba en el alma se lo impidió.

Luego contó que los preparativos para el Foro de Investigación Mundial iban mejor de lo que esperaba y recitó una lista de nombres de quienes habían aceptado asistir o impartir alguna clase.

Hice un gesto de asentimiento, sinceramente impresionado.

—Sí, son todos los peces gordos —comentó, y luego me miró y añadió—: Pero falta uno.

No me dio la oportunidad de replicar.

—Su libro ha tenido un efecto enorme —continuó diciendo—. Como está aquí, seguramente usted no se da cuenta, pero es difícil que exista un profesional de su categoría que...

—¿Para eso ha venido a París? —lo interrumpí—. ¿Para... reclutarme?

—En parte sí. Por supuesto, he venido para resolver finalmente el misterio de Jude Garrett, pero, ahora que ya lo he hecho, existe la posibilidad de que usted aporte su granito de arena. Ya sé que no podemos decir quién es en realidad, así que he pensado que podría ser el antiguo ayudante de Garrett. Igual que el doctor Watson con su Holmes. Alguien que ayudase a...

—Cállese —le solté, una orden que seguramente no estaba acostumbrado a oír.

Me quedé con la vista fija en la mesa, y cuando volví a levantarla hablé en un tono lo bastante bajo para que sólo pudiera oírme él.

—En este momento —empecé a decir— voy a infringir todas las normas de mi antigua profesión. Voy a contarle la verdad sobre algo. Ésta será probablemente la única vez que se lo oirá decir a alguien que se dedique a mi trabajo, de modo que escuche con atención. Ha realizado un trabajo extraordinario al dar conmigo. Si alguna vez reeditara mi libro, con toda seguridad incluiría su trabajo, ha sido brillante.

Él respondió con un leve encogimiento de hombros. Creo que se sintió halagado y realmente orgulloso, pero era demasiado modesto para expresarlo.

—Ha encontrado muchos nombres y ha descubierto muchas tapaderas, pero no ha averiguado qué era concretamente lo que hacía yo por mi país, ¿verdad?

—Eso es cierto —concedió Bradley—. Y no estoy seguro de que quisiera averiguarlo, me dije que algo tan secreto debía seguir siéndolo.

—En eso tiene razón. Pero ahora voy a explicárselo. Yo detenía a personas, y a aquellas a las que no podía detener, las mataba. Y por lo menos tres veces las detuve primero y las maté después.

—Dios santo —susurró Bradley—. ¿Nuestro país hace eso?

—Me parece que los detectives de homicidios y los jueces tienen un nombre para definirlo, ¿no? Pero le aseguro que esa clase de actos dejan una huella muy profunda en el alma de un hombre, sobre todo a medida que va haciéndose mayor. Y hay otra cosa que puedo garantizarle: nadie podrá acusarme de haber actuado con discriminación. A la hora de llevar a cabo mi trabajo, he sido de lo más ecuménico: he matado a católicos, musulmanes, protestantes y ateos, y también a unos cuantos judíos. Los únicos que me parece que faltan en mi lista son los que siguen a Zoroastro. Y créame, los habría incluido también, si hubiera sabido con exactitud quiénes eran.

»El problema es que muchas de las personas a las que he hecho daño, principalmente sus amigos y sus familiares, no practican de forma activa lo que usted y yo podríamos llamar «valores cristianos», señor Bradley. De modo que les importa bastante poco eso de poner la otra mejilla. ¿Conoce a los serbios? Todavía están enfadados por una batalla que perdieron en 1389. Y hay quien dice que son peores los croatas y los albaneses. Para gente así, unas pocas décadas persiguiéndome a mí ni siquiera contarían como un fin de semana. Todo esto se lo digo para que entienda que he venido a París para permanecer en el anonimato. Estoy intentando vivir con normalidad. Lo de esta tarde no ha sido precisamente una buena noticia para mí, así que no pienso impartir ninguna clase; lo que pienso hacer es huir para que no me maten.

Me levanté y le tendí una mano.

—Adiós, señor Bradley.

Él me la estrechó, y esta vez no hizo ningún intento de detenerme. El patio se había vaciado y, cuando me encaminé hacia la salida, Bradley me pareció una figura triste y abandonada, sentado a solas entre las velas.

—¡Buena suerte! —exclamé al tiempo que me volvía brevemente—. Ese encuentro anual es una idea estupenda, el país lo necesita.

Sin embargo, cuando me di la vuelta para seguir mi camino, me encontré cara a cara con una mujer.

—A juzgar por la expresión de mi marido —me dijo sonriente—, la respuesta ha sido negativa.

Era Marcie. Bradley debía de haberle dicho dónde estábamos cuando la telefoneó.

—Así es —contesté—. No puedo participar... él ya conoce los motivos.

—En cualquier caso, gracias por su tiempo —respondió ella en voz baja— y por haber dedicado tanto rato a escucharlo.

No había resentimiento ni enfado en aquellas palabras. Al parecer, su única preocupación era el bienestar de su marido. Me cayó bien al instante.

Bradley dejó de observarnos fijamente e intentó llamar la atención del camarero para pedirle la cuenta.

—¿Sabe? Ben lo admira muchísimo —me dijo Marcie—. Supongo que no se lo habrá dicho, pero leyó su libro tres veces, sólo por placer. Siempre dice que le habría gustado haber podido hacer la mitad de las cosas que escribió usted.

Por un momento vislumbré un Bradley diferente, un investigador de primera categoría que estaba convencido de no haber jugado nunca en una liga que fuera lo bastante importante y estuviera a la altura de su talento. Precisamente yo, más que la mayoría de las personas, sabía que el remordimiento profesional era algo terrible, y, tal como me sucedía a menudo cuando pensaba en ello, empecé a acordarme de dos niñas y de lo que había hecho en Moscú mucho tiempo atrás.

Marcie tuvo que tocarme el brazo para arrancarme de mis recuerdos, y vi que me estaba ofreciendo una tarjeta de visita.

—Éste es nuestro teléfono de Nueva York. Si alguna vez tiene ocasión, llámelo. No quiero decir ahora, pero quizá más adelante... —Captó mi gesto reacio y sonrió—. Dentro de unos cuantos años sería perfecto.

Aun así, yo seguía sin tomar la tarjeta.

—Mi marido es una buena persona —añadió con seriedad—, la mejor que he conocido. Mejor de lo que podría imaginar la mayoría. Significaría mucho para él.

Por supuesto, tenía claro que no iba a llamarlo nunca, pero me pareció innecesario herirla no cogiendo aquella tarjeta, así que la acepté. Ya estaba guardándomela en el bolsillo, cuando Bradley se volvió de nuevo hacia nosotros y cruzó una mirada con su mujer a través del silencio del patio.

En aquel segundo en que ambos bajaron la guardia y ninguno de los dos se percató de que yo estaba observándolos, los vi tal como eran. Ya no estaban en París, ni en un hotel de cinco estrellas; en su expresión vi que estaban exactamente donde habían estado antes y después de que se derrumbase la torre norte: enamorados. No eran unos críos, de modo que lo suyo no era en absoluto un encaprichamiento pasajero, y supuso un alivio descubrir que en un mundo lleno de traiciones y engaños aún existía algo así. Tal vez, después de todo, aquella tarde no había sido una completa pérdida de tiempo.

Pasado el momento, Marcie volvió a mirarme y yo me despedí. Crucé las altas puertas y me detuve junto al atril desde donde impartía justicia el *maître* del patio. Me conocía lo bastante bien, y después de darle las gracias por su hospitalidad le pedí que enviara de nuevo el carrito de los dulces a la mesa al tiempo que le entregaba doscientos euros para pagar la cuenta.

No tengo ni idea de por qué pagué yo. Por pura estupidez, supongo.

12

El vuelo de American Airlines llegó a Nueva York a primera hora de la mañana. Unos inmensos nubarrones negros ocultaban la ciudad, y durante toda la maniobra de aterrizaje nos vimos azotados por la lluvia y por fuertes vientos. Ya a las dos horas de despegar de París, se había encendido la señal de «Ajústense los cinturones», y a partir de aquel momento el tiempo empeoró tan rápidamente que hubo que suspender todo el servicio de a bordo. Sin comer, sin beber y sin dormir. Las cosas sólo podían mejorar, concluí.

Viajaba con un pasaporte que era una copia perfecta del de un diplomático canadiense, lo cual no sólo justificaba mi asiento de primera clase, sino que además me permitía evitar preguntas en Inmigración. Me dejaron pasar enseguida, recogí mi equipaje y salí al aguacero que caía en el exterior. Estaba en casa de nuevo, pero eso me proporcionó menos consuelo del que había esperado. Llevaba tanto tiempo fuera que apenas conocía mi país.

Habían transcurrido dieciocho horas desde que me despedí de los Bradley en el Plaza Athénée. En cuanto comprendí que mi tapadera había sido descubierta, supe lo que debía hacer, pues el entrenamiento lo especificaba sin ambigüedades: huye, busca refugio donde puedas, procura reorganizarte, y después redacta tu testamento. Puede que esta última parte no estuviera en nuestro manual, pero aquél era siempre el tono que se empleaba al hablar de un agente desenmascarado.

Calculé que donde más posibilidades tenía era en Estados Unidos. Al enemigo le resultaría más difícil encontrarme entre millones de tipos como yo, pero sobre todo era consciente de que si quería sentirme alguna vez a salvo iba a tener que borrar las huellas que había dejado atrás para que a otras personas les fuera imposible seguir la senda que ya habían abierto Ben y Marcie.

Había cubierto en seis minutos la distancia entre el Plaza Athénée y mi apartamento parisino, y en cuanto entré por la puerta empecé a llamar a las líneas aéreas. Tuve suerte, y quedaba una plaza libre en primera clase en el primer vuelo que salía.

Sin embargo, es extraño cómo funciona el inconsciente. En medio del caos de recoger la ropa, pagar recibos y hacer las maletas, de improviso, y sin razón aparente, afloraron en mi pensamiento aquellas dos cartas del abogado de Bill y Grace Murdoch. Rebusqué entre una carpeta de correspondencia antigua, las metí en mi equipaje de mano y me centré en el único problema que quedaba: el contenido de la caja fuerte.

Me era imposible llevar encima las tres pistolas, cien mil dólares en diferentes divisas y ocho pasaportes, ni siquiera podía meter todo aquello en el equipaje que iba a facturar. Si los encontraran al pasar las maletas por los detectores de metal o los rayos X, aunque yo fuera presuntamente un diplomático me someterían a un intenso escrutinio. Cuando descubrieran que el pasaporte era falso, cosa que sucedería sin ninguna duda, iba a tener que pasarme varias semanas dando explicaciones, primero acerca de mi verdadera identidad y luego en relación con los demás objetos. Se suponía que había entregado todas las armas, los pasaportes falsos y las agendas de contactos al abandonar la División.

En lugar de eso, abrí una de las costuras del colchón, retiré parte del relleno e introduje las herramientas de mi trabajo, sujetas con cinta americana. Cuando llegara a Estados Unidos, llamaría a François, el portero servil, y le pediría que contratase a una empresa de mudanzas para que me trajera todos los muebles a casa. Una vez que quedó todo bien sujeto, cerré la costura con pegamento, puse de nuevo la funda del colchón y llamé a un taxi para que me llevara al Charles de Gaulle.

Diez horas después, me encontraba de pie bajo la lluvia en el Kennedy, pidiéndole a otro taxista que me llevara al centro. Por el camino llamé al Four Seasons, uno de esos hoteles cuyo gigantesco tamaño garantiza el anonimato, y reservé una habitación.

Después de pasar tres días yendo de una agencia inmobiliaria a otra, alquilé un pequeño *loft* en el NoHo de Manhattan. No era gran cosa, pero por la mañana le daba el sol. En cuanto me instalé allí, busqué las cartas del abogado y lo llamé para concertar una cita.

Nos reunimos por la tarde en su exclusiva oficina, desde la cual se veía todo Central Park, para tratar lo que, según él, era un asunto sin importancia relativo a las propiedades de Bill. Sin embargo, lo cierto es que aquel «asunto sin importancia» iba a cambiar mi vida para siempre.

Estuve varios días paseando por la ciudad hasta muy tarde, dando vueltas a aquel «asunto» en mi cabeza, intentando interiorizarlo, como diría un psicólogo. Dejé que los pies me llevaran a donde quisieran, pasé junto a bares y restaurantes abarrotados de gente, y rodeé las largas filas de personas que aguardaban para entrar en los locales más de moda o para ver las películas de estreno. Por último, ya con los pies magullados y dolorosamente consciente de la poca experiencia que tenía de lo que la gente considera una vida normal, empecé a aceptar lo que me había dicho el abogado. Y sólo entonces volví al problema de las huellas de mi pasado.

La primera llamada que hice fue a un supervisor del FBI, la agente a la que había entregado los expedientes europeos de la División cuando ésta echó el cierre. Ella se puso en contacto con uno de sus subdirectores, le susurró que yo había ejercido el cargo de Tiburón de los Mares y me citó con él para el día siguiente.

Nos sentamos en una sala de reuniones cutre de una desabrida torre de oficinas del centro. Pedí hablar con él a solas, y cuando sus dos ayudantes salieron y cerraron la puerta, le expliqué que el número de la Seguridad Social de Scott Murdoch había sido eliminado y que ello representaba un peligro para mí. Tardó unos instantes en dominar su incredulidad, y cuando terminó de echar pestes contra quien hubiera sido el responsable, hizo una llamada telefónica y dispuso todo lo necesario para que dicho número fuera reactivado.

—También voy a marcarlo. Y me encargaré de que le avisen si alguien pregunta alguna vez por ese número —dijo—. ¿Qué más puedo hacer por usted?

—Alguien debe alterar algunas bases de datos de la red; hay mucha información sobre mí, o sobre los alias que he utilizado. Debe desaparecer.

—¿Bases de datos privadas o públicas? —preguntó.

—Ambas —contesté—. Todo lo que haya, desde los registros de una asociación de antiguos alumnos de un instituto llamado Caulfield Academy, hasta los cientos de anuncios que se han publicado en el *Federal Register*.

—Eso ni lo espere —repuso el subdirector—. Con las bases de datos sucede lo mismo que con las bailarinas de *striptease*: el Tribunal Supremo dice que se miran, pero no se tocan. Sería ilegal incluso que yo le indicara a usted quién puede ayudarlo.

Le presioné hablándole de los años que había servido a mi país, explicándole el motivo por el que necesitaba que infringiese las normas. Él asentía con aire pensativo, hasta que de pronto hubo algo que lo llevó al límite, y empezó a despotricar:

—¿Que infrinja las normas? ¡Me está pidiendo que piratee ordenadores! ¿Tiene idea de cuánto le cuesta eso a la comunidad? No estamos hablando de *frikis* informáticos, eso era hace años; hoy día, en el ciberespacio se funciona con el método del alunizaje. Entran a saco en un sitio, no les importa el destrozo que causen y se llevan todo lo que haya de valor...

Yo estaba perplejo. Me importaban un rábano el Tribunal Supremo y las novedades modernas del ciberdelito, lo único que quería era limpiar mi pasado. Deduje que debía de haber tocado una fibra sensible, pero aquello no iba a ayudarme a alcanzar la seguridad.

El subdirector estaba lanzado y no paraba:

—Luego están los llamados «copiadores», que tienen un nivel cada vez más alto —continuó—. Los llaman así porque entran, lo copian todo, y nadie se entera de que han pasado por allí. Ésos son los más listos. Hubo uno que robó quince millones de archivos de hipotecas. ¡Quince millones! Y todos con los detalles de la tarjeta de crédito del usuario, su número de la Seguridad Social, su cuenta bancaria, su domicilio... ¿Sabe qué pensaba hacer con todo eso?

—¿Perpetrar un robo de identidad? —sugerí.

No tenía ni idea de por qué estábamos hablando de aquello.

—Naturalmente, pero no para utilizarlas él. Oh, no, eso habría requerido demasiado esfuerzo. Pensaba venderle los datos a la mafia rusa. A un dólar cada uno el primer millón, nos dijo, sólo para conseguirlos como clientes. Luego tenía pensado subir el precio hasta cobrar diez dólares por archivo. Calculó que ganaría cien millones. Por sentarse delante de una pantalla. ¿Sabe cuál es la media del botín que obtiene un ladrón de bancos cualquiera? —me preguntó a continuación, inclinándose por encima de la mesa—: Nueve mil pavos, y puede que también se lleve un balazo. ¿Quién le parece que ha descubierto el mejor plan financiero?

Me encogí de hombros, la verdad es que me daba igual.

—Ese tipo tiene veintitrés años, y probablemente sea el mejor del mundo.

—¿Cuántos años le han caído? —pregunté, intentando demostrar algo de interés.

—Aún no se ha decidido. Puede que ninguno, depende de si continúa colaborando y ayuda a cazar a esos *crackers* samuráis, que nos están jodiendo de verdad. El apodo que empleaba en la red era «Battleboi», de modo que así es como lo llamamos nosotros.

—¿Battleboy? —repetí, no muy seguro de haber oído bien.

—Sí, pero con «i» latina. Es un puto hispano. Se crió en Miami, aunque ahora vive aquí cerca, frente a Canal Street, encima del Walgreens.

Levantó la vista hacia mí, y ambos sostuvimos la mirada. Sólo entonces me di cuenta de por qué me había contado aquella historia.

—En fin, se acabó hablar de mis problemas —dijo—, tengo que callarme antes de que diga algo que no deba, y acabe cometiendo un delito sin querer. ¿Hay algo más que yo pueda hacer por usted?

—Nada, ya ha hecho más que suficiente. Gracias —le respondí con sinceridad.

Él se levantó y se dispuso a acompañarme a la salida. Al llegar a la puerta, se volvió hacia mí.

—Me alegro de haber podido ayudarlo con el problema de la Seguridad Social. Estoy al tanto de su reputación, como muchos de nosotros, y ha sido un honor, un verdadero honor conocer al Tiburón de los Mares.

La profunda admiración con la que dijo aquello, y su apretón de manos, tan fuerte como para transformar el carbón en diamantes, me dejaron estupefacto. Él y sus ayudantes se quedaron observándome en silencio, supongo que se podría decir que con respeto, mientras yo me dirigía al ascensor. Aunque me sentía halagado, no pude evitar pensar que un hombre se quema mucho antes que su reputación.

Ya en la calle, tomé un taxi y atravesé la ciudad mirando a las caras de la gente que pasaba. Cuando las sombras comenzaron a alargarse para dar paso a la noche, de nuevo experimenté una extraña sensación de desapego, de ser un forastero en mi propia tierra. Sabía que si una persona continuaba por aquel camino, terminaba estando muerta para el mundo: se veían personas así en los bancos de los parques, en las salas de lectura de las bibliotecas públicas, solas en las estaciones de tren. «En algún momento del futuro...», pensé. Pero no había nada que yo pudiera hacer, la caravana sigue avanzando, los perros siguen ladrando, y era imperativo que yo ocultara mi pasado bajo tierra.

El taxi se detuvo delante del Walgreens. Rodeé a pie todo el edificio y encontré una puerta empotrada en el muro. En ella había únicamente un interfono, y las pocas palabras que se veían al lado estaban escritas en japonés. Genial.

Preguntándome si no habría entendido mal al tipo del FBI, pulsé el botón de todas formas.

13

Me respondió en inglés una voz masculina. Le dije que un amigo mutuo que trabajaba en el piso veintitrés de un edificio de allí cerca me había sugerido que le hiciera una visita. El portero automático emitió un zumbido y la puerta se abrió. Subí un tramo de escaleras y me di cuenta de que alguien se había tomado muchas molestias en ocultar cuatro cámaras de circuito cerrado que vigilaban la entrada. Preocupado por la mafia rusa, supuse.

Giré para tomar un pasillo, y, sólo cuando mis ojos se hubieron adaptado a la oscuridad, acerté a verlo: Battleboi estaba de pie, al fondo, en el quicio de la típica puerta de acero que sería el orgullo de un fumadero de crack. Lo más sorprendente de él no era su envergadura —aunque debía de pesar unos doscientos kilos—, sino que iba vestido como un daimio japonés de la Edad Media. «Un *cracker* samurái de primera clase», pensé enseguida.

Llevaba puesto un kimono de seda impresionante por lo caro, y unos tradicionales calcetines japoneses de color blanco abiertos por delante para hacer sitio al dedo gordo. Tenía el pelo negro, engominado y peinado hacia atrás en un moño alto. Si alguien necesita alguna vez un luchador de sumo hispano, yo conozco uno. Hizo una ligera reverencia, que era el mínimo de la buena educación —en ese momento imaginé que no le caía demasiado bien nuestro amigo mutuo del piso veintitrés—, y se apartó a un lado para dejarme pasar.

Cierto es que sus dominios feudales sólo se extendían a cuatro habitaciones que daban a una calle lateral, pero los suelos estaban cubiertos de hermosos tatamis, los espacios estaban separados por biombos *shoji* y en una pared había una pintura antigua del monte Fuji que, según mis cálculos, debía de haberle costado por lo menos veinte mil de sus archivos más caros.

Nada más cruzar el umbral, a punto estuve de causar un desastre social, pero en el último momento caí en la cuenta de que se esperaba de mí que me quitase los zapatos y me pusiera uno de los pares de sandalias que tenía para los invitados. Mientras desataba mis botas de bárbaro, le pregunté con qué nombre debía dirigirme a él.

Me miró con gesto inexpresivo.

—¿A qué se refiere...? ¿No se lo han dicho?

—Bueno, sí, claro que me lo han dicho —respondí—. Pero no me parece apropiado llamar a alguien Battleboi a la cara.

Él se encogió de hombros.

—Eso no me preocupa, gilipollas —replicó.

Y se dirigió hacia un par de cojines que había en el suelo.

—El subdirector me ha dicho que estás colaborando con él —observé, como si yo estuviera allí con la completa autoridad del jefe.

Battleboi me miró con desprecio, pero no lo negó.

—¿Qué es lo que quiere?

Nos sentamos con las piernas cruzadas, y le expliqué lo de borrar toda referencia a Scott Murdoch de las bases de datos que tenían las asociaciones de antiguos alumnos de los centros donde había estudiado. Me pareció un punto tan bueno como cualquier otro por el que empezar.

Battleboi me preguntó quién era Murdoch, y le respondí que no lo sabía.

—Se ha tomado la decisión de eliminar su pasado, eso es lo único que debe preocuparnos.

Acto seguido, me preguntó la fecha de nacimiento de Murdoch, los detalles de las asociaciones de antiguos alumnos y otra serie de datos para cerciorarse de que no se equivocaba de persona. Después de que le hubiera respondido a todo, se ajustó el kimono y dijo que comenzaríamos al cabo de cinco minutos.

—*Cha, neh?* —ofreció con naturalidad, pero yo leí entre líneas: se suponía que debería haber puesto cara de no entender y sentirme inferior, pero, sinceramente, no estaba de humor.

Rebusqué en mi memoria y recordé un verano de hace muchos años. Me encontraba en una playa empapada en sangre, rodeado por una multitud de decapitaciones y decenas de samuráis que llevaban a cabo el suicidio ritual. Dicho de otro modo, había pasado las vacaciones leyendo *Shogun*. De todas aquellas épicas páginas, recordaba unas pocas frases cruciales: la palabra *cha* significaba «té».

—*Hai, domo* —respondí, esperando que no me fallase la memoria y que estuviera diciendo «Sí, gracias», y no «Que te jodan».

Debí de acertar.

—¿Habla japonés? —me preguntó Battleboi con una mezcla de asombro y respeto.

—Oh, sólo un poco —repuse con modestia.

Dio una palmada, y uno de los biombos se abrió. Entró una esbelta chica hispana, vestida con un kimono de seda roja, e hizo una reverencia, lo cual suscitó en mí una pregunta que lleva ocupando la mente de los grandes filósofos desde tiempos inmemoriales: ¿cómo es que los tipos poco atractivos casi siempre consiguen a las tías más buenas?

La chica era un par de años más joven que él, y tenía los ojos grandes y una boca sensual. Si uno la observaba con más atención, quedaba claro que había hecho una adaptación libre del kimono tradicional, porque lo llevaba mucho más ceñido a las caderas y a los pechos de lo que se vería nunca en Tokio. A fin de facilitar los movimientos, le había hecho un corte por detrás que iba desde el dobladillo hasta el muslo, y al moverse por la habitación se hizo evidente, por la manera en que la tela se arrugaba y se pegaba a su cuerpo, que no tenía que preocuparse por que se le marcasen el borde de las bragas o los tirantes del sujetador. No llevaba ni lo uno ni lo otro. El efecto global era al mismo tiempo atrayente y demencial.

—¿Té? —preguntó.

Asentí con la cabeza, y Battleboi me la presentó:

—Ella es Rachel-san.

La chica me miró brevemente y me dedicó una levísima sonrisa.

«¿Battleboi? ¿Rachel-san? ¿El Japón Antiguo encima de un Walgreens?» Con independencia de lo que había dicho el del FBI acerca de sus habilidades, yo no tenía muchas esperanzas; me daba la impresión de que estaba tratando con un par de ejemplares de psiquiátrico.

Tres horas más tarde, me vi obligado a revisar drásticamente mi opinión. Lorenzo —por lo menos así lo llamó Rachel en una ocasión— no sólo había conseguido borrar todas las referencias a mi persona que existían en los registros de la asociación de antiguos alumnos, además dijo que podía hacer lo mismo con las bases de datos de la Caulfield Academy y de Harvard, que eran mucho más complejas.

—¿Puedes suprimir todo un registro académico y de asistencia a clases? —le pregunté—. ¿Podrías conseguir que pareciera que Scott Murdoch jamás fue alumno de Caulfield ni de Harvard?

—¿Por qué no? —rió él—. Actualmente hay tanta gente en este puto planeta que no somos más que eso: frases de código en un disco duro. Si se eliminan esas frases ya no existimos, y si se ponen somos alguien. ¿Que quiere un cargo de profesor? No tiene más que decirme de qué universidad. ¿Que necesita cien millones de pavos? Espere a que manipule un pequeño código binario. A propósito, puede llamarme Dios, si quiere.

—Gracias, pero ya ha empezado a gustarme el nombre de Battleboi —repliqué con una sonrisa.

Poco después, estaba enviando el último de los logros académicos del doctor Murdoch al vacío electrónico.

—Es una lástima —comentó—, tanto estudiar, para desaparecer así.

Había poca cosa que yo pudiera decir; estaba demasiado desbordado por los recuerdos, sobre todo los de mi padre adoptivo. Bill se había desplazado hasta Boston en su viejo Ferrari, fue la única persona que asistió a mi graduación.

Una vez que Lorenzo tuvo la seguridad de no haber dejado ningún rastro de su acceso a las distintas bases de datos, le hablé del punto siguiente de mi lista: la información que debía eliminar de los sistemas públicos y de los anuncios de empleo.

—¿De cuántas entradas estamos hablando? —quiso saber.

—Un par de cientos, probablemente más.

A juzgar por la expresión de su cara, cabría pensar que acababa de invitarlo a que se hiciera el harakiri.

—A ver si lo adivino... Esto es urgente, ¿a que sí? —Pero no esperó a que yo le contestara, ya sabía la respuesta—. ¿Dispone usted de una copia de esos anuncios o tenemos que buscarlos nosotros mismos?

Titubeé. Ben Bradley y su mujer tenían toda la información, pero eran los últimos a los que me apetecía recurrir.

—Debería pensarlo un poco —contesté.

—Si tenemos que partir de cero, podríamos tardar meses. Ya me dirá qué es lo que decide finalmente —me dijo, y empezó a desconectar la unidad de discos duros.

Cuando me acompañó a la puerta, ya se había relajado lo suficiente como para charlar un poco de cosas triviales.

—Llevo tres años estudiando japonés, vaya idioma más difícil, ¿eh? ¿Dónde lo ha aprendido usted?

—Viendo *Shogun* —respondí sin más.

Cuando se recuperó de la sorpresa, he de decir que se lo tomó con muy buen humor. Aquella montaña de carne se sacudió mientras se reía de su credulidad, y al observar aquella expresividad en los ojos y aquella generosidad de espíritu, intuí qué fue lo que Rachel pudo ver en él al principio.

—Mierda —dijo al tiempo que se enjugaba las lágrimas—, y pensar que acabo de pasar seis horas sintiéndome un inepto, ha sido como estar otra vez en el instituto.

Envalentonado por el hecho de habernos reído juntos, empezó a hacerme preguntas mientras yo volvía a ponerme las botas:

—¿Qué es exactamente lo que hace usted en el FBI?

—Yo no... Es complicado; supongo que podría decirse que antes era como un compañero de viaje para ellos, eso es todo.

—¿Es usted Scott Murdoch?

Me eché a reír.

—¿Tú crees que si me hubiera doctorado con esas notas iba a estar aquí sentado, hablando contigo? —Acerté con el tono justo de resentimiento y de humor. Soy un embustero fantástico cuando es necesario.

—Pues, sea quien sea, debe de ser muy amigo de los del piso veintitrés.

—La verdad es que no. ¿Por qué?

—Esperaba que usted pudiera hablar con el subdirector y decirle que me rebajara un poco los cargos.

—Tengo entendido que, si continúas colaborando, es posible que los cargos desaparezcan.

—Ya, claro. —Rió con rencor—. Por eso han creado una división especial para la ciberdelincuencia. Es su mundo nuevo, y me imagino que me exprimirán para que les entregue todo lo que tengo y después me darán una patada en el culo. Ya sabe, por poner un ejemplo.

Negué con un gesto y le dije que estaba paranoico, que ellos no funcionaban así. Pero, naturalmente, estaba en lo cierto. Unos meses después lo bombardearon con todos los cargos que pudieron encontrar, y le ofrecieron un acuerdo que no era acuerdo en absoluto. Al final, incapaz de pagarse más abogados —incluso había tenido que vender su amado cuadro del monte Fuji—, se vio obligado a firmarlo. Quince años en la prisión de Leavenworth fue todo lo que consiguió.

Y habría languidecido allí, prácticamente olvidado, si no hubiera sido porque, en una aterradora avalancha de acontecimientos, la búsqueda del Sarraceno entró en un desesperante punto muerto.

14

El Sarraceno llegó a la frontera de Siria justo antes de la hora de almorzar. Se apeó del autobús de Beirut con un maletín de médico de cuero en una mano y una maleta corriente en la otra, dispuesto a llevar a cabo un plan extraordinario.

Hacía cinco años que se había graduado en Medicina con matrícula de honor, y aquéllos fueron los años perdidos, los años del hambre. Tardé mucho tiempo en armar el rompecabezas de los movimientos que realizó durante aquel período, pero había una cosa que quedaba fuera de toda duda: cuando se plantó ante el funcionario de inmigración sirio, ya había resuelto el acertijo que había estado obsesionándolo día y noche. Ya sabía cómo atacar a Estados Unidos.

Como era un médico que afirmaba dirigirse a los inmensos campos de refugiados a trabajar, no tuvo ninguna dificultad para que le sellaran el pasaporte libanés que presentó. Sorteó a los taxistas y a la variopinta muchedumbre que iba de un lado para otro, y al llegar a un aparcamiento lleno de basura dobló a la izquierda y buscó un autobús público que lo llevara hasta Damasco.

Ya en la estación central de autobuses de la capital siria, dejó sus dos maletas en el mostrador de la consigna, salió por una puerta lateral y empezó a andar. Estaba empeñado en dejar tan pocas pruebas como pudiera de sus movimientos, y por esa razón evitó tomar un taxi. Pasó más de una hora recorriendo calles polvorientas y barriadas cada vez más sórdidas; Damasco tiene casi dos millones de habitantes, quinientos mil de los cuales son refugiados palestinos que viven en la miseria.

Por fin, en la intersección de dos autopistas, halló lo que estaba buscando. Bajo aquellos pasos elevados había una tierra de nadie, un bosque petrificado de pilotes de hormigón ennegrecidos por los tubos de escape de gasóleo. La zona estaba decorada con luces de colores, banderas lacias y citas del Corán que daban testimonio del amor a la verdad de los propietarios. Era un mercado de coches de segunda mano.

Allí, en el extremo inferior de la cadena alimentaria de la industria del automóvil, el Sarraceno escogió un vetusto Nissan Sunny. Mientras el vendedor elogiaba la agudeza de un hombre que había sabido no fijarse en el óxido y haber encontrado el diamante que aguardaba en el fango, el Sarraceno pagó en efectivo. Añadió otras cinco libras sirias para prescindir de la documentación de la transferencia, y puso rumbo al sol poniente. Aquel coche quemaba más aceite que gasolina, pero al Sarraceno no le importó: el transporte era tan sólo la segunda utilidad que iba a darle a aquel vehículo: la principal era el alojamiento. Sabía que incluso en los hoteles baratos la gente recordaba demasiado, de modo que pasó tres horas circulando por la ciudad antes de dar con una zona aislada en la parte de atrás del aparcamiento de un supermercado y fijar allí su residencia.

A lo largo de las semanas siguientes, fue recopilando el material que necesitaba para la tarea que tenía por delante, y mandó a la mierda la higiene personal. Empezó a llevar la ropa cada vez más mugrienta, y aunque esto podría haber ido en contra de las normas que él mismo se imponía, no tuvo más remedio que aceptarlo, porque su plan dependía de que proyectara la imagen perfecta de un vagabundo. Por último, después de inspeccionar con detenimiento el campo de batalla, consideró que estaba preparado.

En las afueras de Damasco había un edificio de cristal y hormigón, de cuatro plantas, que se alzaba prácticamente en solitario. El letrero de la fachada indicaba que se trataba del «Instituto Sirio de Medicina Avanzada», pero no estaba del todo claro cuál era su propósito. Nadie recordaba la última vez que los líderes del país habían acudido a recibir tratamiento médico a otro lugar que no fueran las clínicas privadas de París y de Londres.

Como a la inteligencia occidental le preocupaba que aquel edificio se estuviera utilizando para la investigación nuclear o biológica, uno de los ocho satélites norteamericanos que patrullaban Oriente Próximo tenía aquel instituto constantemente vigilado. Fotografiaba caras en las ventanas, grababa todas las entregas y hacía un seguimiento de la naturaleza química de las emisiones; sin embargo, por desgracia no tomaba fotos de las inmediaciones. Por eso no había imágenes de aquel vagabundo que, según un informe que emitió tiempo después la policía secreta siria, llegó hecho un auténtico desastre.

Un viernes por la tarde, un guardia de seguridad que pasaba por la zona ajardinada que había detrás del edificio vio una vieja lona alquitranada tendida entre dos palmeras. Bajo su sombra quedaba resguardada una boca de riego para las plantas. Unos días después, aparecieron también un hornillo pequeño, una bombona de gas de segunda mano y una maltrecha nevera portátil. Aun así, las decenas de personas que pasaban por allí provenientes del aparcamiento que había frente al instituto continuaban sin haber visto nunca al ocupante de aquel pequeño campamento, ni siquiera cuando aparecieron un manoseado ejemplar del Corán de encuadernación antigua y dos mantas deshilachadas.

Para entonces, ya era demasiado tarde para hacer nada: acababa de empezar el Ramadán, el noveno mes del calendario islámico, y con mucho el más sagrado de todos. El libro santo que descansaba sobre la manta actuó como mudo recordatorio de que el islam ordenaba socorrer a los vagabundos, los viajeros y los pobres. ¿Qué verdadero creyente expulsaría de allí a un vagabundo durante el Ramadán?

Fue sólo entonces cuando, protegido por su religión, apareció el Sarraceno. Dejó el Nissan abandonado en el aparcamiento del supermercado, emergió a pie entre los resecos matorrales y se instaló bajo la lona como si aquél fuera su lugar natural. Estoy seguro de que eso era exactamente lo que tenía planeado. Sucio y desaliñado, con barba de varios días y vestido con el anónimo atuendo de túnica y turbante de los miles y miles de refugiados palestinos, abrió la boca de riego para coger un poco de agua para beber y empezó a leer el Corán.

A las horas señaladas, llenaba el recipiente, llevaba a cabo las abluciones que preceden a los cinco rezos diarios y orientaba su esterilla de oración hacia un punto que podía ser La Meca o el cuarto de aseo de los guardias de seguridad, dependiendo, supongo, de la visión que tenga uno del mundo.

Nadie se quejó de su presencia, de modo que el primer obstáculo ya se había superado. A la mañana siguiente, se puso a trabajar: lavaba las ventanillas de los automóviles aparcados, barría la basura y, en general, actuaba como guardián del Aparcamiento Al Abá Número Tres. Al igual que la mayoría de los refugiados, nunca pedía dinero, pero sí dejaba un plato sobre la acera, sólo por si acaso alguien sentía la súbita necesidad de cumplir con la obligación de ser caritativo.

Se mirase como se mirase, su plan era brillante. Varias semanas después, cuando se encontró cerca de un vertedero el cadáver mutilado de uno de los altos cargos del instituto, los edificios aledaños del centro de investigación se vieron inundados de policías y agentes de inteligencia sirios, y por fin se empezó a hablar de aquel vagabundo y se intentó hacer un retrato robot de él. Todos los que fueron interrogados coincidieron en lo mismo: aproximadamente un metro ochenta de estatura, barba poblada y... bueno, y no mucho más.

En el mundo del espionaje, se llama «leyenda» al disfraz y la historia personal que uno se inventa para ocultar su verdadera personalidad. El desharrapado guardián del Aparcamiento Al Abá Número Tres —un saudí licenciado en Medicina por la Universidad de Beirut, héroe de la guerra de Afganistán— se había fabricado una leyenda de refugiado palestino tan eficaz que lo había vuelto prácticamente invisible. Si aquello lo hubiera hecho un profesional habría significado un logro importante, pero para un aficionado que carecía de recursos y de entrenamiento era algo extraordinario.

Una semana después de su llegada, el Sarraceno estableció la costumbre de pasar las horas más calurosas del día agazapado con su Corán en un bosquecillo de palmeras próximo a la entrada principal del edificio, aprovechando la brisa fresca que salía de un conducto defectuoso del aire acondicionado. La gente sonreía al contemplar aquella muestra de ingenio, pero lo cierto era que a él le daba lo mismo el calor: en los abrasadores veranos que pasó en Afganistán, había vivido en uno de los círculos del infierno, así que el otoño de Damasco no le preocupaba. En realidad, la zona situada bajo el conducto del aire acondicionado le permitía ver, a través de una pared de cristal, cuáles eran exactamente los procedimientos de seguridad que se aplicaban a todo el que entraba en el edificio. Cuando ya estuvo convencido de haberlos entendido, empezó a sopesar —y no sólo en un sentido figurado— a las personas que trabajaban allí.

El subdirector del instituto era siempre de los últimos en marcharse. Tenía cincuenta y tantos años, se llamaba Bashar Tlass, estaba emparentado con la élite que gobernaba en Siria, había sido un miembro destacado de la policía secreta y, lamento decirlo, era un pedazo de escoria sin paliativos. Pero ni su elevado puesto ni el hecho de que fuera ingeniero químico, ni su amor por el garrote durante el período que estuvo en la policía secreta tuvieron nada que ver con el motivo por el que resultó elegido. Habría supuesto una gran sorpresa para todo el mundo, incluido el propio Tlass, que la razón de que lo mataran fueran sus noventa kilos de peso, o por lo menos eso le calculó el médico que estaba sentado entre las palmeras.

Una vez identificado su objetivo, lo único que tuvo que hacer el Sarraceno fue esperar. En todo el mundo musulmán, los treinta días de ayuno, oración y abstinencia sexual del Ramadán finalizan con una explosión de banquetes, regalos y hospitalidad denominada Eid al Fitr. La noche anterior a la fiesta del Eid, casi todos salen temprano de trabajar para preparar el ritual de la oración del alba, a la que sigue un día entero de tremendas comilonas.

Damasco no era diferente, de modo que, hacia las cuatro de la tarde, los bancos y las oficinas ya habían cerrado, igual que las tiendas, y las calles se veían cada vez más desiertas. Tlass salió por la puerta principal del instituto y oyó a su espalda el trajín de los guardias de seguridad, que estaban activando los cierres electrónicos en sus consolas. Aquello quería decir que el edificio estaba ya completamente vacío, y supo, como sabía todo el mundo, que en cuanto lo perdieran de vista los guardias activarían el resto del sistema y se irían a sus casas a ocuparse de los preparativos para la fiesta.

Años atrás, el subdirector había intentado que los guardias continuasen trabajando durante el Eid, pero se topó con tal oposición, entre otras, la de los imanes de las mezquitas a las que pertenecían aquellos empleados, que todo el mundo prefirió dar marcha atrás, cerrar los ojos y alegar ignorancia. Y en cualquier caso, nadie sabía mejor que Tlass que aquel país constituía un Estado policial. ¿Quién iba a cometer la necedad de intentar allanar un edificio del gobierno?

La respuesta a esta pregunta la obtuvo unos minutos más tarde, cuando bajaba por el sendero que discurría entre los jardines para ir a buscar su coche. Los pocos edificios que había alrededor y los aparcamientos estaban desiertos, por eso se alarmó un poco cuando, al doblar un recodo y encontrarse momentáneamente rodeado por palmeras y setos, oyó un movimiento a su espalda. Se volvió... y estuvo a punto de sonreír cuando se dio cuenta de que se trataba de aquel palestino estúpido que siempre insistía en lavarle el parabrisas del todoterreno, aunque él nunca le había echado ni una miserable piastra en el plato.

El vagabundo pensó que en aquella ocasión lo tenía acorralado. Iba hacia él inclinándose constantemente, con el plato en la mano para que le diera dinero, al tiempo que murmuraba el saludo tradicional:

—*Eid mubarak.*

Tlass lo saludó a su vez, tal como mandaba la tradición, pero en vez de darle algo apartó el plato hacia un lado y continuó andando por el sendero.

De pronto, el brazo del Sarraceno salió disparado, salvó la corta distancia que había entre ambos y, en un instante borroso, se cerró en torno al cuello de Tlass, una maniobra que lo sobresaltó y, al mismo tiempo, le cortó la respiración.

Lo primero que pensó el subdirector, impulsado por la furia, fue que de ninguna manera iba a permitir que le robase: si el refugiado quería dinero, tendría que matarlo para conseguirlo. Además, ¿cómo era posible que un pordiosero que vivía sólo de la basura tuviera tanta fuerza?

Tlass ya estaba luchando por respirar, y, mientras rebuscaba desesperadamente en su memoria el movimiento de combate cuerpo a cuerpo que sirve para contrarrestar una llave de asfixia para ponerlo en práctica, sintió un afilado dolor en la base del cuello. Cegado por el calor que le produjo, habría gritado si hubiera tenido aire suficiente. De inmediato supo que no había sido un cuchillo, porque en tal caso le habría rajado el cuello y habría notado la sensación tibia de la sangre por todo el pecho. Apenas había empezado a dar forma a aquel pensamiento, cuando de pronto sintió cómo en el músculo del cuello una bola de fuego se filtraba en su torrente sanguíneo.

El dolor hizo que se tambaleara, pero esta vez supo de qué se trataba: una jeringuilla cuyo émbolo había sido empujado con fuerza. Dadas las circunstancias, fue toda una proeza llegar a semejante razonamiento, y además con tanto acierto. Aterrorizado y confuso, el subdirector supo que debía darse prisa en pedir socorro, pero la sustancia que estaba inundando su organismo impidió que los músculos de su boca fueran capaces de articular las palabras que estaba gritando en su cabeza.

La sustancia química llegó a sus extremidades, y comprendió con rabia que ya nada podía detenerla. Vio cómo las llaves del coche caían de su mano, que ahora le parecía una masa de gelatina ajena a su cuerpo. Los dedos de su agresor se movieron como el rayo y las atraparon en el aire, y aquel detalle, más que ninguna otra cosa, le indicó a Tlass que estaba en manos de todo un maestro.

15

A Tlass se le doblaron las rodillas. El Sarraceno lo sostuvo antes de que se desplomara y lo llevó medio a rastras hacia su vehículo, un todoterreno negro de marca estadounidense, el mismo cuyo parabrisas había lavado tantas veces. Sin embargo, a mitad de camino se detuvo.

Propinó una bofetada a su víctima y vio que los ojos del prisionero relucían de dolor y de furia.

Cuando preparaba aquella parte de su plan, una de sus mayores preocupaciones había sido que los sedantes intravenosos que se recuperaban de un cadáver pudieran contener algún marcador químico que permitiera relacionarlos con un número de lote. Dicho número conduciría hasta el hospital regional libanés en el que había estado trabajando él, y unos investigadores diligentes —un equipo de la policía secreta siria, por ejemplo— no tardarían mucho en examinar la lista de empleados y descubrir que él se encontraba presuntamente de vacaciones durante el período en cuestión.

Por suerte, en Beirut había suficientes asnos de tiro como para que se hubiera desarrollado un mercado de productos veterinarios, bien surtido y con escasos controles. Así que lo que ahora circulaba por el organismo de Tlass era un sedante para caballos imposible de rastrear, y el Sarraceno sólo tuvo que preocuparse de haber calculado correctamente la dosis: debía ser suficiente para inhibir el control muscular, pero no tan alta como para que la víctima acabara perdiendo el conocimiento. Si los ojos del subdirector se enturbiaban, su prisionero dejaría de serle de utilidad, de modo que, pasara lo que pasase, tenía que seguir estando consciente.

¡Plas! El Sarraceno lo abofeteó de nuevo para asegurarse y después continuó tirando de él en dirección al coche. Tal como había visto hacer a Tlass las veces que le había lavado el parabrisas, pulsó el botón de la llave que servía para desbloquear las puertas, abrió la trasera y metió allí al prisionero.

El interior del vehículo era como una cueva. En todos los países de calor sofocante que se extienden desde el Mediterráneo hasta pasado el golfo Pérsico existe una sola manera infalible de distinguir a la persona que tiene *wasta* de quien no la tiene. El término en la jerga es *majfí*, que significa «tinte», es decir, la capa de tintura que se aplica a las lunas de los automóviles para protegerlos del sol. Por ley está restringida al quince por ciento, pero cuanta más *wasta* se tiene, más *majfí* se consigue.

Tlass tenía muchos contactos e influencia, ciertamente, así que las ventanillas de su Cadillac estaban tintadas en un intimidante ochenta por ciento, con lo cual el habitáculo era casi un lugar privado, ideal para lo que estaba a punto de suceder allí dentro. El Sarraceno subió al coche detrás de su prisionero, cerró la puerta de golpe, se trasladó al asiento del conductor, giró la llave hasta la posición de encendido y arrancó el motor. No pensaba ir a ninguna parte, pero necesitaba que el aire acondicionado expulsara el aire tan frío como fuera posible. Accionó el interruptor que servía para abatir los asientos traseros y observó cómo iba descendiendo la banqueta, hasta que el subdirector quedó tumbado sobre una plataforma plana igual que un atún en la cubierta de un barco.

Siguiendo la coreografía que llevaba semanas preparando, se sacó del bolsillo varios rollos de cinta aislante y se trasladó a la plataforma trasera. Tlass, mudo y aterrorizado, contempló cómo el maestro lo agarraba por las muñecas y se las sujetaba a los asideros de las puertas. De aquel modo, quedó tumbado boca arriba y con los brazos abiertos. Justo en la misma posición en que él había colocado una vez a una prisionera desnuda para «interrogarla». Le causó un gran placer, pero sólo hasta que ella acabó estando demasiado agotada para gritar y él, aburrido, le aplicó el garrote.

Acto seguido, el maestro le sujetó los pies, los muslos y el pecho, y se cercioró de que no pudiera moverse. Sin embargo, lo más extraño de todo sucedió a continuación: aquel hombre le sujetó la frente y la barbilla al reposacabezas, para que la cabeza le quedase igual de inmóvil que si estuviera aprisionada bajo una prensa. Tlass intentó hablar, quería saber qué diablos estaba haciendo su captor; al fin y al cabo, uno no podía escapar utilizando sólo la cabeza. Pero sus labios, de los que colgaba un hilo de saliva, no consiguieron articular palabra alguna.

El Sarraceno vio con serena satisfacción los esfuerzos que hacía para hablar y observó cómo movía los ojos de un lado para otro, aterrorizado. Estaba seguro de haber acertado con la dosis del sedante. Y en cuanto tuvo la certeza de que el subdirector, con los brazos y las piernas extendidos, era incapaz de moverse, abrió la puerta trasera, verificó que no había nadie en los alrededores, se apeó del coche y fue corriendo hacia su «campamento».

Con un movimiento rápido, arrancó la lona alquitranada de sus sujeciones y amontonó encima el hornillo y los demás objetos, para no dejar nada que pudiera ayudar a los analistas forenses. Luego ató la lona formando un hatillo, se lo echó al hombro y recogió la vieja nevera portátil, que ya había preparado cuidadosamente aquel mismo día como si estuviera disponiéndose a celebrar alguna estrambótica merienda al aire libre.

Lo último que había guardado dentro era lo que más le había costado conseguir: una barra grande de hielo. Había pasado varias semanas pensando cómo hacerse con ella, pero cuando dio con la solución resultó de lo más simple: le pidió al más amable de los guardias de seguridad, el mismo que le había contado que ellos tenían la costumbre de desaparecer cuando llegaba la fiesta del Eid, que lo ayudase a mantener fríos unos refrescos que iba a utilizar para su celebración particular.

—¿Sería posible conseguir un poco de hielo del frigorífico de la cocina de los empleados? —le preguntó al guardia, y el buen musulmán le había hecho el favor unas horas antes.

«*Eid mubarak*», se dijeron el uno al otro mientras el Sarraceno guardaba el hielo, sí, pero encima de dos recipientes pequeños de plástico, algunos restos de comida y varias botellas de refrescos que, en realidad, sólo servían para esconder lo más importante: el verdadero contenido de las botellas, el resto del equipo de especialista que necesitaba, estaba oculto en un compartimento disimulado que había en el fondo.

Con la nevera portátil bajo el brazo y el hatillo a la espalda, echó a correr hacia el todoterreno. Tlass oyó que se abría la puerta trasera y miró hacia allí con ansiedad. El Sarraceno estaba cargando sus cosas, después subió al coche y cerró de golpe. Con gestos que no presagiaban nada bueno, el maestro alargó una mano y apretó un interruptor que activaba el bloqueo central de puertas. Así quedaban aislados del exterior.

A continuación, vació los bolsillos al subdirector: dejó a un lado el teléfono móvil, abrió la billetera, ignoró el dinero y las tarjetas de crédito, y por fin encontró exactamente lo que necesitaba: la tarjeta encriptada de identificación. Sintiéndose más seguro a cada momento que pasaba, se puso de rodillas, se situó junto a la cabeza de su prisionero y quitó la tapa de la nevera. Después sacó la comida y soltó el pestillo para retirar el falso fondo. Del compartimento oculto extrajo una gruesa bolsa de plástico atada con un cordel y la depositó a su lado. Seguidamente, empezó a llenar con hielo los dos recipientes de plástico.

Por la forma serena y metódica con que hacía todas aquellas cosas Tlass llegó a una conclusión. «¡El muy cabrón es médico!», exclamó dentro de su cabeza, que en aquel momento era el único sitio en el que podía hablar.

Sus ojos se movieron frenéticos a un lado y a otro, aquella revelación lo había aterrorizado más de lo que hubiera creído posible. ¿Qué clase de cerdo pervertido, con tantos estudios y una buena carrera profesional por delante siempre que no se metiera en problemas, iba a estar barriendo y limpiando lunas en un aparcamiento?

Alguien que tuviera un plan, fue la respuesta que se dio a sí mismo de inmediato. Y, según su experiencia, los hombres que tenían un plan solían ser fanáticos, personas con las que no se podía razonar, ¡aunque uno consiguiera ordenar a sus músculos que pronunciasen aquello que necesitaba decir!

El médico sacó un par de guantes quirúrgicos del compartimento secreto. Aquel gesto sumió al subdirector en un pánico aún más intenso. «¡¿Para qué son esos guantes?!», quiso gritar.

El médico pareció entender su pregunta y la contestó de inmediato. Si las circunstancias fueran otras, incluso habría correspondido darle las gracias por la amabilidad con que trataba al paciente.

—Voy a sacarte los ojos —le dijo.

16

«¡¿Qué ha dicho?! —gritó Tlass para sus adentros— ¡¿Qué ha dicho de mis ojos este cabrón?!»

El Sarraceno vio el pánico en el fondo de aquellos globos oculares. La verdad era que no tenía ningún interés en explicar al subdirector lo que se disponía a hacer, pero necesitaba que el miedo provocase una descarga de adrenalina para que las pupilas se dilatasen y los ojos se llenasen de sangre. Cuanta más sangre tuvieran dentro, más tiempo conservarían la apariencia de estar vivos una vez que se hubieran extraído.

—No te conozco —dijo el Sarraceno—, de modo que esto no es nada personal.

Pero sí lo conocía, naturalmente. Sabía que aquel tipo era igual que los hombres que tuvieron encerrado a su padre en una celda de Yeda, tantos años atrás.

«¡¿Que no es nada personal?!», vociferó Tlass dentro de su cabeza. Había acertado, aquel tipo era un fanático, porque aquello era lo que decían siempre los fanáticos. Intentó recurrir a las últimas reservas de fuerza que le quedaban, al último gramo de energía, y ordenó a sus músculos que actuasen. Hizo un esfuerzo para sacudirse y liberarse de sus ataduras. El Sarraceno captó un levísimo movimiento que provocó una vibración en el cuerpo de su víctima. Era una pena, la verdad.

Los ojos de Tlass se llenaron de lágrimas, lágrimas de miedo, de frustración, de odio. El Sarraceno cogió la bolsa, desató el cordel que la rodeaba y la desenrolló para mostrar todo su contenido. Era un equipo quirúrgico, y se alegró de que el subdirector lo viera. Otra subida de adrenalina y de miedo, esperaba. De uno de los bolsillos de la bolsa sacó un escalpelo de acero de diez centímetros. Tlass lo miró fijamente. ¿Aquello era un puto escalpelo? ¡Tenía que hacer algo! ¡Lo que fuera! Y allí estaba el subidón... advirtió con satisfacción el Sarraceno.

—Me parece que voy a empezar por el ojo derecho —anunció.

De repente, Tlass, dominando hasta el último nervio de su incapacitado cuerpo, consiguió hablar.

—No... —articuló en un susurro ahogado.

Si el Sarraceno le oyó, desde luego no dio muestras de ello.

—Extraer los ojos es una operación relativamente fácil —dijo con toda calma al tiempo que cerraba los dedos en torno al mango del instrumento.

Tlass comenzó a escalar por una pared de negro terror y desesperación cuando vio cómo se iba aproximando el escalpelo a esa parte del cuerpo que muchas personas consideran la más vulnerable. La hoja se veía enorme sobre su ojo derecho cuando el médico le separó los párpados con el dedo índice y el pulgar. Con un movimiento diestro, empezó a cortarlos.

—Técnicamente hablando, se denomina «enucleación» —dijo el Sarraceno amablemente.

Tlass sintió que iba a vomitar, y es que quería vomitar; cualquier cosa con tal de frenar a aquel loco.

La sangre empezó a brotar y le bloqueó a medias la visión del ojo derecho. Notaba el dedo pulgar de aquel fanático maniobrando entre el puente de la nariz y un costado del ojo. El Sarraceno estaba empujando el globo ocular hacia un lado para buscar los músculos orbitales que lo sujetaban dentro de la cuenca, ¡y estaba cortándolos!

Tlass se ahogaba en sucesivas oleadas de dolor, pero aún podía ver por el ojo que le estaban extrayendo. ¡Ja, no iba a funcionar! El Sarraceno localizó el último músculo, el nervio óptico y los vasos sanguíneos que lo rodeaban. También los cortó.

La mitad del universo visible del subdirector se esfumó instantáneamente, hundido en un agujero negro. El globo ocular salió de su cuenca.

A partir de ahí, el Sarraceno tuvo que trabajar deprisa: hizo una ligadura en los vasos sanguíneos del globo que acababa de extraer, procurando que quedara dentro tanta sangre como fuera posible, y lo introdujo de inmediato en el hielo para ralentizar su deterioro. Por esa misma razón tenía puesto el aire acondicionado a toda potencia. Acto seguido, centró toda su atención en el ojo izquierdo y, aunque con el derecho había trabajado rápidamente, esta vez aún trabajó más deprisa.

Tlass perdió la otra mitad del universo en cuestión de segundos. El dolor era tan intenso que apenas estaba consciente para darse cuenta de que se había quedado ciego del todo.

El Sarraceno desbloqueó las puertas del Cadillac, cruzó el aparcamiento a la carrera y se dirigió como una flecha a la entrada principal del instituto. En la mano llevaba firmemente sujetos dos recipientes con hielo y con los ojos del subdirector.

Pero aquélla era tan sólo la primera parte del rompecabezas. El siguiente problema era el asunto del peso.

17

La tarjeta encriptada de identificación que había tomado de la billetera de Tlass cumplió su misión al instante, y las puertas del instituto se abrieron solas.

Aunque el mostrador de los guardias de seguridad estaba vacío y el edificio desierto, los detectores de metal continuaban funcionando. Pasó por ellos sin dificultad, puesto que horas antes se había quitado el reloj de pulsera y se había sacado todo lo que llevaba en los bolsillos. Dio seis pasos más y se detuvo.

Frente a él se abría un estrecho pasillo con una puerta de acero automática al fondo. Era el único camino que podía tomar. Y entre la puerta y él, el suelo consistía en un largo panel metálico.

A través de los amplios ventanales de cristal, mientras supuestamente aprovechaba el aire que salía por el conducto de refrigeración roto, había desvelado uno de los muchos secretos de aquel edificio: que el suelo escondía una báscula. Antes de pisarlo, había que pasar la tarjeta encriptada por otro lector. A continuación, un ordenador verificaba el nombre que figuraba en la tarjeta con una base de datos, en la que se había introducido el peso de la persona en cuestión.

Si no hubiera sido por esa precaución, el Sarraceno podía haber agarrado a Tlass por el cuello y haberlo obligado a entrar con él; pero el peso de dos hombres de unos noventa kilos cada uno habría hecho que el sistema cerrase el edificio.

Con los guantes quirúrgicos todavía puestos, pasó la tarjeta de identificación por el lector. Luego pisó la báscula sin tener idea de cuál era el margen de error con el que funcionaba aquel sistema, y esperando a medias que cayeran unas persianas de acero desde el techo y lo dejasen encerrado.

Pero no ocurrió nada, de modo que había acertado al calcular que el subdirector pesaba prácticamente lo mismo que él. A continuación, había que abordar el siguiente obstáculo: el escáner de retina. Depositó los recipientes de plástico sobre una repisa y cogió un ojo con cada mano, fijándose en cuál era el derecho y cuál el izquierdo. Luego, sujetando aquellos resbaladizos globos oculares entre los dedos, los apretó con fuerza contra sus propios párpados, bien metidos en la órbita de los ojos. Sin ver nada, y apoyándose únicamente en la esperanza y la oración, se acercó al escáner que había en la pared.

Sabía que llevar los guantes puestos no era problema, porque aquel sistema estaba diseñado para ignorar tanto el plástico como las monturas metálicas de las gafas, las lentes de contacto, el maquillaje y cualquier otro pequeño obstáculo. Al sistema tan sólo le interesaba un detalle: los vasos sanguíneos que había en la membrana posterior del ojo, cuya disposición es única entre los seis mil millones de habitantes que hay en la tierra, incluso entre los hermanos gemelos.

El fabricante afirmaba que era imposible engañar a la tecnología, y si bien era cierto que las retinas de los muertos degeneraban muy rápidamente, la verdadera cuestión radicaba en si los ojos extraídos a una persona viva menos de tres minutos antes contenían suficiente sangre para convencer al programa de que quien estaba de pie ante él era Bashar Tlass. El Sarraceno no tenía forma de saber la respuesta a aquella cuestión, y probablemente tampoco la tuviera nadie; la verdad es que no se habían presentado voluntarios para comprobarlo.

Como resultado de sus observaciones, el Sarraceno sabía que la mayoría de quienes pasaban por aquel escáner mantenían aquella posición unos dos segundos, así que se obligó a contar hasta tres y después se apartó. Dejó de nuevo los ojos en el hielo y se volvió hacia la puerta metálica que había al fondo. Empezó a contar de nuevo: la puerta tardaba como máximo cuatro segundos en abrirse.

Cuando llegó a seis, supo que iba a tener que salir inmediatamente de allí. Su estrategia para abortar la operación consistía en escapar destrozando uno de aquellos ventanales de cristal, pues daba por sentado que el sistema habría bloqueado las puertas. Una vez que estuviera fuera, llevaría el coche del subdirector hasta una zona situada cerca de un vertedero de basura que ya había explorado, acabaría con Tlass y recorrería a pie los treinta kilómetros que había hasta la estación central de autobuses. Acto seguido, tomaría el primero que se dirigiera a la frontera. Esperaba poder cruzarla antes de que la cerrasen.

Cuando llegó a ocho, comenzó a dar media vuelta. La satisfacción por haber sido capaz de planificar una operación como aquélla empezaba a transformarse en desprecio hacia sí mismo, y el miedo lo empujaba ya a prepararse para huir... cuando, de pronto, la puerta se abrió. Tenía vía libre.

El motivo de aquel retraso fue un misterio: tal vez algún sutil cambio en los ojos había confundido al sistema y lo había obligado a utilizar un algoritmo más complejo; o a lo mejor había tenido que reiniciarse del modo de espera en que lo habían programado para aquel día... pero al Sarraceno le dio igual.

Atravesó el pasillo, cruzó la puerta de acero y salió al amplio atrio, sin poder reprimir un sentimiento de euforia por el éxito de su incursión. Sin embargo, sus esperanzas se vinieron abajo muy pronto.

Debido a los altos muros, al alambre de espino y a las cámaras de seguridad, lo único que había visto bien de aquel centro de investigación era la fachada y el vestíbulo principal, de manera que había tenido que deducir el tamaño del edificio basándose tan sólo en aquella información. Pero estaba claro que sus cálculos eran erróneos. Había cometido un error grave, acaso fatal. Al entrar en el atrio se dio cuenta de que el edificio era enorme.

Tan sólo Alá sabía cuánto tiempo iba a tardar en encontrar lo que estaba buscando en un lugar tan grande, mientras fuera, en el mundo exterior, en un momento u otro, y probablemente muy pronto, empezarían a echar de menos a Tlass. Cuando sus amigos o familiares se dieran cuenta de que no cogía el teléfono de la oficina ni el móvil, sin duda irían a comprobar si su coche aún estaba en el aparcamiento.

El Sarraceno no supo calcular de cuánto tiempo disponía, era posible incluso que ya estuviera llegando alguien; pero sí sabía que tenía poco tiempo y que la tarea era inmensa. Como dice un proverbio turco: aquello iba a ser como cavar un pozo con una aguja.

Desarmado y totalmente a merced de cualquiera que pudiese sorprenderlo, echó a correr por el primero de los cinco anchos pasillos que se abrían ante él. Al llegar a una intersección torció a la derecha, pero tuvo que frenar en seco: un cristal blindado y un mostrador de seguridad vacío le cerraban el paso.

Dos guardias que vigilaban el instituto durante el fin de semana, y que compartieron un té con él justo después de que se instalara en los jardines del aparcamiento, mencionaron una medida especial de seguridad que había en las entrañas del edificio. Basándose en el modo en que la describieron, dedujo que se trataba de un aparato de retrodispersión de rayos X. Era imposible pasar algún objeto por él, porque lo dejaba a uno prácticamente desnudo, y además era capaz de valorar una amplia variedad de medidas corporales, como por ejemplo la longitud del fémur derecho o la distancia que había entre la nariz y el lóbulo de una oreja. A diferencia de un escáner de retina, uno tenía que ser quien decía que era.

Ningún centro de medicina avanzada del mundo disponía de cristales blindados y aparatos de retrodispersión de rayos X, de modo que el Sarraceno dedujo que aquello era, sin duda alguna, un indicativo de las cosas tan horrendas que se investigaban en aquel instituto. Jamás se le había ocurrido que pudiera acceder a aquella fortaleza interior, y tampoco le preocupaba. Si estaba en lo cierto, no necesitaba entrar en aquella zona.

Dio media vuelta y regresó rápidamente a la intersección. Era un extranjero en tierra extraña que buscaba desesperadamente algo poco común pero, por extraño que pareciera, del todo inofensivo: un lote de viales con el principio activo que se utilizaba para proteger a las personas que trabajaban allí.

Se internó en el siguiente laberinto de pasillos y despachos, atravesó zonas de penetrante oscuridad y pasó junto a formas desconocidas que podrían haber escondido cualquier amenaza... cuando de improviso las luces de los rodapiés y de los pasillos cobraron vida. Se detuvo y giró sobre sus talones.

¡Alguien había entrado en el edificio y había activado las luces! Escuchó con todas las células de su cuerpo, en un intento de obtener alguna pista que le indicara la posición del recién llegado. A lo lejos, oyó el timbre de un teléfono, un grifo que goteaba, una persiana exterior que se sacudía por culpa del viento... El golpeteo era idéntico al retumbar de su corazón.

Escuchó de nuevo, intentando distinguir pisadas, el roce de la ropa, el chasquido de algún arma desenfundada... Nada.

Entonces cayó en la cuenta, y el miedo regresó a su cueva: las luces funcionaban con un temporizador, y seguramente acababa de hacerse de noche.

18

En el solitario aparcamiento del instituto comenzaron a encenderse las farolas de sodio. Tlass no podía ver el resplandor amarillo, nunca volvería a ver nada, pero sí oyó el siseo que emitían, y eso hizo que sus esperanzas renacieran: la llegada de la noche significaba que a aquel sucio palestino se le estaba acabando el tiempo.

Un dolor insoportable de color rojo se le clavaba en lo más hondo de la frente, y todavía notaba que le manaba sangre de las cuencas de los ojos, pero el efecto del sedante estaba pasando, y aunque el dolor iba aumentando de manera exponencial, su energía también.

Era fuerte, estaba en forma, pero ¿de qué servía si su alma había sido quebrada? Lo único que amortiguaba su caída y le impedía derrumbarse del todo, el secreto pensamiento que lo sostenía, era que ya se le había hecho muy tarde cuando salió del edificio. Ahora que había anochecido, sabía que su ausencia dispararía las alarmas.

Su mujer y sus cuatro hijos, ya adultos, aguardando impacientes en la casa de su hija mayor, donde iba a reunirse la familia, ya habrían probado a telefonear a todos los números que se les ocurrieran. Incluso estaba seguro de que uno de sus dos hijos varones, corpulentos como toneles —ambos estaban labrándose un nombre en la agencia en la que había trabajado él mismo—, habría llamado a su amante, preparado para echarle la bronca por impedir que su padre cumpliera con sus obligaciones familiares. Estaba seguro de que los dos chicos, al no poder localizarlo y viendo que cada vez se hacía más de noche, se habrían subido ya a uno de sus coches para recorrer la ruta que hacía habitualmente, preocupados de que pudiera haber sufrido un accidente. Dado que eran miembros de la policía secreta, los dos iban siempre armados, así que lo único que debía hacer él ahora era seguir vivo y ayudarlos a encontrar al palestino lo antes posible. A pesar de sus heridas, a pesar del dolor y de las náuseas, sabía cómo lograrlo.

Girando la cabeza a un lado y al otro, y aflojando las tiras de cinta aislante que la sujetaban, poco a poco fue liberando el cabello, la piel y la barba. Suponía una tarea muy dolorosa, pero si conseguía soltarse la cabeza podría cortar con los dientes la cinta que le rodeaba el pecho y liberar los brazos.

Un rato antes se había dado cuenta de que aquel fanático le cogía el teléfono del bolsillo, y también lo había visto retirar el terminal fijo del coche de su base. Momentos después, había oído el ruido que hacían ambos aparatos al estrellarse contra el asfalto del aparcamiento y hacerse añicos. Pero el muy estúpido había dejado el motor encendido por si necesitaba huir rápidamente y, como no sabía nada de automóviles de lujo, no había caído en la cuenta de que estaba funcionando el manos-libres. Si consiguiera soltarse los brazos y acercar el cuerpo al asiento del conductor... No necesitaba los ojos para encontrar el botón del volante que activaba el teléfono. Y desde luego tampoco necesitaba el terminal.

La última llamada que había hecho aquella mañana había sido al móvil de su hijo mayor, y con sólo pulsar el botón del volante el número se marcaría de nuevo de forma automática. Lo único que debía hacer era hablar lo bastante fuerte para que el micrófono del techo captara la orden.

—Oficina. Aparcamiento... —susurró para practicar.

Su hijo reconocería su voz, y que Alá ayudase al palestino cuando llegaran sus dos chicos. Los gritos de aquella mujer que le pedía clemencia justo antes de que él la penetrase... y que luego, muchas horas más tarde, le suplicaba que le diera una muerte rápida, sonarían a dulce poesía comparados con la canción que sus hijos y sus colegas obligarían a cantar a aquel cabrón. Todavía estaba repitiendo aquellas dos palabras, más alto, más fuerte, «Oficina, aparcamiento», cuando por fin logró liberarse la cabeza y la barbilla de la cinta que las sujetaba. Dejó escapar una exclamación de dolor, y si hubiera tenido glándulas lacrimales habría llorado de verdad.

Permaneció quieto unos instantes para recobrarse. Cualquier persona que hubiera mirado en aquel momento por las ventanillas tintadas del Cadillac habría intuido la figura de un hombre con las cuencas vacías, varios mechones de pelo arrancados de la cabeza y la cara despellejada en varios puntos. Y si hubiera seguido mirando, habría visto que aquel hombre inclinaba la cabeza hacia delante para rasgar con los dientes la cinta que le rodeaba el pecho y habría pensado que, teniendo en cuenta su furiosa determinación, era sólo cuestión de minutos que consiguiera liberarse del todo.

19

Un minúsculo buceador de rescate se afanaba incansable en un galeón español hundido, al tiempo que cinco hermosos peces payaso esquivaban las burbujas que surgían de su casco.

El fantasmal resplandor del acuario, que ocupaba toda la pared, iluminaba la sala de espera de la suntuosa ala ejecutiva del instituto y proyectaba la temblorosa sombra del Sarraceno sobre la pared contraria. Avanzaba por aquella silenciosa estancia próximo a la desesperación, sin saber muy bien qué pasillo o qué rincón explorar a continuación... Titubeó un momento al ver aquellos peces de vivos colores. Llevaba veinte años sin verlos, pero los conocía bien.

—*Amphiprion ocellaris* —dijo en voz alta, sorprendido de haberse acordado de su nombre científico al cabo de tanto tiempo.

De todos los peces tropicales, aquéllos eran los favoritos de su padre. Muy a menudo, cuando trabajaba un fin de semana, se llevaba a su hijo a su despacho, situado frente al mar, y lo colocaba en medio de los enormes acuarios de investigación. El mayor estaba lleno de anémonas, aquellas bellas pero traicioneras «flores» del mundo marino.

—Fíjate en los peces payaso —le decía su padre—. Son los únicos peces del mundo que no sufren la letal intoxicación de los tentáculos de las anémonas. Ni se envenenan ni se mueren. ¿Por qué? Eso es lo que estoy intentando averiguar.

Ahora, tantos años después, a solas en un centro de armas secretas, al Sarraceno no se le pasó por alto lo irónico de aquella situación: al igual que a su padre, a él también lo consumía el deseo de encontrar algo que lo protegiera contra un patógeno letal.

Le habría gustado quedarse un rato más con los peces e intentar recordar más detalles de cómo era aquella inocencia, pero no tenía tiempo. Ya se disponía a salir de allí para continuar, cuando de pronto se quedó mirando un oscuro pasillo en el que ni siquiera había reparado. Al fondo había una puerta y, sin saber por qué, adivinó que aquélla era la sala que andaba buscando, incluso antes de advertir el emblema de la media luna roja fijado en la pared.

Aquel signo, la versión islámica de la Cruz Roja, indicaba que allí se encontraba el centro médico y de primeros auxilios del instituto. Una antigua empleada le había hablado de su existencia, una enfermera que había trabajado con él en el hospital de Beirut, pero habían sido los peces payaso de su padre quienes lo habían guiado hasta aquel lugar, de modo que lo tomó como una señal de Alá.

La puerta no estaba cerrada con llave. Entró rápidamente y fue buscando por las zonas de tratamiento hasta que, al fondo, encontró los cuartos donde se almacenaban las existencias. La finalidad de aquel centro de primeros auxilios era atender cualquier problema de salud que surgiera dentro del edificio y realizar exploraciones médicas a los nuevos empleados, de ahí que hubiera electrocardiógrafos, cintas de correr, desfibriladores, dispensadores de oxígeno y muchos otros equipos de los que se enorgullecería cualquier hospital.

En medio de todo aquello estaba el dispensario de medicamentos. El Sarraceno entró en él con la familiaridad de quien cuenta con varios años de experiencia en hospitales. Había un mostrador, y detrás una pared llena de fármacos y material de cirugía. En otra pared había varios armarios cerrados con llave y protegidos por una rejilla de acero, donde el Sarraceno sabía que se guardaban los fármacos de Clase A: narcóticos, alucinógenos, anfetaminas y diversos opiáceos que se usaban como anestésicos.

Lo ignoró todo porque, al fondo, vio un cuarto más pequeño: allí estaba la fila de armarios refrigerados que lo habían llevado a ese país olvidado de Dios y lo habían obligado a vivir como un perro en un aparcamiento.

Ansioso y esperanzado, fue pasando por delante de aquellos armarios frigoríficos, todos con puerta de cristal. Con ojo experto registró bolsas de productos sanguíneos, viales de fármacos sensibles al calor y, como en los hospitales de todas partes, la comida y la bebida del personal. Pero ni rastro de lo que necesitaba. A cada paso que daba, aumentaba su desesperación; podía ocurrir que todos los chismorreos que había oído, todas las suposiciones que había hecho, todas aquellas cosas juntas no fueran más que un enorme engaño. Como un necio, había creído lo que quería creer...

Y justo entonces, al mirar dentro del último armario, inclinó la cabeza en un gesto mudo de oración. Sobre un soporte había ocho cajas de cartón que contenían varias filas de diminutos viales de cristal. En la cara frontal llevaban impresa una compleja descripción técnica que le indicó que eran exactamente lo que andaba buscando.

Abrió el armario, que no estaba cerrado con llave, y sacó seis de los viales de una caja medio vacía. El líquido transparente que contenían era el resultado directo de un experimento llevado a cabo en un pequeño pueblo de Inglaterra doscientos años antes. Mientras los envolvía en una tela y se los guardaba en el bolsillo, al Sarraceno se le ocurrió que pronto iba a tener mucho en común con los peces payaso. Él también iba a poder moverse por un entorno bello pero hostil, totalmente protegido contra el veneno mortal que contenía.

Todo lo que se diga es poco para explicar lo que aquello significó para él: en los meses de desesperada búsqueda durante los cuales intenté encontrarlo, e incluso cuando mi viaje se transformó en una carrera espeluznante, tan sólo descubrí dos trozos de papel que apuntaban a su identidad. En cada uno de ellos encontré escrito: «Pez payaso.»

Con los viales ya a salvo dentro del bolsillo, el Sarraceno se volvió hacia el libro de registro que reposaba sobre un mostrador y anotó la salida de los frascos, teniendo sumo cuidado de alterar varias de las fechas para que fueran más antiguas, a fin de que nadie descubriera nunca que faltaba ninguno de ellos. Volvió a dejar el libro en su sitio, salió al pasillo, cerró la puerta y, gracias a los guantes quirúrgicos que llevaba puestos, abandonó la clínica sin dejar el menor rastro forense de haber entrado en ella. Cruzó a la carrera por delante del acuario y regresó a los silenciosos pasillos que conducían al vestíbulo principal.

Estimó que al cabo de otros dos minutos estaría fuera de peligro. Sólo había un problema: el prisionero del todoterreno estaba a punto de llegar a la meta antes que él.

20

¡Zas! La tira de cinta aislante que le inmovilizaba el pecho se rompió cuando sus dientes rasgaron el último trozo. Sangrando por un incisivo fracturado, pero sin apenas darse cuenta de ello, liberó los brazos de los restos de cinta y se incorporó.

Ahora que volvía a circularle la sangre por las manos, dejó escapar un gemido ahogado de dolor, pero aun así se dobló hacia delante y empezó a soltarse las piernas y los tobillos. Cada vez que perdía el equilibrio caía hacia atrás, pero se levantaba de nuevo. Ya se imaginaba a sí mismo con las manos apoyadas en el volante, apretando el botón del teléfono, y a sus hijos llegando con la sirena a todo volumen y entrando a toda velocidad en el aparcamiento unos minutos después.

Pero no era la salvación lo que estaba empezando a saborear, sino la venganza. Liberó la pierna izquierda, y pisoteó y empujó los restos de cinta que quedaban. Seguidamente, tanteando con las manos en su oscuridad perpetua, logró ponerse de rodillas. Estaba libre.

A doscientos metros de allí, se abrieron las puertas de cristal del instituto y apareció el Sarraceno. Después de recuperar los recipientes de plástico que contenían los ojos del subdirector, salió corriendo del edificio y tomó el sendero que llevaba al aparcamiento. En unos veinte segundos estaría de nuevo dentro del Cadillac. Como había dejado el motor encendido, no tendría más que meter la marcha, y, para cuando los cierres electrónicos y el sistema central del instituto hubieran vuelto a sellar el edificio, él ya habría salido del aparcamiento.

Ya distinguía el fantasmal resplandor de las farolas de sodio allí delante. Giró a la izquierda para cruzar por en medio de los parterres de los jardines, una maniobra que le permitió ganar unos pocos segundos, saltó de nuevo al asfalto y vio el todoterreno negro justo enfrente de él. El vehículo se balanceaba sobre su suspensión. Alguien estaba moviéndose allí dentro...

Como un poseso, Tlass intentaba trasladarse a toda prisa desde los asientos traseros abatidos hacia el volante, y por eso estaba zarandeando el coche. Se dio con el hombro contra el respaldo de uno de los asientos delanteros y acabó cayendo de bruces hacia delante. En el último momento, sacó una mano para amortiguar la caída, y tuvo la suerte de tropezar con el volante.

Justo en esos instantes, el Sarraceno soltó los recipientes de plástico que contenían los ojos y echó a correr hacia el automóvil. No tenía ni idea de lo que estaba intentando hacer aquel tipo. Tal vez pisar el acelerador y estrellar el coche, quizá destrozar a golpes la palanca de cambios o bloquear las puertas para que él no pudiese entrar, pero calculó que todo el peligro provenía del asiento del conductor.

En aquellas pocas zancadas frenéticas, tomó una decisión que iba a cambiarles la vida tanto a Tlass como a él. Una decisión que iba a condicionar de forma determinante el desenlace de todo su plan. Un hombre mejor que él, alguien que tuviera mujer e hijos y sueños para ellos, por muy modestos que fueran, que hubiera visto menos muerte y más amor, dicho de otro modo, un hombre decente, habría perdido tiempo abriendo la puerta. Pero el Sarraceno hizo exactamente lo que habría hecho yo o cualquier otro asesino de verdad: decidió lanzar un puñetazo a la luna tintada de la ventanilla del conductor.

Sin embargo, con el brazo ya preparado y en posición, experimentó un momento de pánico: ¿y si el cristal estaba blindado? Lo estaría si Tlass trabajase todavía para el servicio secreto, pero aquel Cadillac, tan grande y llamativo, era su vehículo particular. Fuera como fuese, el Sarraceno no tuvo tiempo para pensárselo dos veces, porque Tlass ya se había arrastrado hasta el asiento del conductor, había encontrado el botón del teléfono y lo había apretado. El sistema estaba emitiendo rápidos pitidos conforme marcaba el número. Faltaban escasos segundos para que llegase la ayuda. Tres, dos...

Un Toyota Land Cruiser de color blanco, con la sirena a todo volumen y las luces azules y rojas parpadeando detrás de la rejilla del radiador, sin vehículos que le impidieran avanzar debido a la festividad del día siguiente, volaba como una flecha por la autopista que discurría junto a la orilla del antiguo oasis en dirección al instituto. Dentro del automóvil iban dos de los hijos de Tlass; el pelo rapado, la mirada atenta a la carretera por si avistaban algún camión incendiado, ambulancias, un guardarraíl destrozado o alguna otra señal de que hubiera tenido lugar un accidente.

De pronto, sonó el teléfono del salpicadero del Toyota, y los hermanos miraron instantáneamente la información que aparecía en la pantalla: ¡era su padre, por fin!

El puño del Sarraceno surgió en medio de una lluvia de cristales rotos y golpeó al subdirector en el puente de la nariz. Fue un puñetazo salvaje, del que se habría sentido orgulloso cualquier muyahidín afgano, porque destrozó el tabique nasal de Tlass, le provocó una hemorragia y lo lanzó hacia el asiento del pasajero cegado por el dolor.

El más alto de los hijos del subdirector, que viajaba en el asiento del copiloto del Toyota, levantó el teléfono de la base y habló en tono urgente:

—¿¡Papá!?

Pero no obtuvo respuesta. Su padre, ciego y lloriqueando, se había derrumbado sobre la consola central de su todoterreno. Sin embargo, todavía estaba consciente, de modo que oyó cómo su hijo lo llamaba, cada vez más alarmado. Como un hombre que se convierte a Dios en su lecho de muerte, lo único que debía hacer era encontrar suficientes fuerzas para pronunciar las pocas palabras que le procurarían la salvación, que en su caso eran las siguientes: «Oficina. Aparcamiento.»

Confuso, sin tener ni idea de cómo podía estar funcionando el teléfono sin un terminal, el Sarraceno oyó una voz desconocida que llamaba a gritos a su padre y vio que Tlass se incorporaba apoyándose en un hombro y que movía la boca para intentar responder. Por segunda vez en aquellos momentos cruciales, el Sarraceno tomó una decisión acertada: ignoró por completo al subdirector y su propia confusión, alargó una mano, cogió la llave de contacto, la giró y la sacó, con lo cual se apagó el motor, se interrumpió el sistema eléctrico y se desconectó el teléfono.

Tlass, sin poder ver lo que estaba sucediendo, intentaba combatir el dolor que manaba de su nariz rota. Lo único que sabía era que no había tenido oportunidad de pronunciar las palabras que lo salvarían, de manera que empezó a incorporarse.

Dentro del Toyota que se acercaba a toda velocidad, los dos hermanos oyeron que se interrumpía la conexión e inmediatamente marcaron de nuevo el número del coche de su padre. Seguían sin tener ni idea de dónde podría estar, así que continuaron rumbo al instituto.

Tlass se había incorporado sobre un codo cuando oyó que la puerta del pasajero se abría de golpe. Sintió que unas manos fuertes lo agarraban por las solapas y tiraban de él para enderezarlo en el asiento del copiloto. Intentó resistirse, pero fue inútil. El Sarraceno extendió el cinturón de seguridad y ató con él a su agotado prisionero dando varias vueltas alrededor del cuello ensangrentado y de los brazos, con el fin de inmovilizarlo en el asiento en posición erguida. Acto seguido, insertó la hebilla del cinturón, verificó que Tlass no podía moverse y se apeó del todoterreno. Cruzó a la carrera el aparcamiento, recogió los recipientes de plástico que contenían los ojos extirpados y regresó corriendo al coche.

En cuanto encendió el motor, empezó a sonar de nuevo el teléfono. Le habría gustado desconectarlo, pero como no conocía en absoluto aquel sistema prefirió no tocar nada. Dio marcha atrás con brusquedad y se aseguró de que las ruedas aplastaran los cristales de la ventanilla rota. Habría preferido recogerlos para no dejar ninguna prueba, pero no estaba dispuesto a perder tiempo con eso. Primero aquella voz incorpórea y ahora la insistencia del teléfono le indicaban que alguien había soltado a los perros. Y aunque no tenía ni idea de a qué distancia podían encontrarse, el tiempo que había empleado en registrar el edificio y su estado de nervios le decían a gritos que necesitaba modificar su plan rápidamente.

Giró el volante y pisó el acelerador para salir marcha atrás hasta la carretera de acceso. En lugar de incorporarse a la autopista y dirigirse hacia el aparcamiento de larga estancia del aeropuerto, donde había planeado ejecutar a Tlass y abandonar el Cadillac entre otros miles de vehículos, decidió poner en marcha el plan de emergencia y deshacerse del todoterreno lo antes posible.

Fue aquella decisión, y sólo aquélla, la que nos condujo al desastre a todos los demás. Continuó por la carretera de acceso hasta que salió por la parte posterior del complejo. Los hijos de Tlass, con las pistolas en el regazo, salieron en aquel momento de la autopista y entraron poco después por el acceso principal del recinto. No llegaron a ver el Cadillac negro por un margen de apenas diez segundos.

Diez segundos en realidad no eran nada, pero fueron suficientes. No era la primera vez que una nimiedad temporal como aquélla convertiría las vidas de incontables seres humanos en un suceso carente de importancia. Si aquella bomba no hubiera sido colocada bajo una mesa de roble de la sala de reuniones del Führer, si el zar de Rusia no hubiera ejecutado al hermano de Lenin, si...

Por mi desgraciada experiencia, sé que no se puede confiar en la intervención divina y que la suerte favorece a los buenos tan a menudo como a los malos.

Aquellos pocos segundos de diferencia hicieron que los ocupantes del Toyota llegaran demasiado tarde y no vieran el coche de su padre, con lo cual no pudieron lanzarse tras él, no capturaron al Sarraceno y nadie descubrió nunca que faltaban aquellos seis pequeños viales de cristal.

21

Incluso antes de que los hijos hubieran terminado de registrar los diversos aparcamientos, el Sarraceno había dado con la carretera que buscaba. Se incorporó a ella, apagó las luces del Cadillac y desapareció en la larga cinta de asfalto negra y sembrada de socavones.

A un lado había un vertedero municipal, y el Sarraceno se cercioró de avanzar lo bastante despacio para no alborotar a las bandadas de gaviotas que estarían posadas allí ni a los perros salvajes que merodeaban constantemente por su perímetro. Al otro lado se extendía un descampado cubierto de maleza, delimitado únicamente por carcasas de vehículos abandonados y un canal cubierto de juncos y lleno de aguas fétidas.

El Sarraceno aminoró la marcha al llegar a una valla metálica, se introdujo con el Cadillac por una portilla que colgaba de sus bisagras y, finalmente, se detuvo en un desierto callejón sin salida que prestaba servicio a aquella zona, que alguna inmobiliaria optimista había calificado de polígono industrial. En el callejón había varios edificios cochambrosos: un taller mecánico, que probablemente era un desguace de coches robados, un almacén de baja estofa que vendía lavadoras recompuestas y cinco garajes reconvertidos que se utilizaban para empaquetar exquisiteces de cordero. Con la comida, a veces es mejor permanecer en la ignorancia.

Debido al dolor, al cinturón de seguridad que le apretaba el cuello con la fuerza de un garrote, a la fiebre y a la galopante infección producida por el escalpelo sin esterilizar, Tlass se había sumido en un estado de semiinconsciencia distorsionado y psico-délico. El Sarraceno abrió la puerta, le quitó el cinturón y lo sacó del coche. En medio de aquel silencio de podredumbre, el aire caliente penetró en los pulmones de Tlass y permitió que en su mundo febril se filtrase una chispa de realidad, con lo que pudo mantenerse de pie, erguido, aunque tambaleante.

—De profesional a profesional, se le da bien el garrote —acertó a decir con su maltrecha laringe.

Después se derrumbó sobre el asfalto agrietado, y empezó a susurrar extraños fragmentos acerca de Dios y la luz celestial.

El Sarraceno sabía qué causaba aquella extraña actitud: de igual modo que quienes sufren la amputación de una mano continúan sintiendo los dedos, es frecuente que quienes han perdido los ojos vean luces espectaculares. Dejó a Tlass disfrutando de su particular aurora boreal, cogió lo que necesitaba del maletero del todoterreno y arrastró a su prisionero por el cuello de la chaqueta hasta un contenedor de basura repleto de restos de la fábrica de procesado de carne.

Vio que entre los juncos y los arbustos atrofiados se movían formas primitivas —poco más que un grupo de manchas más oscuras— y supo que los perros salvajes se aproximaban. La fábrica de procesado de carne era uno de los comederos favoritos para los más fuertes. Habían percibido olor a sudor y sangre, y sabían que un animal, un animal grande, estaba en apuros.

El Sarraceno apoyó a Tlass contra el contenedor de basura. Sacó los ojos extirpados de los recipientes, los colocó de nuevo en sus cuencas originales y, con mano diestra, ató un trozo de tela alrededor de la cabeza de su prisionero. Daba la impresión de ser simplemente una venda sucia, pero en realidad tenía como finalidad sujetar los ojos en su sitio.

Al notar de repente el frío contacto de aquellos ojos en contraste con el calor provocado por la fiebre, Tlass dejó de ver el caleidoscopio de luces y, en su delirio, creyó que le estaban curando las heridas. Sí, su deseo era matar a su captor, pero en aquel momento, al igual que les sucede a la mayoría de las personas sometidas a tortura, experimentó una oleada de gratitud ante aquel mínimo gesto de bondad.

—Gracias por el vendaje —susurró.

Al pensar en aquella tela blanca se sintió un poco más animado, y centró su atención en el asfixiante hedor a sangre, vómito y heces. Gracias a su dilatada experiencia en la policía secreta, sabía exactamente dónde estaba: su captor lo había arrastrado de nuevo a las celdas. Muy pronto vendría alguien, le quitaría la ropa y lo regaría con la manguera. Los carceleros nunca tocaban a los presos cubiertos de mierda, así que lo harían dos reclusas.

Por lo general, los guardias obligaban a las mujeres a hacerlo desnudas, y cuando éstas estaban lo bastante cerca, Tlass tenía que acordarse de intentar palparlas, pues eso divertía mucho a los guardias. De repente, oyó un brusco chasquido metálico y se detuvo un momento. Aquel sonido le resultaba familiar, era como un... como un... De pronto, le vino a la cabeza, a pesar de su estado febril, y no pudo más que echarse a reír. Era como el percutor de una pistola que se sitúa en posición para disparar. Pero no, no podía ser, en las celdas nunca se disparaba a nadie, era demasiado lío. Además, si pretendían ejecutarlo, ¿para qué le habían curado las heridas? No, tenía que tratarse de otra cosa.

—¿Quién está ahí? ¿Hay alguien? —exclamó en un tono que consideró fuerte pero amistoso.

La única persona que se hallaba presente, apuntándolo con una pistola de la época afgana que había sacado del compartimento secreto del fondo de la nevera portátil, le oyó formular la pregunta, pronunciada con dificultad, con una voz apenas audible, y no le hizo caso. El Sarraceno estaba a dos metros de él —según sus cálculos, la distancia justa para que no le salpicasen la sangre ni las astillas de hueso—, apuntando a la parte del vendaje que cubría el ojo izquierdo del subdirector.

Tlass, haciendo un esfuerzo por oír algo, y convencido de que había alguien más en la celda, se mantuvo inmóvil. El Sarraceno supo que no iba a presentársele un momento mejor. Ciertamente, contaba con la Providencia divina. Apretó el gatillo.

¡Crac! Tlass sintió el dolor de... y luego ya no sintió nada más. Una rociada de sangre de un rojo vivo y fragmentos de hueso y masa encefálica salió por la parte posterior de la cabeza, justo en el mismo momento en que el Sarraceno percibió un leve movimiento a su espalda y se volvió a toda prisa. Eran los perros salvajes, que corrían a esconderse.

El Sarraceno se volvió otra vez hacia Tlass, apuntó y disparó de nuevo, pero ahora al lado derecho del vendaje, con la intención de destruir —con suerte— toda prueba física de que le habían extirpado los ojos con precisión quirúrgica. Esperaba que los investigadores creyeran que el subdirector, tras haber olvidado algo, había regresado a su despacho, y, al salir de nuevo del instituto, lo habían asaltado y secuestrado. De ese modo, ni siquiera se les ocurriría pensar que había tenido lugar un robo en el interior del edificio.

Obviamente, cuanto menos supieran, mejor. Por eso se alegró mucho cuando oyó que volvían los perros trotando en la oscuridad, ansiosos por devorar una parte de las pruebas. Para entonces, él ya había estacionado el Cadillac en el rincón más oscuro, detrás del taller mecánico, seguro de que cualquier observador casual pensaría que aquél era otro vehículo más que aguardaba a ser desguazado. Todavía con los guantes quirúrgicos puestos, sacó del maletero del todoterreno todo lo que pudiera resultar de interés para los expertos forenses.

Cargando con la nevera portátil y el resto de sus posesiones, se dirigió hacia el descampado. Se movió con rapidez y con la pistola preparada en una mano, por si acaso alguno de los perros decidía que prefería hincarle el diente a un ser humano andante.

Al llegar al vertedero municipal, hizo añicos la nevera portátil y diseminó los demás objetos de su campamento entre los montones de escombros. Sabía que, dos horas después de que amaneciera, ya habrían sido recuperados por la gente que rebuscaba en la basura y reciclados en los campamentos de refugiados ilegales.

Aparte de la jeringuilla, un resguardo de cartulina y algo de calderilla, lo único que le quedaba en el mundo era una pistola, el Corán de su padre y los seis viales de cristal. Desde su punto de vista, aquellos minúsculos frasquitos lo convertían en la persona más rica del mundo.

22

El Sarraceno pasó varias horas caminando, guiándose tan sólo por la tenue luz de las estrellas. Tras dejar el vertedero, atravesó una zona llena de maleza y siguió el canal, hasta que por fin encontró una destartalada estructura de madera que pretendía ser un puente. Lo cruzó, pero aún tuvo que recorrer varios kilómetros por la orilla para encontrar lo que necesitaba: el chasis oxidado de un cuatro por cuatro, medio sumergido en el agua pestilente y fangosa.

Metió la jeringuilla, la billetera de Tlass y otros efectos en los recipientes de plástico, añadió algunas piedras y los arrojó al agua procurando que cayeran en medio del canal.

A continuación, con gran pesar, tomó la pistola y se preparó para arrojarla también; aquella arma lo había acompañado durante más tiempo que cualquier otra de sus posesiones, excepto el Corán de su padre, pero era lo único que lo relacionaba de forma directa con el asesinato de Tlass, y sabía que no tenía otra alternativa. La lanzó con fuerza junto al chasis oxidado. Así, si examinaban el canal con un detector de metales, creerían que lo que estaba detectando el aparato eran los restos de aquel vehículo.

Se puso en marcha de nuevo y, esta vez acelerando el paso, se dirigió al lejano resplandor de la ciudad de Damasco.

Cuatro horas más tarde, sucio y con los pies doloridos, entregó el resguardo en el mostrador de equipajes de la estación de autobuses y recuperó su maleta y su maletín médico. Abrió el cierre de seguridad codificado que protegía la maleta, extrajo un delgado fajo de billetes enrollados y pagó el servicio de consigna. Luego le ofreció una libra al empleado para poder utilizar un pequeño cubículo donde lavarse.

Faltaban dos horas para que saliera el primer autobús que se dirigía a la frontera del Líbano, desde donde el Sarraceno continuaría hasta Beirut, de modo que aprovechó aquel tiempo para recortarse la barba y restregarse bajo la ducha hasta casi dejarse la piel en carne viva. Sacó de la maleta su barato traje occidental, una camisa y una corbata, y guardó dos de los viales robados —a los que había quitado la etiqueta— en el maletín médico, ocultos a plena vista entre otros frascos y medicamentos. Cuando apareció de nuevo con el pasaporte y el equipaje en la mano, parecía exactamente lo que tenía intención de decir que era si alguien le preguntaba: un devoto médico libanés que había estado trabajando en los campos de refugiados y se disponía a regresar a su hogar.

Había metido en una bolsa de plástico la ropa sucia que lo había ayudado a hacerse pasar por un refugiado palestino, y de camino al desvencijado autobús la arrojó en un contenedor de ropa usada. Sólo hizo una parada más para tirar en un cubo de basura los restos de la comida que había consumido, a base de pan de pita, fruta y té. Aunque a la vista de cualquier observador aquel gesto resultaba totalmente inocuo, de hecho era de lo más significativo.

Ocupó su asiento en la parte trasera del autobús poco después de las cuatro de la madrugada, casi una hora antes de que los dos hijos de Tlass, muy retrasados por haberse visto obligados a buscar en círculos cada vez más amplios, acabaran encontrando a su padre atraídos por el ruido que hacían los perros salvajes al pelearse por los restos de su cadáver.

A pesar de lo intempestivo de la hora, y de que era uno de los días festivos más importantes del islam, supieron perfectamente a quién debían llamar gracias a que pertenecían a la policía secreta. La noticia fue transmitida a las más altas esferas del gobierno, y muy pronto las ondas de radio se llenaron de conversaciones telefónicas y mensajes de texto que volaban a través de redes de comunicaciones presuntamente seguras.

Echelon se los tragó todos.

Echelon nunca se cansa, nunca duerme. Patrulla el inmenso vacío del espacio sin necesitar aire, ni comida, ni comodidades, actúa como un ladrón sigiloso en los centros neurálgicos de fibra óptica de todo el mundo, y domina los incontables radomos —conjuntos de antenas similares a gigantescas bolas de golf— de las bases militares que hay repartidas por todo el planeta. En resumen, escucha todas las comunicaciones electrónicas de la Tierra.

Echelon está formado por una inmensa red de satélites y ordenadores tan secreta que su existencia nunca ha sido reconocida por las cinco naciones de habla inglesa que la crearon durante la Guerra Fría. Los miles de millones de bytes de datos que recopila cada nanosegundo se descargan en un conjunto de superordenadores situados en la sede de la Agencia de Seguridad Nacional, en Fort Meade, Maryland, cuyo software, sumamente secreto, utiliza palabras clave, patrones de frases y, según varios informes clasificados, incluso sistemas de reconocimiento de voz, para discernir cualquier fragmento que resulte digno de ser sometido a una investigación más profunda.

Y aquella noche, en Damasco, hubo una gran cantidad de fragmentos de ese tipo. Echelon detectó la conversación de uno de los hijos de Tlass, quien, con la voz quebrada por la pena, telefoneó a su hermana para decirle la que les iba a caer a los disidentes y los enemigos del Estado que pudieran haber sido los responsables de lo sucedido.

—Que Alá los ayude a ellos y a sus familias —amenazó.

Los analistas de la inteligencia estadounidense, tras evaluar los mensajes interceptados, llegaron a una conclusión parecida: Tlass era un hombre tan famoso por su crueldad que debían de ser muchas las personas que gustosamente lo habrían arrojado a los perros salvajes. Sin embargo, un asesinato por venganza en un fallido Estado árabe revestía escaso interés para la seguridad de Estados Unidos, de modo que aquel suceso enseguida quedó clasificado como «irrelevante».

Lo cual supuso un error terrible. Tan grave como el hecho de que la Agencia de Seguridad Nacional siria, debido a lo temprano de la hora y a la importante festividad de aquel fin de semana, no cerrase inmediatamente la frontera.

23

El destartalado y renqueante autobús surcaba la noche sorteando las innumerables obras que había en la calzada de la Ruta Uno, hasta que se vio obligado a hacer un alto para cumplir con la oración del amanecer, el *fachr*.

Cuando por fin llegó a la frontera, varios funcionarios de aduana de gesto adusto examinaron la documentación del Sarraceno, lo miraron de arriba abajo, y tan sólo lo trataron con algo parecido al respeto cuando se dieron cuenta de que era médico. Sin embargo, si se hubieran tomado la molestia de registrarlo, no habrían encontrado los otros cuatro viales de cristal, porque el líquido que contenían se hallaba oculto en un lugar situado fuera de su alcance: dentro de su torrente sanguíneo.

Lo último que había hecho el Sarraceno antes de salir del cubículo de Damasco en el que se aseó fue sacar de su maletín médico una aguja especial de dos puntas, insertarla en los viales e inocularse su contenido tras pincharse en el brazo y frotarse la piel hasta que empezó a sangrar. Sabía que aquella dosis cuadruplicaba la normal, pero su intención era hacer cuanto fuera necesario para tener un margen de seguridad lo más amplio posible. Luego se vendó el brazo, se puso la camisa y machacó los viales vacíos hasta que quedaron irreconocibles: aquello fue lo que arrojó al cubo de basura junto con los restos de la comida.

Cuando lo registraron en la frontera, tal como había previsto, ya había empezado a tener fiebre y a sudar. Le dolía la cabeza y sólo esperaba poder llegar a un hotel barato de Beirut antes de empeorar. Los síntomas que estaba experimentando eran casi idénticos a los que había sufrido doscientos años atrás un muchacho de cierta aldea de Inglaterra, la primera persona que se sometió a aquel tratamiento ideado por Edward Jenner, un médico de la zona. Jenner fue el científico que inventó la vacuna.

Y eso era justo lo que había hecho el Sarraceno: había arriesgado la vida, había allanado un laboratorio de armamento y había matado a un hombre al que no conocía... todo para robar una vacuna. Pero lo verdaderamente extraño era que, en aquel cuarto de aseo, se había vacunado contra una enfermedad que ya no existía, que no representaba una amenaza para nadie porque había sido totalmente erradicada del planeta hacía poco más de treinta años.

Sin embargo, antes de eso había sido la enfermedad más catastrófica conocida por el hombre, responsable de más muertes que ninguna otra causa, incluida la guerra, pues durante la década de los sesenta llegó a matar a más de dos millones de personas al año, el equivalente a sufrir un nuevo Holocausto cada tres años. Dicha enfermedad era denominada por la comunidad científica *Variola vera*. El resto del mundo la conocía simplemente como «viruela».

La erradicación total del virus de la viruela era una de las razones de que hubiera tan pocos lugares en el mundo que tuvieran siquiera la vacuna. Sólo se continuaba utilizando en algunos centros de investigación y en ciertos laboratorios secretos de armas químicas. A no ser, claro está, que, al igual que el Sarraceno, uno tuviera planeado sintetizar el virus y quisiera evitar que un mínimo error a lo largo de aquel proceso casi imposible lograra infectarlo y matarlo. Por esa razón había buscado una vacuna moderna, una que hubiera sido concienzudamente probada y se hubiera demostrado eficaz. Una que ahora le permitiría cometer tantos errores como fuera necesario.

No todas las vacunas «prenden», y no todas las personas responden de la misma manera a un programa de vacunación. De modo que, para intentar compensar estas diferencias y, como he dicho, procurarse a sí mismo toda la protección que fuera humanamente posible, el Sarraceno decidió cuadruplicar la dosis. No era de extrañar que presentara aquellos síntomas, pero para él la fiebre era una buena señal, pues indicaba que su organismo estaba afrontando un reto y que su sistema inmunitario estaba movilizándose para luchar contra el invasor. La vacuna había «prendido».

Mientras el funcionario de inmigración aguardaba a que la pantalla del ordenador que tenía delante hiciera una evaluación del pasaporte de aquel médico libanés, comenzó a sonar un teléfono en el despacho contiguo. Sin embargo, para cuando atendieron aquella llamada y transmitieron la orden de cerrar la frontera, el funcionario ya había dado vía libre al Sarraceno para que entrase en el Líbano: un individuo con nombre falso, pasaporte auténtico e inmunidad cada vez más firme contra el patógeno más mortífero que existía en el mundo.

24

No puedo negar que aquel sentimiento fue acentuándose durante varios días. No creo en el destino ni en la suerte, y, aun así, después de salir del apartamento de Battleboi, mientras regresaba a casa andando por las calles ya oscurecidas de Manhattan, experimenté la abrumadora sensación de que había alguna fuerza de la naturaleza que iba a acudir a mi encuentro.

Entré en mi pequeño apartamento y su crónica resaca de soledad, y empecé a rebuscar en las bolsas que había traído de París. Acababa de despedirme de Battleboi, y ya había llegado a la conclusión de que la única manera de lidiar con los centenares de anuncios publicados en el *Federal Register* del gobierno, que suponían una amenaza para mi vida, era pidiéndoles a Ben y a Marcie que me entregasen lo que hubieran descubierto. Francamente, tenía muy claro que ni el pirata informático ni yo mismo íbamos a disponer del tiempo o de la habilidad necesarios para reproducir su meticuloso trabajo de investigación. Por fin encontré lo que estaba buscando: la chaqueta que llevaba puesta en el Plaza Athénée el día en que los conocí. Dentro del bolsillo estaba la tarjeta de visita que me había ofrecido Marcie y que yo había aceptado de tan mala gana.

Era demasiado tarde para llamarlos por teléfono aquella noche, pero al día siguiente, después de almorzar, marqué su número. Fue Marcie la que descolgó.

—Soy Peter Campbell —dije en voz baja—. Nos conocimos en París...

—No ha tardado mucho en llamar —respondió ella disimulando la sorpresa—. Es un placer tener noticias suyas. ¿Dónde está?

—En Nueva York, al menos durante una temporada —contesté, cauteloso como siempre—. Me preguntaba si usted y su marido estarían dispuestos a pasarme el material que recopilaron acerca de Scott Murdoch.

—Ben no está en casa... pero sí, claro, no veo por qué no.

—Gracias —contesté, aliviado—. ¿Le parece bien que me acerque a recogerlo?

—Esta noche no, vamos a ir al cine, y mañana tenemos una cena con unos amigos. ¿Qué tal el viernes a eso de las siete?

Un retraso de dos días era mucho más de lo que yo deseaba, pero no me encontraba en situación de poner objeciones. Le di las gracias, tomé nota de la dirección y colgué.

Dado que yo era un profesional sumamente experimentado, un hombre adiestrado en el oficio del mundo clandestino y entrenado para sobrevivir en situaciones en las que otros podrían morir —como creo haber mencionado ya—, sería razonable suponer que debería haber sido capaz de ver venir una emboscada. Pero al parecer no fue así. Por lo visto, el profesor de instituto criado en Queens me enseñó pocas cosas de la vida, y ni siquiera sospeché nada hasta que entré en el apartamento de Ben Bradley y Marcie.

La iluminación era tenue, en el estéreo sonaba *Hey Jude*, en la habitación flotaba un aroma a cocina casera, y había una mesa preparada para tres: me habían invitado a cenar. Adiviné que toda aquella velada estaría destinada a presionarme para que cambiara de opinión acerca del seminario de Bradley, pero no había modo de escapar. Es imposible escapar cuando una persona ha pasado varios meses compilando un expediente sobre tu vida y tú estás deseando que te lo entregue.

—No deberían haberse tomado tantas molestias —dije ejecutando mi mejor imitación de una sonrisa.

—Era lo mínimo que podíamos hacer —repuso Marcie—, teniendo en cuenta todos los problemas que le hemos causado.

En aquel momento apareció Bradley tendiéndome la mano y preguntándome qué me apetecía beber. Yo estaba en una de mis periódicas etapas de «cesar y desistir»: había decidido que en Nueva York iba a empezar desde cero, aquélla era una oportunidad perfecta para intentar desintoxicarme, y esta vez no iba a ser sólo de boquilla. Incluso me había hecho con el programa de reuniones de la asociación local de Narcóticos Anónimos. No obstante, como tenía una personalidad adictiva, no era capaz de hacer nada con moderación —no digamos ya con sobriedad—, de modo que también había jurado no volver a tocar el alcohol. Iba a ser una velada muy larga.

Bradley regresó con mi agua Evian y, mientras Marcie se metía en la cocina para ver cómo iba la cena, bebió un trago de su copa y me condujo hacia la habitación de color blanco que había al final del universo. De hecho, aquella habitación ya no existía: el kilim estaba de nuevo en el suelo y habían vuelto a colgar las cortinas; la única prueba del desesperado drama que había tenido lugar entre aquellas paredes era el equipo de fisioterapia que había en un rincón. Junto a él descansaban varias decenas de cajas de expedientes. Bradley las señaló y sonrió.

—Ahí tiene toda su vida, doctor Murdoch.

Cuando me agaché para echarles un vistazo, me quedé de una pieza al ver lo extensa que había sido la investigación. Las cajas estaban repletas de páginas impresas, discos de almacenamiento de datos y copias de todo, desde los anuarios de la Caulfield Academy hasta los informes anuales de organismos de la ONU. Tomé una carpeta al azar —era la lista original de los diversos nombres que yo había utilizado—, y el contenido despertó en mí una avalancha de recuerdos.

Bradley me observaba mientras yo iba pasando las páginas.

—Marcie y yo hemos estado hablando... —dijo—. ¿Le importa que le llame Scott?

—¿Qué tiene de malo Peter Campbell? —pregunté.

—Bueno, he pensado que... por lo menos entre nosotros sería más cómodo utilizar su verdadero nombre, así es como lo hemos imaginado siempre.

Me volví para mirarlo.

—El problema, Ben, es que Scott Murdoch tampoco es mi nombre verdadero.

Bradley se quedó mirándome, haciendo un esfuerzo para asimilar aquel dato. ¿Estaría yo mintiendo? ¿Estaría intentando una última maniobra para desviarlos de la pista que habían seguido con tanto tesón, o simplemente era un mal intento por mi parte de gastarle una broma?

Señalé la lista de seudónimos.

—Es igual que los demás. Otra identidad falsa. Una época diferente, un lugar diferente, un nombre diferente. —Me encogí de hombros—. Ésa ha sido mi vida.

—Pero... en el instituto se llamaba Scott Murdoch... No era más que un crío... Eso fue muchos años antes de hacerse agente secreto —replicó Bradley, todavía más perplejo.

—Ya lo sé. Y le aseguro que nadie habría escogido lo que en realidad sucedió, pero así resultaron las cosas.

Casi pude ver cómo al investigador le funcionaba el cerebro a toda velocidad, atando cabos. El nombre del niño no era real, mi ausencia en ambos funerales, el hecho de que por lo visto no hubiera heredado nada de la fortuna de los Murdoch. Entonces me miró y pareció comprenderlo: ¡me habían adoptado, yo no era el hijo biológico de Bill y Grace!

Le ofrecí una de esas sonrisas que no transmiten ni una pizca de alegría.

—Me alegro de que no intentara remontarse más allá de Scott Murdoch; todo lo anterior a Greenwich me pertenece sólo a mí, Ben, nadie más tiene por qué conocerlo.

Creo que comprendió la advertencia que había en aquellas palabras. Las tres habitaciones en el lado malo del edificio que se alzaba junto a la 8-Mile, aquellas facciones de mujer que iban borrándose de mi memoria con cada año que pasaba, mi nombre auténtico, el que me puso ella... Todo aquello formaba mi verdadera esencia, eran las únicas cosas que yo poseía y que indiscutiblemente me pertenecían sólo a mí.

—Bueno, qué más da un nombre u otro —dijo Ben por fin, sonriendo—. Pete me parece bien.

En aquel momento, su mujer nos llamó. Y a partir de ese instante la velada discurrió por un camino que yo jamás habría esperado. Para empezar, Marcie era una cocinera maravillosa, y si el buen comer no lo pone a uno de buen humor, seguramente será porque ha consumido demasiadas veces grandes cantidades de comida basura. Además, no mencionaron el seminario en ningún momento, y debo reconocer que ni siquiera dieron la impresión de querer que me inscribiera. Poco a poco empecé a relajarme, y se me ocurrió que Ben y Marcie sabían tanto de mi vida que, al menos para ellos, era como estar cenando con un antiguo amigo.

Bradley tenía un montón de preguntas acerca del libro y de los casos que se trataban en él, y a Marcie se la veía encantada de observar cómo su inteligente marido intentaba engatusarme para que revelara detalles de los que tenía prohibido hablar. Durante uno de aquellos intercambios, particularmente apasionado, rompió a reír y dijo que en toda su vida había visto a Ben tan cabreado. Yo la miré, y no pude resistirme a reír con ella.

Cuando alguien te hace reír, te invita a su casa y hace todo lo posible para que te sientas acogido, te entrega unas cajas llenas de material que podría salvarte la vida, las baja hasta la calle y te ayuda a cargarlas en un taxi, cuando te encuentras bajo una farola de Manhattan y lo único que te espera es un apartamento tan frío que tú mismo lo llamas «Campamento NoHo», cuando te sientes perdido en tu propio país y lo que te prometía el mundo no ha resultado ser gran cosa, cuando, en fin, tienes la inevitable sensación de que te espera un futuro que podría ser no muy agradable, y ellos te sonríen y te estrechan la mano, te dan las gracias por haber venido y te dicen que no saben cómo ponerse en contacto contigo... En ese momento te das cuentas de que tienes ante ti una decisión difícil de tomar.

Hice una pausa. Toda mi formación y toda mi experiencia me decían que les diera un número falso y que me largara de allí con el material de su investigación. ¿Para qué los necesitaba ya? Pero me acordé del afecto con que me habían recibido, de lo eufórico que estaba Bradley con la música que había elegido para la velada... No, lo siento, pero no pude negarme. Saqué mi teléfono móvil, hice que apareciera mi número en la pantalla y vi cómo Marcie lo anotaba.

En las semanas siguientes me llamaron varias veces, y fuimos a ver una película o a un local a escuchar a los viejos músicos de blues que tanto le gustaban a Bradley, siempre los tres solos. Gracias a Dios, en ningún momento intentaron colocarme ningún ligue, ni tampoco mearon fuera del tiesto mencionando el seminario de Ben.

Durante aquel tiempo, Bradley se sometió a una serie de pruebas físicas y psicológicas, y, para gran alivio suyo, lo declararon apto para volver al trabajo. Todavía cojeaba un poco, de modo que le asignaban tareas menos pesadas de lo normal, pero a veces, habitualmente por la noche, me llamaba y me preguntaba si me apetecía dejarme caer por el escenario de algún crimen en el que consideraba que había algún elemento que podía interesarme. Una noche en particular, me dejó un mensaje mientras yo asistía a una de mis reuniones de los doce pasos. A aquellas alturas ya había cambiado de tercio y me había hecho asistente asiduo de Alcohólicos Anónimos; como podría haber dicho Tolstói, todos los drogadictos se parecen; en cambio, cada alcohólico está loco a su manera. Allí las reuniones eran mucho más interesantes que en Narcóticos Anónimos, y llegué a la conclusión de que si iba a tener que pasarme la vida sin beber, mejor que estuviera entretenido.

Cuando finalizó aquella reunión, que se celebraba en la decrépita sala de una iglesia del Upper West Side, dejé a los otros marginados como yo pululando por el vestíbulo. Eché a andar en dirección este, disfrutando de la temperatura templada de aquella noche, impropia de la época del año en que estábamos, y hasta que vi las torres góticas del Dakota no me acordé de mirar los mensajes del teléfono. Al ver el número de Bradley supuse que debía de haber desenterrado otro de sus fantasmas del rock and roll, así que me llevé una sorpresa cuando seleccioné la opción de escuchar mensaje y lo oí, por primera vez desde que nos conocíamos, pidiéndome ayuda.

«Tengo un caso de asesinato verdaderamente extraño», decía. A continuación, sin explicar nada más excepto que estaba relacionado con una mujer joven, me daba la dirección de un hotelucho de segunda donde quería que me reuniese con él.

Se llamaba Eastside Inn.

25

La mujer responsable del asesinato de la habitación 89 se había servido de mis conocimientos, de mi experiencia y de mi cerebro para cometer aquel homicidio, y ello me convertía a mí, al menos desde mi punto de vista, en un elemento auxiliar del crimen.

No pensaba dejar pasar por alto algo así, de modo que, en cuanto los ayudantes del forense hubieron cerrado la cremallera de la bolsa que contenía el cadáver de Eleanor, salí de la habitación —más enfadado de lo que había estado en mucho tiempo— y me dirigí a la escalera para bajar a la planta que daba a la calle.

Allí encontré lo que estaba buscando —la puerta del despacho del encargado— en un pequeño hueco que había cerca del mostrador de recepción. Álvarez o alguno de los otros policías jóvenes la había cerrado con llave al marcharse, así que me aparté un poco y estampé la suela del zapato contra la hoja de madera, justo por debajo del picaporte.

El ruido de astillas rotas llamó la atención de un policía uniformado.

—Estoy con Bradley —le dije con un aire de total autoridad.

Él se encogió de hombros.

Terminé de patear la puerta y penetré en la guarida de aquel saco de mierda. Apestaba a sudor y a tabaco.

Entre la mugre, había un archivador alto que había sido desplazado hacia un lado para dejar al descubierto un espacio oculto en el suelo. Dentro de aquel agujero había una caja fuerte de las grandes. El ladrón que había ayudado a la agente Álvarez, sin duda un experto, debía de saber exactamente dónde buscar, y ya había averiguado la combinación y abierto la puerta de la caja.

Entre el dinero en efectivo y los documentos, encontré hojas impresas de las cuentas del hotel, un par de pistolas baratas y decenas de bolsitas clasificadas por colores. Me agaché y acerqué un par de ellas a la luz: las verdes contenían coca, las negras pepitas de crack, y la metanfetamina, muy apropiadamente, me dije, estaba en las bolsas de color azul claro. Los demás colores indicaban otros productos, igual que en cualquier buen almacén. El encargado se había equivocado de profesión: en lugar de un hotelucho como aquél, debería dirigir un supermercado.

Al contemplar aquel alijo, mentiría si dijera que no me sentí tentado, sobre todo por el Percodan que había en las bolsitas amarillas. Fui a cogerlas para ver cuántas había —ya saben, sólo por curiosidad—, pero, cosa extraña, mi mano se detuvo antes de tocarlas y se apartó lentamente. ¿Quién ha dicho que los programas de doce pasos son una pérdida de tiempo?

Saqué de la caja fuerte las páginas impresas y otros documentos, y me senté detrás del desvencijado escritorio. Allí fue donde me encontró Bradley treinta minutos más tarde.

—¿Qué estás haciendo? —me preguntó, apoyado en el marco de la puerta. Estaba tan cansado que tenía el rostro arrugado como la sábana de una cama deshecha.

—Echar una mano.

La sorpresa le levantó el ánimo.

—¡Pensaba que estabas jubilado!

—Y lo estoy, pero soy un tipo chapado a la antigua. Alguien se ha basado en el libro que escribí para asesinar a una mujer, y eso me cabrea.

Bradley entró en el despacho y se sentó con cuidado en una silla. Ya me había dicho en París que contaba con que la cadera le daría problemas durante el resto de su vida, y más aún cuando estuviera cansado.

—Deberías irte a casa y dormir un poco —le dije—. ¿Ya ha terminado tu equipo?

—Les queda media hora como mucho, ya lo están recogiendo todo. ¿Has encontrado algo? —me preguntó, señalando los documentos esparcidos por la mesa.

—Sí. —Le puse una carpeta delante—. Éste es el expediente de la habitación ochenta y nueve. Tus detectives le han echado una ojeada y tenían razón: la mujer llegó aquí hace más de un año y pagó por adelantado. El resto, en cambio, es un desastre total, ni siquiera hay fechas concretas. Supongo que no se ha detallado nada a propósito...

—¿Por si acaso pasaba por aquí un inspector de Hacienda? —interrumpió Bradley.

—Exacto. De modo que he ido a echar un vistazo a lo que había en el fondo de la caja fuerte, donde se guardaban las drogas, y he encontrado una impresión de las cuentas reales. Y cuadran todas, reflejan hasta el último centavo.

—Tienen que cuadrar, son para los dueños del garito, y ya te puedes imaginar lo que harían esos tíos listos si el mierda del encargado intentase engañarlos.

Señalé una de las entradas que había marcado.

—Aquí puedes verlo, la asesina llegó el once de septiembre.

La sábana de su rostro adoptó una serie de arrugas de sorpresa. Bradley se inclinó hacia delante y observó el dato con atención.

—¿Estás seguro?

—Totalmente. El sello de la hora indica que llegó alrededor de las cinco, seis horas después de que se derrumbaran las Torres Gemelas. Tú todavía estabas en el quirófano, Ben, pero supongo que, como yo, habrás leído todos los detalles de lo que ocurrió aquel día. El área entera se había convertido en una zona de guerra, llovían cenizas por todas partes, la gente corría para ponerse a salvo, todo el mundo pensaba que lo peor aún estaba por venir. Para cuando la asesina se registró en este hotel, había tanto humo en el aire que parecía que era de noche. Había coches abandonados en la calle, todo estaba en silencio, sólo se oían las sirenas.

»Recuerdo haber leído en alguna parte que un sacerdote iba recorriendo las calles invitando a la gente a que se confesara por última vez. Era como si hubiera llegado el final de los tiempos, y, según estas páginas impresas, lo sabían hasta los chulos y las putas del Eastside Inn: la noche anterior, había noventa habitaciones ocupadas; la noche del día once, sólo seis. El garito entero, el barrio entero, se había largado.

»Sin embargo, nuestra asesina viene hasta este hotel. Sólo pudo llegar andando, sorteando los escombros. Imagínatela, Ben, toda cubierta de polvo, probablemente irreconocible, con las suelas de los zapatos casi calcinadas por el efecto de las cenizas ardientes, y quizá con la cara tapada con un pañuelo para protegerse del humo. Cuando entra por la puerta principal, se quita el pañuelo. No empieza con los disfraces hasta la mañana siguiente, lo cual quiere decir que el mierda del encargado es la única persona que sabe cómo es físicamente, si es que se acuerda. Aunque no creo que demos con él, claro.

»La asesina le pide una habitación. Como te dije antes, éste no es sitio para ella, pero ya sabe que va a quedarse porque los datos del ordenador muestran que pagó dos meses por adelantado.

—Aparté a un lado las hojas impresas—. ¿Por qué, Ben? —pregunté—. ¿Por qué venir aquí? ¿Es que no había ningún otro sitio donde alojarse, éste era el único hotel con disponibilidad de todo Nueva York? ¿Tanto le gustaba este antro como para prácticamente caminar sobre carbones ardientes?

Bradley sacó un Camel de un paquete de tabaco que reposaba sobre el escritorio. A veces le gustaba simplemente sostener un cigarrillo entre los dedos. Tomé nota de que debía hablar con él de lo bien que sentaban los programas de doce pasos.

—¿Todo eso lo has deducido de unas cuantas columnas de números? —comentó, impresionado. Yo no contesté—. No sé por qué hizo todo eso —dijo por fin—. No tengo ni idea.

—Yo tampoco —repliqué—. Pero algo sucedió. Algo sucedió ese día que lo cambió todo para ella.

Bradley se encogió de hombros.

—Claro que sí, igual que para muchas personas.

—Ya, pero ninguna de esas personas se registró en el Eastside Inn. Ella estaba decidida a ocultar su identidad, a vivir fuera del sistema. Yo diría incluso que ese día tomó la decisión de asesinar a alguien. El hecho de que decidiera registrarse en este hotel demuestra que ese mismo día inició los preparativos.

Bradley me miró. Comprendía que aquella novedad era mala cosa. Una persona que había pasado tanto tiempo planificando un crimen difícilmente cometería un error. Se le hundieron los hombros sólo de pensar en la larga investigación que tenía por delante, y aquello, sumado al dolor de la pierna, fue suficiente para que pusiera cara de estar a punto de meterse de nuevo en la cama deshecha.

Levanté la vista y vi que alguien pasaba por delante de la puerta.

—¡Petersen! —grité—. ¿Tiene un coche fuera?

—Puedo conseguir uno —contestó.

—Pues échese a su jefe al hombro —le dije— y llévelo a su casa.

Bradley protestó, pero lo interrumpí:

—Tú mismo acabas de decir que ya estaban recogiendo. No vas a resolver este crimen esta noche.

Petersen nunca había visto a nadie dándole órdenes a Bradley, y no pudo disimular su regocijo. Se inclinó como si fuera a obedecer mis instrucciones, pero su jefe lo apartó de un empujón y le soltó que siempre había plazas libres en la patrulla encargada de las cloacas.

El detective me dirigió una sonrisa.

—¿Y qué me dice de usted? ¿Necesita que lo lleven?

—Estoy perfectamente, puedo irme a casa yo solito.

Pero no era verdad, no pensaba irme a casa, sino al lugar donde suponía que la asesina había iniciado su viaje aquel terrible día. Pensaba ir a la Zona Cero.

26

He estado en muchos lugares sagrados, pero en ninguno tan extraño como las dos hectáreas y media de la Zona Cero. Era un lugar en obras.

En el tiempo que había transcurrido entre el ataque a las Torres Gemelas y el asesinato de Eleanor, toda aquella área se había transformado en un gigantesco foso del que se estaban retirando dos millones de toneladas de escombros, a fin de prepararlo para volver a construir en él.

Más adelante tal vez se alzarán otras torres nuevas sobre aquella cicatriz, en las que se colocarán placas con los nombres de los fallecidos, hasta que, en menos tiempo de lo que la mayoría de nosotros podamos imaginar, la gente pase por delante con prisas, sin recordar apenas que está pisando suelo sagrado.

Sin embargo, en aquella tranquila noche de domingo, la amplia explanada en carne viva que tenía ante mí era una de las cosas más conmovedoras que había visto en toda mi vida: la desolación que desprendía aquel lugar describía, con mayor elocuencia que cualquier elegante monumento conmemorativo, lo que se había perdido. Al contemplarla desde la plataforma de observación, me di cuenta de que el ataque había quedado tan profundamente grabado en nuestra mente que aquella explanada formaba un lienzo en blanco, una pantalla vacía sobre la que proyectar nuestros peores recuerdos.

Con el alma encogida, volví a ver el cielo de un azul intenso y las torres en llamas, vi a la gente en las ventanas destrozadas agitando la mano para pedir una ayuda que no iba a llegar, vi a los heridos corriendo por las calles cubiertas de polvo y a los miembros de los equipos de rescate escribiéndose su propio nombre en el brazo por si tenían que sacar sus cuerpos de entre los escombros, y oí el estrépito y el retumbar de los edificios que se desplomaban. Volví a olerlo y a vivirlo todo, e intenté elevar en silencio una plegaria por los dos mil setecientos seres humanos que jamás abandonarían aquel lugar. Dos mil setecientas personas... Y más de un millar no llegaron a encontrarse.

Fue milagroso que pudiera recuperarse siquiera algún cuerpo. A una temperatura superior a los ochocientos grados, los huesos humanos se convierten en ceniza en el plazo de tres horas. Los incendios que arrasaron el World Trade Center alcanzaron más de mil grados y tardaron cien días en extinguirse.

Dice el Corán que el acto de segar una sola vida destruye un universo. Pues bien, frente a mí tenía la prueba: dos mil setecientos universos destrozados en pocos momentos. Universos de familias, de hijos, de amigos...

Cuando el sol del amanecer comenzó a aportar algo de luz, aunque todavía escaso calor, me fui de la plataforma de observación y empecé a pasear. No sabía qué estaba buscando, probablemente inspiración, pero no albergaba ninguna duda de que la asesina había iniciado su recorrido hacia el Eastside Inn muy cerca de la ruta que estaba siguiendo yo. No había otro camino para llegar al hotel, porque justo después de que se estrellara el primer avión la Autoridad Portuaria cerró todos los puentes y túneles que llevaban a Manhattan. Los autobuses y el metro dejaron de circular, las calles que atravesaban la isla quedaron bloqueadas... Cien minutos más tarde, el alcalde ordenó que se evacuara toda el área situada al sur de Canal Street. No cabía duda: para poder llegar al hotel, la asesina tenía que encontrarse ya dentro de la zona de exclusión.

Mientras paseaba, intenté imaginar qué estaría haciendo en aquella parte de la ciudad a las nueve de la mañana de un martes. ¿Trabajar, quizá? ¿Sería una turista que se dirigía al mirador que había en lo alto de la torre sur, la conductora de una furgoneta de reparto, una delincuente que tenía una reunión en uno de los bufetes de abogados? ¿Por qué estaba allí? Ésa era la pregunta que me repetía a mí mismo una y otra vez. Si hallaba la respuesta, sabía que tendría resuelto parte del enigma.

Aun así, si bien era cierto que no tenía ni idea de lo que estaba buscando, desde luego no estaba preparado para lo que encontré.

Sumido en mis especulaciones acerca de los movimientos que pudo hacer la asesina aquel día, tardé un minuto en reparar en los pequeños altares que habían aparecido a uno y otro lado del camino. Para los miles de personas que nunca habían recuperado los cuerpos de sus seres queridos, al parecer la Zona Cero hacía las veces de cementerio. En las semanas que siguieron al ataque, acudieron allí a pasar unos minutos de pie, en silencio, para pensar, para recordar, para intentar comprender. Sin embargo, conforme fueron transcurriendo los meses y repitieron la visita con motivo de aniversarios y cumpleaños, en Acción de Gracias o en otros festivos, empezó a tener cierta lógica que fueran dejando flores, tarjetas y pequeños recordatorios. Aquellos pequeños altares salpicaban ahora las vallas y los senderos que rodeaban la zona.

Cerca de donde estaba yo, vi varios juguetes que habían dejado tres niños en recuerdo de su padre fallecido. Lo supe porque, sujeta al alambre, había una foto de los tres, y me detuve a mirarla. El mayor debía de tener unos siete años. En la foto estaban soltando unos globos para que, según decía la nota que habían escrito a mano, su padre pudiera atraparlos en el cielo.

Seguí caminando y vi varios altares elaborados por padres que habían perdido a algún hijo, leí poemas escritos por hombres que tenían el alma rota en pedazos y contemplé mosaicos de fotos confeccionados por mujeres que a duras penas lograban reprimir su rabia.

Sin embargo, me ocurrió algo extraño. En medio de tanto dolor, no me sentí deprimido. Tal vez me equivocaba, pero tenía la impresión de que todo aquello desprendía una luz especial: el triunfo del espíritu del ser humano. Todo a mi alrededor me decía que aquellas familias destrozadas prometían resistir: leí textos que hablaban de hombres y mujeres que habían arriesgado la vida para salvar a un desconocido, vi más fotos de bomberos fallecidos de las que fui capaz de enumerar...

Al llegar al epicentro me detuve, a solas entre tantos monumentos conmemorativos de elaboración casera, e incliné la cabeza.

No estaba rezando —no soy una persona religiosa, un «creyente del Libro», como dicen—, ni tampoco me sentía particularmente afectado por tanta muerte. He estado en Auschwitz y en Natzweiler-Struthof, y también en el osario de la batalla de Verdún, y la muerte a gran escala hace mucho que dejó de asombrarme. Sin embargo, me sentí conmocionado al ver tanto valor en estado puro, probablemente porque dudo mucho del que pueda tener yo.

El dolor y el sufrimiento se me quedaron grabados desde que era muy joven. De pequeño, estaba dentro de mi casa cuando mataron a mi madre en su habitación. No querría que me malinterpretasen, no es que tenga especial miedo a morir, pero lo único que he pedido siempre es que, cuando llegue el momento, todo suceda de manera rápida y limpia. Siempre me ha dado pánico sufrir como sufrió mi madre, o no ser capaz de poner fin al dolor; ése es el terror secreto que me aguarda siempre allí, donde se acaban las farolas que iluminan la calle.

Rodeado de todos aquellos testimonios del coraje de la gente corriente, y recordando una vez más que mi valentía dejaba mucho que desear comparada con aquélla, emprendí el regreso a casa. Entonces fue cuando la vi: una tabla de color blanco que colgaba del alambre, semioculta por la curva que trazaba el sendero. Habría sido fácil pasarla por alto, pero, casualmente, el sol del amanecer arrancó un destello a su superficie. Al pie de aquella tabla había un montón de ramos de flores mayor de lo habitual, y aquello fue lo que atrajo mi atención.

Escritos en ella —con una letra muy esmerada— vi los nombres de ocho hombres y mujeres, todos acompañados de una foto. La leyenda que había debajo decía que habían sido rescatados con vida de la torre norte por un policía de Nueva York. Aquel pequeño altar era obra de una joven adolescente cuya madre era una de las personas rescatadas, y constituía un afectuoso tributo al valor de un solo hombre. La joven incluía una lista de las personas que salvó el policía: un imponente abogado con su traje de trabajo, un agente de bolsa con pinta de especulador y una familia perfecta, un hombre en silla de ruedas...

«¿Un hombre en qué?», me pregunté. Al instante recorrí la tabla con la mirada y encontré una foto del policía que los había rescatado a todos. Naturalmente, lo reconocí de inmediato: era

Ben Bradley. Como ya he dicho, aquello era lo que menos esperaba encontrarme.

Cuando Ben me contó en París que había quedado atrapado en la torre norte del World Trade Center, supuse que se encontraba dentro del edificio por motivos de trabajo, pero me equivoqué. Aquella adolescente conocía la verdadera historia: el policía estaba en Fulton Street cuando, de pronto, vio estrellarse el avión y cómo una enorme sección de la torre se elevaba hacia el cielo como si fuera el gigantesco orificio de salida de una bala. Bajo una lluvia de cascotes y en medio de una muchedumbre que huía, el detective Bradley se prendió la placa al cuello de la camisa, tiró la chaqueta y echó a correr hacia la torre. Al igual que le sucedió a la propia ciudad de Nueva York, aquél fue su peor y mejor momento.

Cinco veces entró y salió del edificio, y en cada una de ellas subió por una escalera de emergencia a contracorriente de la riada de personas que bajaban, intentando ver de qué manera podía ayudar, a quién podía salvar. En un momento dado, cuando estaba en el descansillo de los ascensores de la planta treinta, mientras la primera de las doscientas personas que saltaron al vacío se precipitaba por la fachada de la torre, tuvo que anudarse la camisa alrededor de la boca para poder respirar. Poco después, se dio cuenta de que había perdido la placa, la única manera que tenía de identificarse. Consciente de que lo peor estaba por venir, irrumpió en una oficina desierta y encontró un rotulador con el que garabatearse en el brazo su nombre y el teléfono de Marcie. En ese instante miró por las ventanas. No pudo creer lo que estaba viendo: ¡cuarenta metros más allá, la torre sur estaba desmoronándose! Hasta ese momento ni siquiera sabía que hubiera sufrido daño alguno.

Sabiendo que había llegado la hora de ponerse a salvo, corrió hacia la escalera de emergencia A, y fue entonces cuando alguien le dijo que más arriba había un individuo en silla de ruedas que estaba esperando a que lo ayudasen. Gracias al relato de la adolescente, me enteré de que Bradley era el hombre de mediana edad que condujo a los otros tres voluntarios escaleras arriba para buscar al hombre de la silla de ruedas, y que cargó con la silla de evacuación a lo largo de los sesenta y siete pisos.

La adolescente explicaba que el equipo consiguió llegar al vestíbulo cargando con aquel hombre en la silla, y que, aterrorizados por la posibilidad de que la torre pudiera desplomarse, corrieron a ponerse a salvo. Uno de los improvisados rescatadores, un tipo grande y joven que vendía seguros, se dio cuenta entonces de que los otros miembros del equipo estaban ya agotados, de modo que soltó su extremo de la silla, se echó al minusválido al hombro y, gritando, les dijo a Bradley y a los otros dos —un guardia de seguridad y un agente de cambio— que corrieran para salvar la vida.

Dos minutos después, el mundo se hundió. La torre norte se desplomó empezando por arriba, como si le estuvieran arrancando la piel. En aquellos momentos todo fue aleatorio, incluida la muerte. El vendedor de seguros y el minusválido se pusieron a cubierto bajo el quicio de una puerta que no proporcionaba protección alguna, pero consiguieron escapar ilesos de la lluvia de escombros. A tres metros de allí, el guardia de seguridad recibió el impacto directo de un cascote y murió al instante. Bradley y el agente de cambio se metieron debajo de un camión de bomberos que acabó sepultado por una montaña de hormigón.

Quedaron atrapados en una cámara de aire, y el agente de bolsa —de treinta y dos años y millonario— fue a quien Bradley abrazó con fuerza mientras agonizaba y le pedía que memorizara sus últimas palabras para poder transmitírselas a su familia.

Cinco horas más tarde, Bradley fue rescatado por un equipo de bomberos ayudados por un perro detector. Al sacarlo de allí, vieron los datos que se había escrito en el brazo, llamaron a Marcie y le dijeron que se dirigiera lo antes posible a Urgencias.

Permanecí allí de pie, en silencio, durante un buen rato. Aquélla era una de las historias de valentía más extraordinarias con las que me había topado en la vida, y supe en aquel preciso instante que al día siguiente iba a ofrecer a Bradley la única cosa de valor que podía darle: iba a inventarme una última leyenda para participar en su maldito seminario.

Me volví y empecé a pensar en lo que diría ante los mejores investigadores del mundo. Me imaginé presentándome como Peter Campbell, un antiguo médico reconvertido en gestor de fondos de cobertura. Les diría que había conocido a Jude Garrett durante la época en la que trabajé como médico, cuando vino a consultarme ciertos detalles de un asesinato que estaba investigando. Nos hicimos amigos, y a partir de entonces ya no hubo caso ni técnica de investigación de la que él fuera pionero que no hubiera comentado conmigo. Les diría también que yo había encontrado el manuscrito del libro después de que él falleciera, y que lo había preparado para su publicación. Incluso les haría creer que Garret era Sherlock y yo el doctor Watson, como me había sugerido Bradley.

No era la leyenda perfecta, pero serviría. Además, estaba seguro de que las credenciales académicas de Campbell y otros muchos detalles que iba a tener que inventar lograrían sobrevivir a casi cualquier escrutinio. Para ello contaba con Battleboi.

De acuerdo, podía establecer la legitimidad de Peter Campbell, pero ¿qué iba a contar en concreto cuando me dirigiera a aquellos expertos? No sabía si sería posible implicar a investigadores tan selectos en un caso sin resolver, llevarlos por los raros entresijos de un crimen brillantemente perpetrado. Dicho de otro modo: ¿podría presentar a debate el asesinato cometido en el Eastside Inn?

Desde luego, aquel crimen reunía todos los requisitos de un caso digno de ser estudiado: una mujer que cada día cambiaba de apariencia física, una habitación de hotel rociada con un antiséptico industrial, un cadáver al que le habían extraído todos los dientes, y el hecho de que la asesina había utilizado el libro de Jude Garrett —el mismo que había causado tanto revuelo entre los asistentes al seminario— a modo de manual de instrucciones.

Pero aquellos detalles no eran más que datos, y el público no quedaría satisfecho. «Propónganos una teoría —me dirían—. ¿Cuál es la explicación de los hechos? ¿Por qué el once de septiembre? ¿No es eso lo primero que preguntaría un hombre inteligente como Jude Garrett?»

Y tendrían razón, naturalmente. De todas las fechas posibles, ¿por qué aquélla? Pensé que si yo fuera Garrett —y afortunadamente lo era— les diría...

De repente, se me ocurrió una idea asombrosa. Presionado por mi imaginaria interpretación del nuevo Peter Campbell, se me ocurrió una razón para que la homicida se pusiera a buscar un lugar donde quedarse cuando todo el mundo huía.

Digamos que había una persona a la que quería asesinar, pero nunca había sabido cómo hacerlo sin que la pillaran. Supongamos que trabajaba en una de las Torres Gemelas y que aquella mañana llegó tarde a la oficina. Podemos dar por hecho, entonces, que no estaba sentada a su mesa, sino en la calle, y que vio cómo ambos edificios se incendiaban y acababan derrumbándose. Si todos sus compañeros de trabajo habían muerto, ¿quién iba a saber que ella había sobrevivido?

Podía desaparecer sin más. Lo único que necesitaba era un sitio donde alojarse y cerciorarse de que nadie pudiera reconocerla nunca. De ese modo, podría cometer el asesinato cuando le resultase más cómodo...

Es decir, no existe una coartada mejor que estar muerto, ¿no?

27

Aunque al día siguiente quedé con Ben y Marcie para cenar, no le dije nada a Ben acerca de la teoría que acababa de acuñar; quería seguir dándole vueltas, como si fuera un difícil diseño arquitectónico que estuviera estudiando para ver si se sostenía en pie.

Sin embargo, con el fin de agradecer las comidas caseras de Marcie los había invitado a Nobu, y, entre la tempura de gambas y la rubia, llegó un momento en que mencioné que había cambiado de opinión y que estaría encantado de participar en el seminario.

Los dos se quedaron mirándome, pero la que habló primero fue Marcie:

—A ver si lo adivino: ¿tú también has encontrado a Dios?

Respondí con una sonrisa, pero —ya se sabe cómo somos los hombres— de ninguna manera pensaba avergonzarme a mí mismo ni a Bradley hablando del altar que había visto en la Zona Cero y de las emociones que había experimentado al leer el relato que atestiguaba el valor mostrado por el policía.

—Quizá se deba al hecho de estar otra vez en casa... —contesté—. Pero, en fin, considero que ya es hora de que devuelva algo a la sociedad.

Bradley estuvo a punto de atragantarse con el sake. Marcie y él intercambiaron una mirada.

—Eso es maravilloso —dijo Bradley—. ¿Y por qué no te apuntas también a la Liga de Vigilantes del Vecindario? Sólo por curiosidad, ¿hay alguna posibilidad de que nos digas cuál es el verdadero motivo?

—Pues no —repliqué, devolviéndole la sonrisa y pensando en los sesenta y siete pisos y en el detalle de que el individuo de la silla de ruedas, a juzgar por la foto, era un hombre bastante corpulento.

Marcie, al ver que el silencio se prolongaba, comprendió por fin que yo no tenía intención de dar más explicaciones, e inició un nuevo tema de conversación.

—¿Has pensado en visitar la casa en la que viviste de pequeño? —me preguntó.

La sorpresa cambió de bando. La miré fijamente, como si estuviera loca.

—¿Te refieres a Greenwich? ¿Y qué hago, llamar al interfono y preguntar a ese tiburón de las finanzas si me deja echar un vistazo?

—Puedes probar con eso si quieres, pero, conociéndolo, no creo que te funcione —repuso Marcie—. Creía que habrías visto la noticia en la revista *New York*.

Dejé mi vaso de agua y la miré con gesto interrogante.

—Hay una asociación de horticultores que organiza visitas a la finca para recaudar fondos y los destina a organizaciones benéficas —explicó—. Si te interesa, Ben y yo estaríamos encantados de acompañarte.

Mi cerebro funcionaba a toda velocidad. «¿Regresar a Greenwich?» Pero contesté de inmediato:

—No, aunque gracias, de todos modos. Sólo es una casa, Marcie, para mí no significa nada. Todo eso sucedió hace mucho tiempo.

Naturalmente, en cuanto nos separamos después de la cena, adquirí un ejemplar de aquella revista y, al día siguiente, llamé a la Sociedad de Horticultura de Connecticut y compré una entrada.

A Bill le habría encantado.

—¿Doscientos dólares para ver unos cuantos árboles? ¿Qué tiene de malo Central Park?

Hacía una estupenda mañana de sábado. El sol ascendía lentamente en medio de un cielo sin nubes, y yo iba paseando por las avenidas de Connecticut, bordeadas de árboles. Podría haber pedido al taxista que me llevase hasta la entrada misma de la casa, pero me apetecía andar; pensé que sería mejor dejar a mis recuerdos un poco de espacio para respirar. Las enormes verjas de hierro forjado estaban abiertas, y, tras entregar mi entrada a una señora que llevaba una escarapela en la solapa, me zambullí en el pasado.

Resultaba increíble lo poco que había cambiado aquello en veinte años. Los sicomoros todavía formaban un frondoso dosel que cubría el camino pavimentado con fina grava que llevaba hasta la casa, las hayas europeas continuaban dando profundidad a las laderas, y en el frescor de su sombra los rododendros se veían tan hermosos como siempre. A mitad de aquel interminable camino, había una grieta en el follaje, diseñada para que los visitantes tuvieran una primera vista de la casa. Si su propósito era sorprender, seguro que nunca fallaba.

Hice un alto y contemplé Avalon una vez más. Se erguía a lo lejos, con la fachada reflejada en la amplia superficie del lago ornamental. El abuelo de Bill había ido a Inglaterra en la década de los años veinte y se había alojado con los Astor en Cliveden, la impresionante mansión de estilo italiano que poseían junto al Támesis. Regresó con decenas de fotos, se las enseñó a su arquitecto y le dijo que construyera «algo parecido, sólo que más bonito».

La casa se terminó seis meses antes de la caída de la bolsa. Junto con la residencia Mar-a-Lago que tenía Marjorie Merriweather Post en Palm Beach, fue la última de las grandes mansiones norteamericanas del siglo XX.

Recorrí con la mirada sus muros de piedra caliza de Indiana, que resplandecían con la luz matinal, y encontré los tres ventanales situados en el extremo norte. Correspondían a mi dormitorio. Ya se imaginarán ustedes cómo se sentía en una habitación así un chaval procedente de la parte de Detroit de la que llegaba yo. El recuerdo de aquellos aterradores días me hizo bajar la vista hacia el lago, un lugar en el que había pasado mucho tiempo paseando a solas.

Bajo una hilera de robles palustres distinguí el promontorio cubierto de hierba desde el que Bill me enseñó a navegar años más tarde. De pequeño, él había pasado los veranos en Newport, y se enamoró de los veleros de doce metros que competían en la America's Cup. Un día, llegó a casa con los modelos a escala de dos de los barcos más magníficos que habían sido botados. El *Australia II* y el *Stars & Stripes* medían casi dos metros de eslora, y las velas y el timón podían manejarse por control remoto, impulsados sólo por el viento y la destreza del patrón. Sabe Dios cuánto debieron de costar.

Todavía me parece verlo ahora como loco, haciendo que su juguete surcara el lago a toda velocidad, cazando las velas, esforzándose por quitarme el viento a mí y sacarme ventaja en cada boya. Sólo cuando lo derroté tres veces consecutivas, me llevó al estrecho de Long Island y me enseñó a navegar de verdad en un pequeño velero de dos plazas.

No me considero una persona engreída, de modo que es posible que me crean si les digo que navegar es lo único para lo que tengo un talento natural —aparte del talento para engañar, por supuesto—. Hasta tal punto que un sábado, sentados en el casco del bote puesto boca abajo, Bill me dijo que, en su opinión, yo estaba preparado para participar en las Olimpiadas.

Sabedor de que yo siempre me mantenía apartado de la gente, tuvo la sensatez de sugerirme que asistiera al menos a clases particulares —con un Láser—, y los fines de semana practicaba mucho conmigo. Al final todo aquello no sirvió para nada, porque con dieciséis años, perdido y furioso con la vida, y sin tener ninguna otra cosa contra la que rebelarme, abandoné. Le dije a Bill que no pensaba volver a navegar, y en mi ingenuidad y mi crueldad creí que la expresión de desilusión que vi en su rostro era una forma de victoria. Luego me planteé al menos un centenar de veces cómo retractarme de aquella decisión, pero no era lo bastante listo para entender que pedir perdón es un signo de fuerza, no de debilidad, y la oportunidad se esfumó al mismo tiempo que el verano.

De pie en el camino que conducía hasta la casa, después de tantos años, contemplé de nuevo el lago y comprendí la razón por la que había vuelto. Bill estaba muerto, pero yo deseaba hablar con él.

Subí hasta la antigua mansión. Sobre el césped habían montado unas carpas para el almuerzo con servicio de plata, y las puertas de la casa estaban acordonadas. Los guardias de seguridad tan sólo permitían el acceso a los miembros del comité y a los invitados VIP que contaban con un pase, de tal modo que penetrar en el interior tal vez hubiera supuesto un problema incluso para un agente sumamente entrenado, pero no para quien había pasado su infancia en aquel lugar. En la parte posterior de los pabellones de servicio encontré la puerta del vestuario de los jardineros, que no estaba cerrada con llave, y me apresuré a colarme por ella para entrar en el oscuro garaje.

En la pared del fondo, palpé por encima de una serie de estanterías de herramientas y pulsé un botón que estaba escondido bajo una regleta de enchufes. Al momento, se abrió una parte de las estanterías y apareció un pasadizo subterráneo que conducía al interior de la casa. Construido por el abuelo de Bill, presumiblemente para acceder al garaje cuando hiciera mal tiempo, su verdadero propósito era muy distinto.

Según la antigua ama de llaves, el coronel —después de haber conquistado Europa con el 6.º Ejército— volvió a casa y lanzó una campaña similar contra las doncellas. Estableció su cuartel general en el diván de su estudio, una habitación que ofrecía una amplia panorámica del camino que llegaba hasta la casa, y por lo tanto daba a la protagonista de aquella semana tiempo de sobra para vestirse, meterse por el pasadizo y salir al garaje antes de que la esposa del coronel llegara a la puerta de la mansión. El ama de llaves siempre decía que era un plan tan perfecto que su jefe debería haber sido ascendido a general.

Hice una pausa en el pasadizo y agucé el oído por si captaba algún ruido procedente del estudio. No se oía nada, de manera que giré el picaporte y crucé la puerta disimulada en el antiguo revestimiento de madera de dicha estancia.

A Grace le habría dado un infarto. Sus inestimables antigüedades inglesas y el suelo de parquet de Versalles habían desaparecido, y en su lugar había ahora unos sofás y una alfombra a cuadros escoceses. Encima de la antigua chimenea, traída de algún *château* —y donde antes estaba colgado su mejor Canaletto—, había un retrato del propietario y de su familia, todos con la vista fija en algún punto lejano, como si acabaran de descubrir el Nuevo Mundo. Aquel cuadro sólo habría mejorado si lo hubieran pintado sobre un lienzo de terciopelo negro.

Decidí ignorar aquellas miradas heroicas, fui hasta el otro extremo de la habitación y abrí la puerta que daba al vestíbulo de la entrada. Allí oí voces —los visitantes, gente buena y magnífica, se estaban congregando en los elegantes salones—, pero los dos gorilas de la puerta principal se hallaban de espaldas al interior, de modo que no me vieron subir las escaleras. Al llegar arriba, viví uno de esos momentos.

En la primera planta, el tiburón de las finanzas no había dado vía libre a su decorador, así que, de repente, desaparecieron todos los años transcurridos y me vi rodeado por mi niñez. Recorrí aquel hermoso pasillo sumido en el silencio —creo que ya he mencionado que es la casa más silenciosa en la que he estado en mi vida— y abrí la puerta situada en el extremo norte.

La distribución de las habitaciones tampoco había cambiado, y aún podía palparse la fuerza del pasado: una amplia sala de estar, un cuarto de baño, armarios con vestidor y un dormitorio que daba al bosque. El edificio contaba con otra docena de suites similares, y resultaba obvio que la familia del nuevo propietario nunca había utilizado aquélla.

Permanecí allí de pie, en silencio, durante interminables minutos, simplemente recordando, hasta que por fin me senté en el borde de la cama y me fijé en el asiento construido en el hueco del ventanal. Allí se sentaba Bill cada vez que venía a charlar conmigo, con el perfil de su rostro recortado contra el tono cobrizo de los hayedos. Poco a poco fui dejando que se me desenfocara la vista, y juro que fue como si estuviera viéndolo de nuevo.

Le hablé desde el fondo del corazón y le dije todas las cosas que nunca había sido capaz de decirle en vida. Le reconocí que había cuidado de mí cuando no estaba obligado a ello por razones de parentesco ni de amistad. Le aseguré que, al menos desde mi punto de vista, si existía un cielo siempre habría en él un sitio para alguien que había hecho algo así por un crío. Le confesé que todo lo que pudiera haber en mí de bueno se lo debía a él, y que en cambio las partes más siniestras eran sólo mías. Le dije que lo llevaba siempre en el pensamiento, y que no pasaba un solo día en que no deseara poder salir otra vez a navegar para que se sintiera orgulloso de mí. Le rogué que me perdonase por no haber sido el hijo que él tanto deseaba, y, después de todo aquello, guardé silencio una vez más.

Si alguien hubiera entrado y me hubiera visto con la cabeza inclinada, habría pensado que estaba rezando. Y debí de pasar así un buen rato, porque lo que me reanimó fue una música de violín. Los doscientos dólares no sólo habían servido para pagar el almuerzo con servicio de plata, sino también el acompañamiento de una orquesta de cámara, y supuse que todo el mundo estaría empezando a dirigirse hacia las carpas. De modo que me levanté, lancé una última mirada a mi pasado y me encaminé hacia la puerta.

28

Bajé la escalera, y cuando ya había recorrido la mitad del vestíbulo y estaba a poco más de seis metros de la puerta principal y de la libertad, de repente la oí:

—¿Scott...? ¿Scott Murdoch? ¿Eres tú?

La voz me sonaba conocida, pero no conseguí ponerle cara. Seguí andando; unos pocos pasos más y estaría a salvo, arrastrado por el gentío que se aproximaba a la salida... cuatro pasos... tres...

Me atrapó por el codo y me obligó a detenerme.

—Scott... ¿no me has oído?

Al girarme hacia ella, la reconocí. Llevaba prendida la escarapela de color morado que la identificaba como miembro del comité, y sólo entonces me di cuenta de que debería haber contado con que iba a estar presente allí, porque siempre le habían gustado mucho los jardines. Aquélla era una de las cosas que tenía en común con Grace, y la razón fundamental de la amistad que las unía.

—Ah, hola, señora Corcoran —dije sonriendo lo mejor que pude.

Resulta que era la madre de Dexter, el tipo repelente que estaba conmigo en el equipo de *squash* de Caulfield, en cuya casa tuve que sufrir Dios sabe cuántos encuentros destinados a reforzar el espíritu de equipo.

—Me cuesta trabajo creer que seas tú. ¿Qué estás haciendo aquí?

—Pues ya sabe, fisgonear un poco... por los viejos tiempos —contesté.

Su mirada se posó en mi chaqueta, y no vio la etiqueta identificativa que me habría permitido entrar. Noté que estaba deseando preguntarme cómo demonios había logrado burlar a los de seguridad, pero decidió dejarlo pasar.

—Acompáñame a almorzar, Scott —me dijo al tiempo que enlazaba su brazo con el mío—. Nos pondremos al día de todo, y después te presentaré al propietario. Es un hombre encantador. —Luego bajó la voz y adoptó un tono de conspiración—: Lo sabe todo acerca de los mercados...

Sin embargo, yo no me moví.

—Se lo agradezco, pero me marchaba ya, señora Corcoran —repliqué en tono tajante—, ya he visto todo lo que quería ver.

Me miró a los ojos, y creo que en aquel instante se dio cuenta de que la visita había sido importante para mí.

—Claro, lo entiendo perfectamente —dijo sonriendo—. Soy una tonta. Olvídate del propietario, para serte sincera es un hombre horroroso. Y su mujer es todavía peor, se cree que es decoradora.

Su risa siempre había sido frágil, como el cristal cuando se rompe, y no había cambiado lo más mínimo. Se apartó un poco y me miró de arriba abajo.

—Estás estupendo, Scott, los años te han tratado bien.

—A usted también —repuse asintiendo con la cabeza y con falso asombro—, apenas la encuentro cambiada.

Me costó creer que estuviera diciendo aquello, pero la señora Corcoran asintió encantada; la adulación y las falsas ilusiones formaban parte del aire que respiraba.

Continuamos mirándonos el uno al otro con incomodidad durante unos instantes, ninguno de los dos sabía muy bien qué decir a continuación.

—¿Cómo está Dexter? —pregunté sólo por salir del apuro.

Una sombra de confusión cruzó la estirada piel de su rostro.

—Qué raro, Grace me dijo que te lo había contado en una carta...

No tenía ni idea de a qué se refería.

—Estuve muchos años sin tener contacto con Grace. ¿Qué es lo que tenía que contarme?

—Típico de Grace —comentó la señora Corcoran haciendo un esfuerzo por sonreír—, no ponía interés en nada que no tuviera que ver con ella. Dexter falleció, Scott.

Tardé unos momentos en encajar aquella información. Dexter era un tipo fuerte, siempre andaba burlándose de los demás, pero aun así... ¿había muerto? Aquello me pareció un tanto extremo. Como yo era un marginado que nunca hablaba con nadie y él era un tipo al que odiaban todos, los demás integrantes del equipo de *squash* siempre se lo montaban para que yo acabase emparejado con él, así que fui quien más tuvo que aguantar sus escarnios y esas rabietas en las que arrojaba la raqueta por los aires...

Su madre me estaba mirando fijamente, y di las gracias por no tener que fingir asombro, porque lo sentía de verdad. Ella misma luchaba por reprimir las lágrimas, cosa nada fácil si se tenía en cuenta la gran cantidad de piel que le habían extirpado los cirujanos plásticos con el paso de los años.

—Le pedí a Grace que te lo dijera porque sabía lo unidos que estabais —dijo por fin—. Dexter siempre comentaba la de veces que acudías a él para pedirle consejo, y no sólo en lo referente al *squash*.

¿Corcoran había dicho aquello? Antes habría acudido a Bart Simpson. Por Dios.

—Ahora ya podemos ser sinceros, Scott. Tú no te sentías a gusto, ¿verdad? Dexter decía que por eso siempre se presentaba voluntario para jugar de compañero contigo, porque no quería que te sintieras excluido. Siempre fue muy atento.

Asentí en silencio.

—Ésa era una faceta de Dexter que mucha gente no conocía —respondí al fin. A ver, ¿qué otra cosa podía decir? ¡Dexter era hijo único, por el amor de Dios!—. ¿Qué le ocurrió?

—Se ahogó... Estaba solo en la casa de la playa, y una noche salió a nadar.

Yo conocía aquel tramo de playa, era peligroso incluso a plena luz del día; nadie que estuviera en su sano juicio iría a darse un baño por la noche. Me vinieron a la memoria fragmentos de cosas que me habían ido contando: había abandonado la facultad de

Derecho, se había dado a la bebida, había pasado una temporada en una clínica de rehabilitación de Utah...

—Por supuesto, surgieron rumores malintencionados —continuó su madre—. Ya sabes cómo es la gente... Pero el forense y la policía coincidieron en que fue un accidente.

Me acordé de que su abuelo había sido un juez prominente del Tribunal Supremo, y supuse que alguien había arreglado las cosas. Si habían encontrado una nota en la casa, seguramente se la habrían dado a los padres en privado y ellos la habrían destruido.

A pesar de mi edad, tengo ya mucha experiencia con la muerte, pero aun así no estoy vacunado. Siempre pensé que sería yo el primero de mi clase en abandonar este mundo, y sin embargo fue Corcoran, aquel cabrón hijo de puta. Ese pensamiento debió de robarme todo el color de la cara.

—Estás muy pálido —dijo la señora Corcoran tocándome en el brazo para consolarme—. Quizá no debería habértelo contado así, pero es que no conozco ninguna manera correcta de...

Estaba tragando saliva, y me dio la impresión de que iba a echarse a llorar, aunque gracias a Dios no lo hizo. En vez de eso, se obligó a poner buena cara.

—¿Y qué me dices de ti, sigues en el mundo del arte?

La aflicción no le había trastornado el juicio; aquélla era la leyenda que me había inventado para amigos y parientes cuando empecé el trabajo de campo para la División. Por ley, nadie debía estar enterado de la existencia de dicha agencia, de modo que pasé varios meses dando forma a mi tapadera hasta que el director la autorizó por fin.

Un domingo me presenté en Avalon sin avisar, y durante el almuerzo les conté a Grace y a Bill que me había hartado de la Rand Corporation, de la investigación y de la psicología en sí. Les dije que lo mejor que me habían dado ellos dos había sido el interés por el arte, que pensaba abandonar mi puesto en la Rand para ser marchante de obras de pintores europeos de principios del siglo XX, y que iba a establecerme en Berlín.

Como leyenda, aunque tal vez no sea muy correcto que lo diga yo, no estuvo nada mal, porque me permitió viajar por toda Europa para llevar a cabo mi verdadero trabajo y, al mismo tiempo, me proporcionó una excusa para perder el contacto con mis antiguas amistades hasta que prácticamente se olvidaron de mí. Y, por supuesto, resultó creíble, porque allí estaba yo, muchos años después, hablando con una mujer que había sido amiga de Bill y de Grace y que estaba preguntándome por el negocio del arte.

Esbocé una sonrisa.

—Sí, señora Corcoran, todavía sigo persiguiendo lienzos, ganándome la vida a duras penas.

Ella observó mi jersey de cachemir y mis carísimos zapatos, y me di cuenta de mi error. En deferencia al recuerdo de Bill, me había vestido para la ocasión.

—Sospecho que no tan a duras penas —replicó entrecerrando los ojos.

No quería que la señora Corcoran pensara que mi ficticio negocio era un éxito, porque la gente empezaría a preguntar cómo era que nunca habían sabido nada, de manera que di el paso, casi revolucionario tratándose de mí, de decirle la verdad.

—He tenido suerte —confesé—. Puede que usted ya lo sepa: Grace me dejó algo de dinero.

La señora Corcoran guardó silencio durante unos segundos.

—Habría apostado todo lo que tengo a lo contrario —dijo en voz queda.

—Sí, Grace quizá fuera... un tanto distante —repuse—, pero debajo de esa fachada supongo que debía de tener sentimientos.

—Sentimientos de obligación, diría yo más bien —replicó—. Como ninguno de los dos vive, supongo que ya no tiene importancia, pero Grace nunca te quiso, Scott, ni siquiera al principio.

Con independencia de las dificultades que hubiera tenido yo con mi madrastra, jamás esperé que me dijeran aquello de una forma tan cruda. Me pregunté si la señora Corcoran no estaría exagerando, y mi gesto debió de reflejar una expresión de duda.

—No me mires así. Ella misma lo dijo poco después de que llegaras de Detroit. Estábamos tomando café ahí fuera. —Señaló la explanada de césped que daba al lago—. Bill, Grace y yo te estábamos mirando; la niñera te había llevado al borde del agua para que vieras los cisnes, me parece.

Recordaba aquel episodio, a pesar de lo pequeño que era entonces. Nunca había visto cisnes, y me parecieron los seres más hermosos del mundo.

—Bill no te quitaba los ojos de encima —prosiguió la señora Corcoran—. Para serte sincera, nunca he visto a un hombre tan embobado con un niño. Grace también se dio cuenta, porque lo observaba atentamente. Hasta que al final le dijo: «Bill, he cambiado de opinión. Un hijo no encaja con nosotros.» Él se volvió y le contestó que se equivocaba, que un hijo era exactamente lo que necesitaban, más niños que aportasen un poco de vida a la casa. Lo dijo en tono terminante, pero Grace no quiso dejar el tema porque estaba decidida a salirse con la suya; por lo visto, disponían de unos días para decirle a la agencia si iban a quedarse contigo o no. —La señora Corcoran hizo una pausa para observar mi reacción.

No sé qué era lo que esperaba... ¿Hay alguien que no desee creer que sus padres lo querían?

—Sí, Grace era una compradora experta —respondí—. Lo analizaba todo teniendo en cuenta el derecho a devolver el artículo si no quedaba conforme.

La señora Corcoran lanzó una carcajada.

—Por eso me has caído siempre bien, Scott, nunca permites que algo te haga daño.

Me limité a asentir con un gesto.

—Sea como sea, la discusión entre ambos fue elevándose de tono, hasta que por fin Grace perdió los nervios. Le dijo: «Bill, ¿sabes cuál es tu problema? Que eres un mozo de equipajes. En cuanto ves a una persona que lleva una maleta a cuestas, corres a ayudarla.» Y acto seguido añadió que tú te irías al día siguiente y se metió en la casa diciendo que iba a ver qué tal marchaba el almuerzo. Nadie la vio durante el resto del día. Bill estuvo un buen rato sin decir palabra, con la vista fija en ti. Después me miró y dijo: «Scott se quedará en Avalon hasta que vaya a la universidad, y más tiempo si él quiere. Se quedará porque el mozo de equipajes así lo desea, y Grace tendrá que aceptarlo.»

»Yo no supe qué decir, la verdad. Nunca lo había visto reaccionar de una forma tan tajante, incluso dudo que nadie lo hubiera visto alguna vez así. Luego me dijo una cosa rarísima.

»Seguramente ya sabrás que Bill no era un hombre espiritual, ni una sola vez le oí hablar de Dios, pero me dijo que todas las noches se sentaba junto a tu cama mientras dormías. «Estoy convencido de que Scott nos ha sido enviado», me reveló. «Tengo la sensación de que he sido elegido para cuidar de él. No sé por qué siento esto, pero estoy seguro de que algún día hará algo muy importante.»

De pie en aquella vieja mansión, ahora que habían transcurrido tantos años, la señora Corcoran me sonrió.

—¿Lo has hecho, Scott? ¿Estaba Bill en lo cierto? ¿Has hecho algo muy importante?

Yo le devolví la sonrisa y negué con la cabeza.

—No, a no ser que rescatar unos cuantos cuadros perdidos pueda considerarse algo importante. Pero Bill era un hombre bueno, y que pensara eso es una muestra de su bondad.

En aquel momento alguien llamó a la señora Corcoran desde el otro lado del césped, probablemente tenía que pronunciar un discurso. Me dio una palmada en el brazo a modo de despedida.

—En fin, quién sabe —me dijo—. Todavía eres bastante joven. Te queda tiempo, ¿no? Adiós, Scott.

Sin embargo, no era cierto que me quedase tiempo. Aún tenía treinta y tantos, sí, pero mi carrera había finalizado. Tan sólo un necio pensaría que las cosas podrían resultar de otro modo. Así que «bienvenidos sean los necios», me he dicho con frecuencia al rememorar aquellos días.

29

El Sarraceno, recién llegado a Afganistán, viajaba deprisa por valles escasamente poblados siempre que le era posible, y siempre en dirección este. Habían pasado veinte años desde que estuvo en aquel país siendo un muyahidín adolescente, pero día tras día seguía viendo vestigios de la antigua guerra contra los soviéticos: emplazamientos de armas abandonados, una pieza de artillería cubierta por la herrumbre, la cabaña de un pastor de cabras destrozada tras un bombardeo...

Las vaguadas y los ríos discurrían por el fondo de los valles y proporcionaban seguridad. En la franja de terreno fértil que se extendía a ambos lados de los cursos de agua, sólo se veía un único cultivo: marihuana, cuyas plantas, altas y cargadas de rocío, constituían una eficaz pantalla contra los equipos de imagen térmica que empleaban los norteamericanos.

Sin embargo, finalmente tuvo que abandonar los valles e internarse en las intimidantes montañas del Hindu Kush. En aquellos empinados bosques siguió los caminos forestales que habían abierto los leñadores, con la esperanza de que, si los aviones de vigilancia no tripulados detectaban su pequeña reata de caballos de carga, lo consideraran otro leñador furtivo. No obstante, por encima de la línea de los árboles, donde cada bocanada de aire suponía un esfuerzo debido a la altitud, no había protección alguna, de modo que tuvo que acelerar todavía más la marcha.

Una tarde, le pareció divisar a lo lejos la ladera en la que había abatido su primer helicóptero Hind, pero de aquello ya hacía mucho tiempo y no pudo afirmarlo con seguridad. Ascendió un poco más, atravesó un angosto puente y encontró en su camino casquillos de proyectiles y vainas de misiles de fabricación mucho más reciente.

Durante los años que había pasado fuera de aquel país, los afganos no habían conocido otra cosa que los conflictos armados: los rusos habían sido reemplazados por los señores de la guerra; los señores de la guerra habían sido derrotados por los talibanes del mulá Omar; los talibanes habían sido aniquilados por Estados Unidos, que perseguía a Osama bin Laden; después regresaron los señores de la guerra, y ahora Estados Unidos y una coalición de aliados estaban luchando para impedir el resurgir de los talibanes.

Aquella munición usada le indicó que debía de estar cerca de la provincia de Kunar, conocida por los norteamericanos como la «central del enemigo», y efectivamente, aquella noche oyó el rugido de varios helicópteros Apache en el valle, seguidos de otro helicóptero AC-130 que, según decían, disparaba balas tan grandes como botellas de Coca-Cola.

Durante los días siguientes le dieron el alto varias veces, sobre todo patrullas de Estados Unidos o de la OTAN, pero, en dos ocasiones, también bandidos que afirmaron ser miembros de la milicia Anti-Coalición; según el Sarraceno, talibanes con un turbante distinto. A todos les dijo lo mismo: que era un devoto médico libanés que había recaudado fondos en las mezquitas de su país y de donantes particulares, para llevar a cabo una misión médica sin ánimo de lucro. Su finalidad consistía en atender las necesidades de los musulmanes que vivían en áreas remotas sin apenas infraestructura, en las que, debido a las continuas guerras, ya no había clínicas y los médicos habían huido.

Afirmó que había enviado su material por barco de Beirut a Karachi, que luego tomó un avión para ir a recogerlo y compró un camión, pasó de Pakistán a Afganistán, y, en el bazar de Shaddle —el mercado de opio más grande del mundo—, cambió el camión por los caballos. Todo aquello era cierto. Incluso tenía una cámara digital barata con la que pudo enseñar fotos en las que aparecía él atendiendo a los enfermos y vacunando a niños en una decena de aldeas en ruinas.

Aquello, sumado al hecho de que cada vez que registraban su caravana encontraban toda una serie de material médico, apaciguó los temores de unos y otros. De todos los objetos que transportaba los únicos que suscitaron preguntas fueron una gruesa hoja de vidrio reforzado y varios sacos de cal viva. A todo el que le preguntó le contestó que el vidrio era una plataforma fácil de esterilizar y que sobre ella elaboraba los medicamentos para sus prescripciones. ¿Y la cal viva? Bueno, ¿cómo, si no, iba a destruir las bolas de algodón y los vendajes que empleaba para curar de todo, desde la gangrena hasta unas paperas?

Nadie se tomó siquiera la molestia de hurgar más en las pequeñas alforjas que contenían su ropa y unas sandalias de repuesto. En un doble fondo había un «casco» plegable provisto de una visera transparente para proteger el rostro, una caja de mascarillas desechables R-700D, un traje protector de color negro, unas botas de goma, unos guantes forrados de Kevlar y varios rollos de una cinta especial para sellar todas las juntas, desde el casco hasta las botas. Si hubieran descubierto aquel equipo, habría explicado que el ántrax se da de forma natural entre los animales de pezuña, incluidos los camellos y las cabras, y que él no tenía intención de morir por su trabajo. Como prueba adicional, habría mostrado los viales de antibióticos que llevaba consigo —robados en un hospital del Líbano en el que había estado trabajando—, que era el fármaco estándar utilizado para tratar dicha enfermedad. Pero los hombres con que se topó eran soldados, guerrilleros o bandidos, y lo que buscaban eran armas y explosivos, así que nadie preguntó mucho más.

La única pregunta a la que respondía con una mentira era la de adónde se dirigía a continuación. En aquellos casos se encogía de hombros, señalaba sus posesiones y decía que ni siquiera tenía un mapa.

—Voy a donde Dios me lleve.

Pero sí tenía un mapa: lo llevaba memorizado en la cabeza, y sabía exactamente adónde se dirigía.

En tres ocasiones distintas, varios soldados de la OTAN, después de cachearlo, lo ayudaron a cargar de nuevo el material a lomos de los caballos. La parte más difícil era levantar y sujetar bien los pares de baterías de camión de alto rendimiento en los cuatro animales que formaban la retaguardia. Dichas baterías servían de fuente de alimentación para las pequeñas cajas refrigeradas que llevaba. Los soldados sonreían al apreciar la inventiva de aquel médico. Dentro había varias filas de minúsculas ampollas de cristal que ayudarían a un número incontable de niños: vacunas contra la polio, la difteria y la tos ferina. Escondidas entre ellas, imposibles de distinguir salvo por un cero de más que él había añadido al número de lote, había un par de ampollas que contenían algo radicalmente distinto.

En aquella época, se suponía que sólo existían en todo el planeta dos muestras del virus de la viruela. Conservadas para la investigación, una de ellas se encontraba en un congelador ubicado en una cámara prácticamente impenetrable del Centro de Control de Enfermedades de Atlanta, la otra estaba en una instalación segura de Rusia denominada Vector, en Siberia. Sin embargo, existía una tercera muestra, algo que desconocía el resto de los habitantes de la Tierra excepto el Sarraceno, y se encontraba en los dos viales que viajaban a lomos de su peludo caballo de carga por lo más recóndito del Hindu Kush.

No la había robado, no se la había comprado a ningún científico ruso marginado y tampoco se la había regalado ningún Estado fallido, como el de Corea del Norte, que hubiera llevado a cabo una investigación secreta por su cuenta. No, lo extraordinario era que la había sintetizado él mismo.

En el garaje de su casa.

30

De ningún modo podría haberlo hecho sin la ayuda de internet. A medida que mi búsqueda para dar con él iba haciéndose cada vez más urgente, por fin descubrí que, varios años después de licenciarse en Medicina, aceptó un empleo en El Mina, una antigua ciudad del norte del Líbano.

Estaba en el turno de noche de las Urgencias del hospital, un trabajo duro y agotador en unas instalaciones insuficientemente dotadas de equipos y personal. A pesar de la fatiga constante, aprovechaba todos los momentos que le quedaban libres para dedicarse en secreto a lo que consideraba la misión de su vida: la yihad contra el enemigo lejano.

Mientras que otros soldados de Alá perdían el tiempo en campamentos de entrenamiento escondidos en Pakistán o fantaseando con la idea de obtener un visado para Estados Unidos, él leía todo lo que lograba encontrar sobre armas de destrucción masiva. Y sólo gracias a internet, aquel médico de un viejo hospital ubicado en una ciudad que nadie conocía pudo acceder a lo último en investigación acerca del mayor asesino biológico que había existido en el mundo.

En una de esas consecuencias imprevistas pero mortales —que la CIA denominaría «repercusiones negativas»—, la Red Informática Mundial había abierto una caja de Pandora que contenía posibilidades terribles.

El Sarraceno no se había educado como los niños occidentales, así que no sabía gran cosa de ordenadores; no obstante, sabía lo suficiente, y empleando una buena conexión proxy consiguió llevar a cabo su incesante búsqueda en un completo anonimato.

Durante varios meses, ayudándose de sus conocimientos de medicina y de biología, se concentró en lo que consideraba los candidatos más accesibles para la guerra biológica: la ricina, el ántrax, la peste neumónica, el gas sarín, el tabún y el somán. Todos ellos eran capaces de causar una gran mortandad y provocar un pánico todavía mayor. Pero también todos ellos tenían grandes inconvenientes: la mayoría no eran infecciosos, o sólo resultaban verdaderamente eficaces si se utilizaban como parte de un bombardeo aéreo.

Frustrado por su falta de progresos, y luchando por reprimir la desesperación que lo invadía, estaba metido de lleno en una investigación sobre el ántrax —en este caso, al menos, la bacteria podía conseguirse fácilmente, ya que estaba diseminada por todo Oriente Próximo, incluido el Líbano, pero aun así había que transformarla en un arma—, cuando por casualidad leyó algo que cambiaría la naturaleza del mundo en que vivimos.

Aquella noticia apenas había tenido repercusión.

En las páginas digitales de la revista *Anales de virología* —una publicación mensual que no vuela de las librerías, precisamente— figuraba un artículo sobre un experimento llevado a cabo en un laboratorio del norte del estado de Nueva York. Por primera vez en la historia, se había diseñado una forma de vida partiendo sólo de sustancias químicas que pueden comprarse en cualquier sitio, y todas ellas por unos pocos cientos de dólares. Aquella misma tarde, la primera, el Sarraceno se olvidó de arrodillarse para rezar el *magrib*, la oración del ocaso. Cada vez más asombrado, descubrió que los científicos habían recreado con éxito el virus de la polio, partiendo de la nada.

Según el artículo, el objetivo de los investigadores era advertir al gobierno de Estados Unidos de que algunos grupos terroristas podían fabricar armas biológicas sin necesitar siquiera el virus natural. Una buena idea, porque había por lo menos un terrorista que nunca había pensado en algo así hasta que leyó aquella investigación. Todavía más alarmante —o tal vez no, dependiendo del grado de escepticismo de cada cual— era el nombre de la organización que había financiado el programa con una beca de trescientos mil dólares: el Pentágono.

Sin embargo, el Sarraceno estaba convencido de que aquel sorprendente logro no había tenido nada que ver con el Departamento de Defensa ni con científicos de Nueva York. No, ellos eran meros instrumentos. Aquello había sido obra de Alá: alguien había conseguido sintetizar un virus y le había allanado el camino. Al otro lado estaba el Santo Grial de todas las armas biológicas, un agente terriblemente infeccioso que se transmitía mediante el simple hecho de respirar, el asesino más potente de toda la historia del planeta: la viruela.

En las semanas que siguieron, el Sarraceno descubrió que los investigadores, sirviéndose del genoma —o mapa genético— de la polio —que estaba a disposición de cualquiera en internet—, habían comprado lo que se llama «pares de bases de ácidos nucleicos» a una de las muchas empresas que venden material a la industria de la biotecnología. Dichos pares de bases costaban la exagerada suma de diez centavos la unidad y, según se contaba en un foro de internet para amantes de la biología, podían encargarse por correo electrónico. Como el sistema de ventas *online* de dicha empresa estaba totalmente automatizado, en el foro se comentaba que no se requería ninguna verificación del nombre y que nadie preguntaba para qué iba a utilizarse el material.

Una vez que el laboratorio de Nueva York adquirió aquellos microscópicos «ladrillos», los científicos pasaron un año disponiéndolos en el orden correcto y después —en un proceso laborioso, pero también publicado en internet— procedieron a juntarlos entre sí. El Sarraceno, que era médico y tenía a mano una decena de manuales de biología molecular, no tardó en entender el proceso lo suficiente para darse cuenta de que él podía repetir en su garaje de El Mina lo que habían hecho aquellos investigadores en un laboratorio de Nueva York... Al menos si conseguía localizar cierto elemento indispensable.

Lo había leído en alguna parte, de manera que se puso a investigar. Después de dos horas navegando por la Red, lo encontró por fin: el genoma de la viruela.

Era uno de los secretos guardados con más celo del mundo. El mapa completo de aquel virus, tanto el químico como el genético, había generado una explosión de conocimientos sobre biología y la divulgación a escala mundial de complejos estudios científicos, y todo gracias a internet. Ya no había nadie que controlara el acceso a dicha información, y la filtración de datos potencialmente letales era constante. Aunque al Sarraceno le había llevado dos horas dar con el genoma, si hubiera tenido más experiencia navegando por la Red lo habría encontrado en una docena de páginas de biología o de investigación en menos de la mitad de ese tiempo. Lo sé porque yo mismo hice esa búsqueda.

Gracias al artículo de *Anales de virología*, el Sarraceno se enteró de que la polio tenía 7.741 pares de bases, o letras, en su genoma. Vio que la viruela tenía 185.578 letras, lo cual incrementaba enormemente la dificultad de reproducirlo, pero en aquel momento estaba siendo arrastrado por una ola de conocimiento y de optimismo, y por nada del mundo estaba dispuesto a permitir que una nimiedad como aquélla —en definitiva, unas 178.000 letras de más— lo hiciera desistir de su empeño.

Rápidamente decidió que su primer objetivo era protegerse. La viruela es un patógeno que no tiene piedad, y era muy probable que a lo largo del complicado e inestable proceso de intentar sintetizar el virus cometiese algún error. Quizá cometería muchos, y la primera manifestación de que había contraído el virus sería la fiebre, y poco después las erupciones en la piel llenas de líquido. A aquellas alturas ya habría acabado todo, porque jamás se había encontrado una cura para esa enfermedad.

Por eso tenía que encontrar la vacuna, y la búsqueda de dicho objetivo lo llevó a tomarse seis semanas de vacaciones. Sin embargo, en lugar de volar a Beirut para tomar un avión a El Cairo y visitar a unos amigos, que era lo que le había contado al director del hospital, se subió a un autobús que partía a primera hora de la mañana en dirección a Damasco. Allí mató a Tlass, robó la vacuna, se la inoculó con la aguja de dos puntas y cruzó de nuevo la frontera para volver al Líbano.

Pasó cinco días encerrado en la habitación de un hotel, luchando contra la terrible fiebre que acompañó a la exagerada dosis de vacuna que se había administrado. Cuando le bajó la temperatura y la herida en el brazo pasaba ya desapercibida, regresó a El Mina. Aunque en su apariencia externa no había cambiado nada, su vida había entrado en una fase totalmente nueva, y estaba listo para hacer historia.

31

Lo primero que hizo fue sellar el garaje ubicado debajo de su pequeño apartamento y convertirlo en un laboratorio casero, aislado biológicamente.

Para aquella tarea contaba con una ventaja: tenía un buen ejemplo muy a mano. Aunque en el hospital de El Mina todo estaba desmoronándose, había una sala de aislamiento de enfermos con dos camas y un laboratorio al lado. Como el ántrax era endémico en aquella región, el hospital había podido entrar en un programa de la Organización Mundial de la Salud destinado a ayudar a los países en vías de desarrollo a combatir dicha enfermedad. Poco importó que aquel centro careciera del equipo más rudimentario para salvar vidas; el organismo radicado en Ginebra le había proporcionado una pequeña fortuna para que construyese unas instalaciones de primera categoría.

Que el Sarraceno supiera, dichas instalaciones se habían usado una sola vez en diez años y se habían convertido en poco más que un cobertizo de almacenamiento temporal. Aun así, constituía un modelo excelente para su propio laboratorio, y terminó proveyéndolo de la mitad del material práctico que necesitaba: incubadoras, un microscopio, placas de cultivo, pipetas, esterilizadores y muchas otras cosas más. Nadie dio parte de que todo aquello hubiera desaparecido.

A lo largo de la semana siguiente, con la ayuda de un ordenador y de la conexión a internet que había establecido en el laboratorio, elaboró una lista de más de sesenta empresas biotecnológicas de todo el mundo que proporcionaban material genético de menos de setenta letras sin requerir acreditación alguna ni solicitar información adicional.

Mucho tiempo después, cuando me enteré de este detalle, no podía creérmelo. Para mi desesperación, entré en la Red y lo comprobé por mí mismo.

Sin embargo, antes de poder encargar el ADN, el Sarraceno tenía que localizar dos instrumentos cruciales para su equipo: dos sintetizadores de genes, unas máquinas más o menos del tamaño de una impresora decente. Tardó una hora. Los vertiginosos avances de la industria biotecnológica hacían que el mercado estuviera inundado de equipos como aquéllos, más lentos y de peor calidad, pero a muy buen precio.

Encontró dos sintetizadores en excelente estado —uno en eBay y el otro en usedlabequipment.com— que le costaron menos de cinco mil dólares entre los dos. En aquel momento se alegró de que los médicos estuvieran bien pagados y de que él siempre hubiera llevado una vida de lo más frugal. Gracias a eso iba a poder permitirse el lujo de comprar aquellos aparatos con sus ahorros. Sin embargo, lo más importante para el Sarraceno fue que quienes se los vendieron tampoco mostraron interés alguno en saber quién era el comprador: sólo querían un número de tarjeta de crédito que fuese válido. Aunque también bastó una transferencia anónima por medio de Western Union.

Se puso manos a la obra el día en que llegó el segundo sintetizador, y aquella misma noche, navegando por internet para añadir nueva información a su ya amplia biblioteca de virus y de biología, echó un vistazo a la última edición digital de la prestigiosa revista *Science.* Uno de los artículos de portada trataba de un investigador que acababa de sintetizar un organismo con 300.000 letras. En el corto tiempo que había transcurrido desde que decidió cómo iba a actuar, lo de las 185.000 letras había pasado a ser historia. Aquél era el ritmo al que avanzaba la ingeniería genética.

Cuando terminó de leer el artículo, ya sabía que el virus de la viruela estaba a su alcance, e incluso tenía confirmados la fecha y el destino. Entrada la noche rezó la oración y, dado que tenía entre manos una enorme responsabilidad, rogó a Alá que le permitiese usarla correctamente.

Seis meses más tarde, después de juntar y rejuntar, de volver sobre sus pasos, investigar y aprender de nuevo —valiéndose no sólo de sus conocimientos, sino también de la enorme diversidad de equipos baratos que conseguía a través de internet—, logró finalizar la tarea.

Haciendo uso de todas sus capacidades, molécula tras molécula consiguió sintetizar el virus de la viruela. Todas las pruebas que pudo efectuar demostraron que era idéntico al original. A lo largo de los miles de años que habían transcurrido desde que aquel agente infeccioso, proveniente de alguna otra forma de vida, dio el salto a los seres humanos, habían aparecido dos tipos de viruela: el *Variola minor*, que rara vez resultaba fatal, y su hermano, el *Variola major*, que demostró ser una enfermedad devastadora para la población desde que la humanidad empezó a congregarse en tribus de gran tamaño. Fue este último virus, con una tasa de mortalidad de aproximadamente el treinta por ciento, el que sintetizó el Sarraceno.

No obstante, había varias cepas de viruela mayor, unas más letales que otras. Sabiendo esto, empezó a desafiar su réplica exacta, un método ya consagrado con el que se obliga al virus a mutar una y otra vez, en un intento de «freírlo bien frito» —como dicen algunos microbiólogos—, para convertirlo en una cepa al rojo vivo de lo que ya era el agente más candente de la Tierra.

Cuando el Sarraceno consideró que su virus era todo lo letal que podía ser, procedió a modificar su estructura genética. Ésta fue la parte más sencilla y peligrosa de todo el proceso. Pero también la más necesaria.

Cuando por fin se consiguió que la viruela quedara erradicada del planeta, la Organización Mundial de la Salud se encontró con que guardaba almacenadas enormes reservas de vacuna. Sólo pasados varios años, cuando se tuvo el convencimiento de que el virus no iba a resurgir, se optó por destruir dichas reservas. Ocurría algo similar con la inmunidad conseguida: aunque se había vacunado de forma rutinaria a una ingente cantidad de personas, sobre todo niños de Occidente, el Sarraceno sabía que, al cabo de cinco años, la vacuna empezaba a perder efecto, y que por tanto no había prácticamente nadie que conservara la inmunización.

Eso a él le venía bien para su propósito... pero había un problema. A Estados Unidos, el blanco de su ofensiva, le preocupaba cada vez más la posibilidad de sufrir un ataque terrorista con armas biológicas, y tras los sucesos del 11-S había decidido fabricar y almacenar más de trescientos millones de dosis de la vacuna, una por cada habitante del país. Cuando el Sarraceno leyó esta información por primera vez, se le cayó el alma a los pies. Pasó la noche entera en vela, investigando sobre la efectividad de la vacuna, y descubrió que hasta un veinte por ciento de la población seguiría estando desprotegida, pues había un número significativo de personas en quienes la vacuna no funcionaba; además, tampoco podía administrarse a mujeres embarazadas, recién nacidos, ancianos o personas que tuvieran deteriorado el sistema inmunitario.

Aun así, el hecho de que existiera un programa de vacunación de contingencia supuso un mazazo para él, y cuando finalizó aquella larga noche de trabajo y se hizo de día ya estaba contemplando la posibilidad de abandonar su plan y buscar un arma diferente. Sin embargo, una vez más, la constante explosión de conocimientos científicos —o Alá— acudió a rescatarlo.

Buceó un poco más en la bibliografía especializada y encontró la investigación de un grupo de científicos de Australia. Trabajaban en un centro de Canberra y habían estado intentando encontrar un modo de controlar el ciclo reproductivo de los ratones. Mientras ensayaban con la viruela del ratón, que guarda una estrecha relación con la del ser humano, introdujeron en el virus un gen del sistema inmunitario conocido como IL-4. Lo que descubrieron fue sorprendente: el virus fulminó los efectos de la vacuna y eliminó a todos los ratones que habían sido vacunados.

El hecho de añadir aquel gen, un único gen, había transformado el virus en un cazavacunas.

Con las esperanzas renovadas, el Sarraceno empezó a seguir aquella desconocida senda de investigación. En rincones de internet que raramente recibían visitas —y que con frecuencia no seguían más que algún que otro hilo casual mencionado en foros científicos—, encontró que varios investigadores de todo el mundo habían intentado, con diversos grados de éxito, repetir el resultado que obtuvieron los australianos.

Cuando la luz del día comenzó a iluminar el mundo que había fuera de su burbuja, continuó trabajando y tropezó con un artículo recién publicado de varios científicos holandeses que estaban experimentando con la viruela de las vacas. Habían decidido introducir en el virus un gen ligeramente distinto, y no sólo habían conseguido eludir la vacuna, sino que además habían replicado el proceso en cada ocasión.

El Sarraceno sabía que aquel gen en cuestión podía adquirirse en las mismas empresas que le habían suministrado los pares de bases de ácidos nucleicos. Lo encargó de inmediato. Dos días más tarde, abrió el diminuto paquete e hizo que la ciencia se aventurarse en un territorio desconocido.

Sabía que la dosis masiva de vacuna que se había administrado a sí mismo no le proporcionaría ninguna protección si lograba fabricar un virus de la viruela que tuviera categoría suficiente para utilizarse como arma: sería como estar desnudo en mitad de un campo de batalla. Así que robó del hospital un traje aislante integral que lo protegiera contra la infección, y después cogió el coche y se fue a la costa. Viajó despacio, siguiendo la carretera que discurría paralela al mar, hasta que encontró una tienda de buceo. Compró cuatro botellas de aire comprimido y un regulador —pagó en efectivo—, lo metió todo en el maletero y regresó a su refugio.

Cada vez que trabajaba con su virus resistente a las vacunas, tardaba veinte minutos en ponerse el traje de protección y en conectarle el sistema de respiración que había modificado especialmente. Sin embargo, el trabajo científico era fácil. Gracias a la pericia que había adquirido y a que el nuevo gen contenía tan sólo unas trescientas letras, en menos de un mes consiguió manipular su réplica de virus e introducirle la variante genética.

Aquel cataclismo en potencia era lo que contenían los dos viales de cristal marcados con un cero de más, y existía una razón muy simple para que se los hubiera llevado consigo a Afganistán: todo aquel extraordinario trabajo no habría servido de nada si hubiera cometido el más mínimo error y el virus no hubiera funcionado. Era consciente de que la viruela sólo se daba en seres humanos, ni siquiera podían contraerla nuestros parientes más cercanos, los chimpancés y los monos. Eso significaba que la única manera de saber con seguridad si su virus resultaba tan letal como la cepa original y de descubrir si era capaz de burlar a la vacuna era probarlo en un ser humano.

Y allí, en lo más remoto de las montañas del Hindu Kush, era donde tenía planeado encontrar a los tres sujetos que necesitaba para llevar a cabo su siniestro experimento.

Había dejado muy atrás la provincia de Kunar y sus patrullas estadounidenses cuando encontró el lecho de un río seco que, debido a las deterioradas infraestructuras del país, actualmente se utilizaba de carretera. Caminó por él durante muchísimos días, entre las nubes de polvo que levantaban al pasar los camiones y los habituales Toyota con tracción a las cuatro ruedas. Pero, finalmente, una mañana en la que hacía un calor abrasador, se dio cuenta de que estaba aproximándose a su destino: frente a él, con sus siluetas recortadas contra el cielo, divisó a cuatro hombres a caballo armados con sendos AK-47, montando guardia.

El Sarraceno siguió adelante con su pequeña caravana, dobló un recodo del río seco y vio a lo lejos una aldea construida con piedra y adobe que parecía no haber cambiado gran cosa desde la Edad Media. En la otra orilla, dominando un paso de montaña que se internaba en lo más hondo de la cordillera, se erguía un grupo de edificios fortificados construidos en la pared de un desfiladero.

Lo que había sido un fuerte británico del siglo XIX ahora se había convertido en un hogar, una fortaleza y una sede de poder dentro de aquella región. El Sarraceno pasó bajo los restos de un puente para vehículos, subió al asfalto lleno de socavones y se dirigió hacia allí. Cuando llevaba recorrida la mitad de lo que antes había sido una carretera, sorteó un laberinto de rocas gigantescas y, al emerger por el otro lado, se encontró cara a cara con dos de los hombres a caballo.

En aquella carretera eran quienes mandaban, con los fusiles apoyados a la altura del pecho como si formaran parte de ellos. El Sarraceno sabía que se sentirían más que gustosos de apretar el gatillo.

—¿Quién eres? —preguntó el mayor de los dos, que lucía en la culata del arma una fina incrustación de oro.

El Sarraceno hizo ademán de responder, pero se contuvo al darse cuenta de que el nombre que estaba usando, el que figuraba en su pasaporte, no significaría nada. De modo que se limitó a señalar la entrada del fuerte.

—Haced el favor de llevarle un mensaje. Decidle que ha vuelto el chico del Blowpipe.

32

En los años que habían transcurrido, Abdul Mohamed Kan había terminado pareciéndose más a una pintura medieval que a un señor de la guerra. Su piel había adquirido la textura del cuero repujado, y actualmente vestía un *chapin* —la túnica tradicional afgana— de la mejor calidad, una daga de oro como símbolo de su autoridad y unas bruñidas botas de piel de ternero. Por desgracia, un Rolex de oro del tamaño de un microondas echaba a perder aquel efecto.

Los años no lo habían tratado bien —aunque, claro, los años nunca tratan bien a la gente que vive en Afganistán—; sin embargo, podía presumir de algo de lo que pocos contemporáneos suyos presumían: seguía vivo. A sus sesenta y muchos años, era el padre-guerrero de su clan, y tanto los soldados como los visitantes se apartaban a un lado con auténtico respeto cuando paseaba cojeando por las calles empedradas de su reducto. Todos ellos se preguntaban quién sería aquel individuo musculoso que había llegado al fuerte y al que Abdul Kan se había apresurado a recibir con tanta prontitud.

Algunos decían que se trataba de un antiguo camarada, un héroe de los muyahidines, mientras que otros aseguraban que era un médico que había venido a tratarlo de alguna terrible dolencia. Fuera cual fuese la historia del desconocido, se le estaba concediendo un honor que se les había negado a todos ellos: el gran Kan le había rodeado los hombros con un brazo y lo había acompañado hasta su recargada cámara de audiencias.

Aquella estancia había sido el despacho del comandante británico de la Frontera Noroeste, razón por la cual contaba con un techo muy alto, una chimenea importada de Inglaterra y una tarima elevada donde antes se ubicaba el escritorio del comandante y que, en la actualidad, estaba cubierta de alfombras antiguas propias de un museo y cojines de seda traídos de los palacios de China y de Irán. Había un brasero de oro situado en un rincón, en el que se quemaba incienso, y en la chimenea podían verse todos los elementos necesarios para hacer té. Sin embargo, a pesar de los bellos y exóticos objetos que había en aquella habitación, lo que acaparaba la atención de todas las visitas era la pared situada frente a la chimenea.

Abdul observó con sus ojos de párpados caídos al Sarraceno, que acababa de reparar en los grandes bloques de hormigón incrustados en la pared. Se quedó unos instantes contemplando el bajorrelieve formado por los brazos, las piernas y las caras de los dos hombres que habían traicionado a Abdul, capturados para siempre —fosilizados— en el momento de la muerte. Por alguna razón, había imaginado que serían poco más que unos muchachos; en cambio, ahora veía que se trataba de guerreros hechos y derechos, altos y corpulentos, características que acentuaban aún más el intenso terror que reflejaban.

El Sarraceno se acercó un poco. El tiempo y el humo habían conferido al hormigón una pátina dorada, y le sorprendió lo mucho que le recordaban los bloques a un objeto esculpido en bronce.

—Te gusta mi escultura, ¿eh? —le dijo Abdul aproximándose a él—. ¿Sabes cómo se llaman?

El Sarraceno respondió negando con la cabeza. Aunque le habían contado aquella anécdota muchas veces, no había llegado a conocer aquel detalle.

—*Dumb* y *Dumber*, tonto y más tonto —dijo el señor de la guerra, y lanzó una carcajada—. Así los llamó un tipo de la CIA hace muchos años, y así los llama ahora todo el mundo.

El Sarraceno se tensó ligeramente.

—¿Vienen mucho por aquí los de la CIA?

—Cada pocos años —contestó Abdul encogiendo los hombros—. Siempre intentan comprar mi ayuda para que me ponga del lado de la facción que ellos apoyan ese mes. —Dio unos pasos hacia la chimenea—. Nunca he aceptado su dinero, pero he de reconocer que me gusta su sentido del humor.

Un anciano de ojos velados por las cataratas, que permanecía sentado en la oscuridad con las piernas cruzadas, se incorporó en aquel momento, listo para preparar el té para su señor y su invitado. Pero Abdul Kan se lo impidió, se volvió hacia el Sarraceno y señaló la docena de guardaespaldas que había distribuidos por la estancia.

—¿Quieres que los haga salir?

El Sarraceno asintió con un gesto de la cabeza. Intimidad era exactamente lo que necesitaba.

Abdul sonrió.

—Ya me lo imaginaba. Nadie viene a Afganistán en visita de cortesía.

Mientras la habitación se iba vaciando, empezó a poner hojas de té en un recipiente.

—¿Te acuerdas de la última vez que te serví un té?

—La guerra había terminado —respondió el Sarraceno—. Estábamos levantando el campamento, y tú y yo nos quedamos en la cocina, fumando cigarrillos.

A Kan se le ablandó el semblante. Aquéllos fueron buenos tiempos, llenos de camaradería y valor, y le gustaba rememorarlos.

—Yo regresaba a mi hogar, y tú iniciabas un camino mucho más largo...

El Sarraceno no dijo nada. Tomó dos delicadas tazas de un anaquel y las colocó junto al fuego para que se templasen.

—La última vez que lo comprobé —prosiguió Abdul en voz queda—, la casa de Saud aún conservaba sus palacios y su poder.

—¿Durante cuánto tiempo más? —replicó el Sarraceno en el mismo tono tranquilo—. Puede que no tardemos mucho en descubrir si son capaces de sobrevivir sin la ayuda del enemigo lejano.

Los dos hombres cruzaron sus miradas.

—Cuando me enteré de que eras un médico que estaba de viaje —dijo Abdul Kan—, me pregunté si habrías cambiado, si te habrías suavizado con la edad... —Su voz fue perdiendo fuerza—. Entonces, ¿sigues haciendo la voluntad de Dios?

—Siempre. Abdul Mohamed Kan, necesito tres personas, tres personas prescindibles. Si puedes ayudarme, estoy seguro de que Dios quedará sumamente complacido con lo que hagas.

—¿A qué te refieres exactamente? ¿Cómo de prescindibles?

El Sarraceno no respondió. Se limitó a volverse hacia *Dumb* y *Dumber*.

—Ah —dijo Abdul—, así de prescindibles...

Necesitaba tiempo para pensar, de modo que fue hasta un balcón que daba al complejo del fuerte y se puso a gritar órdenes a los soldados congregados allí abajo. Se dio cuenta de que, fueran cuales fuesen los riesgos, tenía pocas alternativas: el Sarraceno se había arriesgado a dar la vida por él y por su gente, y aquélla era una deuda que jamás podría pagarle. Regresó para terminar de preparar el té.

—¿Tienes alguna preferencia en cuanto a los prisioneros? —le preguntó.

—Sería perfecto que fueran judíos —contestó su invitado.

Abdul Kan rió la broma.

—Claro —replicó—. Miraré en la sinagoga del pueblo.

El Sarraceno le devolvió la sonrisa. Ambos sabían que hacía décadas que no pasaba un solo judío por Afganistán, desde que los últimos miembros de aquella comunidad, antaño floreciente, fueron obligados a huir para salvar la vida.

—En serio —continuó el Sarraceno—, tienen que ser jóvenes y estar sanos... y no ser musulmanes.

—Ni estadounidenses —agregó Abdul Kan—. Si secuestramos a uno solo de ellos, nos caerán encima toda clase de desgracias.

El Sarraceno asintió.

—Si excluimos a los musulmanes, quedan sólo los extranjeros, de modo que ya habrá suficientes problemas sin necesidad de pedir más.

Abdul reflexionó unos instantes. Aquella propuesta tenía grandes posibilidades de éxito. Afganistán estaba repleto de víctimas en potencia: cooperantes europeos, misioneros cristianos, obreros ingleses que estaban reconstruyendo el país, periodistas internacionales... Aunque no dijo nada, también conocía a ciertos individuos que llevaban varios años en el negocio de los secuestros a cambio de dinero. Formaban una banda constituida por una decena de hermanos y primos que en otro tiempo habían combatido bajo su mando y que ahora vivían al otro lado de la frontera, en Irán. Y, lo que era igual de importante, morirían por Abdul Mohamed Kan si éste se lo pidiera, porque en una ocasión él había salvado la vida a su madre.

—Un último detalle —dijo el Sarraceno—. Los prisioneros no tienen por qué ser hombres.

Aquello complació a Abdul Kan, pues con las mujeres todo resultaba más cómodo. Eran más difíciles de secuestrar, pero más fáciles de controlar y ocultar, porque ningún soldado extranjero se atrevería a mirar debajo de un velo negro o de una túnica larga hasta los pies.

—¿Puedes darme tres semanas? —pidió Abdul.

Al Sarraceno le costó trabajo creerlo, estaba dispuesto a esperar tres meses si fuera preciso. Como no confiaba en que las palabras bastasen para expresar su gratitud, se acercó al viejo guerrero y le dio un afectuoso abrazo.

Una vez concluidos sus asuntos, Abdul tiró del cordón de una campanilla para que su personal volviera a la habitación. No lo dijo, pero, cuanto menos tiempo pasara a solas con el Sarraceno, más fácil sería afirmar que no sabía nada de lo que sucediera en el futuro.

—¿Y qué me cuentas de ti, amigo mío? —dijo al tiempo que se abría la puerta y entraban los guardias—. ¿Has sido bendecido con una esposa?

Abdul Kan se había puesto a conversar de temas informales en beneficio de sus sirvientes, pero por la sombra de dolor que cruzó el semblante de su invitado adivinó que aquélla era una pregunta que no debería haber formulado.

—He sido bendecido —contestó el Sarraceno en voz baja—. Justo después de licenciarme en Medicina, me dirigí a Gaza, al campo de refugiados de Jabaliya. Sabía que allí se encontraban las personas más necesitadas.

Varios guardias y sirvientes intercambiaron miradas. Gaza no era una zona que pudiera tomarse a la ligera; probablemente se trataba del único lugar del mundo en comparación con el cual Afganistán resultaba un país seguro.

—Mientras estudiaba Medicina en Beirut, asistí a una charla impartida por una mujer que venía de allí. Ella fue quien me enseñó el concepto de «enemigo lejano» —prosiguió el Sarraceno—. Cuando llegué a Jabaliya, coincidimos de nuevo. Dos años más tarde nos casamos, y luego... —Apretó el puño con fuerza y se encogió de hombros. Aquel simple gesto resultó mucho más elocuente que cualquier frase.

—¿Cómo murió? —preguntó Abdul.

Ninguno de los presentes en la habitación apartó la vista del invitado.

—Por culpa de un misil israelí... Ella iba de pasajera en un coche.

Se hizo un largo silencio. Ninguno de los presentes tenía nada nuevo que agregar, todo lo que sentían hacia los israelíes ya había sido dicho mucho tiempo atrás.

—¿Iban a por ella? —preguntó por fin Abdul.

—Dijeron que no, que fue un daño colateral. Pero ya se sabe que los sionistas mienten a menudo.

Kan asintió lentamente.

—La paz sea con ella —dijo en tono reverencial—. ¿Cómo se llamaba? Rezaré por su alma...

—El nombre por el que la conocía la mayoría de la gente era Amina. Amina Ebadi —respondió el Sarraceno—. Era mi esposa y la madre de mi único hijo.

33

Aquella noche el Sarraceno montó su improvisada clínica en la balconada de la casa para invitados, y allí se encontraba dos días más tarde, atendiendo a un niño que tenía una pierna destrozada, cuando vio a Abdul Kan y sus guardaespaldas partir a caballo del fuerte.

La historia que se contó en el fuerte y en la aldea fue que el caudillo había decidido visitar las lejanas tumbas de sus cinco hermanos pequeños, todos fallecidos en diversos conflictos, pero la verdad era que se dirigía a toda prisa a la frontera con Irán.

Regresó tres semanas después, agotado y quejándose de un agudo dolor en el brazo izquierdo, lo cual sólo era una excusa para sacar de la cama al médico que estaba de visita en su fortaleza. Ambos se sentaron a solas en la casa de invitados, y de nuevo tomaron té. El Sarraceno escuchó con atención mientras Abdul Kan le decía que se preparase para partir de inmediato, después de los rezos del amanecer.

Abdul desplegó un mapa topográfico del ejército estadounidense y le advirtió que lo esperaban seiscientos cincuenta kilómetros de duro viaje. Eludiendo las aldeas y sin desviarse en ningún momento de las antiguas rutas de abastecimiento de los muyahidines, debía viajar en solitario a través de uno de los territorios más agrestes y remotos del mundo. A una altitud de casi dos mil quinientos metros, en medio de una montaña que no tenía nombre —sólo número—, encontraría un puesto de observación soviético que había quedado en ruinas varios años antes. Allí se reuniría con un grupo de hombres y, en la soledad de aquellas altas cumbres, lejos de cualquier forma de civilización, hallaría respuesta a sus plegarias.

—¿Ya han sido capturados los prisioneros? —preguntó el Sarraceno lleno de esperanza.

—Esta noche. Se han seleccionado y escogido: dos hombres y una mujer. La mujer está embarazada.

34

El Sarraceno no vio acercarse a los ocho hombres que trajeron la mercancía. Era de noche, y llegaron al antiguo puesto de observación en total silencio, con los cascos de los caballos envueltos en tela para amortiguar todo sonido.

Él no había sido el único que no había visto aquella extraña caravana: en la semana que precedió a su llegada, resultó invisible a los ojos de todo el mundo. A lo largo de siete días acamparon justo antes de que amaneciera, durmieron durante las horas de luz diurna y viajaron de noche lo más rápido que les permitieron los caballos.

Esto lo sé porque, mucho tiempo después, cuando ya habían quedado atrás los tristes sucesos de aquel verano, un equipo de agentes de las Fuerzas Especiales de la CIA cruzaron en secreto la frontera de Irán, irrumpieron en la aldea fortificada de aquellos hombres y los interrogaron empleando lo que antes se denominaba «prejuicio extremo». Estoy seguro de que ninguno de los ocho se recuperó del todo de aquel interrogatorio.

Por supuesto, ni siquiera aquellos afganos estuvieron en la Montaña 792 el tiempo suficiente para dar testimonio exacto de lo que hizo el Sarraceno, pero después de haber visto todas las pruebas confidenciales y, como he mencionado ya con anterioridad, teniendo más información acerca de él que ninguna otra persona del mundo, probablemente sea yo quien se encuentre en mejor situación para decir lo que sucedió en aquel remoto lugar, una zona que, a pesar de los constantes rituales de oración del Sarraceno, podía dar un significado completamente nuevo a la expresión «dejado de la mano de Dios».

Aunque los afganos habían amortiguado bien los cascos de sus caballos, el Sarraceno supo que ya se encontraban allí. Cuatro días antes, había llegado al viejo búnker del puesto de observación, ubicado en lo profundo de la roca, y, tras instalar su pequeño campamento dentro de aquella caverna, se dispuso a esperarlos. Allí se encontraba cuando de repente se despertó sobresaltado. Tal vez fue su intuición, entrenada en el campo de batalla, o el movimiento inquieto de sus caballos, pero algo lo advirtió de que ya no estaba solo en aquella montaña.

Permaneció tumbado, sin moverse, y supuso que, dado que habían escogido las primeras horas de una noche sin luna y habían puesto tanto cuidado en silenciar a sus caballos, los secuestradores preferían que no los viera nadie, ni siquiera él, de manera que le pareció más conveniente no salir a recibirlos.

Pasados treinta minutos creyó oír el azote de una rienda, como si alguien hubiera instado a un caballo a que se pusiera al trote montaña abajo, pero no podía estar seguro del todo. Aguardó otros treinta minutos y después salió al aire libre.

Los afganos, que ya habían emprendido el descenso de la montaña y habían hecho un alto para dar de beber a los animales, volvieron la cabeza y divisaron el tenue resplandor de un farol. Fue lo único que vieron de la persona que muy pronto se convertiría en el hombre más perseguido de todo el planeta.

Los secuestradores habían dejado a los tres prisioneros encadenados a la argolla de un poste que, en otra época, había servido para sujetar una antena de comunicaciones, y fue allí donde el Sarraceno los vio por primera vez: atados de pies y manos, amordazados, la mujer semioculta por la túnica negra que habían utilizado para disfrazarla a lo largo del viaje.

Comprobó con satisfacción que estaban bien sujetos, y cuando se acercó a ellos levantó el velo de la mujer para examinarla más de cerca. Vio que la camisa de algodón que llevaba debajo de la túnica estaba desgarrada, y que al pantalón vaquero se le habían desprendido los botones del cierre. No pudo por menos de imaginar lo que le habría ocurrido durante el viaje: los proscritos que la habían secuestrado debían de ser devotos musulmanes, pero también eran hombres.

La destrozada camisa apenas le cubría el vientre, y el Sarraceno calculó que estaría aproximadamente en el cuarto mes de embarazo. Cualquier otro hombre, uno distinto, menos religioso y más humano, tal vez se hubiera compadecido de ella, pero el Sarraceno no. Para él, aquellos prisioneros no eran personas, sino un regalo de Dios.

Se volvió y observó que, colgando de un trípode de hierro que antiguamente había servido de soporte para unos prismáticos de campaña soviéticos, le habían dejado un paquete que no sólo contenía las llaves de los grilletes, sino también los pasaportes y las billeteras de los secuestrados.

Los prisioneros amordazados lo miraron mientras iba abriendo la documentación, y descubrió que la mujer era italiana, tenía veintiocho años, no estaba casada y trabajaba de voluntaria para World Vision. Supuso que debieron de raptarla cuando estaba en una de sus visitas sobre el terreno y que probablemente fue traicionada por la propia gente a la que estaba intentando socorrer.

Observó la fotografía del pasaporte. Aunque nadie lo habría dicho al ver ahora su deplorable aspecto, se apreciaba que era una mujer atractiva: cabello moreno y largo, sonrisa fácil, ojos profundos y de color verde. Aquellos ojos no se apartaron del rostro del Sarraceno, en un intento de comunicarse con él, de suplicarle, pero él la ignoró y centró la atención en los dos varones.

El más joven era japonés. Tendría unos veintitantos, llevaba el pelo de punta y lucía un tatuaje en forma de alambre de espino alrededor de los fuertes músculos del brazo. El Sarraceno había visto en el Líbano suficientes ejemplos de cultura popular para saber que aquel individuo se consideraría un *hipster*. Le desagradó de forma instantánea. Según el pasaporte, era un técnico de sonido que trabajaba por libre. Teniendo en cuenta los peligros de Afganistán y la voraz demanda de los canales de noticias de veinticuatro horas, probablemente estaría ganando una fortuna, lo cual explicaba que llevase en la cartera cuatro mil dólares y dos papeletas de cocaína ocultas en la parte de atrás.

El otro tipo, el de mayor edad y el más tranquilo de los tres, era un ingeniero holandés. Su pasaporte decía que tenía cuarenta y seis años, y las fotos que llevaba en la cartera revelaban que era padre de tres adolescentes. Los visados indicaban que su trayectoria profesional lo había llevado a lugares conflictivos, como Nigeria, Iraq, Bosnia o Kuwait, y que había sobrevivido a todos ellos. Pero esta vez no. «*In shaa Allah*», se dijo el Sarraceno.

Volvió a contemplarlos a los tres. Aunque su semblante no desvelaba nada, lo cierto era que estaba encantado. Todos eran físicamente fuertes, y su ojo médico le dijo que gozaban de buena salud. Si su virus de fabricación casera lograba matarlos, podría matar a cualquiera.

Además, había otra buena noticia: teniendo en cuenta su situación, estaban relativamente tranquilos, con lo cual supuso que los secuestradores debieron de decirles que constituían la mercancía de una transacción comercial ya clásica: aparte de las amapolas de opio y las plantas de marihuana, los secuestros efectuados para pedir rescate se habían convertido casi en la única industria que estaba en crecimiento en Afganistán. Seguramente les dijeron a sus víctimas que, mientras se portasen bien y sus jefes conocieran las reglas del juego, no sufrirían ningún daño. Pasarían un par de semanas viviendo con algunas penalidades y luego regresarían a sus complejos provistos de aire acondicionado, sus jefes serían unos pocos cientos de miles de dólares más pobres y un grupo de aldeas sin agua corriente ni medios de subsistencia tendrían lo suficiente para vivir otros diez años más.

El Sarraceno les quitó las mordazas y les pasó tres botellas de agua. Apenas habían terminado de beber cuando empezaron a intentar comunicarse con él. Como el único idioma que los tres tenían en común era el inglés, fue con el que probaron primero. El Sarraceno se encogió de hombros fingiendo no tener ni idea de lo que estaban diciendo. La mujer, al ver que no había conseguido nada, intentó ayudarse de las pocas palabras de urdu, la lengua nacional de Pakistán, que había aprendido en su trabajo. Después probaron con el *dari*, el idioma más extendido de todos los que se hablaban en Afganistán, pero los tres tenían una pronunciación tan mala y un vocabulario tan limitado que difícilmente habrían entendido algo si él les hubiera respondido.

El Sarraceno, en cambio, les habló en un árabe vertiginoso, y esta vez los sorprendidos fueron ellos. Como al parecer no había posibilidad alguna de comunicarse, dio media vuelta y se metió en el búnker. Cuando volvió a salir trayendo los caballos, los tres prisioneros estaban hablando en voz baja en inglés, y lo que decían le confirmó lo que ya había supuesto: que estaban seguros de que los habían secuestrado para pedir un rescate. El japonés del tatuaje incluso sugirió que deberían caminar arrastrando las cadenas, de ese modo los aviones de control y vigilancia aérea, o cualesquiera que fuesen los medios que se empleasen, tendrían más oportunidades de dar con ellos.

El ingeniero holandés también había estado observando al Sarraceno, y no tenía del todo claro que fuera un simple vigilante. Vio algo en su forma de ahorrar movimientos, en su energía contenida, que le hizo pensar que no era sensato jugar con él. Había advertido algo parecido en los guerrilleros de Kosovo endurecidos en el campo de combate, los hombres más resistentes que había conocido nunca.

—Creo que deberíamos dejar que los negociadores hagan lo que deban hacer —aconsejó—. En Holanda tenemos un dicho: «Si estás de mierda hasta el cuello, hagas lo que hagas no levantes olas.»

Antes de que pudieran continuar comentando su situación, el Sarraceno les gritó algo. Aunque no lograron traducir lo que decía, sí que entendieron con toda claridad el gesto que hizo de cerrarse la boca con una cremallera. Quería que guardaran silencio, y cuando lo vieron sacar de la alforja su alfombra de oración comprendieron por qué. Estaba a punto de amanecer, y era la hora del primer rezo del día.

En cuanto terminó de rezar, cogió su AK-47, le quitó el seguro, lo puso en posición automática y les soltó los grilletes de las piernas. Uno por uno los fue cargando, todavía maniatados, a lomos de los caballos. Con el japonés fue especialmente duro: lo empujó sin contemplaciones y le dio un golpe en el brazo que se había lesionado en la refriega del secuestro. En aquella excursión, nadie iba a arrastrar por el suelo ninguna cadena.

El primer día de viaje fue el más fácil, pero cuando ya se hacía de noche los tres prisioneros estaban agotados y doloridos de tanto ir a caballo. El Sarraceno les ordenó que se apearan, los ató a unas cadenas unidas a una barra de acero que había clavado en el suelo y se puso a encender una fogata mientras ellos se acuclillaban detrás de unas rocas para hacer sus necesidades.

Dándoles la espalda, preparó un té negro lo bastante dulce para que enmascarase el sabor del potente sedante que le había añadido, y a continuación sirvió tres tazas. A lo largo de toda aquella terrible jornada, y a pesar de lo mucho que se lo suplicaron mediante señas, se había negado a pasar junto a los pozos de agua que había por el camino, de modo que sus prisioneros se bebieron el té con ansiedad. Después extendió unas mantas en el suelo, junto a la hoguera, y, apenas una hora más tarde, los tres, aún maniatados y esposados, se habían sumido en un sueño profundo y poco natural.

El Sarraceno se acercó a la mujer, que estaba tumbada boca abajo, con las piernas separadas y una rodilla flexionada, y se acuclilló a su lado. Estando dormidos los dos varones, no había peligro de que lo importunasen, de modo que comenzó a bajarle el pantalón vaquero con el cierre roto, hasta que quedaron a la vista las bragas, pequeñas y de color blanco.

Se quedó mirándolas un momento, luego le tocó la nalga y fue bajando lentamente hacia la suave piel de la cara interior del muslo. Sólo en el último instante recordó que era médico y un hombre de Dios, y se detuvo. Con la respiración agitada, se volvió y levantó la vista hacia el cielo estrellado. Murmuró una plegaria para pedir perdón, esperó unos pocos minutos para dominarse y después abrió el paño de material médico que había cogido unas horas antes de uno de los caballos de carga. Dentro había un tubo de gel anestesiante, una aguja de dos puntas y los dos viales que le quedaban de los que había robado del instituto de Siria, que contenían la vacuna para la viruela.

Durante aquella larga jornada de viaje a caballo había decidido que la mujer sería la mejor candidata para ver si el virus era capaz de burlar la vacuna, y por lo tanto tenía que inmunizarla lo más rápidamente posible. Había desechado la idea de pincharla en el brazo: no quería que ella descubriera la marca y que empezara a preguntarse qué era aquello. Llegó a la conclusión de que el mejor sitio era el punto en que confluían ambos glúteos. Sin un espejo, ella no podría ver la marca, y casi con toda seguridad pensaría que el dolor se debía a las muchas horas que llevaba montando a caballo.

Tras su breve encuentro con la tentación, le puso la vacuna sin demora, y al día siguiente la italiana se despertó con fiebre, un fuerte dolor de cabeza y una dolorosa hinchazón en el trasero. El Sarraceno escuchó a los hombres especular acerca de si la habría mordido algún bicho durante la noche, y cuando le dijeron por señas que su compañera iba a tener dificultades para montar a caballo, se limitó a indicarles que las molestias se debían a la silla, les dio cantimploras llenas de agua y puso una manta sobre la montura de la mujer para que le sirviera de acolchado. Incluso la ayudó a izarse hasta el lomo del caballo.

Durante seis días más, viajando tanto de día como de noche, y deteniéndose únicamente cuando estaba demasiado cansado para continuar, el Sarraceno cabalgó detrás de sus prisioneros y se valió de una cuerda anudada para mantener a los caballos, y en ocasiones a sus pasajeros, despiertos y en movimiento.

Veinticuatro horas después de la inoculación, la fiebre de la mujer había empezado a remitir, y aunque él no tenía modo de saberlo, a no ser que le quitase los pantalones para ver si se había formado una cicatriz, estaba seguro de que la vacuna había prendido.

Ascendiendo un poco más con cada hora que pasaba, tomaron una ruta larga y serpenteante para evitar cualquier asentamiento humano, y fueron internándose en la parte más inhóspita del Hindu Kush. A pesar del cansancio abrumador, los prisioneros no estaban sorprendidos de la marcha que había impuesto su captor, porque en Afganistán todo el mundo, tanto los que estaban en un lado del negocio de los secuestros como los que estaban en el otro, sabía que una de las reglas básicas consistía en que la mercancía debía mantenerse en movimiento inmediatamente después de ser capturada.

Aun así, el hecho de comprender las razones no hacía que el viaje fuera más llevadero, y, para cuando el Sarraceno llegó por fin a su destino, los prisioneros estaban tan agotados que a duras penas lograban mantenerse conscientes. Levantaron la cabeza despacio —era poco después de la medianoche— y vieron una aldea abandonada, tan remota y tan escondida que incluso un pastor de montaña habría tenido serias dificultades para dar con ella.

Sin embargo, el Sarraceno la conocía bien: la conocía mejor que ningún otro lugar del planeta.

35

Tras dejar a los prisioneros esposados, ató los caballos en la entrada del pueblo y, con el AK-47 en posición, regresó a la emocionante época en que era joven.

En su laboratorio del Líbano había llegado a la conclusión de que sólo existía un lugar que fuera lo bastante remoto para llevar a cabo sus pruebas con seres humanos: la aldea en ruinas en la que había acampado durante más de un año durante la guerra contra la Unión Soviética.

Mientras recorría aquellas calles destrozadas —todos los edificios le resultaban familiares, todos los fogones de piedra estaban llenos de recuerdos— lanzó una exclamación en árabe a modo de saludo:

—*Alahu akbar!*

No tenía forma de saber si aquel asentamiento había sido ocupado por los talibanes, por un grupo de refugiados de guerra o por alguna de las interminables caravanas que transportaban drogas, pero no tenía intención de quedarse allí con sus prisioneros hasta que supiera que estaba solo.

«*Alahu akbar!*», repitió. Dios es grande. Y la única respuesta que recibió fue el rumor del viento, aquel viento constante y cortante que recordaba tan bien, aquel que llegaba hasta China. En cuanto tuvo la seguridad de que estaba solo, dobló al pasar junto a la vieja mezquita y entró en la cocina donde por primera vez había compartido un par de cigarrillos con Adbul Mohamed Kan.

A su alrededor bailaban los fantasmas del pasado, casi le pareció ver los rostros barbudos de los otros muyahidines, sentados en círculo y formulando sus últimas peticiones al gran señor de la guerra. Por aquel entonces eran todos tan jóvenes, estaban todos tan vivos... En su caso, aquello ocurrió antes de casarse, antes de que tuviera un hijo, y, por un instante, le vino a la memoria lo que se sentía al tener tanto recorrido por delante y apenas nada detrás.

Hizo un esfuerzo para salir de su ensoñación, encendió un fuego en el hogar, seguramente el primero desde que se fueron los muyahidines, y preparó un improvisado establo en la zona donde antiguamente se almacenaba el grano. Tan sólo después de hacer todo aquello llevó a los prisioneros a la cocina, los encadenó a los viejos fregaderos, les llenó de nuevo las botellas de agua y les dio a cada uno dos de las galletas duras y sin azúcar con que se habían mantenido en pie desde que fueron secuestrados, y que a aquellas alturas ya odiaban profundamente.

Se las comieron sin pensar, demasiado agotados para quejarse, y ni siquiera se tomaron la molestia de extender las mantas para dormir, sino que simplemente se tumbaron en un montón de paja rancia que había en un rincón y se hicieron un ovillo. Para los dos varones, aquélla iba a ser la última noche que pasarían sin fiebre en lo que les quedaba de vida.

Los tres se despertaron a la mañana siguiente oyendo golpes de martillo. El Sarraceno llevaba varias horas levantado, y estaba reconstruyendo uno de los cobertizos de piedra situados al borde de un precipicio, no lejos de la mezquita. Los prisioneros lo observaron a través de las grietas del muro, y vieron que ya había reparado una parte que se había derrumbado y que ahora estaba ayudándose de uno de los caballos para transportar una puerta de madera maciza que sustituiría a la anterior, tan endeble que se había salido de sus bisagras. Estaba claro que aquélla iba a ser su celda.

Una sola vez entró el Sarraceno en la cocina, y fue para coger la gruesa hoja de vidrio reforzado de unas cajas que, según les pareció a los prisioneros, contenían material médico. Lo contemplaron mientras regresaba al cobertizo y la colocaba en una pared, a media altura, y después vieron cómo la sellaba a la piedra empleando una mezcla de barro y mortero. ¿Una ventana? Aquello sí que era extraño, se dijeron los prisioneros. Pero no era en absoluto una ventana, sino un cristal de observación.

Justo después de la hora del almuerzo, y sin mediar palabra, los trasladó a lo que pronto se convertiría en su panteón de piedra. Una vez estuvieron allí dentro, miraron a su alrededor y vieron que su captor había puesto en un rincón varias mantas de montar a caballo que hicieran las veces de cama; también había excavado un agujero en el suelo detrás de una cortina, a modo de letrina, y había dejado una caja de galletas, cuatro barriles grandes de agua y una estufa de leña con una buena cantidad de combustible. Una vez más, intentaron comunicarse con él y le exigieron saber cuánto tiempo pensaba tenerlos encerrados en aquella cabaña sin ventilación, pero él se limitó a examinar el estado de las cadenas que los sujetaban a las argollas de la pared y luego se marchó.

Poco tiempo después, oyeron los cascos de los animales en los senderos de piedra, y, sirviéndose de uno de los barriles de agua para auparse hasta el cristal de observación, vieron que se alejaba con su recua de caballos. ¿Adónde podía ir aquel tipo, por el amor de Dios? El núcleo humano más próximo tenía que estar como mínimo a varios días de viaje, incluso llevando un caballo que fuera rápido, y era poco probable que pretendiera dejarlos sin vigilancia durante tanto tiempo.

Aun así, intentaron arrancar las argollas de la roca en que estaban incrustadas. Les supuso una tarea penosamente lenta e infructuosa, porque lo único que podían usar para ayudarse eran los trozos de leña que servían de combustible para la estufa, de modo que al cabo de cuatro horas apenas habían logrado hacer mella en la piedra y el mortero... De repente, oyeron que regresaban los caballos. Se asomaron de nuevo por el cristal de observación, y vieron que su captor desaparecía inmediatamente en el laberinto de casuchas y callejuelas. Oyeron cómo se ponía a cavar y a martillear, y luego vieron que volvía a donde estaban los caballos de carga una y otra vez y cogía varias cajas metálicas de color gris y por lo menos una docena de barriles de madera. No tenían la menor idea de dónde podía haber encontrado todas aquellas cosas.

Aquella noche, y por primera vez desde que su captor los encerró allí, se abrió la puerta de la celda. El Sarraceno entró y, sin decir nada, depositó en el suelo tres platos de algo que parecía un guiso de verduras acompañado por varias obleas del pan plano y redondo que los afganos llaman *naan*. Era la primera comida caliente que habían visto los prisioneros en casi dos semanas, y se abalanzaron con ansia a devorarla. A pesar de su sencillez, el ingeniero holandés afirmó entre risas que era la mejor comida que había tomado en su vida.

Una hora más tarde, se habían sumido los tres en un sueño inquieto y sin imágenes. No era de extrañar, porque el *naan* y las verduras estaban aderezados con un barbitúrico denominado pentobarbital, un somnífero muy potente, recomendado por la mayoría de los grupos que están a favor de la eutanasia.

Justo antes de las dos de la madrugada, el Sarraceno entró de nuevo en la celda con un pequeño maletín quirúrgico y una lámpara de aceite. Daba miedo verlo, con el traje protector integral, los guantes forrados de Kevlar y el casco de visera transparente. En la espalda llevaba una botella de oxígeno que le enviaba aire a través de un regulador conectado al chaleco salvavidas, herméticamente sellado con cinta aislante.

Moviéndose deprisa con el fin de conservar tanto aire como le fuera posible, se arrodilló junto a la mujer, le quitó los vaqueros, le apartó un poco las bragas, ya malolientes, y examinó el lugar del pinchazo. Con serena satisfacción, vio la cicatriz plana y supo que la vacuna había prendido perfectamente. La italiana había recibido toda la protección que podía ofrecerle la ciencia moderna.

Volvió a ponerle la ropa y procedió a trabajar con el técnico de sonido. Le remangó la camiseta y examinó el tatuaje en forma de alambre de espino. Él odiaba los tatuajes, de modo que decidió que aquél iba a ser el lugar elegido.

Sacó una jeringuilla y comprobó desde detrás de la visera de plástico que el émbolo funcionara correctamente. Una vez satisfecho, buscó dentro del maletín y extrajo uno de los dos viales marcados con un cero de más en el número de lote. Estaba sellado con un tapón de caucho especial, así que sostuvo la jeringuilla con el guante de Kevlar e introdujo la aguja en el caucho y el frasco.

Oyendo el siseo de su rápida respiración a través del regulador, inyectó aire en el vial, después tiró del émbolo y llenó la jeringuilla con lo que podía ser el patógeno más letal de todo el planeta. El tiempo lo diría.

A la luz mortecina de la lámpara de aceite —decididamente tenía que parecer una escena del mismísimo infierno—, aquel hombre ataviado con un traje de aislamiento de color negro se inclinó sobre el prisionero y, tras elevar una última plegaria a Alá, clavó lentamente la aguja en el alambre de espino.

El Sarraceno era buen médico, poseía una dilatada experiencia en administrar medicamentos intravenosos, de manera que el joven *hipster* japonés apenas se removió en sueños mientras la aguja se hundía en su brazo y encontraba la vena. Fue empujando el émbolo poco a poco y observó cómo iba bajando el nivel del líquido transparente a medida que iba incorporándose al torrente sanguíneo de su víctima. Pasados diez segundos, la operación quedó finalizada, y el joven, aún en sueños, suspiró suavemente y se dio la vuelta.

De inmediato, el Sarraceno guardó el vial y la jeringuilla en un recipiente especial de color rojo lleno de un desinfectante muy potente llamado Lysol.

Acto seguido, centró la atención en el ingeniero holandés. Repitió el procedimiento, esta vez en el muslo, y tan sólo se detuvo un instante cuando le pareció ver que el pinchazo inicial de la aguja había despertado a su prisionero. Tras comprobar que se trataba de una falsa alarma, agarró la jeringuilla con fuerza y procedió a separar para siempre a aquel hombre de su mujer y de sus tres hijos con la misma certeza que tendría si estuviera apuntándolo a la sien con el cañón de su AK-47.

Una vez completada aquella fase del experimento, recogió el maletín quirúrgico, el recipiente lleno de desinfectante y la lámpara de aceite.

En silencio —hasta el siseo del regulador parecía haber enmudecido—, salió por la puerta rezando para que su virus fuera letal y para que el gen con el que lo había manipulado lo hubiera transformado en un cazavacunas digno de ser utilizado como arma.

36

Supongo que no habrá muchas formas agradables de morir, pero sé cuál es una de las peores: lejos de tu hogar y de tu familia, encadenado como un perro en una remota aldea abandonada, y con tu organismo viéndose derrotado poco a poco por el feroz ataque de un virus como el de la viruela. Si además la única persona que te oye gritar pidiendo socorro es un rostro barbudo detrás de una ventana sellada, peor que peor.

A la mañana siguiente, todos los prisioneros se despertaron tarde y con un intenso dolor de cabeza en la nuca. Se preguntaban si sería una reacción a la comida que habían ingerido, pero ni por un solo instante imaginaron que su secuestrador pudiera haberlos drogado. ¿Para qué iba a hacer algo así? Estaba claro que no podían escapar, se hallaban encerrados en una celda cuyos muros eran de piedra, encadenados a una argolla clavada en la roca.

Cuando los dos hombres por fin se acercaron arrastrándose hasta un pequeño cuenco para lavarse, ambos descubrieron lo que parecía una minúscula mordedura: una zona enrojecida, el uno en el tatuaje que le cubría el bíceps, el otro en el muslo. Lo primero que pensaron fue que los había picado un escorpión o una araña, de modo que se pusieron a examinar hasta el último centímetro de la celda con la ayuda de una lámpara de aceite, pero no encontraron nada.

Conforme fue avanzando el día, y a lo largo de los doce días siguientes, la fiebre y los sudores nocturnos fueron empeorando progresivamente. Recayó sobre la mujer la tarea de atenderlos lo mejor posible en aquella sofocante celda: les cambió las mantas, les dio de comer, les refrescó la piel y les lavó la ropa que ensuciaban. Durante todo aquel tiempo, estuvo expuesta a los efluvios de su sudor, a su respiración y a sus esputos: ella no se daba cuenta, pero estaba nadando en un mar invisible, rodeada de miles de millones de moléculas infecciosas, un lugar totalmente infestado de un agente patógeno letal.

En una ocasión, desesperada por introducir un poco de aire fresco en la celda, se subió a uno de los barriles de agua y miró por la ventana para intentar llamar la atención del Sarraceno. Lo que vio la asustó todavía más de lo que la había asustado ninguna otra cosa vivida a lo largo de aquel calvario, aunque no supo decir por qué. Su captor estaba a unos treinta pasos de la cabaña, charlando animadamente por un teléfono vía satélite. Hasta aquel momento había supuesto que era una simple pieza más de aquella particular empresa, pero entonces se dijo que tal vez, después de todo, no fuera tan sólo el mono bailarín... a lo mejor era el que tocaba el organillo. Gracias a la manera en que sostenía el aparato, podía verle la cara con claridad, y, fijándose en el movimiento de los labios y en las pocas palabras que consiguió descifrar, dedujo que estaba hablando en inglés. Finalmente su captor colgó, se volvió y la vio al otro lado del cristal. Por su semblante cruzó una expresión de consternación, seguida de otra de furia, y la italiana supo al instante que acababa de presenciar algo que se suponía que no debía haber visto.

En cualquier caso, aquello no le serviría de nada.

Aquella tarde, los síntomas de sus dos compañeros, que habían ido empeorando paulatinamente, se dispararon: la fiebre se volvió suborbital; las ampollas que se les habían formado en las extremidades se extendieron aún más y se les llenaron de pus; las noches se poblaron de sueños alucinatorios; las venas y los capilares comenzaron a estallar y les cubrieron el cuerpo de manchas oscuras debido a los hematomas; la carne empezó a separarse del esqueleto y a desprender olores extraños, y el dolor se intensificó de tal modo que pasaron dos días gritando angustiados, hasta que probablemente murieron tanto de agotamiento como de todo lo demás.

Cada pocas horas, el rostro del Sarraceno volvía a asomarse para examinar cómo se desarrollaba su experimento. Para su regocijo, lo que vio fueron los estragos de un agente muy virulento, en efecto, y aunque no pudo estar seguro del todo, parecía ser un tipo de *Variola major* denominado «viruela hemorrágica». Conocida por su agresividad, esta cepa ocasiona una serie de hemorragias catastróficas en el órgano más grande del cuerpo, la piel, y su mortalidad es del cien por cien. El cien por cien.

Poco después de morir los varones, la mujer comenzó a experimentar una subida vertiginosa de la fiebre y a sufrir horribles sudores nocturnos, y comprendió que estaba empezando a entrar en barrena. Una noche, el Sarraceno contempló con satisfacción cómo se acercaba tambaleante al cuenco de agua para intentar refrescarse la cara y descubría las primeras ampollas en el dorso de la mano. En aquel momento, supo que no sólo había sintetizado un potente virus que era sumamente infeccioso, sino que además el gen extra le confería la capacidad de vencer a la más moderna de las vacunas. Ya no había duda: era un arma terrorífica que superaría a todas las demás.

La italiana, consciente de lo que iba a ocurrirles tanto a ella como a la criatura que llevaba en el vientre —a la que ya había empezado a querer—, lloró y gritó más desesperadamente que los dos varones. Aun así, su captor se limitó a contemplar el espectáculo taponándose los oídos con algodones y recitando el Corán para no oír los alaridos.

Cuando la mujer se desangró por fin, el Sarraceno se quedó inmóvil. Quería saborear el momento. Aquellos tres cadáveres eran la demostración de que ya tenía al alcance de la mano su objetivo: una forma de terrorismo considerada tan aterradora por los expertos que incluso le han dado un nombre especial. Lo llaman la «Muerte Blanda de América».

37

He aquí la verdad sin paliativos: sin una vacuna eficaz, ningún país del mundo podría sobrevivir a un ataque biológico bien orquestado con una nueva cepa del virus de la viruela, ni siquiera uno de 310 millones de habitantes que es responsable del cincuenta por ciento de la riqueza de la Tierra, que ha tenido suficiente armamento nuclear para destruir cien veces el planeta y que ha dado más premios Nobel de ciencia y de medicina que ninguna otra nación. Frente a la *Variola major* estaría igual de indefenso que los tres prisioneros que yacían muertos sobre sus propios fluidos en el interior de aquella tumba de piedra.

Y sin embargo, un solo hombre, un solo virus... ¿de verdad era posible? El Sarraceno sabía que sí, y, cosa sorprendente, también lo sabían en Washington.

Se denominó «Oscuro Invierno».

Así llamaron a la simulación de atentado biológico que se llevó a cabo en la base Andrews de las Fuerzas Aéreas en la primavera de 2001. Unos años después, mientras trabajaba en el Líbano, el Sarraceno leyó en internet un informe sobre los resultados de dicho ejercicio. La idea de utilizar como arma la viruela tal vez no se le hubiera ocurrido nunca, pero aquel informe, que anteriormente había sido un documento clasificado, sin duda lo orientó en la dirección acertada.

«Oscuro Invierno» planteaba la posibilidad de que Estados Unidos sufriera un pequeño ataque biológico con el virus de la viruela: una única persona infectada entraba en un centro comercial de Oklahoma City. A continuación, el programa calculaba la propagación de la enfermedad y proyectaba el número de bajas. Trece días después de que el único infectado entrase en el centro comercial, el virus ya se habría extendido a veinticinco estados, habría infectado a cientos de miles de personas, habría matado a una tercera parte de ellas y saturado el sistema de atención sanitaria, habría hecho que la economía entrara en caída libre y habría dado lugar a un colapso generalizado del orden social. Naturalmente, el virus no discriminaba a quién atacaba, de modo que también habría víctimas entre policías, bomberos y profesionales de la salud con la misma rapidez que entre la población general, probablemente incluso más. Por otra parte, sin duda habría saqueos e incendios, los hospitales se verían obligados a cerrar las puertas e impedir la entrada con barricadas... El ejercicio se interrumpió muy pronto: nadie quería descubrir nada más.

Todos los que leyeron el informe y participaron en su elaboración probablemente pensaron lo mismo: que se trataba de una única persona infectada en un centro comercial de Oklahoma City y que portaba una cepa del virus que no era muy virulenta. Imaginemos qué sucedería si ocurriera algo así en el metro de Nueva York, en el desfile de Acción de Gracias de Macy's o en la Super Bowl.

Y aunque el gobierno terminó dando orden de que se fabricase una vacuna y se almacenasen grandes reservas de ella, en realidad no se destinaron fondos a buscar una cura para dicha enfermedad, que sería la única manera segura de convertir la viruela en historia y retirarla de la lista de armas biológicas potenciales. Como habrán advertido muchas personas, los generales siempre libran la última guerra, no la siguiente.

¿Y qué ocurriría si las personas infectadas fueran veinte, cien, o un millar? Aunque el informe sobre «Oscuro Invierno» en ningún momento llegó a especificarla, todos los analistas de la CIA, los expertos en defensa contra agentes biológicos, los epidemiólogos y sus interminables simulaciones por ordenador dieron por sentado que la persona de Oklahoma City era un suicida, alguien que se infectó con el virus deliberadamente y luego comenzó a circular por todo el país para propagarlo.

Sin embargo, para el Sarraceno, servirse de infectados suicidas —conocidos por los patólogos como «vectores»— era una tontería. Si bien era posible encontrar en un campo de refugiados de Gaza a jóvenes mártires que estuvieran dispuestos a entrar en una cafetería llevando un cinturón de explosivos, matarse en una explosión grandiosa era una cosa muy diferente de sufrir la muerte lenta y dolorosa que ocasionaba un virus como aquél. Como había trabajado en los campos de refugiados al lado de su mujer, el Sarraceno sabía que ningún aspirante a guerrero hallaría nada heroico en unas ampollas llenas de pus, aunque pudieran pasar inadvertidas por el control de inmigración de Estados Unidos en el mundo posterior al 11-S.

No, a él se le había ocurrido algo mucho más eficaz que cualquiera de las posibilidades imaginadas por los expertos norteamericanos. Según sus cálculos, su plan generaría como mínimo diez mil vectores, que se diseminarían a lo largo y ancho del territorio del enemigo lejano.

Sería, efectivamente, la Muerte Blanda de América.

38

El Sarraceno se quitó los algodones de los oídos y se dirigió a la aldea. Cuando llegó a su perímetro, se detuvo un momento junto a un pequeño mojón de piedras que había colocado él mismo, y, a partir de allí, empezó a contar: al cabo de nueve pasos, giró bruscamente hacia la izquierda para evitar una mina explosiva enterrada.

El pueblo entero estaba sembrado de minas antipersonas. Era una tarea que había emprendido en cuanto tuvo a los prisioneros bien encerrados en su tumba de piedra. Acompañado por sus caballos de carga, había recorrido una maraña de empinados senderos que conducían a lo alto de aquellas imponentes montañas. Aunque la memoria le falló en varias ocasiones y tomó unos cuantos ramales erróneos, finalmente encontró, en medio de un caos de rocas azotadas por el viento, la entrada de un complejo de cuevas.

Aquellas montañas estaban acribilladas de lugares como aquél, algunos naturales y otros excavados con dinamita. Todos ellos fueron utilizados por los muyahidines durante su prolongada guerra contra los soviéticos. Aquella cueva, que servía de almacén de munición, había sido construida por el Sarraceno y sus camaradas, y sólo la abandonaron el día en que terminó la guerra.

Alumbrando el camino con una linterna, penetró hasta la caverna de mayor tamaño. La luz barrió las paredes y dejó ver diversas cajas de minas, granadas, morteros y otros pertrechos que habían permanecido allí muchos años sin que nadie los tocase. Casi todo aquel arsenal había sido suministrado por la CIA, así que las armas eran de buena calidad, no como la basura soviética o la pakistaní, y en el aire enrarecido de la montaña se habían conservado mejor que dentro de cualquier búnker subterráneo.

El Sarraceno encontró lo que necesitaba, lo trasladó a unas cajas de munición de color gris y a una docena de barriles de madera, y regresó a la aldea. Pasó toda aquella tarde y gran parte de la noche distribuyendo por los edificios en ruinas dispositivos explosivos improvisados y minas antipersonas. La razón era simple: a diferencia de la actitud que había demostrado hacia los soviéticos, sentía respeto hacia las fuerzas de Estados Unidos y de muchos de sus aliados.

Desde el momento mismo en que había ideado probar el virus con seres humanos, supo que la ONU enviaría varias tropas en busca de los prisioneros, y cada vez con mayor empeño al ver que nadie les exigía un rescate. Era consciente de que difícilmente llegarían a una aldea abandonada tan remota como aquélla, pero no quería tentar a la suerte.

Ahora que su misión casi había finalizado, tuvo que seguir con cuidado las señales secretas que él mismo había colocado para no tropezar con un cable oculto o no abrir la puerta que no debía. Un solo error lo llevaría a reunirse con la italiana y sus dos amigos en el otro mundo.

Volvió a la cocina, dio de comer a los caballos, se hizo la cena y durmió mejor de lo que había dormido en varios meses. Se despertó al amanecer y, tras las abluciones y los rezos matinales, se puso en marcha. Ya había excavado un enorme foso detrás de la casa del jefe de la aldea, y ahora tenía que rellenarlo con los sacos de cal viva que había llevado consigo con aquel propósito específico. La cal destruiría los cadáveres y degradaría cualquier otro material arrojado al hoyo, hasta el punto de que ningún forense del mundo sería capaz de encontrar una pista de lo que había sucedido en aquel lugar solitario y dejado de la mano de Dios.

Ataviado con su traje protector y con una de las últimas botellas de aire comprimido que le quedaban a la espalda, se sirvió de una broca de mano para practicar un pequeño orificio en la gruesa hoja de madera de la puerta. A continuación, introdujo un tubo de plástico provisto de una pequeña boquilla en la punta, metió el otro extremo en un recipiente grande de Lysol y, con ayuda de una bomba accionada con el pie, empezó a regar los cadáveres y el interior de la celda con varios litros de aquel desinfectante. Cuando calculó que ya había cubierto todas las superficies que le era posible cubrir desde allí, cambió el recipiente con el desinfectante por un antiguo bidón militar lleno de gasolina, y empezó a bombear el combustible al interior de la celda repartiéndolo bien por encima de los cadáveres, la paja, las vigas de madera y hasta la propia roca. Luego sacó el tubo de plástico y metió en el orificio un trapo empapado en gasolina, lo encendió con una cerilla y corrió a ponerse a cubierto.

Había dudado un momento sobre la conveniencia de prender fuego a la celda para esterilizarla mejor, temeroso de que el humo llamase la atención, pero hacía un día despejado y luminoso, y estaba seguro de que la madera del interior era tan vieja que ardería limpiamente y con rapidez. Y no se había equivocado al respecto, aunque se quedó asombrado al ver la ferocidad de las llamas. Fue como si la naturaleza misma se sintiera ofendida por lo que se había hecho dentro de los confines de aquellos muros.

Cuando se apagó el fuego, roció las brasas con más desinfectante, y, sin quitarse el traje protector, cogió los caballos, unos metros de soga y varios ganchos de carnicero para arrastrar los cadáveres carbonizados hasta el foso. A continuación, echó también sobre la cal viva todos los demás objetos que habían usado o tocado los prisioneros: platos, utensilios, jeringuillas, los restos quemados de las mantas de montar a caballo... Luego, aún con el traje, se roció a sí mismo con desinfectante, se desnudó y se duchó de nuevo con Lysol. Finalmente, se vistió y arrojó el traje protector al foso.

Ya estaba haciéndose de noche, y casi había terminado de rellenar la tumba, cuando regresó a la cocina a buscar los dos últimos sacos de cal para cubrir la parte superior del foso, con el fin de disuadir a cualquier animal salvaje.

Dentro aguardaban los caballos, listos para ser ensillados. La soledad y el silencio de aquellas escarpadas montañas resultaban casi opresivos. Incluso el viento se había calmado y se había transformado en un susurro.

No se oía nada, y no habría percibido ninguna señal de la mierda que se le venía encima a más de trescientos kilómetros por hora si no hubiera sido por los caballos.

39

Los primeros habían sido los soviéticos, y los imitaron después las tropas de la ONU y de Estados Unidos: todos los helicópteros de ataque que había en Afganistán estaban equipados con rotores y motores que no hacían ruido, de modo que uno no los oía llegar hasta que los tenía literalmente encima. Sobre todo si ese uno era un ser humano. Sin embargo, los muyahidines se habían dado cuenta de que los caballos eran diferentes, y hacía ya mucho tiempo que habían aprendido a interpretar el comportamiento de sus monturas como si su vida dependiera de ello.

Mientras se echaba al hombro un par de sacos de cal viva, el Sarraceno oyó cómo los caballos se movían inquietos y se volvió hacia ellos. Hacía años que no veía a esos animales actuar de aquella forma, pero fue como si hubiera sucedido el día anterior. ¡Se acercaban helicópteros!

Soltó los sacos, cogió su AK-47 y una mochila en la que llevaba su pasaporte, dinero y un equipo médico, desató a los caballos, les propinó un azote en la grupa y los hizo salir huyendo hasta que se perdieron de vista en la oscuridad de la noche. Sabía que encontrarían la manera de bajar a los valles, y los aldeanos que los encontrasen —ocho valiosos caballos de montaña, que valían la misma suma de dinero que un camión Hino grande— no pondrían en peligro su buena suerte dando parte de aquel hallazgo.

Dos minutos después, aterrizaron en la aldea tres helicópteros de la ONU con veinte soldados australianos a bordo. Habían sido alertados por un informe emitido por un satélite que empleaba un sistema de obtención de imágenes por calor para explorar zonas remotas en busca de los secuestrados. Irónicamente, lo que había causado la alerta no había sido el fuego, sino el virus. Debido a la alta fiebre que acompaña a la viruela, los analistas encargados de interpretar las imágenes del satélite observaron la huella térmica captada un día antes, y en ningún momento se les pasó por la cabeza que hubiera sido generada sólo por tres personas. Estaban buscando a un grupo formado al menos por ocho individuos. Ni los analistas, ni los agentes de la CIA de la Estación Alec que dirigían la operación de rescate, ni ninguna otra persona de la agencia podían imaginar que los tres prisioneros estuvieran vigilados por un solo hombre. Los secuestros no funcionaban así.

Por tanto, cuando los soldados australianos saltaron de los helicópteros esperando encontrarse con un pequeño grupo de talibanes o con una caravana que transportara droga, tenían claro que iban a enfrentarse por lo menos a cinco enemigos, de modo que tomaron las precauciones necesarias ante la posibilidad de que se diera un fuego cruzado. Eso los retrasó de forma considerable. Como también los retrasó la primera trampa explosiva improvisada.

Siguiendo el protocolo establecido, dos de los soldados avanzaron hasta la puerta de una casa situada a la entrada del pueblo, se colocaron uno a cada lado, la abrieron de un puntapié y accionaron dos grandes minas terrestres que estaban adosadas a la parte posterior. Aquella explosión seccionó a su vez un cable que se había disimulado para que pareciera una vieja cuerda de tender la ropa que atravesaba el callejón y que, al romperse, detonó una bomba de mortero a sus espaldas. La pareja de soldados acababa de tropezarse con el fuego cruzado... sin la menor posibilidad de salir ilesa.

El oficial que estaba más cerca, un teniente llamado Pete Keating, no se molestó en consultar a su oficial al mando, un capitán que se encontraba varios cientos de metros más lejos, un hombre al que la mayoría de los comandos consideraban, si no claramente peligroso, por lo menos idiota. Keating ordenó que todo el mundo se replegara y acordonó la aldea entera, una medida que deberían haber tomado nada más poner pie en tierra, pero que el capitán no consideró necesaria.

—¿Qué quieres que hagan con esas toallas que llevan en la cabeza? ¿Intentar huir montaña abajo? —dijo con desprecio—. Si están ahí dentro, les ofreceremos la oportunidad de rendirse. Decídles: «¡Eh, turbantes, hoy es día de hacer la colada y nosotros tenemos la lavadora!»

Aquel comentario confirmó a sus hombres que no era más que un imbécil racista.

Keating había intentado varias veces convencer a su capitán de que lo mejor era asegurar el perímetro de la aldea, pero su oficial al mando había rechazado dicha idea, y el teniente no tuvo más remedio que ordenar a aquellos dos primeros soldados que entrasen con cautela. Ahora estaba desesperado por recomponer la situación. Envió a cuatro hombres a comprobar cómo se encontraban los dos primeros —aunque no abrigaba ninguna esperanza—, y a los demás los desplegó en dos amplios arcos para asegurar por fin el perímetro.

A trescientos metros de allí, el Sarraceno corría con toda su alma, describiendo una trayectoria en zigzag, contando cada paso... en dirección al pozo del pueblo y a una escarpada ladera que conducía a un sendero claramente marcado y, más allá, a las montañas y a la libertad.

Si Keating hubiera sido menos decidido y se hubiera retrasado un minuto, el Sarraceno habría escapado sin problemas del cordón. Pero el teniente era un soldado curtido y no titubeó ni un instante, de modo que el Sarraceno, teniendo ya el sendero a la vista, se vio obligado a esconderse a toda prisa detrás del pozo para no ser descubierto por los cuatro soldados de infantería que se acercaban.

Estaba atrapado en aquel círculo de hierro, y sabía que aquellos cuatro jóvenes soldados estaban brindando al mundo la mejor oportunidad para evitar la catástrofe que llevaba tanto tiempo preparándose. Se agachó y salió disparado como una flecha en dirección a un bajo muro de escombros. Logró llegar hasta allí sin ser visto, y de nuevo se encontró en las callejuelas, donde un solo paso en falso, un cable del que no se acordase, le costaría la vida.

Los soldados se movían despacio, examinando cada edificio y detonando las bombas conforme iban topándose con ellas. El círculo se iba cerrando poco a poco. El Sarraceno echó a correr por una calle que hacía una pequeña curva, atravesó una vieja cabaña para cabras y, de pronto, tuvo que replegarse a toda prisa para no ser descubierto por más soldados. Retrocedió hasta rebasar la casa del jefe de la aldea y penetró en un callejón cubierto de cascotes.

El pánico lo había llevado a cometer un grave error: aquella callejuela estaba bloqueada por un montón de material de mampostería, y no había forma de volver, tenía a los soldados tan cerca que incluso oía las radios que utilizaban para comunicarse entre ellos. Se descolgó el AK-47 del hombro —mejor morir como un muyahidín que verse obligado a arrodillarse como un perro— y alzó la vista hacia el cielo suplicando ayuda.

Y la recibió: en los tejados. Si consiguiera subir sin ser visto, podría moverse mucho más deprisa, dado que allí no había colocado ningún explosivo. Lo apostó todo a aquella carta, y echó a correr hacia los soldados que se acercaban, con la esperanza de alcanzar una cisterna de agua que había allí antes de que ellos doblaran un recodo y lo vieran.

Saltó sobre la superficie plana de la cisterna de piedra y, utilizándola a modo de trampolín, consiguió subir hasta el tejado de la antigua mezquita. Unos segundos después, tumbado boca abajo, procurando controlar su agitada respiración, oyó pasar a los soldados por debajo de donde estaba él. Los hombres se detuvieron allí mismo, como si hubieran percibido algún ruido proveniente de las casas medio derruidas que tenían delante.

No se oía nada, el silencio era tan profundo en la cumbre de la montaña que el teniente Keating, que aguardaba a las afueras del pueblo y dirigía la incursión de sus hombres por radio, comenzó a preguntarse si la aldea no estaría desierta. A lo mejor todas aquellas minas antipersonas habían sido colocadas años atrás por los muyahidines, antes de marcharse de allí. Pero ¿por qué iban a hacer algo así? La única gente que podía volver a ocupar aquellas viviendas eran las familias afganas pobres o los pastores de cabras itinerantes. No, la explicación más plausible era que hubieran dado con un valioso objetivo y que el enemigo estuviera escondido, observando. De modo que aquel silencio era lo más peligroso a lo que se había enfrentado Keating en toda su vida.

—Despacio —ordenó a sus hombres por la radio en voz baja—. Id muy despacio.

El Sarraceno se obligó a permanecer inmóvil. Contó hasta siete. Después, se quitó las sandalias de cuero y, calzado tan sólo con los gruesos calcetines de lana, cruzó las viejas tejas de barro sin hacer ruido. Salvó de un salto un callejón estrecho, y a punto estuvo de caer por un agujero en el que se habían hundido las tejas. Finalmente, se agazapó detrás de un parapeto de baja altura. Entonces fue cuando vio su oportunidad.

Atisbando por un pequeño hueco en la mampostería, invisible a las gafas de visión nocturna de los australianos, vio a varios soldados que se aproximaban por tres calles distintas. Aquél era el cerco que tenía que romper o esquivar si quería escapar. Volvió a ponerse las sandalias, clavó la barbilla en el muro con tanta fuerza que le empezó a sangrar, apoyó el fusil de asalto contra el hombro, y dio gracias a Alá de que estuviera equipado con un supresor de destello y un silenciador.

Un combatiente menos experto, un hombre que nunca hubiera sido guerrillero, habría disparado a matar. Pero el Sarraceno conocía bien su oficio: de media se necesitan siete hombres para atender y evacuar a un soldado malherido. Un muerto no necesita a nadie.

Escogió un objetivo en cada uno de los tres callejones. Si no contara con un silenciador, los soldados oirían el primer disparo y se pondrían a cubierto enseguida; y si no fuera por el supresor de destello, verían su posición y lo harían trizas a él y al parapeto con sus armas automáticas.

Disparó. Con la estática de la radio susurrando en sus oídos, los soldados ni siquiera oyeron los tres minúsculos chasquidos. Uno recibió un balazo en el muslo, con lo cual ya podía darse por muerto a no ser que le hicieran un torniquete de inmediato; otro fue alcanzado en el cuello, y seguramente nadie podría hacer ya nada por él, y el tercero resultó herido en el antebrazo, suficiente para procurarle una gran cantidad de dolor. Al tiempo que los tres se desplomaban con un grito, sus compañeros se apresuraron a adoptar posiciones de defensa. Todos intentaron protegerse unos a otros.

Un buen soldado, uno disciplinado —y aquéllos eran muy buenos, a pesar del capitán que los comandaba—, hace lo que sea por sus camaradas heridos. En el caos de intentar socorrer a los heridos y localizar al enemigo, en medio de la oscuridad y el terror de verse sometidos a fuego cruzado, varios de ellos se vieron obligados a salir de entre los escombros y correr hacia las puertas de las casas.

Protegido por el parapeto, el Sarraceno observó cómo se deshacía el cerco y se rompía al fin. No era gran cosa, y probablemente no duraría demasiado, pero tal vez fuera suficiente. Esta vez no se agachó, se limitó a rodar por la pendiente del tejado, con la mochila y el AK-47 apretados contra el pecho, y a dejarse caer por el borde. Vio la pared de piedra que pasaba por su lado a toda velocidad —que Alá lo ayudase si acababa rompiéndose una pierna—, se retorció en el aire y aterrizó violentamente sobre la cadera. El dolor estuvo a punto de abatirlo, pero logró incorporarse y echar a correr. Un antiguo muyahidín como él no iba a ponerse a gimotear o a cojear. Él era un veterano de la guerra más cruel que se había librado en muchas décadas, y no pensaba echarse a llorar como un infiel.

Se lanzó a la carrera hacia el tortuoso callejón que lo llevaría más allá de la zona acordonada, ahora rota, y que lo dejaría momentáneamente fuera de la vista de un grupo de soldados gracias a la fachada inclinada de una casa en ruinas. Pero si los oficiales se desplazaban tres metros en uno u otro sentido...

Consiguió salir del cerco. Pasó junto a una media luna que él mismo había marcado en una puerta, rezó para que no le fallara la memoria y empezó a contar. Dio veinticinco pasos al frente, tres a la izquierda, salvó con éxito una mina enterrada y por fin vio la seguridad de las montañas delante de él.

Justo en aquel momento, a su espalda oyó a un soldado gritando a sus compañeros que se arrojaran cuerpo a tierra. Esperó sin ninguna duda oír el ensordecedor repiqueteo de las ametralladoras, y perder todo el control de sus piernas mientras las balas alcanzaban su desprotegida espalda y le seccionaban la columna vertebral, pero en vez de eso volvió a oír al mismo soldado gritando que había encontrado un cable que se extendía hasta dos granadas ocultas en un montón de bidones de aceite. Cuando sus compañeros se arrojaron al suelo, él tiró del cable.

Las granadas explotaron, y con el destello del brillante fogonazo el teniente Keating, que había echado a correr hacia delante en un intento de restaurar el cerco, vio al Sarraceno salvando una zona llena de escombros, corriendo para ponerse a salvo. Keating hincó una rodilla en la tierra, se apoyó la culata del fusil en el hombro y disparó. Había sido entrenado por las Fuerzas Especiales, de modo que sabía lo que hacía: lanzó tres ráfagas en cada disparo, apuntando rápidamente a la izquierda, a la derecha y de nuevo a la izquierda.

Si se hubiera desviado unos pocos centímetros a uno u otro lado, incluso si hubiera acertado con uno solo de sus disparos, todo habría sido distinto. Pero aquello no estaba escrito en las estrellas esa noche: las rapidísimas ráfagas impactaron alrededor del Sarraceno, contra las rocas y contra el suelo, y ninguna logró derribarlo. Keating maldijo las gafas de visión nocturna y la inevitable desconexión entre el ojo y la mirilla. El Sarraceno, naturalmente, agradeció la intervención de Alá en aquel encuentro.

A la carrera, se lanzó por un recodo formado por tres muros derruidos, torció a la izquierda, giró bruscamente a la derecha y, sin dejar de sujetar la mochila y el arma, se dejó caer resbalando por una pronunciada pendiente para ser engullido por la oscuridad de un barranco lleno de piedras.

Un joven oficial australiano lo vio brevemente entre las sombras, durante una fracción de segundo, iluminado por el destello de una granada. Aquélla fue la última vez que las autoridades militares o civiles vieron al Sarraceno. Hasta que yo lo conocí, claro está.

40

Los australianos no persiguieron al Sarraceno, lo cual fue una equivocación, desde luego. Sin embargo, su misión consistía en encontrar a los tres civiles secuestrados, no en dar caza a un insurgente solitario. Pero, a pesar de aquel error, en aquella noche marcada por la mala suerte hubo un único golpe de fortuna que resultó providencial: el soldado australiano que había recibido el balazo en el muslo era el capitán, con lo cual el teniente Keating quedó al mando de la misión.

Sólo contaba veintiséis años, pero ya había cumplido un período de servicio en Afganistán, de modo que incluso a su edad tenía el rostro curtido por la experiencia. Procedía de un pueblecito llamado Cunnamulla, situado en una región cubierta principalmente por trigales, muy al oeste, al borde de lo que los australianos denominan el Nunca-Nunca. Allí hace tanto calor que sus habitantes afirman que un pervertido es el hombre que prefiere las mujeres a la cerveza. En cualquier caso, algunos de los vecinos de aquel lugar criaban ovejas, y gracias a eso Keating sabía perfectamente —debido a un brote de fiebre aftosa que sufrió el ganado— para qué se utilizaba la cal viva.

Sólo aquel pequeño detalle hizo que, cuando por fin entraron en la cocina y Keating vio los dos sacos de cal tirados en el suelo, tuviera la sensación de que se abría la tierra bajo sus pies. La cal viva era algo totalmente ajeno a aquella parte del mundo, y además, ¿para qué iba a tomarse alguien la molestia de llevarla hasta allí? Unos simples secuestradores no, desde luego. Seguía convencido de que los explosivos caseros indicaban que en aquella aldea se estaba protegiendo algo muy valioso, pero ahora ya no estaba tan seguro de que aquel «algo» estuviera aún vivo. Inmediatamente, ordenó a sus hombres que sacaran las linternas y se pusieran a buscar una tumba o una fosa.

Lo primero que encontraron fueron los restos calcinados del pequeño almacén de piedra. Poco después, mientras Keating intentaba dilucidar qué podía significar aquello, uno de los hombres empezó a gritar. Era uno de los soldados jóvenes de infantería que, en vez de tomarse la molestia de comunicarse con sus compañeros empleando la radio, siguiendo el protocolo establecido, empezó a lanzar voces:

—¡Lo he encontrado! —gritó—. ¡Traedme una pala!

Keating le oyó perfectamente, y acudió corriendo con varios de sus hombres a la zona que rodeaba la vieja casa del jefe de la aldea. Tenían que moverse con sumo cuidado porque aún existía la amenaza de las minas antipersonas que no habían explotado. Le bastó echar un vistazo a la tierra para darse cuenta de que había sido removida hacía poco. Aquel hoyo era lo bastante profundo y ancho para contener Dios sabe qué, y a su alrededor había rastros de cal desperdigados. Keating no estaba dispuesto a correr ningún riesgo.

—¡Atrás! ¡Que todo el mundo se repliegue hacia la zona de aterrizaje! ¡Vamos!

Uno de los sargentos, quien, al igual que todos los demás, no tenía ni idea de lo que pasaba, se volvió hacia el teniente.

—¿No registramos las casas que faltan, señor? ¿Por si hubiera más enemigos?

Keating negó con la cabeza. Las complicadas trampas explosivas y el hecho de que nadie más hubiera atacado a su escuadrón le dieron la seguridad de que el único habitante de aquella aldea había desaparecido en la noche.

—No, sargento. Sea lo que sea lo que íbamos a encontrar aquí, me parece que ya lo hemos encontrado.

Al llegar a la zona de aterrizaje, mientras los heridos eran atendidos y el único médico del escuadrón intentaba aplicar un gota a gota intravenoso al muslo del capitán, Keating se conectó de inmediato a la red de comunicaciones segura para efectuar una llamada a su base.

Los helicópteros medicalizados ya estaban en camino para socorrer a los heridos, y el operador de la base, cómodamente instalado en su búnker con aire acondicionado, a trescientos kilómetros de allí, supuso que el oficial llamaba para que se dieran prisa, y que no tardaría en empezar a quejarse de que ellos estaban en primera línea y lo único que necesitaban era un poco de maldito apoyo. Igual que hacían siempre.

Sin embargo, Keating interrumpió la rutinaria información sobre los helicópteros que le dio el operador y le dijo que necesitaban que enviasen a la montaña una unidad de protección contra materiales peligrosos, «ahora mismo». Tratándose del Ejército, naturalmente, aquello suscitó un sinfín de preguntas, solicitudes de autorización y gran confusión con respecto a la cadena de mando que debía seguirse. Keating sabía que aquello podía durar horas.

—¡Es posible que nos hayamos contaminado! —le gritó al impotente operador—. ¿Me está escuchando? Que yo sepa, puede ser incluso de índole nuclear; sin duda es algo grave.

Al igual que el operador, los hombres de Keating —incluido el capitán, que apenas estaba consciente— se quedaron atónitos. Por un instante, incluso el viento, cada vez más fuerte, pareció engullido por el silencio. Entonces el operador comenzó a hablar atropelladamente y le dijo que se mantuviera a la escucha mientras él abría una serie de canales para que Keating pudiera hablar con el oficial al mando lo antes posible.

Sin embargo, justo en ese momento Keating cortó la comunicación. Sabía que el hecho de haber perdido la conexión los incitaría a actuar todavía con mayor rapidez. En el Ejército, como en la vida, a veces uno tiene que provocar una crisis para captar la atención de la gente. Lo cierto es que no creía que hubiera riesgo de radiación nuclear, pero su intuición le decía que habían tropezado con algo siniestro y no conocía otra manera de hacerles comprender la urgencia de la situación. Sabía que iba a caerle una buena bronca por aquella reacción exagerada, pero ¿qué otra cosa podía hacer?

Los altos oficiales de la base se lanzaron a un torbellino de actividad. Sin embargo, en ese momento ninguno de ellos podía ser consciente de lo que habría ocurrido si el capitán no hubiera sido alcanzado por una bala, si Keating no se hubiera criado en otro sitio que no fuera el oeste de Australia, o si no hubiera sabido identificar la cal viva y para qué se usa. De no haber sido por todas aquellas cosas, y por muchas otras más, el equipo de hombres protegidos con trajes espaciales, con su tienda de campaña hinchable y sus potentes focos jamás habría llegado a tiempo.

En cambio, una flota de helicópteros Chinook aterrizó allí menos de una hora después. El menor retraso habría hecho que la cal viva cumpliera con su misión, y ellos nunca habrían encontrado el extremo intacto de una manta de montar a caballo.

41

Cuando los Chinook aterrizaron junto al pueblo abandonado, el Sarraceno ya había descendido por la primera de aquellas escarpadas laderas y cruzaba una estrecha meseta barrida por el viento. El mundo occidental había tenido la fortuna de que el teniente Keating tomara el mando en aquella remota aldea de montaña, pero el Sarraceno también había tenido su particular golpe de suerte: iba a caballo.

El descenso se había ido haciendo cada vez más penoso por culpa del golpe sufrido en la cadera. Su experiencia como médico le decía que no se había roto nada, pero lo cierto era que, fuera cual fuese la gravedad de su lesión, cada vez le resultaba más difícil andar.

Era consciente de que, sin la ayuda de una muleta o de un palo para apoyar el peso, pronto iba a tener que buscar una cueva o cualquier agujero donde esconderse y descansar como mínimo un par de horas. Justo entonces fue cuando vio al caballo en aquella meseta.

Era uno de sus caballos de carga, que se había separado de sus congéneres. A la luz de las estrellas, se lo veía perdido y desamparado. Reconoció su voz y de inmediato se acercó trotando hacia él, obediente, con la esperanza de recibir tanto compañía como cuidados. El Sarraceno cogió la soga que había cortado aquella misma noche, la utilizó a modo de improvisado cabestro y se subió al lomo del caballo. A continuación, lo instó a que adoptara un galope ligero y cruzó la meseta a buena velocidad, encontró un sendero que empleaban los pastores de cabras durante el verano para acceder a los pastos de alta montaña, y lo guió por aquel camino. El animal, que se había criado en las montañas y avanzaba con paso firme y seguro, lo llevó deprisa por aquella senda casi borrada, eludiendo de manera instintiva los corrimientos de grava suelta y sin perder nunca el rumbo, ni siquiera cuando el desfiladero por el que discurría el sendero se asomaba a los trescientos metros, o más, de caída del precipicio.

Cuando amaneció, había ya varios helicópteros estadounidenses y de la ONU sobrevolando la estrecha meseta y examinándola palmo a palmo; sin embargo, pensaban que estaban buscando a un hombre que iba a pie, de modo que basaban todos sus arcos y sus cuadrículas en dicha suposición. Dado que el terreno estaba plagado de barrancos y cuevas, tanto naturales como hechas por el hombre, fue un proceso lento y laborioso para los pilotos y para los ojeadores.

El perímetro de búsqueda iba ampliándose constantemente, pero el Sarraceno, al desplazarse a caballo, estaba ya muy lejos de sus límites. Al cabo de dos días se topó con un grupo de pastores tribales nómadas, y comenzó a cabalgar con ellos durante el día y a dormir entre sus tiendas por la noche.

Una mañana, mientras recorrían un elevado repecho, vio la antigua carretera transafgana que dividía el valle en dos. Se despidió de los nómadas y se dirigió hacia ella.

Dos horas después, se había incorporado a una riada de camiones desvencijados, rápidas camionetas Toyota y autobuses abarrotados, y desaparecía en el caos del Afganistán moderno.

42

Los hombres enfundados en los trajes blancos que los protegían de radiaciones nucleares y otras sustancias biológicas y químicas trabajaban metódicamente en el interior de su burbuja de campaña, plateada y traslúcida. Unos generadores portátiles y unos sofisticados filtros se llevaban el hedor que expelía aquella la tierra fría y húmeda llena de cal viva, y lo sustituían con aire purificado, mantenido además a una temperatura constante de diecinueve grados.

A pesar de lo lento que avanzaban, los técnicos y sus supervisores tardaron sólo unas horas en llegar a la conclusión de que en aquella montaña no había material radiactivo.

Dicho descubrimiento no benefició mucho la reputación del teniente Keating, ni tampoco su futuro profesional. El término más amable con el que lo tildaron sus oficiales superiores fue el de «alarmista», antes de que se perdiera todo interés por la exhumación. Según el consenso general de los integrantes del equipo de protección contra materiales peligrosos, algún correo de la droga había decidido enterrar un par de caballos, que podían ser suyos o, más probablemente, pertenecer a algún rival. En lo concerniente a las disputas personales, todo el mundo coincidía en que los afganos jugaban en una liga distinta.

Sin embargo, había un detalle que no podían desdeñar: el de la cal viva. Eso fue lo que mantuvo firme a Keating durante aquellas duras horas. Eso y su inamovible convencimiento de que allí había algo que no encajaba en absoluto, de que en aquella maraña de casas había algo profundamente siniestro. Dicha sensación, sumada a lo aislado que estaba aquel poblado y a sus espectaculares panorámicas, incluso sirvió para ponerle nombre: hotel Vista Gorda.

De pronto, los hombres de la tienda de campaña encontraron el primer cadáver carbonizado. O por lo menos lo que quedaba de él. Estaban en disposición de afirmar que se trataba de una mujer, y, aunque no tenían ninguna prueba, estaban seguros de que excavando más hondo en aquella fosa encontrarían dos cuerpos más: exactamente el de un japonés y el de un holandés. ¿Qué clase de secuestrador arrojaba a sus prisioneros a un hoyo lleno de cal viva sin siquiera pedir un rescate?

Junto al cadáver, hundidos en un lodo químico, encontraron algunos restos más, entre ellos apenas cinco centímetros cuadrados de algo que parecía una manta de montar a caballo. Aquellos hombres no podían saberlo, pero en su última noche de vida la cooperante italiana se la había apretado contra la boca y había intentado asfixiarse con ella para poner fin al dolor implacable y continuo. Gracias a eso, aquel trozo de manta contenía saliva, sangre, fragmentos de tejidos y un panel completo de material genético procedente de las ampollas que se le habían formado en la boca y en el cuello.

Cuando el Sarraceno arrastró el cadáver de la italiana hasta la fosa con la ayuda de los caballos, aquel trozo de manta estaba todavía aferrado en la mano de la mujer, parcialmente quemada, lo que había protegido la tela de lo peor del fuego. Otra hora más, sin embargo, y la cal viva la habría destruido por completo.

El equipo de protección contra materiales peligrosos y sus supervisores aceleraron enormemente el ritmo de trabajo. Estaban preocupados y tuvieron que reconocer que tal vez aquello no fuera un simple secuestro después de todo —lo cual mejoró al instante la reputación y las perspectivas profesionales del teniente Keating—. Su primera tarea fue intentar descubrir con exactitud con qué estaban lidiando, de modo que sellaron el pequeño cuadrado de tela en un recipiente para que quedara totalmente aislado, lo introdujeron en otro receptáculo de plomo y lo enviaron, primero por helicóptero y luego a bordo de un reactor especial que despegó aquella misma noche, a Fort Detrick, en el estado de Maryland.

43

Fort Detrick era uno de los centros del MEDCOM, la unidad de control sanitario del Ejército de Estados Unidos. Esta base estaba compuesta por una serie de edificios y campus que ocupaban 485 hectáreas de terreno de alta seguridad a las afueras de la localidad de Frederick.

En uno de los campus más grandes se ubicaba la agencia de guerra biológica más importante del país: el Instituto de Investigación de Enfermedades Infecciosas, un organismo que lleva a cabo tareas tan confidenciales que varias teorías de la conspiración han afirmado que fue el laboratorio donde el gobierno fabricó el VIH.

Si esas teorías fueran ciertas, quizá aquel edificio bajo y alargado, no muy lejos de lo que antes se conocía como la «Torre del Ántrax», fuera también donde la NASA escenificó la llegada a la Luna. Sin embargo, nadie puede saberlo, porque muy pocas personas, ni siquiera las que poseen una autorización de seguridad tan alta como la mía, tienen permiso para entrar en dicho lugar.

A uno de aquellos laboratorios de bioseguridad llegó un domingo por la mañana la caja sellada procedente de Afganistán. Como en el hotel Vista Gorda nadie sabía qué era lo que tenían entre manos, no se marcó como de máxima prioridad.

De ahí que la caja acabara al final de una cola y no se abriera hasta pasadas las nueve de la noche. A aquellas horas, el único microbiólogo que quedaba trabajando era Walter Drax, un individuo de cuarenta y tantos años, un hombre resentido y mezquino que se alegraba de estar en el turno de noche porque así no tenía que aguantar a personas que, en su opinión, eran unos gilipollas y unos incompetentes. Para Walter, los GI —gilipollas incompetentes— constituían una gran mayoría, en la que incluía a casi todos sus compañeros de trabajo y, desde luego, a todos los que ocupaban algún puesto de dirección, o sea, quienes, según su parecer, habían bloqueado todas las promociones y los aumentos de sueldo que merecía.

Trabajando a solas en el denominado Nivel 4 de bioseguridad, en un laboratorio con presión negativa, vestido con un traje no muy diferente del que había usado el Sarraceno y cuyo regulador estaba conectado a un tubo de suministro de aire colocado en el techo, Drax abrió el sellado de la caja dentro de una cabina especial, retiró el trozo de manta y se dispuso a analizarlo.

Cuando vio lo que aparecía en la pantalla de su microscopio electrónico, no dio crédito. Con el corazón acelerado y sudando a chorros dentro del traje protector, lo comprobó tres veces, incluso se levantó del microscopio y regresó a su mesa de trabajo para consultar la bibliografía médica correspondiente y los manuales confidenciales del instituto, hasta que por fin se convenció: tenía delante el virus de la *Variola major*.

De manera instintiva, supo que se trataba de una cepa muy virulenta, pero lo que lo aterrorizó de verdad fue lo que vio cuando se fijó con más atención en el nudo de ADN que se apreciaba en el centro: había sido manipulado genéticamente. No le quedó ninguna duda: se trataba de una cepa creada con finalidades militares, la habían manipulado para transformarla en un arma de destrucción masiva sin precedentes.

Deshizo el nudo, comparó las imágenes que aparecían en los manuales con la que estaba viendo a través del microscopio y enseguida descubrió que alguien le había insertado un gen específico. Sólo se le ocurrió un motivo por el cual alguien pudiera hacer algo semejante: aquel virus se había creado para eludir la vacuna.

Si funcionaba, y él no veía razón alguna para que no lo hiciera, nadie en el mundo, ni siquiera los nazis con sus trenes de ganado y su gas Zyklon B, habría tenido en su poder un agente letal más eficiente.

El procedimiento normal que debía seguir Drax en circunstancias como aquéllas —aunque nada en aquella situación podía considerarse «normal»— consistía en telefonear al domicilio de su supervisor para informarlo de lo que había descubierto. Pero Drax no quería hacer tal cosa. Por nada del mundo pensaba regalar a ninguno de aquellos GI un lugar en la historia del instituto —semejante reconocimiento—, que era, sin duda, lo que traería consigo el descubrimiento de la viruela convertida en arma. «Y menos cuando todavía se está hablando del tipo que encontró el virus del ébola en un puto mono», se dijo a sí mismo.

De manera que decidió saltarse a todo el mundo y hablar con su prima. Tampoco es que ella le cayera muy bien, pero estaba casada con un ayudante especial del Consejo de Seguridad Nacional, un individuo al que Drax llamaba en la intimidad Pico de Oro, por lo bien que se le daba hacer la pelota a sus superiores.

Cuando por fin lo tuvo al teléfono, y cuidándose mucho de explicarle nada del fragmento de tela, le dijo que necesitaba hablar con el miembro de mayor rango dentro de la comunidad de inteligencia con el que pudiera ponerse en contacto a aquellas horas de un domingo por la noche. Pico de Oro lanzó una carcajada y respondió que las cosas no funcionaban de esa forma y que más valía que le contase a él de qué iba todo aquello; además, ¿por qué no quería hablar con sus propios superiores? Seguro que tenían un protocolo que...

Pero Drax no estaba de humor para perder el tiempo.

—Vaya, perdona —contestó—, pero a lo mejor necesitas que te digan cómo se va al pueblo de Cierra la Boca. Hay una línea segura que conecta directamente con el laboratorio. Haz lo que te estoy diciendo: diles que me llamen, se trata de una emergencia nacional.

Colgó el teléfono antes de que Pico de Oro pudiera contestar y luego se limitó a esperar. Hacía años que no se sentía tan bien.

Las palabras «emergencia nacional», y el hecho de que Drax trabajase para aquel preeminente laboratorio de biodefensa, fue lo que acabó de convencer a Pico de Oro. Decidió llamar al subdirector de Inteligencia Nacional, un hombre al que conocía bien porque los hijos de ambos, adolescentes, jugaban en el mismo equipo de béisbol.

Así pues, fue el subdirector quien telefoneó a Drax, y quien escuchó cada vez con mayor consternación las explicaciones que le iba dando el técnico con respecto a la muestra de material que había llegado de Afganistán y a las diferentes clases de viruela.

—Teniendo en cuenta el pánico que podría causar algo así, he preferido hablar de ello con el menor número de personas posible —le dijo Drax—, por eso he pensado que lo mejor era acudir directamente a la alta dirección.

El subdirector lo felicitó por su previsión y le dijo que no hablase con nadie y que esperase sin moverse del sitio a que él volviera a llamarlo. Sin embargo, nada más colgar, al subdirector se le presentó una cuestión abrumadora: ¿estaría Drax diciéndole la verdad? ¿No había sido un científico de aquella misma unidad de Fort Detrick el sospechoso de haber fabricado ántrax y de habérselo enviado por correo a varios senadores del país? Por otra parte, lo que le había contado parecía propio de la peor de las pesadillas, pero ello no significaba necesariamente que el tipo con el que había estado hablando por la línea segura fuera un chiflado.

El subdirector llamó al jefe del instituto, un militar de alto rango y un científico muy respetado por derecho propio, le hizo jurar confidencialidad, le contó lo que le habían explicado a él y le pidió —no, le ordenó— que fuera inmediatamente al laboratorio para confirmar la procedencia de la muestra y evaluar el alcance de lo que había descubierto Drax.

Cuarenta minutos después, sentado frente al microscopio electrónico de Drax, el jefe del instituto llamó de nuevo al subdirector y le dio la noticia que tanto había estado temiendo. A continuación, la maquinaria del gobierno empezó a funcionar a todo gas, y la sensación de pánico también se disparó. Y eso que sólo dos personas de aquel enorme centro de biodefensa del país —el organismo que debería estar en el epicentro de los acontecimientos— sabían exactamente lo que estaba ocurriendo en realidad. En cuanto a maniobras para pasar por encima de la escala de mando, ésta se llevaba la palma.

Para el resto de nosotros, fue algo fortuito: el gobierno, por lo menos, tuvo una oportunidad de mantener en secreto el problema. Si el Sarraceno se enteraba de que lo perseguían, se escondería de inmediato o aceleraría sus planes. Mantener toda aquella operación en secreto era de importancia primordial, y en ese sentido las horas siguientes iban a ser críticas.

44

El secreto se mantuvo. Cuando dieron las doce de la noche de aquel domingo, en el mundo había sólo nueve personas que conocieran lo ocurrido en aquella aldea, aparte del Sarraceno. Poco después, aunque hacía tiempo que había entregado la placa, yo me convertí en la décima.

Los dos primeros iniciados, Drax y su jefe, estaban en el Instituto de Investigación de Enfermedades Infecciosas del Ejército. El tercero era el subdirector de Inteligencia Nacional, que en cuanto confirmó la veracidad de lo que le habían contado efectuó una llamada urgente por teléfono y convirtió al jefe de su departamento —el director de Inteligencia Nacional— en el cuarto.

El director, que no era el típico burócrata gris, conocía bien la historia y las prácticas de la amplia comunidad de inteligencia, pues había iniciado su trayectoria profesional en la Agencia de Seguridad Nacional, analizando fotos de instalaciones militares soviéticas tomadas por aviones U2, y más tarde fue trasladado a operaciones encubiertas de la CIA. Gracias a su siniestro historial de asesinatos selectivos en dicha sección, y al hecho de que era la persona con la voz más suave que había trabajado en Washington, le pusieron un apodo que lo acompañaría a lo largo de toda su carrera: el Susurrador de la Muerte.

Telefoneó al presidente, que estaba durmiendo en su habitación de las dependencias familiares de la Casa Blanca, ubicadas en la segunda planta del edificio. Aguardó unos momentos a que fuera despertado de su sueño por el comandante en jefe y se trasladara al estudio contiguo. Ya eran más de las once de la noche del domingo.

El presidente llevaba siete años viudo, y si pasó a la estancia contigua no fue porque tuviera miedo de despertar a nadie. Desde que falleció su esposa llevaba una vida monacal, y dormía solo. No, simplemente quiso disponer de unos momentos para coger la bata que tenía colgada en la puerta. Por lo intempestivo de la hora y por el tono de voz que empleó el Susurrador de la Muerte, dedujo que había sucedido algo muy grave, y no quería que el maldito *New York Times* informara de que él estaba en ropa interior cuando se enteró de la noticia.

Sentado ante su escritorio, el presidente escuchó con atención mientras el Susurrador le contaba que se había recuperado una muestra de viruela en una remota aldea abandonada de Afganistán, que no se trataba de viruela normal, pues parecía haber sido manipulada genéticamente para que fuera inmune a la vacuna, que los análisis genéticos indicaban que se había fabricado empleando componentes individuales que podían adquirirse sin problemas en cualquier parte del mundo, que el virus parecía haber sido sometido a una prueba clínica en las montañas del Hindu Kush, que habían muerto tres occidentales inocentes, y que el único sospechoso, un individuo del que nadie sabía nada, había escapado y sin duda alguna había desaparecido en una de las naciones limítrofes, que entre todas sumaban una población de unos cuatrocientos millones de habitantes. Dicho en pocas palabras: se enfrentaban a una potencial catástrofe.

En aquellas circunstancias, el presidente, muy contento de haberse acordado del detalle de la bata, se convirtió en la quinta persona en conocer el secreto.

Ni él ni el director de inteligencia tuvieron la menor duda, ni en aquel momento ni en las semanas que siguieron, de que el objetivo era Estados Unidos. Con el corazón en un puño y cada vez más furioso, el presidente preguntó al director cuánto tiempo calculaba que tenían antes de que los terroristas pudieran lanzar el ataque.

—No lo sé —respondió el Susurrador de la Muerte—, lo único que puedo decirle es que la persona, o el grupo, que lo ha sintetizado ya tiene una buena razón para pensar que funciona. ¿Para qué van a retrasar el ataque?

—Entiendo —repuso el presidente con frialdad—, pero tú eres el director de Inteligencia Nacional. Necesito que me des un plazo aproximado, que lo calcules lo mejor posible.

—¡¿Y yo cómo voy a saberlo?! Ocurrirá muy pronto, señor presidente, es lo único que puedo decir.

Fue providencial que el sistema de grabación de la Casa Blanca alcanzara también el estudio privado del presidente, porque gracias a eso existe ahora constancia histórica de la única ocasión en que se ha sabido que el Susurrador de la Muerte elevase el tono de voz.

Le dijo al presidente que se disponía a llamar para pedir un coche, y que al cabo de veinte minutos estaría en la Casa Blanca. Acto seguido, colgó y se sentó, y durante unos instantes se sumió en una especie de estado contemplativo. En silencio y con miedo, no pudo evitar pensar que, una vez más, Fort Detrick había hecho honor a su apodo: Fuerte Calamidad.

45

Mientras el coche oficial recorría a toda velocidad las calles desiertas en dirección a la Casa Blanca, el Susurrador de la Muerte, sentado en su segura burbuja en la parte trasera del coche y tras haber subido el grueso cristal que protegía su intimidad, hacía una serie de llamadas. La primera, para ordenar el arresto inmediato de Walter Drax. Echando un simple vistazo a su ficha de Recursos Humanos, se podía ver que era un hombre que albergaba demasiado odio, un desequilibrado del que uno no podía fiarse, pues posiblemente acabaría contándoselo a alguien aunque sólo fuera para presumir.

Minutos más tarde, seis hombres en tres todoterrenos de color negro accedieron al campus del instituto, fueron recibidos por los guardias de seguridad y se dirigieron al laboratorio de Drax. Con las pistolas claramente visibles debajo de la chaqueta, le dijeron al director del instituto que volviera a su oficina, le mostraron a Walter Drax sus tarjetas de identificación —lo hicieron tan rápido que Walter pensó que podían ser las auténticas del FBI, o no— y le dijeron que quedaba detenido por ser sospechoso de espionaje. Drax, completamente aturdido, les contestó que no tenía ni idea de lo que le estaban diciendo, que él era un estadounidense leal y que lo había sido toda su vida. Los agentes ignoraron sus protestas, le leyeron sus derechos y, cuando Walter dijo que tenía derecho a un abogado, le respondieron que ya le asignarían uno cuando se presentaran los cargos contra él. Por supuesto, no tenían ninguna intención de hacer tal cosa; en vez de eso, se lo llevaron a un aeródromo que había justo en la otra punta de Frederick, donde aguardaba un avión oficial para trasladarlos a una pista de aterrizaje privada situada en las Colinas Negras de Dakota del Sur. Desde allí, otros todoterrenos oficiales lo transportaron a una remota granja y lo metieron en las sombrías habitaciones del edificio principal.

Por irónico que pueda parecer, en una de esas extrañas coincidencias que a veces nos presenta la vida, se trataba de la misma casa a la que me llevaron a mí después de que me viera obligado a matar al Tiburón de los Mares. Tras el desmantelamiento de la División, otros miembros de la comunidad de inteligencia habían adquirido el recinto y le habían asignado una función similar. Al igual que me había sucedido a mí tantos años antes, Drax y su secreto desaparecieron de la vista del mundo.

La segunda llamada que hizo el Susurrador —bueno, en realidad acabaron siendo tres— fue a los embajadores de Italia, Japón y Holanda. Les dijo con hondo pesar que acababa de enterarse de que los tres rehenes secuestrados en Afganistán habían fallecido, asesinados por los secuestradores cuando éstos se vieron rodeados por los soldados.

—Al parecer, intentaron enterrar los cadáveres a toda prisa —explicó—, y en estos momentos se están exhumando. Obviamente, las pruebas forenses y la identificación formal llevarán algún tiempo.

Después les dijo que, por motivos operativos, aquella información debía mantenerse en secreto, y, aunque no lo reveló de forma explícita, les dio a entender que todavía estaban buscando a los responsables.

La última llamada fue para contactar con el director de la CIA. Sin darle ninguna explicación, cosa nada insólita en el mundo de la inteligencia, le ordenó que dispusiese lo necesario para que los integrantes del equipo de emergencias biológicas que habían actuado en el hotel Vista Gorda fueran informados de que todas las pruebas habían dado negativo. Como ya no se los necesitaba, debían regresar de inmediato a la base. Y, sólo después de que ellos se hubieran marchado, los propios expertos de la CIA debían acudir a la aldea para sellar la fosa y asegurar aquel lugar por completo.

Cuando terminó de hacer las llamadas, cuya finalidad era taponar las brechas más obvias por las que podía filtrarse aquel incidente, ya había dejado atrás las verjas de entrada de la Casa Blanca.

46

Lo más sorprendente de James Grosvenor era que se trataba de un hombre profundamente inteligente, afable y modesto. Dicho de otro modo: no se parecía en nada al típico político. Nadie había podido imaginar, y mucho menos él mismo, que llegaría a convertirse en presidente de Estados Unidos.

Durante casi toda su vida laboral, había sido un hombre de negocios que dedicaba la mayor parte de su tiempo a absorber empresas en apuros para que volvieran a ser rentables. Quizá fuera un tipo chapado a la antigua, pero creía en la industria norteamericana, en la capacidad de los obreros norteamericanos, y en que las personas que trabajaban con ahínco se merecían un salario que les diera para vivir como era debido y una atención sanitaria decente. No creía, sin embargo, en los sindicatos: si el capital se comportaba correctamente, no eran necesarios. No hace falta decir que sus empleados le retribuían con lealtad y que sus índices de productividad figuraban entre los más altos del país.

El éxito —y la riqueza— que le reportó dicha forma de hacer las cosas le permitió absorber empresas cada vez más grandes. Los medios de comunicación empezaron a verlo como un hombre comprometido por salvar la base industrial de la nación. «El ave fénix que resurge» fue el nombre que se dio al segmento del programa de televisión «60 Minutos» que dedicaron a su figura. Poco después, se publicó que le habían ofrecido el puesto de secretario de Comercio y que, como tenía dinero suficiente y se sentía feliz de asumir un nuevo reto, lo había aceptado. Para un hombre como él, hecho a sí mismo, la administración pública y su interminable burocracia supusieron toda una revelación. Sin embargo, Grosvenor no era de los que reculan, así que transformó dicho reto en tal éxito que, cuando el secretario de Sanidad tuvo que abandonar su puesto debido a un escándalo de corrupción, él se trasladó a dicho departamento.

Su mujer había fallecido de cáncer de mama, de modo que Grosvenor aportó al departamento un vehemente compromiso del todo inaudito en aquel rancio edificio de Independence Avenue. Casi todo el mundo lo consideraba un firme defensor de los derechos de los ciudadanos corrientes —para gran disgusto del poderoso *lobby* de sanidad—, y eso sólo sirvió para mejorar todavía más la opinión que los votantes tenían de él. Dos años después, le pidieron que se presentase para ocupar el segundo puesto en las siguientes elecciones presidenciales. La candidata era una mujer, la primera que se postulaba para el cargo más alto en representación de un partido importante, y Grosvenor era consciente de que lo habían elegido a él para equilibrar la lista con una fuerte presencia masculina.

Ninguno de sus amigos esperaba que aceptase, pero Anne y él nunca habían tenido hijos, y cada vez se le hacía más difícil llenar el vacío que había dejado su mujer. Su respuesta fue que trabajaría con más empeño y que buscaría retos cada vez mayores. Sin embargo, debajo de aquella enérgica fachada había un hombre triste... y también decente.

Lo meditó con detenimiento durante dos días, y al final aceptó, pero en lo más íntimo de sus pensamientos no se concedía ni a sí mismo ni a la candidata muchas probabilidades de ganar. Y tampoco lo hacían las encuestas.

Sin embargo, diez semanas antes de las elecciones, mientras daba una charla en un mitin celebrado en Iowa, la candidata sufrió un aneurisma cerebral. Las imágenes del momento en que se desplomó sobre el escenario y empezó a sufrir convulsiones fueron muy significativas, pero todavía lo fueron más las de los cuatro días siguientes, que mostraban a la candidata encamada, con soporte vital y acompañada día y noche por su familia.

Durante todos estos sucesos Grosvenor no sólo continuó con su agenda, sino que además cubrió también la mayoría de los compromisos que correspondían a la candidata, de manera que prácticamente mantuvo viva la campaña él solito. Siempre que aparecía en público hablaba de cómo había sobrellevado él la enfermedad de su esposa, y le recordaba a la gente lo que de verdad tenía importancia en la vida: la salud, vivir muchos años, amar al prójimo... Era la primera vez que aquello sonaba auténtico en una campaña electoral.

Grosvenor siempre había sido un hombre ingenioso y ocurrente, y físicamente atractivo. Gracias a ello empezó a ganar terreno en las encuestas. Pero el verdadero punto de inflexión llegó la noche en que los familiares de la candidata decidieron desconectarla del soporte vital. Grosvenor estuvo en el hospital, acompañando a la familia, y cuando todo hubo terminado salió por una puerta trasera del edificio para tomar un poco el aire. Instantes después, el marido de la candidata se sumó a él. Los dos creían que estaban completamente solos.

Sin embargo, había alguien observándolos, tal vez un trabajador del centro. Fuera quien fuese, captó la escena con la cámara de un teléfono móvil. El vídeo, poco nítido y grabado desde bastante lejos, ofrecía unas imágenes borrosas pero lo suficientemente claras para distinguir al marido derrumbándose y rompiendo a llorar. Tras una pausa, cuando ya quedó claro que no lograba dominar sus sentimientos, Grosvenor lo rodeó con los brazos y lo estrechó por espacio de varios minutos.

Dos hombres, ninguno de los dos joven, de pie en la parte trasera de un hospital, uno de ellos candidato a vicepresidente y apoyando al otro en un momento de desesperación. Fue un instante tan humano y tan fuera del guión que unos minutos después la persona anónima que sostenía el teléfono subió el vídeo a internet: se convirtió de inmediato en un fenómeno viral. En aquellas imágenes, el electorado pudo ver más allá de la cortina de imagen y manipulación, y lo que descubrieron en el hombre que llegó a lo más alto de la política fue, estoy convencido, a una persona no muy diferente de las demás.

El primer martes de noviembre no consiguió un triunfo por goleada, pero Grosvenor, tal vez el candidato con menos posibilidades de la política moderna norteamericana, obtuvo los suficientes votos para cruzar la línea.

—Soy Lyndon Johnson... pero sin el asesinato —les dijo a sus amigos justo antes de la investidura.

Sin embargo, la única pregunta que nadie supo responder, la pregunta con que lo martilleó una y otra vez su oponente durante la campaña, fue si James Balthazar Grosvenor tenía lo que había que tener para lidiar con una crisis extrema.

Todos nosotros —la nación, el mundo, incluso él mismo— estábamos a punto de averiguarlo.

47

El Susurrador de la Muerte entró en el Despacho Oval y se encontró con que los secretarios de Estado, Defensa y Seguridad Nacional ya habían sido convocados y estaban sentados frente al escritorio Lincoln. El jefe de gabinete del presidente Grosvenor estaba tomando apuntes y ayudándose de una pequeña grabadora digital para registrar lo que se decía, ya fuera para la posteridad, para su autobiografía o como apoyo para su mala memoria, nadie estaba seguro del todo.

El presidente ya había explicado a los tres secretarios las líneas maestras de la situación en que se encontraban, con lo cual las personas que conocían el secreto eran ahora nueve. Con los miembros que formaban el núcleo del gobierno allí reunidos, Grosvenor dijo que no habría mayor acto de traición por parte de cualquiera de ellos que divulgar la amenaza a la que actualmente se enfrentaba la nación; eso significaba no contar nada a sus esposas, a sus hijos, a sus amantes, a sus asistentes o a cualquier otra persona con la que mantuvieran vínculos y que prefirieran no nombrar. Ellos asintieron con gesto grave, y Grosvenor esperó que el compromiso fuera verdadero. Estaba a punto de zambullirse en el orden del día escrito a toda prisa, cuando de pronto lo interrumpió el secretario de Defensa.

—A la luz de lo que sabemos, ¿no sería buena idea que empezáramos con una lectura de las Sagradas Escrituras o con una breve oración?

Grosvenor vio que el Susurrador de la Muerte y el secretario de Estado ponían los ojos en blanco, y se dio cuenta de que en su grupo de asesores personales tenía por lo menos a dos ateos.

—Es una buena idea, Hal —contestó en tono neutro el presidente—, y estoy seguro de que todos nosotros rezaremos en la intimidad pidiendo la asistencia espiritual que necesitemos a medida que vaya transcurriendo la noche. Pero, por el momento, vamos a ir al grano, ¿te parece?

Fue una buena respuesta, diplomática pero directa, y pareció satisfacer tanto a Hal Enderby, el secretario de Defensa, como a los ateos que éste tenía sentados detrás. A continuación, el presidente se volvió hacia el Susurrador.

—En primer lugar —dijo—, ¿tenemos la seguridad de que ese virus ha sido diseñado para burlar la vacuna?

—Sí —respondió el Susurrador—. Al parecer, un gen relacionado con el sistema inmunitario ha sido injertado en su ADN. No hay forma alguna de que haya sucedido de manera aleatoria.

—¿Y funcionará? ¿Podría burlar la vacuna? —quiso saber Grosvenor—. Me refiero a que esto es algo muy avanzado, nunca se ha hecho, ¿no es cierto?

—Por desgracia, señor... no es así —replicó el Susurrador mirando a un lado y al otro, y dando a entender con su expresión a los presentes que lo que se disponía a contar era sumamente secreto—. A finales de la década de los ochenta, los soviéticos tenían en su poder por lo menos diez toneladas del virus de la viruela. Sabemos que las habían desarrollado para utilizarlas en las cabezas nucleares de los misiles MIRV. Según los informes de un valioso agente doble que trabajaba para nosotros, situado además en una posición muy elevada, ese material había sido manipulado para que lograse eludir los efectos de la vacuna. Tenemos todos los motivos para creer que es posible, señor.

Al instante, aquella revelación del doble agente ruso dejó caer un grueso manto de silencio sobre los presentes, roto tan sólo por la única mujer que había en la reunión: la secretaria de Seguridad Nacional.

—Pero eso no quiere decir que esta versión del virus vaya a funcionar. Una cosa son los rusos, y otra muy distinta los terroristas. No tenemos forma de saberlo, ¿no? —dijo.

—Yo creo que sí —repuso el presidente Grosvenor—. Ese tipo del Hindu Kush tenía tres prisioneros. Y lo lógico es pensar que su experimento consistía en vacunar a uno de ellos para ver si el virus lograba abrirse paso.

—Ésa es la misma lectura que hago yo —coincidió el Susurrador—. Y es evidente que funcionó, porque los tres han muerto.

—Lo cual quiere decir que no tenemos ninguna línea de defensa —añadió el presidente—. Nuestros trescientos millones de vacunas son inútiles. —El silencio llenó la habitación tenuemente iluminada—. Deberíamos haber desarrollado un fármaco antivírico, una cura, eso es lo único que nos habría dado una seguridad total —murmuró Grosvenor casi para sí mismo.

—Esa puerta está cerrada, ya no hay tiempo —replicó el secretario de Estado, un hombre maduro que parecía agotado.

Grosvenor asintió con la cabeza y se volvió hacia el Susurrador.

—¿Y esto es lo que llaman un virus «caliente»?

—Muy caliente —respondió el director de inteligencia—. Cuanto más agresiva y virulenta es la cepa, más deprisa se consume. De un virus no se puede decir que sea algo vivo —prosiguió—, pero ciertamente tampoco está muerto. No puede vivir fuera de su anfitrión, que en este caso es el cuerpo humano. Cuanto más deprisa lo destruye, más deprisa se desvanece la epidemia. No creo que quien haya desarrollado ese virus quiera destruir a la Humanidad... Sólo quiere destruirnos a nosotros.

—Eso me consuela —replicó el presidente con ironía—. Está bien, el tipo en cuestión que escapó de esa remota aldea, ¿cómo podemos dar con él? —Se volvió hacia el jefe de gabinete—. ¿Qué me dices de Echelon?

Cinco minutos más tarde, el jefe de gabinete había efectuado las llamadas telefónicas que permitirían trasladar al Despacho Oval toda la información que había recabado Echelon. Con el fin de que dicho material fuera manejable, el Susurrador había sugerido restringir la exploración inicial a un amplio arco que circundase aquella montaña del Hindu Kush a lo largo de los doce últimos días. Aun así, sabía que el volumen de datos sería gigantesco.

En aquella zona no había teléfonos fijos, naturalmente, y las antenas de comunicación para móviles no existían fuera de Kabul y de otras ciudades importantes, de modo que sólo quedaban los teléfonos por satélite. Aunque Echelon los adoraba, ya que eran una de las señales más fáciles de rastrear, el problema radicaba en que los sistemas de comunicación afganos estaban sumidos aún en la Edad Media y eso hacía que mucha gente los utilizara: los contrabandistas de armas o drogas, los señores de la guerra, los comandantes talibanes, los cooperantes humanitarios, los periodistas, los jefes de las aldeas, los médicos y los funcionarios del gobierno que debían atravesar el país... Todo el mundo tenía un teléfono por vía satélite.

Si a ello se sumaban diez lenguas diferentes y más de cuarenta dialectos —por no hablar de los códigos de encriptado, que iban desde el más rudimentario hasta el más sofisticado—, la cantidad de material resultaba abrumadora.

En cualquier caso, si aquel hombre solitario que había vislumbrado Keating en la montaña había utilizado un teléfono por satélite en las inmediaciones de la aldea, Echelon lo habría captado y lo habría grabado. Por supuesto, el presidente sabía que no existían garantías de que aquel tipo contara siquiera con un teléfono por satélite, pero en las circunstancias actuales tenía poco donde elegir, y cuando no hay nada mejor, uno se conforma con cualquier cosa.

Obedeciendo una orden directa del presidente, los ordenadores de Fort Meade, modelo IBM Roadrunner y refrigerados por agua, de los más rápidos del mundo en el procesado de análisis por grupos, comenzaron de inmediato a explorar sus bases de datos. Si en el primer rastreo no encontraban nada, ampliarían el círculo de búsqueda de kilómetro en kilómetro hasta que cubriesen no sólo los países, sino también los subcontinentes. Literalmente hablando, estaban buscando una sola voz entre decenas de millones.

48

Entretanto, los cinco hombres y la mujer sentados alrededor del escritorio Lincoln del Despacho Oval intentaban diseñar las líneas maestras de un plan de acción. Casi inmediatamente, empezaron a discutir.

Sólo parecían estar de acuerdo en que no debía haber ningún cambio en el nivel de alerta de la nación. En aquel momento era bajo, y debía continuar así no sólo para evitar preguntas molestas, sino también para impedir que estallase el pánico entre la población. Pero durante las dos horas que siguieron, los ateos y los meapilas se lanzaron los unos al cuello de los otros al discutir casi cualquier punto, luego se aliaron todos contra el presidente en otras cuestiones, volvieron a dividirse, formaron incómodas alianzas con sus anteriores oponentes, regresaron a sus alianzas naturales y, en varias ocasiones, salieron airados como pistoleros solitarios.

—Esto es peor que las reuniones de la *loya yirga* —comentó en voz baja el jefe de gabinete para su grabadora digital.

La *loya yirga* era la gran asamblea de todos los ancianos afganos. El motivo de que tuviera un nombre tan poco corriente se debía a que el de «jodido gallinero» ya estaba cogido.

Para cuando empezó a cundir el agotamiento, todos se habían alineado en contra del Susurrador, a quien consideraban en privado la persona más obstinada que habían conocido.

—¡Deja ya de tocarte la polla! —le gritó la secretaria de Seguridad Nacional en un momento dado, exasperada.

Aquella expresión resultó tan poco digna de una señora, tan poco cristiana, que incluso ella misma se sorprendió al soltarla. El Susurrador, que en el fondo era una buena persona, reaccionó echándose a reír, y los demás lo imitaron. El resultado fue que todos estaban de mejor humor cuando, de pronto, al Susurrador se le ocurrió la primera idea buena de verdad: fue él quien se acordó del polonio-210.

La razón de que lo considerasen tan obstinado era que se negaba a seguir adelante con cualquier sugerencia, hasta que alguien le explicase cómo se podía organizar una red de captura mundial para atrapar a un hombre sin revelar por qué se lo buscaba.

—Así que me estáis diciendo que acudamos a los pakistaníes y les digamos que necesitamos urgentemente su ayuda, pero que, sintiéndolo mucho, no vamos a revelarles el motivo —dijo—. No sólo se sentirán ofendidos, sino que además una actitud como ésa dará lugar a especulaciones, y según mi experiencia, cuando muchas personas se ponen a especular, alguna de ellas acierta.

Más tarde, cuando todos ya habían terminado de reírse de la oportuna salida de tono de la secretaria de Seguridad Nacional, el Susurrador los recondujo al problema que tenían entre manos:

—Estamos hablando de utilizar los recursos de toda la comunidad de inteligencia de Estados Unidos y de sus aliados. Eso supone más de cien mil personas buscando a un solo hombre. Todo el mundo va a deducir que se trata de un terrorista, ¿y qué vamos a decir si...?

Dejó la frase sin terminar porque su cerebro, que iba por delante de su boca, topó con una rampa que no había visto y salió lanzado por los aires. El presidente lo miró.

—¿Qué sucede?

El Susurrador les dedicó una sonrisa de satisfacción.

—Lo que vamos a decir es que poseemos información confidencial sumamente creíble que nos permite concluir que el secuestro de los tres extranjeros formaba parte de un plan mucho más amplio: recaudar dinero para intentar adquirir un gramo de polonio-210.

—¡¿El detonante de las bombas nucleares?! —exclamó el secretario de Estado.

—Exactamente —contestó el Susurrador—. Diremos que ese hombre, o la organización de la que forma parte, se encuentra en la fase final de la construcción de un dispositivo nuclear portátil.

A medida que la idea iba calando en la mente de sus colegas, éstos fueron poniendo cara de asombro, cual hombre de las cavernas que acaba de descubrir el fuego.

—Todos nos ayudarán —aseguró el secretario de Defensa—. No hay un solo país en el mundo, ni siquiera en el grupo de los lunáticos, que quiera tener a alguien construyendo una bomba nuclear en el patio trasero de su casa.

—Nos dará un motivo para poner en marcha la mayor persecución de la Historia —repuso el Susurrador de la Muerte—. El asunto es tan grave que nadie lo cuestionará. ¿Quién iba a inventarse algo así? Naturalmente, fingiremos ser reacios incluso a revelarlo...

—...Pero nosotros mismos lo filtraremos —añadió la secretaria de Seguridad Nacional—. A algún medio respetable, como el *Times* o el *Post*.

El Susurrador dibujó una sonrisa: ya estaban pillando la idea.

—Sembrará el pánico... —dijo el jefe de gabinete, cerciorándose de elevar la voz lo suficiente para que su sensato consejo fuera captado perfectamente por la grabadora.

—Desde luego que sí, pero no tanto como el virus de la viruela —replicó el Susurrador. Ya había pensado en la reacción de la opinión pública, por si eso les parecía motivo suficiente para no aplicar su plan—. Se trata de una bomba, una sola ciudad. El presidente puede convencer a la gente de que contamos con los recursos necesarios para evitar la catástrofe.

Todos miraron a su comandante en jefe para observar su reacción, y se sorprendieron al ver que la expresión de tristeza que reflejaba su rostro era más acentuada de lo habitual.

—Es terrible pensar —se lamentó— que, en la época en que vivimos, resulte más aceptable decir que alguien ha fabricado una bomba nuclear que confesar la verdad.

Los allí reunidos no eran idiotas, no lo era ninguno de ellos, y el comentario del presidente los hizo reflexionar. ¿Cómo se había llegado a aquella situación?, debieron de preguntarse. ¿Cómo era posible que el mundo hubiera enloquecido hasta aquel punto?

Pero el Susurrador de la Muerte era un hombre práctico, el más duro de los que formaban aquel grupo, y no creía que sirviera de mucho dedicar demasiado tiempo a reflexionar sobre el hecho de que el hombre era un lobo para el hombre.

—Aun así, señor presidente, con ello podremos cubrir los aeropuertos y la frontera con nuestros agentes, y equiparlos con dispositivos de rastreo. No importará cómo los denominemos, contadores Geiger o lo que sea, siempre y cuando sean capaces de leer la temperatura corporal, que es uno de los primeros síntomas del virus. Naturalmente, prestaremos una atención especial a los árabes o los musulmanes, así que no importará mucho la evaluación del perfil: todo el que tenga una temperatura corporal elevada será enviado a una segunda exploración y, si es necesario, será puesto en cuarentena.

—¿Es ése el método que, con más probabilidades, utilizarán para lanzar el ataque? —interrumpió el secretario de Estado—. Que una persona, deliberadamente...

—Infectados suicidas —lo cortó el Susurrador—. Hace varios años, llevamos a cabo un ejercicio denominado «Oscuro Invierno», y ésa ha sido siempre una de las hipótesis más factibles. Si conseguimos localizar a uno de los vectores, y luego remontarnos hasta el punto del que partió, es decir, desandar los pasos que ha ido dando, encontraremos a los responsables.

Se hizo el silencio. A pesar de todo, el Susurrador sabía que era el silencio del éxito, no el del fracaso. Les había llevado horas, pero ya habían decidido qué estrategia iban a poner en marcha. Dadas las circunstancias, era un plan excelente, y no se les podía echar en cara que todos mostrasen ahora una expresión más animada, llena de optimismo y confianza.

Era una lástima que dicho plan estuviera destinado al más absoluto fracaso.

En primer lugar, por muchos agentes que asignaran a aquella misión, sólo había un puñado de personas que conocían las intenciones del Sarraceno, y desde luego no estaban dispuestos a colaborar con nadie. Cuando el señor de la guerra Abdul Mohamed Kan se enteró de que se estaba preparando una buena, y de que los pakistaníes, los afganos e incluso —maldita sea— el gobierno de Irán estaban buscando a un hombre que había sido visto viajando a través del Hindu Kush, y que supuestamente pretendía adquirir un detonante nuclear, no pudo saber con seguridad si aquello estaba relacionado con el médico que antaño había sido un feroz combatiente armado con un Blowpipe de cuarenta libras. Aun así, aunque sólo fuera para asegurarse, envió a un emisario —uno de sus nietos, de quien podía fiarse completamente— a entregar un mensaje oral a los secuestradores iraníes. El contenido era simple: les decía que, por la vida de su madre, esperaba que no revelaran nada del favor que le habían hecho secuestrando a los tres extranjeros. El mensaje que recibió en respuesta era igual de simple: juraban por la vida de su madre que sus labios estaban sellados.

El segundo problema radicaba en que los de la Casa Blanca creían en el peso de los números, en poner agentes en todos los aeropuertos, en los escáneres y en indicios como el de la temperatura corporal más alta de lo normal. Creían, como si fuera un artículo de fe, en que los vectores serían infectados suicidas. Sin embargo, el Sarraceno no comulgaba con ninguna de dichas creencias, y teniendo en cuenta que era él quien estaba en posesión del virus, aquello suponía un detalle de crucial importancia.

En el horizonte comenzaba a rayar el alba, y el secretario de Estado acababa de preguntar si podían comer algo, cuando recibieron noticias de Echelon.

49

Dos llamadas telefónicas. El primer barrido de Echelon había arrojado el resultado de dos llamadas vía satélite, y ambas cumplían los criterios de búsqueda mejor de lo que nadie habría podido esperar.

Efectuadas con tres días de diferencia, las dos encajaban a la perfección en la franja de tiempo designada, y, aunque habían registrado una gran cantidad de interferencias atmosféricas —probablemente otra tormenta que recorría el Hindu Kush o aquel condenado viento que llegaba hasta China—, los analistas de la Agencia de Seguridad Nacional encargados de realizar la búsqueda de máxima prioridad solicitada por la Casa Blanca estaban en situación de afirmar que dichas llamadas se habían efectuado a pocos kilómetros de aquella remota aldea en ruinas.

Era muy probable, incluso, que se hubieran llevado a cabo desde la misma aldea, pero para contar con semejante grado de precisión iba a ser necesario esperar a que los ordenadores IBM Roadrunners determinaran las coordenadas exactas filtrando las interferencias.

Además, las dos personas que intervinieron en la comunicación —el hombre del Hindu Kush y una mujer que hablaba desde una cabina pública del sur de Turquía— lo hicieron en inglés, a pesar de que no era su lengua materna.

El presidente y el Susurrador, tras escuchar el informe del jefe de gabinete, se miraron el uno al otro, y por su expresión quedó claro que los otros tres secretarios estaban pensando lo mismo: «Mejor imposible.»

Pero ahí acababa aquel golpe de suerte.

Aunque los interlocutores habían hablado en inglés, aquel detalle no resultó de mucha ayuda. En la primera llamada, el desconocido dijo muy poca cosa. Se limitó a escuchar el informe que le estaban transmitiendo. Además, aunque la que habló casi todo el tiempo fue la mujer, demostró ser muy inteligente: lo había grabado todo con anterioridad, probablemente con un teléfono móvil. Lo que dijo eran frases seleccionadas de la BBC, la CNN, la MNBC y otras muchas cadenas de noticias de habla inglesa. Aunque interrumpió la grabación en un par de ocasiones para proporcionar lo que parecía ser información adicional, fue imposible hacerse una idea de su edad, su nivel de estudios o cualquier otra cosa que hubieran podido utilizar los trazadores de perfiles del FBI.

Aun así, todavía más misterioso fue el contenido de aquella extraña conversación. La mitad estaba expresado en palabras clave que claramente no coincidían con el resto. Los analistas expertos que la habían examinado opinaban que, al parecer, la mujer estaba dando información acerca de un problema médico, pero que, en realidad, era una tapadera para hablar en clave de otra cosa.

La segunda llamada fue aún más breve, también había sido grabada y parecía ser una especie de transmisión de noticias de última hora. El hombre le dio las gracias, e incluso con el poco tiempo que había durado y con los muchos kilómetros que los separaban, los analistas creyeron percibir un tono de alivio en su voz. Habló durante seis segundos ininterrumpidamente, y después colgó.

Los del Despacho Oval estaban totalmente perplejos, pues lo que unos minutos antes había comenzado de forma tan prometedora se había transformado en un laberinto indescifrable.

El jefe de gabinete leyó de nuevo el informe que habían recibido por correo electrónico, y dijo que Echelon había escrutado la información de la base de datos correspondiente a los seis últimos años para comprobar si, en ese tiempo, se había utilizado ese mismo teléfono vía satélite para enviar o recibir alguna otra llamada: no había encontrado nada, tan sólo aquellas dos comunicaciones prácticamente incomprensibles, como si fueran dos átomos solitarios flotando en el ciberespacio.

Y aun así, incluso en aquella barahúnda de palabras clave y de voces tomadas de los noticiarios, había alguna pista: cuatro palabras que la mujer pronunció en árabe por equivocación en un momento dado. El hombre la interrumpió bruscamente en el mismo idioma para recriminarle que hubiera dejado el inglés. De modo que eran árabes. O a lo mejor aquello había sido un error ensayado, deliberado, para que quien pudiera estar escuchando sacara una conclusión segura... y errónea.

Y había otra pista más: en el ruido de fondo que se oía en el extremo turco de la conversación se percibía, casi eclipsado por el estruendo del tráfico, el sonido de un hilo musical o de una emisora de radio o de lo que fuera aquello. Aunque apenas se distinguía, había algo que parecía música, y los analistas supusieron que debió de colarse cuando la mujer reproducía lo que tenía grabado en el móvil en el momento en que la acercaba al auricular del teléfono público. En cualquier caso, aún no habían logrado distinguir lo que era. Su informe decía que iban a tener que escudriñar a fondo lo que habían recuperado durante varias semanas, antes de obtener una respuesta fiable.

Normalmente, aquel ruido de fondo no habría tenido importancia: Echelon habría conseguido identificar la ubicación de la cabina telefónica en cuestión de segundos. Pero el sistema telefónico de Turquía distaba mucho de ser normal. Quienquiera que hubiera diseñado el software de infiltración de Echelon para colarse en las centrales telefónicas regionales de cualquier país, no había contado con la fabricación chapucera, las conexiones ilegales, las reparaciones que no figuraban en ninguna parte, los misteriosos recableados para evitar pagar la factura, la corrupción epidémica y los constantes fallos técnicos de la red de comunicaciones turca. Lo único que fue capaz de confirmar Echelon fue que la cabina telefónica se encontraba en el centro de una ciudad de tamaño pequeño. Dentro de un radio de ocho kilómetros, una mujer había recibido dos llamadas telefónicas en un lugar con mucho tráfico donde se oía una música de fondo.

—¿Y qué pasa con el reconocimiento de voz? —preguntó el presidente, concentrándose en la habilidad más secreta de Echelon. Su tono traslucía aún más cansancio que la expresión de su rostro.

—«La mujer no habló de forma seguida durante el tiempo suficiente para que obtuviéramos una muestra» —respondió el jefe de gabinete leyendo el informe.

Después se volvió hacia los tres secretarios, consciente de que no tenían acceso a los secretos mejor guardados de Echelon:

—El sistema necesita como mínimo seis segundos. A continuación, compara diversos elementos de una voz con más de otros doscientos millones de voces de terroristas, criminales, guerrilleros... Con todo tipo de información recopilada de bases de datos del mundo entero —explicó, entrando en calor. Siempre le había encantado la tecnología—. Pero eso no es más que el principio. Lo realmente revolucionario es que es capaz de diseccionar cada vocal y convertirla en un dato digital que...

—Ya es suficiente —interrumpió el Susurrador, a la vez que lanzaba al jefe de gabinete una mirada que le advertía de que, si decía una sola palabra más, la Ley de Seguridad Nacional le daba licencia para levantarse y estrangularlo allí mismo—. ¿Y el hombre? —quiso saber—. Él sí que habló durante seis segundos.

—Sí, de él se ha obtenido una muestra bastante aceptable —repuso el jefe de gabinete, aún escocido por el bofetón que acababa de propinarle el director de Inteligencia Nacional—. Pero no ha habido ninguna coincidencia, ni siquiera se ha encontrado un subgrupo de voces a las que se pareciera, ni en inglés ni en árabe. Aquí dice que resulta «totalmente desconocida para las bases de datos tanto de inteligencia como de las autoridades judiciales».

Aquel detalle asustó enormemente al Susurrador. No se lo dijo al presidente ni a los demás, pero lo único con lo que no podía lidiar ninguna agencia de inteligencia del mundo era con una persona que estuviera limpia de polvo y paja. ¿Por dónde empezaba uno con alguien que no tenía ni historial ni antecedentes penales? El Susurrador no había conocido a nadie así en su vida, nadie que estuviera limpio de verdad, y no había querido conocerlo.

El resto se percató de la ansiedad que reflejaba su semblante, y, por el silencio incómodo que se produjo a continuación, dedujo que la suerte no estaba de su lado en aquella ocasión.

El presidente fue el primero en rehacerse y ejercer el liderazgo que todos necesitaban. Les dijo que, a pesar de todas aquellas horas de frustración y de esperanzas truncadas, había algo que seguía siendo cierto: que en el sur de Turquía había una mujer que conocía la identidad de aquel hombre y que había hablado con él. Una mujer que le había pasado cierta información que, sin duda alguna, era muy importante. ¿Por qué si no se había tomado la molestia de llamarla estando en pleno proceso de probar un virus que él mismo había sintetizado, cosa que representaba un logro extraordinario? Y no sólo una vez, sino dos. Alguien lo bastante inteligente para manipular un virus mortal debía de saber que existía el riesgo de que hubiera alguien escuchando. ¿Por qué lo hizo? ¿Qué era tan importante? Y sobre todo: ¿quién era aquella mujer?

—Así pues... nos vamos a Turquía —dijo a modo de conclusión—. ¿Cómo lo hacemos?

Por supuesto, los secretarios de Defensa, Estado y Seguridad Nacional —la «Banda de los Tres», como empezó a llamarlos el Susurrador para sus adentros— se mostraron a favor de enviar al 5.º Ejército y a la Flota del Mediterráneo a invadir las playas. Un millar de agentes no bastarían para lo que tenían en mente. Pero el presidente los apaciguó.

—Hemos logrado dar con una persona —les dijo—. Si arremetemos con todas nuestras fuerzas, si inundamos la zona de agentes, esa mujer se asustará y huirá a Siria, Arabia Saudí, Yemen... a donde sea. Se meterá en cualquier agujero del que posiblemente ya no podremos hacerla salir.

La suma de un montón de agentes trabajando sobre el terreno y la inevitable lucha interna entre agencias habrían acabado por socavar totalmente la operación.

—¿Qué dices tú, Susurrador ?

—Que ésa es una visión acertada. La eficacia de cualquier operación es inversamente proporcional al número de personas que se utilizan en ella —dijo, preparado para entrar en combate contra la Banda de los Tres si fuera necesario—. Es la clase de trabajo que suelen realizar los agentes encubiertos, por lo menos los mejores. Podemos enviar a un explorador, y, si es lo bastante bueno y la suerte vuelve a sonreírnos, descubrirá lo suficiente como para alumbrarnos el camino a los demás.

La Banda de los Tres no dijo nada; probablemente estaban todavía soñando con bombardeos masivos y con escenas como las que aparecen al principio de la película *Salvar al soldado Ryan*.

—¿A quién enviamos? —preguntó el presidente.

—No lo sé —contestó el Susurrador.

Si el presidente respetaba a su director de Inteligencia Nacional era precisamente por ese tipo de respuestas: era una de las pocas personas de Washington dispuestas a admitir que ignoraban algo, sin más.

—Pero le daré una respuesta.

La misma idea recorrió la mente de todos los presentes. Un único hombre. Un explorador trabajando en solitario en un país extraño. No era un trabajo que pudiera hacer cualquiera, debía ser alguien que conociese bien el juego.

Las seis personas que seguían en el Despacho Oval decidieron que poco más podían hacer mientras esperaban la respuesta del Susurrador. El director de Inteligencia Nacional se puso en pie y recogió con un gesto ágil la copia del informe de Echelon que había dejado el jefe de gabinete sobre la mesa de centro. Cuando los guardianes del gran secreto se encaminaban ya hacia la puerta, al presidente se le ocurrió una última idea, y le pidió al Susurrador que esperase.

—¿De qué zona de Turquía exactamente estamos hablando?

El Susurrador hojeó las páginas del informe de Echelon.

—De una provincia llamada Mugla —contestó—. El nombre de la ciudad es Bodrum.

50

El Susurrador no se duchó, no comió nada, no descansó. Telefoneó desde su coche para ordenar que le enviaran por correo electrónico, al ordenador de su despacho, todos los expedientes que tuviera actualmente el gobierno en su poder acerca del sur de Turquía. Quería conocer aquella zona lo mejor posible antes de ponerse a pensar qué agencia era la más adecuada y a qué operativo convenía enviar como explorador.

En cuanto llegó de la Casa Blanca, pasó la mañana entera recluido en su amplio despacho con las persianas echadas y la puerta cerrada, encorvado sobre la pantalla del ordenador.

Acababa de terminar de leer un análisis de la actual situación política de Turquía llevado a cabo por el Departamento de Estado —«Otras diez páginas de felación», pensó para sus adentros— cuando tomó una delgada carpeta que había sido enviada a la embajada estadounidense de Ankara, la capital de aquel país.

Era de un detective de homicidios de la policía de Nueva York, y requería ayuda para descubrir los nombres de todas las ciudadanas norteamericanas que habían solicitado un visado para Turquía en los seis últimos meses. El Susurrador no lo sabía, pero a Ben Bradley se le había ocurrido la idea —una idea muy buena, además— de que si una persona tenía un número de teléfono de Turquía y un calendario muy caro con fotos de espectaculares ruinas romanas, sería porque a lo mejor estaba pensando en viajar a aquel país.

El Susurrador vio que aquella petición estaba relacionada con un asesinato perpetrado en un hotel llamado Eastside Inn. No era un sitio en el que él pensara alojarse próximamente, a juzgar por las fotografías borrosas que llevaba adjuntas el informe policial, así que decidió descartarla. Pero, de pronto, se detuvo. Su buen ojo para los detalles, desarrollado durante su juventud, en la época en que analizaba fotos espía de instalaciones militares soviéticas, nunca le había fallado. Siempre observaba minuciosamente el segundo plano de todas las fotografías, y en aquel momento descubrió a un hombre apenas visible entre las sombras del escenario del crimen.

El Susurrador lo conocía. Incluso en aquella instantánea parecía un desconocido que sólo curioseaba, algo que probablemente llevaba media vida haciendo.

Pasó largo rato contemplando mi imagen, pensando. Finalmente, apretó un botón de su mesa para llamar a su ayudante especial. Casi de inmediato, entró un individuo de veintimuchos años, bien trajeado y con cara de ser ambicioso.

—Quiero que busques a un hombre —le dijo el Susurrador—. No sé qué nombre estará usando ahora, pero durante mucho tiempo se llamó Scott Murdoch.

El ayudante especial miró la foto que puso su jefe encima en la mesa, en la que había un rostro cuidadosamente rodeado por un círculo.

—¿Quién es? —preguntó.

—Hace años lo conocían como el Tiburón de los Mares. Es probable que sea el mejor agente de inteligencia que ha existido.

El ayudante especial sonrió.

—Yo creía que era usted.

—Yo también lo creía —replicó el Susurrador—, hasta que lo conocí a él.

51

El público había empezado a llegar temprano, y ya estaba entrando masivamente en el mayor auditorio que había en el campus de la Universidad de Nueva York. Para ser sincero, yo no creía que la sala fuera lo bastante grande para que cupiera toda aquella gente. Era el primer día del seminario que Ben Bradley llevaba tanto tiempo preparando: el Foro de Davos para investigadores y para los técnicos que trabajaban para ellos.

Procedían de veinte países, incluso había una delegación del departamento de la policía de Bosnia, formada por dos personas que no hablaban inglés, pero que habían convencido a alguna autoridad de que debían asistir a aquel simposio. No había duda de que se lo estaban pasando en grande en Nueva York, y aquella mañana, tomando café, le habían hecho saber a Bradley que podía contar con su apoyo para transformar aquel evento en un encuentro anual. Le sugirieron incluso que el próximo se celebrara en Las Vegas.

Tras el saludo de bienvenida, en el que Bradley explicó algunas de las experiencias que había vivido él mismo el 11-S, incluida la odisea de la silla de ruedas —pero omitiendo convenientemente la parte relativa a cómo había salvado al tipo en cuestión—, mi amigo recibió una calurosa ovación. Aquello fue el pie para presentar a un colega hasta entonces desconocido que había colaborado con Jude Garrett en muchas de sus investigaciones. Dicho de otro modo: me presentó a mí.

Gracias a Battleboi y a las bases de datos que él había manipulado, yo me llamaba de nuevo Peter Campbell. Cuando fui al Japón

Antiguo para pedirle que me ayudase con la nueva identidad, le pregunté si podía hacer que resultara convincente, dado que disponíamos de un tiempo limitado.

—Contamos con una ventaja enorme —afirmó Battleboi—: que la gente se cree lo que ve en las bases de datos. Nunca han aprendido la regla más importante del ciberespacio: que las computadoras no mienten, pero los mentirosos saben computar.

Me eché a reír.

—¿Por eso eres tan bueno? —le pregunté—, ¿porque eres un mentiroso de primera fila?

—En cierto modo, sí. Supongo que creo en las realidades alternativas. Mire a su alrededor, vivo dentro de una. Imagino que son una gran mentira. Nunca le he dicho esto a nadie —continuó—, pero en una pelea limpia soy mejor que sus colegas del FBI o que cualquiera de esos agentes secretos. Para ellos, las realidades alternativas, o el ciberespacio, son simplemente un trabajo. Pero en mi caso, como soy un tipo grande y poco atractivo, la cosa es distinta; a mí no me gusta mucho el mundo real. —Señaló las hileras de discos duros—. Mi vida es ésta.

—Curioso —repuse—, yo nunca te he visto como un tipo grande o poco atractivo. Siempre te he visto como un japonés.

Por la expresión de su rostro, vi lo mucho que significaba aquello para él.

—Pero es probable que tengas razón —proseguí—, en lo de que eres el mejor. Voy a decirte una cosa: si alguna vez me viese en un apuro y necesitase ayuda con los ordenadores, acudiría a ti.

Battleboi lanzó una carcajada y se terminó el té.

—¿Quiere empezar?

Salí por la puerta siendo Peter Campbell, un licenciado de la Universidad de Chicago que después estudió Medicina en Harvard y más tarde pasó varios años ayudando a Garrett en sus investigaciones. Siguiendo el plan que había trazado en la Zona Cero, Campbell era el que había encontrado el manuscrito del extraordinario libro de Garrett y, como yo tenía acceso a sus archivos, meticulosamente ordenados, la editorial me había rogado que lo revisara. Gracias a ello, adquirí conocimientos enciclopédicos de todos sus casos, es decir, fue casi como si los hubiera investigado yo mismo.

De manera que, cuando por fin aparecí frente a todos aquellos colegas míos allí reunidos, metido en mi papel de Peter Campbell, al principio me sentí nervioso, pero rápidamente le pillé el tranquillo. Hablé del carácter introvertido de Garrett, conté que yo era uno de los pocos amigos que tenía y desvelé que, en esencia, llevaba una doble vida: aunque todo el mundo sabía que era agente del FBI, la mayor parte del trabajo que hacía era para agencias de lo que tímidamente denominé la «esfera de la inteligencia».

Me extendí sobre varias de aquellas investigaciones —las que aparecían de forma más prominente en el libro—, y cuando tuve la impresión de que ya había captado el interés general, ofrecí aquellos casos a debate y abrí el turno de preguntas. El auditorio explotó. He de decir que, en cierto modo, me di cuenta de que empezaba a disfrutar de aquello; resulta un tanto extraño estar de pie en un escenario viendo cómo tus colegas te atacan, te analizan y te elogian. Fue un poco como estar leyendo mi propia necrológica.

En las primeras filas había una mujer vestida con una blusa color turquesa que llevaba la iniciativa diseccionando pruebas, analizando motivos y formulando preguntas incisivas. Poseía un agudo intelecto y un rostro aún más atractivo: una melena con una onda natural, los pómulos marcados y unos ojos que daban la sensación de estar todo el tiempo a punto de echarse a reír.

—Me he fijado en varias cosas que escribió el autor en el libro —dijo en un momento dado—, y no creo que le gustasen mucho las mujeres, ¿no es cierto?

¿De dónde habría sacado semejante idea? Yo tenía la impresión de que las mujeres me gustaban mucho.

—Al contrario —le contesté—. Además, en las pocas veces que salía a la calle, las mujeres lo encontraban sumamente encantador y... no creo que esté siendo indiscreto... muy atractivo sexualmente.

La mujer apenas parpadeó.

—¿Encantador, inteligente... y además sexy? ¡Dios, me habría gustado mucho conocerlo!

El comentario provocó al instante una oleada de aplausos y vítores.

Le respondí con una amplia sonrisa, pensando que todos los meses que llevaba intentando alcanzar la normalidad tal vez estuvieran dando fruto por fin, y me sentí lo bastante atraído como para abrigar la esperanza de que más tarde pudiera tener ocasión de charlar con ella y pedirle el teléfono.

Mientras tanto, cambié de rumbo. Hablé de un caso que, de seguir estando vivo Jude, probablemente le habría resultado el más interesante de todos. Hablé del día en que cayeron las torres y del asesinato perpetrado en el Eastside Inn.

—Ben Bradley ya les ha hablado del hombre de la silla de ruedas —dije—. Pero lo que no les ha dicho es que fue él quien conducía al grupo que cargó con aquel tipo escaleras abajo.

En el auditorio se hizo un breve silencio de asombro, seguido momentos después por una calurosa ovación. Ben y Marcie —ella estaba sentada a su lado— me miraron sorprendidos. Hasta ese momento no tenían ni idea de que yo estuviera enterado de la heroica actitud de Ben, y creo que, justo en aquel instante, entendieron por qué había accedido a participar en el simposio.

—No ha encontrado a Dios en absoluto... —comentó Marcie a su marido, fingiendo sorpresa.

—No, deberíamos habernos dado cuenta de que se había enterado de la verdad, es un maldito investigador —contestó Bradley reprendiéndose a sí mismo, al tiempo que se ponía de pie para dar las gracias al público.

Cuando hubieron cesado los aplausos, continué hablando:

—Pero aquél fue un día repleto de acontecimientos importantes, y el que vivió Ben fue sólo uno de ellos. Aquella misma mañana, una mujer joven se dirigía corriendo a su trabajo porque se le había hecho tarde. Cuando se acercó a las torres y vio estrellarse el primer avión, se dio cuenta de que, para el mundo, ya se encontraba sentada ante su mesa y acababa de morir.

Por segunda vez en menos de un minuto, Bradley se quedó estupefacto. Yo no le había contado aún mi teoría. Alzó las manos como preguntando: «¿Adónde diablos lleva todo esto?» De modo que le respondí, a él y a los presentes.

—Verán, esa mujer, que había salvado la vida gracias a un retraso fortuito, deseaba desde hacía tiempo matar a una persona, y resultó que en aquel momento acababa de encontrar la coartada perfecta: estaba muerta.

»Así que se abre paso entre el caos y el pánico hasta que encuentra un sitio en el que podrá vivir fuera del sistema y en el que nadie la encontrará. Ese sitio se llama Eastside Inn. Cada vez que sale a la calle se disfraza, y en una de esas salidas toma prestado cierto libro de una biblioteca, probablemente el manual más completo sobre cómo matar a alguien y salir indemne. Todos sabemos a qué libro me refiero: al de Jude Garrett.

Aquello produjo cierto revuelo, una serie de exclamaciones ahogadas entre los delegados. Bradley me miró a los ojos y aplaudió en silencio. Sí, me estaba diciendo, aquello era muy bueno.

—Luego invita a una mujer, joven, probablemente atractiva, al Eastside Inn. Un poco de droga, un poco de sexo. Después la mata... exactamente tal como se describe en el libro de Garrett, y desaparece. Cuando llega la policía de Nueva York, encuentra una víctima sin rostro, sin huellas dactilares y sin dientes. De modo que eso es lo que tienen, una víctima que nadie puede identificar y una asesina de la que nadie puede sospechar porque está muerta. ¿Por qué se ha cometido ese asesinato? ¿Quiénes son esas personas? ¿Cuál es el móvil? ¿Qué significa?

Hice una pausa y miré a mi alrededor. Los presentes asentían con gestos de muda admiración.

—Sí —dije por fin—, tienen razón: es impresionante. Jude tenía un nombre para casos como éste. Los denominaba «pajas mentales».

El público rió el comentario, y poco a poco comenzaron a surgir ideas, al principio con cuentagotas, pero luego en forma de avalancha. Sin embargo, para entonces yo ya casi no escuchaba: había visto a tres hombres entrar por el fondo de la sala y sentarse en silencio en la última fila. Por esa razón, cuando a la atractiva mujer de la blusa turquesa se le ocurrió una idea brillante yo apenas me di cuenta de lo que decía. Aunque unas semanas más tarde me acordé de lo que había dicho, seguí recriminándome no haberla escuchado entonces.

Lo único que puedo alegar en mi defensa es que conocía bien el mundo del espionaje, y sabía lo que estaban haciendo allí aquellos tres hombres. Habían venido a buscarme.

TERCERA PARTE

1

La araña de Sídney, originaria de Australia, es casi con toda seguridad el arácnido más venenoso del mundo, más aún que la *armadeira* de Brasil, y bien sabe Dios que ésta es peligrosísima.

Hace mucho tiempo, investigué un caso en el que se había utilizado la neurotoxina de una araña de Sídney para matar a un ingeniero estadounidense, un efectivo perteneciente a una de las agencias encubiertas que teníamos en Rumanía. En el curso de la investigación, un biólogo me mostró una de aquellas criaturas negras e impresionantes: una araña de Sídney macho, la más venenosa y agresiva de todas las especies.

Les prometo que, si nunca han visto a uno de estos animales, si no han visto a un arácnido salir de un agujero del suelo, en el momento mismo en que vean a una araña de Sídney se darán cuenta de que están ante un ser mortífero. Pues bien, en el mundo de la inteligencia también hay hombres así, y unas pocas mujeres. Uno se da cuenta inmediatamente de que no están impregnados de la humanidad que habita en la mayoría de las personas. Ésta es una de las razones por las que me alegré de salir de su entorno y probar suerte a la luz del sol.

Los tres hombres que esperaban al fondo del auditorio a que terminase el coloquio eran del tipo «araña de Sídney». En cuanto los delegados salieron para ir a almorzar, y nos quedamos solos Bradley y yo en la parte delantera y los dos bosnios que dormían la resaca junto a la mesa de sonido, los tres vinieron hacia nosotros.

Bradley también se había fijado en ellos cuando entraron en el auditorio.

—¿Los conoces?

—En cierto modo —contesté.

—¿Quiénes son?

—Es mejor que no preguntes, Ben.

El policía vio el peligro que rezumaban aquellos tipos y desde luego no le gustó nada la manera en que se acercaban, pero yo le puse una mano en el brazo.

—Es mejor que te vayas —le dije en voz baja.

No se quedó convencido. Éramos colegas, y si iban a surgir problemas quería estar a mi lado. Pero yo sabía por qué les habían encargado aquel trabajo a unos tipos como aquéllos. Alguien me estaba transmitiendo un mensaje: «No habrá ninguna negociación, limítate a hacer lo que te digan.»

—Vete, Ben... —repetí.

De mala gana, y lanzando miradas a aquellos tipos, Bradley se dirigió hacia la puerta. Las arañas se detuvieron al llegar ante mí.

—¿Scott Murdoch? —preguntó el más alto de los tres, y obviamente el jefe del equipo.

«Scott Murdoch», pensé para mis adentros. De modo que aquello venía desde mi pasado remoto.

—Sí, por qué no —repliqué.

—¿Está preparado, doctor Murdoch?

Me agaché para recoger mi maletín de cuero fino, un regalo que me había hecho a mí mismo nada más llegar a Nueva York, cuando creí equivocadamente que era posible dejar atrás mi otra vida.

No merecía la pena preguntarles adónde íbamos, ya sabía que no iban a decirme la verdad, y todavía no estaba preparado para entrar de nuevo en el mundo de las mentiras. Me dije que merecía unos pocos momentos más de sol.

2

Primero me metieron en un coche y me llevaron al East River. En el helipuerto nos aguardaba un helicóptero en marcha que nos llevó hasta un aeropuerto de Jersey, donde subimos a bordo de un reactor privado que despegó de inmediato.

Una hora antes de que se pusiera el sol, vi los monumentos de Washington recortados contra el cielo del ocaso. Aterrizamos en la base Andrews de las Fuerzas Armadas, donde nos estaban esperando tres todoterrenos conducidos por sendos individuos trajeados. Supuse que debían de ser del FBI o del Servicio Secreto, pero estaba equivocado: procedían de mucho más arriba.

El que iba al volante del vehículo que abría la marcha encendió las luces de emergencia, y eso nos permitió ganar tiempo sorteando el intenso tráfico. Doblamos para tomar la calle Diecisiete, llegamos al Antiguo Edificio de la Oficina Ejecutiva, pasamos un control de seguridad y bajamos por una rampa para entrar en el aparcamiento.

Allí fue donde las arañas se despidieron de mí. Me dejaron en manos de cuatro individuos trajeados que me hicieron cruzar un vestíbulo de recepción, me llevaron por un pasillo desprovisto de ventanas y me metieron en un ascensor. El ascensor sólo bajaba. Al salir de la cabina, nos encontramos en una zona subterránea vigilada por guardias armados. No fue necesario que me vaciara los bolsillos, porque me hicieron pasar por un aparato de retro-dispersión de rayos X y lo vieron todo, tanto lo metálico como lo biológico, hasta el más íntimo detalle.

En cuanto superé el escáner, subimos a un pequeño coche eléctrico y cruzamos una serie de anchos pasillos. Aunque todo aquello desorientaba bastante, no fue lo que me resultó más extraño de todo. Lo que me pareció realmente extraño fue la sensación de que nadie volvía la vista hacia mí, era como si a todos les hubieran ordenado que mirasen a otra parte.

Llegamos a otro ascensor —éste subió como media docena de pisos, según mi impresión—, y los cuatro tipos trajeados me entregaron a otro individuo, mejor vestido, de cabello entrecano.

—Haga el favor de seguirme, señor Jackson —me dijo.

Yo no me apellidaba Jackson, no sabía nada de ningún Jackson, ninguno de mis muchos alias había sido Jackson. Entonces comprendí que era un fantasma, una sombra que carecía de presencia y de nombre. Si hasta entonces no me había dado cuenta de lo grave que era aquel asunto, en aquel momento lo entendí.

El zorro plateado me condujo por una estancia sin ventanas llena de puestos de trabajo, pero, una vez más, nadie se volvió para mirarme. Atravesamos una pequeña cocina y entramos en una oficina mucho más espaciosa en la que al menos había ventanas; sin embargo, la oscuridad que reinaba fuera y la distorsión causada por lo que supuse que serían cristales a prueba de balas hacían que resultara imposible formarse una idea de dónde nos encontrábamos.

El zorro plateado dijo algo en voz baja hacia el micrófono que llevaba en la solapa, aguardó a que le respondieran y abrió una puerta. Me indicó con una seña que entrara, y obedecí.

3

Lo primero que lo sorprende a uno cuando entra en el Despacho Oval es su tamaño: mucho más pequeño de lo que se ve en televisión. Sin embargo, el presidente parecía mucho más grande.

Un metro ochenta y ocho de estatura, sin chaqueta, con bolsas en los ojos, se levantó de su escritorio, nos estrechó la mano y nos indicó que tomáramos asiento en los sofás que coronaban la sala. Cuando me volví para sentarme vi que no estábamos solos, había un hombre sentado en la oscuridad. Debería haberlo imaginado, claro: él era quien había enviado a las arañas, quien quería cerciorarse de que yo entendiera que la citación no era negociable.

—Hola, Scott —me saludó.

—Hola, Susurrador —contesté.

En nuestros buenos tiempos, nos habíamos visto en varias ocasiones. Era veinte años mayor que yo, y ya estaba abriéndose camino hacia lo alto del escalafón de inteligencia cuando yo era una estrella que ascendía con rapidez dentro de la División. Luego cayeron las Torres Gemelas, y yo tomé un camino distinto. La gente dice que la tarde del 11-S, y hasta ya entrada la noche, escribió un detallado informe, largo y ciertamente sorprendente, de la comunidad de inteligencia de Estados Unidos al completo y de todos sus fallos.

Aunque yo no conocía a nadie que lo hubiera leído, por lo visto era tan feroz a la hora de elogiar a algunas personas —incluido él mismo— y tan implacable al criticar a la CIA y al FBI, que en cuanto se lo entregó al presidente y a los cuatro líderes del

Congreso su carrera dejó de albergar esperanzas de futuro. Siendo como era un hombre inteligente, debería haber sabido cuál iba a ser el resultado: estaba suicidándose profesionalmente.

Sin embargo, cuando el desastre se hizo evidente en toda su dimensión, el entonces presidente decidió que él era la única persona que se había empecinado en decir la verdad en lugar de protegerse. Se diga como se diga en latín: «De la furia, victoria.» Éste debería ser el lema del Susurrador, porque al cabo de un año había sido nombrado director de Inteligencia Nacional.

No puedo decir que a raíz de nuestros encuentros profesionales nos cayéramos bien mutuamente, pero siempre sentimos una prudente admiración, como si un gran tiburón blanco se hubiera enfrentado cara a cara con un cocodrilo de agua salada.

—Tenemos un pequeño problema —me dijo mientras nos sentábamos—. Está relacionado con la viruela.

En aquel momento me convertí en la décima persona que conocía la situación.

Tenía al presidente sentado a mi derecha, y me di cuenta de que me estaba mirando, en un intento de sopesar mi reacción. Y el Susurrador también. Pero yo no mostré reacción alguna, al menos en el sentido convencional. Sí, sentí cierto grado de desesperación, aunque no sorpresa. En realidad, lo único en que estaba pensando era en un hombre que había conocido en una ocasión en Berlín, pero aquél no era precisamente el momento más apropiado para sacarlo a colación, de modo que me limité a asentir con la cabeza.

—Continúa —dije.

—Al parecer, es un árabe que... —prosiguió el Susurrador.

—No sabemos si es árabe —lo interrumpió Grosvenor.

—El presidente tiene razón —admitió el director—. Podría tratarse de un intento de generar contrainformación. Digamos que en Afganistán hay un tipo que en cierto momento ha soltado un par de frases en árabe y que ha conseguido sintetizar una nueva cepa del virus. En estos últimos días, ha realizado una serie de pruebas con seres humanos... su versión particular de una prueba clínica.

De nuevo me miraron para observar mi reacción. Yo me encogí de hombros. Me dije que, si uno se había tomado el trabajo de fabricar un virus, lo más probable es que quisiera probarlo.

—¿Y ha funcionado? —pregunté.

—¡Pues claro que ha funcionado, maldita sea! Si hubiera fallado, no estaríamos aquí —replicó el Susurrador, irritado por mi aparente calma.

Por un instante, creí que iba a levantar la voz, pero no lo hizo.

—Es más, por lo visto el virus ha sido manipulado para que sea capaz de eludir la vacuna —agregó.

El presidente no me había quitado los ojos de encima. Al ver que yo seguía sin decir nada, negó con un gesto y esbozó una media sonrisa.

—Una cosa sí puede decirse de usted: que no se amedrenta con facilidad.

Le di las gracias y lo miré a los ojos. Costaba trabajo no tomarle simpatía; como ya he dicho, distaba mucho de ser un político normal.

—¿Qué más tienen? —pregunté.

El Susurrador buscó en un portafolio y me entregó una copia del informe de Echelon. Cuando empecé a leerlo, vi que no había nada que hubiera sido censurado o eliminado: me lo habían entregado tal cual, sin pasarlo por la depuradora, y eso me hizo comprender lo aterrorizados que estaban. Ahora, en retrospectiva, creo que en aquel momento tenían el convencimiento de que el país entero estaba a punto de irse a pique.

—Dos llamadas telefónicas —dijo el Susurrador cuando dejé el informe sobre la mesa—, con tres días de diferencia.

—Ya veo —respondí, reflexionando—, la primera la efectuó el tipo de Afganistán. Llamó a una cabina telefónica de Turquía y allí estaba esperándolo una mujer que había pasado varias horas codificando un mensaje, de manera que sabía perfectamente que él iba a llamarla. ¿Cómo lo sabía?

—Porque lo habían concertado de antemano —respondió el Susurrador—. Ya sabes cómo funciona eso: llamaría un día determinado, a una hora determinada...

—¿En medio del Hindu Kush? ¿Mientras probaba una extraordinaria arma biológica? Yo creo que no, alguien así no correría ese riesgo. Me parece más probable que hubiera sucedido algo imprevisto, y que la mujer necesitara hablar con él urgentemente. Lo cual quiere decir que ella disponía de un sistema para hacerle saber que debía llamarla.

El presidente y el Susurrador guardaron silencio mientras sopesaban aquella sugerencia.

—De acuerdo —dijo el presidente—, ella se puso en contacto con él. ¿Y por qué no lo captó Echelon?

—Existen muchas posibilidades —repuse—. Que estuviera fuera del área de búsqueda, que unos días antes hubiera enviado un mensaje a un teléfono móvil desconocido, incluso que hubiera hecho que le entregaran en mano una nota. Podría ser cualquier cosa. Pero, en mi opinión, lo más probable es que le envió un mensaje cualquiera a través de un foro de internet poco conocido.

—Eso tendría sentido —dijo el Susurrador—. Él recibiría un aviso automático de que tal persona acababa de publicar un nuevo perfil o lo que fuera.

—Y cuando vio el aviso supo que debía llamarla. Así que lo hizo en cuanto pudo, desde un teléfono totalmente distinto.

—Escuchó el mensaje en clave, que le proporcionó determinada información, y en el que también le decía que volviera a llamar pasados tres días. Así lo hizo, y ahí tenemos la segunda llamada.

—Dos llamadas telefónicas y un aviso o un mensaje que no podemos identificar —dijo el presidente—. No es mucho, pero es todo lo que tenemos. —A continuación me miró directamente—. El director de inteligencia cree que usted es el más adecuado para viajar a Turquía e identificar a esa mujer.

—¿Solo? —repliqué, totalmente evasivo.

—Sí —respondió el Susurrador.

Tenía su lógica, pensé. Yo también me habría servido de un explorador, alguien que llegara con una buena tapadera, una persona que supiera manejarse palpando a tientas las paredes de un callejón oscuro, un hombre que se lanzase en paracaídas para alumbrar el camino a las tropas de asalto que vendrían después. Y también sabía que la mayoría de los exploradores no disfrutaban de lo que los expertos en inteligencia denominaban «longevidad».

—¿Y qué pasa con la MIT, el servicio turco de inteligencia? —quise saber—. ¿Nos echarán una mano?

—Supongo que se la echarán a sí mismos —repuso el Susurrador—. No me cabe duda de que, si consiguen cualquier información, en menos de una hora la habrán filtrado, o más bien vendido, a medio mundo.

Cuando el Susurrador dijo que quería un hombre que actuara «solo», lo decía en serio. Guardé silencio durante unos instantes, pensando en Turquía y en otras muchas cosas.

—No se le ve muy entusiasmado —dijo por fin el presidente, observando mi gesto de preocupación—. ¿Qué nos dice?

En aquel momento sonó el teléfono, y teniendo en cuenta la gravedad de lo que estábamos hablando, supuse que debía de ser algo importante. Probablemente Corea del Norte acababa de lanzar un ataque nuclear para redondear un día perfecto.

Mientras el presidente atendía la llamada y nos daba la espalda para conseguir un poco de intimidad, el Susurrador consultó su móvil para ver si tenía algún mensaje. Yo miré por la ventana; no todos los días tiene uno la oportunidad de admirar la vista que se disfruta desde el Despacho Oval, pero la verdad es que apenas vi nada.

Estaba pensando en sueños hechos pedazos, en lo de conseguir una vida normal y en una atractiva mujer de Nueva York cuyo número de teléfono ya no iba a averiguar. Estaba pensando en el Cuatro de Julio, en los días de playa y en todas las cosas que se pierden con tanta facilidad en el fuego. Pero, sobre todo, estaba pensando en que el mundo del espionaje nunca se olvida de uno, permanece siempre agazapado en la sombra, preparado para reunir de nuevo a sus hijos.

De pronto, tuve un mal presentimiento con respecto a lo que me aguardaba y vi algo, y lo vi tan claramente como si lo tuviera al otro lado del cristal. Me vi navegando en un viejo barco de velas remendadas. El viento me empujaba con fuerza por un mar desconocido y sólo tenía las estrellas para guiarme en la oscuridad. No había nada más que silencio, un silencio tan estridente que gritaba, y el barco y yo nos hacíamos cada vez más pequeños. Al verme a mí mismo desaparecer en la negrura de aquel mar infinito, me entró miedo, un miedo que me encogió el estómago, como si hubiera llegado el fin de los tiempos.

A pesar de los terribles peligros que había afrontado a lo largo de los años, era la primera vez que imaginaba o sentía algo semejante. No es necesario tener un doctorado en Psicología por Harvard para saber que había sido una premonición de mi propia muerte.

Profundamente conmocionado, oí que el presidente colgaba el teléfono, de modo que me volví hacia él.

—Estaba usted a punto de decirnos —retomó el hilo— si va a ir a Turquía...

—¿Cuándo salgo? —respondí con voz queda.

No merecía la pena discutir, no tenía sentido quejarse. Con premoniciones siniestras o sin ellas, la vida sabe arreglárselas para acorralarnos, y al final sólo nos da dos alternativas: afrontar lo que viene o quedarnos quietos.

—Mañana por la mañana —contestó el Susurrador—. Viajarás con una tapadera segura: sólo nosotros tres sabremos quién eres y en qué consiste tu misión.

—Vamos a necesitar un nombre, tenemos que llamarle de algún modo —añadió el presidente—. ¿Alguna preferencia?

En mi cerebro todavía debían de permanecer nítidas aquellas imágenes del barco y del mar, porque casi sin pensarlo me vino una palabra a los labios:

—Pilgrim —respondí en voz baja.

El Susurrador y el presidente intercambiaron una mirada para ver si había alguna objeción.

—Por mí, de acuerdo —dijo el Susurrador.

—Sí, parece de lo más apropiado —repuso el presidente—. Entonces, ése será su nombre en clave, Pilgrim, «peregrino».

4

Cuando salí de la Casa Blanca ya era lo bastante tarde para que el tráfico hubiera disminuido. El Susurrador y yo íbamos en el asiento trasero de su coche oficial, atravesando la ciudad. El director tenía una cara horrible; las muchas horas que llevaba sin descansar le estaban pasando factura, y después de veintidós horas abrumado por aquella crisis tenía el semblante más grisáceo que una lápida de cementerio.

Y lo peor era que la noche no había hecho más que empezar.

Sólo nosotros tres conocíamos el verdadero propósito de mi misión —y nadie tenía intención de ampliar voluntariamente dicho número—, por eso el Susurrador ya se había ofrecido a ser el oficial que llevara mi caso. Yo sería el agente sobre el terreno, y él mi «controlador». Al igual que sucedía con cualquier agente y su control, había un millón de detalles que íbamos a tener que resolver, por eso supuse que nos dirigíamos a su despacho, para ponernos a trabajar en ellos. El plan consistía en que, al cabo de doce horas como máximo, yo estuviera a bordo de un vuelo comercial con destino a Turquía.

Después de que el presidente se despidiera de mí con un apretón de manos y me dijera que podía llevarme algún objeto de recuerdo, pero que debía elegir entre una fotografía suya enmarcada y una caja de bolas de golf de la Casa Blanca —he de reconocer que, dadas las circunstancias, el hombre tenía sentido del humor—, el Susurrador se quedó unos momentos a solas con él para hablar de otros asuntos en privado. A mí me pusieron en cuarentena en un despacho vacío, al lado del zorro plateado, y cinco minutos después reapareció el director y me acompañó hasta el garaje de la Casa Blanca. Con el fin de reducir al máximo el número de personas que pudieran verme, tomamos la escalera, y apenas llevábamos media docena de peldaños cuando el Susurrador empezó a jadear. Cargaba con demasiado peso, y se hizo evidente que el ejercicio físico y él no eran muy buenos amigos.

Yo tenía la esperanza de que pudiéramos dedicar el trayecto en automóvil a elaborar mi tapadera, pero en cuanto dio las instrucciones al chófer y subió el cristal de seguridad, volvió a consultar el móvil para ver si tenía mensajes. Luego extrajo de su maletín un aparato portátil para medir la presión arterial que funcionaba con pilas. Se remangó la camisa, se puso el brazalete alrededor del brazo y comenzó a bombear. Mientras el brazalete iba deshinchándose poco a poco, leyó los números que aparecían en la diminuta pantalla digital. Yo también.

—¡Dios mío! —exclamé—, dieciséis y medio-nueve... te va a dar algo.

—No, no... no está tan mal —replicó el Susurrador—. Imagina cómo tendría la tensión si hablase como una persona normal.

El Susurrador no era precisamente famoso por hacer chistes, de modo que aprecié el esfuerzo. Volvió a guardar el aparato y se arrellanó más en el asiento. Supuse que necesitaba unos instantes para reducir la fatiga, así que me sorprendí cuando vi que miraba por la ventanilla y empezaba a hablar.

—¿Sabes que es mi aniversario? Mañana hará treinta años que empecé a trabajar para la agencia. Treinta años y ni un solo momento de paz. Así son las cosas en nuestro oficio, ¿no? Siempre estamos en guerra contra algún puto enemigo.

Vi su rostro reflejado en el cristal. Daba la impresión de ser mucho más viejo de lo que era, y, a pesar de su fanfarronería, habría jurado que estaba preocupado por su presión arterial y que pensaba en cuánto tiempo más su organismo podría seguir aguantando tales abusos.

—Tres matrimonios, cuatro hijos a los que casi no conozco... —continuó—. Y aun así, mi vida ha sido gratificante, comparada con la de muchos hombres. Pero sería un necio si no pensara alguna vez si he hecho algo importante de verdad. Tú no vas a tener ese problema. —Se volvió hacia mí—. Si superas con éxito esta misión, dentro de cincuenta años la gente todavía hablará de ti.

Puede que yo carezca de algunas cosas, pero para mí justo eso no tiene mucha importancia. Nunca la ha tenido. De modo que me encogí de hombros.

El Susurrador se volvió de nuevo hacia la ventanilla.

—Tú no finges, ¿eh? De verdad te importa una mierda. Sin embargo, te envidio, ojalá fuera veinte años más joven. Me habría gustado tener la puta oportunidad de hacer que todo valiera la pena.

—Puedes anotarte ésta, Dave —le dije en voz queda—. Te la entrego gratis. —Su nombre de pila era Dave, pero casi nadie se acordaba ya—. A mí me da un miedo de cojones.

Esbozó una leve sonrisa.

—Pues la verdad es que lo disimulas muy bien. Antes, cuando me he quedado hablando unos momentos con el presidente, ha sido para preguntarle qué opinaba de ti.

—Ya me lo he imaginado.

—Lo has impresionado, me ha dicho que eres el hijo de puta más frío que ha conocido en toda su vida.

—Pues entonces es que necesita salir más —contesté.

—No —repuso el Susurrador—. Yo también me he fijado en la cara que has puesto mientras te hablaba de la viruela. Es posible que esto sea el Apocalipsis, los cuatro jinetes ya están cabalgando y se acercan... y tú no has mostrado la menor emoción, ni pánico, ni siquiera sorpresa.

—Eso es verdad... lo de la sorpresa, quiero decir. No me ha sorprendido.

—No, no. Cualquiera habría...

Estaba empezando a fastidiarme, a cabrearme el hecho de haberme visto arrastrado de nuevo a una vida de la que en realidad no quería saber nada.

—No me ha sorprendido —dije en tono cortante— porque, a diferencia de los llamados «expertos» de Washington, yo me he tomado el asunto en serio.

—¿Qué asunto? —preguntó el director.

Eché un vistazo a la calzada y vi que estábamos aminorando la velocidad por culpa de un largo atasco.

—¿Has estado alguna vez en Berlín, Dave?

—¿En Berlín? ¿Qué tiene que ver Berlín con esto?

5

El Susurrador no sabía adónde quería llegar yo, pero decidió seguirme el juego.

—Sí, estuve en Berlín en los años ochenta, justo antes de que cayera el muro —respondió.

Por supuesto, debería haberlo recordado: en aquella época, Dave trabajaba para la CIA, era el delegado de la agencia en el punto más caliente de la Guerra Fría, lo que en aquel momento era la «capital del espionaje».

—¿Te acuerdas de la Bebelplatz, la plaza que estaba delante de la catedral?

—No, eso estaba en el Berlín Oriental. Los tipos como yo no trepábamos muy a menudo el muro. —Sonrió, y tuve la impresión de que le agradó rememorar los buenos tiempos en los que el enemigo eran los soviéticos y todo el mundo conocía las reglas.

—Cuando yo empezaba —proseguí—, me destinaron a la oficina de la División en Berlín. De allí viajé a Moscú. Fue donde tuve mi encuentro con el Tiburón de los Mares...

El director me miró durante un largo instante; acababa de caer en la cuenta de que nunca habíamos hablado de aquel tema.

—Aquello fue impresionante —dijo—. Y en medio de la Plaza Roja. Siempre he pensado que se necesitaba mucho más que valor para hacer algo así.

—Gracias —contesté en voz baja. Mi agradecimiento fue sincero: aquello significaba mucho viniendo de una persona con su currículum—. Pero antes de todo eso —continué—, los domingos solía ir paseando hasta la Bebelplatz. Lo que me atraía de aquel lugar no era su grandiosa arquitectura, sino la maldad que se respiraba allí.

—¿Qué maldad? —me preguntó.

—Una noche del mes de mayo de 1933, los nazis invadieron esa plaza con una muchedumbre armada con antorchas y saquearon la biblioteca de la Universidad Friedrich-Wilhelm, que estaba al lado. Cuarenta mil personas lanzaban vítores al tiempo que echaban al fuego veinte mil libros de autores judíos. Muchos años más tarde, se incrustó una placa de cristal en el suelo para marcar el lugar exacto en el que se había hecho aquella hoguera. Al otro lado del cristal, se ve una habitación subterránea, toda blanca, forrada de estanterías, desde el suelo hasta el techo...

—¿Una biblioteca vacía? —adivinó el Susurrador.

—Exacto —repuse—, ése es el mundo en el que estaríamos viviendo si hubieran vencido aquellos fanáticos.

—Es una buena forma de conmemorarlo —admitió el Susurrador al tiempo que asentía con la cabeza—. Mejor que una maldita estatua.

Eché un vistazo a los coches que teníamos delante: el atasco estaba empezando a deshacerse.

—Después de visitar un par de veces esa plaza —proseguí—, me di cuenta de que la biblioteca vacía no era lo único interesante que había allí. También había un empleado municipal de la limpieza, un viejo de ojos acuosos que todos los domingos iba a barrer, pero que, en realidad, era un impostor.

—¿Cómo lo supiste? —preguntó el director, picado en su curiosidad profesional.

—Su leyenda no estaba bien elaborada. Barría a conciencia y siempre llevaba un mono gris impecable. Un día le pregunté por qué barría la plaza. Me contestó que tenía setenta años, que era difícil encontrar un empleo, que un hombre tenía que ganarse la vida decentemente... pero entonces vio la cara con que lo miraba y no se tomó la molestia de continuar mintiendo. Se sentó, se remangó y me mostró siete números tatuados en la muñeca que el tiempo ya casi había borrado. Era judío, y me señaló los grupos de hombres de su misma generación, todos vestidos de domingo, que tomaban el sol en los bancos de la plaza.

»Me dijo que eran alemanes, pero que, al igual que muchos alemanes, no habían cambiado en absoluto: únicamente habían perdido. En el fondo de su alma, seguían cantando las viejas canciones. Me contó que barría la plaza para que ellos lo vieran y supieran que un judío había sobrevivido, que su raza seguía adelante, que su gente había aguantado. Estar en aquella plaza era su venganza.

»De pequeño, la Bebelplatz había sido su patio de recreo, me contó que él se encontraba allí la noche en que llegaron los nazis. La verdad es que no me lo creí. ¿Qué iba a estar haciendo un niño judío de siete años en aquel lugar? Entonces señaló la vieja universidad, y me dijo que su padre era el bibliotecario y que la familia vivía en un piso que había detrás de su despacho.

»Varios años después de aquel suceso, fueron a buscarlo a él y a su familia. Y me dijo estas palabras: «Siempre es lo mismo, empiezan quemando libros y terminan quemando personas.» De una familia formada por los padres y cinco hijos, él fue el único superviviente. En cinco años pasó por tres campos de concentración, Auschwitz entre ellos. Me pareció un auténtico milagro que hubiera sobrevivido, así que le pregunté qué había aprendido. Él lanzó una carcajada y no me contestó nada que pueda considerarse original: que la muerte es terrible, que el sufrimiento es peor, que los gilipollas son mayoría, como de costumbre... y a ambos lados de la alambrada. Luego se quedó unos momentos pensando. Sí había algo que le había enseñado aquella experiencia: había aprendido que, cuando varios millones de personas, todo un sistema político, un número incontable de ciudadanos que creen en Dios, dicen que van a matarte... hay que tomarlos en serio.

El Susurrador se volvió y me miró.

—Así que a eso te refieres, ¿verdad? Te has tomado en serio a los fundamentalistas musulmanes.

—Sí —respondí—. He visto cómo hacían estallar nuestras embajadas, he visto a la turba pidiendo sangre, a los mulás emitiendo decretos de muerte, a los llamados «líderes» clamando por la yihad. Han quemado libros, Dave, hay zonas del mundo islámico en que la temperatura del odio se ha disparado hasta Plutón. Y yo me lo he tomado en serio.

—¿Crees que nosotros no, los de Washington? —protestó el Susurrador sin enfadarse.

Hubo una época en que yo era un destacado agente de inteligencia, y me pareció que su interés por conocer mi opinión era sincero.

—Tal vez sí, intelectualmente hablando, pero no de forma visceral.

El Susurrador se volvió de nuevo para mirar por la ventanilla. Estaba comenzando a llover. Permaneció un buen rato en silencio, y empecé a pensar si no le habría vuelto a subir la tensión arterial.

—Creo que tienes razón —dijo por fin—. Creo que, al igual que los judíos, nosotros hemos creído en la bondad fundamental del ser humano y en ningún momento hemos pensado que pudiera ocurrir esto. Pero, maldita sea, puedo asegurarte que ahora sí han conseguido captar nuestra atención.

Cruzamos varias verjas que se accionaban automáticamente y nos detuvimos ante una pequeña caseta de guarda. No habíamos ido a la oficina del Susurrador, estábamos en su domicilio particular.

6

Las cortinas de su estudio estaban echadas, pero, por una estrecha abertura, cuando ya llevábamos unas horas allí, vi que dejaba de llover y que salía una luna de color rojo sangre. Me pareció un mal presagio.

Yo era un tipo demasiado racional para conceder credibilidad a aquellas cosas, pero la visión de aquel viejo barco navegando por un mar rizado de espuma me había alterado profundamente. Era como si alguien hubiera levantado una esquina del tapiz del universo y me hubiera mostrado el camino que me aguardaba. Pero no, no era exactamente un camino... era más bien un callejón sin salida.

Por suerte, tenía demasiado trabajo para recrearme en aquellos pensamientos. Habíamos ido al domicilio del Susurrador porque él sabía que, en toda operación encubierta, el mayor peligro está siempre de puertas adentro. Se perdían más agentes por culpa de los chismorreos, las especulaciones y las habladurías que por ninguna otra causa, de manera que el Susurrador decidió saltarse todos los semáforos en rojo: de ningún modo iba a quedarse en las inmediaciones de la oficina y soportar los inevitables rumores.

Había heredado aquella casa de su padre, un banquero mercantil que había acabado llegando al senado. Era una hermosa mansión que incluso había conseguido figurar en el Registro Nacional de Lugares Históricos. Y allí estábamos los dos, con nuestro centro de operaciones establecido en el estudio de una casa que había pertenecido a un pariente de Martha Washington.

Gracias al puesto que ocupaba el Susurrador en el gobierno, el sistema de comunicaciones era casi tan seguro como el de la Casa Blanca: estaba constantemente monitorizado para detectar y eliminar micrófonos ocultos u otras intrusiones electrónicas, y equipado con una conexión a internet que formaba parte de la red de alta seguridad del gobierno.

En cuanto entramos en el estudio, el Susurrador se quitó la chaqueta, preparó la cafetera y se puso a hacer una serie de ejercicios de respiración. Dijo que lo ayudaban a controlar la tensión arterial, pero no me lo creí; lo que estaba haciendo aquel viejo lobo era sacudirse la herrumbre del pasado y prepararse para flexionar unos músculos que llevaban años sin usarse. David James McKinley, esposo frustrado, padre ausente, director de inteligencia de Estados Unidos, hombre entristecido por no haber encontrado un sitio en el panteón, había regresado a los tiempos de Berlín. Volvía a estar operativo.

Inmediatamente, convocó a secretarias, ayudantes especiales, ayudantes ejecutivos y a dos operadores telefónicos, doce personas en total, y los distribuyó por diferentes zonas de la casa. Dejó bien claro que su estudio era área prohibida para todo el mundo, y con eso consiguió que nadie supiera que yo me encontraba dentro del edificio.

Ya montada la oficina de apoyo, el Susurrador y yo procedimos a intentar controlar un millón de detalles, esas cosas que podían significar la vida o la muerte cuando uno estaba cazando terroristas en el sur de Turquía, un país con una amplia frontera en el desierto, y a menos de un día en coche de Iraq y de Siria. Aunque no hablábamos de ello, ambos sabíamos lo que estábamos haciendo en realidad: estábamos enviando a un espía a una «zona fría», sin apoyo ni recursos.

Cada pocos minutos, el Susurrador salía del estudio, recogía informes en la zona de apoyo y asignaba tareas. Por supuesto, el personal era consciente de que estaba metido en algo importante, de manera que su jefe, muy hábil, empezó a dejar caer alguna pista que otra. Así, cuando saltó la noticia del detonante nuclear, las personas más cercanas a la investigación dedujeron que estaban participando en la búsqueda del terrorista que intentaba comprarlo. Dave McKinley no se fiaba de nadie, y no era de extrañar que la gente comentase que era el mejor director de agentes de su generación.

Encerrado entre las paredes de madera de aquel estudio, yo había llegado a la conclusión de que el mejor sitio por el que podíamos empezar eran las cabinas telefónicas del centro de Bodrum. Dado lo poco que teníamos, aquél era más bien el único sitio por el que podíamos empezar. Naturalmente, Turkish Telco no disponía de un mapa fiable de todas sus cabinas, de modo que el Susurrador y yo decidimos que iba a tener que cubrir aquellos trece kilómetros cuadrados a pie.

Telefoneó al director de la Agencia de Seguridad Nacional y solicitó que le enviasen de inmediato por correo electrónico una foto hecha vía satélite del centro de Bodrum. Mientras esperábamos a que la enviaran, fue al comedor, donde los ayudantes ejecutivos habían montado su base de operaciones, y ordenó a uno de ellos que llamase a la CIA y les dijera que tenían seis horas para traernos un teléfono de última generación provisto de una cámara digital especialmente mejorada. Dicha cámara, a su vez, debía estar conectada con el sistema GPS particular del gobierno, que era autónomo y de gran precisión.

La idea era que yo tomara fotografías de alta resolución de todas las cabinas telefónicas de Bodrum con mi teléfono, cual turista que va fotografiando escenas de la calle del casco histórico. A continuación, las fotos se descargarían automáticamente en el mapa, y así tendría un registro completo de la apariencia y la posición exacta de cada cabina ubicada en la zona señalada.

En algún lugar de aquella lista estaría la cabina telefónica que andábamos buscando. Sabíamos que una mujer la había utilizado en unas fechas muy concretas y que, en ambas ocasiones a media tarde, había hablado con el hombre al que debíamos capturar. Se oía tráfico de fondo, de modo que quedó descartada cualquier zona peatonal. También se oía música, pero aún no teníamos ni idea de a qué lugar podía corresponder: estábamos esperando a que la Agencia de Seguridad Nacional intentara aislarla, ampliarla e identificarla.

Como plan de investigación, centrarse en las cabinas telefónicas no era gran cosa, más bien no era casi nada —si habláramos de un paciente, diríamos que sólo seguía vivo gracias al soporte vital—, pero en cierto modo bastaba para empezar. Mi viaje había comenzado.

Una vez preparado el primer paso de la investigación, el Susurrador y yo empezamos a elaborar mi leyenda. Habíamos llegado a la conclusión de que, considerando el poco tiempo que teníamos para organizarla, lo mejor era que yo entrara en Turquía como un agente especial del FBI que estaba trabajando en el asesinato perpetrado en el Eastside Inn.

Esta tapadera tenía varios problemas de cierta importancia. ¿Por qué iba a estar el FBI investigando allí un homicidio cometido en Nueva York? ¿Y por qué había tardado tanto en intervenir? Además, yo no podía viajar a Turquía sin que me hubieran invitado, necesitaríamos el permiso de su gobierno, y nos preocupaba que un buen día la relación existente entre aquel asesinato y Bodrum, que consistía en unos pocos dígitos de un número de teléfono, resultara bastante débil.

Pero de repente tuvimos un golpe de suerte, o por lo menos eso pareció. Deberíamos haber sospechado que no lo era, claro.

7

Mientras me esforzaba por sacarle el máximo partido a mi endeble tapadera, el Susurrador recibió una llamada procedente de la habitación contigua, que era donde se habían instalado sus dos ayudantes especiales, ambos con un nivel de autorización de seguridad lo bastante alto como para tener acceso a la mayoría de los documentos del gobierno.

El Susurrador salió de nuevo del estudio y regresó unos minutos más tarde con un expediente que acababa de llegar del Departamento de Estado. Contenía un informe de diez párrafos —breve, escueto y frustrante— acerca de la muerte de un ciudadano estadounidense acaecida en Bodrum varios días antes.

Había fallecido un joven, y he de reconocer que, por más triste que fuera, nos pareció una buena noticia, porque aquella muerte iba a servirnos para dar legitimidad al interés del FBI.

El Susurrador me entregó el expediente, y, aunque en la cabecera figuraba el nombre de la víctima, no lo registré mentalmente. Lo que llamó mi atención fue uno de los últimos párrafos: decía que sus amigos y sus conocidos lo llamaban Dodge.

—¿Dodge? ¿Por qué Dodge? —le pregunté al Susurrador.

—Como el coche —repuso él—. Tenía veintiocho años y era el heredero de un imperio de la industria del automóvil, un multimillonario. Supongo que sus amigos igual podían llamarlo Dodge que Lucky, un tipo afortunado.

—Pues muy afortunado no ha sido... —repliqué mientras continuaba leyendo.

Según el informe, se alojaba con su mujer en una de las mansiones que hay en los acantilados de Bodrum, conocida como la Casa de los Franceses, y resbaló, o bien saltó, o bien lo empujaron, y se estrelló contra las rocas que había treinta metros más abajo. Las lanchas y los buceadores que recuperaron el cadáver tardaron dos horas en sacarlo de allí debido al fuerte oleaje.

—No creo que le hagan un funeral con el ataúd abierto —comentó el Susurrador cuando terminé de mirar las fotos adjuntas y dejé el expediente sobre la mesa.

No había pruebas, y a lo mejor yo tenía cierta tendencia a buscar conexiones donde no las había —reconozco que, como cualquiera, disfruto de una buena teoría de la conspiración—, pero no pude evitar preguntarme si no habría alguna relación entre el trozo de papel hallado en el codo de una tubería del Eastside Inn y el cadáver destrozado de aquel multimillonario.

—¿Qué opinas? —le pregunté, volviéndome hacia él—. ¿Es una mera casualidad, o existe alguna relación entre este Dodge y el crimen cometido en Manhattan?

El Susurrador había leído el informe del caso de asesinato cuando trabajábamos en mi tapadera, y estaba tan cualificado como el que más para emitir una opinión.

—Es muy probable que exista, pero me da lo mismo —contestó—. Lo único que me preocupa es que hace media hora estábamos fabricando una buena tapadera, dando brillo al latón para que pareciera oro, y ahora tenemos a un multimillonario estadounidense que ha muerto en circunstancias cuestionables en Bodrum. Un norteamericano muy bien relacionado...

—¿Cómo sabes que estaba bien relacionado?

—¿Conoces alguna familia tan adinerada que no lo esté?

—Aquí no hay familia, sólo está la esposa, eso dice el informe —razoné, jugando a hacer de abogado del diablo.

—¿Y qué? Habrá tías, padrinos, abogados, un administrador... Ya les diré a los de la oficina de apoyo que lo comprueben, pero con mil millones de dólares de por medio, seguro que hay alguien.

Tenía razón, naturalmente, yo lo sabía bien porque me había criado con Bill y Grace.

—De acuerdo, así que un administrador o el abogado de la familia se entera de que Dodge ha muerto. ¿Qué pasa a continuación?

—Que yo pido al Departamento de Estado que lo llamen. Ellos le dicen que les preocupa su muerte, pero necesitan que alguien con autoridad solicite la ayuda del gobierno. El abogado o administrador se muestra de acuerdo...

—Sí, esa parte es creíble, él tiene un deber que cumplir —añadí.

—El Departamento de Estado le sugiere que llame a la Casa Blanca y presente una solicitud formal —dijo el Susurrador—. La llamada la recibe el jefe de gabinete. Asegura que entiende que el administrador quiera que se inicie una investigación como es debido. Se trata de un país extranjero, podría haber ocurrido cualquier cosa. ¿Y qué hace la Casa Blanca?

—Decirle al FBI que envíe a un agente especial a supervisar la investigación.

—Exacto —dijo el Susurrador—. Y ahora viene lo mejor...

—Grosvenor puede llamar personalmente al presidente de Turquía para que lo organice. Mil millones de dólares y el apellido de una gran familia del mundo del automóvil. Resulta creíble que hiciera algo así.

Ambos supimos que, a partir de aquel momento, yo era ya un agente especial del FBI.

—¿Qué nombre quieres usar? —me preguntó el Susurrador.

—Brodie Wilson —respondí.

—¿Quién es ése? —inquirió el Susurrador.

Conocía el procedimiento habitual, y quería cerciorarse de que si, al cabo de muy poco, el interrogatorio se ponía serio de verdad, yo no me confundiría con respecto a mi propio nombre.

—Un muerto. Salía a navegar a menudo con mi padrastro. Bill decía que era el mejor que había conocido manejando el *spinnaker*.

De improviso, sin saber por qué, me inundó una fuerte oleada de tristeza.

El Susurrador no se dio cuenta, estaba demasiado ocupado haciendo de «controlador».

—Muy bien, naciste en Long Island, salías a navegar todos los fines de semana, tenéis la misma fecha de nacimiento y tu pariente más cercano es tu madre, que es viuda, ¿de acuerdo?

Asentí con la cabeza al tiempo que lo grababa en la memoria. Aquella información era para el pasaporte: un manoseado librito repleto de sellos que la CIA iba a tener que fabricar durante las próximas horas. El Susurrador ya había cogido el teléfono para comunicarse con la salita contigua, la cocina y el comedor, y empezar a organizar aquellos detalles y otros muchos que transformarían un nombre falso en una identidad verdadera.

Yo aproveché la oportunidad para pensar. Cuando estuviera en Turquía, iba a necesitar un canal, algún modo de comunicarme con el Susurrador. No podía llamarlo directamente, dado que un agente del FBI sería de gran interés para la versión turca de Echelon, y casi con toda seguridad estarían a la escucha en cada llamada que hiciera. Sin embargo, si estaba investigando la relación que había entre la muerte de Dodge y el asesinato del Eastside Inn, estaría perfectamente legitimado para hablar con el detective de homicidios de Nueva York encargado del caso.

Se me ocurrió la idea de que Ben Bradley podía actuar de buzón entre ambos, podía recibir mensajes encriptados y transmitírnoslos. En cuanto el Susurrador colgó, le expliqué el plan. No se mostró muy convencido.

—Repítame el nombre de ese detective —pidió.

—Bradley. Ben Bradley —dije.

—¿Es de fiar?

El Susurrador estaba agotado, pero aun así su semblante cobró vida cuando le hablé de las Torres Gemelas y de lo que había hecho Bradley por el tipo de la silla de ruedas.

—Es un patriota —aseguré.

—¿Sesenta y siete pisos? —repitió el Susurrador—. Eso no es un patriota, eso es un puñetero atleta.

Acto seguido, cogió el teléfono y dispuso lo necesario para que el FBI pasara a recogerlo.

8

Bradley estaba durmiendo cuando sonó el teléfono. Dejó que el contestador automático saltara dos veces, pero cuando oyó el estridente sonido del interfono de la entrada no tuvo más remedio que levantarse. Una voz desconocida le dijo desde el portal del edificio que cogiera el teléfono inmediatamente.

Con Marcie a su lado, levantó el auricular y le informaron de que había un coche esperándolo en la calle. Necesitaban que acudiera de inmediato a las oficinas del FBI. Intentó averiguar de qué iba aquello, pero su interlocutor se negó a darle más explicaciones.

Vestido con unos tejanos y una sudadera —eran las dos de la madrugada—, lo trasladaron al mismo edificio anodino en el que había estado yo unos meses antes y lo acompañaron hasta la planta número once. Un agente del turno de noche lo hizo pasar a una sala insonorizada y vacía, en la que sólo había el teléfono de una línea segura y una silla, y allí lo dejó tras cerrar la puerta con llave. Sonó el teléfono, Bradley lo cogió y oyó mi voz al otro extremo de la línea.

Le dije que no teníamos mucho tiempo y que por lo tanto debía escucharme con atención.

—Me llamo Brodie Wilson y soy agente especial del FBI. ¿Entendido?

He de concederle a Ben el mérito que le corresponde: lo asimiló a la primera.

Le dije que al cabo de unas horas iba a marcharme a Bodrum y le hice un breve resumen de la muerte de Dodge. De inmediato, empezó a preguntar por la posible relación que podía tener aquello con la mujer del Eastside Inn, pero lo interrumpí porque aquella investigación no era nuestra preocupación principal. Le dije que lo llamaría desde Turquía, y que su misión consistiría en escuchar atentamente y transmitir todo lo que yo le dijese a un número de diez dígitos que iba a proporcionarle a continuación.

—En ningún momento debes intentar grabar lo que yo diga, en ninguna circunstancia. Te servirás sólo de tu memoria y de las notas que tomes.

Le hablé con más dureza de la necesaria, pero es que estaba preocupado. Si utilizaba un dispositivo de grabación, la versión turca de Echelon lo descubriría y eso activaría todas las alarmas.

—Es posible que te pidan que me envíes mensajes de respuesta: si eso ocurre, actuarás del mismo modo, ¿de acuerdo? Anota el número de diez dígitos...

Ya había empezado a recitárselo, cuando de pronto me interrumpió.

—No es correcto —dijo.

—Sí, sí lo es —repliqué con irritación. Yo también estaba cansado.

—No puede serlo, Scott... quiero decir Brodie. Este prefijo no existe.

—Sí que existe.

—Te estoy diciendo que no... —Intentó discutir, pero yo se lo impedí.

—¡Es un prefijo, Ben! Pero es que la gente no lo conoce, ¿vale? No lo conoce nadie.

—Ah... —dijo por fin.

Terminé de darle el número.

No se lo dije, pero ahora tenía en su poder el número de móvil de alta seguridad del director de inteligencia de Estados Unidos, un número que tan sólo conocían otras cinco personas, una de las cuales era el propio presidente.

Sin saberlo, Ben se había encaramado a la cresta de la ola.

9

El Susurrador también había estado hablando por teléfono. Para cuando terminé con Ben, él ya había organizado otra miríada de detalles, desde un billete de avión y tarjetas de crédito, hasta los objetos inútiles que iban a encontrar en los bolsillos de Brodie Wilson.

Entre el material que convertiría mi nombre en una tapadera creíble, lo más importante de todo era un ordenador portátil que tenía cuatro años de antigüedad y muchas horas de vuelo a la espalda. Contendría un programa de correo electrónico lleno de centenares de mensajes antiguos, tanto particulares como de trabajo, y también documentos y archivos descargados relacionados con casos del pasado.

—Vas a tener que estudiártelo en el avión. Procura familiarizarte con todas estas mentiras —me dijo el Susurrador—. Concéntrate en el archivo que contiene tus fotos de familia. Estás divorciado, pero tienes dos o tres hijos, ahora mismo no recuerdo exactamente lo que les he dicho a los técnicos. Puedes confundirte un poco con investigaciones que hayas llevado a cabo en el pasado, pero con tu familia no sería muy creíble. He dicho que eras todo un padrazo.

—¿Tiene alguna parte encriptada? —pregunté.

—Está protegido con una contraseña y con una clave de bajo nivel, pero podrán descifrarlas rápidamente. Si lo blindásemos, daríamos lugar a demasiadas preguntas incómodas. También te instalarán iTunes y te darán un reproductor MP3. Pero te advierto que los pirados de la agencia tienen un gusto horrible para la música.

—Gracias, es probable que acabe convirtiéndome en un fan del rap —contesté.

De pronto, oí el ruido de unos neumáticos al pisar la grava del camino de entrada y supuse que sería el personal de la oficina de apoyo, que ya había terminado su trabajo y se iba a casa.

—¿Cuándo estará todo listo? —quise saber.

—A las seis de la mañana. Tu ropa, tu pasaporte y tu portátil los entregarán en el puesto de seguridad, y el guardia te los dejará en la cocina.

Ya habíamos dispuesto que yo utilizaría el dormitorio de invitados, lo cual quería decir que podría dormir dos horas antes de ponerme de nuevo en marcha. «Demos gracias a Dios por la adrenalina», pensé.

—El taxi llegará justo antes de las siete —continuó el Susurrador—. Te he organizado una reunión antes de que tomes el vuelo. Los detalles los encontrarás junto con tus cosas.

Tenía una cara que daba lástima, y los dos sabíamos que de ninguna forma iba a estar despierto cuando yo me fuera. Lo único que quedaba era despedirnos.

Cogió todas las notas que habíamos tomado, los cuadernos y los lápices de memoria, los arrojó a la chimenea y les prendió fuego con una cerilla. Estoy seguro de que en el manual no figuraba ninguna sección relativa a destruir debidamente el material clasificado, pero al menos el fuego confirió a aquella estancia una sensación hogareña y contrarrestó un poco el frío que sentíamos ante el reto que afrontábamos.

—Ojalá pudiera estar allí contigo para cubrirte las espaldas —me dijo con sinceridad—, sobre todo cuando te encuentres entre la espada y la pared. Pero no estaré.

—No habrá nadie —repuse.

—En eso tienes razón, estarás solo.

Nos miramos fijamente el uno al otro, y esperé que me tendiera la mano para que yo se la estrechara y para desearme buena suerte, pero no lo hizo.

—Tú no te pareces a mí, no te pareces a ningún agente que haya conocido, Scott. Tu lastre son tus sentimientos.

Reflexioné unos instantes sobre aquel comentario. ¿Que mi lastre eran mis sentimientos? Nadie me había dicho algo así. Sin embargo, había en ello algo de verdad.

—Te lo tomas todo más a pecho de lo que debieras —me dijo el Susurrador—. Y hay circunstancias en las que eso podría ponerte las cosas muy difíciles.

Se volvió para atizar el fuego. Aquello no resultaba agradable de oír, pero tenía derecho a decirlo: era mi jefe.

—Si por alguna razón se va todo a la mierda y tienes la certeza de que van a ir a por ti, no esperes... aprieta el botón de eyección.

—¿Quieres decir que me quite de en medio?

No me respondió, al menos directamente.

—¿Has estado alguna vez en Afganistán? —quiso saber.

—No, nunca —contesté.

—Qué suerte. Yo estuve varios años trabajando en Kabul, en dos ocasiones. Los británicos estuvieron allí cien años antes que nosotros, pero las cosas no eran muy diferentes. Cantaban una canción que decía: «Cuando estés solo y herido en la llanura afgana, / y las mujeres salgan a ver qué ha quedado, / coge tu rifle y vuélate los sesos, / y ve hacia tu dios como todo un soldado.»

Después se encogió de hombros, en un intento de desdramatizar.

—De modo que sí, como decían los soldados ingleses, «coge tu rifle». No merece la pena sufrir, Scott, no merece la pena prolongarlo demasiado.

En aquel momento, supe, sin ningún género de dudas, que el Susurrador había hurgado en los archivos y había leído mi expediente.

10

En realidad, no podía decirse que aquello fuera dormir. Tras pasar unas cuantas horas inquieto tumbado encima de la colcha en la habitación de invitados del Susurrador, me levanté con las primeras luces. Un rato antes había oído cómo se abría la puerta trasera de la casa, de manera que no me sorprendió encontrar la ficción de mi nueva vida aguardándome sobre el mármol de la cocina.

Abrí la desgastada maleta, una Samsonite que se suponía que llevaba varios años utilizando tanto para mis vacaciones con la familia como para los viajes de trabajo, metí dentro el resto del material y regresé al dormitorio.

Después de ducharme, eché un vistazo a la ropa que me habían proporcionado y me agradó descubrir que la mayoría de las prendas tenían etiquetas de tiendas de Nueva York. Alguien sabía lo que hacía. Seleccioné el atuendo que llevaría un agente especial del FBI para viajar a un país exótico. Dicho de otro modo, me vestí como si me dirigiera a la oficina, pero omití la corbata. Examiné la billetera de piel que contenía las tarjetas de crédito, me la guardé en el bolsillo y eché una mirada al pasaporte.

En algún momento de la noche anterior, el Susurrador me tomó una fotografía contra un fondo blanco y la mandó por correo electrónico a Langley, la sede de la CIA. Al observar ahora la foto, pegada en aquel librito manoseado, tuve que reconocer que los técnicos habían hecho un trabajo extraordinario con su potentísima versión de Photoshop. El pelo aparecía peinado de un modo distinto, y se me veían menos arrugas alrededor de los ojos. Era yo, sólo que cinco años más joven.

Repasé mis posesiones por última vez, metí la ropa y los artículos de aseo en la Samsonite y me volví hacia el maletín que también me habían proporcionado. Dentro guardé mi documentación de viaje, el pasaporte, el portátil y un libro que parecía estar a medio leer y que me habían dado para el trayecto. Al mirar la portada sonreí.

Supongo que alguien se habría devanado los sesos para deducir qué utilizaría un agente especial del FBI para entretenerse durante un vuelo largo, y llegó a la conclusión de que lo ideal sería una sesuda obra que tratara de la ciencia de la investigación. Era mi libro. He de decir que me sentí complacido, y no por vanidad, sino porque aquello significaba que no iba a tener que tragarme una novela para cubrir la remota posibilidad de que un guardia de frontera me hiciera preguntas sobre ella.

Encima del libro puse la Beretta de nueve milímetros, ya enfundada en la sobaquera —el modelo estándar del FBI—, junto a la caja de munición que también me habían proporcionado. Aquello era lo primero que iba a tener que mostrar en el control de seguridad del aeropuerto, junto con el documento que estaba guardado en la billetera y que me autorizaba a llevarla encima «en cualquier circunstancia».

Cerré la puerta sin hacer ruido y, vestido con la ropa de otro hombre, abandoné la casa y salí a la luz mortecina que se filtra entre el alba y la mañana. Pasé por delante del guardia de seguridad, que estaba dentro de su caseta, pero se limitó a seguirme unos instantes con la mirada y luego volvió a lo suyo. Mi taxi estaba esperando al otro lado de las verjas automáticas; metí la maleta y el equipaje de mano en el asiento trasero, y subí al coche.

El Susurrador lo había organizado todo para que el taxi me llevase a la reunión que había concertado para mí, pero yo ya había decidido modificar aquellos planes. Le dije al taxista que se dirigiera a Union Station y me dejase en las oficinas de alquiler de coches. Quería hacer una prueba con el pasaporte, el carnet de conducir, las tarjetas de crédito y todo lo demás que recordé llevar dentro de la billetera de Brodie Wilson. Si alguien la había cagado, era mejor averiguarlo estando todavía en Washington que en el control de documentación del aeropuerto de Estambul.

Todo funcionó sin problemas, y pocos minutos más tarde estaba ya introduciendo la dirección donde debía celebrarse mi reunión en el sistema de navegación del automóvil, e incorporándome al intenso tráfico matinal.

Al cabo de cuarenta minutos, atravesé las puertas de una granja de caballos de Virginia, recorrí un largo camino de entrada para coches y me detuve frente a una bonita casa de campo. Casi inmediatamente, salió un hombre a recibirme. Tenía ochenta y pocos años y vivía solo en aquella inmensa finca —su esposa había fallecido diez años atrás, y desde entonces ya no tenía caballos—, y se alegró mucho de poder pasar un par de horas charlando conmigo del trabajo de su vida.

Ganador de un premio Nobel, hubo una época en que fue el virólogo más importante del mundo e integrante del equipo que tiempo atrás había trabajado en la erradicación de la viruela. Le habían dicho que yo era un investigador del FBI que estaba llevando a cabo un análisis de armas biológicas. Lo cierto era que el Susurrador quería que yo estuviera lo mejor informado posible, con la esperanza de que algún minúsculo detalle, algún fragmento de información, resultara ser de importancia crucial posteriormente. O era una idea genial, o indicaba lo desesperado que estaba, elijan ustedes.

El viejo se dirigió a su biblioteca y sacó varios números de revistas científicas y cuadernos descoloridos que contenían sus apuntes de investigación. Mientras leía aquella información, le pregunté si alguien había estado cerca de conseguir una cura para alguna variante de la viruela.

Él lanzó una carcajada, esa risa seca y rasposa que tienen algunas personas mayores cuando ya no les queda mucho de vida.

—Cuando el virus fue erradicado, la ciencia perdió el interés. Todo el dinero y la investigación se invirtieron en el sida, que era donde estaba la gloria. No se concedieron becas porque no existía una necesidad acuciante, y no se encontró la cura porque no había investigación —explicó.

—De modo que lo único que se necesita son media docena de infectados suicidas para encontrarnos ante una catástrofe total —repliqué.

El viejo me miró como si estuviera loco.

—¿Qué ocurre? —le pregunté.

—¿Vectores humanos? —dijo—. ¿A eso se está refiriendo? Y dígame, ¿cómo van a llegar hasta aquí esos infectados suicidas: en carros con ruedas de piedra?

—¿Qué quiere decir? —No lo entendía.

—Hace cuatro mil años, los hititas enviaron a unos cuantos hombres infectados de peste a las ciudades de sus enemigos. Que yo sepa, ésa fue la última vez que se utilizaron vectores humanos en la guerra biológica.

Tal vez hubiera ganado un premio Nobel, pero su conocimiento de la Historia no me pareció exacto.

—No, todos los estudios llevados a cabo por el gobierno se han basado en que algunas personas se introduzcan en el país...

Su cabeza en forma de calavera empezó a agitarse con rabia.

—¡Eso es porque los del gobierno no saben una mierda! —exclamó—. Incluso a los soldados británicos, que no eran precisamente unos genios científicos, se les ocurrió la idea de usar material contaminado para exterminar a los indios nativos americanos.

—¿Quiere decir mantas...?

—Pues claro que quiero decir mantas; mantas de hospital contaminadas de viruela. Eso sucedió hace casi trescientos años, y desde entonces las cosas han avanzado mucho. ¿No lee usted los periódicos? Todas las semanas sale algún caso: comida para perros envenenada que llega desde China, contenedores en el muelle llenos de pasta de dientes adulterada, incluso se han importado potitos infantiles contaminados de melamina. Y si eso son «accidentes», imagínese lo fácil que sería hacer lo mismo de forma deliberada.

Me miró para ver si lo seguía, y tuve la impresión de que llevaba varios años dando la voz de alarma, pero nadie le había hecho caso.

—Continúe —le dije.

Bajó el tono, pero no debido al cansancio ni a la edad, sino a la resignación.

—Mire, en este país ya lo hemos subcontratado todo. Nosotros no fabricamos nada. Cuando se depende tanto de las importaciones, no existe seguridad, seguridad auténtica. ¿Quién cojones iba a tomarse la molestia de enviarnos vectores suicidas? No soy un alarmista, sino un científico, y lo que digo es que puede usted olvidarse de los vectores humanos. Se trata de simple contaminación. Busque algo normal y corriente, y envíe su agente patógeno desde el extranjero, ésa es la nueva versión de la manta de los británicos. Así es como actuaría un enemigo moderno e inteligente.

Se pasó la mano por donde antes debió de tener cabello.

—Yo ya soy viejo y estoy cansado, pero sucederá, y sucederá tal como acabo de explicarle. Un escritor llamado Robert Louis Stevenson dijo en una ocasión que, tarde o temprano, todos nos sentamos frente a un banquete de consecuencias. Y tenía razón. De manera que vaya trayendo una silla y cogiendo sus cubiertos, porque se acerca el momento de que todos nos sentemos a comer.

11

Cuando llegué a la granja de caballos, aún conservaba la fe. Creía en el rock and roll, en el sueño occidental y en la igualdad de los seres humanos. Pero sobre todo creía en una red mundial de captura capaz de dar con un árabe fugitivo y en que los controles de temperatura en todas las fronteras evitarían que explotase la granada.

Sin embargo, cuando salí de allí seguía teniendo fe en el rock and roll, pero en poca cosa más. Aquel anciano de piel traslúcida y gestos impacientes me había convencido de que lo que él había denominado «enemigo moderno e inteligente» jamás sería atrapado acorralando a los sospechosos habituales. Y de que tampoco habría ningún vector suicida.

Cuando dejé atrás el camino de entrada bordeado de árboles y me dirigí al aeropuerto, me di cuenta de que estábamos persiguiendo a una nueva clase de terrorista. Vi el futuro, y supe que la época de los fundamentalistas y los fanáticos ya había quedado atrás, que en su estela estaba surgiendo una nueva generación de terroristas, y probablemente el tipo que había conseguido sintetizar una nueva cepa de viruela, un hombre muy culto y experto en tecnología, era el primer ejemplar. Los cavernícolas que utilizaban cinturones de explosivos y aviones de pasajeros convertidos en misiles estaban tan anticuados como los teléfonos fijos. Aquel hombre era la banda ancha. ¿Que además trabajaba en solitario? Pues si aquello lo había hecho él solo, desde luego representaba un logro todavía más asombroso.

A nadie le gusta pensar que tal vez haya tropezado con la horma de su zapato, y menos todavía a un agente de inteligencia seleccionado y entrenado para ser el mejor en el campo de batalla, pero aquello era lo que más me temía cuando llegué al aeropuerto. Y debo decir que, a medida que el Sarraceno y yo nos fuimos estrechando el cerco el uno al otro en las semanas que siguieron, no vi nada que me hiciera creer que mi impresión inicial estaba fuera de lugar: aquel hombre habría sido brillante en cualquier actividad que hubiera escogido desempeñar.

Así pues, mi ánimo estaba por los suelos cuando devolví el coche de alquiler, pasé el control de seguridad y subí a bordo del avión que me llevaría al aeropuerto de LaGuardia de Nueva York. Desde allí cogí un taxi hasta el JFK —ahora era un agente en activo que llegaba exactamente igual que cualquier agente federal que tuviera su base en Manhattan— y tomé el vuelo a Estambul con apenas veinte minutos de margen.

Las seis horas siguientes las pasé con la cabeza enterrada en los correos electrónicos, las fotografías y los apuntes que formaban el esqueleto de la vida de Brodie Wilson. Sólo cuando hube enriquecido un poco el contenido, es decir, cuando acabé de poner nombre a mis hijos, de asignarles fechas de nacimiento que fuera capaz de recordar incluso bajo tortura y de escuchar la horrorosa música que me habían cargado en el reproductor MP3, cerré el ordenador y eché el asiento hacia atrás.

No iba a dormir. Quería reflexionar sobre la otra cosa que ocupaba mi pensamiento: el contenido de mi expediente.

12

He visto a hombres tan asustados que se cagan encima. He visto a hombres que están a punto de morir y tienen una erección. Y sin embargo, sólo en una ocasión he visto a un hombre tan aterrorizado que hizo las dos cosas al mismo tiempo.

Era un recluso de Jun Yuam, la prisión que la CIA oculta en la jungla sin ley que se extiende a lo largo de la frontera de Tailandia y Birmania. Como ya he mencionado, estuve allí de joven porque uno de los guardias había muerto en circunstancias cuestionables y, dada la índole de las oscuras artes que se practicaban dentro de sus muros y del alto valor que tenían los que se hallaban allí presos, era necesario investigar toda muerte que se saliera de lo habitual. En eso consistía mi trabajo, a pesar de lo novato e inexperto que era entonces.

El guardia militar fallecido —un estadounidense de ascendencia lituana conocido como Smokey Joe— era un individuo desagradable, el típico tío capaz de partirte el brazo y noquearte por no haberlo saludado al pasar. Lo encontraron flotando en un remanso del río, que en aquella época llevaba mucho caudal debido a los monzones, y aunque alguien se había tomado muchas molestias para que pareciese que se había caído de un destartalado puente de cuerda, yo no quedé convencido.

Elegí a un interrogador de la CIA entre el personal de la cárcel porque era más o menos de la misma estatura que Smokey Joe, y sin decirle nada le pedí que me acompañase a ver el puente. Se sumaron otros diez o doce colegas suyos y un número aún mayor de guardias. Todos parecían esperar que yo explicase mi teoría sobre lo ocurrido. Sin embargo, en lugar de eso me limité a llevar conmigo una larga cuerda elástica. El de la CIA, demasiado preocupado por verse expuesto al ridículo ante sus compañeros, protestó cuando le até un extremo de la soga a un tobillo, sujeté el otro a un grueso tronco y le dije que saltara. Saltó o simulamos que alguien lo empujaba cinco veces, y rápidamente demostramos dos cosas: la primera, que en aquellas circunstancias habría sido imposible que Smokey Joe hubiera dejado el rastro de sangre que encontré yo sobre una roca a mitad de la caída, y la segunda, que el interrogador no tenía mucho estómago para lanzarse de forma improvisada desde un puente.

La salpicadura de sangre indicaba que el guardia tuvo que salir disparado desde arriba como una jabalina, operación para la que, dada su corpulencia, se habrían necesitado dos hombres. No fue difícil deducir quiénes eran los sospechosos: aquel puente lo utilizaban sólo los guardias de la prisión para ir a comprar licor barato a un campamento de contrabandistas que había en la cercana frontera, pero también lo usaban los correos de opio que querían eludir las patrullas militares de la carretera. Opté por los correos de opio.

Varios días después, me escondí bajo una cornisa de piedra que había cerca del puente, junto con seis soldados de las Fuerzas Especiales adjuntos a la CIA. Justo antes de que se pusiera el sol, oímos que se acercaba alguien: un individuo de aspecto duro que, a juzgar por sus facciones, llevaba en la sangre una buena dosis de herencia de las tribus de las montañas. Venía descalzo y sin camisa, y a la altura de las costillas tenía una cicatriz alargada, que probablemente le había dejado un machete. Llevaba un viejo fusil de asalto M16 al hombro, además de una mugrienta mochila con un dibujo de Mickey Mouse, en la que sin duda transportaba paquetes de opio n.º 2 envueltos en trapos, que iniciaban así el largo viaje que los llevaría hasta las calles de América y de Europa.

Venía silbando una canción de Elton John, y ya podía ver sus dientes llenos de manchas cuando, de repente, los soldados de las Fuerzas Especiales le cerraron el paso. La canción *Crocodile rock* se interrumpió de golpe, el M16 se le cayó al suelo, y el tipo no tuvo tiempo siquiera de sacar su largo machete. Me miró fijamente, con una mezcla de odio y actitud desafiante. Era un tipo con mucha labia, y empezó a explicarme que rara vez utilizaba aquella ruta y que una semana atrás se encontraba en Chiang Mai, pero al cabo de dos minutos me di cuenta de que estaba mintiendo.

Decidí llevarlo a la prisión, convencido de que después de pasar unos cuantos días encerrado en el calor asfixiante de una de las celdas de confinamiento en solitario tal vez se mostrara más dispuesto a colaborar. Los de la CIA, sin embargo, pensaban de un modo muy distinto. Smokey Joe caía simpático a la mayoría porque siempre se presentaba voluntario para golpear a los presos sin que se lo pidieran dos veces, y no les apetecía perder el tiempo interrogando al sospechoso o pidiendo permiso a un novato de la División para sonsacarle información.

Decidieron hacer uso de lo que sus manuales denominaban tímidamente «técnicas de interrogatorio mejoradas», y llenaron una enorme bañera de hormigón que había en el hospital de la cárcel. Sólo cuando el agua llegó al borde metieron en ella al correo, con los ojos vendados y grilletes en las manos y en los pies.

Casi de inmediato me arrepentí de no haberles dicho que el encargado de aquel caso era yo, y que volvieran de una puta vez a sus jaulas. Vale, uno puede convencerse de que en la vida las normas son distintas cuando se trabaja por el interés de la nación, pero aquello no tenía absolutamente nada que ver con dicho interés. Ahora, visto en retrospectiva, pienso que me sentí intimidado o que simplemente deseaba formar parte del equipo, la «psicología del grupo pequeño», como lo llaman los expertos. Fuera como fuese, para mi vergüenza, no dije nada.

En calzoncillos y con los ojos vendados, el correo no tenía la menor idea de dónde estaba ni de lo que ocurría, de modo que cuando lo amarraron boca arriba a un tablón y lo levantaron del suelo ya era presa del pánico. Cuatro hombres, obviamente duchos en aquella técnica, lo trasladaron hasta la bañera, lo apoyaron en el borde y lo inclinaron hacia atrás de tal forma que la cabeza, excepto la nariz y la boca, quedara sumergida en el agua. El prisionero intentó forcejear sin éxito, y por su manera de jadear quedó claro que imaginaba que en cualquier momento iban a sumergirlo un par de centímetros más para ahogarlo.

Otros dos interrogadores tomaron posiciones a uno y otro lado del prisionero: uno le tapó la nariz y la boca con una toalla, y, cuando la tuvo firmemente sujeta, el otro le arrojó encima un gran cubo de agua. El líquido tardó unos instantes en empapar el tejido y después comenzó a penetrar en la garganta inclinada del prisionero. El agua en el interior de la tráquea, combinada con la sensación de que una ola le golpeaba la cara, lo convenció definitivamente de que le habían sumergido la cabeza y se estaba ahogando. Lo invadió el reflejo de vomitar, incontrolable, al tiempo que luchaba por impedir que le entrase agua en los pulmones...

Pero los interrogadores no dejaban de echarle agua, y la sensación de ahogo dio lugar a un terror todavía más acentuado: las arcadas se transformaron en una serie de espasmos y continuaron sin cesar hasta que el hombre tuvo una erección —visible con toda nitidez a través de los calzoncillos— y defecó en la bañera.

Los de la CIA rompieron a reír; en cambio, yo me quedé mirándolo. Me sentía abrumado por la vergüenza y la ignominia, y experimenté cada uno de aquellos espasmos como si fuera yo el que estuviera amarrado a aquel tablón sin poder moverse. Hay quien afirma que la compasión es la forma más pura de amor, porque no espera ni exige nada a cambio; no sé si fue compasión lo que sentí ese día por aquel correo de la droga tailandés, pero puedo decir con certeza que jamás había presenciado un terror semejante. Lo único que pensé fue que seguramente aquel hombre era mejor persona que la mayoría. La boca seca, el pánico que me aceleraba el corazón y el sudor que me empapaba el cuerpo me hicieron comprender que yo no habría sido capaz de soportar aquello ni la mitad de tiempo que lo soportó él. Me entraron ganas de vomitar.

Por fin los agentes hicieron un alto. Le quitaron la toalla de la cara, le dejaron la venda en los ojos y le preguntaron si quería hablar. Pero el prisionero, demasiado alterado para poder pronunciar palabra, luchando por cada bocanada de aire e intentando soltarse las ataduras con movimientos espásticos, no acertó a decir nada. El jefe de los de la CIA indicó a sus hombres que volvieran a ponerle la toalla y que continuaran.

Entonces fue cuando recuperé el habla.

—Déjenlo ya, o los denunciaré a todos —solté, procurando ser lo más frío e implacable posible.

Se volvieron todos hacia mí y me miraron fijamente. En aquel momento no tenía muchas alternativas: o ganaba la partida o me quedaba castrado para el resto de mi carrera.

—Si quieren, puedo solicitar un Análisis de Incidentes Críticos. ¿Quieren verse obligados a intentar explicar qué relación tiene este hombre con la seguridad nacional? Kramer, ¿quiere ser usted el primero?

Tras unos instantes que se me antojaron una eternidad, el jefe, Kramer, les ordenó que le quitasen la toalla y le retirasen la venda de los ojos al prisionero. El correo se volvió hacia mí: resultó patético ver lo agradecido que estaba aquel tipo duro lleno de cicatrices de machete, que probablemente creía que no tenía problemas para aguantar el dolor.

—¿Quieres ya contarnos lo que sucedió? —le pregunté.

El tailandés asintió con la cabeza, pero no pudo evitar que le siguieran temblando las manos: habían acabado con él, estaba claro. Años más tarde, cuando la CIA le hizo lo mismo a Jalid Sheij Mohamed —el jefe militar de Al Qaeda—, éste estableció un nuevo récord mundial al aguantar dos minutos y medio. Aquel correo había durado veintinueve segundos, que era más o menos la media.

Cuando lo desataron del tablón y lo arrojaron al suelo, nos dijo que estuvo en el puente con dos hermanos suyos. Dirigían el tráfico de opio de aquella parte del país y preparaban la droga en su propio laboratorio. Eran los que habían decidido convertir a Smokey Joe en una jabalina humana. Afirmó que él en ningún momento le había puesto la mano encima, y me dio la impresión de que estaba diciendo la verdad.

Explicó que aquel guardia había ideado una manera fácil de ganar dinero asaltando a los correos de la droga cuando cruzaban el puente, y que así había convertido aquel desvencijado paso del río en la primera autopista de peaje de Tailandia. Al principio, se conformaba con desenvolver los paquetes de opio y sisar un poco —«comprobación del género», por así decirlo—. Luego canjeaba aquella pequeña cantidad de droga por alcohol, que más tarde vendía en la cárcel. Por supuesto, se volvió avaricioso, y las pequeñas cantidades se transformaron en porciones enormes, tan grandes que al final los dos hermanos decidieron que aquella autopista de peaje no le convenía nada al norte de Tailandia.

Habíamos encontrado la explicación que buscábamos, y, aunque no se iba a llevar a cabo ningún Análisis de Incidentes Críticos, todos tuvimos que presentar nuestra versión del caso a nuestros superiores. Estoy seguro de que el relato de la CIA aseguraba que habían empleado un uso razonable de la fuerza, mientras que el mío, naturalmente, decía todo lo contrario. Aquello habría dado por zanjado el asunto —¿quién en la comunidad de inteligencia se habría preocupado por un correo de la droga tailandés?—, de no haber sido porque había una parte del informe de la CIA que yo no iba a poder discutir.

Kramer debió de declarar que vio miedo en mi expresión, que por lo visto me preocupé tanto por el individuo al que estaban interrogando que tenía el cuerpo rígido y cubierto de sudor. Quizá incluso cuestionó mi valor y mi idoneidad para prestar servicio en primera línea. A su manera, probablemente estaba diciendo que mi lastre eran mis sentimientos.

Fue aquel informe el que quizá leyó el Susurrador cuando ordenó que sacaran mi expediente de los archivos y se lo llevaran. He tenido muchos años para estudiar mis debilidades, y he de admitir que lo que me dijo el Susurrador en el momento de despedirnos probablemente era verdad: para mí, el sufrimiento no valía la pena, era mejor ponerle fin cuanto antes.

Miré por la ventanilla y distinguí la amplia silueta del Bósforo y las cúpulas de las imponentes mezquitas de Estambul. El avión aterrizó y se deslizó por la pista. Estaba en Turquía.

13

El estruendo de los viejos aviones de pasajeros retumbaba en el asfalto de otro aeropuerto: en esta ocasión se trataba del de Islamabad.

El Sarraceno había seguido la carretera transafgana hasta Kabul, y allí se encontró de repente en el infierno: la capital estaba llena de soldados norteamericanos y de la coalición, y sometida a la amenaza constante de las bombas de los terroristas suicidas.

Tras un día entero dedicado a la oración y a un descanso que le resultó difícil conseguir, viajó por la trillada ruta de las invasiones que llevaba a Pakistán, cruzó la frontera en medio de una riada de viajeros como él y continuó hasta Peshawar y, desde allí, hasta Islamabad.

El vuelo a Beirut salió con retraso —todos los vuelos que partían de Pakistán salían con retraso—, pero no le importó. Estaba a salvo. Si los norteamericanos, o los australianos, o quienesquiera que fuesen los que habían estado a punto de capturarlo en la aldea en ruinas, se las hubieran arreglado de algún modo para descubrir su identidad, lo habrían detenido en el momento en que entregó su pasaporte en el mostrador de facturación.

Sin embargo, dicha operación transcurrió con toda normalidad: un vistazo al pasaporte, otro al billete, y por último la breve charla obligatoria mientras el empleado esperaba a recibir su «propina» a cambio de cerciorarse de que la maleta facturada se enviaba a Beirut en lugar de a Moscú. Pagó el soborno de rigor y se encaminó hacia la puerta de embarque. Por todas partes se veían hombres vestidos de uniforme y fuertemente armados, pero no había nada que pudiera considerarse seguridad de verdad: como de costumbre, demasiadas armas y poco cerebro.

Subió al avión, voló a Beirut, regresó a su sombrío apartamento de El Mina y se puso a trabajar de inmediato. Se había despedido del hospital unos meses atrás, pero antes de marcharse realizó una incursión en su caótico almacén de suministros y se llevó dos trajes protectores de color blanco con sus reguladores de aire, varias cajas que contenían diez mil viales de cristal que él mismo había encargado especialmente para lo que se proponía hacer y un libro con los resguardos oficiales de envío del hospital.

Todas estas cosas las había guardado en su garaje. Se puso uno de los trajes y, tras conectarle una botella de aire comprimido, empezó a fabricar tantos viales de su supervirus como pudo. Tal vez fuera a causa de los espectaculares resultados que había visto en el Hindu Kush, o gracias a que cada vez iba adquiriendo más pericia, pero avanzó mucho más deprisa de lo que esperaba.

Día tras día, trabajando con grandes tanques farmacéuticos que había modificado para convertirlos en una especie de biorreactor improvisado, fue transfiriendo aquel mortífero virus a las ampollas de cristal, selló los tapones de caucho con una máquina especial que había adquirido ex profeso y las fue guardando en refrigeradores industriales que había comprado de segunda mano en Beirut.

Cuando ya casi tenía preparada aquella remesa, se tomó un día libre para viajar a Beirut. Hizo cola durante dos horas para comprar un teléfono móvil recién salido al mercado, el que aparecía en una película de Hollywood y todos los chavales querían tener. Lo abonó en efectivo, y luego recorrió varios kilómetros andando para comprar una tarjeta SIM de prepago que le proporcionaría servicio durante un año. Lo único que quedaba por hacer era envolverlo para regalo.

El viernes siguiente, tras la oración, se lo regaló a otro de los fieles que acudían a la mezquita, un adolescente con quien había trabado amistad poco después de llegar a El Mina. Aquel chico le recordaba mucho a sí mismo cuando tenía su edad: huérfano de padre, profundamente religioso y lleno de sueños descabellados acerca de la irresistible ascensión del islam.

El muchacho era tan pobre que, cuando retiró el envoltorio y vio el regalo, abrió los ojos como platos, apenas pudo creer que aquello fuera suyo. El Sarraceno le explicó que pensaba marcharse de El Mina para buscar trabajo y una nueva vida en una de las comunidades musulmanas de Europa, que estaban creciendo rápidamente. Aquel teléfono era un regalo para que se acordase de él, y lo único que le pedía a cambio era que le hiciera un sencillo favor.

—Cuando haya encontrado un sitio donde vivir, te llamaré a este teléfono, buscaré la forma de enviarte una llave y te pediré que le abras mi garaje a un mensajero de Beirut que vendrá a recoger unas cajas. ¿Me has entendido?

El chico asintió con la cabeza y repitió las instrucciones a la perfección. En el mundo musulmán, los hombres —incluso los jóvenes— se toman las obligaciones de la amistad mucho más en serio que los occidentales, y al Sarraceno no le cupo duda de que aquel muchacho cumpliría su encargo al pie de la letra. Con lágrimas en los ojos y sin tener la menor idea del plan del que ahora formaba parte, el muchacho abrazó al Sarraceno, un hombre que a menudo había deseado que fuera su padre.

El Sarraceno se marchó sin mirar atrás. Ya había hablado con el mensajero de Beirut, quien dos veces por semana llegaba al hospital con su camioneta refrigerada para recoger o entregar bolsas de sangre y medicamentos. Le explicó que, en su garaje, tenía unas cajas de material médico que en un futuro próximo necesitaría que le fueran enviadas, y le rogó que permaneciera atento a la llamada que recibiría.

En cuanto completó aquellos preparativos, el Sarraceno regresó a su apartamento y entró en el garaje. Los instrumentos de secuenciado de genes, los trajes protectores y los demás equipos ya no estaban: los había destruido y quemado hasta que quedaron reducidos a un amasijo irreconocible, y luego los cargó en su coche y los llevó al vertedero local. Cuando regresó, metió los viales sellados que contenían los virus en cajas, las precintó y pegó los resguardos de envío del hospital. En la casilla apropiada, marcó la opción de «vacuna caducada». La dirección exacta a la que iban a enviarse tendría que esperar un poco, porque aún no la sabía, pero estaba seguro de que el chico al que había regalado el teléfono sabría anotarla cuando llegara el momento.

Introdujo las cajas en el refrigerador, cerró el garaje con llave y subió a su vivienda. Sudando, recogió las pocas cosas que le importaban de verdad —fotos, recuerdos y pequeños objetos que habían pertenecido a su mujer y a su hijo—, y las puso en una caja de embalar que guardaría en un trastero cerrado que había alquilado en Beirut. Casi había terminado cuando llegaron tres hombres de una organización local de beneficencia con una camioneta para llevarse la cama, la mesa y otros muebles de la casa. Lo cargaron todo en la camioneta, y el Sarraceno se quedó solo en su apartamento vacío.

Por última vez, recorrió con la mirada las dos habitaciones... Habían sido unos años buenos, años productivos. Y también años de soledad. Había vivido momentos en los que echó tanto de menos a su mujer y a su hijo que el dolor que sentía era casi físico. Sin embargo, ahora, viéndolo en retrospectiva, pensó que tal vez el modo en que habían salido las cosas hubiera sido para bien. No, claramente había sido para bien. Era la voluntad de Alá.

Sin que nadie lo supiera, había fijado una fecha para la «Muerte Blanda de América». Iba a ser un día histórico, un día que perviviría en la memoria de los hombres mucho después de que él hubiera muerto. La fecha señalada era el 12 de octubre, el Día de la Hispanidad, el día en que un europeo, Colón, descubrió América, el día en que comenzaron todos los verdaderos problemas del mundo.

Resultaba de lo más apropiado, se dijo con placer, que las generaciones futuras marcasen aquella misma fecha como el principio del fin del enemigo lejano.

Había trabajado con ahínco, pero si quería cumplir con la fecha señalada no tenía tiempo que perder. Salió por la puerta, hizo girar la llave en la cerradura y puso rumbo a Alemania.

14

Pasé sin dificultades por la oficina turca de inmigración y, cuando llegué a la recogida de equipajes, mi Samsonite ya estaba en la cinta. Al acercarme a cogerla, me di cuenta de que aún no había llegado ninguna otra maleta correspondiente a mi vuelo. Deduje lo que había ocurrido: la mía había sido descargada primero y la habían enviado a la oficina local de la MIT, la agencia nacional de inteligencia turca, para inspeccionar y fotografiar su contenido.

No me sentí ofendido. Supuestamente, yo era un agente federal de una potencia extranjera, y era comprensible que se tomasen un interés especial por mí, pero, por Dios, ¿no podrían por lo menos haber actuado de una forma más profesional y haber enviado mi maleta a la cinta junto con el resto de los equipajes de mi vuelo? Recorrí con la vista la sala de aduanas y no vi a nadie que diera la impresión de tenerme vigilado. Lo más probable es que estuvieran en alguna oficina de la planta superior, observándome por una de las cámaras del circuito cerrado de televisión.

Atravesé la aduana sin que nadie me dijera nada, me zambullí en un mar de falsos taxis y encontré el autobús de enlace que me llevó a la terminal de vuelos nacionales. A su lado, la internacional parecía desierta: había hombres cargados con grandes recipientes de cobre a la espalda que vendían té de manzana, improvisados quioscos de pastas rebosantes de azúcar y otros en los que se asaban castañas en braseros de carbón. Daba igual que la temperatura rondase los treinta y ocho grados, el calor que despedían lo golpeaba a uno como si acabara de chocar con una pared de ladrillos, y los bomberos habrían tardado una semana en sortear a la muchedumbre.

Me incorporé a la cola que había frente al mostrador de facturación de Turkish Airlines, y por fin conseguí avanzar poco a poco hasta que tuve delante a una joven toda enjoyada con oro, excesivamente maquillada y cubierta con un llamativo pañuelo que ocultaba su cabello —según el islam, la corona y el esplendor de la mujer—. La chica cogió mi maleta, cambió mi billete por una tarjeta de embarque y me indicó en qué dirección se encontraba la puerta a la que debía dirigirme.

La fila del control de seguridad era kilométrica, pero me las ingenié para saltármela acercándome a uno de los supervisores y diciéndole, en inglés y con las pocas palabras de turco que conocía, que portaba un arma. Enseguida me acompañaron hasta una oficina sin ventanas en la que cinco individuos, todos trajeados y fumando un pitillo tras otro, examinaron mi pasaporte, la placa de la agencia y otros documentos, entre ellos la copia de una carta de la Casa Blanca dirigida al presidente de Turquía, en la que se le daba las gracias por ayudar al FBI «en este triste y desafortunado asunto».

Ése fue el documento que obró el milagro. Dos de aquellos individuos hicieron venir inmediatamente un vehículo eléctrico que me trasladó hasta la puerta de embarque del vuelo a Milas-Bodrum. Era el primer pasajero en llegar, de modo que aún tenía por delante bastante más de una hora hasta que nos permitieran embarcar. Pensé en abrir el ordenador portátil y seguir estudiando casos antiguos. Pero no tuve oportunidad.

Nada más sentarme, levanté la vista hacia un monitor de televisión suspendido del techo. Un canal de noticias turco estaba emitiendo imágenes de unas montañas de Afganistán. Imaginé que sería otra noticia más acerca de aquella guerra interminable, y estaba a punto de perder el interés cuando, de pronto, pasaron a mostrar el diagrama de una maleta y de los elementos que se necesitaban para fabricar una bomba casera.

En aquel instante supe que el Susurrador había filtrado la información de que el Sarraceno pretendía comprar polonio-210, y, aunque carecía de pruebas directas, tuve la seguridad de que lo había hecho para que coincidiera con mi llegada a Turquía. No era de extrañar que los agentes de la MIT de llegadas internacionales hubieran sido tan torpes con mi maleta: seguramente, la noticia de última hora de la alerta terrorista internacional más importante que se había dado en los últimos años los distrajo. Sonreí con callada admiración. Las maniobras como aquélla eran las que definían a un buen director de agentes: orquestar una distracción perfecta para que su hombre sobre el terreno pasara inadvertido.

Me levanté y pregunté a la azafata del mostrador si podía prestarme el mando a distancia del televisor. Pasé una hora entera —mientras la sala de embarque iba llenándose con los demás pasajeros— navegando por la BBC, la CNN y la MSNBC, por Al Jazeera, Sky News, Bloomberg y otra media docena de canales de noticias de habla inglesa que seguían el asunto del detonante nuclear. Como es habitual en estos casos, solían dar la misma cantidad de información reciclada una y otra vez, pero de vez en cuando añadían un fragmento más para que los presentadores y los expertos lo desmenuzaran con renovado interés. Iban a enviar a más de dos mil agentes de inteligencia a Afganistán y a Pakistán; los gobiernos de Arabia Saudí, Irán y Yemen habían ofrecido su colaboración; la Casa Blanca anunció que el presidente emitiría un mensaje a la nación.

Yo estaba deseando ver qué decía Grosvenor, pero, justo cuando los de la prensa se pusieron de pie y la cámara mostró un plano del presidente acercándose al atril, se oyó la última llamada para mi vuelo.

Devolví el mando a distancia, recorrí el puente de embarque, busqué mi asiento, y, cincuenta minutos después, vislumbré las aguas azul turquesa del mar Egeo, probablemente el más bello del mundo, mientras describíamos un amplio círculo para aterrizar en el aeropuerto de Milas. Bodrum se encontraba a unos cuarenta kilómetros tierra adentro, y, después de pasar por el ritual de recuperar una vez más mi Samsonite —en esta ocasión no hubo ninguna ayuda «invisible» por parte de la MIT—, me dirigí a los mostradores de las compañías de alquiler de coches.

Me llevó una eternidad. Por lo visto, los ordenadores no habían llegado aún hasta la frontera de Turquía, de manera que todo el papeleo hubo de hacerse a mano y fue necesario pasar copias a diversos mostradores. Por fin me trajeron a la entrada un Fiat de cuatro puertas, y después de que —con la ayuda de dos de los empleados— lograra poner en inglés el sistema del navegador, salí del aeropuerto y tomé la carretera a Bodrum. Salir de Milas me llevó más tiempo del que esperaba. Había un gran atasco, y cuando por fin llegué a lo alto de un cerro comprendí la razón: allí delante había un convoy formado por varios camiones de dieciocho ruedas pintados de colores brillantes. El circo había llegado a la ciudad... en sentido literal.

No se trataba de un espectáculo de segunda fila: era el Circo Estatal Turco en todo su esplendor. Según aseguraba el cartel publicitario que llevaba uno de los camiones, constaba de «un centenar de saltimbanquis, ochenta acróbatas y trapecistas, y cuatro encantadores de serpientes». Por suerte, al llegar a las afueras de Milas se desviaron hacia un descampado en el que estaban levantando la enorme carpa, el atasco se deshizo y pude pisar el acelerador.

Unos diez kilómetros más adelante, bajé la ventanilla para que la cálida brisa acariciara mi rostro y me envolviera con el aroma de los pinos y la promesa de otra misión letal. Sí, hacía mucho que estaba retirado y que mis heridas habían cicatrizado. Estaba solo y viviendo una complicada mentira. Pero había una parte de mí que se sentía tan profundamente viva que todo aquello resultaba embriagador.

15

El coche iba tragándose los kilómetros rápidamente. Dejé atrás olivares y pueblecitos de casas cubistas de color blanco, y a lo lejos, en las colinas, divisé molinos desvencijados que en otro tiempo habían servido a los campesinos para moler el trigo, pero por ninguna parte vi asomar lo único que necesitaba.

Estaba buscando un sitio donde detenerme sin levantar sospechas, el típico sitio en el que se detendría un agente del FBI recién llegado para disfrutar del sol y leer los mensajes de su móvil. Unos cuantos kilómetros más adelante, tras dejar atrás un pueblo algo más grande con una pequeña mezquita y un animado mercadillo rural —que no había cambiado en muchos siglos, a juzgar por su aspecto—, doblé una curva y vi surgir a mi derecha un café con vistas panorámicas: había llegado a la costa.

Entré en el aparcamiento del café y detuve el coche bien lejos de la terraza al aire libre, ignorando intencionadamente las vistas. Me apeé del Fiat, abrí el teléfono móvil y, mientras miraba la pantalla haciendo ver que estaba leyendo los mensajes, paseé un poco por los alrededores. Todos mis movimientos formaban parte de una estrategia, una pantomima dirigida a los ocupantes de cualquier vehículo que hubiera podido seguirme. Sabía que no iba a recibir ningún mensaje, lo que estaba haciendo era ejecutar un programa que habían instalado los técnicos de Langley en el software del teléfono. Cuando me acerqué a la parte trasera del coche, mi móvil empezó a emitir pitidos, y, cuando me acerqué un poco más, los pitidos se hicieron más fuertes. En algún recoveco de la parte interior del guardabarros de la rueda trasera derecha —accesible sólo a través del maletero, imaginé— había un transmisor de rastreo que sin duda había sido instalado por mis colegas de la MIT. Querían saber dónde me encontraba, cosa que no me sorprendió. Aun así, me encantó el modo en que habían decidido hacerlo: como diría cualquier agente con experiencia, es mucho más fácil deshacerse de un coche que de una persona que te sigue la pista.

En cuanto comprobé que viajaba «solo», le quité la batería al móvil, me guardé las dos partes en el bolsillo y me volví para contemplar el paisaje. No era de extrañar que aquel café estuviera abarrotado: el agreste terreno de las colinas descendía progresivamente hacia las aguas del Egeo, y ante mí se extendía la ciudad entera de Bodrum. Era media tarde, el sol bañaba los puertos deportivos de las dos bahías que abrazaban la ciudad y refulgía en los muros de un magnífico castillo del siglo XV —construido por los cruzados— que se erguía sobre el brazo de tierra que había en medio. Recordaba que se trataba del castillo de San Pedro.

Habían transcurrido más de diez años desde la última vez que vi aquella ciudad, y la encontré grande y cambiada, pero eso no impidió que los recuerdos se agolparan en mi mente. Por un instante, volví a ser un joven agente que contemplaba cómo bailaban en el agua las luces de los exclusivos hoteles y escuchaba la música proveniente de una miríada de locales nocturnos donde la gente iba a bailar. ¿Cómo era posible que una misión que había comenzado de forma tan prometedora hubiera acabado en semejante desastre?

Intenté apartar aquellos recuerdos y me acerqué a uno de los grandes catalejos fijados a un trípode que podían utilizar los turistas a quienes les sobrasen unas pocas liras. Introduje un par de monedas y pude observar con asombroso detalle las carísimas villas construidas en los acantilados y un gran número de yates de lujo anclados frente a la costa, todos demasiado grandes para los puertos deportivos del Mediterráneo o del Egeo. Luego subí un poco más el catalejo, hasta que encontré una mansión que destacaba en solitario, rodeada de jardines, en lo alto de un promontorio.

Construida más de cincuenta años atrás y dotada de altas columnas, galerías cubiertas por emparrados y terrazas en cascada, tenía cierto aire que recordaba a la antigua Roma. Las contraventanas estaban cerradas, y, como el promontorio estaba ya perdiendo el sol vespertino, la casa daba la sensación de estar pensativa y melancólica. A pesar de lo imponente que era, no me gustó: incluso desde aquella distancia, parecía tener algo siniestro. No lo sabía a ciencia cierta, pero estaba convencido de que se trataba de la Casa de los Franceses y que fue desde aquellos suntuosos jardines desde donde saltó Dodge, el joven heredero norteamericano, para encontrarse con la muerte.

Regresé al coche y continué hasta Bodrum, para zambullirme una vez más en mi pasado.

16

El hotel en el que me habían hecho la reserva no era precisamente uno de los establecimientos más de moda. Quiero decir que no era de esos en los que la gente hacía boquetes en sus muros con tal de alojarse en ellos. Los hoteles más exclusivos estaban situados junto al mar, y tenían bares donde servían champán las veinticuatro horas del día, discotecas al aire libre y modelos ucranianas haciendo pases de lencería en sus playas privadas.

El mío se encontraba en una calle secundaria que tenía un taller mecánico en un extremo y una tienda de muebles de segunda mano en el otro. Construido con bloques de cemento que se habían pintado de azul claro, el calificativo más benévolo que podría emplearse para describirlo era el de «deslucido». Cuando estacioné el coche delante de su fachada, tuve que reconocer que el personal de la oficina de apoyo del Susurrador había llevado a cabo una labor extraordinaria, porque era exactamente el hotel en que se alojaría un agente del FBI que viajara por cuenta del gobierno de su país.

Cuando subía los escalones de la entrada supe lo que iba a encontrar dentro: cortinas descoloridas, un bufé flojo para desayunar y un par de palmeras que se aferraban a la vida en sus macetas. El individuo que estaba detrás del mostrador de recepción, como el hotel mismo, también había conocido tiempos mejores. Daba la impresión de que, con los años, todos los rasgos de su rostro habían sido maltratados y machacados sin piedad. Más tarde me enteré de que, en su época, había sido uno de los pesos medios *amateur* más famosos de Turquía. Si aquél era el rostro de un ganador, desde luego no sentí el menor deseo de saber cómo sería el de un perdedor. Con todo, cada vez que sonreía —y ya sonrió a modo de calurosa bienvenida cuando me vio entrar por la puerta— transmitía tanta vitalidad y buena voluntad que resultaba imposible no tomarle simpatía. Me estrechó la mano con fuerza, y se presentó como propietario y gerente. A continuación, sacó un impreso en el que yo debía escribir mi nombre, los datos de mi pasaporte y mi dirección actual, y mientras lo hacía pasó tres tarjetas de crédito por la máquina estampadora.

—Sólo para ser seguro de mí —me confió con otra sonrisa.

Digamos simplemente que su dominio del inglés era un tanto singular.

—Es una gran lástima y pena que no estuvo usted aquí el sábado pasado, *mister* Brodie David Wilson —continuó diciendo. No sé por qué, pero aquel tipo había llegado a la conclusión de que debía dirigirse a todos los angloparlantes empleando el nombre completo que figuraba en su pasaporte—. Los fuegos artificiales fueron raros de ver.

—¿Fuegos artificiales? —repetí.

—Zafer Bayrami —matizó.

No tenía ni idea de lo que me estaba diciendo. A lo mejor era una especie de bendición.

—¿Zafer Bayrami?

—El Día de la Victoria, todas las gentes del mundo conocen esta fecha. La nación de la gran Turquía retorció cabezas de enemigos, que eran principalmente las de griegos.

—Ah... —repuse—. Entonces no me extraña que hubiera fuegos artificiales.

Los turcos y los griegos llevaban siglos peleándose.

—Subí a la azotea para verlos. Una enorme bomba de fósforo explotó sobre el promontorio al sur. ¡Las gentes de Grecia probablemente creyeron que estábamos atacando otra vez! —Pensó que había dicho algo muy gracioso y lanzó una sonora carcajada.

—El promontorio al sur... —repetí—. ¿Es donde está la Casa de los Franceses?

Una sombra cruzó su rostro.

—Sí.

—Tengo entendido que el sábado por la noche murió una persona allí, ¿no es cierto?

—Un desgracia de primer rango, un hombre de muy pocos años. Terrible —se lamentó, al tiempo que negaba con la cabeza en un gesto de tristeza.

Llegué a la conclusión de que aquel tipo le tenía tanto amor a la vida que la muerte de cualquier persona le resultaba profundamente dolorosa. Bueno, es posible que, si se hubiera tratado de un griego, no hubiese reaccionado igual.

—¿Para eso ha venido usted a nosotros, para investigar, *mister* Brodie David Wilson?

—Sí —contesté—. ¿Quién se lo ha dicho?

—La policía —soltó como si tal cosa—. Han estado aquí esta mañana, dos agentes. La mujer le ha dejado un mensaje.

Me entregó un sobre, y acto seguido llamó al botones.

17

Mi habitación se parecía bastante a lo que había esperado, incluso en el detalle de las cortinas descoloridas y el montón de revistas con manchas de café en la portada.

En cuanto estuvimos dentro, el botones —un albanés errante de veintimuchos años— empezó a abrir y cerrar armarios, siguiendo la antigua creencia de que, cuanto más febril fuera la actividad, más grande sería la propina. No le presté mucha atención: mi interés se centraba en ponerme al día de las noticias relativas al detonante nuclear y saber qué había dicho Grosvenor para tranquilizar a la nación.

Encontré el mando a distancia y encendí el televisor que había en un rincón. Me topé con Al Jazeera, que en aquella parte del mundo llevaba la voz cantante con respecto a aquel tema, aunque se las había arreglado para buscar su propio ángulo: estaba contando a su audiencia, fundamentalmente árabe, que lo sucedido en las doce últimas horas iba a dar lugar, en los aeropuertos y las terminales de transportes de todo el mundo, a un aumento de las evaluaciones según el perfil racial. Por una vez, aunque sin saber los verdaderos motivos, habían acertado de lleno.

Empecé a pasar canales, y encontré dos noticiarios turcos, un programa de entrevistas presentado por una mujer, varios culebrones de lo más extraños, con tanta iluminación que hacían daño a la vista, y nuevamente Al Jazeera. Aquello no podía ser... ¿dónde estaban la BBC, la CNN y todas las demás? Me puse a apretar botones. Las armas se me dan bien, pero los mandos a distancia no son mi punto fuerte.

Le expliqué al albanés errante —medio con gestos, medio en turco— que quería ver los canales de noticias por cable en inglés, incluso le escribí los nombres para cerciorarme de que me entendía.

—No, no... aquí no —repetía sin cesar, señalando a Al Jazeera para dejar claro que, si uno quería las noticias en inglés, no tenía otra opción.

Se mostró tan insistente que, al final, tuve que aceptar que, por lo menos en Bodrum, ninguno de los canales por cable en inglés estaba disponible.

Cuando el botones se marchó, me dejé caer en un sillón. La situación era preocupante, y por una razón muy simple: los mensajes que había enviado la mujer desde Bodrum al hombre que se encontraba en el Hindu Kush habían sido montados íntegramente con fragmentos de canales de noticias de habla inglesa.

Gracias al análisis que realizó la CIA de las grabaciones, sabíamos que la calidad de audio de dichos programas era demasiado buena para proceder de un ordenador: aquellos fragmentos habían sido grabados junto a los altavoces de un televisor, y yo incluso había visualizado mentalmente a la mujer grabando y editando el material con sumo cuidado.

Sin embargo, si en esa parte de Turquía no era posible sintonizar aquellos canales, la mujer tuvo que grabar forzosamente el material en otro sitio, y después desplazarse en coche hasta la cabina telefónica de Bodrum para enviar los mensajes. Eso significaba que podía venir desde muy lejos, incluso desde cientos de kilómetros de distancia: ¡Iraq, el Líbano o cualquier parte del mundo, a saber!

Me pasé la mano por el pelo. Sólo llevaba diez minutos en Bodrum y ya se había multiplicado de manera exponencial el punto en que podía encontrarse aquella mujer. Agotado, decidí dejar a un lado aquel problema y ceñirme a mi plan original, que consistía en darme una ducha, coger el móvil y, sirviéndome del mapa del centro de Bodrum que me había aprendido de memoria, empezar a localizar cabinas y sacarles fotos. Por desgracia, las cosas no salieron precisamente como yo tenía planeado.

Cuando me desperté, eran las tres de la madrugada y continuaba sentado en el sillón. Me dije que una persona que anduviera por las calles haciendo fotos a aquellas horas, aun cuando en algunas zonas de Bodrum todavía hubiera gente que estuviera de fiesta, llamaría la atención exactamente de la forma que yo más deseaba evitar.

Al no tener otra alternativa, decidí por lo menos dormir una noche entera, y ya estaba preparándome para meterme en la cama cuando vi el sobre que me había dejado la agente de policía. La nota que había en su interior traía noticias aún peores.

En unas pocas líneas, gracias a Dios escritas en un inglés correcto, decía que habían intentado ponerse en contacto conmigo antes de que saliera de Estados Unidos para evitarme el viaje. Añadía que las pruebas de la muerte del joven heredero eran claras y abrumadoras: había sido un trágico accidente y, por tanto, la investigación se daba por cerrada.

18

Si ya no había investigación, tampoco había necesidad de que el agente Brodie Wilson se quedara en Bodrum.

«Tranquilo, aún no hemos terminado», me dije cuando llegué a la comisaría de policía a las nueve en punto de la mañana siguiente.

Aquélla era la hora a la que la agente que había firmado la nota me sugería que acudiera a verla. «No tendrá ningún problema para tomar el vuelo que sale de Bodrum por la tarde —había escrito—. No tardaré más de veinte minutos en ponerlo al corriente.»

En cuanto entré, me pusieron en manos de un joven policía que llevaba el uniforme cuidadosamente planchado y las botas más relucientes que he visto en alguien que no sea un guardia de honor de la Marina. No podía tener más de dieciséis años. Me sacó por la parte de atrás de la comisaría, me hizo subir un tramo de escaleras, y después me guió por un laberinto de despachos ocupados por los detectives. Al final de un pasillo, entramos en una estancia con dos mesas y una vista del patio trasero de una vieja casa adyacente. El edificio, encalado, estaba cayéndose a pedazos —el enlucido se despegaba de las paredes, y el tejado estaba lleno de tejas rotas—, pero no importaba: seguía siendo bonito por obra y gracia de dos viejas plumerias que crecían en el patio.

Tan sólo estaba ocupada una de las mesas. A ella se sentaba una joven morena de melena abundante que sin duda era una secretaria. Llevaba auriculares con micro y tecleaba en un ordenador tan viejo que probablemente tenía instalado el videojuego Pong.

Era una de esas mujeres en quienes todo es extravagante: los gestos, los pechos pugnando a través de una blusa entallada, el maquillaje, el trasero embutido en una falda de tubo... Sospeché que, seguramente, sus estados de ánimo serían igual de exuberantes. Mientras esperaba a que terminase, se me ocurrió que, en muchos sentidos, representaba las contradicciones de la Turquía moderna: era una joven que vivía en una cultura imbricada en el pasado, flagrantemente femenina en una sociedad dominada por los hombres, irreligiosa y de aspecto occidental en un país que siempre tenía la cara vuelta hacia el este, hacia el islam.

Y, por supuesto, para una nación profundamente conservadora como aquélla existía una última contradicción, la mayor de todas: las drogas. Turquía se había convertido en el eslabón fundamental de la ruta del narcotráfico más lucrativa del mundo, una moderna Ruta de la Seda que transportaba a Europa occidental opio, heroína pura y hachís de alta calidad. Toda aquella droga salía de Pakistán y Afganistán, y después cruzaba la frontera del Líbano o atravesaba las montañas del Cáucaso para pasar a Rusia. Como si fuera otro producto moderno más —igual que el petróleo, que circulaba por oleoductos transnacionales—, Turquía se había convertido en la zona de intercambio más gigantesca del mundo.

Todo eso lo sabía gracias a Christos Nikolaides, el narcotraficante griego cuya ejecución había ordenado yo mismo en Santorini. Al perseguirlo me enteré, por la DEA, de que Patros Nikolaides y otros seis carteles de la droga estaban concentrando sus actividades en Turquía, y sobre todo en aquella parte del país. A pesar de los valientes esfuerzos de las autoridades turcas, la corrupción y los beneficios eran cada vez más espectaculares.

La secretaria no daba señales de finalizar la llamada, de modo que acerqué una silla y me puse a pensar en Patros y sus esbirros albaneses. Cuando regresé a la seguridad de Estados Unidos, aquel individuo desapareció de mi memoria. Pero tuve que reconocer la ironía de que, ahora, bajo la presión de la crisis a la que nos enfrentábamos, me hubiera visto arrastrado de nuevo a aquel rincón del mundo que Nikolaides conocía tan bien. Me habría gustado saber dónde estaba entonces; esperaba que siguiera en Tesalónica, detrás de su tapia de cuatro metros, cuidando de sus plantaciones de espliego y llorando aún la pérdida de su hijo.

Me equivoqué —y mucho— al no dedicar más tiempo a reflexionar sobre los griegos, pero la joven secretaria por fin colgó el teléfono, posó en mí su sonrisa con el punto justo de extravagancia, se estiró la blusa por si acaso yo aún no me había fijado en lo que ella consideraba sus dos mejores bazas y me preguntó si era Brodie Wilson.

Asentí con la cabeza, y me informó de que su jefa se retrasaría quince minutos.

—Todas las mañanas lleva al coleguita al parque de la esquina. Pero hoy su coche se ha parado, sin más, y ha muerto. Es italiano... el coche, quiero decir, por eso es una mierda que te cagas.

De aquella parrafada deduje que debía de tener un novio italiano. Y también me dio la impresión de que la mayor parte del inglés que sabía lo había sacado de canciones americanas modernas, de los grandes éxitos del verano y de chatear por internet.

—¿El coleguita, dice? —pregunté.

—Su hijo.

—¿Su marido también es policía? Porque eso es lo que suele suceder en este oficio.

Lo cierto era que no me importaba gran cosa, sólo pretendía darle conversación. Ya saben, para pasar el rato.

—No, está divorciada.

—¿Qué edad tiene su hijo?

—El coleguita tiene seis años.

Era evidente que le encantaba aquella palabra. Imagino que así se creía tan moderna como cualquier norteamericano que estuviera de visita por allí.

—Es duro ser madre soltera de un niño de esa edad.

La secretaria se encogió de hombros. Dudo que se lo hubiera planteado alguna vez. De repente, sobrevino el desastre y me embistió de lleno.

—¿Usted tiene hijos, señor Wilson?

—No, no tengo *coleguitas* —respondí, y como no estaba concentrado le dije la verdad sin darme cuenta...

La verdad acerca de mí mismo, claro, pero que entraba en total contradicción con mi tapadera. Me percaté inmediatamente del desliz y pensé en retractarme de lo dicho. Por suerte, descarté enseguida aquella idea tan estúpida y logré salir airoso de la situación en que me había metido:

—Al menos no tengo ninguno que viva conmigo —aclaré con una sonrisa—. Estoy divorciado, por eso sé lo difícil que es... Mi exmujer no deja de repetírmelo.

La secretaria rió. Al parecer, no había notado nada incongruente. «Bien jugado», pensé, pero me sudaban las manos y, mentalmente, me propiné una colleja en la nuca para despertarme.

—¿Ésa es su jefa? —le pregunté intentando cambiar de tema y señalando una fotografía que había encima de la otra mesa.

En ella se veía a una mujer sonriente, con un pañuelo en la cabeza y vestida con un mono de trabajo, a medio subir por una escalera de mano mientras encalaba el muro lateral de una pequeña casa de Bodrum. Debían de haberla tomado en el Puerto Antiguo, porque en un edificio enorme que había al lado colgaba un letrero en inglés y en turco que decía: «GUL E HIJOS. AMARRES Y CONSTRUCCIÓN DE BARCOS.»

—Sí —contestó la secretaria al tiempo que se acercaba a mi lado de la mesa—. Esa foto es de hace un par de años, justo después de que llegara.

La observé con mayor detenimiento. Era una mujer muy guapa, de treinta y pico años y un tanto exótica, con los pómulos pronunciados y unos ojos grandes y rasgados.

—Es muy atractiva... —comenté.

—Gracias —respondió una voz gélida a mi espalda—. La gente dice que he salido a mi madre.

Me volví y vi que se trataba de la agente, naturalmente. Dejó el bolso y el teléfono móvil, y se volvió hacia la secretaria.

—Hayrunnisa, ya puedes volver a tu mesa, gracias.

Hayrunnisa no necesitó que se lo dijeran dos veces. La policía llevaba el cabello recogido bajo un pañuelo que desaparecía por dentro del cuello alto de una chaqueta que le llegaba hasta las rodillas. Debajo llevaba una blusa de manga larga y un pantalón de pata ancha que rozaba unos zapatos de tacón alto. Todo era de buena calidad, y también elegante, pero no dejaba ver ni un centímetro de piel, excepto la del rostro y las manos. Aquélla era la otra cara de Turquía: conservadora, islámica, profundamente suspicaz con respecto a Occidente y sus valores.

—Me llamo Leila Cumali —se presentó.

No me tendió la mano, y no era necesario ser agente de inteligencia para deducir que no le caía bien.

Tal vez fuera porque yo era un investigador que estaba invadiendo su territorio, o porque era norteamericano. Llegué a la conclusión de que probablemente se debía a ambas cosas. Por lo visto, en Turquía con dos defectos como aquéllos ya estabas marcado para siempre.

—Es una lástima que haya venido usted desde tan lejos para tan poco —dijo al tiempo que se sentaba—. Como le decía en la nota, la muerte de ese joven fue claramente accidental.

—¿Cuándo tiene la intención de cerrar el asunto? —quise saber.

—Hoy. Esta misma mañana mis superiores recibirán el expediente del caso. Después, suponiendo que todo esté en orden, le llegará al jefe del departamento, cuya oficina está en Ankara, y él lo cerrará y lo sellará. Es una formalidad.

—Pues me temo que deberá posponerlo todo —dije—. Necesito revisar la investigación antes de que se decida nada.

No suelo ser tan brusco, pero no podía consentir que aquello se me escapara de las manos, tenía que ganar tiempo como fuera.

La agente intentó disimular, pero su enojo era evidente, se lo noté en los ojos rasgados. Me miró fijamente, como si quisiera persuadirme de que le ofreciera algún gesto conciliador, pero yo había soportado miradas más penetrantes que la suya.

—No creo que haya necesidad de posponerlo —dijo por fin—. Como ya le mencioné, puedo ponerle al corriente en veinte minutos. Probablemente en menos. Está todo muy claro.

Abrió un archivador, extrajo un fajo de carpetas, encontró una fotografía del amplio jardín que había en la parte posterior de la Casa de los Franceses y la plantó encima de la mesa.

—Aquí es desde donde se precipitó. —Me señaló la pared de un acantilado que tenía una caída de treinta metros.

El borde del precipicio estaba protegido con una valla de madera doble que recorría todo el promontorio privado, y terminaba en un bonito cenador erigido en la punta.

—Cuatro metros más allá de este cenador, se subió a la valla, o bien pasó al otro lado de ella —añadió—. Sabemos cuál fue el punto exacto porque uno de los forenses de mi equipo encontró un hilo del pantalón *sport* que llevaba puesto enganchado en una astilla.

Hablaba un inglés casi perfecto, pero pronunció con excesivo énfasis lo de «los forenses de mi equipo»; todavía enfadada, estaba haciéndome saber que no acababan de salir de la selva, y que habían llevado a cabo su trabajo de manera concienzuda y moderna. Hice ademán de formularle una pregunta, pero ella me arrolló:

—Ya que ha solicitado una revisión, aquí la tiene: el joven norteamericano falleció a las 21.36 horas. Lo sabemos porque llevaba el móvil en el bolsillo y el reloj dejó de funcionar cuando se estrelló contra las rocas. Eso sucedió exactamente seis minutos después de que explotase una gran estrella fosfórica justo encima del promontorio. Marcó el inicio del espectáculo pirotécnico. Dudo que usted lo sepa, pero el sábado pasado fue...

—Zafer Bayrami —dije.

La agente se quedó sorprendida.

—Lo felicito —respondió—. Puede que no sea usted tan ignorante como la mayoría de sus paisanos.

Dejé pasar el comentario, no merecía la pena entrar al trapo. Tenía problemas mucho más difíciles de afrontar que la actitud de aquella poli.

—La víctima, el señor Dodge, se encontraba en la biblioteca de la casa, bebiendo alcohol y tomando drogas, como demuestra el análisis toxicológico, cuando, de repente, estalló la estrella pirotécnica que marcó el comienzo de los festejos. Acto seguido, cogió unos prismáticos, los encontramos justo al otro lado de la barandilla, y cruzó el jardín para ver los fuegos artificiales.

El detalle de los prismáticos disparó una alarma en mi cerebro: mi radar me dijo que allí había algo que no encajaba, pero no tenía tiempo de pensar en ello. Quería concentrarme en lo que estaba diciendo la agente, que hablaba a la velocidad de la luz.

—Para ver mejor el espectáculo, se subió a la valla o saltó al otro lado. Imagínese a un joven desorientado por el cóctel de alcohol y drogas, tal vez confuso por las constantes explosiones luminosas, y pisando un terreno inestable que no conocía bien. Está claro que tropezó cerca del acantilado y cayó al vacío. ¿Me sigue, agente Wilson?

Asentí con la cabeza.

—Reconstruimos la escena empleando un maniquí que tenía exactamente la misma altura y el mismo peso que él. Uno coma ocho segundos después de caer al vacío, se estrelló contra unos arbustos que había en la pared del acantilado. En esta foto se ven las ramas rotas, y en el follaje encontramos varios mechones de pelo. Hay un detalle que tal vez le resulte interesante: su trayectoria fue totalmente congruente con la de una persona que ha resbalado. Aquí tiene los resultados de las pruebas realizadas —añadió al tiempo que depositaba sobre la mesa una serie de gráficos técnicos—. Pensamos que intentó agarrarse a una rama, porque encontramos laceraciones en una mano, pero continuó cayendo hasta que se estrelló contra las rocas que había treinta y un metros más abajo. Eso equivale a un edificio de diez plantas. Entre otras muchas lesiones, se partió la columna vertebral por dos sitios: murió al instante.

Asentí de nuevo. Aquélla era la causa de la muerte que se había notificado en el expediente del Departamento de Estado. Tuve que reconocer que la agente y su equipo de forenses habían llevado a cabo un trabajo magnífico. «Que Dios nos ayude», pensé. No tenía más remedio que seguir atacando.

—En la finca había personal de seguridad —señalé—, y también muchas personas a bordo de los yates. Algunas de ellas debían de encontrarse muy cerca del promontorio. ¿Quién lo oyó gritar? —Sólo estaba sondeando.

—Nadie. Y, aunque hubiese gritado, el estruendo de los fuegos artificiales habría ahogado los gritos. ¿Era eso lo que iba a preguntarme a continuación?

—No, lo cierto es que no —contesté irritado—. Quería saber exactamente quién más estaba aquella noche en la finca.

—Es curioso —repuso Cumali en un tono teñido de sarcasmo—, a nosotros se nos ocurrió justo la misma pregunta. Aparte de los de seguridad, no había nadie. La víctima estaba sola.

—¿Cómo pueden estar seguros de eso? —pregunté—. Es una finca muy grande.

La agente me fulminó con la mirada.

—Cuatro mil doscientos ochenta metros en total —puntualizó. Acto seguido, abrió otra carpeta y extrajo más fotos. Junto a ellas había varios planos de la villa—. Las únicas personas que la alquilan son enormemente adineradas, razón por la cual hay ciento ocho cámaras que vigilan y graban todo lo que sucede en el perímetro. El sistema lo instaló una de las empresas de seguridad más importantes del mundo, le agradará saber que es norteamericana, y resulta imposible poner un pie en esa propiedad sin ser visto y grabado.

Fue sacando fotos que mostraban decenas de cámaras distintas: montadas en lo alto de un poste, en las fachadas de los edificios, ocultas entre la vegetación. Algunas eran fijas, otras giraban, pero todas estaban equipadas con rayos infrarrojos y visión nocturna. Al estudiarlas con ojo de experto, calculé que debían de haber costado una fortuna.

A continuación, Cumali me mostró varios de los planos.

—Éstas son las especificaciones del sistema. Como puede ver, no hay ni un solo centímetro del perímetro que no esté cubierto.

Seguidamente me enseñó una serie de informes que demostraban que las cámaras funcionaban a la perfección. No los miré, porque estaba seguro de que Cumali tenía razón. Las cosas se complicaban a cada segundo que pasaba. Podría haber prolongado la investigación unos cuantos días, pero más allá de eso... en fin, me parecía imposible.

—¿Y qué me dice del acantilado? —le pregunté—. ¿Qué podría impedir que alguien accediera a la casa escalándolo?

Cumali lanzó un suspiro.

—En un extremo hay una pequeña playa, se llama la Playa de los Alemanes. Tiene una rampa para embarcaciones, una piscina de agua salada y una cabaña para guardar botes. Forma parte de la finca, y tiene adosada una caseta para los guardas. Dentro había dos hombres, y hay cuatro cámaras que vigilan la escalera que sube hacia la casa y toda la pared del acantilado. ¿Quiere saber qué grado de precisión tienen esas cámaras a la hora de detectar movimiento? Una de ellas captó una leve mancha borrosa que atrajo nuestro interés, luego me di cuenta de que había grabado a la víctima en plena caída. En media centésima de segundo.

Desvié la mirada hacia las plumerias del patio para ganar un poco de tiempo, intentando reunir ideas para el siguiente asalto.

—Así que dice usted que Dodge estaba solo... pero por supuesto no era así —dije en voz baja—. Estaban los de seguridad. ¿Qué pudo impedirles que se le acercasen por detrás y lo empujasen hacia la eternidad?

Cumali apenas miró sus notas; parecía perfectamente capaz de disparar con los ojos cerrados.

—Aquella noche había dieciocho hombres de servicio. —Me mostró fotografías de todos; entre ellos había unos cuantos gorilas—. Al igual que mucha de la gente que se dedica a ese oficio, algunos de ellos no son precisamente «buenos chicos», pero eso no tiene importancia alguna: lo único relevante era que no tenían permiso para patrullar por la finca. Debían permanecer en los puestos de seguridad, atentos a los monitores, y sólo podían actuar si alguien irrumpía en el perímetro, y debían hacerlo en grupos de seis y acompañados de un supervisor.

»Todos los puestos están vigilados por una cámara —siguió diciendo—. Las grabaciones demuestran que nadie abandonó su puesto durante la hora anterior ni la posterior a la muerte del señor Dodge. Lamento decepcionarlo, pero el equipo de seguridad está fuera de toda sospecha.

—No me está decepcionando —mentí—. Simplemente intento llegar a la verdad. Sí, es posible que los de seguridad estén fuera de toda sospecha... a no ser que las cintas o los discos se hayan manipulado. —Estaba aferrándome a cualquier cosa que tuviera a mi alcance, pero procuré llevarlo con cierto estilo.

—Son discos —matizó Cumali sin creerse ni mi estilo ni ninguna otra cosa—. Se han examinado. Todos llevan inscrito un código, lo cual quiere decir que, en cuanto se editan, queda marcado inmediatamente. Tengo entendido que es el mismo sistema que se emplea en la Casa Blanca.

No se equivocaba a ese respecto, y lo bueno que tenían las medidas de seguridad de la Casa de los Franceses era que los ricos que residían dentro disfrutaban de total libertad. No estaban vigilados dentro de la casa, lo que probablemente importaba mucho a los diletantes ricos que consumían drogas; en cambio, nadie podía entrar en la finca sin ser observado e interceptado. Seguramente, sus ocupantes estaban más seguros allí que en ningún otro lugar del mundo.

—¿Y el móvil? —apunté, procurando no dejar ver que mi pregunta no era más que otro paso dado al azar, otra tirada de dados.

—La esposa, por supuesto. El muerto no tenía hermanos y sus padres habían fallecido, de modo que la única heredera era ella. Se llama Cameron. —Puso una foto encima de la mesa.

Cameron, fotografiada desde cierta distancia y mirando a la cámara, lo tenía todo. Contaba veintitantos años, era alta y elegante y poseía esa fría altivez que se suele ver sólo en las modelos y en las personas verdaderamente atractivas. Según el informe del Departamento de Estado, cuando conoció a su marido trabajaba de *personal shopper* en la tienda de Prada de la Quinta Avenida. Era de lo más lógico, ¿cómo, si no, iba a haber conocido a un joven multimillonario una chica salida de ninguna parte? ¿En la lavandería?

—¿Cuánto tiempo llevaban casados? —pregunté sin apartar la vista del rostro de Cameron. Era ese tipo de mujer.

—Ocho meses.

Miré a Cumali durante unos momentos.

—Ocho meses y un seguro de varios miles de millones de dólares. Para mí, eso es un móvil bastante claro.

Pero la agente negó con la cabeza. No sé por qué, no me sorprendió.

—Estuvo desde las ocho de la tarde recorriendo una serie de locales que hay a lo largo de la costa a bordo del helicóptero de su marido y en compañía de otras cuatro amigas. Hemos visto las imágenes grabadas de todos los locales, y no falta un solo minuto.

No me costó imaginármelo: gente llegando a las discotecas en un Porsche, un BMW y acaso unos cuantos Ferraris. Y, de pronto, aparece ella con su cuadrilla en un Bell JetRanger. Cuesta trabajo competir con una fortuna de mil millones de dólares.

—Muy bien, digamos que la esposa está libre de toda sospecha —especulé—. Entonces le hizo el trabajo otra persona.

—¿Quién? Conocían a poca gente, a otras parejas ricas que vienen en barco desde Mónaco y Saint-Tropez, y también se reunían con otros extranjeros. Conocidos, a lo sumo. Los interrogamos a todos, pero no había ninguno que pudiéramos decir que hubiera hecho un trabajo como ése para ella.

—Tal vez contrató a alguien —contraataqué—. Un asesino a sueldo.

Cumali rompió a reír... pero no porque lo que acababa de decir yo le resultara gracioso.

—¿Y cómo se busca a uno de ésos? —preguntó—. No estamos hablando de un maleante cualquiera, sino de un asesino profesional, uno que no se largue con el anticipo que se le entrega a cuenta. Sea como sea, seguimos teniendo el mismo problema: la víctima estaba sola en la finca.

—Sin embargo, esa muerte valía mil millones de dólares —murmuré en voz baja, más para mí mismo que para la agente—. Eso es un montón de dinero.

—Pero ¿qué les pasa a ustedes, los norteamericanos? —replicó en tono de desprecio—. ¿Por qué piensan automáticamente en un asesinato? Si esa chica quería sacarle dinero, le habrían bastado unos pocos millones. ¿Por qué no se limitó a divorciarse?

Estaba cansado, frustrado, desesperado por intentar insuflar algo de aire a una investigación que no hacía más que desinflarse. Pero, sobre todo, estaba harto de aquella mujer y de su actitud hacia mí y hacia mi país. Me entraron ganas de levantarme y señalarle los defectos del suyo, de preguntarle por el comercio de la droga, por la nueva «Ruta de la Seda», por el genocidio cometido contra los kurdos y por todo lo demás que se me ocurriera, pero me contuve: tenía que reprimirme, por el bien de todos, y esas cosas.

—¿Firmaron un acuerdo prenupcial? —pregunté con voz cansada.

Pero Cumali no mostró interés.

—No he investigado ese detalle —respondió—. ¿Qué sentido tendría? Como ya he dicho, en la finca no había nadie, la única persona que podía tener un motivo se encontraba a treinta kilómetros de allí. Sabemos claramente lo que hizo el señor Dodge antes de morir: las pruebas forenses son irrefutables. Fue un accidente.

Empezó a recoger las fotos y los informes para guardarlos de nuevo en el archivador.

—Ya tiene su revisión del caso, señor Wilson. Yo diría que incluso el FBI estaría de acuerdo en que la policía turca ha realizado una labor concienzuda y de lo más profesional.

—Detective, voy a necesitar ese expediente, los informes y todo lo demás —le dije, señalando los archivos.

Esperaba un estallido por su parte, y no me decepcionó.

—¡¿Qué?! —soltó.

Me di cuenta de que Hayrunnisa estaba observándonos con cara de regocijo.

—Ya le he dicho que debo llevar a cabo mi propia revisión del caso —añadí sin alterarme.

—No —contestó Cumali. Y, para confirmarlo, lo repitió en turco.

—Detective, he venido desde muy lejos; mi visita ha sido organizada desde los más altos estamentos gubernamentales. ¿Quiere que me vea obligado a hacer una llamada para informar de que no estoy obteniendo la colaboración que necesito?

Cumali no se movió. Y la secretaria tampoco; lo más probable era que jamás hubiera visto a nadie amenazando a su jefa con una bazuca. Extendí una mano para que me entregara el expediente, pero Cumali negó con un gesto.

—Son los originales. Y, de todas formas, la mayoría están en turco —agregó.

—Estoy seguro de que muchos de ellos se han traducido para la viuda —repliqué, pero Cumali no hizo amago de querer dármelos—. Se lo ruego, detective, preferiría no tener que hacer esa llamada —insistí.

Ella no me quitaba los ojos de encima. Luego pareció claudicar por fin.

—¿Durante cuánto tiempo va a necesitarlos? —preguntó.

—Tres días, tal vez cuatro —respondí.

No era mucho, pero supuse que aquello era todo lo que podía conseguir.

Cumali miró a su secretaria; seguía profundamente enfadada, y aquello debería haberme advertido de que tenía un plan. Le habló con dureza y en turco, pero, aun así, hubo una palabra que entendí porque en inglés era muy parecida: *fotokopi*.

—Gracias —le dije por cortesía.

—Agente Wilson, aquí en Bodrum no hay nada para usted —me contestó pasados unos instantes—. Nada en absoluto.

Y dicho esto, se volvió y se puso a examinar su agenda y su correo electrónico. Ni siquiera levantó la vista cuando regresó Hayrunnisa con el expediente fotocopiado. Y tampoco lo hizo cuando yo me lo guardé en mi mochila y salí de su despacho.

19

De todas las muertes del mundo, tuvimos que escoger la de Dodge. Lo que al principio nos había parecido un golpe de suerte se había transformado en una terrible equivocación.

Aquella muerte había sido claramente accidental, y no había nada que investigar. Y como no había nada que investigar, Brodie Wilson bien podría haberse subido a un avión y marchado a su casa. En aquel punto, la detective Leila Cumali tenía toda la razón.

Había conseguido ganar unos cuantos días más, pero aquello no iba a ser suficiente. Cuando salí de la comisaría, volví a pensar en que son las suposiciones, las suposiciones que no nos cuestionamos, las que siempre nos hacen caer. El Susurrador y yo deberíamos haber profundizado un poco más en aquel asunto, y habernos preguntado qué iba a investigar exactamente. Para ser sincero, cuando tomamos la decisión de aprovechar la muerte de Dodge, estábamos cansados y desesperados, y en la mayoría de los casos la muerte de un norteamericano de veintiocho años en un acantilado azotado por el oleaje habría ofrecido algo merecedor de ser investigado. Pero de nada servían las excusas; habíamos izado la bandera en el mástil y, como cualquier pirata, tendríamos que pagar el precio cuando el barco se fuera a pique.

La cuestión era: ¿qué iba a hacer yo al respecto? La respuesta corta estaba clara: no tenía ni idea. Sin embargo, dispongo de un método para hacer frente al estrés: o pasear o trabajar. Bodrum me ofrecía la oportunidad de hacer ambas cosas, y me recordé a mí mismo que la misión principal, o por lo menos el primer paso para llevarla a cabo, consistía en identificar las cabinas telefónicas del casco antiguo. Así que saqué de mi mochila el teléfono móvil provisto de una cámara especialmente modificada, reinserté la batería, y al llegar al final de la calle giré a la derecha. Estaba siguiendo el mapa que había memorizado, y, cuando llevaba cinco minutos paseando —por fin la ansiedad había disminuido hasta un nivel manejable—, llegué al límite del área de búsqueda.

La había dividido mentalmente en sectores, y a partir de aquel punto adopté un paso mucho más lento: estaba decidido a no pasar por alto, ni con la vista ni con la cámara, ningún objetivo potencial. No me resultó fácil. Durante la mayor parte del año, Bodrum era una ciudad soñolienta en la que vivían unas cincuenta mil personas, pero en verano ese número se incrementaba hasta el medio millón, y, a pesar de que ya estábamos al final de la temporada, las calles seguían abarrotadas de turistas, asiduos de los ambientes que frecuenta la gente de moda y el vasto universo de personas que se nutren de ellos.

Pasé por delante de incontables tiendas en las que se vendían sandalias de cuero turco y exóticas alfombras persas, casi todas hechas en alguna fábrica china. Cada pocos metros había uno de esos aromáticos bares, llenos a todas horas, de día o de noche, especializados en tapas, pero que en aquel país situado tan al este se conocía como *meze*. Cada vez que me topaba con una cabina telefónica le hacía una foto, confiando en que el software del teléfono estaría descargándola sobre el mapa y registrando su posición exacta. En un momento dado, me compré un kebab envuelto en pan de pita y me senté a comerlo en un banco que había debajo de un jacarandá. Sólo cuando hubieron transcurrido varios minutos me dio por fijarme en el escaparate de la tienda que tenía al lado, en el que se exhibía una increíble colección de saxofones y guitarras eléctricas. Me acerqué a la puerta y me asomé a la oscura cueva del interior.

Era uno de esos lugares —de los míos— que ya casi no se ven: una pared de la cueva estaba ocupada por un montón de partituras, anaqueles de discos de vinilo, cajas de CD, y si alguien me hubiera dicho que al fondo también había casetes de ocho pistas, me lo habría creído. La otra pared estaba reservada a los instrumentos. Había suficientes guitarras Gibson y Fender Stratocaster como para hacer sonreír a cualquier fanático del rock and roll, además de un sinfín de instrumentos tradicionales turcos que no supe identificar, y menos aún sabía cómo sonaban.

El individuo que estaba fumando detrás del mostrador —un músico cuarentón, a juzgar por los vaqueros descoloridos y la mirada perdida— me invitó con una seña a que entrara. En otro momento, en otra vida, habría pasado horas en aquella tienda, pero abrí las manos excusándome en un gesto sin palabras, y continué con mi tarea.

En las horas que siguieron, tomé suficientes fotos de cabinas situadas frente a tiendas de turistas y mercadillos callejeros como para llenar una vida. Esperé una eternidad hasta poder cruzar una calzada principal para fotografiar otra cabina que estaba a diez metros de una gasolinera BP, y encontré por lo menos seis más que daban la impresión de haber sido traídas de otro país para ser conectadas ilegalmente a los cables que pasaban por encima. No me extrañó que Turkish Telecom no tuviera constancia de ellas.

A media tarde, con los pies doloridos y muerto de sed, acabé llegando a una pequeña plazoleta. Me senté en la terraza de un café, y a punto estuve de pedir una cerveza Efes, pero, gracias a Dios, mi sentido del autocontrol me dijo que, tan enfadado y desesperado como estaba, sería incapaz de tomarme sólo una. De modo que pedí un café y me puse con la tarea que llevaba todo el día evitando: abrí la mochila, saqué el expediente relativo a la muerte de Dodge y empecé a examinar el berenjenal en el que nos habíamos metido el Susurrador y yo.

Veinte minutos después, ya tenía la certeza de que en aquella investigación policial había algo que no encajaba en absoluto. La clave no estaba en los interrogatorios, y tampoco en el examen de los forenses ni en el análisis de las imágenes grabadas por las cámaras de seguridad, sino en el informe toxicológico.

Había sido traducido, junto con otros muchos informes, para que la esposa del fallecido pudiera entenderlo, y la detective Cumali estaba en lo cierto: demostraba que había drogas en el cuerpo de Dodge, aunque dudo que ella tuviera forma de saber lo que significaban realmente aquellos niveles. En la última página del informe, el forense se limitaba a declarar que eran suficientes para comprometer de manera significativa la lucidez y el equilibrio de la víctima.

«¿Comprometer de manera significativa?», ¡menuda chorrada!, aquel joven multimillonario estaba hasta las cejas. Basándome en mi formación médica y en mi propia experiencia con las drogas, sabía que el chico no pudo meterse tal cantidad de sustancia en el torrente sanguíneo en tan poco tiempo sin provocarse una sobredosis. Dodge se encontraba sumido en un colocón de proporciones épicas, de tres o cuatro días según mis cálculos.

A diferencia de Cumali —o de cualquier miembro de su equipo de forenses—, mi accidentado pasado me permitía comprender perfectamente los efectos reales que le habrían producido aquellas drogas. Había metanfetamina, por supuesto, porque en los últimos tiempos la había siempre, también había el preceptivo toque de GHB (o «polvo fácil») para contrarrestar los cambios de humor, y una buena dosis de éxtasis para calmar los nervios. El enemigo de todo el que se metía semejante cóctel en el cuerpo era siempre el sueño, por eso se habían encontrado además grandes cantidades de cocaína, que solía consumirse para poder mantenerse despierto.

Estaba seguro de que nadie que llevara cuatro días de colocón mezclando tan variadas sustancias tendría el menor interés por ver unos fuegos artificiales. Aquello sería para él como un mero chisporroteo, comparado con el tremendo espectáculo de luz y sonido que estaba teniendo lugar en su cabeza y en sus genitales.

Luego me acordé de la alarma que se disparó en mi cerebro al oír lo de los prismáticos, y entonces caí en la cuenta de por qué no encajaban: ¿quién iba a coger unos prismáticos para ver unos fuegos artificiales que tenía casi encima, a no ser que pretendiera quedarse ciego? Y, sobre todo, ¿para qué se iría hasta el límite mismo de los jardines de la finca y se asomaría al borde de un acantilado? ¿No habría visto lo mismo desde el césped o desde cualquiera de las terrazas de la casa? Incluso los consumidores habituales de drogas poseen cierto instinto de conservación. Dodge debió de tener otro motivo para acercarse al borde del acantilado con unos prismáticos en aquel estado de fuerte intoxicación.

Por el momento, desconocía qué lo había empujado, desconocía la respuesta a un montón de cosas, pero sabía que el incidente no había sido tan «rutinario» como me había parecido en el despacho de la detective Cumali, cuando me sentía abrumado por su desdén y por el olor que despedían las plumerias.

Volví a pensar en aquella botella de cerveza Efes. Pero decidí que era mejor no correr riesgos innecesarios: la esperanza es aún más peligrosa que la desesperación.

Lo que necesitaba, en realidad, era mi coche.

20

Era bastante fácil llegar a la Casa de los Franceses. Una vez que se salía de Bodrum y se llegaba al promontorio sur, sólo había que tomar la larga carretera que serpenteaba entre los altos cipreses y continuar hasta que ya no se pudiera avanzar más.

Cuando llegué, ya casi era de noche. Las grandes verjas de hierro forjado que bloqueaban el paso —forradas por detrás con una lona negra para preservar la intimidad— estaban cerradas, y los faroles que coronaban las columnas de piedra a ambos lados del portón aún no se habían encendido. Había un coche de policía oculto en un pequeño grupo de árboles, y, cuando detuve el Fiat, un agente con sobrepeso se asomó por la ventanilla y empezó a vociferar en turco y a ordenarme con gestos que me fuera de allí.

Apagué el motor y me apeé del coche. El agente abrió la puerta con cara de pocos amigos, y vi cómo su mano buscaba la porra. Lamento decir que los policías turcos no tienen fama de preguntar dos veces, pero por suerte yo saqué primero. Antes de que me tuviera a su alcance, extraje mi placa dorada y le apunté a la cara con ella.

Él se quedó mirándola durante un segundo, mosqueado, y entonces decidió que era mejor regresar a su coche patrulla: le oí discutir por la radio, y, cuando finalmente le dijeron lo que debía hacer, se subió los pantalones de un tirón y fue sin darse ninguna prisa hasta una pequeña puerta lateral que se abría con un teclado de seguridad. El dispositivo, incrustado en la piedra del muro, era un modelo personalizado de doce dígitos que no podía ser sabo-

teado: habría sido muy difícil intentar desmontarlo para manipular los circuitos. Dos cámaras montadas en la tapia —una fija, y la
otra giratoria que se activaba por el movimiento— nos tenían en
su objetivo. Al segundo intento, el policía, tras consultar un papel,
acertó por fin con el código: la puerta se abrió y él se apartó. Cuando pasé por su lado, noté que el aliento le olía a alcohol.

La puerta volvió a cerrarse con un chasquido a mi espalda, y
me encontré a solas en la oscuridad. Una amplia franja de césped,
de unos treinta metros de anchura, circundaba el terreno de la
tapia. Deduje que se trataba de un foso electrónico vigilado por
cámaras, y probablemente sembrado de sensores de movimiento.
Suponiendo que un intruso hubiera podido escalar el muro de
la tapia, no habría tenido la menor posibilidad de cruzar aquella
franja sin ser detectado, y menos aún de alcanzar los árboles del
lado contrario. Aquella casa había sido construida varias décadas
atrás, en la época en que Bodrum no era más que un remoto pueblo de pescadores, y sin embargo ya por aquel entonces alguien se
había tomado la molestia de diseñar unas medidas extraordinarias
para garantizar su seguridad. No pude dejar de preguntarme por
qué.

Seguí el camino de entrada para coches bordeado de árboles,
haciendo crujir la grava bajo mis pasos en el túnel formado por
las ramas que pendían de lo alto. Todo estaba cada vez más oscuro
y silencioso, y, aunque no sabría explicar la razón, me desabroché
la chaqueta y me cercioré de tener a mano la Beretta que llevaba
en el cinturón, a la espalda. Era lo que me invitaban a hacer aquel
lugar y aquella noche.

El camino de entrada describió una pronunciada curva para
rodear una fuente muda, y de pronto apareció la casa. Su visión
no me reconfortó en absoluto: era enorme y oscura; ya desde lejos
y a través de un catalejo parecía siniestra, pero de cerca uno tenía
la sensación de que quería engullirlo. La mayoría de las mansiones
construidas en lugares espectaculares, incluso las antiguas, están
diseñadas para disfrutar del paisaje, con grandes ventanales y amplias cristaleras. La Casa de los Franceses, en cambio, tenía los ale-
ros pronunciados, la puerta principal hecha de maciza madera de
roble y las ventanas hundidas en la fachada de piedra caliza. Daba
la impresión de que la habían construido para tener intimidad, y

dicha impresión se acentuaba todavía más cuando uno se fijaba en que las contraventanas delanteras estaban todas cerradas.

Avancé por el costado del edificio, esquivando las zonas de sombra más próximas al muro, y pasé junto a una plataforma de aterrizaje para helicópteros y una garita de seguridad construida en piedra que estaba cerca de los garajes. No había nadie. De ella partía un sendero que me llevó hasta el otro lado de un seto de gran altura, donde me encontré con una amplia área ajardinada en forma de terrazas. El paisaje era increíble: un rosario de islas a lo lejos, el castillo de los cruzados iluminado, las luces de Bodrum abrazando las bahías... y sin embargo no me gustó. No me gustó en absoluto. Llámenme paranoico, pero no lograba desprenderme de la sensación de que en aquella casa había alguien observándome.

Di media vuelta y la contemplé otra vez. Estaba a oscuras, y tan silenciosa que parecía haberse sumido en un profundo estado letárgico. Las contraventanas de la planta baja estaban abiertas, pero todas las demás permanecían cerradas. Me quité la chaqueta, la dejé sobre un banco de teca y eché a andar por el césped en dirección al cenador de hierro forjado. Cuando llevaba media distancia recorrida, de repente oí algo en aquel inmenso silencio y me volví bruscamente hacia la casa. En una terraza de la tercera planta había una contraventana meciéndose. Tal vez había sido el viento, y además no tenía modo de saber si la primera vez que miré hacia la casa estaba sujeta o no.

Llegué al cenador, di cuatro pasos hacia el norte y crucé al otro lado de la barandilla. Allí era donde se encontraba Dodge cuando se precipitó al vacío. De repente sentí un ligero hormigueo en la boca del estómago: la caída era tan vertical y el mar, allá abajo, desorientaba de tal manera que experimenté la sensación de sentirme atraído hacia él. El suelo que estaba pisando se desmenuzaba bajo mis pies, y sabía que la barandilla que tenía detrás estaba demasiado lejos para asirme a ella. En aquel momento me pareció notar la presencia de alguien a mi espalda, no estaba muy seguro, incluso tuve la impresión de oírlo, pero no había tiempo para gritar: me volví con todas mis fuerzas, me lancé hacia la barandilla y me agarré. Allí no había nadie.

Procuré tranquilizarme y retrocedí para volver a pisar suelo firme. Estaba más sobrio que una piedra, y aun así, después de pasar al otro lado de la valla de protección, podría haberme caído fácilmente. ¿Qué diablos estaría haciendo Dodge allí?

En la seguridad de la zona ajardinada, contemplé de nuevo el paisaje e intenté imaginar lo que debió de suceder aquella noche: el cielo lleno de explosiones y cohetes multicolores, la música de las discotecas y de los barcos reverberando sobre el agua, la luz plateada de la luna dibujando en el mar el camino que llevaba hasta Grecia... Y en medio de todo aquel espectáculo, con paso ligeramente tambaleante, aquel joven se acercaba hacia aquí arrastrando un colocón de cuatro días, tal vez con la intención de recuperarse un poco y calmar el torrente embravecido de testosterona y paranoia. «Pero ¿por qué? —volví a preguntarme—, ¿por qué se dirigió al cenador?»

Supuse que estaría buscando algo, probablemente en las aguas de la bahía. Cuanto más se acercase al acantilado, más posibilidades tendría de verlo. Por eso llevaba los prismáticos, y por eso se sentó en la barandilla o bien saltó al otro lado. Pero ¿qué estaba buscando?

El registro de su teléfono móvil, incluido en los documentos que me había dado la detective Cumali, mostraba que no había recibido ninguna llamada ni durante la hora anterior a su muerte ni durante la posterior. Asimismo, las cámaras de vigilancia demostraron que, en aquella misma franja de tiempo, nadie había salido de la garita de los guardas para ir a hablar con él.

Y aun así, algo o alguien lo había inducido a coger unos prismáticos y a salir de la biblioteca —dejando allí a su inseparable amiga, la metanfetamina— para atravesar la zona ajardinada y dirigirse al cenador para intentar ver algo en las oscuras aguas de la bahía.

Supongamos que alguien lo acompañó hasta el cenador por el sendero del jardín. La explicación más lógica nos dice que dicha persona sabía perfectamente cómo burlar el sistema de seguridad o cómo entrar en la finca salvando sin ser vista el foso electrónico. Tuvo que ser alguien a quien Dodge conocía bien y que merecía toda su confianza, de lo contrario habría dado la voz de alarma. Una vez en el otro lado de la valla, dicha persona pudo empujarlo por el precipicio y marcharse siguiendo el mismo camino por el que había entrado.

Casi de inmediato se me ocurrió otra cosa: si aquello había sido un asesinato, sólo había visto uno que fuera igual de perfecto, y no hacía mucho de ello. Había sido perpetrado a medio mundo de distancia, en el Eastside Inn. Todas las dudas de que pudiera existir una conexión entre ambas muertes estaban disipándose a toda prisa.

Di media vuelta, crucé de nuevo el amplio jardín, recogí mi chaqueta y salvé los escalones que conducían a la terraza. Había llegado el momento de entrar en aquella casa oscura y tenebrosa.

21

Probé los picaportes de dos de las puertas que daban al jardín, sin éxito. La tercera no estaba cerrada con llave, lo cual quería decir que el invisible personal de seguridad había cometido una torpeza... o que había alguien dentro.

Cogí la pequeña linterna que llevaba en mi llavero, la encendí, entré en el salón y cerré. El estrecho haz de luz me permitió ver que aquella estancia era muy elegante. Quien la había decorado tenía buen gusto. Seguro que allí Grace se habría sentido en su elemento, pensé. La mayoría de los muebles eran antigüedades inglesas: comedidos, elegantes y fabulosamente caros. Los suelos eran de parquet, de color suave, y estaban cubiertos de grandes alfombras de seda. En las paredes color marfil colgaban media docena de cuadros de los pintores impresionistas más famosos. Paseé por ellos el haz de la linterna, y finalmente distinguí unas puertas de gran altura que conducían a la biblioteca.

En muchos sentidos aquélla me pareció una estancia más bonita aún que el salón: era un tanto más pequeña, y eso hacía que las proporciones fueran más equilibradas; además, las estanterías llenas de libros le daban un ambiente más cálido e informal. No me sorprendió que Dodge la hubiera convertido en su centro de operaciones.

Había un mullido sillón de cuero con una mesita auxiliar al lado, y, aunque habían retirado las drogas, la parafernalia seguía estando donde él la había dejado: el papel de aluminio, un tubo de vidrio, media docena de botellas de Evian, cigarrillos y un cenicero a rebosar. Desde el sillón, orientado hacia un gran ventanal que ocupaba toda una pared, uno podía disfrutar de una vista panorámica del mar y del cielo. Si Dodge hubiera querido ver los fuegos artificiales, ni siquiera habría tenido necesidad de ponerse de pie. Además, el efecto pirotécnico en el interior de aquella habitación habría sido todavía más impresionante, gracias a los dos gigantescos espejos dorados que había a ambos lados de la chimenea, justo detrás del sillón.

Aquellos espejos parecían estar fuera de lugar en una biblioteca —seguro que a Grace no le habrían parecido adecuados en absoluto—, pero incluso los ricos tienen sus excentricidades.

Pasé por encima de la cinta policial que acordonaba aquella parte de la habitación —ya no tenía importancia, los turcos habían dicho que la investigación había finalizado—, me apoyé en el respaldo del sillón y contemplé la vista. Intenté imaginar qué podría haberle dicho la persona en cuestión para convencerlo de que abandonase la seguridad de su centro de operaciones.

Rebusqué en mi mente y contuve la respiración para concentrarme aún más. De nuevo, igual que cuando estaba en la habitación del Eastside Inn y deduje que el ocupante era una mujer, me aislé de todo lo que me rodeaba... La respuesta estaba muy cerca... justo al otro lado de la conciencia... ojalá pudiera tocarla... Por aquella cristalera había entrado una persona que Dodge conocía...

Yo no lo oí, pero la puerta disimulada que había detrás de mí se abrió. Era una de esas puertas que hay en muchas bibliotecas antiguas, decoradas con los lomos de los libros para que se confundan con las demás estanterías. Quienquiera que acabara de entrar debía de llevar calzado con suela de goma, porque no percibí ningún sonido de pisadas sobre la alfombra de seda. Sin embargo, la ropa siempre produce un ligero roce al moverse —tal vez no pueda considerarse ni siquiera un ruido, sino más bien una alteración en el aire— que resulta casi imposible de ocultar. Entonces me di cuenta...

El corazón me dio un vuelco, me llevé una mano a la espalda y saqué la Beretta en un solo movimiento fluido, le quité el seguro, me volví rápidamente, me agaché para reducir mi tamaño como posible blanco y separé las piernas, alcé la pistola a modo de perfecta prolongación de mi brazo derecho, y cerré el dedo alrededor del gatillo, exactamente como me habían enseñado tantos años atrás, cuando era joven y todavía desconocía lo que era matar a un hombre y ver las caras de sus dos hijas pequeñas en sueños.

Un hombre distinto, un hombre menos escrupuloso, habría disparado sin más. En cambio, yo titubeé, miré más allá del cañón de la pistola, y vi a una mujer descalza y vestida de negro... Cosa bastante lógica, dado que acababa de enviudar. Se trataba de Cameron.

—¿Quién demonios es usted? —me preguntó procurando parecer tranquila. Pero la pistola la había asustado, y no pudo evitar que le temblase la mano.

Volví a guardar el arma en la funda.

—Me llamo Brodie Wilson. Soy...

—¿El del FBI? Cumali, la agente de policía turca, me ha dicho que iban a enviarme a una persona.

—Sí.

—¿El FBI siempre entra en las casas ajenas sin anunciarse?

—Le pido disculpas —contesté—. Me dio la impresión de que estaba vacía. He venido a echar un vistazo.

La mano dejó de temblarle, pero aún estaba nerviosa y sacó un cigarrillo. Sin embargo, no lo encendió, era uno de esos juguetes electrónicos que utilizan las personas que están intentando dejar de fumar. Se contentó con sostenerlo entre sus elegantes dedos.

—¿Y suele el FBI investigar accidentes? ¿Quién le ha pedido a usted que viniera a Bodrum?

—Tengo entendido que uno de los abogados o administradores de su marido.

—Eso me cuadra —respondió—. ¿Quién ha sido, Fairfax, Resnick, Porter...?

Aquella lista de nombres me dio a entender que, en el círculo de su marido, había muchas personas que no veían con buenos ojos que a una dependienta, aunque fuera de Prada, le hubiera tocado el premio gordo de la lotería.

—Lo cierto es que no lo sé —contesté.

La viuda lanzó una carcajada cargada de sarcasmo.

—Y aunque lo supiera no me lo diría, ¿a que no?

—No —repuse.

Dio una calada al cigarrillo electrónico. Si aquel gesto lo hubiera hecho cualquier otra persona, habría resultado ridículo.

—La casa parecía desierta —expliqué—. Lamento lo de la pistola, pero es que me ha sorprendido encontrar a alguien aquí.

Ella no se molestó en responder. Tuve la sensación de que estaba evaluándome.

—¿Cómo ha accedido a la finca? —le pregunté entonces, procurando mantener un tono lo más natural posible.

—¿Qué quiere decir? —replicó.

—Yo he entrado por la verja principal. Pero allí no había ningún coche aparcado, y el policía que estaba de servicio no me ha dicho que hubiera nadie en casa.

—Nuestro barco está fondeado en la bahía, ahí es donde he estado durmiendo desde el accidente. Me ha traído hasta aquí una de las lanchas, y he subido por la escalera. —Debió de notar que una sombra de duda cruzaba por mi rostro, porque se encogió de hombros y añadió—: La lancha está en la caseta de la playa, y el tripulante todavía debe de seguir allí, vaya a preguntarle si quiere.

—Por supuesto que no —contesté—. Ésta es su casa, y puede usted hacer lo que le apetezca. Era usted la que estaba en la terraza, ¿verdad?

Dudó un instante.

—No me di cuenta de que estuviera mirando —dijo.

—Estaba allí abajo, en el césped. Y aunque no podía saberlo con seguridad, me pareció ver una sombra.

—Había una contraventana dando golpes por el viento —explicó.

De repente me volví... acababa de oír una puerta cerrarse a lo lejos.

—¿Hay alguien más en la casa?

—No, ¿por qué lo dice?

—Es que me ha parecido oír... —Escuché con atención, pero no logré captar nada. Todo estaba en silencio.

—Es una casa vieja —dijo Cameron—, si sopla el viento del sur, se cuela por el sótano.

Empezó a encender lámparas, no sé si para distraerme o porque de verdad se había cansado de estar a oscuras.

Cuando la suave luz la iluminó, pude verla con claridad. En cierta ocasión, Jack Lemmon dijo de Marilyn Monroe que era un relámpago dentro de una botella. Estaba claro que esa descripción podría haber servido igualmente para Cameron. Era esbelta y atlética, y poseía una piel tan tersa que daba la impresión de reflejar la luz. En aquel momento —y también en otras ocasiones, más adelante—, me di cuenta de que, cuando hablabas con ella, tenía una forma de inclinar la cabeza y entrecerrar los ojos que te hacía sentir que eras la única persona que estaba con ella en la habitación, si no en el mundo entero.

Y además era inteligente. Lo sabía porque había leído una transcripción del interrogatorio al que la habían sometido los policías de Bodrum, en la noche del presunto accidente. Acababan de decirle que, por el momento, no se le permitía llamar a un abogado, estaba intentando entender el deficiente inglés de un intérprete, se sentía agotada y sola, y aun así fue amable y procuró ayudar durante todas las horas que duró aquel interrogatorio. En Turquía, si uno perdía los nervios —ya fuera culpable o no— podía verse metido en un montón de problemas. Cameron era una mujer inteligente y que sabía dominar sus impulsos. «Acuérdate de ese detalle», me dije.

Cuando el número de luces encendidas le pareció satisfactorio, se volvió hacia mí y abrió una de las botellas de agua.

—La policía turca me ha dicho que usted es la única heredera de las propiedades de su marido —le dije con toda la neutralidad de que fui capaz.

Ella bebió un trago.

—¿Esto es un interrogatorio oficial, señor Wilson? —dijo con sensatez.

—No, pero, si quiere, puedo hacer que lo sea.

—No es ningún secreto —contestó encogiéndose de hombros—. Sí, soy la heredera.

—¿Firmaron un contrato prenupcial?

Titubeó un instante, y noté enseguida que no iba a responder con facilidad a aquella pregunta.

—Si lo desea —insistí—, nuestra oficina de Nueva York puede solicitar formalmente ese documento. Por lo que ha insinuado usted antes, estoy seguro de que el abogado o administrador estaría encantado de ayudarnos.

—Sí, firmamos un contrato prenupcial —concedió al fin.

—¿Qué era lo que estipulaba dicho contrato en caso de divorcio?

Bebió otro trago de agua.

—Durante los cinco primeros años, yo recibiría cuarenta mil dólares anuales. A partir de ahí, la cantidad iría aumentando poco a poco, hasta llegar a cincuenta mil. Después, empleando la terminología que usan los abogados, se consideraría que habría recibido la totalidad de la cuantía estipulada, y el contrato prenupcial dejaría de tener efecto.

—Cuarenta mil al año durante cinco años... —comenté—. Eso debía de ser más o menos lo que ganaba usted en Prada.

—Se le acercaba bastante.

—¿Y qué va a recibir ahora que es su viuda?

—Hay un fideicomiso... es bastante complicado, no estoy segura de que alguien sepa exactamente lo que...

—¿Cuánto? —repetí.

—Aproximadamente mil doscientos millones —respondió, y a continuación desvió la mirada.

La cifra quedó unos momentos flotando en el aire —como suelen hacer las cifras de esa categoría—, y después Cameron se volvió y me miró. Para mi sorpresa, estaba temblando de emoción y tenía los ojos chispeantes de furia.

—¿Sabe por qué estaba antes en la terraza cerrando la contraventana, sabe por qué estaba allí? Porque era el dormitorio que compartía con mi marido. Todas las noches vengo hasta aquí, bajo del barco, subo por el acantilado y entro en esa habitación. Me tumbo en la cama y noto su olor, incluso tengo la sensación de que, si me vuelvo hacia un lado, lo encontraré todavía allí, durmiendo. La gente puede decir lo que quiera acerca del dinero, pero lo único que me queda de él son las sábanas de un dormitorio de una casa alquilada. Yo amaba a mi marido, señor Wilson.

Al decir aquellas últimas palabras, sus ojos se llenaron de lágrimas. Hizo un esfuerzo para no llorar, y en aquel instante mostró tal dignidad y coraje que costaba trabajo no compadecerla. Si estaba fingiendo, desde luego que lo suyo merecía un premio a la mejor interpretación femenina.

—Si no le importa, prefiero que se vaya. Si tiene más preguntas, puede hablar con la policía turca, ellos llevan la investigación y tienen un informe completo con el interrogatorio que me hicieron. No tengo nada más que añadir.

Mientras cruzaba el jardín en dirección a la entrada principal, me sentía inclinado a creer a la viuda, pero, por supuesto, uno nunca puede fiarse. Cuando ya estaba a punto de doblar la esquina de la casa, me volví para mirar atrás. La vi de pie, en la terraza, sola en las sombras de aquella mansión tan melancólica, descalza y dolorosamente hermosa, con la mirada perdida en el cenador y en el lugar en que había muerto su marido. Por un momento pensé que iba a volverse para mirarme, pero no lo hizo.

Penetré en el largo camino de entrada para coches, la noche me engulló y aquel siniestro edificio se replegó en la oscuridad. Había llegado allí con muchas dudas, y ahora me marchaba convencido de que alguien había inducido a Dodge a cambiar sus drogas por unos prismáticos y a dar el último paseo de su vida.

Era una buena teoría, pero sabía que, si quería seguir en aquel juego, no sería suficiente. Ya se aseguraría de ello Leila Cumali, que había elaborado una versión propia de los hechos y le había añadido el peso de su reputación profesional. No podía permitirse estar equivocada, y haría todo lo posible por quitar de en medio a aquel intruso norteamericano.

Necesitaba una prueba.

22

Y jamás la habría encontrado si no hubiera sido por una serie de semáforos.

Venía conduciendo desde el promontorio sur, y llegué a las afueras de la ciudad a esa hora en que los restaurantes se transforman en bares, las mujeres empiezan a pensar en quitarse los zapatos de tacón y las parejas normalmente sobrias piden otra copa más de *raki*.

Los semáforos de un concurrido cruce de calles, con un local nocturno en una esquina y un edificio en construcción en la otra, cambiaron de verde a ámbar. Yo me encontraba lo bastante cerca como para saltarme el semáforo, pero como había tantas motocicletas que circulaban con sus propias leyes y tantos peatones alcoholizados, decidí no correr riesgos.

Mientras esperaba a que el semáforo volviera a ponerse verde, miré hacia el edificio en construcción, y, entre las pintadas de apoyo a diversos partidos políticos, vi un cartel medio desgarrado en el que se anunciaba una fiesta salvaje que se había organizado para la noche del Zafer Bayrami. Mostraba un elaborado gráfico del puerto, con la Casa de los Franceses en lo alto del promontorio y la gigantesca «bomba de fósforo» explotando en el cielo. «Polvo de magnesio, eso es lo que utilizan —pensé ociosamente, recordando las clases de química de la Caulfield Academy—. El mismo material que utilizaban antiguamente los fotógrafos para sus disparadores de *flash*...»

De pronto, se me ocurrió una idea tan descabellada que me vi obligado a repetirla en voz alta. Y después de hacerlo, me pareció todavía más absurda que antes.

Sabía que Dodge estaba en la biblioteca en el momento de la explosión de colores. Eso era lo que me había dicho Cumali, y no había pruebas de lo contrario. Lo cual significaba que, cuando estalló la bola de magnesio al otro lado de los ventanales, seguramente estaba sentado en el sillón de cuero, con los dos espejos detrás. Tal vez fuera posible que aquellas dos cosas aparentemente inconexas, el magnesio y los espejos, me proporcionasen la prueba que tanto necesitaba.

Estaba tan ensimismado pensando en aquello que tardé un momento en darme cuenta de que los conductores que tenía detrás de mí tocaban el claxon con insistencia: el semáforo había cambiado a verde. Pisé el acelerador y, con la mano libre, busqué entre los documentos que me había dado Cumali. Encontré una nota dirigida al médico forense en la que figuraba también el teléfono móvil de la detective, y me dispuse a llamarla. Ya había empezado a marcar el número cuando pensé que tal vez a una mujer que tenía un niño de seis años no le haría mucha gracia que la despertasen en plena noche, y, además, ¿qué iba a poder hacer ella a aquellas horas de la madrugada?

De modo que decidí regresar al hotel, conectarme a internet, buscar la página de la galería de los Uffizi de Florencia y escribir a todas las direcciones de correo electrónico que figurasen en ella, indicando mi número de móvil y una petición urgente de socorro.

Los Uffizi, antigua residencia de los Médici, era uno de los museos de arte más importantes de Europa, y en él se guardaba la mejor colección de pintura renacentista de todo el mundo. Cuando yo era joven, Bill y Grace me habían llevado a visitar sus largas galerías media docena de veces, y en una ocasión —la visita de la que más disfruté— Bill organizó un recorrido por el lugar que el director del museo denominaba modestamente su «taller»: una sala de restauración que no tenía parangón a ambos lados del Atlántico. Aquella sala era lo que yo necesitaba ahora, y abrigué la esperanza de que, cuando el personal del museo llegara a primera hora de la mañana, alguien dejara mi mensaje en las manos de quien correspondía, de modo que pudiera ponerse en contacto conmigo.

Me detuve junto al hotel, aparqué el coche y me dirigí al mostrador de recepción para que me dieran la llave de mi habitación. El encargado me entregó otro sobre.

—Espero que no será una noticia como las que causan la mucha pena a *mister* Brodie David Wilson —me dijo.

El sobre estaba abierto, y di por hecho que él ya había leído el mensaje y que, casi seguro, iba a causarme «la mucha pena».

No me equivocaba. Era de Leila Cumali, y me decía que había hablado con sus superiores de mi «petición» de que el caso Dodge no se cerrara aún.

«Tras examinar el expediente y toda la documentación adjunta, mis superiores han decidido que no hay nada que justifique el retraso con fines de investigación.»

Añadía que el jefe de policía y demás altos cargos habían llegado a la conclusión de que se trataba de un caso de «muerte desafortunada», y que por lo tanto el expediente sería enviado a Ankara a la mañana siguiente, el cadáver de Dodge le sería entregado a su esposa para que pudiera proceder a darle sepultura, y los pasaportes de sus amigos y conocidos serían devueltos a sus dueños, lo cual les permitiría abandonar la ciudad de inmediato.

«El Departamento de Policía de Bodrum le da las gracias por su interés y se siente orgulloso de haber podido ofrecer al FBI toda la ayuda posible —escribía—. Puede quedarse con el material fotocopiado que le hemos proporcionado para sus archivos.»

Con razón Cumali había aparentado rendirse con demasiada facilidad. Si la policía cumplía lo que decía aquella nota, yo estaba acabado: ya no habría nada que justificara que un agente del FBI siguiera en Bodrum, y reabrir la investigación sería imposible. El cadáver desaparecería, y todos los posibles testigos se repartirían por el mundo. Mi primera intención fue llamar inmediatamente a Cumali, pero prevaleció mi instinto más sereno. Ya la llamaría a la mañana siguiente, ahora mi prioridad eran los Uffizi.

El encargado me estaba mirando sin quitarme ojo, y le dije que la vida «estaba llena de la pena», pero que Brodie David Wilson era todo un experto en aquella clase de contratiempos. ¡Maldita sea, estaba tan agotado que empezaba a hablar como él! Subí a mi habitación y, después de bombardear a los Uffizi con varios correos electrónicos, lo único que me apetecía era meterme en la cama.

Sin embargo, antes de acostarme debía hacer una última llamada. Volví a poner la batería al móvil y llamé a Ben Bradley. Le dije que la policía turca estaba convencida de que la muerte de Dodge había sido un accidente y que iba a poner punto final a la investigación.

—¡Joder! —exclamó Ben.

—Ya. Están totalmente equivocados. Voy a probar una cosa para intentar que no cierren el caso, pero es mejor que vayas informando a las otras partes interesadas.

—¿Hay algo que yo pueda hacer?

—Te lo agradezco mucho, Ben, pero la he cagado yo, y debo resolverlo yo.

Colgué, pero no quité la batería del teléfono por si recibía una respuesta urgente. A pesar de lo cansado que estaba, ni siquiera me había dormido aún cuando el móvil empezó a sonar.

—Se me ha olvidado preguntarte una cosa —dijo Bradley—: ¿Cuándo calculas que sabrás si ha funcionado tu último intento?

Aquello venía del Susurrador, estaba convencido, y casi me pareció percibir pánico en su voz.

—Mañana a esta hora —contesté—. Puede que por la mañana tenga que desplazarme hasta Italia.

23

Me desperté a las siete, y de inmediato llamé a Cumali, pero saltó directamente el contestador. Le dejé el mensaje de que me llamara lo antes posible y seguí marcando su número: tras veinte minutos de intentos frustrados, seguía sin poder hablar con ella.

Bajé a recepción, continué descubriendo el peculiar inglés del encargado y conseguí que me proporcionara la dirección de «Gul e hijos. Amarres y construcción de barcos». La introduje en el sistema de navegación del Fiat, y siete minutos después estaba ya en el Puerto Antiguo, de pie frente a la casa que había visto en la foto del despacho de Cumali, en la que ella aparecía pintando la fachada.

Antiguamente había sido una casa de pescadores, de dos plantas, con macetas de arcilla y ventanas repletas de flores. Me quedé sorprendido, porque aquel lugar desprendía un aire de alegría y de dulzura que yo no había sido capaz de detectar en aquella mujer. Subí el sendero que llevaba hasta la entrada y llamé al timbre. Nadie respondió.

Atravesé una pequeña franja de césped y bajé por una entrada para coches pegada al alto muro del muelle de Gul. Miré dentro del garaje. Allí estaba la «mierda» de coche italiano, negro y descapotado, pero ni rastro de que hubiera alguien. Me acerqué a la parte posterior de la casa y agucé el oído: no se oía ningún movimiento, excepto el de un gato atigrado que se rascaba la oreja en el alféizar de la ventana de la cocina.

Regresé a mi coche, consulté el reloj y empecé a conducir describiendo círculos, cada vez más lejos de la casa, en busca del pequeño parque del que me había hablado la secretaria. Tenía que encontrar a Cumali cuanto antes. Diez minutos después, vi una pequeña zona de césped en la que había media docena de niños jugando en los columpios. Sus madres aguardaban alrededor, y, para mi inmenso alivio, entre ellas se encontraba la detective.

Aparqué y me apeé a toda prisa. Estaba de espaldas a mí, empujando el columpio de su hijo, de modo que me encontraba a escasos metros cuando las otras madres se dirigieron a ella en turco señalando en mi dirección. La agente se volvió, y cuando me reconoció su semblante reflejó tal rabia por aquella intrusión inesperada que me costó trabajo aceptarla. Pero había también algo más... algo furtivo en la manera en que se apresuró a coger a su hijo. Mi primera impresión, «el primer parpadeo», por así decirlo, fue la de haber descubierto un secreto.

Mientras la detective me miraba con cara de pocos amigos, el pequeño asomó un ojo por detrás de su falda para observarme. Yo le sonreí.

—Éste debe de ser su hijo —comenté.

El niño, más confiado, se separó de su madre, y, todo un logro por mi parte, la expresión de mi rostro no se alteró lo más mínimo cuando me di cuenta de que sufría síndrome de Down. Como todos los niños que he conocido iguales que él, tenía una carita maravillosa, sonriente y rebosante de inocencia. Me dijo algo en turco, que adiviné que sería un «buenos días», y no sé por qué, pero en vez de intentar comunicarme en un idioma que aquel pequeño sin duda no entendería, se me ocurrió hacerle una reverencia. A él le pareció lo más divertido que había visto en su vida, y me respondió con otra reverencia idéntica. Las madres y los demás niños, que estaban observando la escena, se echaron a reír, lo cual sólo sirvió para que el pequeño se animase a repetir el gesto varias veces más ante aquel norteamericano loco.

La única persona que no lo consideró divertido fue su madre.

—¿Cómo me ha encontrado? En mi nota lo dejé bien claro, no estoy dispuesta a discutir lo que...

—No he venido a discutir nada —la interrumpí—. Quiero que me acompañe a la Casa de los Franceses.

Aquello restó varios caballos de vapor a su furia.

—¿Para qué?

—En mi opinión, a Dodge lo asesinaron, y es posible que podamos demostrarlo.

—¿Que lo asesinaron? ¿Cómo iba a acceder nadie a esa finca?

—Eso aún no lo sé. El primer paso es demostrar que había alguien más en la casa, y me parece que eso podemos conseguirlo.

La detective reflexionó unos momentos y luego respondió negando con la cabeza.

—No. Las pruebas demuestran claramente que...

—Olvídese de las pruebas. Las pruebas son una lista de los materiales que uno tiene. ¿Qué pasa con los materiales que no se han encontrado? ¿Cómo los denomina usted... «datos irrelevantes»?

Aquella frase era de mi libro, y de inmediato me reprendí porque, una vez más, me había salido de mi tapadera, aunque enseguida recordé que aquél era precisamente el libro que me habían dado para leer en el avión. Cumali seguía sin estar convencida.

—Y debemos hacerlo ahora, antes de que se cierre la investigación —la presioné.

—Lo siento, mis superiores han dado el visto bueno para cerrar el caso.

Tuve que hacer un gran esfuerzo para no perder los estribos.

—Si resulta que estoy en lo cierto y la policía de Bodrum ya ha entregado el cadáver y ha devuelto los pasaportes, vamos a tener problemas graves. Y no los causaré yo, sino las altas esferas del gobierno.

La detective titubeó. Las otras madres y los niños empezaron a encaminarse hacia el colegio, y se despidieron de Cumali y de su hijo.

—No puedo ir en este momento —respondió—. Tengo que dejar a mi hijo con la niñera. Se me ha averiado el coche, y lleva tiempo...

—Yo la llevo —propuse señalando el Fiat.

No dio la impresión de que le gustara aquel arreglo, pero tampoco vio la forma de salir de la encerrona, así que asintió con un gesto. Al pequeño, por otra parte, le pareció genial, y mientras nos dirigíamos al coche se agarró de mi mano.

Cumali abrió la puerta trasera, hizo subir a su hijo y luego subió ella a su lado. Ya era bastante malo que una musulmana compartiera el coche con un hombre al que apenas conocía, viajar en el asiento del copiloto habría sido impensable.

Mientras ella me indicaba por dónde había que ir, yo le iba hablando:

—Creo que debería llamar a su oficina para decirles que ha surgido un contratiempo y que esperen un poco para enviar la documentación a Ankara.

Cumali no respondió, de modo que volví la vista hacia el retrovisor y vi que estaba mirándome fijamente, con gesto duro. No iba a hacerle ninguna gracia enterarse de lo que se me había ocurrido, pero yo no podía hacer nada al respecto. Unos instantes después, sacó su móvil y se puso a hablar en turco.

Cuando colgó, me dijo que había dejado un mensaje para su jefe y que había solicitado que varios de sus colegas se reunieran con nosotros en el promontorio sur. Aquello parecía una petición de refuerzos. No tuve oportunidad de contestar, porque el niño empezó a hablar animadamente en turco. Volví a mirar por el espejo y vi que su madre lo escuchaba con atención; era evidente que Cumali deseaba que su hijo supiera que su opinión tenía mucho valor, y cuanto más la observaba más cuenta me daba de la paciencia infinita que tenía con él.

—Mi hijo quiere que le diga que el jueves vamos a ir al circo —tradujo—. Dice que empezaremos con la Gran Cabalgata y que después veremos a los acróbatas, los leones, los payasos...

—Y a los encantadores de serpientes —añadí—. Lo vi al llegar. Por favor, dígale que me pareció un circo magnífico.

Cumali tradujo, el pequeño rió encantado, y la conversación se transformó rápidamente en algo que parecía una discusión.

—Mi hijo me dice —explicó por fin— que le pregunte si le gustaría acompañarnos, pero yo le he dicho que el jueves por la noche usted tiene una reunión, que está muy ocupado.

Mi mirada se cruzó con la suya en el retrovisor.

—Sí, es una lástima lo de esa reunión —contesté—. Me habría gustado ir. Por favor, dígale que lo siento mucho.

Cumali le dijo algo en turco, y después me indicó que girase a la izquierda y parase veinte metros más adelante. Nos detuvimos frente a una casa de aspecto modesto con una hilera de gnomos a lo largo del sendero de entrada y un tobogán infantil en una zona con césped. Al otro lado de la calle había un almacén de distribución de Coca-Cola. Los motores de dos grandes camiones que maniobraban entrando y saliendo hacían tanto ruido que no tuve oportunidad de despedirme debidamente del pequeño antes de que su madre lo sacara del coche. Cruzó con él la verja de la entrada y lo acompañó hasta la puerta de la casa.

Una mujer joven, de unos veintimuchos años, morena y con marcado sobrepeso, abrió la puerta y besó al niño en la frente. Mientras Cumali cruzaba unas palabras con ella, dispuse de unos momentos para pensar de nuevo en el gesto furtivo que capté en los columpios. La explicación más fácil sería que dicha actitud se debía a que el niño tenía síndrome de Down y a que su madre intentó de manera instintiva protegerlo de mi intrusión. Pero no creí que aquél fuera el único motivo. Tanto la detective como su hijo se sentían perfectamente cómodos en compañía de los otros niños, e intuí que se trataba de algo muy distinto, aunque no tenía ni idea de qué podía ser. Una madre y su hijo jugando en un parque... ¿y qué?

Cumali ya estaba regresando hacia el coche, y su hijo se había quedado un momento en la puerta con su manita levantada para decirme adiós. Aunque estaba sentado al volante, me las arreglé para ejecutar una reverencia bastante decente, y vi que se le iluminaba el rostro. Me respondió con otras dos por su parte.

Cuando Cumali subió al asiento trasero, permanecí unos instantes contemplando a su hijo. Era un niño encantador, y fue algo terrible... —no hubo manera de evitarlo, lamento decirlo—, fue algo terrible lo que acabé haciéndole.

Metí primera y puse rumbo a la Casa de los Franceses.

24

Los colegas de Cumali ya habían llegado, y las altas verjas de la finca estaban abiertas. Ascendimos por el largo camino de entrada de vehículos y encontramos a tres de ellos aguardando junto a sus coches, todos con ropa de paisano, fumando y hablando por el móvil, excepto uno.

Había dos que parecían el típico detective, pero el otro llevaba la corrupción escrita en la cara. Tendría unos cuarenta y tantos años, era alto y con sobrepeso, un tipo vulgar y de dedos amorcillados vestido con un traje de tejido brillante. Cumali me lo presentó, pero no logré quedarme con su nombre. «Sólo para ser seguro de mí», por así decirlo, resolví llamarlo «el Agente».

Mientras los policías llamaban al timbre, mi teléfono móvil vibró en el bolsillo. Era la cuarta vez desde que encontré a Cumali en el parque, pero de nuevo decidí no contestar. Imaginé, esperanzado, que sería alguien de los Uffizi, y no quería tener que dar una explicación precipitada. Iba a necesitar contar con tiempo de sobra para convencerlos de algo que supuse que sería una de las ideas más extrañas que alguien les había propuesto jamás.

Nadie atendió al timbre, así que Cumali abrió la puerta con la llave maestra. Dentro estaba todo tan oscuro como siempre, y aunque yo no había pisado aquella parte de la villa, conduje a los policías hasta un comedor de lo más señorial y luego hasta la biblioteca. Lo único que había cambiado desde la noche anterior eran las cortinas, que ahora estaban corridas, y supuse que, después de marcharme yo, Cameron pasó un rato en aquella estancia, a solas con el recuerdo de su marido muerto. A no ser, claro está, que efectivamente yo hubiera oído cerrarse una puerta, y la persona que estaba en la casa además de nosotros hubiera pasado la velada sentada en la biblioteca.

Abrí las cortinas para permitir que entrase la luz y me volví hacia los cuatro policías.

—Le he dicho a la detective Cumali que no creo que Dodge estuviera solo la noche en que murió. Creo que en esta habitación entró alguien, una persona a la que él conocía.

—¿Y cómo entró esa persona en la finca? —preguntó en tono beligerante el individuo al que yo llamaba «el Agente». Típico.

Temí perder demasiado tiempo si nos metíamos en aquella madriguera, por eso le respondí con la misma aspereza:

—Vamos a contemplar de momento esa posibilidad. Supongamos que el visitante sabía cómo burlar el sistema, digamos que conocía un punto oscuro al que no llegaban las cámaras y que encontró una manera de saltar la tapia, por ahora imaginen cualquier posibilidad. No importa.

—Está bien, pues dese prisa —dijo uno de los detectives normales.

Ignoré el comentario.

—Las luces están apagadas y las cortinas están abiertas, eso es lo que dice el informe del escenario del crimen. —Señalé el sillón de cuero—. Los dos se encuentran aquí, el visitante está de pie y Dodge está sentado al lado de su alijo de droga. Está colocado y no piensa salir de la biblioteca. Pero el visitante tiene un plan: quiere que Dodge baje hasta el cenador para después empujarlo por el acantilado.

—¿Y cómo lo convenció para bajar hasta allí? —interrumpió el Agente.

—No lo sé —respondí.

—Ya... ¿Qué es lo que sabe, entonces?

—Sé que mientras el visitante hablaba con la víctima, dio comienzo el espectáculo de fuegos artificiales —repliqué—. Se inició con una estrella de color blanco que estalló en lo alto del promontorio. Todo el mundo dice que era enorme...

—Sí, incluso llegó a verse desde Estambul —añadió el tercer detective.

Sonreí con cortesía: Estambul estaba a ochocientos kilómetros de allí.

—Sin embargo, ése fue el único detalle en el que no pensó el asesino —continué—. En la naturaleza de los fuegos artificiales.

Todos los policías se miraron entre sí. ¿Qué estaba diciendo ahora aquel idiota del FBI? Los fuegos artificiales son lo que son.

Por lo menos había logrado captar su atención.

—Si fueron lo bastante brillantes como para verse desde Estambul, debían contener necesariamente magnesio en polvo, que es algo muy común en los grandes espectáculos pirotécnicos, porque por un instante la noche se transforma en día. Por eso los fotógrafos antiguos lo utilizaban para los disparadores de *flash*.

—Oiga —terció Cumali—, fuegos artificiales, magnesio... ¿Tiene eso alguna importancia?

Todos corearon su comentario.

—Por supuesto —respondí—, porque tenemos una explosión de luz y un sujeto: Dodge y su visitante. Lo único que nos falta es la película. —Señalé los dos grandes espejos que había junto a la chimenea—. Los espejos llevan por detrás una capa de nitrato de plata. ¿Qué es el nitrato de plata? Pues otra forma de denominar el material de las películas. Es exactamente lo que se usaba antes en las cámaras de cine.

Nadie dijo ni una palabra; se quedaron con la mirada perdida, intentando asimilar aquella información.

—Todo estaba aquí —afirmé—: Un fogonazo luminoso. Un sujeto. Una película. Creo que tenemos una fotografía de la persona que estuvo en esta habitación con Dodge. En mi opinión, está impresa en la parte de atrás de esos espejos.

Continuaron sin decir nada, mirándome con expresión de incredulidad. Y no puedo reprochárselo, hasta yo lo consideraba una idea bastante peregrina.

La que reaccionó primero fue Cumali.

—A ver si me queda claro: ¿está pensando en «revelar» los espejos? —me preguntó.

—Exactamente.

—¿Y dónde piensa hacerlo, en Foto Exprés?

Sonreí, pero, antes de que pudiera contestar, intervino el Agente.

—Esto es ridículo... ¡fotografías en la parte de atrás de unos espejos! —se mofó—. Estamos perdiendo el tiempo.

Hizo una seña a los demás para que se dirigieran hacia la salida. Probablemente tenía unos cuantos delincuentes a los que desplumar.

No pude evitarlo, y arremetí contra él. Nunca he tenido demasiada paciencia con los polis corruptos.

—¿Por qué dice que es ridículo? ¿Porque no se ha hecho nunca? El FBI tiene el mejor laboratorio criminal del mundo, ¿me oye? El mejor. Estamos acostumbrados a ser pioneros en este tipo de cosas. ¿Cómo va a saber usted lo que es ridículo y lo que no lo es?

El brillo de sus ojos saltones y el gesto de su boca me indicaron que me había ganado un enemigo para toda la vida. Me dio igual. Pero antes de que la situación se deteriorase más, volvió a vibrar mi móvil y, cuando miré la pantalla, vi que era un número de Italia.

—Será de la galería de los Uffizi, de Florencia —les dije—. Voy a pedirles que me ayuden a recuperar la imagen.

Uno de los otros dos detectives, que por lo visto era el jefe del grupo, negó con la cabeza.

—No —dijo—, no habrá ninguna ayuda, ni de los italianos ni de nadie. Los espejos se quedan donde están, esto es agarrarse a un clavo ardiendo, o como sea que lo digan ustedes.

—De acuerdo —respondí—. Está bien. Pues voy a presentar una solicitud formal, en nombre del FBI, para confiscar oficialmente estos espejos, de modo que puedan ser sometidos a un análisis forense. Si ustedes se niegan a colaborar, voy a necesitar que me indiquen las razones por escrito, para que pueda enviárselas a la Casa Blanca y a las autoridades competentes de Ankara.

Se hizo el silencio. De nuevo vibró mi teléfono, pero no hice ningún ademán de querer atenderlo. Nos quedamos todos inmóviles, sin pronunciar palabra. Justo antes de que colgasen, el jefe reaccionó encogiéndose de hombros.

—Pues en ese caso llévese los malditos espejos —dijo enfadado—. Malgaste su tiempo, si le apetece.

—Gracias —contesté—. ¿A quién llamo para que los retiren?

El Agente lanzó una carcajada.

—Ni idea. Pruebe con los del laboratorio del FBI, que lo saben todo. Seguro que ellos lo ayudan.

Los otros dos detectives sonrieron de oreja a oreja. A Cumali se la veía avergonzada por la actitud de sus compañeros, pero, cuando el jefe los hizo salir a todos a la terraza, obedeció sin rechistar.

Mientras encendían cigarrillos y paseaban por el césped disfrutando de la panorámica y haciendo comentarios sobre mí —estoy seguro de ello—, devolví la llamada a los Uffizi. Alguien había alertado al director del taller, y fue a él —probablemente el mayor experto del mundo en restauración de obras artísticas— a quien expliqué lo que necesitaba.

Cuando dejó de reír, me pidió que se lo explicara otra vez. Después de hacerme una docena de preguntas, por fin accedió a colaborar conmigo —imagino que fue más por el reto que suponía un trabajo como aquél que por cualquier otro motivo—, pero me hizo comprender que sus esperanzas de que funcionara eran prácticamente nulas.

—Supongo que será urgente —preguntó.

—Por supuesto —contesté—. ¿Acaso no lo es todo? Se los haré llegar lo antes posible.

En cuanto colgué, hice una segunda llamada, y, desde un lugar totalmente distinto, también obtuve la promesa de que recibiría la ayuda necesaria.

25

El encargado de mi hotel llegó a la Casa de los Franceses con dos maltrechas camionetas y ocho hombres que tenían toda la pinta de estar disfrutando de sus vacaciones. Pero hice mal en juzgarlos por las apariencias, porque resultaron ser los mejores y más dedicados trabajadores que he conocido en toda mi vida.

Eran amigos del encargado, y éste los había convocado sin previo aviso. Cuando me los encontré delante de la casa y les dije que iba a pagarles, se negaron a cobrar.

—Estos hombres dicen que del dinero hoy no sienten amor verdadero —tradujo, más o menos. Cuanto más le oía hablar, más me sonaba a uno de esos programas de traducción que se pueden encontrar en internet—. Es bastante para ellos de la gran mansión que tienen la oportunidad de ver.

Al parecer, ninguno de aquellos hombres, igual que casi todos los habitantes de Bodrum, había cruzado las altas verjas de la entrada, así que con mucho gusto se mostraron dispuestos a ayudar a su amigo. Cuando nos dirigíamos a la parte de atrás de la villa, para entrar por la amplia terraza trasera, nos tropezamos con Cumali y sus colegas, que salían del interior. Hubo un momento de incomodidad cuando ambas cuadrillas se encontraron, pero el encargado se hizo a un lado para que pasaran los policías, y sus amigos hicieron lo mismo.

Desde mi posición podía ver con claridad la cara del encargado del hotel, y el gesto de desdén que le dedicó el Agente no me pasó inadvertido. El encargado se volvió, advirtió que yo lo estaba mirando y esbozó una sonrisa. Cuando los policías se hubieron alejado lo suficiente, se acercó a mí.

—A ese hombre nosotros llamamos «Bob Esponja».

Todos los trabajadores asintieron con la cabeza.

—¿Bob Esponja? —repetí—. ¿Como el dibujo animado?

El encargado asintió e imitó con gestos la acción de absorber.

—Ah —dije—, es una esponja.

Y a continuación me froté el dedo índice y el pulgar, el gesto universal para indicar soborno. El encargado y sus amigos rieron, y uno de ellos escupió en el suelo para mostrar su desprecio. Por un instante, habíamos dejado a un lado todos los idiomas.

Poco después, nos dirigimos a la zona ajardinada. Tras concederles un minuto para que admirasen la vista, los hice entrar por una de las altas puertas de la terraza que daban a la biblioteca. Dos de los hombres eran carpinteros, y mientras hablaban de cómo construir unas cajas para proteger los espejos, los otros regresaron a sus camionetas a buscar las escaleras y herramientas necesarias.

Yo salí al exterior y me puse a la tarea de intentar encontrar a alguien de FedEx que fuera capaz de organizar de inmediato la recogida de los espejos y su transporte en avión hasta Florencia. Estaba esperando a que el servicio de atención al cliente me devolviese la llamada, cuando de pronto se me acercó el encargado, con prisa y de lo más inquieto, rogándome que lo acompañase al interior de la casa. Por un momento pensé que a lo mejor se les había caído uno de los espejos, pero enseguida me dije que, en tal caso, habría oído sin duda el estrépito de cristales rotos, y deseché la idea.

Dejé en suspenso a los de FedEx, subí con el encargado hasta la terraza y entré de nuevo en la biblioteca. Lo que vi me hizo frenar en seco. Los hombres, mudos y de pie, a un lado de la chimenea, me miraban con gesto serio. Habían descolgado los dos espejos y dejado al descubierto el espacio de las paredes de piedra que habían ocupado hasta aquel momento.

La primera vez que vi aquellos espejos los encontré fuera de lugar en una biblioteca como aquélla, pero lo achaqué a la excentricidad de los ricos. Por lo visto, estaba claro que me había equivocado: se habían utilizado para ocultar dos grandes esvásticas talladas en la piedra. Eran realmente auténticas, cinceladas con precisión artística, ambas coronadas por el águila imperial del Tercer Reich. Me quedé mirándolas. De pequeño, había visto esvásticas en el despacho del comandante de Natzweiler-Struthof, y por un instante de horror rememoré la imagen de aquella mujer con el niño en brazos y sus dos hijos asidos de sus faldas.

Di unos pasos hacia aquellos horribles símbolos; el encargado y sus amigos me observaban atentamente, todos con una expresión de vergüenza en el rostro. Durante la Segunda Guerra Mundial, Turquía había permanecido neutral, pero sabían lo que representaban aquellos símbolos, y creo que se sintieron profundamente ofendidos de que algo así se hubiera descubierto en su tierra.

Alargué una mano —en realidad, no me apetecía nada tocar aquello— y pasé un dedo a lo largo de las marcas dejadas por el cincel. Estaban llenas de polvo, lo cual quería decir que los espejos habían sido colocados allí muchos años atrás.

Me volví hacia los hombres.

—¿Por qué llaman a esta villa «la Casa de los Franceses»? —les pregunté.

26

No era así como se llamaba la casa, al menos aquél no era su nombre original. Cuando se construyó, justo al terminar la guerra, la llamaron La Salle d'Attente, «La Sala de Espera». «¿Qué era lo que se esperaba allí?», me pregunté.

Estaba sentado con el encargado y su cuadrilla de amigos en los escalones que bajaban de la terraza al jardín, con el mar Egeo frente a nosotros y disfrutando de la suave brisa que agitaba las frondas de las palmeras. Los trabajadores se habían traído el almuerzo, e insistieron en compartir conmigo las aceitunas, el queso y el pan de leña. Sólo cuando les enseñé la placa del FBI y les dije que lo tenía prohibido, conseguí librarme del vino y el *raki* que acompañaban a cada bocado. Por suerte, habían descolgado los espejos antes de almorzar.

Estábamos enfrascados en lo que era, por decirlo suavemente, una conversación caótica, y no sólo a causa del alcohol. Todos los integrantes de la cuadrilla, incluido el encargado, tenían su propia versión de la historia de aquella casa. Ninguno de ellos contaba la edad suficiente para recordar cuándo la construyeron, de modo que se basaban en anécdotas que habían ido pasando de boca en boca desde la época de sus abuelos.

Lo único en lo que coincidieron todos fue en que la había construido una mujer alemana. Que yo supiera, debió de ser hacia 1946, apenas un año después de que terminase la guerra, con una Alemania que, con siete millones de muertos, había quedado en ruinas. La historia decía que la familia de aquella mujer había trasladado sus bienes a Suiza antes del comienzo de las hostilidades, y gracias a ello su fortuna permaneció intacta. Tal vez fuera cierto, porque había alemanes que habían hecho exactamente lo mismo, no había más que preguntar a los tipos del banco Richeloud.

Todos los de la cuadrilla coincidieron también en que la alemana llegó en avión a la antigua pista de hierba de Milas. Al parecer, allí la recogieron en un automóvil, y a la hora de comer estaba ya inspeccionando el emplazamiento. Dos horas más tarde se marchó de nuevo en otro avión, y unos meses después llegó un equipo de obreros para iniciar los trabajos de construcción.

En aquella época apenas había carreteras, de modo que tanto los trabajadores como los ingenieros, y por supuesto los materiales de construcción, tuvieron que llegar en barco. Aquellos hombres demacrados —todos ellos alemanes— construyeron también algunos barracones y una cocina de campaña, y, por razones que sólo ellos conocían, no se relacionaron en absoluto con los habitantes del pueblo.

Dos años después, con la casa ya terminada, el último de ellos derribó los sencillos barracones, diseñó los jardines y se marchó. El único rastro que quedó del paso de aquella gente por allí fue el nombre de la pequeña cala que había al pie del acantilado, a la que sólo podía accederse desde el mar. Allí era donde habían fondeado las barcazas que trajeron todo el material.

—Esta arena del agua —dijo el encargado— es la que las gentes de Bodrum llaman...

—...la Playa de los Alemanes —terminé yo.

Los obreros me contaron que, a pesar de tanto esfuerzo y tanto gasto, nadie vivió nunca en aquella mansión, al menos de forma permanente. Al principio, cada pocos meses, las luces de la casa estaban encendidas durante estancias de una semana como mucho, y después volvían a apagarse. Todo el mundo supuso que se trataba de una segunda residencia, pero la vegetación —plantada con sumo cuidado— y la intimidad de la construcción en sí hacían que resultara imposible vislumbrar siquiera quién tenía la Sala de Espera como residencia de vacaciones.

«La Sala de Espera —pensé de nuevo—, qué nombre tan extraño.»

—¿Por qué le cambiaron el nombre? —pregunté a la cuadrilla.

El encargado sonrió y no tuvo necesidad de consultar a sus compañeros:

—Fue una simple razón —contestó—. «La Salle d'Attente» era una complicación grande para pronunciar de los pescadores. Sabían el idioma de ese nombre, así que encogieron hombros y la llamaron «la Casa de los Franceses». Con los años el nombre se quedó, y toda la gente la llamó lo mismo.

Fueron pasando las estaciones —relataron los obreros—, la vegetación se volvió más densa y la mansión pareció sumirse en un largo sueño, y así transcurrieron varios años sin que la visitara nadie.

Poco a poco, y luego más rápidamente, el turismo fue transformando la costa de Bodrum. Se construyeron los puertos deportivos y otras villas igual de hermosas sobre el promontorio. Después, unos ocho años atrás, apareció un individuo —nadie sabía quién era— y abrió la casa de nuevo. Unas semanas más tarde, llegaron varios equipos de rehabilitación de edificios procedentes del extranjero y comenzaron a modernizar la villa, incluso instalaron un sistema de seguridad de última generación. Por fin había llegado el siglo XXI a la Casa de los Franceses.

Unos meses antes de que comenzara aquel verano, una inmobiliaria de Bodrum recibió una llamada de alguien que dijo que había llegado el momento de que la mansión se ganase el sustento, y se ofreció como villa de veraneo al precio de doscientos mil dólares por semana.

Los obreros sonrieron al mencionar la increíble cifra, y se encogieron de hombros.

—¿Quién sería la mujer que construyó la casa? —pregunté cuando se hizo el silencio, recordando las esvásticas.

Los obreros negaron con la cabeza: aquello era todo un misterio. En aquel momento el encargado consultó el reloj y dijo que, si queríamos que los espejos estuvieran en el aeropuerto a la hora acordada, era mejor que terminasen de cargarlos en las camionetas. De modo que les pusieron el tapón a las botellas y se dirigieron a la biblioteca.

Yo me volví y empecé a bajar por el jardín. A mitad de camino, me detuve para mirar de nuevo la mansión. Ciertamente, era de lo más siniestra. La impresión que me causó al verla por primera vez desde el camino para coches había sido acertada: la habían construido para que sus inquilinos disfrutaran de la más absoluta intimidad. Pero ¿«La Sala de Espera»?... ¿Por qué le habrían puesto ese nombre? ¿Y qué decir de aquella gente que la habitó durante cortos períodos tantos años atrás? ¿Quiénes serían?

No sé por qué me dio por pensar en algo así... Tal vez fuera por el movimiento del mar, tal vez porque divisé un carguero en el horizonte... Sea como sea, con el tiempo he aprendido a fiarme de mi intuición. «Un barco —pensé—. Esperaban un barco.»

El encargado del hotel estaba en la terraza, haciéndome señas con la mano para llamar mi atención.

—¡El cargamento de los espejos está todo en orden y terminado! —exclamó—. Ahora sólo necesitamos a usted.

Sonreí y me dispuse a sumarme al convoy, que partiría de inmediato con destino al aeropuerto de Milas.

27

Llegué a Florencia cuando se ponía el sol en un horizonte sin nubes, con aquella grandiosa ciudad renacentista extendida allá abajo en toda su evocadora belleza. Viajaba en la cabina del piloto de un avión de FedEx que había venido expresamente desde Estambul con el encargo de recoger dos grandes cajas de embalaje para hacer un favor especial al FBI.

Los pilotos, que eran un par de vaqueros —uno inglés y el otro australiano—, me habían invitado a que ocupara el asiento que quedaba libre en la cabina. Si hubiera sabido que iban a pasar todo el vuelo discutiendo de críquet, me habría quedado en la zona de pasajeros.

Cuando llegamos al área de estacionamiento, vino a nuestro encuentro un camión de los Uffizi, y entre los tres mozos de almacén de la galería y los dos amantes del críquet sacaron las grandes cajas de la bodega del aparato y las subieron al camión en cuestión de minutos.

Igual que tantas otras ciudades del mundo, Florencia era en sí misma una obra de arte, pero el hecho de volver a verla me produjo escasa alegría. La última vez que había paseado por aquellas mismas calles fue en compañía de Bill, y ahora me sentía de nuevo abrumado por los remordimientos al recordar lo mal que me había portado con él.

Entramos en la ciudad al anochecer, recorrimos unas callejuelas estrechas que poco habían cambiado en quinientos años y nos detuvimos delante de unas gigantescas puertas de roble que yo recordaba vagamente. El taller estaba situado en un edificio separado del museo, y consistía en un conjunto de sótanos y almacenes cuyos muros de piedra tenían dos metros de grosor, y que antiguamente habían servido para guardar las amplias reservas de grano y de vino de la familia Médici.

Bajo el atento objetivo de unas cámaras que vigilaban cada centímetro de la calle, las puertas de roble se abrieron hacia dentro y el camión penetró en una enorme zona de seguridad. Me apeé de la cabina y observé las tres consolas de alta tecnología, las patrullas de guardias armados, las hileras de monitores del circuito cerrado de televisión y las macizas puertas de acero que impedían acceder a las instalaciones. Aquel lugar guardaba escaso parecido con el que había visitado yo tantos años antes, lo cual no me sorprendió, porque a principios de la década de los noventa los Uffizi habían sufrido un ataque terrorista, de modo que, obviamente, el museo ya no quería correr ningún riesgo.

Se acercaron dos guardias y, con la ayuda de unos escáneres portátiles, tomaron las huellas dactilares de los mozos de almacén y del conductor. Aunque se conocían desde hacía años, los guardias tuvieron que esperar a que la base de datos central validase la identidad de los recién llegados antes de abrir las puertas de acero. Cuando el camión y su carga desaparecieron en el interior, yo me quedé fuera. Apareció un individuo trajeado, ordenó que me tomaran una fotografía para hacerme una tarjeta que me permitiera la entrada, y me comunicó que el director y su equipo estaban esperándome.

Cuando por fin tuve la tarjeta prendida en mi chaqueta, un guardia me ató al tobillo un cable de cobre que tocaría el suelo constantemente, de modo que toda la electricidad estática que generasen mis zapatos o mi ropa sería evacuada por el cable y desviada a tierra: así se evitaba que pudiera producirse una chispa de forma accidental. Después de los robos y de un nuevo ataque terrorista, lo que más temían quienes trabajaban en lugares como aquél era que una minúscula chispa prendiese fuego a las volátiles sustancias químicas que se utilizaban para restaurar las obras de arte.

La galería de los Uffizi estaba especializada en reparar lienzos y frescos de gran formato, y, aunque desde mi anterior visita se habían producido numerosos cambios, el director me había dicho por teléfono que aún conservaban las enormes placas fotográficas y las bañeras de productos químicos necesarias para dicha labor. Allí era donde muy pronto se iba a decidir el futuro de mi misión.

El individuo trajeado me condujo hasta un ascensor, bajamos seis pisos y salimos a una estancia que parecía ser una sala de reuniones: cuatro paredes de cristales opacos, una mesa alargada y, en un costado, dos técnicos sentados frente a dos grandes monitores conectados a una gigantesca matriz de discos duros.

Tres mujeres y media docena de hombres se pusieron de pie para recibirme. Uno de ellos me tendió la mano y se presentó como el director. Era sorprendentemente joven, pero tenía el cabello de color gris, de modo que deduje que el peligro de echar a perder obras de arte inestimables debía de haberle pasado factura. Dijo que, en las pocas horas que habían transcurrido desde nuestra conversación telefónica, las personas congregadas en aquella sala habían elaborado una estrategia para intentar recuperar la imagen de los espejos. También añadió que ninguna de ellas abrigaba muchas esperanzas.

—Claro que, en ocasiones —dijo sonriente—, incluso los restauradores de arte son capaces de hacer milagros. ¿Preparado?

Asentí con un gesto, y el director pulsó un interruptor que había en la pared. Los cuatro cristales opacos se volvieron totalmente transparentes. Estaban hechos de un vidrio especial denominado «cristal líquido»: una corriente eléctrica había reordenado las moléculas y lo había vuelto transparente.

Nos encontrábamos en el interior de un cubo de cristal suspendido en el aire, y por debajo de nosotros se extendía un espacio que resultaba del todo extraordinario. Tan grande como un campo de fútbol, y por lo menos con veinte metros de altura —arqueado, abovedado y de un blanco inmaculado—, probablemente era incluso anterior a la época de esplendor de los Médici. En el medio, y empequeñecidos por las colosales dimensiones de aquel espacio, había unos gatos hidráulicos que se utilizaban para levantar estatuas monumentales, grúas para subir y bajar cuadros al óleo, bañeras de acero inoxidable lo bastante grandes para introducir en ellas un obelisco, y una sala de vapor para limpiar con suavidad la suciedad acumulada durante siglos en el mármol y la piedra.

Entre aquellos aparatos pululaban silenciosas carretillas elevadoras propulsadas con motores eléctricos, pequeñas grúas móviles y decenas de supervisores y especialistas ataviados con batas blancas. «Vaya con el taller...», pensé, era como si la NASA se hubiera adueñado de las catacumbas.

Justo debajo de mí estaban limpiando un Tiziano, y no muy lejos había varios hombres y mujeres trabajando en un juego de puertas de bronce, obra de Bernini, que yo había visto en una ocasión en el Vaticano. Pero lo más espectacular de todo era un grupo de paneles que se habían unido unos a otros y se habían fijado en una pared. Confeccionados a partir de las enormes placas fotográficas que se habían empleado para su restauración, se habían colocado en aquel lugar para que sirvieran de inspiración o de recordatorio de la impresionante labor que se llevaba a cabo en aquel taller.

Representaban *La última cena*, de Leonardo da Vinci.

Al verla en tamaño natural, y tan vívida como si la hubieran pintado el día anterior, experimenté una fugaz sensación de lo que debió de ser, hace quinientos años, entrar en el convento de Santa Maria delle Grazie y contemplarla por primera vez.

El director se puso unos auriculares inalámbricos y señaló dos marcos dorados que estaban apoyados en la pared. Los espejos habían sido sacados de sus soportes y ahora colgaban de una grúa de techo que a continuación los introdujo en un tanque lleno de un líquido azul: un disolvente que los técnicos esperaban que fuera capaz de despegar la película del espejo sin estropearla. Si aquella operación salía mal, o si la capa de nitrato de plata se perdía, ya podíamos irnos todos a casa.

Casi de inmediato, una lona de gran tamaño descendió sobre el tanque para aislarlo de la luz.

—Si consiguen separar el nitrato de plata, hay que tratarlo como si fuera el negativo de una película: no puede darle la luz —explicó el director.

A mí me consumían las dudas. ¿Qué esperanzas había realmente? Sí, los expertos de los Uffizi habían conseguido restaurar la *Pietà* de Miguel Ángel después de que un australiano desequilibrado se liase a martillazos con ella, pero ni siquiera ellos creían que se pudiese obtener una imagen de unos espejos viejos.

El director se apretó el auricular contra el oído, escuchó unos instantes y se volvió hacia nosotros.

—Ha funcionado —anunció—, han sacado la película intacta.

Mientras los demás sonreían y aplaudían, se dirigió a mí:

—Ahora la introducirán en gelatina congelada para estabilizarla, y a continuación la trasladarán al cuarto oscuro para revelarla.

Dos minutos después, unos técnicos con bata blanca sacaron de debajo de la lona una plataforma provista de ruedas y la trasladaron a un montacargas con las paredes acristaladas. Vi cómo los dos espejos, envueltos en papel de aluminio, iban ascendiendo lentamente. El montacargas se detuvo cuando llegó a una sala en forma de cubo, como un voladizo sobre aquel espacio abovedado: supuse que debía de tratarse del cuarto oscuro.

—Puede que esta fase de la operación tarde un rato —advirtió el director—, pero cuando la hayan «revelado», los técnicos podrán decirnos si ha quedado algo grabado en la película.

28

Estaba sentado en la cafetería del personal de los Uffizi con el resto del equipo, subsistiendo a base de *espresso* y más *espresso*, cuando recibimos la llamada.

El director la atendió en su teléfono móvil, y seguidamente se volvió hacia mí, pero hablando lo bastante alto para que lo oyera todo el mundo.

—Ha aparecido algo en la película —anunció.

Echamos a correr por unos pasillos blancos y silenciosos, pasamos junto a un sorprendido grupo de donantes millonarios que estaban realizando una visita guiada especial para ellos, nos metimos en un montacargas y nos dirigimos a la sala de reuniones.

A través del cristal vimos a los técnicos apiñados en torno a uno de los dos gigantescos monitores, uno de ellos al teclado, mientras los discos duros refrigerados por agua giraban a toda velocidad.

Durante todo aquel recorrido, el director me había ido poniendo al corriente.

—Sea lo que sea lo que hayan encontrado en el nitrato de plata, lo habrán digitalizado y grabado en un disco. Eso es lo que estarán mirando ahora.

Cruzamos las puertas a toda velocidad. Yo sólo necesitaba la imagen de dos personas, dos únicas personas en la habitación. Cualquier cosa que identificase al visitante sería una bonificación adicional.

En la pantalla no había nada. Bueno, tal vez «nada» no fuera la palabra exacta: había una oscuridad de diversas tonalidades, era como mirar un estanque en una noche sin luna. El director debió de captar la angustia que reflejaba mi expresión.

—Que no cunda el pánico... al menos, todavía —me dijo—. Ahora forzarán la imagen con el software y luego intentarán rellenar los puntos microscópicos que falten con los fragmentos de alrededor. Es el mismo método que empleamos con los frescos deteriorados.

Pero yo era presa del pánico desde hacía rato, igual que le habría sucedido a él si hubiera sabido lo mucho que había en juego en realidad. El joven técnico que manejaba el teclado, con la piel tan blanca como las paredes, estaba introduciendo un comando tras otro. Observé la intensa concentración, casi religiosa, que reflejaba su semblante; se notaba claramente que no era un tipo que se rindiera con facilidad, y eso me reconfortó.

Poco a poco, al principio casi de manera imperceptible, pero cobrando velocidad a medida que los discos duros giraban a más revoluciones todavía, fue surgiendo una forma en medio de aquel océano de oscuridad. Por las luces de advertencia color ámbar que parpadeaban en una serie de controladores, deduje que estaban forzando el sistema casi al máximo, pero ya tenía claro que aquellos tipos no eran de los que abandonan. Vi que iba apareciendo parte de la superficie de una habitación, fragmentos de una lámpara de araña, el contorno de unas ventanas por las que se veía un paisaje, el costado de una chimenea... No había duda de que se trataba de la biblioteca de la Casa de los Franceses, o de La Salle d'Attente, o como cojones quisieran llamarla. Apenas me lo podía creer...

—Me parece que tenemos a una persona —dijo el técnico de rostro pálido por encima de los aplausos.

Señaló un área concreta del estanque oscuro, era más negra que el resto, pero contenía el perfil de una sombra. La acordonó con una cuadrícula electrónica, y vertió encima un aluvión incesante de luz y de píxeles, hasta que de repente apareció también el sillón de cuero. ¡Lo estaba viendo!

Con las manos sudorosas a pesar del constante e implacable aire acondicionado, logré distinguir la forma borrosa de una cabeza, la curva de un brazo y una parte del cuello de un hombre que estaba sentado en el sillón. Casi con toda seguridad se trataba de Dodge. Los técnicos continuaron afanándose, las luces de advertencia parpadearon todavía más rápido, y las oscuras aguas que rodeaban el sillón fueron adquiriendo un relieve más nítido...

Dodge estaba solo.

Aun así, el director y su equipo se volvieron hacia mí, eufóricos, festejando el hallazgo. El plan que habían diseñado y llevado a la práctica había sido un éxito: habían recuperado una imagen de un medio casi inaudito. No cabía duda de que se trataba de un logro extraordinario, pero, al mismo tiempo, tampoco cabía ninguna duda de que a mí no me servía para nada.

—¿Qué sucede? —me preguntaron al ver mi expresión.

—Ya sabía que había un hombre sentado en el sillón. Estoy buscando a otra persona. Necesito dos personas. ¿Qué me dicen del otro espejo? Mostrará la habitación desde un ángulo distinto...

Todos nos volvimos hacia el monitor. El joven pálido y su compañero ya tenían en pantalla la segunda imagen. No hacía falta ser un experto en infografía para distinguir que aquella imagen estaba mucho más degradada: el océano de negrura era más intenso, y la luz disponible, tenue y llena de sombras. Ahora era como si estuviéramos sumergidos en el agua del estanque.

Los técnicos trabajaron más deprisa. La negrura fue desapareciendo, y el joven del teclado recuperó de nuevo fragmentos inconexos de la biblioteca. Emergieron partes del sillón y de la mesa, pero las formas eran mucho menos nítidas, y las luces de emergencia de los discos duros ya eran de color ámbar y unas cuantas estaban parpadeando en rojo. Mis esperanzas cayeron en picado.

Los propios técnicos parecían desalentados, porque constantemente levantaban la vista y veían más luces de advertencia que cambiaban de color, y sin embargo no obtenían ningún avance en la imagen.

«Esto es lo malo de la suerte —me dije—: que se acaba.» Noté que el director y otros miembros del equipo me lanzaban miradas, conscientes de lo decepcionado que debía de sentirme y preguntándose cómo me lo tomaría.

Todas las luces estaban ya en rojo, y me di cuenta de que los técnicos habían dejado de intentar mejorar la imagen. La tecnología había alcanzado su límite. La imagen semidibujada de la biblioteca quedó flotando en la pantalla como mudo recordatorio de nuestro fracaso. Entonces, el técnico de rostro pálido la observó más de cerca, señaló una parte del área oscura y dijo algo en italiano que no entendí. El director y el resto del equipo escrutaron atentamente el punto que señalaba, pero estaba claro que nadie conseguía distinguir nada.

Aun así, el técnico, no muy seguro porque dudaba de sus propios ojos, colocó una cuadrícula sobre aquella zona de la imagen. A continuación, ignorando por completo las luces rojas, manipuló los píxeles e intentó exprimirles la verdad.

Nada.

De pronto, su colega intervino y pulsó una tecla de comando. Al instante, el área situada bajo la cuadrícula se invirtió: el negro se convirtió en blanco, como si se tratase de un negativo fotográfico. De repente, todos logramos distinguir algo: una forma vertical que casi quedaba fuera del encuadre. Los dos técnicos trabajaron juntos, deprisa, forzando el software y los discos duros, obligándolos a dar de sí más de lo que eran capaces. Se encendieron más luces de advertencia, pero ellos las iban apagando todas a medida que iban apareciendo. Las luces rojas ya no parpadeaban, ahora estaban fijas todo el rato.

A pesar de todo, los técnicos no cejaron en su empeño, aunque no parecía que lograsen ninguna mejora visible. Allí sólo había una forma opaca que se burlaba de nosotros, nada más. Entonces invirtieron de nuevo la imagen, que dejó de ser un negativo, y retiraron la cuadrícula y el zoom.

¡Allí estaba! Poco definida, espectral, pero la forma se había convertido en una figura que estaba de pie delante de la chimenea. Resultaba imposible distinguir ningún rasgo de ella, ni siquiera si era hombre o mujer, pero no importaba. Decididamente, en aquella habitación había dos personas.

El director y su equipo la miraron durante unos instantes sin decir nada, y de pronto estallaron en vítores mientras los dos técnicos se ponían de pie y se abrazaban a sus compañeros.

Yo aparté la vista de la pantalla, sonreí, junté las manos y los aplaudí a todos. Ellos no lo sabían, no lo sabrían nunca, pero el explorador volvía a estar en acción.

29

Salí por el enorme portón de roble, y me encontré con una noche tan clara y despejada que el viejo adoquinado y las fachadas renacentistas parecían demasiado vívidos, como el paisaje de algún extraño videojuego. Tan sólo el gentío que llenaba las calles y la total ausencia de taxis me convencieron de que todo aquello era real.

Tenía dos llamadas que hacer, y estaba esperando a que mi primer interlocutor respondiera mientras dejaba atrás el campo visual de las cámaras exteriores del taller del museo y salía a una ancha calzada.

Leila Cumali atendió el teléfono, y, sin más preámbulos, le dije que tenía una foto con la que podía demostrar que en la biblioteca había otra persona aparte de Dodge, justo seis minutos antes de que éste fuera asesinado.

Al otro extremo de la línea se hizo un profundo silencio de perplejidad, que yo llené de inmediato diciendo que el director del taller de los Uffizi estaba preparando un informe completo y que se lo enviaría junto con una copia de la fotografía.

—Voy a comunicárselo a mis colegas —dijo Cumali por fin, incapaz de disimular el tono de derrota. Seguro que Bob Esponja y sus compinches iban a alegrarse sobremanera—. Por lo que veo, no tenemos más remedio... —prosiguió—. Esta misma noche abriremos una nueva investigación del caso, esta vez como un posible homicidio.

—Bien —contesté—. Bien.

—¿Cómo supo que Dodge no estaba solo? —preguntó Cumali, mitigando parte de su antiguo desdén.

—Por las drogas... y por los prismáticos. Nadie necesita unos prismáticos para ver los fuegos artificiales.

—Entonces, ¿por qué los llevaba consigo el señor Dodge?

—Hay que proceder paso a paso. Es evidente que esa segunda persona sabía cómo entrar en la villa sin ser vista... —contesté. Todavía estaba intentando dar con un maldito taxi—. Consiguió entrar en la casa y encontró a Dodge en la biblioteca. Tenía que ser amigo de la víctima, o como mínimo un conocido, de otro modo Dodge habría dado la voz de alarma. Estoy casi seguro de que el visitante fingió estar alterado. Debió de decirle algo a Dodge que lo alarmó lo suficiente para sacarlo de la libido desatada y del profundo estado de confusión en el que se encontraba por efecto de las drogas.

—¿Qué le dijo? —quiso saber Cumali, impaciente.

—Si vuelve a leer los interrogatorios de los conocidos de la víctima, verá que por lo menos seis de ellos afirmaron espontáneamente que amaba mucho a su mujer.

—Correcto —ratificó Cumali.

—Aquella noche, Cameron estaba con el helicóptero, yendo de un bar a otro. Puede que el visitante le dijera que el aparato acababa de estrellarse en la bahía.

Silencio. Cumali no reaccionó. Tan sólo se oyó una inspiración fuerte.

—Seguro que Dodge se tragó lo que le dijo el conocido sin cuestionarlo —continué—. En la finca hay una plataforma para helicópteros, y debió de pensar que su mujer sufrió el accidente cuando regresaba a casa. Luchando contra su estado de ebriedad, cogió los prismáticos para escudriñar la bahía y echó a correr hacia el borde del acantilado acompañado por el visitante. No pretendía ver los fuegos artificiales, sino el mar, y cuanto más se acercase, más posibilidades tendría de ver algo. Por eso eligió aquel punto situado a cuatro metros del cenador, porque allí no había vegetación. Los únicos arbustos que hay son los que encontró en plena caída. Además, desde allí la vista de la bahía era mucho más amplia.

»Aun así, al ver que no divisaba nada, y con razón, porque no había nada que divisar, se subió a la barandilla o saltó al otro lado. Dodge debía de estar mirando por los prismáticos cuando sintió un empujón en la espalda. El asesino ni siquiera debió de considerar aquello un homicidio, sino el simple gesto de echar una mano a la víctima para ayudarla. En realidad, fue tan leve que, cuando ustedes hicieron las pruebas con el muñeco, el resultado fue totalmente congruente con el de una persona que se hubiera caído accidentalmente...

Dejé que mi voz fuera apagándose. No merecía la pena volver a señalar cómo fue la caída por el precipicio ni cómo se estrelló la víctima contra las rocas: en aquel punto no había discusión alguna.

Cumali no decía nada, así que al final tuve que preguntarle:

—¿Detective, sigue ahí?

—Sigo aquí —contestó—. Voy a cerciorarme de que no se devuelva ningún pasaporte. Empezaremos de inmediato. Elaboraré una lista completa de todas las personas con las que tenía contacto la víctima. Estoy de acuerdo con usted, el visitante debió ser alguien conocido.

—Puede tachar de esa lista a Cameron y a los que iban con ella en el helicóptero, no pudieron ser ellos porque se suponía que estaban en el mar, luchando para no ahogarse. Y tenía usted razón, no creo que nadie recibiera dinero por hacer esto. La respuesta tiene que estar en el círculo de amigos y conocidos.

Había otro elemento de aquel asesinato que ella desconocía y que no podía sospechar de ninguna manera. Tal vez se considere un detalle de poca importancia, pero a mí me había cabreado profundamente. Estaba seguro de que el hilo del pantalón de Dodge había sido colocado en la barandilla para que los policías hicieran la deducción correcta.

En mi libro yo describía un caso en el que el asesino había seguido con toda exactitud el mismo procedimiento.

30

Por fin había localizado un taxi cuando recibí una mala noticia.

Justo cuando colgué después de hablar con Cumali, acerté a ver un taxi vacío y me lancé en medio del tráfico para interceptarlo. Fue un milagro que un peatón consiguiera sobrevivir a una horda de conductores italianos, pero me las arreglé para subirme al taxi y ordené al chófer que me llevase al aeropuerto.

Quería regresar a Bodrum lo antes posible, y en cuanto me hube abrochado el cinturón de seguridad —lamentando que no fuera un cinturón profesional como los que llevan los pilotos de carreras, a la vista de cómo conducía aquel tipo—, hice la segunda llamada. Tenía que hablar con Ben Bradley.

Cuando respondió, le conté que estaba en Florencia.

—Volvemos al trabajo —le dije, eufórico—. Ha sido un asesinato, informa a las otras partes.

—Llevo dos horas intentando localizarte —me contestó.

—Lo siento —repuse—, había sacado la batería del teléfono.

Sólo podía haber una razón para que Ben me llamase: tenía un mensaje del Susurrador, e intuí que no podía tratarse de nada bueno.

Ben habló largo y tendido del asesinato perpetrado en el Eastside Inn, pero yo sabía que aquello era una mera tapadera. Después mencionó que varios de nuestros colegas habían llevado a cabo una serie de pruebas —modelos informáticos— de las que yo debía estar al corriente.

Ben no entendía lo que estaba diciendo: se limitaba a transmitir un mensaje, de modo que no servía de nada hacerle preguntas. Sólo podía escucharlo con el corazón encogido.

Luego añadió que habían tropezado con una fecha interesante, hablaban del 30 de septiembre.

—Pero ya sabes cómo son esos frikis de la informática... —siguió diciendo, y tuve la impresión de que estaba leyendo un guión—. Cuesta trabajo que concreten las cosas; dicen que debemos dejar un margen de maniobra de dos semanas, por si surgen problemas imprevistos, así que puede que estemos hablando de la segunda semana de octubre.

Colgué y me quedé muy quieto, sumido en mis pensamientos. Según el mensaje de Ben, el Susurrador había ordenado a un equipo que calculase —probablemente siguiendo el patrón de algún juego bélico— cuánto tiempo tardaría un civil en fabricar una cantidad significativa del virus de la viruela utilizando equipos a los que pudiera acceder cualquier persona. A partir de aquello, habían calculado que podría tenerlo todo listo para finales de septiembre, y después habían añadido un par de semanas más de margen.

Ya teníamos una fecha: todos los cálculos temporales, todos los sucesos, todas las esperanzas estaban convergiendo hacia un punto concreto. Tal vez el 12 de octubre, el Día de la Hispanidad. El aniversario del fallecimiento de mi madre.

31

Cuando los funcionarios de la aduana abrieron la desgastada maleta del Sarraceno, encontraron unos pantalones pulcramente doblados, dos camisas, un juego de estetoscopio y termómetro, un ejemplar del sagrado Corán y una revista inglesa. No era *The Economist* ni el *British Medical Journal*, sino un número del *Bra Busters* que garantizaba como mínimo un busto de la copa D en cada página.

Los dos funcionarios no dijeron nada, pero intercambiaron una mirada de lo más elocuente. «El típico musulmán —parecieron decirse— devoto por fuera y, como todo el mundo, un vicioso por dentro.»

Si hubieran sido sólo un poco más observadores, se habrían fijado en que el libro sagrado iba dentro de un bolsillo de la maleta de mano totalmente protegido, como si su dueño hubiera querido que no se contaminase con la corrupción con la que lo había obligado a viajar. El Sarraceno había comprado aquella revista en el aeropuerto de Beirut, previendo que, al llegar a Alemania, los de inmigración lo desviarían hacia una de las salas de interrogatorio y se las harían pasar canutas. Lo que menos le convenía era parecer un musulmán devoto; teniendo en cuenta el modo en que había evolucionado el mundo, si uno cruzaba una frontera era mejor parecer un hipócrita que un hombre de Dios.

Sin embargo, llegado el momento, la revista no fue de mucha utilidad. Había aterrizado en el aeropuerto de Fráncfort, el más grande y concurrido del mundo, en el peor momento de la hora punta de la mañana, tal como había planeado. Sabía por experiencia que había muchas menos probabilidades de que escrutaran detenidamente a un visitante cuando las colas eran interminables y los funcionarios de inmigración estaban cansados y sobrecargados de trabajo.

Después de pasar una hora en una de aquellas filas, se presentó ante un joven funcionario vestido con un anodino uniforme de color marrón que se limitó a echar un vistazo a la foto que figuraba en su pasaporte libanés y, luego, a la persona sonriente que tenía delante: buen traje, barba recortada como si fuera de tres días, rostro agradable... Un médico, según el impreso de llegada que acababa de rellenar.

—¿Propósito de la visita? —le preguntó el joven empleado, primero en alemán, y, al ver que no reaccionaba, también en inglés.

—Una conferencia médica —contestó el Sarraceno.

Aparte de la banca, la principal actividad comercial de Fráncfort era la de acoger enormes convenciones y ferias de muestras, todas en un recinto construido especialmente para tal fin, denominado el Messe. El Sarraceno sacó las entradas y el pase que había comprado por internet y los puso encima del mostrador. El funcionario apenas les echó una mirada, pero el Sarraceno sabía que eran aquellos detalles —cosas como la revista de tías buenas y, en Damasco, las uñas sucias— los que transformaban una leyenda en realidad.

El funcionario miró el billete de regreso, pasó el pasaporte por el escáner y observó la pantalla del ordenador. Por supuesto, no apareció ningún mensaje de alerta, el pasaporte era auténtico y aquel nombre nunca había figurado en una lista de personas en búsqueda y captura.

—¿Cuánto tiempo tiene pensado quedarse? —le preguntó.

—Dos semanas —contestó el Sarraceno—, puede que un poco más, dependiendo de cuánto me dure el dinero. —Sonrió.

El funcionario emitió un gruñido y estampó en el pasaporte un permiso para tres meses. A todo el mundo le concedían tres meses. Aunque el ordenador hubiera dado vía libre al pasaporte de un miembro oficial de Al Qaeda, le habrían dado permiso para tres meses. Alemania quería que quienes asistían a los congresos que se celebraban en el Messe se quedasen... Le gustaba el dinero que se gastaban.

Naturalmente, el Sarraceno pensaba quedarse más de dos semanas, y si aquel funcionario de aduanas le hubiera dado sólo aquellos quince días no le habría importado. Sabía lo mismo que todos los inmigrantes ilegales del mundo: que, en Europa, las autoridades de inmigración eran todavía más permisivas que las del control de fronteras. Si uno arrimaba el hombro y no se metía en líos, podía quedarse todo el tiempo que se le antojara. Además, el futuro a largo plazo también era halagüeño: cada pocos años se ofrecía una amnistía. ¿Qué incentivo había, pues, para marcharse?

El Sarraceno recogió su maleta de la cinta de equipajes, sufrió la humillación de ver la mirada sarcástica que intercambiaban los funcionarios de la aduana antes de despedirlo, y se internó en el caos que reinaba en la entrada del enorme aeropuerto. Mientras se abría paso por la acera, arrojó la revista con sus tentaciones carnales a un cubo de basura, buscó un autobús que lo llevase a la ciudad y se perdió en el universo paralelo de la Europa islámica.

Era un mundo extraño, uno que yo había experimentado cuando estuve destinado en Europa. Ocupado en mi tarea de perseguir pistas y contactos en una decena de casos distintos, recorrí a pie infinitas ciudades industriales de color gris, y visité las incontables fincas de estilo estalinista que había en sus alrededores. Sin embargo, cualquiera que no hubiera visto antes aquellos lugares difícilmente podría dar crédito a la gradual transformación que se había producido en esa parte del mundo. En la actualidad, el nombre que con más frecuencia se ponía a un recién nacido en Bélgica era Mohamed. Sólo en Alemania vivían tres millones de musulmanes turcos. Y en Francia, casi el diez por ciento de la población profesaba el islam.

Como dijo en una ocasión un escritor suizo: «Queríamos mano de obra, pero llegaron seres humanos.» Y lo que nadie había previsto era que aquellos trabajadores iban a traer consigo sus mezquitas, su libro sagrado y gran parte de su cultura.

Debido al compromiso que tiene el islam con la caridad, y a la explosión demográfica de la población musulmana, enseguida se construyeron en casi todas las ciudades austeros albergues sólo para hombres, mantenidos mediante donaciones, donde los varones musulmanes devotos podían comer alimentos *halal* y disfrutar de una cama para pasar la noche. Y eso fue lo que buscó el Sarraceno en su primer día de estancia en Fráncfort, una de aquellas «casas francas», todavía asombrado por la facilidad con la que había cruzado la frontera.

Al día siguiente, mal vestido con unos vaqueros y unas botas de trabajo muy usadas, dejó su equipaje en una consigna de larga estancia de la principal estación de tren de Fráncfort y compró un billete en una máquina expendedora. Ya había empezado a dejarse crecer la barba —otro rostro más entre la masa de obreros musulmanes—, y tomó un tren para Karlsruhe. Esta ciudad, situada al borde de la Selva Negra, sufrió tantos bombardeos durante la Segunda Guerra Mundial que había retrocedido hasta la Edad de Piedra, de modo que durante las décadas siguientes fue reconstruida hasta convertirse en un próspero centro industrial. Entre sus fábricas, había una que iba a resultar crucial para los planes del Sarraceno.

Cuando todavía vivía en su piso de El Mina, pasó horas navegando por internet hasta que dio con una mezquita que poseía exactamente las características geográficas que él necesitaba. De modo que, cuando se apeó del tren procedente de Fráncfort, ya sabía con precisión adónde tenía que ir. Buscó la manera de llegar a la Wilhelmstrasse, y, a mitad de camino, vio una antigua tienda de comestibles —cosa irónica, había pertenecido a una familia judía que pereció en el Holocausto— que contaba con un minúsculo minarete. El único rasgo que la diferenciaba de los otros doscientos centros musulmanes de oración que había en Alemania era que desde allí casi podía verse la fábrica que el Sarraceno había escogido: la filial europea de una importante empresa estadounidense.

Era viernes y, siguiendo el plan trazado, el Sarraceno entró en la mezquita unos momentos antes de que comenzase el rezo vespertino. En cuanto acabaron las oraciones, y como imponía la tradición, el imán se acercó al desconocido y le dio la bienvenida en nombre de todos los fieles. Cuando lo invitaron a tomar el té con ellos, el Sarraceno —con una actitud un tanto reacia, según les pareció a los que se sentaron con él— explicó que era un refugiado de la última guerra librada en el Líbano. Interpretando a la perfección el papel de otro desplazado más en busca de una vida nueva en Europa, dijo que había entregado casi todo el dinero que tenía a un grupo que traficaba con personas, a cambio de que lo llevasen en patera a España y, de allí, en camión hasta una Europa carente de fronteras. Levantó la vista hacia sus acompañantes y se le quebró la voz, de modo que no pudo entrar en detalles de lo terrible que había sido aquel viaje.

He de decir que aquello fue un toque genial, porque la mayoría de quienes lo escuchaban, obreros como él, hicieron gestos de asentimiento, comprensivos; tal vez los detalles fueran diferentes, pero ellos también habían entrado en Europa de un modo similar.

El presunto inmigrante ilegal dijo que hasta entonces se había alojado en casa de un primo que vivía en Fráncfort, pero que, como estaba desesperado por encontrar trabajo y ya le quedaban muy pocos euros, había decidido desplazarse a Karlsruhe con la esperanza de encontrar un empleo. Cuando estuvo convencido de que su público iba a morder el anzuelo, afirmó que en Beirut trabajaba en el departamento de envíos de una gran empresa.

—*In shaa Allah*, ¿puede ser que haya un puesto así disponible en esa fábrica grande que he visto al final de la calle? —preguntó.

Casi todos los que estaban sentados con él trabajaban en Chyron Chemicals, y, exactamente como había previsto, se apresuraron a tragarse el anzuelo y se ofrecieron a preguntar a sus compañeros y colegas. El Sarraceno les dio las gracias recitando una frase del Corán, poco conocida pero apropiada, lo cual les confirmó que la primera impresión que habían tenido de él era acertada: con toda seguridad, era un hombre honorable y devoto.

A continuación, les dijo que se sentía avergonzado, bajó la voz y confesó que no tenía dinero para comer ni para comprarse otro billete de tren, y que había pensado que a lo mejor había por allí cerca una de las «casas francas» en la que pudiera pernoctar hasta que encontrase un trabajo. Por supuesto, los fieles de la mezquita lo acogieron en su seno y le proporcionaron comida y refugio; al fin y al cabo, uno de los Cinco Pilares del islam es proveer a los necesitados.

Y así, sin darse cuenta siquiera, en poco más de una hora el Sarraceno se convirtió en una responsabilidad para aquellos hombres. Eran personas que se toman ese tipo de cosas en serio, y, pasados tres días, sus pesquisas y su intercesión rindieron frutos: un supervisor turco del departamento de envíos de Chyron dijo que había una oportunidad para el refugiado, un puesto en el turno de noche del almacén.

Aquella noche, tras los rezos, los hombres, tan felices por el Sarraceno que lo invitaron a cenar en un restaurante, le hablaron de las extraordinarias condiciones laborales que iba a disfrutar: servicio médico en la propia empresa, cafetería subvencionada y una hermosa sala de oración. Sin embargo, lo que ninguno de ellos mencionó fue que todos los puestos de trabajo habían sido ocupados anteriormente por norteamericanos.

El viejo premio Nobel al que visité en Virginia tenía razón cuando me preguntó si la mayor nación industrial de la historia seguía fabricando productos y maquinaria. Millones de puestos de trabajo, así como la mayor parte de la base industrial del país, llevaban ya varias décadas exportándose, y con ellos había desaparecido una buena parte de la seguridad de los ciudadanos. En cuanto a Chyron Chemicals, el peligro era especialmente agudo: era un fabricante y exportador de fármacos, uno de los más respetados en todo el mundo. Aunque pocas personas eran conscientes de ello, en realidad el corazón de Estados Unidos sólo estaba tan a salvo como pudiera estarlo aquella anónima fábrica situada en una ciudad que prácticamente nadie había oído nombrar.

En un mundo mejor, el Sarraceno, sentado en aquel restaurante con sus mesas de madera laminada y su extraña música turco-alemana, habría tenido que superar un último escollo para llevar a cabo su misión. Durante un tiempo incluso creyó que aquél iba a ser el detalle que más posibilidades tenía de hacer fracasar su plan. Ya en El Mina se había preguntado cuál sería el protocolo de inspección de la Food and Drug Administration (FDA), la administración de alimentos y medicamentos de Estados Unidos, para los envíos de fármacos desde el extranjero, a fin de prevenir una posible contaminación. La respuesta la halló, una vez más, en internet: la transcripción de una audiencia de la FDA en el Congreso explicaba que un único país ya tenía más de quinientas fábricas que exportaban fármacos y sus ingredientes a Estados Unidos.

—¿Cuántas de esas fábricas inspeccionó la FDA durante el año pasado? —preguntó un congresista.

—Trece —le respondieron.

El Sarraceno tuvo que leerlo de nuevo para cerciorarse de haberlo entendido bien: de quinientas empresas, sólo se habían inspeccionado trece. Y el país en cuestión era China, la nación con el peor historial del mundo en lo relativo a seguridad alimentaria. En aquel momento comprendió que lo que procediera de Chyron —la filial de una empresa estadounidense ubicada en un país del primer mundo— nunca sería inspeccionado.

El día siguiente a la cena de celebración, a las diez de la noche, fue andando hasta el final de la Wilhelmstrasse, desierta a aquella hora, se presentó en la verja de seguridad, le emitieron una tarjeta de empleado y le indicaron por dónde se iba al almacén de distribución. Allí se encontró con el supervisor turco, quien, mientras le mostraba las interminables hileras de palés llenos de fármacos que iban a ser enviados a ciudades de todo Estados Unidos, le fue explicando cuáles eran sus obligaciones. Ninguno de aquellos palés estaba vigilado, nada estaba sellado ni cerrado con llave, y no lo había estado nunca porque nadie había considerado que fuera necesario.

En cuanto el supervisor se hubo marchado a su casa, el Sarraceno, ya a solas en aquel enorme almacén, sacó su alfombra de oración, la orientó hacia La Meca y elevó una plegaria. Aquel niño abocado a la desgracia en Arabia Saudí, aquel adolescente que había ido a Afganistán a librar la yihad contra los soviéticos, el musulmán profundamente devoto que se había licenciado con matrícula de honor en Medicina y que en Damasco había arrojado el cadáver de un desconocido a los perros salvajes, el mismo fanático que había inoculado la viruela a tres extranjeros y los había visto morir entre grandes sufrimientos, daba gracias a Alá por las bendiciones que había hecho descender sobre su persona.

Antes de terminar, le agradeció una última cosa: que aquella mujer de Turquía hubiera hecho tanto por él.

32

Aterricé de nuevo en Bodrum justo cuando amanecía. No llevaba equipaje, y, como tenía un visado recién extendido y la placa del FBI, pasé por inmigración sin que me retuvieran mucho tiempo. Salí de la terminal, busqué mi coche en el aparcamiento y tomé la D330 en dirección a Bodrum.

Durante quince minutos todo transcurrió sin incidentes, pero, a pesar de lo temprano de la hora, a partir de allí me zambullí en un largo atasco formado por camiones de dieciocho ruedas, autocares de turistas e incontables conductores turcos que, frustrados, tocaban el claxon sin cesar. Salí de allí en cuanto pude y me dirigí hacia el suroeste, hacia el mar, dando por hecho que tarde o temprano vería la costa de Bodrum en el horizonte o me reincorporaría a la autovía.

La cosa no funcionó así: acabé en un área solitaria sembrada de desprendimientos de tierras, montones de rocas, profundas grietas y accidentados repechos. Era un terreno peligroso, incluso los árboles se veían frágiles y faltos de apoyo, como si supieran que habían arraigado en el borde de una falla. Turquía es una zona de mucha actividad sísmica, y hay largas franjas de la costa sur que se asientan en una corteza inestable y movediza.

Llegué a un cruce, giré a la izquierda, aceleré al salir de una curva y descubrí que ya había estado antes en aquella parte deshabitada del mundo. Ni siquiera un psicólogo sabría decir si fue algo accidental o producto del subconsciente lo que guiaba mis decisiones; lo único que sabía era que al final de aquella carretera vería el mar. Y también que medio kilómetro más adelante me encontraría, hablando en sentido figurado, con el lugar del naufragio.

Tal como había imaginado, llegué al mar —una masa turbulenta de corrientes que se estrellaban contra las rocas—, y seguí por una vieja carretera que avanzaba por el borde del acantilado. Al frente distinguí el pequeño peñasco en el que, muchos años atrás, cuando era joven, había aparcado el coche.

Me detuve cerca de un puesto de información turística abandonado, bajé del Fiat y me acerqué un poco más al precipicio. Para proteger —más o menos— al viandante había una valla de seguridad destrozada con unos letreros clavados que advertían en cuatro idiomas: «PELIGRO DE MUERTE.»

Aunque nadie visitaba ya aquel sitio, tiempo atrás había sido muy popular entre los excursionistas y los arqueólogos. Sin embargo, los constantes terremotos y corrimientos de tierras habían terminado siendo excesivos, y el puesto de información había caído en desuso porque los turistas habían encontrado en otros lugares ruinas de sobra, tan atractivas como aquélla y mucho más seguras. Era una lástima, porque la vista era espectacular.

Me quedé un momento junto a la valla y paseé la mirada por los acantilados. Había escaleras talladas en la piedra y fragmentos de antiguas construcciones que descendían hacia el mar transmitiendo una sensación inquietante. Columnas de mármol, segmentos de arcadas y restos de una calzada romana se aferraban a la pared del precipicio. Las algas y maderas a la deriva se desperdigaban entre las ruinas, y el agua de mar, transportada por el viento durante siglos y siglos, había cubierto casi todo con una lámina de sal que aportaba un brillo fantasmagórico al conjunto.

Mar adentro se distinguía el contorno de una plaza de gran tamaño, claramente visible bajo muchas brazas de agua, y también un pórtico de estilo clásico que se elevaba sobre una afloración rocosa surcada por los rayos del sol, conocido como la Puerta a Ninguna Parte. A sus pies, las inquietas aguas iban y venían barriendo una ancha plataforma de mármol, probablemente el suelo de algún edificio público de gran relevancia.

Aquello había formado parte de una importante ciudad de la Antigüedad, un puerto comercial que estuvo activo mucho antes del nacimiento de Cristo, pero un fuerte terremoto había desgarrado la costa y había elevado el acantilado. El mar invadió la ciudad y acabó ahogando prácticamente a todo el que había sobrevivido a la sacudida inicial.

Caminé siguiendo el perímetro de la valla de seguridad. La tierra se desmenuzaba bajo mis pies y caía por el borde del acantilado hasta estrellarse contra las rocas que había sesenta metros más abajo. Cuando dejé atrás el recodo del peñasco, me encontré con que el viento soplaba con mucha más intensidad. Allí la vegetación era aún más raquítica y el terreno era todavía más inestable, de modo que me vi obligado a agarrarme a una señal metálica de peligro para no perder el equilibrio. Miré hacia abajo y distinguí el viejo embarcadero de madera: reducido casi a la nada desde la última vez que lo vi.

Lo habían construido, hacía ya varias décadas, un grupo de pescadores intrépidos que se habían dado cuenta de que transportar a los turistas y a los arqueólogos a las ruinas era un modo de ganarse la vida mucho mejor que izando redes y cestas de langostas. En aquel entonces, la principal atracción no eran las ruinas de la ciudad destruida por el terremoto ni la Puerta a Ninguna Parte, sino un largo túnel que conducía hasta lo que se consideraba el mejor anfiteatro romano que existía en el mundo, después del Coliseo. Ya en el mundo antiguo era conocido por la brutalidad de los gladiadores que luchaban en él, y había sido bautizado como el Teatro de la Muerte.

Yo nunca lo había visto, nadie había estado allí en los últimos treinta años, salvo unos cuantos arqueólogos valientes. Según parece, un gigantesco corrimiento de tierras había abierto unas brechas enormes en el techo del túnel de acceso, que era el único modo de entrar y salir, y cuando se prohibió el acceso y se bloqueó la entrada incluso los operadores turísticos se mostraron tímidos a la hora de poner objeciones: nadie quería quedar atrapado allí dentro si se venía todo abajo.

Pero lo que me había llevado hasta el borde de aquel acantilado no era un matadero de los tiempos de Roma ni las demás ruinas, sino el viejo embarcadero, que acababa de reavivar en mí una oleada de recuerdos muy dolorosos.

33

Muchos años atrás, la División llegó a aquel embarcadero en bloque. Justo después de que se pusiera el sol, arribaron a la costa ocho operativos —vestidos de manera informal, varios de ellos con mochila— a bordo de una lancha de tamaño mediano.

Parecían un grupo de amigos adolescentes dispuestos a pasárselo bien. Yo no estaba entre ellos. Como era el miembro más joven del equipo, mi misión consistía en llegar por mi cuenta y encargarme de una furgoneta alquilada especialmente para la ocasión. Tenía que llevarla hasta el pequeño peñasco y aparcarla lo más cerca posible del puesto de información turística abandonado. Si algo salía mal, debía evacuar a todo aquel que lo necesitara hasta otra embarcación que aguardaba en un puerto deportivo de Bodrum. En el peor de los casos, después debía trasladar a los heridos hasta un médico que estaba de guardia precisamente para dicha emergencia.

Era una de mis primeras misiones, y recuerdo que aquella noche me dominaba el pánico: al fin y al cabo, habíamos ido hasta los confines de Turquía para matar a un hombre.

El tipo se llamaba Finlay Robert Finlay. No era su nombre verdadero, su nombre verdadero era ruso, pero así lo conocíamos. Se trataba de un individuo de cuarenta y tantos años, con sobrepeso, que tenía un gran apetito por todo, incluida la traición. De joven había sido oficial consular en la embajada rusa de El Cairo, hasta que la CIA consiguió reclutarlo. Aunque le pagaba una importante suma todos los meses, la agencia no le pedía nada a cambio; era un durmiente, de modo que le permitieron continuar con su vida y con sus putas, y se contentaron con ver cómo iba ascendiendo por el escalafón. Era un hombre muy inteligente, así que no fue una sorpresa para nadie que, pasados unos años, acabara siendo nombrado delegado del KGB en Teherán y que trabajara bajo una densa cobertura diplomática.

Sólo entonces la CIA decidió que quería obtener un rendimiento de su inversión. Fueron sensatos, y sólo tomaron de él su excepcional inteligencia e insistieron en que no asumiera riesgos que no fueran razonables. Habían derrochado con él demasiado amor y demasiado oro como para ponerlo en peligro por culpa de la avaricia. Rápidamente se convirtió en uno de los principales activos de la agencia, y siguió siéndolo mientras estuvo desempeñando media docena de puestos diplomáticos, hasta que regresó a Moscú y pasó a formar parte del círculo íntimo de la inteligencia rusa.

Pero una vida como la de Finlay Finlay deja irremediablemente un rastro de pequeñas pistas que tarde o temprano terminan por llamar la atención de la contrainteligencia. Finlay comprendió aquel peligro, y una tarde, mientras disfrutaba de la dacha de verano que poseía a las afueras de Moscú, empezó a hacer un repaso de su trayectoria profesional y llegó a la inevitable conclusión de que muy pronto todos aquellos fragmentos alcanzarían la masa crítica. Y sabía que, cuando llegara aquel momento, llegaría el *vysshaya mera* para él también.

Hizo una visita a la familia que tenía muy cerca de San Petersburgo, y un hermoso domingo de verano salió a navegar en un pequeño velero de los que llevan un solo tripulante. Se ató a la cintura una bolsa impermeable en la que guardó la ropa, saltó por la borda y fue nadando hasta la costa de Finlandia. La distancia no era excesiva, pero, teniendo en cuenta su corpulencia, representó un logro nada despreciable.

Consiguió llegar a la embajada de Estados Unidos, se presentó ante el asombrado funcionario de guardia y se entregó al cálido abrazo de sus jefes de la CIA. Después de que lo interrogasen, revisó sus cuentas bancarias y se dio cuenta de que, entre su sueldo y las bonificaciones que había cobrado por cada informe de inteligencia de alto nivel que había entregado, era ya un hombre rico. La agencia le proporcionó una nueva identidad y una casa en Arizona, lo mantuvo vigilado durante una temporada y, después, en cuanto quedó convencida de que se había adaptado a su nueva vida, permitió que fuera perdiéndose en el recuerdo.

Sin embargo, nadie había previsto que Rusia iba a caer en las manos de delincuentes disfrazados de políticos. Empezaron a hacerse grandes fortunas a medida que los bienes del país iban vendiéndose a quienes poseían los contactos adecuados, muchos de los cuales eran antiguos operativos del KGB. Finlay observó estos cambios desde su hogar de Scottsdale, una casa nada lujosa, de tres dormitorios, y comenzó a sentirse cada vez más frustrado. A nuestro amigo Finlay le gustaba el dinero.

Había pertenecido al mundo del espionaje el tiempo suficiente como para haber escondido una caja fuerte con varias identidades alternativas, y como para saber lo mucho que valía la información que seguía guardando en su cabeza. Una mañana, fue en coche a Chula Vista, al sur de San Diego, pasó por los torniquetes de la frontera y llegó a pie hasta México. Según el pasaporte falso que llevaba, era un canadiense que poseía la residencia en Estados Unidos. Viajando con ese supuesto nombre, voló a Europa, estableció contacto con sus antiguos colegas de Moscú y se reunió con ellos en una cafetería del aeropuerto de Zúrich.

Finlay, o cualquiera que fuera el apellido que empleó en aquella etapa, les puso la miel en los labios contándoles todo lo que sabía del personal y de los agentes dobles que trabajaban para sus antiguos amigos íntimos de McLean, Virginia. Aquel primer plato resultó ser tan jugoso que los rusos pidieron el menú completo, y ahora había otro espía más que venía del frío.

Pero Finlay no era ningún idiota, se reservó el material más valioso y lo fue negociando con cuentagotas, acercándose cada vez más a los que poseían los contactos adecuados. Sólo cuando estuvo seguro de que se encontraba entre ellos, consiguió canjear sus mejores secretos por una licencia para la exploración de gas aquí, un complejo industrial a un precio irrisorio allá...

Cuando los de la CIA se dieron cuenta por fin de que uno de sus antiguos activos estaba vendiéndolos e hicieron intervenir a la División, Finlay era un hombre rico que poseía una mansión rodeada por un muro de seis metros en Barvija, el barrio residencial más deseable de Moscú, y, si bien no era tan poderoso como algunos de sus vecinos, había acumulado la suficiente riqueza como para comprarse también un ático de lujo en Mónaco.

Se había cambiado el nombre media docena de veces y había alterado su apariencia física gracias al excelente trabajo de un cirujano plástico, pero los cazadores de ratas de la División consiguieron dar con él. Podríamos haberlo matado en Moscú o en Mónaco, porque a un hombre se lo puede matar en cualquier parte, pero lo que realmente decidía el éxito de una ejecución no era el acto en sí, sino la posterior huida del equipo. Moscú presentaba el problema de entrar y salir del país, y los dos kilómetros cuadrados que tenía el principado de Mónaco, con sus más de cuatro mil cámaras de circuito cerrado de televisión, constituían el sello de correos más vigilado de todo el planeta.

El ático de Finlay, sin embargo, sí nos ofrecía una ventaja: los grandes ventanales y las puertas del balcón nos daban la oportunidad de escuchar con un micrófono especial todo lo que se dijera en el interior del apartamento. El sistema no era perfecto, porque se perdía mucho, pero uno de los fragmentos que se captaron tenía que ver con un barco. Sabíamos que no poseía ninguno, de modo que dimos una rápida batida al puerto deportivo en el que estaban atracados todos los yates de lujo y no tardamos en descubrir que Finlay pensaba viajar con un grupo de gente para asistir a una fiesta que, casi con toda seguridad, era la más extraña del mundo.

Todos los años, durante seis horas, antes de que cambiase la marea, dicha fiesta se celebraba en Bodrum.

34

No mucho tiempo después de que nuestros ocho agentes hubieran puesto el pie en el embarcadero, empezaron a llegar los invitados en masa. Era una fiesta a la que no convenía llegar tarde.

La mayoría de ellos aparcaron cerca del peñasco y descendieron hasta las ruinas utilizando las cuerdas y las escalas que se habían instalado especialmente para aquel fin. Las chicas llevaban los bolsos y los teléfonos móviles colgados al cuello y, con la falda remangada hasta la mitad del trasero, hacían todo lo posible para conservar el equilibrio sin perder la dignidad. Naturalmente, abajo había ya un tipo sujetando una linterna, con la que iluminaba aquel sensacional desfile de lencería, para disfrute de los que ya habían llegado. Y a juzgar por los frecuentes vítores que se oían, había un gran número de féminas, sorprendente por lo elevado, que no llevaban lencería alguna.

Cada pocos minutos, algún joven decidía prescindir de aquel lento descenso, se agarraba a una cuerda y se lanzaba al vacío. La mayoría de aquellos aficionados al *rappel* ya iban colocados, y mi experiencia me decía que aquél era el motivo de que no se preocuparan mucho por su seguridad personal. Vi como mínimo a media docena de tíos bajar por la pared del acantilado, aterrizar sobre las rocas con un golpe seco y chocar las manos entre sí para, a continuación, encenderse otro canuto. Y luego dicen que las drogas no causan daños cerebrales.

La idea de celebrar la fiesta allí —con los enormes beneficios que generaba— había sido de un mochilero alemán. Un buen día llegó a Bodrum y, cuando se enteró de la existencia de aquellas ruinas, se acercó una noche en motocicleta para fotografiar la luna a través de la Puerta a Ninguna Parte. Al parecer, en algún momento de su caótico pasado había dedicado dos años a estudiar oceanografía en Estados Unidos antes de abandonar la universidad, y cuando vio aquel lugar se acordó lo suficiente de lo que había estudiado como para darse cuenta de que, al menos un par de veces al año, aquellas ruinas resultaban mucho menos espectaculares, porque podían quedar sumergidas bajo una de las muchas mareas vivas.

Pero, en tal caso, también ocurriría lo contrario, y habría una marea baja igual de fuerte y con ella quedaría al descubierto una porción mucho mayor de aquella ciudad de la Antigüedad. De entrada, la amplia plataforma que había servido de suelo de un importante edificio público quedaría por encima del agua. La miró fijamente y se puso a cavilar: podría ser una magnífica pista de baile.

La viabilidad de aquella idea dependía de lo mucho que variase el nivel del mar a causa de la marea. Aunque convencionalmente solía afirmarse que en el Mediterráneo y en el Egeo no había mareas debido a que el volumen de agua era demasiado pequeño, él sabía por sus estudios que aquello no era del todo cierto. Todas las masas de agua que hay en la Tierra están sujetas a las mismas fuerzas gravitacionales; lo que necesitaba saber realmente era si habría alguna marea que fuera lo bastante pronunciada para que se notara allí y él pudiera sacarle provecho.

Acudió a un cibercafé de una de las callejuelas de Bodrum, se puso a navegar y, en una desconocida página de náutica, descubrió que en la costa del Mediterráneo comprendida entre Túnez y Egipto había por lo menos un punto en el que la marea descendía algo más de dos metros. Pues vaya con las «afirmaciones convencionales»...

Por lo visto, el grado de intensidad de la marea dependía de un conjunto de factores singulares, y variaba desde una cota casi imperceptible en muchas zonas de aquella región hasta más de un metro en otras. El alemán, entusiasmado, estudió a fondo las complicadas cartas náuticas norteamericanas que encontró y los datos proporcionados por los satélites, después se puso un equipo de buceo y se sumergió en las ruinas para hacer sus propias mediciones.

Dos meses más tarde, tras comprobar que no se había equivocado, acudió al lugar del emplazamiento con varios amigos. Aparcaron en lo alto del peñasco unas camionetas equipadas con generadores, tendieron cables por la pared del acantilado para poder ofrecer un espectáculo de luz y sonido, y fondearon a pocos metros de la orilla varias barcazas cargadas con altavoces. Seguidamente, abrieron algunos agujeros en la valla de protección, anclaron cuerdas y escaleras de mano a unos trípodes de hormigón para que los clientes pudieran bajar, y apostaron un gorila a cada lado para cobrar la entrada.

Y la gente pagaba con gusto. ¿En qué otra parte del mundo podía uno participar en una fiesta en medio del mar a la luz de las estrellas, pillarse un colocón rodeado de ruinas antiguas y bailar sobre la tumba de veinte mil muertos? Los clientes afirmaban que era la mejor discoteca en la que habían estado.

La noche en que yo la presencié, la fiesta anual de Bodrum era enorme y todavía más extraordinaria. Para entonces, había ya diez barcazas con altavoces amarradas en el interior de un arco de piedras protegido del oleaje. En la mayor de aquellas barcazas, subido a un andamio como si fuera el jefe de pista de un circo futurista, pinchaba un DJ conocido en todo el mundo como Alí *el Químico*. Los que estaban en las rocas, armados con máquinas de humo, proyectaban una niebla que flotaba sobre el agua de forma sobrenatural y hacía que la Puerta a Ninguna Parte diera la sensación de estar también flotando en medio de una nube. Sólo entonces conectaron los láseres y las luces estroboscópicas.

Entre todo aquel torbellino, algunos de los chicos encargados de la seguridad cogieron una pasarela metálica y la plantaron entre la base del acantilado y la plataforma de mármol recién emergida de las aguas, con sus cuatro columnas rotas. A medida que la música iba alcanzando su volumen máximo, tan estridente que casi se podía tocar, el primero de los invitados cruzó la pasarela y caminó por un suelo de mármol que no había pisado nadie en dos mil años... o como mínimo desde la fiesta del año anterior.

Con la música a todo volumen, las torres de luces y de rayos láser y las siluetas que giraban sin parar en la pista de baile, con el humo que volvía blancas las ruinas y la Puerta a Ninguna Parte, etérea y misteriosa, suspendida en aquella niebla sobrenatural por encima del agua, no costaba trabajo creer que si los muertos quisieran salir de sus tumbas, sin duda escogerían una noche como aquélla.

Bueno, pues uno de aquellos muertos vivientes emergió a la vista de todos, en efecto... aunque todavía no fuera consciente de ello. Llegó en uno de aquellos yates enormes, se abrió paso entre la niebla y fondeó justo al lado del arco formado por las barcazas. Mientras cabeceaba entre los demás megayates, los tiradores de la División y los agentes de apoyo ocuparon todos sus puestos. Después de acercarse hasta allí con la lancha, la escondieron en una zona de la orilla que quedaba a oscuras, se ajustaron los auriculares al oído y los micrófonos a la solapa, y contemplaron durante unos instantes la fiesta, cada vez más multitudinaria y más salvaje. Cuando estuvieron convencidos de que nadie había reparado en su presencia, se mezclaron con el gentío, se dispersaron y fueron cada uno a ocupar la posición que tenían asignada.

El hombre clave del grupo era un negro de treinta y cuatro años, uno de los tipos más graciosos e inteligentes que uno podría esperar encontrarse en la vida. Al igual que hicimos todos al incorporarnos a la «pandilla», había escogido un nombre, que en su caso era el de McKinley Waters, como homenaje a Muddy Waters, el gran músico de blues del delta del Misisipi. Todo el que veía a Mack —así lo llamábamos nosotros— tocar la guitarra y cantar *Midnight Special* se preguntaba por qué perdía el tiempo trabajando en el mundillo de la inteligencia.

Mack era el tirador principal. Se había apostado en un pequeño hueco que había junto al borde del acantilado, con el rifle ya montado y oculto a un costado, en la oscuridad, bebiendo de una botella de Jack que de hecho contenía té helado, y con toda la pinta de ser un invitado más que estaba colocándose. Aparentemente, estaba esperando a que los últimos invitados hubieran descendido para hacer lo mismo.

También en lo alto del acantilado, pero un poco más allá, protegido por la sombra de un grupo de árboles raquíticos, se encontraba el segundo tirador, un gilipollas llamado Greenway, el típico tío que no ocultaba a nadie que iba a casarse con una millonaria. Deambulaba por allí junto con otros dos tipos más, como si fueran un grupito de amigos que no acababan de decidirse a pagar la entrada y bajar a la fiesta. En realidad, los otros dos eran ojeadores: aparte de localizar a Finlay, su misión consistía en avisar a los tiradores si detectaban cualquier peligro fuera de su campo visual.

Yo estaba en el peñasco, junto a la camioneta alquilada. Por casualidad, disfrutaba de la mejor panorámica y tenía a la vista al equipo completo en sus respectivas posiciones. Desde allí, vi cómo se activaron de pronto cuando Finlay apareció a la hora prevista; al cabo de unos minutos, estaría ciertamente entrando con los pies por delante por la Puerta a Ninguna Parte.

Los de su equipo de seguridad, todos ex miembros del KGB, aparecieron en la cubierta de recreo que había en la popa del barco y, sirviéndose de unos prismáticos, escrutaron la pared del acantilado, la pequeña playa y la pista de baile.

Sólo cuando dieron luz verde, salió todo el mundo del interior del yate: un grupo de mujeres jóvenes, vestidas para matar con modelitos de Chanel y de Gucci. Aguardaron en la cubierta mientras se les preparaba una lancha rápida que las depositaría directamente en la pista.

Vi que Mack dejaba la botella de Jack y bajaba la mano hacia la oscuridad. Sabía que esperaba a que Finlay saliera a despedirse de sus amiguitas con un beso, y que estaba preparándose. Los dos ojeadores, preocupados por la nube de humo, que era cada vez más densa, se apartaron un poco de Greenway para ver la escena con mayor nitidez. Uno de los chicos de apoyo atravesó el aparcamiento y se dirigió hacia la valla, listo para cubrirlos a todos. Por el auricular, oí que los tres miembros que estaban dentro de la fiesta —un tercer tirador, otro tipo de apoyo y uno más que estaba preparado por si se producía un tiroteo con los gorilas de Finlay— hablaban con Control, que se encontraba a bordo de la lancha en que había desembarcado el equipo, recibiendo la información de última hora de todos los integrantes menos yo. Todos teníamos la sensación de encontrarnos en la plataforma de lanzamiento de un cohete, preparados para disparar.

Lo que no sabíamos ninguno era que en otro barco —uno sin luces de navegación— había un grupo de hombres que también observaban con gran interés lo que estaba sucediendo en la costa.

Semioculta por la niebla de las máquinas de humo y por las enormes moles de los grandes yates, su modesta embarcación era, a todos los efectos, invisible. Sin embargo, los que se encontraban a bordo de aquella lancha tenían una panorámica estupenda de lo que ocurría en la fiesta: todos iban provistos de gafas de visión nocturna.

Las gafas habían sido suministradas por el jefe de seguridad de Finlay, que no consideraba que aquella excursión a Bodrum fuera una buena idea. Para aumentar la protección de su cliente, había contratado a un grupo de hombres duros —trabajaban por libre, pero eran los mejores en su oficio— que debían viajar a Bodrum de manera independiente. Recibieron los detalles de su misión por teléfono, y cuando llegaron los estaba esperando un contenedor repleto de equipo. Luego pasaron un par de días esperando, sin hacer nada, hasta que se les ordenó que subieran a bordo de una embarcación que les habían preparado. Era aquella lancha que ahora estaba fondeada junto a la orilla.

En la oscuridad, los mercenarios vieron que Finlay salía del salón del yate —provisto de cristales a prueba de balas— y que se acercaba a las chicas. Nosotros vimos lo mismo desde el acantilado. Mack permitió que el objetivo diera dos pasos... sólo para asegurarse de que los gorilas que lo acompañaban no pudieran volver a meterlo dentro a tiempo si era preciso disparar una segunda vez. Ya tenía el dedo en el gatillo cuando, de repente, el ojeador que le quedaba más cerca lo llamó para advertirlo.

Otra nube de humo estaba a punto de taparle el objetivo. Greenway también lo había visto, e hincó una rodilla en tierra, preparado por si tenía que efectuar el disparo. Aun así, Mack observó la nube, calculó que le daba tiempo, apuntó rápidamente y disparó. Gracias al retumbar de la música, nadie reparó siquiera en el claro chasquido que hizo el arma. La bala alcanzó a Finlay. Aunque estaba previsto que le abriese un gran boquete en la frente y le hiciera papilla el cerebro, debido a lo precipitado del disparo, en realidad le acertó más abajo. Finlay se desplomó en la cubierta, al tiempo que un trozo de carne de su cuello salpicaba el vestido de Gucci de la chica que tenía a la espalda. Aún estaba vivo y se retorcía, pero a Mack lo cegó el humo y no pudo realizar el segundo disparo. En aquel momento, uno de los ojeadores habló atropelladamente por el micro y ordenó a Greenway que volviese a disparar.

Entre los guardaespaldas que estaban a bordo del yate reinaba el caos, pero los de la embarcación de apoyo habían oído por los auriculares el grito que lanzó Finlay al derrumbarse, y ya estaban escudriñando el acantilado con sus gafas de visión nocturna. Uno de ellos divisó a Greenway arrodillado y apuntando con su arma, y gritó algo en croata...

El tirador que estaba a su lado se volvió en redondo, centró la mira en Greenway y apretó el gatillo. Greenway, que también estaba a punto de disparar, recibió el balazo en el pecho y cayó agitando brazos y piernas. Yo era el que estaba más cerca, y, como sabía que seguía vivo, eché a correr hacia él.

Estaba infringiendo todas las normas, lo prioritario era la misión, no la seguridad del equipo, y se suponía que debía esperar a que Control gritara una orden. Pero Greenway yacía en el suelo, en terreno desprotegido, y volverían a dispararle. Si no lo ponía a cubierto, moriría en cuestión de segundos.

Ninguno de nosotros sabía desde dónde estaban disparándonos, pero Mack vio el peligro al instante: si alguien que estuviera en el mar había podido apuntar a Greenway, también podía apuntarme a mí. De modo que gritó para advertirme y, convencido de que él seguía siendo invisible gracias al humo que generaban las máquinas, se agachó y echó a correr para interceptarme y arrojarme a tierra. Yo le caía bien, ambos éramos amantes del blues, y aún hoy diría que eso influyó en parte a la hora de lanzarse sobre mí, pero, sin duda, también influyó el hecho de que era por naturaleza un hombre valiente.

Cuando ya había recorrido la mitad de la distancia que nos separaba, la brisa abrió un espacio en la cortina de humo, y los del barco no fallaron: le metieron dos balazos justo por encima de los riñones. Si no le hubieran dado a él, me habrían dado a mí.

Soltó el rifle y cayó al suelo con un alarido. Yo giré sobre mis talones, me precipité hacia donde estaba, me arrojé encima y rodé con él hacia un lado, en medio de una lluvia de proyectiles que impactaban contra el suelo a nuestro alrededor, hasta que encontramos refugio en una pequeña depresión del terreno. Los de la fiesta estaban chillando; se habían dado cuenta de que dos hombres habían recibido un disparo y se encontraban malheridos, pero no tenían ni idea de lo que estaba ocurriendo en realidad ni de dónde estaban los tiradores, y eso provocó que cundiera todavía más el pánico.

Control no tuvo problemas para localizar el origen de los disparos. Estaba yendo de un lado a otro de la cubierta de la lancha, nervioso, cuando captó el fogonazo de un arma a través de la oscuridad y el humo. Aquella mañana, cuando el equipo se puso en marcha, tuvo la previsión de embarcar en la lancha un juego de luces azules y rojas; en ese momento las colocó en el techo de la cabina y le dijo al patrón que pusiera los motores al máximo.

Los mercenarios que estaban en la embarcación de apoyo vieron la lancha que se aproximaba a toda velocidad con sus luces giratorias e inmediatamente sacaron la conclusión más lógica, aunque incorrecta. En cuatro idiomas distintos, le gritaron al timonel que se metiera a toda prisa entre la maraña de barcos de quienes contemplaban ahora la escena, con la esperanza de escabullirse. Sabían que en una carrera de igual a igual no tendrían la menor posibilidad, y lo último que les convenía era enzarzarse en un tiroteo con la policía turca.

Su embarcación serpenteó esquivando otros barcos, y pasó tan cerca de dos de ellos que les arañó la pintura del casco. Al oír los gritos de sus ocupantes, Control supo que la embarcación sin identificar había huido, de modo que ordenó al patrón que diera media vuelta y fuera directo al superyate de Finlay.

En medio de la confusión, las luces giratorias le permitieron acercarse a la popa del yate lo suficiente para ver a Finlay tumbado en medio de un charco de sangre. Dos de las chicas y un aturdido miembro de la tripulación, creyendo que se trataba de un agente de policía, le gritaron que llamase a una ambulancia o a un helicóptero medicalizado. Control, por la manera en que Finlay se sacudía a causa de los espasmos y por el tremendo agujero que tenía en el cuello, supo que los tiradores habían hecho bien su trabajo: estaba desangrándose y a punto de morir. Se volvió hacia su patrón y le dijo que saliera de allí cagando leches. Sólo cuando la lancha del presunto policía se perdió de vista, el jefe de seguridad cayó en la cuenta de que acababa de verse cara a cara con el hombre que había dirigido el ataque. A aquellas alturas, ya poco le importaba, su fuente de ingresos acababa de expirar, y ya estaba pensando en cómo cruzar la frontera antes de que los turcos lo metieran en una habitación y le dijeran que se preparase porque la fiesta no había hecho más que empezar.

Control iba escuchando el parte que le daban todos los hombres que tenía en la costa, y mientras su lancha surcaba el mar a toda velocidad, satisfecho de que la misión se hubiera cumplido, ordenó a los que estaban apostados en la base del acantilado que se dirigieran rápidamente al embarcadero, donde serían recogidos al cabo de tres minutos. Luego me ordenó que procediera a poner en marcha el plan de emergencia.

Los dos ojeadores lo habían oído, así que agarraron a Greenway por las axilas y lo arrastraron hasta la camioneta. Ya estaba muerto, porque la bala que penetró en su pecho se había fragmentado al chocar con las costillas, y las esquirlas le habían destrozado de tal manera el corazón y los pulmones que lo cierto era que en ningún momento había tenido la menor posibilidad de sobrevivir.

Refugiado en la pequeña hondonada que formaba el terreno, yo había hecho todo lo posible por detener la hemorragia de Mack. Era un hombre corpulento, y aun así, aunque todavía no sé cómo, conseguí echármelo al hombro y meterlo en el asiento del pasajero de la camioneta. Abatí el respaldo, agarré mi chaqueta y se la anudé a la cintura para intentar contener la pérdida de sangre. Aún estaba consciente, y vio la etiqueta del interior de la chaqueta.

—¿Barneys? —dijo—. ¿Qué jodido amante del blues se compra la ropa en Barneys?

Ambos nos echamos a reír, pero los dos sabíamos que, si no conseguíamos atención médica rápidamente, él no tenía ninguna posibilidad de salir de aquélla. Me senté al volante y pisé el acelerador. Crucé el aparcamiento derrapando y obligando a la gente a apartarse. Mientras tanto, el ojeador situado a mi espalda ya estaba al teléfono, hablando con Control por una línea que todos esperábamos que fuera lo bastante segura.

Cuando ya giraba bruscamente para incorporarme al asfalto, el ojeador colgó y me dijo que debía dejarlos a él y a su colega en el puerto deportivo de Bodrum, como habíamos planeado. Tenían que largarse antes de que se cerrasen todas las salidas: Turquía era un país orgulloso, y los turcos no reaccionaban bien cuando se ejecutaba a alguien delante de sus narices. Los ojeadores se llevarían consigo el cadáver de Greenway mientras yo trasladaba a Mack hasta el lugar en el que nos esperaba el médico. Con suerte, conseguiría estabilizar las heridas y ganaría tiempo, al menos hasta que nos enviaran un helicóptero de la flota que Estados Unidos tenía en el Mediterráneo, que nos recogería a los dos en un punto de la costa. El helicóptero, en el que viajarían un médico y dos especialistas, ya estaba siendo preparado, y en cuanto nos recogiera pondría rumbo al portaaviones de la flota, que disponía de quirófanos y de un equipo completo de cirujanos.

Mack aún tenía posibilidades de sobrevivir, de manera que aceleré todavía más. Fue un trayecto demencial, y no creo que nadie hubiera cubierto más rápido que yo aquella distancia viajando en una camioneta con forma de ladrillo. Llegamos al puerto deportivo, y, por suerte para nosotros, lo encontramos prácticamente desierto; era sábado por la noche, y todos los barcos estaban de fiesta en las ruinas o atracados cerca de los incontables restaurantes de playa que había en Bodrum.

Entré reculando en el muelle, ayudé a los ojeadores a trasladar el cadáver de Greenway al barco y después volví a sentarme al volante. Teníamos una mala carretera por delante y un verdadero mar de problemas por detrás.

35

Íbamos cantando. Mack y yo cantamos *Midnight Special* y todos los blues clásicos del delta del Misisipi mientras surcábamos la noche en dirección sur, recorriendo como una flecha carreteras por las que yo había transitado una sola vez, aterrorizado por si me saltaba una salida o me equivocaba al tomar un ramal, porque sabía que aquello acabaría costándole la vida a Mack con la misma certeza con que lo había pronosticado en lo alto del acantilado.

Cantamos para mantener a raya la frágil conciencia de Mack, cantamos para burlar a la muerte, nuestra pasajera invisible, y para decir que estábamos vivos y que amábamos la vida, y que en aquella camioneta nadie iba a entregarla sin presentar batalla.

Poco después, empezó a llover.

Nos habíamos dirigido hacia el sur, hacia un área cada vez más remota en la que tan sólo las luces de unas pocas casas de campo desperdigadas nos indicaban dónde terminaba la tierra firme y dónde empezaba el mar. Por fin vi la salida que estaba buscando, la tomé levantando una nube de grava e inicié un largo descenso hacia un recoleto pueblecito de pescadores. Recorrimos la punta de un cabo, y justo cuando el aguacero arreciaba, distinguí de pronto unas luces apiñadas en la orilla. Llegué al pueblo y encontré una callejuela estrecha que me resultó familiar.

Mack se había sumergido en una especie de mundo propio, mi chaqueta estaba totalmente empapada con su sangre, y yo conducía con una sola mano porque con la otra intentaba constantemente que no se durmiera y que no dejara de luchar.

Con la esperanza de no haber cometido un error al meterme en aquella calle, doblé una esquina y vi una fuente comunitaria rodeada de flores marchitas sobre la que reposaba un cubo viejo atado a una cuerda, y supe que ya estaba muy cerca. Hice un alto en plena oscuridad, desenganché la linterna que llevaba en el llavero y alumbré la entrada con ella. No quería llamar a la puerta que no era, llevando sobre el hombro a un hombre medio muerto.

El haz de la linterna reveló una placa de latón. Descolorida y sin brillo, escrita en inglés, indicaba el nombre del ocupante de la casa y los detalles de sus credenciales: licenciado en Medicina y Cirugía por la Universidad de Sídney. Teniendo en cuenta a la persona que ejercía aquella profesión allí dentro, probablemente no era la publicidad más adecuada para tan augusta institución.

Abrí la puerta del pasajero, me eché a Mack sobre el hombro, volví a cerrarla de una patada y me encaminé hacia la puerta principal de la destartalada vivienda. Se abrió antes de que llegara yo; el médico había oído el motor de la camioneta y había salido a indagar. Se quedó en el umbral, observándonos: un rostro arrugado como una sábana en cama deshecha, unas piernas flacuchas, un pantalón corto e informe y una camiseta tan descolorida que el bar de alterne del que hacía publicidad seguramente ya había cerrado hacía mucho tiempo. Tenía cuarenta y pocos años, pero, dada su afición por la botella, sería una sorpresa que lograse llegar a los cincuenta. Yo ignoraba cuál era su verdadero nombre: debido a la placa de latón de la entrada, todos los turcos de aquella zona lo llamaban simplemente «doctor Sídney», y a él aquello le parecía bien.

Lo había conocido una semana antes, cuando Control, después de organizarlo todo, me envió a examinar la ruta. Le habían dicho que yo era un guía turístico que acompañaba a un grupo de norteamericanos que estaban recorriendo la zona, y que tal vez, en el caso improbable de que se presentara una emergencia, podían requerir sus servicios. Dudo que él se creyera ni una palabra, pero se notaba claramente que no le caían muy bien las autoridades turcas, y el sustancioso anticipo que le pagamos lo animó a no hacer preguntas.

—Hola, señor Jacobs —me saludó.

Jacobs era el apellido que utilizaba yo en Turquía. Posó la mirada en Mack, que colgaba exánime sobre mi hombro, y se fijó en la chaqueta empapada de sangre que llevaba anudada a la cintura.

—Menudo recorrido turístico debe de estar haciendo usted... recuérdeme que no me apunte a ninguna de sus excursiones.

Según mi experiencia, la mayoría de los australianos no se amilanan con facilidad, y me sentí agradecido por ello.

Juntos trasladamos a Mack hasta la cocina, y, aunque al médico le olía el aliento a alcohol, había algo en la manera en que irguió la espalda y cortó la ropa y los tejidos dañados de Mack que me hizo pensar que en otra época debió de ser un cirujano hábil y disciplinado.

Hice uso de todos los conocimientos médicos que tenía para llevar a cabo la tarea de enfermero de quirófano, y con la ayuda del agua caliente, de la isleta de la cocina despejada para que sirviera de mesa, y de los flexos de lectura de su estudio y de su dormitorio, llamados a la acción para que iluminasen la herida, entre los dos intentamos desesperadamente estabilizar el cuerpo malherido de Mack y mantenerlo vivo hasta que llegase el helicóptero con sus especialistas y sus bolsas de plasma.

Durante todo aquel rato, y a pesar de la tensión, ni una sola vez le tembló el pulso al médico ni flaqueó en su empeño; improvisó, maldijo y sacó de debajo de las muchas capas de alcohol y los muchos años desperdiciados todas las ideas y las estrategias que había aprendido. Pero nada funcionó.

Mack cerró los ojos, nosotros luchamos con más ímpetu, conseguimos reanimarlo, pero volvió a desvanecerse. Cuando apenas faltaban dieciocho minutos para que llegase el helicóptero, el *bluesman* pareció exhalar un suspiro. Levantó una mano en el aire, en un mudo gesto con el que parecía querer darnos las gracias, y se fue de repente. Nosotros arremetimos con más furia todavía, pero aquella vez no hubo forma de recuperarlo, y, finalmente, los dos nos quedamos quietos y en silencio.

El doctor Sídney inclinó la cabeza. Desde donde yo estaba era imposible distinguir si le temblaba el cuerpo debido al cansancio o a causa de algo mucho más humano. Transcurridos unos momentos, levantó la vista hacia mí y vi en sus ojos la desesperación, la angustia, que le producía que alguien hubiera muerto en sus manos.

—Antes operaba a niños heridos —dijo en voz queda, como si quisiera explicar lo de la bebida, lo de aquella casa destartalada, aquella vida en el exilio y el profundo dolor que llevaba consigo a todas partes.

Yo asentí. De algún modo entendí lo que debía de ser perder a un niño bajo el bisturí.

—¿Era amigo suyo? —me preguntó.

Asentí de nuevo. El médico, con una decencia que ya no me sorprendió, se excusó con el pretexto de tener que atender una tarea en otra parte de la casa. Cubrí el rostro de Mack con una sábana —quería que recibiera toda la dignidad que pudiera darle— y musité unas palabras. No se podía decir que aquello fuese rezar, pero por respeto, con la esperanza de que su espíritu estuviera en algún lugar no muy lejos de allí, dije lo que necesitaba decir acerca de la amistad, el valor y el irremediable remordimiento que me torturaba por haber infringido las normas en lo alto de aquel acantilado.

El médico volvió y empezó a limpiar, y yo salí de allí y me dirigí al cuarto de estar. Faltaban catorce minutos para que llegase el helicóptero, y un mensaje que me enviaron al móvil me informó de que habían localizado un vertedero detrás del pueblo en el que podían aterrizar sin ser vistos. Reprimiendo el temblor en la voz para que no se me notase al hablar, los llamé y les dije que podían mantener al margen a los sanitarios: lo que había que evacuar no era un paciente, sino sólo su cadáver.

Me deshice de la camioneta regalándosela al doctor Sídney, a modo de pequeña recompensa por el esfuerzo que había realizado para intentar salvar a Mack, y me centré principalmente en la policía turca. Para tratar de descubrir qué estarían haciendo, me volví hacia el televisor que había en un rincón del cuarto de estar, encendido y con el volumen bajo.

Estaban emitiendo un informativo turco, pero no decían nada de los muertos que había habido en la fiesta ni de una operación policial destinada a dar conmigo. Con el mando a distancia fui pasando por los diversos canales: encontré culebrones, películas de Hollywood dobladas al turco y otros dos informativos, pero nada que causara alarma.

Y tampoco encontré nada en la BBC, en la CNN, en la Bloomberg ni en la MSNBC.

36

Por un instante me quedé sin respiración. Seguía en lo alto de aquel acantilado que se erguía por encima de las ruinas, rememorando el pasado, pero el recuerdo de la televisión del médico en aquella vieja casa de campo me había robado el aire de los pulmones.

Si el doctor Sídney, que vivía en un área tan remota, podía ver los informativos en inglés, ¿cómo era posible que no pudieran verse en Bodrum?

Regresé corriendo al Fiat.

Aún era temprano, había poco tráfico, y el trayecto hasta Bodrum lo hice casi tan rápido como cuando llevaba a Mack agonizando en el asiento del copiloto. Aparqué delante del hotel, encima de la acera, subí los escalones a toda velocidad y vi al encargado saliendo del comedor.

—Aaah —dijo sonriente—, ¿el viaje de los espejos fue exitoso con los cristales?

—Lo siento —repliqué—, no tengo tiempo. Necesito preguntarle una cosa sobre la televisión del hotel.

El encargado me miró sin comprender... ¿Para qué demonios iba yo a querer saber algo así?

—El botones dijo que en Bodrum no pueden verse los canales de habla inglesa. ¿Es verdad?

—Muy verdad, sí —me respondió—. La compañía de grandes ladrones llamada Digiturk, que nos da canales basura, no tiene ese servicio.

—Pues tiene que haber una forma, porque yo he visto la BBC, la MSNBC y otras cuantas más —aseguré.

El encargado reflexionó durante unos instantes, se volvió e hizo una llamada telefónica. Habló en turco, escuchó la respuesta que le daban, y luego cubrió el auricular con la mano para informarme a mí. Me dijo que su mujer sabía que algunas personas compraban un sintonizador digital para poder acceder a un satélite europeo que retransmitía los canales por los que yo estaba preguntando.

—¿Cómo se llama el servicio, el satélite? ¿Su mujer lo sabe?

El encargado repitió la pregunta por teléfono, después se volvió hacia mí y me dio la respuesta:

—Sky.

Sky era un canal por satélite británico, y yo sabía, de cuando estuve viviendo en Londres, que era de pago. Lo cual quería decir que había abonados, y si la gente estaba comprando sintonizadores, en la cadena de televisión debía de haber alguien que tuviera una lista.

Subí a la carrera a mi habitación y llamé a la central inglesa de la empresa. Me pasaron por ocho o nueve departamentos distintos, hasta que terminé hablando con un servicial empleado del norte del país, cuyo acento era tan duro que podía cortarse como un pudin de Yorkshire. Era el encargado de los abonados europeos, y me informó de que todos los canales que me interesaban a mí se captaban con el satélite Astra de la compañía Sky.

—Astra tiene un radio de acción enorme, no crea. Se diseñó para que abarcase toda Europa occidental y para que llegase incluso hasta Grecia. Más tarde, hace ya unos años, se mejoró el software del satélite, la señal se hizo más intensa, y de repente empezó a sintonizarse incluso en Turquía. Sólo hace falta una antena parabólica de un metro. Naturalmente, sigue siendo necesario tener un sintonizador y una tarjeta de acceso, pero ahora llega a mucha más gente.

—¿Cuántos abonados, señor Howell?

—¿En Turquía? Tenemos expatriados, por supuesto, que cuando se trasladan a otro sitio se llevan el sintonizador y la tarjeta. Luego están los bares y locales ingleses, ya sabe, los turistas quieren ver su fútbol. Y por último, tenemos a los clientes turcos, a quienes les gusta la programación. En total, puede que haya aproximadamente diez mil.

—¿Puede desglosarlos por zonas?

—Claro.

—¿Cuántos viven en las inmediaciones de Bodrum, por ejemplo en una provincia llamada Mugla? —pregunté, haciendo un desesperado esfuerzo para que mis esperanzas no se desbocasen.

—Deme un segundo —dijo el empleado, y oí cómo tecleaba en un ordenador—. ¿Ha dicho que se trata de la investigación de un asesinato? —Intentaba llenar el tiempo con conversación, mientras obtenía los datos.

—Sí, la víctima es un joven norteamericano. Le encantaban los deportes y la televisión —mentí—. Sólo estoy intentando atar unos cuantos cabos sueltos.

—Aquí lo tengo —anunció el empleado—. Aproximadamente mil cien abonados.

Sentí que renacían mis esperanzas. Aquello significaba que en Bodrum era posible sintonizar los canales de televisión que yo necesitaba. Miré por la ventana e imaginé a la mujer que estaba buscando sentada y con las piernas cruzadas en una de aquellas casitas blancas cubistas, viendo la televisión con un sintonizador de Sky, tomando fragmentos de diferentes informativos y trabajando durante varias horas para editarlos y codificarlos. Mil cien sintonizadores... Aquello había reducido espectacularmente la búsqueda... y todavía no había terminado.

—Y, si descontamos los expatriados y los bares, ¿cuántos abonados calcula usted que hay? —pregunté.

—¿Hogares? Lo más probable es que haya seiscientos o setecientos —contestó.

¡Me estaba acercando! Seiscientos o setecientos abonados representaban mucho trabajo, mucha suela de zapato gastada para dar con cada uno de ellos, pero también significaba que los potenciales sospechosos ya estaban acotados. Dentro de aquel grupo estaba la mujer que yo buscaba.

—¿Le va bien esa cifra? —me preguntó Howell.

—Muy bien —respondí, sin poder disimular la sonrisa que se filtró en mi voz—. ¿Podría darme una relación de los abonados?

—Cómo no, pero para eso tendría que obtener una autorización. No se ofenda, pero necesitamos tener la certeza de que es el FBI quien solicita esa información.

—Puedo conseguirle una carta oficial para dentro de un par de horas. Después de eso, ¿cuánto tiempo le llevaría?

—Sólo tendré que descargar la lista e imprimirla. Unos minutos.

Era mejor de lo que habría podido imaginar. Muy pronto iba a tener una lista de seiscientas direcciones, y una de ellas sería la de aquella mujer. Estábamos acercándonos a nuestro objetivo.

—Gracias —dije—. No sabe usted lo mucho que me ayuda esto.

—No hay problema. Claro que tiene usted suerte de necesitar sólo a los abonados autorizados.

Aquello frenó en seco mi euforia.

—¿Qué quiere decir?

—Bueno, hoy en día hay mucha gente que se conecta... —empecé a sentirme mal— utilizando sintonizadores pirateados —siguió diciendo—. Chinos, en su mayoría. Cuando no falsifican relojes Rolex y bolsos de Louis Vuitton, falsifican sintonizadores y tarjetas de acceso. Los venden a través de pequeñas tiendas de electrónica y cibercafés, sitios así. Es un negocio tremendo. En cuanto uno ha comprado el sintonizador y la tarjeta, el servicio es gratuito. ¿Comprende?

—Y en un lugar como Mugla —dije en voz baja—, ¿cuántos sintonizadores pirateados calcula usted que puede haber?

—¿En un lugar de ese tamaño? Unos diez mil, puede que más. No hay forma de saber quién los tiene, es algo totalmente clandestino. Me parece que el año que viene dispondremos de la tecnología necesaria para detectar los que...

Yo ya no escuchaba: al año siguiente podíamos estar todos muertos. Con diez mil sintonizadores y ninguna lista de abonados, la tarea se hacía imposible. Le di las gracias por su ayuda y colgué.

Permanecí un rato inmóvil, dejando que me envolviera el silencio y que el monstruo de la desesperación empezara a roerme las entrañas. Abrigar esperanzas un momento antes para ver cómo se hacían añicos un instante después había supuesto un auténtico mazazo. Por primera vez desde mi reclutamiento forzoso, durante un instante creí que de verdad iba a resolver el problema. Y ahora que mi alegría se había transformado en polvo, lo único que me apetecía era ser despiadado conmigo mismo.

¿Qué tenía en realidad? Había recopilado una lista de cabinas telefónicas, y gracias a un golpe de suerte y al trabajo de un equipo de expertos restauradores italianos, aún no me habían mandado a casa. ¿Y aparte de eso? Todo el que no estuviera ciego podía ver que tenía muy poco.

Estaba furioso. Estaba furioso con los chinos por no controlar la piratería al por mayor de las ideas y los productos de otras personas. Estaba furioso con Bradley, con el Susurrador y con todos los que no estaban allí conmigo para ayudarme, y lo estaba también con los árabes que opinaban que cuanto mayor fuera el número de bajas humanas, mayor sería la victoria. Pero, por encima de todo, estaba furioso con aquella mujer y aquel hombre del Hindu Kush, porque me llevaban la delantera.

Fui hasta la ventana intentando buscar un modo de calmarme. La pesquisa realizada en Sky no había sido un total fracaso: me había servido para deducir que la mujer casi con toda seguridad vivía en aquella zona, y eso era un verdadero avance. Paseé la mirada por los tejados de las casas... Ella estaba allí, en alguna parte. Lo único que debía hacer era encontrarla.

Intenté visualizar mentalmente cuál de las cabinas telefónicas pudo utilizar, intenté verla esperando a que sonara el teléfono, pero como no tenía ningún dato en absoluto lo único que visualicé fue un espacio en blanco.

Aun así, en aquel momento recordé el ruido del tráfico que pasaba cerca y la débil música de fondo de la Muzak, la cadena de radio o lo que fuera aquello.

«Ahora que lo pienso —me dije—, ¿dónde está la información actualizada con respecto a la música? ¿Qué estaban haciendo en casa el Susurrador y los demás? ¿No se suponía que la Agencia de Seguridad Nacional estaba intentando aislar, amplificar e identificar aquella banda sonora?»

No tenía ánimos para otra cosa que no fuera desahogar mi frustración, así que poco me importó que en Nueva York ya fuera muy tarde. Cogí el teléfono y llamé.

37

Bradley atendió la llamada y me dijo que aún no se había ido a la cama, pero por la voz noté que estaba agotado. Bueno, pues yo también. Empezó a hacerme preguntas sobre la muerte de Dodge, sólo para mantener la tapadera, pero lo corté en tono tajante.

—¿Te acuerdas de la música de la que estuvimos hablando? —le dije. Por supuesto que no se acordaba, ni siquiera tenía idea de lo que le estaba hablando—. Se oía el ruido del tráfico y una música de fondo...

—Ah, sí, ya me acuerdo —contestó siguiéndome el juego.

—¿Qué ha pasado? —pregunté—. Se suponía que iban a ponerse a trabajar en ella para intentar identificarla.

—No lo sé, no tengo noticias.

—Ponte a ello, ¿quieres? Haz unas cuantas llamadas.

—Claro —repuso Bradley, ofendido por mi tono, y de inmediato tan irritable como yo—. ¿Para cuándo lo necesitas?

—Para ya —repliqué—. Y mejor todavía si lo hubiera tenido hace unas horas.

Con un hambre canina, iba ya por la tercera chocolatina rancia del minibar mientras esperaba sentado en la silla, mirando por la ventana y pensando en la mujer, cuando sonó el teléfono. Era Bradley, y me dijo que lo de la música había sido un completo fracaso.

—Han filtrado el ruido del tráfico de Nueva York —dijo. Aquella referencia a Nueva York no significaba nada, era mero relleno—. Y han amplificado la música. Es turca, por supuesto. Al parecer, interpretada con un *kaval* que...

—¿Un qué?

—Un *kaval*. Es un instrumento, por lo visto se parece a una flauta. Tiene siete agujeros arriba y uno debajo, para reproducir melodías. Se trata de un instrumento tradicional, cuentan que lo usaban los pastores para conducir al ganado.

—Genial... Estamos buscando a un pastor que va conduciendo el ganado entre el tráfico de la hora punta.

—No exactamente —replicó Bradley—. Es bastante común, dicen que es muy popular entre los grupos de música tradicional.

—Así que un *kaval*, ¿eh? ¿Y en qué tipo de equipo sonaba? ¿En un CD? ¿En la radio? ¿O tal vez era en directo?

—Después de suprimir el ruido de fondo y de amplificarlo, perdieron lo que ellos denominan «la firma», o sea que no lo saben.

—¡Dios! No lo están poniendo nada fácil, la verdad.

Volví a mirar los tejados, y de nuevo me pregunté desde dónde pudo hacer la llamada aquella mujer. Tuvo que ser un sitio en el que se oyera el tráfico y una música interpretada con un instrumento tradicional turco que se llamaba *kaval*. Pero ¿dónde?

—Y hay otro problema —continuó Bradley—. Tampoco pueden identificar la melodía. La muestra no es muy amplia, pero por lo visto nadie la conoce de nada.

—Qué raro... —comenté—. Cabría pensar que, siendo una melodía folk, y habiendo tantos expertos...

—Sí, supongo.

Dejamos pasar unos momentos sin decir nada, y cuando ya quedó claro que no había nada más de que hablar, saqué otro tema.

—Perdóname, Ben —dije.

—¿Por qué?

—Por haber sido un gilipollas.

—Pero si tú siempre has sido un gilipollas —replicó él, tan impasible como de costumbre—. Sea como sea, les he dicho a tus amigos que estás acusando la presión y empezando a desfallecer.

—Ah, pues eso seguro que me ayuda mucho en mi carrera —repliqué.

—Un placer ayudarte —dijo, pero sin reírse; al fin y al cabo, así era Ben Bradley; sin embargo, noté en su voz que había arreglado las cosas con él, y me sentí reconfortado.

—Una cosa más —le dije.

—Lo que quieras.

—Diles que busquen una manera de hacerme llegar la grabación, ¿de acuerdo? Sólo la música, sin el tráfico.

No sabía por qué, pero quería oírla.

38

Veinte minutos más tarde, al salir del cuarto de baño después de darme una ducha, vi que había recibido un correo electrónico nuevo en mi ordenador portátil. Era de Apple y decía que se me habían cargado veintisiete dólares en mi tarjeta de crédito en concepto de descargas de música.

Yo no había comprado música alguna, y temí que algún idiota de la CIA hubiera pensado que a lo mejor podía ser de utilidad contribuir a la ya extensa colección de música horrible de Brodie Wilson. Abrí iTunes, vi unas cuantas pistas nuevas y comprendí que la mayoría de ellas eran puro relleno: sólo había una que importara, y sabía que la había enviado el Susurrador.

En la víspera de mi viaje a Turquía, cuando estuvimos trabajando en su estudio, vi en la pared un ejemplar firmado del disco «Exile on Main Street», de los Rolling Stones. A pesar del cansancio que nos consumía, iniciamos una animada discusión acerca de si aquél era en realidad el mejor álbum de la banda o no. ¿Quién habría imaginado que el director de Inteligencia Nacional de Estados Unidos era todo un experto en los Rolling? Cuando revisé las pistas nuevas, vi que Bradley no bromeaba cuando dijo que había advertido a mis amigos de que yo estaba desfalleciendo. El Susurrador me había enviado el tema de los Rolling Stones titulado *19th Nervous Breakdown*, «crisis nerviosa n.º 19».

Seleccioné la canción y escuché durante treinta segundos hasta que la grabación se transformó. Allí estaba la música de *kaval*, insertada en medio, limpia del ruido del tráfico y del extraño mensaje de la mujer. La escuché dos veces —duraba poco más de dos minutos— y acto seguido la descargué en mi reproductor MP3. Pensé que a lo mejor me servía de inspiración cuando volviera a salir a la calle, a localizar una cabina telefónica tras otra.

Pero no fue así; en realidad, lo único que hizo fue darme dolor de cabeza.

Para cuando hube terminado de fotografiar la cuarta cabina y decidí preguntar a los vecinos si recordaban haber visto a una mujer esperando una llamada —no obtuve nada excepto miradas de extrañeza o algún gesto negativo de desconfianza—, supe que aquél iba a ser un día muy largo. ¿Cómo era aquella expresión turca... «cavar un pozo con una aguja»?

Aun así, si uno quiere beber agua, a veces es eso lo que debe hacer. Iba andando por una callejuela estrecha, escuchando el *kaval* y preguntándome otra vez por qué ninguno de los expertos había sido capaz de identificar aquella melodía, cuando me detuve de pronto. Acababa de ocurrírseme una idea. Estaba siguiendo el mapa que tenía en el teléfono, buscando la siguiente cabina telefónica, lo cual quería decir que a continuación debía torcer hacia la derecha, pero, en lugar de eso, giré a la izquierda y me dirigí al centro de la ciudad.

Allí delante distinguí las flores de color morado del jacarandá que estaba buscando, y unos momentos después vi al tipo de la tienda de instrumentos musicales, que estaba subiendo las persianas que protegían el escaparate. Al verme, sonrió.

—Ya sabía yo que iba a volver —me dijo, y me señaló una de las guitarras eléctricas que había en el escaparate—. Tiene usted toda la pinta de ser un forofo de las Stratocaster.

—Me encantaría comprarme una, pero no va a ser hoy... Necesito que me ayude con una cosa.

—Cómo no.

Lo ayudé a levantar el resto de las persianas, y después me invitó a que cruzara la puerta de la tienda y entrara en la oscura caverna del interior del local. Era todavía mejor de lo que había imaginado: al fondo había un cuartito lleno de tocadiscos restaurados para aquellos que aún creían en las agujas y las válvulas, un surtido de guitarras modernas más amplio que el de muchas tiendas de Nueva York y suficientes discos de vinilo de los años setenta como para hacer llorar al Susurrador.

Señalé la colección de instrumentos tradicionales turcos y le dije que tenía una pieza musical, interpretada con un *kaval*, que esperaba que él pudiera identificar.

—Ya lo han intentado muchas personas —aseguré—, pero por lo visto nadie es capaz de reconocerla.

—Ojalá viviera mi padre —contestó—, era todo un experto en música tradicional, pero le echaré un vistazo.

Le puse la grabación del MP3 y lo observé mientras la escuchaba. La reprodujo cuatro veces, puede que cinco. Después conectó el reproductor a una base de conexión, y sonó de nuevo, pero esta vez por el sistema de sonido de la tienda. Tres turistas que habían entrado a curiosear se pararon un momento y escucharon.

—No es lo que se dice muy animada —comentó uno de ellos, un neozelandés, y tenía razón: era una melodía inquietante, se parecía más bien a un gemido que flotase en el viento.

El dueño de la tienda la reprodujo de nuevo, y sus inquietos ojos parecieron concentrarse. Luego negó con la cabeza, cosa que no me sorprendió; desde el primer momento supe que se trataba de una posibilidad muy remota. Me dispuse a darle las gracias, pero me interrumpió.

—No es un *kaval* —afirmó.

—¿Cómo?

—Por eso está teniendo tantas dificultades para identificar la melodía, porque no se escribió para *kaval*. Casi todo el mundo habría cometido ese error, pero estoy bastante seguro de que se trata de un instrumento mucho más antiguo. Escuche... —La reprodujo de nuevo—. El *kaval* tiene siete llaves para la melodía arriba y una debajo. Es difícil, hay que escuchar con atención, pero el instrumento de esta grabación tiene sólo seis llaves arriba y una debajo. No tiene una séptima.

La escuché una vez más, pero, sinceramente, no supe distinguirlo, no tenía ni idea de cuántas llaves tenía aquello.

—¿Está seguro? —le pregunté.

—Sí —me respondió.

—¿Y qué es, entonces?

—De la melodía no sé decirle —confesó—, pero me parece que el instrumento es un *çigirtma*. Ya casi nadie sabe lo que es, yo lo conozco sólo porque a mi padre le encantaban las cosas antiguas. Oí cómo lo tocaban en una ocasión, de pequeño.

—¿Y por qué casi nadie lo conoce? ¿Ha desaparecido?

—No exactamente... las que desaparecieron fueron las águilas. Para construir un *kaval* se necesita madera de ciruelo; en cambio, un *çigirtma* se hace con el hueso del ala de un águila de montaña. Esas aves llevan ya muchos años en peligro de extinción, de modo que el instrumento dejó de fabricarse, y también la música que se escribía para él. Por eso no encuentra usted la melodía.

Quitó el MP3 de la base de conexión y me lo devolvió.

—¿Conoce el hotel Ducasse? —me dijo—. Es posible que allí puedan ayudarlo.

39

El hotel Ducasse era uno de los lugares que mencioné anteriormente, de esos que estaban tan de moda que la gente era capaz de hacer un boquete en sus muros con tal de alojarse en ellos. Situado en primera línea, tenía playa privada, camas balinesas que uno podía alquilar para todo el verano a cambio de una pequeña fortuna, y una docena de barcas que transportaban camareros con comida y bebida a los grandes yates fondeados en la bahía. Y aquel servicio era el menos lujoso que ofrecía el hotel.

La sección exclusiva, ubicada en la azotea, se denominaba Skybar. Fui hasta allí directamente desde la tienda de instrumentos musicales. Entré por las puertas estilo *art déco* del hotel, atravesé varios kilómetros cuadrados de suelos de caoba cubana y pasé junto a exóticos conjuntos de mobiliario de Philippe Starck, hasta que encontré el ascensor que iba directo al Skybar. Al aproximarme a él, advertí que el individuo que lo manejaba —vestido con una especie de pijama negro de diseñador— se fijaba en mi ropa barata, típica del FBI, y se disponía a decirme que sólo podían subir las personas que tuvieran reserva. Sin embargo, soy capaz de poner una potente mirada asesina cuando es necesario, de modo que la puse en nivel DEFCON 1 y vi que el ascensorista llegaba a la conclusión de que no merecía la pena morir por no permitirme la entrada.

Me subió hasta la última planta, y cuando salí me encontré en medio de un auténtico zoológico. La atracción principal del Skybar era una piscina de un blanco puro, borde infinito y fondo de cristal, desde la que se disfrutaba de una imponente panorámica de la bahía que alcanzaba hasta el castillo de los cruzados y —muy convenientemente— la Casa de los Franceses.

Frente a la piscina había un puñado de carpas con camas balinesas superlujosas que parecían estar ocupadas por varios de los principales «cleptócratas» de la Europa del Este y sus familias. Ligeramente elevadas, acaparaban la mejor vista de la piscina y de su vasta extensión de carne y silicona, es decir: mujeres de todas las edades escuetamente vestidas, dotadas de unos labios que parecían haber sufrido el ataque de un avispero y de grandes implantes mamarios, así como tíos jóvenes de cuerpo fuerte con trajes de baño tan diminutos que, popularmente, se los conocía como «paqueteros».

En el lado contrario de las camas balinesas había una barra de bar y un pequeño escenario para una banda de cinco músicos. Mi objetivo era uno de los guitarristas, pero el camino que llevaba hasta él no estaba exento de obstáculos. El primero se me estaba acercando con una sonrisa solidaria y las manos abiertas en un gesto que pedía disculpas. Era el *maître*, que, a diferencia de su clientela, iba vestido con gran clase, diseño francés, adiviné: zapatos Berluti hechos a mano, traje ligero de Brioni y gafas con montura de oro.

—Lo siento mucho, señor —me dijo—, pero hoy estamos completos.

Miré las dos docenas de mesas vacías —era temprano— y las solitarias banquetas de la barra, y le contesté con la misma sonrisa:

—Sí, ya lo veo.

Ya me había rodeado los hombros con el brazo y estaba guiándome de nuevo hacia el ascensor, donde aguardaba el *ninja* para devolverme a la calle, que era el lugar que me correspondía, cuando me metí la mano en el bolsillo interior de la chaqueta. El *maître* supuso que iba a sacar la cartera y un puñado de billetes para sobornarlo.

—Señor, por favor... no me avergüence, ni a mí ni a usted mismo —dijo con una sincera expresión de dolor.

—No era mi intención —repliqué al tiempo que le mostraba la placa.

Tras observarla detenidamente, abandonó el rollo de pastor de ovejas descarriadas y reflexionó durante un momento acerca de lo que debía hacer.

—¿Va a detener a alguien, señor Wilson? —me preguntó.

—Es posible.

Se me acercó un poco más, se notaba que era un cotilla empedernido, y bajó el tono de voz.

—¿Puede decirme a quién?

Yo me incliné hacia él haciendo el mismo gesto, y también bajé la voz:

—Lo siento, no estoy autorizado.

—No... claro que no. Pero probablemente podría revelar cuál es la acusación.

—Por supuesto —dije, y señalé la zona de la piscina—. El mal gusto.

El *maître* lanzó una carcajada y me estrechó la mano.

—Joder, entonces el local se quedará vacío. Va a necesitar un autobús.

Despidió al *ninja* con una mirada, levantó una mano para hacer un gesto al camarero que atendía la barra y me condujo de nuevo hacia la vasta extensión de carne.

—Está invitado, señor Wilson. Anton se ocupará de servirle lo que desee tomar.

Le di las gracias, rodeé la piscina y me acomodé en un taburete de la barra. Le pedí un café a Anton y observé a la banda de músicos. Me interesaba el que tocaba el bajo. Se llamaba Ahmet Pamuk, era cincuentón e iba bien vestido; a todas luces, un tipo que hacía varios años que había decidido concentrarse en su guitarra y no en mirar a la clientela. Y, en un lugar como el Skybar, seguramente aquélla era una decisión sensata. Tocaba bien, conocía el percal, era el típico tío que ya había entregado a la música los mejores años de su vida y que probablemente aceptaría sólo otro curro más antes de que lo metieran bajo tierra.

Sin embargo, el dueño de la tienda de música me había advertido de que era una de las personas con peor carácter que conocía, y, al verlo ahora en aquel escenario, haciendo lo que había hecho durante toda su vida, me pareció entender el motivo. A un músico de verdad, un hombre lleno de esperanzas y de sueños, tocar infinitas versiones de *Mamma Mia* y de *Yellow Submarine* puede amargarlo para siempre.

Cuando Anton me trajo el café, Pamuk estaba ejecutando un punteo —la melodía de *Titanic*—, de modo que esperé a que terminase. El dueño de la tienda me había comentado que el bajista llevaba años coleccionando música tradicional. Al parecer, a su padre, que también era músico, siempre le había preocupado que, si aquella música no se recopilaba y se escribía, terminara perdiéndose para siempre, de manera que su hijo había recogido el testigo. Por lo visto, Pamuk se apañaba con lo que le surgiera, ya fuera tocar en el Skybar o trabajar en una gasolinera, pero siempre estaba buscando músicas olvidadas, las tocaba con algunos de los instrumentos y las escribía como si se tratara de un lenguaje perdido para enviarlas a los Archivos Nacionales de Turquía. Según el dueño de la tienda, si había alguien capaz de identificar aquella melodía de *çigirtma*, ése era Pamuk.

El punteo terminó, los músicos bajaron del escenario sin recibir aplauso alguno y yo me levanté. Me presenté a Pamuk y le dije que tenía una melodía con la que esperaba que pudiera ayudarme. Mi idea había sido pedirle que escuchase la grabación del MP3, pero no tuve oportunidad: el dueño de la tienda había acertado plenamente al describir el carácter de aquel músico.

—Llevo una hora tocando para los que vienen a almorzar... y ya ha visto la tremenda ovación que hemos recibido a cambio —me dijo—. Ahora voy a comer algo y a tomarme un café, y después me echaré una siesta.

Y dio media vuelta para marcharse.

—Señor Pamuk —lo detuve—, no soy un músico ni un académico extranjero.

A continuación le mostré mi placa. Él no supo muy bien cómo reaccionar, pero decidió que tal vez lo más sensato fuera colaborar, aunque lo hiciera a regañadientes.

—Está bien, voy a darle un número de teléfono. Llámeme mañana y quedaremos en una hora —me dijo.

—Mañana no me viene bien, tiene que ser hoy —repliqué.

Me miró con el ceño fruncido, pero nunca había visto un DEF-CON 1, de modo que reculó.

—A partir de las cuatro trabajo en el 176 de... —Soltó el nombre de una calle que no quise ni intentar pronunciar siquiera, y no digamos dar con ella, pero eso él ya lo sabía. Menudo capullo.

—Escríbala, haga el favor —le rogué, y le hice una seña a Anton para indicarle que necesitaba un bolígrafo.

Pamuk accedió de mala gana, y, sin decirle nada más, me guardé la dirección en el bolsillo y me marché.

Estuve a punto de no acudir a la cita; después de ver cómo era aquel tipo, tuve la certeza de que nuestro encuentro iba a suponer una pérdida de tiempo.

40

Dejando de lado el hecho de que tuve que clavarle un punzón en la mano, lo cierto es que mi segunda conversación con Ahmet Pamuk resultó bastante agradable.

Cuando salí del Skybar, fui a dar un paseo por el puerto, busqué un banco a la sombra, introduje de nuevo la batería en el móvil y llamé a la detective Cumali a la comisaría. Llevaba sin hablar con ella desde que estuve en Florencia, y quería saber si habían avanzado algo en la investigación del asesinato de Dodge.

Resultó que habían avanzado muy poco. Hayrunnisa cogió mi llamada y me dijo que Cumali se había ido justo pasadas las once y que aquel día ya no iba a volver.

—¿Adónde ha ido? —pregunté.

—Ha tenido que salir para atender unos asuntos privados —me contestó.

Estaba a punto de presionarla cuando de pronto recordé que era jueves, y que su hijo me había invitado a ver la Gran Cabalgata y los payasos. La detective había llevado al pequeño al circo.

Dije que ya volvería a llamar al día siguiente, y después pasé una hora preguntando a la gente que vivía cerca de las cabinas telefónicas —nuevamente sin éxito—, hasta que me di cuenta de que era casi la hora de almorzar y que la mayoría de las oficinas y de las tiendas estaban cerrando, así que aquella tarea estaba a punto de convertirse en misión imposible.

Como no me quedaban muchas más alternativas que hacer un paréntesis, decidí centrar de nuevo mi atención en la Casa de los

Franceses. Mi confianza había sufrido un duro golpe con el error que habíamos cometido el Susurrador y yo: habíamos puesto en peligro la misión entera al presuponer que la muerte de Dodge iba a ser un caso que merecería la pena investigar. En el mundo del espionaje, los errores como aquél rara vez acababan impunes, y en el vuelo de regreso de Florencia había resuelto no permitir que volviera a suceder algo así. Ocurriera lo que ocurriese, iba a ir siempre un paso por delante de la policía. «El conocimiento es poder», como suele decirse.

La cuestión central era muy simple: ¿cómo se las arregló el asesino para entrar y salir de la finca sin ser visto? En el expediente de la muerte de Dodge que me había pasado Cumali había una referencia a la empresa responsable del alquiler de la mansión, y supuse que aquél era el mejor sitio por el que empezar.

La empresa inmobiliaria se llamaba Prestige Realty, y yo había visto su llamativo escaparate en varias ocasiones, mientras recorría a pie la ciudad. Consulté el reloj y vi que, si me daba prisa, aún podía llegar allí antes de que cerrasen para comer. Estaba ya a tiro de piedra, cuando vi a un tipo echando el cierre a la puerta de la calle. Al oír que me dirigía a él hablando en inglés, se volvió y encendió esa sonrisa que reservan los agentes inmobiliarios para las personas que les dan la impresión de acabar de apearse del yate. Sin embargo, en cuanto me vio, la apagó.

Tenía cuarenta y pocos años y llevaba el cabello peinado con un tupido copete, una camisa con los botones abiertos y un grueso mazo de cadenas de oro al cuello lo bastante ancho para servir de amarre a un transatlántico. Me cayó bien de inmediato. Cosa extraña, en aquel hombre no había ni pizca de astucia; de modo que si acababas siendo estafado por alguien como él, la culpa era toda tuya.

Me presenté, le dije que era del FBI y que quería hablar de la Casa de los Franceses. Él se encogió de hombros y respondió que más o menos una semana antes había recibido la visita de la policía local, y que se habían llevado una fotocopia del contrato de alquiler. Él sólo era el agente inmobiliario, y no había nada más que pudiera decirme.

Era evidente que tenía prisa por marcharse, de modo que le pedí disculpas por haberle robado su tiempo —por regla general, siempre he constatado que ser educado ayuda bastante— y añadí que, cuando recibió la visita de la policía, la investigación era por una posible muerte accidental.

—¿Y de qué se trata ahora, entonces? —me preguntó, sorprendido.

Obviamente, las últimas novedades del caso no se habían filtrado aún, aunque imaginé que en cuanto se las contara a él las sabría todo Bodrum antes de que se hiciera de noche.

Desvié la mirada hacia el cristal de la puerta de la inmobiliaria y vi su nombre escrito en letras doradas.

—Se trata de la investigación de un asesinato, señor Kaya. Al joven norteamericano lo empujaron por el precipicio.

Aquello sí que lo dejó perplejo... y también contrariado.

—Era un joven agradable —comentó—. No como la mayoría de los gilipollas que alquilan mansiones por aquí. Hablaba, mostraba interés... Dijo que iba a llevarme a dar un paseo en su barco. Mierda, ¿lo han asesinado?

—Ahora comprenderá por qué necesito hablar con usted.

—Justo me iba a comer...

—Bien, pues lo acompaño.

Kaya sonrió levemente.

—Ya sabe que no me refería a eso...

—Por supuesto —le devolví la sonrisa—, pero ¿dónde vamos a comer?

41

Era un chiringuito de lujo situado en la playa en el que hacían barbacoas. Suelo de madera un poco elevado por encima de la arena, lonas de color blanco que tamizaban el sol, mobiliario de diseño y, cosa nada sorprendente teniendo en cuenta quién me había llevado allí, un amplio escaparate de turistas tomando el sol en *topless*.

Nada más sentarnos, le pregunté a Kaya si estaba enterado del pasado nazi de la casa, y me observó como si me hubiera olvidado de tomar la medicación.

—Está bromeando, ¿no? —me dijo, pero al ver mi expresión entendió que no bromeaba.

—¿Quién es el propietario? —fue mi siguiente pregunta.

—No lo sé exactamente —contestó, un tanto aturdido—. Hará como unos siete años, recibí una carta de un abogado de Liechtenstein. Me decía que representaba a un fondo de beneficencia que era el dueño de la finca. Dijo que los administradores habían decidido sacarle un rendimiento.

—¿Le preguntó usted quién estaba detrás de ese fondo, quién era el auténtico propietario?

—Claro que sí. Incluso le ordené a mi abogado que intentase averiguarlo, pero fuimos pasando por una serie de empresas testaferro, y al final todo acabó en un callejón sin salida.

No dije nada, aunque sabía que la mayoría de los fondos domiciliados en Liechtenstein estaban diseñados para que fueran impenetrables. Por esa razón, aquel minúsculo principado —ciento cincuenta y cinco kilómetros cuadrados encajados entre Suiza y Austria— era el primer lugar al que acudían los europeos, sobre todo los alemanes, que querían ocultar bienes a las autoridades tributarias.

—Así que el abogado que actuaba para los administradores dijo que quería que usted pusiera la finca en alquiler. ¿Eso fue después de renovarla?

—Exacto... y supuso un buen dinero a cambio de muy poco trabajo. Yo cobraba la renta, deducía los gastos de mantenimiento y mi comisión, y el resto lo transfería a un banco de Liechtenstein. Eso era todo.

—¿Quién tenía llave de la finca? —pregunté—. Aparte de usted, claro.

—Nadie tiene llave. Sólo existen claves. Hay cuatro verjas, y todas funcionan con un teclado electrónico conectado a un ordenador. No pueden manipularse.

—Está bien. ¿Y cómo va la cosa, entonces? Llega un inquilino nuevo, ¿y qué pasa?

—Pues que yo me reúno con su gestor en la finca, toda esta gente tiene a alguien que se ocupa de ese tipo de cosas, ayudantes personales... —explicó—. Introduzco mi clave de seis dígitos en el teclado y pulso la tecla almohadilla. La pantalla me pregunta si quiero cambiar la clave, y le contesto que sí. A continuación, tengo que introducir otra vez mi clave, esperar veinte segundos, y luego me dice que introduzca el nuevo código. Me aparto unos pasos para que el gestor o el inquilino introduzca sus seis dígitos, de ese modo yo no puedo saber cuáles son. En las otras tres verjas, el procedimiento es el mismo.

—¿Y luego ellos deciden a quién entregan el nuevo código? —pregunté.

—Exacto. Se traen consigo a sus empleados, pero todos pasan un control de seguridad. Nadie que no sea de confianza conoce el código.

—¿Y qué me dice de los jardineros, el encargado de la piscina, esa clase de personal?

—Eso ya depende de los inquilinos, pero, que yo sepa, no pasan el código a ningún empleado de aquí. Les hacen llamar al timbre que hay en la entrada de servicio; el jefe de seguridad verifica su documentación y les abre personalmente la verja.

—Y cuando finaliza el contrato de alquiler se lleva a cabo el mismo procedimiento, ¿no? Ellos introducen su clave y usted la sustituye por la suya.

—Exactamente.

Permanecí unos momentos en silencio para reflexionar.

—¿Y en invierno, cuando no hay inquilinos?

—Entonces no es necesario ese nivel de seguridad —repuso Kaya.

—¿Y usted les da su código a los jardineros y al encargado de la piscina?

—No exactamente; hay un cuidador que se queda en la finca durante una parte del año. Es él quien les abre la verja, y también hace algunos trabajos de mantenimiento. Utiliza dos habitaciones de la vivienda que hay encima del embarcadero, pero en cuanto llega el verano tiene que trasladarse a otra parte. A los ricos no les gusta que en la propiedad haya desconocidos.

—Pero ¿vive en la casa durante ocho meses al año?

—Aproximadamente —respondió Kaya.

—Entonces, la conocerá mejor que nadie.

—Supongo.

—¿Cómo se llama?

—Gianfranco Luca.

—¿Dónde puedo encontrarlo?

—Tiene una casa de verano aquí, en la playa. Dirige un pequeño negocio de masajes para los turistas.

El camarero estaba de pie, no muy lejos de nosotros, y le hice una seña para que trajera la cuenta. Kaya se ofreció a llevarme de nuevo en coche hasta el casco antiguo, pero le contesté que hacía un día estupendo y que prefería ir dando un paseo. Se levantó, nos estrechamos la mano y me dio una tarjeta de visita, con un diseño que parecía un lingote de oro, y me dijo que lo llamase si necesitaba más información.

Hasta que Kaya se marchó, mientras aguardaba el cambio, no miré la tarjeta. Entonces resolví otro de los misterios que la vida le impone a uno. En el ángulo inferior derecho figuraba el número de teléfono de su oficina.

Las siete primeras cifras eran 9025234, las mismas que había escrito alguien en el Eastside Inn y que luego arrojó por el desagüe. Supuse que quien se alojaba allí había estado preguntando por el alquiler de una carísima mansión en aquella zona. Una como la Casa de los Franceses.

42

No me dirigí de vuelta al centro. En vez de eso, atravesé el aparcamiento del restaurante, bajé a la playa y encontré un puesto en el que se alquilaban tumbonas y sombrillas. Planté mi campamento en la arena, dejé los zapatos y la chaqueta sobre la tumbona, me remangué las perneras del pantalón y me puse a pasear por la orilla dejando que las olas me mojasen los pies.

Al llegar al final de la playa, cerca de un risco de escasa altura y medio oculto entre unas rocas, encontré el lugar donde Gianfranco tenía montado su negocio. Como quien no quiere la cosa, y moviéndome por la sombra que proyectaban las rocas, me aproximé por detrás.

Se suponía que la intimidad estaba garantizada por unos biombos de lona que llevaban impreso el nombre de su negocio, pero estaban tan mal instalados que pude observarlo a él a través de una abertura.

Tenía veintitantos años, piel olivácea, barba de dos días y una mata de pelo ondulado. Sí, era un tipo atractivo, pero probablemente no tanto como él creía, porque tenía los ojos demasiado hundidos y estaba un poco demasiado musculado. En cualquier caso, debía de resultar de lo más atractivo para las alemanas de mediana edad que estaban allí de vacaciones y buscaban diversión en el cálido sol de Turquía, y tal vez algo un poco más físico. Una de esas mujeres estaba tumbada boca abajo en la mesa de masajes, con la parte superior del bikini desabrochada y una toalla sobre el trasero.

Gianfranco, que sólo llevaba puesto un «paquetero», estaba aplicando uno de sus veinte aceites —preparados a partir de recetas antiguas, según se pregonaba en los biombos— en la espalda de la turista, y de paso aprovechaba para rozarle ligeramente el borde de los pechos. Ella no ponía objeciones, de modo que Gianfranco, ahora que ya había probado la temperatura del agua, se inclinó un poco más, metió las manos por debajo de la toalla que cubría el trasero de su clienta, y le acercó el «paquete» a escasos centímetros de la cara. Resultaba imposible saber si tenía las manos dentro del bikini o no, pero eso no era de ninguna importancia: no tardaría en tenerlas. ¿Se acuerdan ustedes de esa época en que las divorciadas de mediana edad se iban de vacaciones y lo más aventurero que hacían era pasarse un poco con la bebida y comprar unos cuantos *souvenirs* horteras? No era de extrañar que las tiendas para turistas del casco antiguo de Bodrum estuvieran todas arruinadas.

Mientras el masajista le trabajaba el trasero bajo la toalla, ella elogiaba sus fuertes manos. Imagino que el único idioma que tenían en común era el inglés.

—Sí, las desarrollé de pequeño —explicó Gianfranco—. Estuve trabajando en un lavado de coches, era todo un experto dando cera y sacando brillo a la carrocería.

—No me cabe la menor duda —rió la turista con la voz cada vez más entrecortada—. ¿También te ocupabas de los interiores?

—Desde luego —contestó el masajista—, eran mi especialidad. —Se inclinó un poco más y agregó—: Y lo siguen siendo, sólo cobro un pequeño extra.

—¿Y a cuánto sale un encerado completo? ¿Cuánto es eso?

Gianfranco estaba lo bastante cerca para susurrarle al oído, y a ella debió de parecerle bien el precio.

—¿Aceptas tarjetas de crédito? —le preguntó.

—Claro que sí —repuso él riendo. Ahora ya tenía las manos claramente dentro del bikini—. Aquí ofrecemos un servicio completo.

—Me alegra saberlo —repuso la turista, al tiempo que acercaba una mano al musculoso muslo de Gianfranco y comenzaba a subir hacia el paquete.

Era un poco como estar viendo un inminente choque de trenes, porque costaba apartar la vista, pero temí que la turista estuviera a punto de abrir el paquetero, así que me colé entre los biombos.

—Gianfranco, ¿verdad? —pregunté en tono festivo, fingiendo no haber notado nada que se saliera de lo normal.

La alemana retiró la mano al momento y se cercioró de que la toalla le tapase el trasero. Gianfranco, por su parte, se enfureció y empezó a insultarme por haber irrumpido allí de aquella manera, señalando los biombos y diciéndome que tendría suerte si no me partía la cara.

Yo, sin alterarme, dejé que se desahogara todo lo que quisiera, aunque daba la impresión de que cuanto más se acordaba de aquella tarjeta de crédito que ya no iba a aprovechar, más frenético se ponía. Al final, decidió arrearme un puñetazo.

Intercepté su antebrazo en el aire, con tanta rapidez que no creo que se diera cuenta de lo que estaba ocurriendo, y apreté con los dedos índice y pulgar hasta clavárselos en el hueso. El Krav Maga me había enseñado que en esa zona hay un nervio que, cuando se presiona, paraliza parcialmente la mano.

Gianfranco sintió que sus dedos perdían fuerza —probablemente no era la única parte de su cuerpo que la perdía— y se dio cuenta de que la mano no le respondía. Me miró, y yo le dediqué una sonrisa.

—Soy del FBI —le dije en tono jovial.

La alemana ya se había levantado de la mesa y se había abrochado la parte superior del bikini, y estaba recogiendo los efectos personales que había dejado encima de una silla.

—¿Qué es lo que quiere? —me espetó Gianfranco.

Cogí su pantalón corto, que descansaba sobre una mesa, se lo lancé y esperé a que se lo pusiera con una sola mano.

—Estoy investigando un asesinato cometido en la Casa de los Franceses —le dije.

—¿Y eso qué tiene que ver conmigo? Yo sólo trabajo allí en invierno.

Tomé nota de aquella respuesta, tomé cuidadosa nota, pero pasé a la pregunta siguiente sin hacer ninguna pausa. «Actúa con normalidad —me dije a mí mismo—, no presiones.»

—Sí, eso tengo entendido. Hace algún que otro trabajo de mantenimiento, deja entrar al encargado de la piscina, ayuda a los jardineros... ¿Me equivoco?

—No. —Estaba flexionando los dedos, ya notaba cómo iba recuperando la movilidad.

—¿Cuánto le pagan?

—Nada. Alojamiento gratis, eso es todo. En verano tengo que ganar lo suficiente en la playa para mantenerme durante todo el año. —Desvió la mirada hacia el lugar por el que había desaparecido la turista alemana—. A propósito, muchas gracias. Esa clienta valía por lo menos cien.

No le hice caso.

—Usted vive en la casa guardabotes que hay encima del embarcadero, ¿verdad? ¿Cómo suele llegar hasta la finca?

—Hay una escalera por detrás que sube por el acantilado.

—Protegida por una verja de seguridad y por un teclado electrónico. ¿Utiliza la clave del señor Kaya?

—Así es... cuando se acuerda de dármela.

—Y si no sube por la escalera, ¿por dónde lo hace?

—No entiendo...

—Ya lo creo que sí. Existe otra forma de entrar en la villa, ¿verdad?

—¿Se refiere a subir escalando el precipicio con cuerdas y pitones?

—No se haga el gracioso. ¿Cómo se puede entrar sin pasar por las verjas y evitando las cámaras?

—No sé de qué me está hablando —repuso Gianfranco.

No insistí, me limité a mirarlo fijamente, y, aunque se le notaba cada vez más incómodo, no quiso agregar nada más. Así que me encogí de hombros y dejé pasar el asunto. Sabía que estaba mintiendo: aquel tipo estaba de mierda hasta las cejas, y si le hubiera puesto un enema habría podido meterlo enterito en una caja de zapatos.

La razón de que yo estuviera tan seguro era muy simple. Cuando empezamos a hablar, le dije que estaba investigando un asesinato. En Bodrum todo el mundo creía que la muerte de Dodge había sido un accidente, incluso a Kaya, el agente inmobiliario, le costó trabajo creerlo. Gianfranco, sin embargo, no había mostrado la menor sorpresa.

Era difícil deducir qué papel habría desempeñado en lo sucedido en la villa —mi intuición me decía que probablemente había sido uno secundario—, pero aquel tipo sabía que existía otra forma de acceder a la casa y conocía cuál era.

—Gracias por su ayuda, señor Luca —le dije—. Estoy seguro de que volveremos a charlar.

Gianfranco puso cara de no sentirse muy entusiasmado ante semejante perspectiva. Yo podría haber cambiado de opinión y haberme quedado para intentar sonsacarle un poco más de información, pero ya eran las cuatro menos veinte: hora de irse.

43

Volví a la tumbona, me calcé de nuevo y emprendí el regreso al centro de Bodrum andando a paso vivo. Utilizando el mapa que me había aprendido de memoria, recorrí media docena de callejuelas, pasé junto a una plazoleta y, por fin, a pocos metros delante de mí, vi el tráfico denso que circulaba por la calle que buscaba.

Llegué al cruce, miré en ambos sentidos para localizar el número 176 y me di cuenta de que ya había pasado por allí.

De repente, el mundo giró sobre su eje.

En aquel preciso instante, en aquella cristalina partícula del espacio-tiempo, la balanza de aquella investigación sin esperanza se inclinó a mi favor y supe que había encontrado la cabina telefónica que andaba buscando.

Estaba al otro lado de la calzada, a diez metros de una gasolinera BP. La reconocí porque era una de las que fotografié el primer día. A mi alrededor, escuché el rumor del tráfico que habíamos oído de fondo en la grabación efectuada por Echelon. El número 176 correspondía a la gasolinera, y, a diferencia de la primera vez que la vi, ahora había un hombre sentado fuera, en una silla, preparado para servir combustible. Era Ahmet Pamuk, y en la mesa que tenía delante había una bolsa de cuero y un juego de herramientas de carpintero que estaba usando para reparar un viejo instrumento de cuerda turco.

«Hoy lo está reparando —pensé—, y tal vez en otra ocasión lo estuvo tocando. Un *çigirtma*, por ejemplo.»

Me quedé inmóvil y, como había hecho en innumerables ocasiones a lo largo de mi vida profesional, me aislé del mundo y me encerré en mí mismo. Imaginé a una mujer que se acercaba, no tenía claro si había llegado hasta la gasolinera andando o en un coche que dejó aparcado al lado, porque la gasolinera era el único sitio de los alrededores donde podía estacionarlo.

Se dirigió hacia la cabina telefónica, esperó a que sonase el teléfono y, acto seguido, acercó su móvil, donde tenía el mensaje grabado, al auricular. En las inmediaciones no había tiendas ni viviendas en las que pudiera haber alguien observándola —seguramente por eso había escogido aquella cabina—, pero sostuvo el móvil lo bastante lejos del auricular del teléfono para que Echelon captase el ruido del tráfico y la tenue música de Ahmet Pamuk.

El músico seguro que estaba sentado a la misma mesa, tocando aquel extraño instrumento de viento, escribiendo las notas de aquella melodía tradicional y preparándola para enviarla después a los archivos nacionales.

No dije nada, no hice nada, no sentí nada. Repetí mentalmente aquella secuencia para cerciorarme de que mi lógica no se había visto influida por el anhelo de conseguir información. Por fin, satisfecho y decidido a no ceder a ninguna emoción, me volví y escudriñé hasta el último centímetro de la oficina y el tejado de la gasolinera. Estaba buscando algo más, y sólo cuando lo encontré di rienda suelta a mis sentimientos y permití que volaran mis esperanzas.

Contra todo pronóstico, y trabajando únicamente con un par de sonidos captados de manera accidental, había dado con la cabina telefónica y, gracias a lo que acababa de ver, supe que tenía posibilidades de descubrir quién era la mujer que buscaba.

44

Crucé hasta la mitad de la carretera, salté una oxidada barandilla que hacía las veces de mediana, esquivé la riada de vehículos que venían y fui directo hacia Pamuk. Él vio que me acercaba y no se tomó la molestia de disimular su desagrado. Por lo menos eso me permitió prescindir de las cortesías.

—¿Tiene usted un *çigirtma*, o se lo ha prestado alguien? —le pregunté a bocajarro.

—¿Un qué? —contestó.

Estaba bastante seguro de que mi pronunciación no era tan mala, y de que Pamuk simplemente estaba actuando como el capullo que era.

—Un *çigirtma* —repetí.

Compuso un gesto inexpresivo y se encogió de hombros.

—No sé de qué me habla, americano... Puede que sea el acento.

A duras penas conseguí reprimir mi furia, y tomé un punzón largo y afilado que estaba utilizando él para perforar el cuero. Arañé la superficie de la mesa...

—Eh... ¿qué hace? —protestó Pamuk, pero no le hice caso.

—Ahí lo tiene —le dije cuando acabé de escribir el nombre del instrumento—. ¿Lo reconoce ahora?

—Ah, sí —respondió sin mirarlo apenas—. Un *çigirtma*.

Qué curioso: cuando lo pronunció él, sonó casi idéntico a como lo había pronunciado yo.

—Hace aproximadamente una semana, estaba usted tocando uno en esta misma mesa. ¿Era una melodía tradicional para sus archivos?

Se lo preguntaba sólo para tener la absoluta certeza de que había dado con la cabina exacta. Son muchas las investigaciones que se han ido a pique porque los agentes, desesperados por obtener alguna información, se equivocaron al sacar conclusiones.

—No sé, no me acuerdo —contestó en un tono increíblemente hosco.

He de reconocer que yo estaba alterado; por fin iba a encontrar una pista sólida en aquel laberinto, y quizá por eso no pude contenerme.

Seguía agarrando el punzón —un artilugio de lo más intimidatorio—, y Pamuk tenía la mano izquierda apoyada en la mesa. Mi gesto fue tan rápido que dudo que él alcanzara siquiera a verlo. Clavé la punta del punzón en su mano y atravesé la fina capa de piel que separa el dedo pulgar y el índice, inmovilizándole la mano sobre la mesa. Pamuk lanzó un grito de dolor, pero debería haberme dado las gracias por mi buena puntería: si me hubiera desviado un par de centímetros, jamás habría vuelto a tocar el bajo.

Inmediatamente, lo aferré por el antebrazo para que dejara de moverse; en una situación así, la mayoría de la gente tiene el impulso de encoger el brazo, con lo cual se habría desgarrado la piel y la lesión habría sido mucho más grave. Pero, como lo inmovilicé, el único recuerdo que le quedaría de todo aquello sería una herida punzante que, a pesar de ser de lo más dolorosa, se le curaría con rapidez.

Sin embargo, fue curioso ver cómo un punzón para el cuero había conseguido que se concentrase. Me miró a los ojos y, mordiéndose el labio para aguantar el dolor, prestó atención a cada palabra que yo decía.

—Se le da bien tocar el bajo —le dije—, puede que incluso sea usted uno de los mejores bajistas que he conocido, y sé lo que me digo, pero el mundo no tiene la culpa de que no haya triunfado. ¿No le gusta tocar versiones de canciones ajenas? Pues entonces, déjelo. Escriba sus propias canciones, organice conciertos de música tradicional para los turistas, haga algo, pero abandone esta actitud. Ése es mi consejo, y ahora viene mi advertencia: si me miente, le prometo que no podrá hacer ninguna de esas cosas, ni siquiera tocar su versión número mil de *Mamma Mia*. Tendrá suerte si consigue sacar algún sonido a un ukelele con los putos dientes. ¿Lo ha entendido?

Pamuk asintió con la cabeza, asustado. Seguramente pensaba que yo era una especie de psicópata que trabajaba para el gobierno de Estados Unidos. Iba a decirle que ésos eran los del servicio de correos, no los del FBI, pero decidí dejarlo pasar. Luego le ordené que se quedase totalmente inmóvil y logré extraerle la punta del punzón sin causarle más daños. Él lanzó un grito ahogado de dolor, pero aquello no fue nada comparado con el alarido que soltó cuando le rocié la herida con un buen chorro de *raki* de la botella que tenía abierta sobre la mesa.

—El alcohol —le expliqué— es un antiséptico estupendo.

A continuación, cogí un paño blanco que probablemente él reservaba para el final, para sacar brillo al instrumento, y se lo enrollé alrededor de la mano. Lo hice con movimientos expertos, apretando lo justo para paliar el dolor y contener la hemorragia.

—¿Es usted médico? —me preguntó.

—No, pero he ido adquiriendo ciertos conocimientos con el tiempo; lo que más domino son las heridas de bala.

Me miró fijamente y llegó a la conclusión de que aquello lo había dicho en serio. Era la actitud que yo necesitaba.

—¿Estaba tocando el *çigirtma*, sí o no? —le pregunté de nuevo cuando terminé de anudarle el vendaje.

—Sí —contestó, agradecido de haber recuperado la mano y flexionando los dedos para cerciorarse de que seguían respondiendo a sus órdenes.

—¿Qué tal lo he pronunciado esta vez... bien?

—No ha estado mal —repuso—. Por lo visto ha mejorado mucho, gracias a ese punzón.

No pude evitarlo: me eché a reír. Le serví un trago de *raki* y suavicé el tono de voz.

—Quiero que escuche una música que tengo —le dije al tiempo que sacaba el MP3—. ¿Éste es usted?

Pamuk escuchó durante unos instantes.

—Sí... sí, soy yo —respondió con gran sorpresa.

En aquel momento supe sin ningún género de dudas que la lógica no había sido víctima de la emoción.

—¿Cómo lo ha grabado? —quiso saber Pamuk señalando el MP3.

—Alguien vino aquí a echar gasolina —mentí—. Dentro del coche había una persona hablando por teléfono y dejó un mensaje en un contestador de Nueva York. De fondo se oía esta música. Se trata de la investigación de un asesinato, no puedo decirle nada más.

Lo último que quería era desvelar la importancia que tenía aquella cabina telefónica, ni siquiera aludir a su existencia, y me complació ver que Pamuk se tragó mi explicación sin hacer más preguntas.

—Así que en Nueva York... —repitió, sonriendo—. Vaya, por fin me he convertido en un artista internacional.

Sonreí, y le mencioné lo que había visto en la oficina y en el tejado de la gasolinera.

—Tienen cámaras de vídeo —apunté.

—Sí, por si acaso alguien se marcha sin pagar. Y también por si intentan atracar la gasolinera a mano armada, aunque llevamos varios años sin sufrir un incidente de ese tipo.

—Escuche, señor Pamuk, esto es importante: ¿qué sistema se utiliza para grabar las imágenes? ¿Cinta o disco?

—Es antiguo, así que cinta —contestó el músico—. VHS.

—¿Dónde están el aparato de grabación y las cintas?

—Están aquí, dentro de la oficina.

—Muy bien —dije—. ¿Cómo catalogan las cintas? ¿Cómo las archivan?

Pamuk sonrió.

—Ni se archivan ni nada. Hay una caja, y las cintas se van echando dentro.

—¿Y luego se reutilizan, se vuelve a grabar encima?

—Así es —confirmó.

Era exactamente lo que me había temido: una de las cámaras había captado a la mujer acercándose a la cabina telefónica, andando o en coche, pero la cinta se había reutilizado y las imágenes se habían borrado.

—Está bien —dije—, dígame cómo funciona la cosa. ¿Quién se encarga de cambiar las cintas?

—Todos, el que esté trabajando en ese momento —explicó Pamuk—. Lo primero que hacemos al empezar el turno es asegurarnos de que haya suficiente dinero en la caja registradora, y después echamos un vistazo al equipo de grabación. Si la cinta está a punto de acabarse, la sacamos, la echamos a la caja, cogemos otra, la rebobinamos y pulsamos el botón de grabar.

—Entonces, es posible que algunas cintas lleven semanas o meses sin usarse, ¿cierto?

—Sí... depende de cuál coja cada uno. Que yo sepa, las del fondo es posible que lleven ahí un año.

Me tomé unos momentos para pensar. Iba a ser una lotería, estaba seguro.

—¿Qué pasa si alguien se va sin pagar? —probé.

—Vamos al aparato, rebobinamos la cinta, anotamos el número de la matrícula y llamamos a la policía.

—¿Le entregan la cinta a la policía? ¿Para que se inicie un proceso legal o algo así?

Pamuk me miró y soltó una carcajada de incredulidad.

—Señor Wilson, esto es Turquía. La policía identifica al propietario de la matrícula y va a hablar con él. No tarda mucho en aflojar el doble de lo que debía por la gasolina, un dinero que va a parar a la gasolinera. Además, también tiene que pagar una «multa» a los agentes, que va a parar a sus bolsillos. ¿Para qué se va a iniciar un proceso legal? Todos quedan contentos, excepto el que se fue sin pagar, y ése no le importa a nadie.

Aquella forma de proceder también tenía ventajas para mí: ninguna de las cintas se encontraba en la comisaría de policía de Bodrum ni circulando por el sistema judicial.

—Y las cintas se visualizan en una pantalla de televisión dentro de la oficina, ¿verdad?

—Sí —contestó el músico.

Me observó mientras yo inspeccionaba la fachada de la gasolinera, estudiando cada una de las cámaras y analizando su campo visual. Si habían captado a la mujer, tuvo que ser de cerca, muy de cerca. Y aunque hubiera llegado hasta aquí en coche, tuvo que ir andando hasta la cabina. Sin embargo, si se hubiera quedado muy pegada al bordillo de la acera, no creo que la hubiera filmado ninguna de las cámaras. Eso suponiendo que yo pudiera encontrar la cinta en cuestión y que nadie hubiera grabado encima.

—¿Llevan las cintas un código de tiempo al pie de la imagen, en el que se puedan ver la fecha, la hora y los minutos de grabación? —pregunté.

Pamuk asintió, y ello me proporcionó otra ventaja más: gracias a Echelon, sabía la fecha y la hora exactas de las dos llamadas telefónicas.

—De acuerdo —dije—, lléveme a la oficina. Quiero examinar esas cintas.

45

Una hora más tarde, a solas, continuaba sentado delante del antiguo monitor en blanco y negro, con una pantalla poco mayor que mi mano y una definición casi igual de buena.

A mi lado tenía una enorme pila de cintas VHS que ya había revisado, y una pequeña colección de otras que aún me quedaban por ver: en ellas tenía depositadas mis menguadas esperanzas. Y acaso también las del mundo occidental, aunque esto último era mejor no pensarlo.

La oficina estaba llena de trastos, y me habría sorprendido que la hubieran limpiado alguna vez en los diez últimos años. A pesar del calor que hacía —a las gasolineras BP de Bodrum aún no había llegado el aire acondicionado—, no cabía la posibilidad de que uno se quedara adormilado sobre la silla en la que yo estaba sentado, porque era tan inestable e incómoda que cada pocos minutos tenía que levantarme si quería conceder alguna oportunidad de supervivencia a mi espalda y a mi trasero.

Toda aquella hora, durante la cual sólo hacía un alto para arrojar otra cinta más a la caja de las que ya habían sido revisadas, estuve visionando el código de tiempo que aparecía en las imágenes, temiendo quedarme bizco para siempre antes de que acabase el día. Sólo por si acaso me hacía un lío, había anotado la fecha, la hora y el minuto de cada llamada telefónica, y había dejado un margen de quince minutos por delante y por detrás, para cerciorarme de que la mujer no había llegado antes o no había estado un rato esperando después.

Consultando la anotación con frecuencia, hubo un par de ocasiones en las que estuve cerca de alcanzar la gloria: vi cómo el código de tiempo se aproximaba rápidamente a una de las fechas señaladas, sentí que se me aceleraba el pulso y que el cansancio se disipaba, pero de repente la cinta se detuvo y empezaron a verse imágenes de una semana totalmente distinta.

En otra ocasión pude ver, angustiado, unas imágenes que se habían grabado 140 segundos antes de la primera llamada telefónica, y ya tenía la certeza de que la mujer estaba a punto de aparecer en un fotograma, cuando de repente el televisor se llenó de nieve estática porque la cinta se había acabado. Me quedé contemplando la pantalla, desesperado y sin poder creerme lo que había ocurrido. Ahmet Pamuk hablaba en serio cuando dijo que el sistema era caótico.

Me disponía a visualizar las tres últimas cintas, cuando de pronto asomó Pamuk por la puerta.

—¿Le apetece un café? —preguntó.

Titubeé, y debí de poner cara de escepticismo.

—Ya sé lo que está pensando —rió Pamuk—, que está harto de esa mierda de café turco, que es tan denso que uno no sabe si beberlo o masticarlo. Pero no le estoy ofreciendo eso, sino una taza de auténtico café americano, tan aguado que parece pis, y tan flojo que los turcos normalmente lo servimos en biberón.

—Suena perfecto —contesté.

—Sólo hay una condición —replicó Pamuk—: iré a comprarlo yo mismo, me humillaré en su nombre ante el dueño de la cafetería, pero si llega algún cliente a poner gasolina tendrá que atenderlo usted.

—De acuerdo —acepté.

Con tres cintas que me quedaban, sabía que las posibilidades que tenía de ver a la mujer eran ya mínimas, de modo que casi me había dado por vencido; aparte de un milagro, lo que más necesitaba era un café.

Pamuk me lo trajo cuando yo ya había terminado de ver la cinta siguiente y estaba empezando a visionar la penúltima. Quité la tapa del vaso, busqué a mi alrededor una papelera, la arrojé dentro y volví a mirar la pantalla. La imagen había dado un salto de nueve días, y cada vez más alucinado comprobé que el código de tiempo se acercaba rápidamente a la fecha y la hora de la segunda llamada.

Consulté los datos que tenía anotados para cerciorarme de que coincidían, lo confirmé, y a partir de ahí ya no pude despegar los ojos del monitor. Pamuk se había quedado detrás de mí, en la puerta, saboreando su café denso como la melaza, y comprendí que si veía a la mujer no podría mostrar ninguna reacción: el músico creía que yo estaba buscando a alguien que había entrado con su coche a echar gasolina, y si yo resultaba ser un mentiroso podía empezar a hacerme una serie de preguntas incómodas. Aparte de eso, existía otro riesgo, aunque leve: que él conociera a la mujer en cuestión. «Muéstrate indiferente —me dije a mí mismo—, no pierdas la calma.»

—¿Lo que dijo antes iba en serio? —me preguntó Pamuk aprovechando la oportunidad para relajarse y charlar un poco.

—¿Qué dije? —contesté sin dejar de mirar la pantalla, demasiado asustado para intentar hacer avanzar las imágenes, no fuera que me perdiera algún fragmento.

—Que yo era el mejor bajista que había conocido en su vida.

—Iba en serio —repuse mientras veía cómo volaban los segundos y se iniciaba otro minuto.

«No pares —rogué en silencio—, no pares.»

—¿Usted también tocaba? —dijo Pamuk.

—Cuando era un crío, lo justo para darme cuenta de que nunca llegaría a ser bueno. Habría dado cualquier cosa por tener su talento.

Pamuk no dijo nada. Me habría gustado haberle visto la cara para apreciar su reacción, pero no podía desconcentrarme. Si aquella mujer salía en las imágenes grabadas, tenía que ser ya. Desvié la vista un instante hacia el reproductor de vídeo: quedaba cinta de sobra, pero, gracias al sistema de «seguridad» de BP, aquello no era ninguna garantía: en cualquier momento la grabación podía saltarse un día, una semana o un mes. Volví a mirar la pantalla, y a observar cómo iban pasando los segundos, sin dejar de sentir la presencia de Pamuk detrás de mí.

De pronto, el músico empezó a adquirir mayor importancia en mi mente, y noté que me invadía una emoción de lo más extraña. Supongo que debía de tener los sentidos sobrecargados, pero experimenté la sensación, la certeza, de que yo había sido puesto en su vida por algún motivo concreto. Me vino a la memoria el monje que había conocido en Tailandia tiempo atrás, aquel que me dijo que quizá nuestros caminos se habían cruzado para que él pudiera decirme exactamente lo que me dijo. Tuve el presentimiento de que ahora me tocaba a mí pasar la pelota.

Pero mi concentración no flaqueó, mis ojos no se movieron del sitio.

—Usted odia el trabajo que hace —le dije en voz baja—, odia la música que debe tocar, y eso es suficiente para traumatizar a cualquiera. A cualquiera.

En la pantalla no había ni rastro de vehículos ni de peatones, nada. A lo mejor la mujer estaba caminando por allí cerca o aparcando el coche, tan arrimada a la acera que lograba eludir del todo el campo visual de la cámara... Y eso suponiendo que la cinta no se agotase ni diese uno de aquellos saltos repentinos. Observé de nuevo el código de tiempo, que cada vez se acercaba más al minuto en que se había efectuado la llamada.

Si no la veía pronto, la minúscula ventana temporal se habría cerrado para siempre.

Mantuve un tono de voz neutro, para que nada en él delatase ansiedad ni nerviosismo.

—En cierta ocasión, conocí a un tipo... de eso hace ya muchos años —continué diciendo—. Era un monje budista, y me dijo algo que nunca he olvidado: «Si uno desea ser libre, lo único que tiene que hacer es soltarse.»

Pamuk no respondió, y, naturalmente, yo no pude verle la cara. Estaba pendiente del código de tiempo, que iba devorando los segundos... ¿Dónde estaría aquella mujer?

—Eso es interesante —soltó Pamuk por fin, y repitió lo que yo le había dicho—: «...lo único que tiene que hacer es soltarse.» ¿Eso es lo que me está diciendo que debería hacer? ¿Dejar estos empleos de mierda?

—Yo no le estoy diciendo nada. Pero a lo mejor por eso estoy aquí en realidad: me han puesto en su camino para que le pase la pelota, por así decirlo. Tómeselo como un regalo, si quiere.

De pronto, vi un coche en la pantalla. Cruzó la imagen como si fuera a aparcar. Me pareció que era un Fiat de color oscuro, pero costaba trabajo distinguirlo en un monitor en blanco y negro. No me eché hacia delante en el asiento, y eso que me entraron ganas; me limité a flexionar los hombros como si estuviera estirándome.

Consulté el código de tiempo: era casi perfecto. Momentos después, apareció en la pantalla una mujer procedente del lugar en que seguramente había aparcado el coche. Era musulmana: llevaba el cabello cubierto por un pañuelo y vestía la habitual túnica larga; se dirigió con la cabeza inclinada hacia donde yo sabía que se encontraba la cabina telefónica. Cuando rebasó los surtidores, lejos del bordillo de la acera, introdujo la mano en el bolso y sacó un teléfono móvil. Luego hizo un alto para mirar a su alrededor, como si quisiera cerciorarse de que no la observaba nadie, pero justo en ese momento le vi el rostro por primera vez.

La miré fijamente durante un largo rato que se me antojó de varios minutos, pero que, según el código de tiempo, duró poco más de dos segundos. La mujer consultó la hora en su reloj, fue hacia la cabina telefónica y desapareció de la imagen.

Apenas me moví del sitio. Aunque mi mente funcionaba a toda velocidad, seguí con la atención fija en la pantalla, intentando adoptar un lenguaje corporal adecuado para que Pamuk no pudiera pensar que había visto algo que me interesaba. Poco después —tal vez pasaron unos minutos, pero me resultaba difícil calcularlo—, la cinta llegó al final, así que no vi si la mujer salía de la cabina telefónica.

La nieve de la estática inundaba la pantalla. Aproveché para volverme y ver si Pamuk había captado algo que no le cuadrase, pero ya no estaba allí.

Me había quedado tan ensimismado con lo que estaba viendo que no había oído que llegaba un coche para poner gasolina ni me había dado cuenta de que Pamuk salía a atenderlo. Permanecí largo rato sentado allí, solo y en silencio, pensando en la mujer que acababa de ver. Por fin me puse de pie y salí por la puerta, por lo menos el aire fresco me sentaría bien.

Pamuk acababa de atender a otro cliente, y cuando el coche salió de la gasolinera se volvió hacia mí.

—¿Ha encontrado lo que buscaba? —me preguntó.

—No —mentí.

—¿Por eso está tan pálido?

—Es lo que le ocurre a uno después de pasar varias horas en eso que usted llama «oficina» —repliqué.

El músico sonrió.

—Quiero darle las gracias por lo que me ha dicho, eso de ser libre.

—No hay de qué. Lamento haberlo apuñalado con el punzón.

—Probablemente me lo merecía... Ya era hora de que alguien me hiciera despertar —dijo riendo.

Nos estrechamos la mano y después me marché. Jamás volvimos a vernos, pero, unos años más tarde, mientras escuchaba la radio, oí que le hacían una entrevista. Me enteré de que varias de sus canciones, interpretadas con instrumentos tradicionales, habían sido un éxito, y de que se había convertido en una especie de Kenny G. turco. Su álbum de mayor éxito se titulaba «Si deseas ser libre».

Ya solo, sumido en mis pensamientos, eché a andar por la avenida mientras iba cayendo la tarde. No me había llevado la cinta de vídeo, que era lo único que habría podido ayudarnos a identificar a la mujer, porque no la necesitaba. La había reconocido cuando se detuvo para mirar si alguien la estaba observando.

Era Leila Cumali.

46

Poco después del 11-S, cuando las Fuerzas Aéreas de Estados Unidos empezaron a bombardear Afganistán para intentar acabar con los jefes de Al Qaeda, una mujer que vivía en una remota aldea se convirtió en una leyenda en las mezquitas en las que florece el fundamentalismo islámico.

Los aviones lanzaron varias bombas guiadas por láser sobre una casa que no destacaba de las demás, pero por desgracia la comunidad de inteligencia estadounidense había vuelto a equivocarse: dentro de aquella vivienda no se encontraba el hombre conocido como Ayman al Zawahiri, sino únicamente su esposa y varios de sus hijos.

De manera repentina, en mitad de una noche helada, aquellas aterradoras explosiones arrasaron la vivienda y mataron a la mayoría de los pequeños. Sin embargo, la madre, aunque malherida, sobrevivió al ataque. Casi de inmediato, varios hombres de las casas circundantes se abalanzaron sobre las ruinas, y, maldiciendo a los norteamericanos y jurando venganza eterna, empezaron a retirar los escombros y los cascotes con las manos para rescatar a los supervivientes.

Ella estaba consciente, aunque no podía moverse, pero sabía que en medio del caos del ataque no había tenido tiempo de ponerse el velo. Oyó cómo iban acercándose sus rescatadores, y cuando los tuvo lo bastante cerca para que la oyeran les ordenó que parasen. Como esposa que era de un fundamentalista islámico, además de musulmana devota, no pensaba permitir que ningún hombre que no fuera un familiar directo viera su rostro. Aseguró que prefería morir antes que consentir algo así, y que lo decía muy en serio. A pesar de los ruegos de sus rescatadores y de varias mujeres, fue imposible persuadirla, y unas horas después, todavía sin velo, sucumbió a las heridas sufridas y murió.

Me enteré de este incidente poco después de que ocurriera, y de nuevo estaba reflexionando acerca de aquel grado de devoción religiosa o de locura —que cada cual elija la definición que más le plazca— mientras recorría las calles de Bodrum. En el fondo de mi mente, era justo ese tipo de mujer la que había esperado encontrarme utilizando un mensaje codificado en un teléfono móvil para comunicarse con el terrorista más buscado del mundo. Y en cambio me había encontrado con Cumali, una mujer moderna y trabajadora desde muchos puntos de vista, que conducía sola su coche italiano de color negro. Aquello no acababa de encajar.

Ciertamente, el individuo del Hindu Kush era el primer ejemplar de una nueva camada de fanáticos islamistas: inteligente, culto, conocedor de las nuevas tecnologías... Comparados con él, los terroristas del 11-S parecían exactamente los matones y criminales comunes que eran. Por fin, Occidente había encontrado un enemigo digno de temer, y, según mi opinión, así iba a ser en el futuro: no íbamos a tardar mucho en sentir nostalgia de los tiempos en que nos enfrentábamos a terroristas que ponían bombas o que secuestraban aviones y se inmolaban en el intento. Sin embargo, por más sofisticado que pudiera ser el Sarraceno, seguía siendo un fiel discípulo del islam... En cambio, su única colaboradora, al menos que nosotros supiéramos, parecía cualquier cosa menos una fundamentalista. Sí, vestía modestamente conforme a su religión, pero Leila Cumali no se parecía en nada a la esposa de Al Zawahiri, por más que uno hiciera un supremo esfuerzo de imaginación.

Me detuve frente a un bar próximo a la playa, muy frecuentado por el gran contingente de mochileros que pululaban por Bodrum, y rechacé la invitación de tres ruidosas jóvenes alemanas que me instaron a que me sentara con ellas. Miré alrededor y vi un poco más adelante lo que necesitaba: un banco tranquilo a la sombra. Allí me senté para telefonear a Bradley.

Lo interrumpí cuando estaba comiéndose un sándwich en la oficina, y rápidamente lo puse al día con respecto a la historia de la Casa de los Franceses y el número de teléfono del agente inmobiliario. Después pasé a la verdadera finalidad de aquella llamada: le dije que la otra noticia significativa que tenía, la única, era que la mujer encargada de la investigación parecía ser muy competente.

—Se llama Leila Cumali —informé—. Que no se te olvide el nombre, Ben, porque creo que vamos a tratar mucho con esa mujer. Tiene treinta y tantos años y está divorciada; sin embargo, aparte del hecho de que lleva pocos años aquí, no sé nada más de ella.

Todo sonó de lo más natural, pero esperé haber empleado el tono exacto para que Bradley hubiera entendido que debía llamar a nuestro amigo y conseguir que su gente averiguase todo lo que pudiera acerca de la detective. Bradley no me decepcionó:

—¿Cumali, has dicho? ¿Te importa deletrearlo?

Le dije cómo se escribía, pero no tuve intención alguna de informar al Susurrador de que era la mujer de la cabina telefónica. A pesar de que aquél era un descubrimiento muy importante, me tenía preocupado. Aún no sabía lo suficiente de ella; no encajaba en ninguno de los perfiles que había imaginado, y temía que alguien del gobierno, puede que incluso el mismísimo presidente, ordenase que la secuestrasen, la trasladasen a algún país del Tercer Mundo y la sometieran a las torturas que fueran necesarias para descubrir la identidad y el paradero del Sarraceno. Desde mi punto de vista, aquella forma de proceder sería, casi con toda seguridad, un grave error.

Desde el principio había opinado que la colaboradora del Sarraceno contaba con un medio para ponerse en contacto con él, y aún seguía pensando que el método más probable era un inocuo mensaje dejado en un foro de internet —una página de citas, por ejemplo— o enterrado entre los anuncios personales de la miríada de publicaciones electrónicas que existían. Un mensaje que no tendría nada de extraordinario para el resto del mundo, pero que resultaría de lo más significativo para el Sarraceno.

Y sí, era un sistema muy inteligente, pero es que además ofrecía otra ventaja: podía manipularse. Una minúscula modificación, como por ejemplo cambiar la ortografía de una palabra, indicaría al Sarraceno que la mujer estaba actuando bajo coacción y que debía desaparecer. Y una vez supiera que estábamos siguiéndole la pista, nuestras posibilidades de atraparlo desaparecerían.

Por esa razón quería advertir al Susurrador directamente de que trasladar a la mujer a otro país sería sin duda catastrófico para nosotros. Y también quería poder contarle más acerca de la relación existente entre una moderna agente de policía turca y un ferviente terrorista árabe.

Sabía que cuando se hiciera de noche tendría una oportunidad perfecta para investigar la vida de Leila Cumali mucho más a fondo.

47

Todavía sentado en aquel banco de la playa, conforme las sombras iban alargándose a mi alrededor, marqué otro número de teléfono.

—Buenas tardes, *mister* Brodie David Wilson —saludó el encargado del hotel cuando oyó mi voz—. ¿Quizá tiene más aventura para mi ayuda y de los sencillos hombres carpinteros?

—Hoy no —contesté—. Quisiera información acerca del circo que está en Milas. ¿A qué hora empieza y termina la función?

—Usted es un hombre de muchas grandes sorpresas... ¿Desea ver una función del circo?

—No, estaba pensando en actuar en él.

El encargado lanzó una carcajada.

—Está cogiéndome el pelo.

—Sí —reconocí—. Un colega me ha sugerido que vaya a verlo, y estaba preguntándome cuánto tiempo iba a llevarme.

—Voy a entrar en la línea de internet —dijo, y lo oí aporrear en un teclado—. Sí, aquí está... todo en lengua de turcos. Es una buena suerte que usted tiene la ventaja de mis orificios de traductor.

—Unos orificios excelentes, además —aseguré.

—Las horas son siguientes: la Gran Cabalgata empieza a las seis de la tarde, y el espectáculo del número final termina a las once y treinta.

Le di las gracias y colgué. Se hacía de noche a eso de las ocho y media, de modo que, amparándome en la oscuridad, podría estar en casa de Cumali hacia las nueve. Cuando ella regresara en coche desde Milas, serían más de las doce, lo cual me dejaba tres horas para llevar a cabo mi tarea.

Naturalmente, era una suposición, una creencia no refutada, que la función del circo finalizaría a la hora señalada. Y a estas alturas pueden entender que yo ya sabía de sobra cuán peligroso es hacer suposiciones.

Miré el reloj que había en un edificio cercano: marcaba las cinco de la tarde. Faltaban cuatro horas para mi cita clandestina en el Puerto Antiguo, cuatro horas en las que podría dar un paseo en barca, cuatro horas en las que podría encontrar un camino secreto.

Pero antes tenía que encontrar una ferretería.

48

La pequeña barca de pesca navegó en paralelo a la Playa de los Alemanes, y, en el último minuto, el patrón, un tipo curtido por la intemperie, metió la marcha atrás en el asfixiado motor intraborda, hizo girar la rueda del timón y se detuvo con absoluta precisión junto al embarcadero de madera.

La primera vez que me acerqué a hablar con aquel hombre —que estaba sentado en el puerto deportivo de Bodrum reparando uno de los tornos de manivela de la barca— y le comenté el trayecto que quería hacer, se negó en redondo.

—A ese embarcadero no va nadie —me contestó—. La Casa de los Franceses es... —No lograba dar con el término en inglés, así que hizo el gesto de cortarse el cuello con un cuchillo y lo entendí: estaba prohibido.

—Seguro que sí —repuse—, excepto para la policía.

Y acto seguido saqué mi placa. Primero la miró unos instantes, y después la cogió para examinarla más de cerca. Por un segundo pensé que iba a morderla para ver si era auténtica, pero en vez de eso me la devolvió. Aun así, su gesto seguía siendo de escepticismo.

—¿Cuánto? —preguntó.

Le dije que tendría que esperarme, que en total nos llevaría unas tres horas, y le ofrecí una tarifa, según mis cálculos, más que generosa. Me miró y sonrió dejando al descubierto una interesante hilera de dientes mellados.

—Pensaba que lo que quería usted era alquilar la barca, no comprarla.

Riendo todavía por su magnífico golpe de buena suerte, dejó el torno entre las redes y me indicó por señas que subiera a bordo.

Ya con la barca arrimada al embarcadero, pasé una pierna por encima de la borda y, después de coger la bolsa de plástico con lo que había comprado en la ferretería, salté a tierra. Por encima de nosotros se erguía la pared del acantilado, y por mi experiencia anterior sabía que no podía vernos nadie que estuviera en el interior de la mansión ni fuera, en los jardines. Aun así, me alegré de que me amparasen las sombras de aquella hora de la tarde. No sabría explicar el motivo, pero lo cierto era que no me gustaba nada aquella casa, y tampoco me gustó mucho la Playa de los Alemanes. Y estaba bastante seguro de que, si no me equivocaba, tampoco me gustaría lo que iba a encontrar.

La Salle d'Attente, o «La Sala de Espera». Ya estaba convencido de que, debido a la ubicación de la casa, los visitantes de antaño iban allí a esperar la llegada de un barco. Según las historias semiolvidadas que se narraban, los pasajeros llegaban a Bodrum sin ser vistos, pasaban unos días ocultos en la siniestra intimidad de la finca y después se marchaban en circunstancias igual de misteriosas.

Imaginé que en aquella época debía de haber una lancha con camarotes guardada en la casa guardabotes, una embarcación en la que los visitantes pudieran ocultarse mientras se dirigían a una cita con un carguero.

Pero no tenía ningún sentido que bajasen siguiendo el camino del acantilado, a la vista de todo el mundo. Por eso estaba convencido de que existía otra manera de acceder desde la mansión a la casa donde se guardaban las barcas.

Di una voz al patrón para comunicarle que pensaba subir por el camino, luego eché a andar por el embarcadero, y, en cuanto estuve fuera de su campo visual, empecé a examinar la casa. La habían construido casi pegada a la pared del acantilado, y entre las sombras encontré enseguida lo que estaba buscando: una puerta que daba acceso al interior. Aunque estaba cerrada con llave, la madera era vieja y no tardó en ceder cuando le di un empujón con el hombro.

Dejé atrás la luz ya mortecina de la tarde y penetré en la oscuridad del interior. Dentro de aquel espacio, que era enorme, había una vieja lancha con camarotes, perfectamente conservada. No pude evitar preguntarme qué posaderas se habrían acomodado en los mullidos asientos que se adivinaban dentro.

A un lado había dos anchos portones que se accionaban por medio de manivelas eléctricas y por los que se salía al mar. En el lado contrario había vestuarios, dos duchas, un retrete y un taller de gran tamaño. En una pared vi un tramo de escaleras muy empinadas.

Entonces abrí la bolsa de la ferretería, extraje la herramienta que había comprado y me dirigí hacia ellas.

49

Entré en dos habitaciones diminutas. Durante el invierno, allí era donde vivía Gianfranco, pero ahora los muebles estaban cubiertos con sábanas para que no cogieran polvo, y todos los demás enseres se habían retirado.

Conecté la herramienta manual y observé cómo cobraba vida la aguja del voltímetro. Era un aparato caro y de diseño suizo, pero, a diferencia de la mayoría de las chapuceras imitaciones chinas, confiaba en que éste funcionase bien. Solían utilizarlo los constructores y los expertos en reformas, e indicaba dónde había cables de corriente en paredes y techos para evitar que uno se electrocutase al ir a clavar un clavo.

Si en aquel garaje para barcas existía una puerta o una trampilla secreta, imaginé que debía de abrirse y cerrarse de forma mecánica o eléctrica. El problema de las puertas mecánicas era que resultaban complicadas, porque había que utilizar palancas, poleas, cadenas y contrapesos. Una puerta eléctrica, en cambio, requería tan sólo un motor, y estaba convencido de que aquél era probablemente el sistema que se habría empleado.

Sostuve el voltímetro en alto, apoyé los dos sensores en la pared y empecé a recorrerla arriba y abajo. Intentaba encontrar un cable que llevara hasta un interruptor oculto, pero, aunque el aparato detectó abundantes cables, todos conducían a luces o a tomas de corriente. Cuando hube terminado con las paredes, empecé con el techo y el suelo, pero no obtuve mejores resultados.

Regresé a la planta de abajo, y advertí que se había levantado algo de viento y que los portones que daban al mar estaban tableteando. Se acercaba una tormenta, pero no hice caso y penetré en el taller. Aquella estancia, abarrotada de herramientas eléctricas y estanterías llenas de botes de pintura, estaba pared con pared con el acantilado, y se me ocurrió que sería el sitio más adecuado para que hubiera una puerta secreta. Empecé por la pared del fondo y trabajé deprisa.

La aguja del voltímetro seguía bailando, lo cual significaba que en aquellas paredes había cables por todas partes, pero todos ellos llevaban hasta varias tomas de corriente y puntos de luz cuya función era de lo más evidente. Tampoco encontré nada en el techo ni en el suelo de cemento, ni siquiera el que quedaba debajo de las bancadas de trabajo. Me invadió el desánimo.

Me pregunté si habría dado demasiada importancia a las esvásticas y me habría hecho ilusiones. Pasé a explorar los vestuarios. Y sentí que mis esperanzas renacían cuando encontré un interruptor debajo de un banco de madera, pero se desvanecieron de nuevo cuando descubrí que servía para encender y apagar la calefacción que había bajo el suelo.

De allí me dirigí hacia las duchas, pero decidí inspeccionar primero el retrete. Las posibilidades de encontrar algo se estaban agotando rápidamente.

Los techos y el suelo estaban limpios de cables, al igual que tres de las paredes, pero en la cuarta, en la que había un lavabo y un armario con espejo, capté una señal. En aquella pared no había ni interruptores de la luz ni tomas de corriente, pero la vibración de la aguja no me emocionó: supuse que dentro del armario habría una bombilla pequeña. Abrí la puerta de espejo y, aparte de un cepillo de dientes viejo, no encontré nada.

Seguí el cable que discurría por la pared, hasta que llegué a un ángulo recto: la pared en la que estaban el inodoro y la cisterna me impidió seguir avanzando. Qué extraño... Había un cable eléctrico que iba en línea recta por una pared lateral y desaparecía en el rincón. ¿Qué había detrás del inodoro? Di unos golpecitos en la pared... Era de piedra o de ladrillo. Maciza.

Regresé al armario y exploré el contorno con ayuda del voltímetro. No cabía duda: el cable terminaba detrás del armario. No era más que una caja de madera, pero lo examiné con atención. Era viejo, casi seguro que lo habían colgado allí cuando se construyó la casa... sin embargo, el espejo era nuevo. A lo mejor le habían pedido a alguien de mantenimiento —Gianfranco— que lo cambiase, y cuando lo descolgó de la pared encontró algo mucho más interesante detrás.

Alumbrándome con la linterna del llavero, y tanteando con los dedos, examiné los bordes del armario. Si detrás escondía un interruptor, tenía que haber una manera fácil de acceder a él. Pero no encontré nada, y ya empezaba a pensar en desatornillar la caja de la pared —o en traer un martillo del taller y liarme a golpes con ella hasta arrancarla—, cuando de repente encontré una pequeña palanca, muy ingeniosa, escondida bajo el borde inferior.

Cuando tiré de ella, el armario se separó de la pared y pude girarlo hacia arriba sobre unas bisagras: una perfecta obra de ingeniería alemana.

Empotrado en el muro había un botón de latón que llevaba grabada una esvástica. Lo presioné.

50

Se oyó el zumbido de un motor eléctrico, y la pared entera en la que se apoyaban el inodoro y la cisterna giró sobre sí misma y se abrió. La forma en que habían construido aquel ingenio constituía una obra maestra. La pared en sí estaba hecha con bloques de piedra y debía de pesar una tonelada, y todas las tuberías de agua y de desagüe se desplazaban con ella sin romperse.

Al otro lado de la cavidad recién abierta había un nicho de gran tamaño en el que se alojaba el motor eléctrico que accionaba el mecanismo. Vi una serie de escalones de piedra, anchos y bellamente tallados, que descendían y se perdían en la oscuridad. En el muro había tres interruptores de latón, y supuse que serían para las luces, pero no los accioné: no tenía ni idea de lo que podía haber más adelante, y, como bien sabe todo agente encubierto, la oscuridad ofrece protección. Se me pasó por la cabeza buscar el botón que cerraba la pared a mi espalda, pero enseguida descarté aquella idea: era más seguro dejarla abierta porque, si me veía obligado a salir de allí corriendo, no quería perder el tiempo manoteando para encontrar el interruptor a oscuras y esperando a que se abriese una puerta. Me equivoqué.

Bajé por los escalones sin hacer ruido y entré en un túnel lo bastante alto para poder caminar erguido. Estaba bien construido, adecuadamente saneado con losas en el suelo y un tubo de ventilación encajado en el techo. El aire que se respiraba allí era fresco y agradable.

Iba iluminando el camino con el estrecho haz de luz de mi linterna, y antes de que lo engullera la negrura pude distinguir que el túnel había sido excavado en la roca viva. Estaba seguro de que más adelante, atravesando el acantilado y pasando muy por debajo de la amplia zona ajardinada, comunicaba con la mansión.

Continué avanzando, hasta que la luz de la linterna arrancó un destello a un objeto de latón que había en la pared. Cuando lo examiné más de cerca, vi que se trataba de una placa incrustada en la roca. Tenía el alemán muy oxidado, pero todavía recordaba lo suficiente para entender lo que decía. Con el corazón encogido, leí lo siguiente:

POR LA GRACIA DE DIOS TODOPODEROSO, ENTRE LOS AÑOS 1946 Y 1949 LOS SIGUIENTES HOMBRES, ORGULLOSOS SOLDADOS DEL REICH, DISEÑARON Y CONSTRUYERON ESTA CASA.

A continuación, se indicaban el nombre y el rango militar de aquellos hombres, así como la labor concreta que había asumido cada uno durante la construcción de la villa. Vi que la mayoría de ellos eran miembros de las Waffen-SS —uniformados de negro, eran el brazo armado del partido nazi— y estando allí de pie, a un millón de kilómetros de la seguridad, surgió ante mí la foto de aquella mujer con sus hijos de camino a la cámara de gas. Una sección de las SS era la que había gestionado los campos de la muerte.

En la parte inferior de la placa figuraba el nombre del grupo que había financiado y organizado la construcción de la villa. Se llamaba Stille Hilfe —«Ayuda Silenciosa»—, lo cual vino a confirmarme lo que llevaba sospechando desde que vi las esvásticas en la pared de la biblioteca.

La Stille Hilfe era una organización —otra muy famosa era ODESSA— que había ayudado a los nazis fugitivos, fundamentalmente altos cargos de las SS, a escapar de Europa. Era una de las redes clandestinas más eficaces que se han creado, y si uno había trabajado de agente de inteligencia en Berlín era imposible que no hubiera oído hablar de ella. El recuerdo que yo tenía era que proporcionaban dinero, pasaportes falsos y transporte por rutas secretas que se conocían como las «líneas de las ratas». Estaba seguro de que la mansión era una terminal de una de aquellas líneas, un punto de embarque para llevarse a los fugitivos a Egipto, Estados Unidos, Australia y, sobre todo, Sudamérica.

Hice una pausa para reflexionar sobre lo equivocado que estaba: a pesar del sistema de ventilación, el aire que respiraba no era ni fresco ni agradable, sino viciado y rancio. Me apresuré a continuar, estaba deseando dejar atrás aquel lugar y el terrible recuerdo de los hombres que debían de haber escapado a través de aquel túnel.

Más adelante, el haz de luz de mi linterna me mostró que estaba acercándome al final del pasadizo. Esperaba encontrarme con escaleras empinadas que ascendieran hasta la villa, así que tardé unos instantes en darme cuenta de que había subestimado las habilidades técnicas de los soldados alemanes: había un ascensor.

51

El pequeño ascensor subió por el hueco rápidamente y en silencio. Yo tenía los nervios de punta, no sabía en qué lugar de la casa desembocaría ni si habría alguien allí.

La cabina se detuvo con una sacudida, y oí el zumbido de un motor eléctrico. Cuando por fin se abrió la puerta, vi qué era lo que lo hacía funcionar: la pared de yeso de un armario ropero de gran tamaño, dentro del cual se ocultaba el ascensor, se había deslizado hacia un lado. Salí a oscuras, me moví con rapidez entre las baldas llenas de sábanas cuidadosamente planchadas y abrí un poco la puerta sin hacer ruido.

Vi un pasillo. Me encontraba en la segunda planta, una zona de la casa en la que no había estado. Podría haberme marchado en ese momento, puesto que ya había descubierto la entrada secreta de la mansión; sin embargo, justo entonces percibí una voz amortiguada. No pude reconocerla, porque quien hablaba estaba lejos, de modo que decidí salir al corredor.

La voz dejó de oírse, pero continué avanzando hasta que me encontré con una gran escalinata. Al fondo había una puerta parcialmente abierta que daba al dormitorio principal. Desde allí dentro me llegó de nuevo la misma voz: era Cameron, y se me ocurrió pensar que a lo mejor estaba hablando consigo misma, pasando el tiempo en el dormitorio que tanto le recordaba a su marido. Tal como me comentó, si se tumbaba en la cama, volvía a notar su olor e imaginaba que aún estaba a su lado. De repente, capté una segunda voz.

Era de mujer... una joven norteamericana, sin duda del Medio Oeste, a juzgar por el acento. Estaba diciendo algo de un restaurante, y de pronto se interrumpió.

—¿Qué ha sido eso? —preguntó.

—Yo no he oído nada —contestó Cameron.

—No, no ha sido un ruido... hay una corriente de aire.

Tenía razón: el viento se colaba por el interior del túnel, subía por el hueco del ascensor y entraba en el armario ropero.

—¿Has dejado abierta la puerta de la casa guardabotes? —preguntó Cameron.

—Claro que no —replicó la otra joven.

Las dos conocían la existencia del túnel... Una actuación estupenda la de Cameron, merecedora de un Óscar, cuando dijo que amaba a su esposo.

—A lo mejor el viento ha abierto una de las puertas del piso de abajo —elucubró Cameron—. Se acerca una tormenta.

—No sé, voy a echar un vistazo.

—Pero ¿no nos íbamos a la cama? —se quejó Cameron.

—Sí, ahora mismo, no tardo nada.

Oí el ruido de un cajón al abrirse y luego un chasquido metálico. Gracias a mi larga y dolorosa experiencia, sabía reconocer perfectamente el sonido que produce el percutor de una pistola, de manera que di media vuelta y regresé a toda velocidad al armario del ascensor.

Pero el pasillo era demasiado largo, y de inmediato comprendí que la joven me vería en cuanto saliera del dormitorio. Giré hacia la izquierda, abrí una puerta y me colé en uno de los dormitorios de invitados. Volví a cerrar sin hacer ruido y, con el corazón desbocado, me quedé donde estaba, a oscuras, con la esperanza de que la joven bajara por la escalinata.

Pero no lo hizo. Oí que sus pisadas se acercaban y me preparé para reducirla y desarmarla en cuanto abriera la puerta. Por suerte, pasó de largo, supuse que en dirección a las escaleras de atrás, y dejé transcurrir un minuto antes de salir de nuevo al pasillo.

Estaba vacío. Rápidamente regresé al armario ropero, me introduje en la cabina, vi cómo se cerraba el panel secreto y esperé a que el ascensor me devolviera de nuevo al túnel. Sólo entonces me recosté contra la pared y me concentré para intentar grabar en la memoria el acento y el tono exactos de la voz de aquella joven.

En realidad, no tenía por qué haberme tomado tantas molestias: era un tanto extraño, pero lo que resultó ser más significativo fue el olor a gardenias.

52

Iba caminando por el puerto deportivo, con los hombros encorvados contra un viento cada vez más fuerte y el rostro salpicado por la espuma que levantaban las hileras de olas que iban avanzando. La tormenta de verano, desatada e imprevisible, era inminente: habían comenzado a aparecer grandes nubarrones en el cielo, y el resplandor de los relámpagos iluminaba el horizonte.

El trayecto de vuelta desde la Casa de los Franceses había sido una batalla contra el viento y el oleaje. Cuando llegamos al puerto, incluso el patrón tenía la cara verdosa, y me dijo entre risas que, después de todo, tal vez la mejor parte del trato me la había llevado yo. Le pagué y me encaminé con paso vacilante hacia el paseo marítimo.

Al final de la bahía encontré lo que había visto unos días antes: un gueto de garajes y tiendas andrajosas especializadas en alquilar motocicletas y ciclomotores a las legiones de turistas. Entré en la más concurrida de todas —un hombre tenía muchas menos posibilidades de que se acordasen de él si estaba mezclado con la muchedumbre—, identifiqué la motocicleta más común, una Vespa, le di al agobiado dependiente los detalles de mi permiso de conducir y de mi pasaporte, y salí a enfrentarme a la tormenta.

Hice una sola parada: en una tienda que vendía teléfonos móviles y otros aparatos electrónicos de pequeño tamaño. Examiné el mostrador, señalé con el dedo el artículo que necesitaba y adquirí dos unidades.

Al doblar la esquina, en una callejuela desierta, me detuve en un tramo lleno de baches y ensucié la matrícula con barro para que resultara indescifrable. Aquello era mucho más seguro que quitarla porque, si me paraba un policía de tráfico para advertirme de que los números eran ilegibles, podía encogerme de hombros y aparentar ignorancia. La finalidad de aquella motocicleta era simple: permitirme una huida rápida si se torcían las cosas.

Por esa misma razón tenía que aparcarla en la parte posterior de la casa de la detective Cumali, de modo que bajé hasta el Puerto Antiguo, pasé por detrás de la enorme nave de «Gul e hijos. Amarres y construcción de barcos» y giré para entrar en un estrecho callejón que desembocaba en la zona de carga que había detrás. Todo estaba cerrado porque ya era tarde, y por suerte no había más edificios que dieran a aquella área. Aparqué la Vespa tras una hilera de contenedores de basura, al lado del muro que formaba el perímetro de la propiedad de Cumali, y, amparándome en la oscuridad de la noche, me puse de pie sobre el asiento.

Justo cuando empezaban a caer las primeras gotas de lluvia, con el viento ululando entre los tejadillos metálicos de las instalaciones de Gul e Hijos, di un salto, me agarré al borde superior del muro, conseguí subir y caminé por él con rapidez. A casi cuatro metros del suelo el viento era más intenso, y tenía que hacer uso de toda mi concentración para ignorar el retumbar de los truenos y avanzar con paso firme hacia el garaje de Cumali.

Me subí al tejado, me agaché y caminé por encima de las tejas, ya resbaladizas por la lluvia. Para llegar desde allí hasta la parte posterior de la casa, tenía que dar un corto salto al vacío y agarrarme a una ornamentada reja de hierro que protegía una ventana del segundo piso. Ya no soy tan joven como antes, ni estoy tan en forma, pero aun así no tuve dificultad para volar por encima de una maraña de tuberías viejas, apoyarme en la verja y luego trepar hasta el tejado inclinado de la casa.

Me arrodillé, retiré cuatro tejas de arcilla y salté al interior del desván. Era un espacio que carecía de revestimiento, en el que no vivía nadie, y me agradó ver que Cumali lo utilizaba para almacenar trastos, lo cual quería decir que habría una trampilla de acceso que me evitaría la necesidad de atravesar el techo con una patada.

Sin volver a poner las tejas en su sitio, avancé lentamente por el desván y dejé que mis ojos se fueran acostumbrando a la oscuridad. Distinguí una escalera plegable apoyada en una pared y supe que acababa de encontrar la trampilla de acceso. Con sumo cuidado, la levanté unos centímetros y me asomé poco a poco. Estaba buscando el piloto rojo que delatase la presencia de un sensor, pero no había ninguno, de modo que deduje que no existía ninguna alarma antirrobo.

Abrí la trampilla, desplegué la escalera sin hacer ruido y me deslicé al interior de la vivienda de Cumali, que estaba oscura y silenciosa.

De pronto, me quedé petrificado.

No estaba solo. Fue un movimiento levísimo, un ruido amortiguado... tal vez el de una pisada sobre un suelo de madera... pero me pareció que provenía de la habitación que había en la parte delantera de la casa. El dormitorio de Cumali, supuse.

¿Cabía la posibilidad de que no hubiera ido a Milas? En tal caso, ¿dónde estaba su hijo? Tal vez había otra persona en la casa, por ejemplo la niñera. No tenía respuestas, pero sí una solución provisional: saqué la Beretta del cinto y me dirigí en silencio hacia la puerta.

Estaba entreabierta, pero no se veía ninguna luz en el interior. Si quien estaba allí dentro era Cumali, yo estaba perdido, pero si se trataba de otra persona tendría una oportunidad de forcejear, porque las posibilidades de que alguien fuera capaz de describirme estando a oscuras, tomado por sorpresa y con el corazón en un puño, eran mínimas. Sólo tenía que acordarme de no hablar, ya que mi acento reduciría bastante el número de posibles sospechosos.

Arremetí con fuerza contra la puerta —casi la arranqué de sus bisagras— e irrumpí en el dormitorio, tal como me habían enseñado. El estrépito y lo repentino de aquella maniobra tenían como objeto descolocar al profesional más curtido. Barrí la habitación con el cañón de la Beretta y lo primero que vi fueron unos ojos —de color verde— que me miraban fijamente. Su dueño estaba sentado en la cama.

Lamiéndose las patas.

Era el gato atigrado que había visto la vez anterior rascándose en el alféizar de la ventana de la cocina. Maldita sea... debería haberme acordado de que Cumali tenía un gato. «Estás perdiendo facultades», me dije a mí mismo.

Enfadado, di media vuelta, bajé la escalera y me encontré en el cuarto de estar. Las cortinas estaban cerradas y reinaba la oscuridad, pero lo primero que vi fue un televisor en el rincón y un sintonizador de Sky encima de él. Me quedé mirándolo, e imaginé a la detective sentada en el suelo con las piernas cruzadas, trabajando toda la noche para componer y copiar los mensajes, mientras su hijo dormía en el piso de arriba.

El hecho de estar tan cerca del nudo de la cuestión me empujó a ponerme en movimiento. Fui rápidamente hasta las ventanas, me cercioré de que las cortinas no dejaban ver nada y encendí una lámpara. Lo peor que puede hacer uno tras un allanamiento como aquél es utilizar una linterna, porque la luz se ve desde fuera, y nada alerta más a un vecino o un transeúnte que un haz luminoso que se mueve por el interior de una vivienda. En cambio, el suave resplandor de una lámpara parece algo totalmente normal.

En un rincón del cuarto de estar descubrí la mesa de trabajo de Cumali, desordenada y atestada de expedientes y facturas. Únicamente la pantalla del ordenador y el teclado ocupaban un espacio despejado. Cuando moví el ratón, la pantalla cobró vida; gracias a Dios, como hace la mayoría de la gente, la detective lo había dejado encendido, así que no tuve que preocuparme de intentar averiguar la contraseña ni de retirar el disco duro. Busqué en mi bolsillo y extraje los dos lápices de memoria USB que había comprado en la tienda de electrónica, introduje uno en el ordenador —el otro era de repuesto— y, como me manejaba bastante bien con Windows, no tuve problemas para obviar el hecho de que estaba en turco y realizar una copia de seguridad completa.

En cuanto hube copiado al lápiz de memoria todos los archivos y los correos de la detective, pasé a registrar su mesa de trabajo. La dividí en cuatro sectores y fui avanzando metódicamente, examinándolo todo y negándome a trabajar con prisas. Utilicé la cámara de mi móvil para fotografiar todo lo que me pareció de interés, aunque sabía que lo estaba haciendo sólo por prudencia, porque allí no había nada que pareciera guardar relación con algún plan siniestro.

Entre un montón de facturas que estaban pendientes de pago, desenterré una carpeta que contenía todas las cuentas de la casa y del teléfono móvil, y me llevó varios minutos examinarlas de cabo a rabo. Todos los números a los que había llamado Cumali parecían libres de sospecha, desde luego ninguno era de Pakistán, Yemen, Afganistán ni Arabia Saudí, ni de ninguna otra zona caliente del fundamentalismo islámico. Tampoco vi claves de facturación que indicasen que se había utilizado un repetidor para conectar con un teléfono del extranjero. Todas las llamadas se habían hecho a teléfonos de Turquía, sin más, pero aun así también las fotografié.

De repente, la lámpara se apagó.

Sentí el aguijón del pánico y, de manera instintiva, me llevé la mano a la pistola. Agucé el oído y escruté la oscuridad, pero no capté nada, ni siquiera la presencia del gato. Entonces me levanté de la mesa y, sin hacer ruido, me acerqué a la ventana con la intención de ver qué estaba pasando fuera. Aparté un pico de la cortina y observé la calle... la tormenta era cada vez más violenta, y toda aquella zona estaba a oscuras. Había sido un apagón.

Por supuesto, debería haberme preguntado si la luz se habría ido solamente en Bodrum o también en más lugares. Pero, por desgracia, ni siquiera pensé en esa posibilidad.

53

Tuve que recurrir de nuevo a la linterna. Regresé a la mesa de trabajo, terminé con ella y empecé con los cajones. En éstos, la búsqueda resultó todavía más infructuosa.

En un pedazo de papel, un crucigrama a medio completar arrancado de un periódico de Londres, descubrí que alguien había escrito la expresión «pez payaso» en el margen. A lo mejor ese alguien estaba intentando descifrar una pista. A lo mejor no. Las palabras habían sido garabateadas, anotadas a toda prisa, y no supe distinguir si la letra era la de Cumali, de modo que también le hice una fotografía.

Unos minutos más tarde, hojeando las páginas de una agenda vieja, encontré una lista escrita a mano de nombres de peces de mar, todos en inglés, entre los cuales también aparecía el pez payaso. Aquello seguía sin tener sentido para mí —tal vez la detective estaba intentando enseñar algo a su hijo—, de modo que pasé a otra cosa.

Gracias al apagón, no tuve reparos a la hora de usar la linterna, porque en ese momento todo Bodrum estaría haciendo lo mismo, así que paseé el haz de luz por toda la habitación recorriendo las paredes encaladas y las desiguales tablas del suelo de madera: buscaba el escondrijo de una caja fuerte. No encontré nada, de modo que saqué el lápiz USB del ordenador —por suerte, cuando se fue la luz ya había terminado de copiar los archivos—, subí de nuevo a la planta de arriba y me dirigí al siguiente lugar en el que tenía más posibilidades de encontrar algo: el dormitorio de Cumali.

Estaba a punto de empezar a registrar la cómoda, cuando el haz de la linterna me reveló por un instante un armario archivador que había dentro del vestidor. Probé uno de los cajones y —«qué extraño», pensé— descubrí que estaba cerrado con llave.

Abrí mi billetera y extraje un juego de ganzúas. Aunque hacía varios años que había aprendido la técnica para usarlas, la cerradura era tan sencilla que tardé menos de un minuto en soltar el pasador. El primer cajón estaba lleno de expedientes de casos policiales, entre ellos varios relacionados con la muerte de Dodge, pero al fondo, en un hueco, descubrí el verdadero motivo de que Cumali tuviera el archivador cerrado con llave: no quería que su hijo pudiera coger la pistola Walther P99 que guardaba allí.

Que Cumali tuviera una pistola no tenía nada de particular, muchos policías guardan un arma de reserva en casa, pero localicé el número de serie grabado en el cañón y lo anoté en mi teléfono móvil para buscarlo más tarde. Quién sabe, era posible que en algún momento o en algún lugar hubiera sido utilizada o registrada a nombre de otra persona, y eso podría facilitarme una pista de importancia vital.

El siguiente cajón estaba casi vacío: sólo contenía facturas con el sello de «pagado», y una carpeta con una cuenta desglosada del hospital regional. Aunque la mayor parte estaba en turco, los nombres de los medicamentos que se habían pedido estaban en inglés, y gracias a mi formación en medicina sabía para qué se utilizaban. Miré la primera página del expediente, vi el nombre del paciente y la fecha, y deduje que unas semanas antes habían ingresado al hijo de Cumali por una meningitis meningocócica.

Se trataba de una infección sumamente peligrosa, sobre todo en niños, y muy difícil de diagnosticar a tiempo. Era frecuente que muchos médicos, incluso los de Urgencias, la confundieran con una gripe, y para cuando se descubría el error ya solía ser demasiado tarde. Cumali debió de tener la suerte de dar con un médico de Urgencias con los suficientes conocimientos, y la suficiente determinación, para no esperar a tener los resultados de los análisis de patología y administrar inmediatamente al niño dosis masivas de antibióticos por vía intravenosa, una decisión que sin duda le salvó la vida.

Continué examinando la carpeta, contento por lo afortunada que había sido Cumali: por lo menos, el pequeño había logrado tener un respiro. Llegué a la última página y me quedé observando la firma de Leila Cumali que aparecía en la factura. Me disponía a dejar la carpeta de nuevo en su sitio, cuando, de pronto, me detuve. Quizá fue porque en realidad nunca había visto su nombre escrito, pero en aquel momento me percaté de un detalle: no sabía en absoluto cómo se apellidaba la detective. Al menos, no lo sabía con certeza.

En Turquía, lo oficial era que una mujer divorciada recuperase el apellido que tenía antes de casarse, pero me acordé de haber leído en alguna parte que un juzgado podía otorgar dispensas. Si Cumali, contra toda probabilidad, había mantenido su apellido de casada, aquello podía significar que tal vez hubiera una pista en una vida anterior, en un apellido anterior.

Entre todos los documentos que había examinado, no había encontrado ninguna partida de nacimiento, una licencia matrimonial, un pasaporte, nada en absoluto que indicase el apellido que recibió al nacer. Era posible que dichos documentos estuviesen guardados en un lugar seguro, una caja fuerte del despacho que ocupaba en la comisaría, por ejemplo, pero como no podía saberlo con seguridad, me apliqué con mayor diligencia a la tarea de inspeccionar todos los cajones del archivador para ver si daba con ellos.

Las cortinas de la ventana estaban cerradas y el viento impedía que se oyera otra cosa, así que no me di cuenta de que se había acercado un automóvil por la calle y se había metido en el camino de entrada de la casa de Cumali.

54

Más tarde descubriría que el apagón había afectado a un área que se extendía mucho más allá de Bodrum. Hasta Milas, por ejemplo. Y aquella circunstancia hizo que se suspendiera la función de circo, que las entradas se canjeasen para la semana siguiente y que el público se hubiera marchado a casa varias horas antes de lo previsto.

Imagino que el pequeño se quedaría dormido en el trayecto de vuelta, así que Cumali detuvo el coche delante del garaje, lo más cerca posible de la puerta trasera de la vivienda. Después tomó a su hijo en brazos, cerró la puerta del Fiat con el pie y cruzó andando la estrecha franja de hormigón. Introdujo la llave en la cerradura, abrió la puerta con una sola mano, y la fuerte corriente de aire arrastrada por la tormenta —que penetraba por el boquete abierto por las cuatro tejas retiradas del tejado— debió de indicarle al instante que allí pasaba algo fuera de lo normal. Si le quedaba alguna duda, seguro que se disipó cuando me oyó caminar sobre las tablas del suelo del piso de arriba.

Todavía con el niño en brazos, volvió a meterse en el coche y llamó a Emergencias por el teléfono móvil. No me cabe la menor duda de que le dio a la operadora la clave confidencial —todos los policías la conocen— que informaba de que había un agente en apuros y necesitaba ayuda con urgencia. No había otra explicación ante la rapidez y la contundencia con que reaccionaron.

Sin embargo, por extraño que parezca, precisamente aquella urgencia fue la que me proporcionó una oportunidad. No fue una oportunidad muy consistente, he de reconocerlo, pero fue una oportunidad al fin y al cabo. Hay situaciones en las que uno ha de aceptar lo que le ponen delante sin quejarse.

El primer coche patrulla que llegó vino por la calle a toda velocidad, sin activar la sirena ni las luces y con la esperanza de sorprender al intruso, pero frenó junto al bordillo demasiado bruscamente. El crujido de la grava, casi eclipsado por el aullido del viento, fue el primer indicio que tuve de que las cosas se estaban torciendo para mí.

Un agente que no llevara tantas horas de vuelo tal vez se hubiera acercado a la ventana a mirar, pero yo me quedé inmóvil y escuché. Oí el ruido metálico de la puerta de un coche que se abría, y, cuando me percaté de que no volvía a cerrarse, supe claramente que los ocupantes no querían que los oyera nadie: venían a por mí. Aunque estaba seguro de que los policías estaban fuera, seguí inspeccionando el armario archivador porque no quería desperdiciar la única oportunidad que iba a tener: debía encontrar un documento, el que fuera, que me revelara el apellido de nacimiento de la detective Cumali. Supuse que mis visitas estarían esperando refuerzos, lo cual me dejaba clara una cosa: que no iban a entrar en la vivienda hasta que estuvieran seguros de que eran suficientes para que yo no pudiera librarme de ellos. De manera que decidí quedarme hasta que oyera llegar un segundo coche, y después saldría pitando.

Continué buscando, atento a todos los ruidos, aislando el bramido del viento. Menos de un minuto después, oí por lo menos otro coche más que frenaba delante de la casa. Quizá dos. A pesar de mi plan anterior —llámenme idiota, si quieren—, no interrumpí lo que estaba haciendo. En el último cajón, debajo de un fajo de revistas antiguas de la policía, encontré un libro grande con tapas de cuero, el típico álbum de fotos de boda que había visto en tantas ocasiones. No era lo que esperaba, pero, dadas las circunstancias, era lo mejor que tenía; esperé que los fotógrafos turcos tuvieran la misma mentalidad empresarial que sus homólogos norteamericanos. Abrí el álbum al azar, saqué una de las fotos y volví a dejarlo donde lo había encontrado, convencido de que nadie iba a echar en falta una fotografía tomada hacía años.

Me guardé la foto dentro de la camisa, esparcí parte del contenido del armario por el suelo y volqué dos cajones de la cómoda para que pareciera el robo de un aficionado. Luego cogí la Walther P99 y la dejé a punto para disparar; por lo menos, en ese sentido la suerte se había puesto de mi parte. Si no quería levantar sospechas, no podía usar mi propia arma —cualquier prueba de balística que hicieran acabaría señalándome a mí con toda certeza—, pero tenía la Walther de Cumali, que no guardaba absolutamente ninguna relación conmigo. Finalmente, me dirigí a la puerta del dormitorio, preparado para utilizar el arma.

En aquel momento las luces de la casa se encendieron. Acababa de volver la electricidad a la zona. Tal vez la suerte no estaba tan de mi parte, después de todo. Giré a la derecha y fui directo a la escalera que subía al desván; si la había dejado desplegada y no había vuelto a colocar las tejas había sido por si necesitaba efectuar una retirada rápida.

De pronto, oí las pisadas de varias botas que se acercaban a la puerta de la calle, y supe que faltaban escasos segundos para que los polis entraran.

Justo cuando comenzaba a subir por la escalera, oí girar la llave en la cerradura.

Conseguí subir al desván en el momento preciso en que se abría de golpe la puerta de la casa y una voz de hombre vociferaba algo en turco. Supuse que estaría diciendo a quienquiera que estuviese dentro que soltara el arma y saliera con las manos en alto.

Tiré de la escalera para recogerla, corrí hacia la parte en la que había quitado las tejas y me escabullí por el hueco para salir al tejado. Arrimado a las sombras, estiré un poco el cuello y efectué un rápido reconocimiento del entorno. Vi el coche de Cumali en el camino de entrada y la distinguí a ella sentada dentro, con su hijo en brazos, mientras un grupo de compañeros de la detective se dirigía a cubrir el garaje y el patio de atrás. Tenían la casa rodeada.

Sólo había una manera de salir de allí: cruzando el tejado a la carrera y salvando de un salto los casi seis metros que había hasta el tejado del edificio contiguo, el almacén de Gul e Hijos. No había problema, seis metros no eran nada para mí.

Ya. No había dado un salto de seis metros en el vacío desde que acabé mi entrenamiento, y ya en aquel entonces yo era más de premio de consolación que de medalla de oro.

55

Continuaba agazapado en las sombras, intentando trazar un plan mejor, cuando de pronto oí que abajo se abría una puerta con violencia y, un segundo más tarde, el estruendo ensordecedor de la explosión de una granada. Estaba visto que los policías turcos no se andaban con chiquitas. Supuse que habían irrumpido en el dormitorio de Cumali y que de un momento a otro centrarían la atención en el desván.

No necesité más incentivos. Me incorporé y, manteniéndome medio agachado, empecé a correr hacia el borde del tejado. Entre un latido y otro, mis pies perdieron el contacto con las tejas y me vi nadando por el aire, empeñado en avanzar a toda costa, alargando el salto con ayuda de los brazos y del pecho, intentando agarrar el canalón que bajaba por un costado del almacén. Estaba cayendo, y por un instante de horror pensé que no iba a salir de aquélla, cuando de repente mi mano izquierda tocó el metal y resbaló, aunque la derecha logró asirse. Me balanceé igual que un mal trapecista, hasta que conseguí alargar la mano izquierda y encontrar el agarre necesario para izarme hasta el tejado del almacén...

Por desgracia, la noche no era lo bastante oscura.

Oí voces que gritaban y, a continuación, el seco estallido de un arma de fuego, y supe que al menos uno de los policías que estaban cerca del garaje me había visto. La bala debió de pasar bastante lejos de mí, y confié en que nadie tuviera oportunidad de reconocerme en medio de aquella oscuridad. El problema iba a ser bajar de aquel tejado.

Ya los estaba oyendo gritar órdenes y activar las radios móviles, y no me hizo falta que me tradujeran nada para saber que estaban ordenando que rodearan el almacén. Me quedaba una sola oportunidad: dar con la escalera de mantenimiento, entrar en el almacén y echar a correr hacia los muelles de carga que había en la parte de atrás. Allí tenía la Vespa.

Iba a ser una carrera, y ya había empezado mal, porque uno de los policías había llamado a un helicóptero.

El piloto encendió el foco, y vi cómo se aproximaba el potente haz luminoso mientras yo corría por el tejado de acero reforzado y me lanzaba a una escalera para subir a una zona aún más elevada. Me dirigía hacia un par de grandes torres de refrigeración, porque supuse que el señor Gul y sus hijos se preocuparían de hacer un buen mantenimiento del sistema, y no me decepcionaron. Junto a las torres, encontré una puerta cerrada con llave que probablemente daba acceso a unas escaleras. Apunté con la Walther a la cerradura y la hice saltar de un disparo.

Acto seguido, di una patada a la puerta y, medio saltando y medio corriendo, bajé el primer tramo de peldaños. Casi no había luz, pero alcancé a distinguir que me encontraba en el taller de reparación de embarcaciones, un espacio cavernoso y fantasmagórico. Entre sus altos muros había varios diques secos y decenas de lanchas de lujo colgadas de unas enormes grúas hidráulicas que podían desplazarse por unos raíles de acero sujetos a las vigas, y trasladar las embarcaciones de una zona de trabajo a otra sin que siquiera tocasen el suelo. Menudas instalaciones tenía el señor Gul.

Entre los gemidos y crujidos que el viento arrancaba a las embarcaciones suspendidas del techo, bajé el siguiente tramo de escaleras. Justo en aquel momento, los focos —de gas— que había montados en el techo cobraron vida de improviso. Permitir que los policías me viesen la cara era tan grave como acabar acorralado, de modo que apoyé una rodilla en el suelo y apunté con la pistola. Tal vez con los saltos a larga distancia no era muy bueno, pero las prácticas de tiro siempre se me habían dado bastante bien. Disparé cuatro veces en rápida sucesión y apagué los cuatro focos, lo que provocó una impresionante explosión de gas y cristales rotos.

Ya a oscuras, oí voces que maldecían en turco, más hombres que llegaban y el sonido de las grandes persianas metálicas enrollándose. Comprendí que muy pronto iban a contar con suficientes refuerzos sobre el terreno como para poder realizar una batida con varios hombres hasta que me tuvieran acorralado. Eché a correr de nuevo hacia la escalera, trepé hasta una de las grúas de hierro, situada justo debajo de los raíles, y me lancé a la carrera en dirección a un cuadro de control. Vi que los policías se dispersaban por toda la nave y recé para que ninguno de ellos levantase la vista hacia aquella viga y distinguiera mi silueta recortada contra el techo.

Cuando llegué al cuadro de control, di las gracias a un Dios que ni siquiera sabía con seguridad que existiera: había seis mandos individuales colocados en sus respectivos cargadores de la pared. Cogí el primero de ellos, lo encendí y vi cómo el teclado numérico y la pantalla cobraban vida. Me tumbé en el suelo para esconderme y, sin tener en realidad mucha idea de lo que estaba haciendo, ayudándome más de la intuición que de otra cosa, apunté con el mando a oscuras y empujé la palanca que llevaba montada.

La grúa que sostenía una lancha de gran tamaño empezó a desplazarse a lo largo de los raíles del techo. Cuatro de los policías que estaban allí abajo, uniformados y cargados de galones, miraron hacia arriba y vieron cómo la lancha de color blanco y dorado se movía por encima de ellos cada vez a mayor velocidad. El más veterano de los cuatro, rubicundo y con sobrepeso, y con los botones del uniforme a punto de salir disparados a la altura de su estómago —supuse que sería el jefe de la policía de Bodrum—, o hizo una suposición acertada, o vio brillar el mando que sujetaba yo en la mano, pero en cualquier caso señaló la grúa y ladró varias órdenes a sus hombres.

Los agentes corrieron a las escalerillas de acceso que había en las paredes y empezaron a subir por ellas para intentar atraparme. Casi todos ellos eran jóvenes y se comunicaban entre sí dando voces, y me di cuenta de que empezaba a reinar un ambiente festivo: sabían que un hombre solo no tenía la menor posibilidad de escapar con tantos en contra, y estaban decididos a hacérselo pagar caro por haber atentado contra la propiedad privada de un conciudadano. Empecé a pensar que no podía descartar una «caída» accidental.

Frenético, experimenté un poco con el control remoto. Cada una de las lanchas tenía un número de identificación de cuatro dígitos colgando del casco, y reparé en que, si lo introducía en el teclado, podía usar la palanca para hacer avanzar o retroceder las embarcaciones, y también desplazarlas a izquierda y derecha. Cada vez iban llegando más y más policías para ayudar a darme caza, y yo intentaba permanecer escondido poniendo en movimiento tantas lanchas como podía, con la esperanza de crear la máxima confusión para cuando tuviera que salir huyendo. El único botón del control remoto que no sabía para qué servía era el amarillo que había en la parte de abajo; tenía mis sospechas, pero preferí no enredar con él. De modo que hice que la lancha dorada y blanca avanzara más deprisa, la desplacé hasta otro raíl para que fuera al encuentro de un yate de doce metros y me arrojé al suelo.

Uno de los policías que subían por la escalera vio lo que estaba a punto de suceder y avisó a sus compañeros con un grito. Todo el mundo puso pies en polvorosa: quedarse debajo de dos barcos que iban a colisionar no era nada aconsejable.

En el momento del encontronazo, volaron multitud de fragmentos por todas partes. El yate se desenganchó del garfio que lo sujetaba, se precipitó quince metros hasta el suelo y se hizo añicos en medio de un gran estruendo.

Aprovechando el caos y el pánico que se había desatado allí abajo, me incorporé. Vi que una lancha rápida Cigarette —de doce metros, negra, equipada con dos turbinas de gas y un enorme alerón trasero, el sueño de cualquier narcotraficante— venía hacia mí. Cuando pasó a toda velocidad por mi lado, salté... y logré asirme a un candelero cromado de los que rodeaban la cubierta y subí a bordo.

56

Ahora estaba escondido dentro de una lancha rápida Cigarette, y eso quería decir que mi situación había mejorado, aunque también era verdad que el costado de estribor del *Titanic* inicialmente resistió un poco mejor que el costado de babor. Seguía atrapado en el interior de un almacén con varias decenas de policías turcos preparados para lanzarse a mi cuello.

Rodé sobre la cubierta de la lancha y, por una vez, conseguí sincronizar correctamente las cosas, porque en sentido contrario estaba pasando en aquel momento una Riva de los años sesenta bellamente restaurada. Me arrojé por el costado de la Cigarette y fui a caer sobre la popa de la Riva, de madera de teca. Despatarrado en el suelo, y sujetándome a duras penas, me dejé llevar hacia los muelles de carga de la parte trasera del edificio.

De pronto oí a mi espalda un choque ensordecedor, y supuse que otras dos grandes lanchas habían colisionado, pero no tenía tiempo para volverme a mirar, porque de repente surgió de la oscuridad un catamarán que yo mismo había dejado suelto y que venía directo hacia donde yo estaba.

Su proa de acero, reforzada para que pudiera efectuar travesías oceánicas, partiría a la Riva por la mitad, pero no había nada que yo pudiera hacer, excepto aguantar; si abandonaba la embarcación, terminaría quince metros más abajo, convertido en un montón de huesos y haciendo compañía a las astillas que antes eran un yate. Me preparé para el impacto, pero en el último momento la Riva se desplazó un poco, y vi cómo el enorme catamarán pasaba a mi lado arañando la pintura de la embarcación y quedaba a mi espalda.

De pronto, una luz hendió la oscuridad, y al mirar hacia abajo vi que los policías habían traído varios focos de trabajo del muelle exterior. Mi primer impulso fue el de apagarlos a tiros de nuevo, pero rápidamente pensé que, si hacía eso, casi con toda seguridad delataría mi posición, así que tuve que contemplar cómo los orientaban hacia arriba y empezaban a alumbrar el techo y aquel montón de lanchas enloquecidas, en busca de cualquier cosa que indicara mi presencia.

A cada segundo que pasaba, la Riva me acercaba un poco más a los muelles de carga, pero los policías que manejaban los focos estaban actuando metódicamente, iluminando un sector tras otro, y no tardarían más que unos instantes en descubrir la lancha en la que iba yo. Me descolgué por un costado del casco, permanecí unos momentos suspendido en el aire y oteé la zona que quedaba debajo para ver si allí había algún policía. Vi que estaba despejada, pero entre tanta confusión y tanta urgencia me equivoqué: un agente vestido con un traje de tejido brillante estaba enchufando un cable para conectar otro de los focos de trabajo.

Colgado del casco de la Riva, sujeto por las puntas de los dedos, esperé y esperé cuanto pude... hasta que me solté. Caí desde unos seis metros, y a punto estuve de arrancarme los brazos cuando me agarré a mitad de camino a una tubería horizontal que llevaba agua al sistema contra incendios. No tenía tiempo para gritar de dolor; fui balanceándome por la tubería poniendo una mano detrás de otra hasta que pude dejarme caer sobre el tejado de un pequeño almacén. Desde allí alcancé la pared lateral y, mientras una docena de policías continuaban subiendo por las escaleras con la intención de dar conmigo, me las arreglé para ir pasando de un asidero a otro y bajar por una plancha de aluminio.

Todavía con el control remoto en la mano, conseguí llegar al suelo de la nave mientras los policías que manejaban los focos seguían barriendo con ellos las vigas y las lanchas. Eché a correr hacia la parte de atrás y doblé una esquina: allí estaba el muelle de carga, apenas a diez metros de mí. Los agentes que habían entrado a registrar el almacén habían dejado levantada una de las persianas enrollables, y yo sabía que mi motocicleta estaba a sólo veinte metros de donde me encontraba, escondida en la oscuridad, detrás de la fila de contenedores. Mientras corría, capté un leve movimiento a mi izquierda. Me volví y alcé la Walther hasta la posición de disparar, pero vi que se trataba sólo de un perro callejero que había entrado a merodear por allí, buscando comida. Sin embargo, el problema no fue el perro, sino la voz que ladró de repente una orden a mi espalda. Habló en turco, pero hay situaciones en las que todos los idiomas son iguales.

—Suelte el arma y levante las manos. —Era lo que me estaba diciendo... o algo bastante aproximado.

Imaginé que aquel tipo iría armado, lo cual quería decir que me estaba apuntando en mitad de la espalda desde una distancia que, a juzgar por el volumen de su voz, calculé que sería de unos diez metros. «Bien hecho, agente, está demasiado lejos para que yo le salte encima, y demasiado cerca como para no acertar con un disparo.» Solté la Walther, pero conservé en la mano el control remoto.

El policía dijo algo, y por el tono supuse que estaba ordenándome que me diera la vuelta. Me volví lentamente hasta que estuvimos cara a cara. Era el agente del traje brillante: con una rodilla en tierra, seguía agachado para conectar el cable de uno de los focos de trabajo. Me apuntaba directamente al pecho con una temible Glock. Pero aquello no era lo más sorprendente: se trataba ni más ni menos que de Bob Esponja.

Me miró a la cara, más sorprendido que yo.

—*Seni!* —exclamó, y después lo repitió en inglés—: ¡Usted...!

Contemplé cómo iba comprendiendo todas las implicaciones de que yo me hubiera metido en semejante fregado, y vi que torcía el labio y sonreía con placer. Ya dije el día que lo conocí que me había ganado un enemigo de por vida, y no me equivocaba: para Bob Esponja, aquello suponía una manera encantadora de vengarse.

Justo en aquel instante advertí que, detrás de él, la Cigarette había llegado al final de los raíles y estaba volviendo hacia nosotros a toda velocidad. Bob Esponja, todavía con una expresión triunfal en la cara, gritó algo por encima del hombro en dirección al interior de la nave para que los otros agentes vinieran enseguida. Por suerte, no oí que mencionara mi nombre, y supuse que quería reservárselo a modo de sorpresa. La Cigarette estaba cada vez más cerca... más cerca...

Oí el ruido de las otras lanchas que se desplazaban y se acercaban a toda velocidad. La Cigarette estaba ya encima de Bob Esponja, y yo sólo disponía de un segundo para actuar antes de que toda la misión se fuera al garete. De modo que apreté el botón amarillo.

Bob Esponja oyó el estrépito de unas cadenas y lanzó una mirada furtiva hacia arriba. Los ganchos que sujetaban la enorme lancha se habían soltado. Bob estaba demasiado alarmado incluso para chillar, de manera que intentó huir echando a correr. Pero no era ningún atleta, y su brillante traje le quedaba demasiado ajustado para permitirle hacer mucho más que dar un extraño paso hacia un lado.

La parte trasera del casco, donde estaban los dos motores y todo el peso, fue lo que le cayó encima primero: la lancha se desplomó y le dio de lleno en la cabeza, le incrustó el cráneo en el pecho, le reventó el cuello y lo mató antes de que tocase el suelo siquiera.

Cuando su cadáver chocó contra el hormigón, yo ya estaba oculto detrás de una grúa móvil. La Cigarette se estrelló contra el suelo y explotó en una multitud de fragmentos de metal y fibra de vidrio. Aunque el hierro de la grúa me protegió de la mayor parte de aquellos fragmentos, noté un dolor punzante en la pierna izquierda. No le hice caso, me incorporé y eché a correr con todas mis fuerzas en dirección a lo poco que alcanzaba a ver de la persiana a través de las nubes de polvo y escombros que volaban. Oí vociferar a los policías, y supuse que estaban diciéndose unos a otros que se pusieran a cubierto, por si empezaban a lloverles más lanchas encima.

Vi la persiana abierta, me colé por ella y salí a la noche. Rápidamente, me dirigí hacia los contenedores, me subí a la Vespa y di gracias por haber tenido la previsión de dejar la llave en el contacto, porque las manos me temblaban de tal modo que probablemente me habría llevado cinco minutos arrancarla.

En cuanto el motor cobró vida, salí de allí como una flecha, pasé entre un grupo de contenedores para cargueros y, antes de que los policías hubieran logrado siquiera salir del almacén, ya me había alejado derrapando por la calle hasta perderme en la noche.

Mi única preocupación era el helicóptero, pero no había rastro de él, y supuse que cuando el jefe de la policía pensó que me tenían acorralado, le dijo que podía marcharse. Lo cierto es que el motivo ya no me importaba. Cuando llegué a las calles más concurridas, pasé a conducir de forma más tranquila. Llegué al hotel sin incidentes y metí la motocicleta en el pequeño garaje reservado para el viejo Mercedes del encargado.

Ni siquiera me había dado cuenta de que estaba herido.

57

El encargado sí se dio cuenta. Estaba solo en el vestíbulo, sentado detrás de un escritorio que había a un lado de la recepción, cuando levantó la vista y me vio entrar. Como de costumbre, tendiéndome la mano y con el semblante iluminado por la sonrisa que constituía su seña de identidad, se apresuró a acudir a mi encuentro.

—Ah, *mister* Brodie David Wilson... ha estado en el relax con una cena de calidad buena, espero. —Antes de que yo pudiera responder, vi cómo le cambió el gesto y le cruzaba por el rostro una expresión de perplejidad y preocupación—. Pero sufre una lesión de serio compromiso —dijo señalando el suelo de baldosas, siempre impecablemente limpio, en el que yo había dejado manchas de sangre a mi paso.

Bajé la mirada y vi un desgarro en la pernera izquierda de mi pantalón. Supuse que el fragmento que salió volando cuando explotó la Cigarette me había causado una herida más importante de lo que yo creía. La sangre había resbalado hasta la suela de mis deportivas y había ido dejando un rastro por el vestíbulo del hotel.

—Maldita sea... —susurré—. He cruzado la avenida donde está la gasolinera BP, que tiene una barandilla oxidada en el centro para separar los carriles. Supongo que debí de hacerme un rasguño al saltarla.

No era una explicación muy buena, pero fue la mejor que fui capaz de idear a toda prisa, y por lo menos el encargado pareció aceptarla sin hacerme preguntas.

—Sí, conozco ese lugar —confirmó—. El tráfico es de mucha locura. A ver, déjeme que le ayude...

Pero decliné su ofrecimiento e insistí en que lo que quería era subir a mi habitación. Continué caminando, apoyando sólo la punta del pie para no manchar más el suelo. Cuando entré, cerré con llave, me quité los pantalones y, con la ayuda de unas pinzas de viaje, conseguí extraer un pedazo de metal que se me había clavado en la pantorrilla. En aquel momento la herida empezó a sangrar de lo lindo, pero ya había rasgado en tiras una camiseta para improvisar un vendaje, y pocos segundos después tenía la hemorragia controlada y la herida vendada.

Sólo entonces me desabotoné la camisa y centré la atención en la fotografía que había robado del álbum de boda de Cumali. En ella se veía a la detective y al que en aquella época era su marido, ambos sonrientes, cogidos del brazo, saliendo del banquete para irse de luna de miel. Era un tipo atractivo, de veintimuchos años, pero tenía algo... el corte del pantalón de lino, las gafas de sol de aviador colgando de la mano... No me pareció un tipo del que uno pudiera fiarse. No logré imaginarlo como alguien que asiste incondicionalmente a la mezquita, y una vez más, al observar el bello rostro de la detective Cumali, experimenté la misma sensación incómoda de que algo no encajaba en todo aquello.

Miré la parte de atrás de la fotografía y vi que los fotógrafos turcos no eran diferentes de los que había en todas partes: en el reverso figuraba su nombre, un número de serie y un teléfono de Estambul al que llamar para solicitar copias.

Era demasiado tarde para llamar, de modo que, con un dolor intenso en la pierna, abrí mi ordenador portátil para ver qué mensajes había recibido. Me sorprendió descubrir que Bradley no me había enviado ninguna información acerca del historial de Cumali, y ya estaba maldiciendo al Susurrador y a los investigadores de la CIA, cuando de improviso vi un mensaje de texto de Apple que me informaba del importe que me habían cobrado por mi última descarga de música.

Abrí iTunes: ya podía presumir de contar entre mi colección con los «Grandes Éxitos de Turquía», una recopilación de las canciones que habían representado recientemente a dicho país en el festival de Eurovisión. Ay, Dios.

Tuve que soportar dos pistas completas y parte de una tercera antes de encontrar, insertados en esta última, una serie de documentos de texto. Aunque no se afirmaba de forma explícita, estaba claro que los investigadores habían pirateado la base de datos de la policía turca y habían encontrado el expediente de Recursos Humanos de la detective Cumali. La información decía que la agente había estudiado dos años de Derecho, que luego abandonó los estudios, solicitó entrar en la Academia Nacional de Policía e hizo una carrera de cuatro años. Situada entre los primeros alumnos de su promoción, se vio arrastrada a la investigación criminal, y, tras servir en Ankara y en Estambul, su dominio del inglés le dio la oportunidad de ser destinada a un lugar turístico en el que podrían aprovecharse más adecuadamente sus servicios: Bodrum.

Habían encontrado mucho más material, principalmente recomendaciones y promociones —por lo visto era una buena policía—, pero toda la información era de carácter profesional, y resultaba obvio que, ya desde la época en que estudiaba en la Academia, la policía turca la conocía por el apellido de Cumali, sin que constara ningún otro.

Los investigadores de Langley también se habían preguntado si aquél era su verdadero apellido y habían intentado encontrar una puerta trasera por la que acceder a licencias matrimoniales, partidas de nacimiento o solicitudes de pasaporte, pero en cada uno de aquellos intentos se habían dado de bruces contra un muro. Cosa sorprendente, en Turquía los datos públicos no podían piratearse. Y no era porque el gobierno hubiera decidido adoptar, como había hecho el Pentágono, algún complejo sistema de ciberseguridad. La explicación era mucho más simple: ninguno de los archivos estaba digitalizado. Los datos oficiales existían sólo en papel, probablemente encuadernados, atados con una cinta y guardados en infinitos almacenes. Según Langley, la única manera de acceder a algo que tuviera más de cinco años de antigüedad era solicitándolo por escrito, un proceso que podía tardar más de un mes.

Me quedé mirando el informe, frustrado. En las investigaciones realizadas por la CIA, con frecuencia todo era punta y nada iceberg. Supuse que tarde o temprano resolverían la cuestión del apellido de la detective, pero, como dicen los abogados, el tiempo es primordial, de modo que, cabreado por el trabajo que habían llevado a cabo, me fui a la cama.

Gracias a Langley, ahora la totalidad de aquella investigación descansaba en lo que pudiera decirme un fotógrafo de Estambul que yo no conocía, y que bien pudiera ser que estuviera jubilado o que ya hubiera muerto.

58

No había ocurrido ni una cosa ni la otra, aunque al oír cómo tosía y cómo prendía continuamente un cigarrillo tras otro, lo de morir tal vez estuviera más cerca de lo que él quería.

Me había despertado antes del amanecer. Arrastré la pierna herida hasta el portátil, introduje el lápiz USB en una entrada y empecé a trabajar en los archivos de Cumali. Habría sido una labor lenta y penosa, de no ser porque estaba casi todo en turco y no me quedó más remedio que descartar la amplia mayoría de los datos. Aun así, uno siempre puede hacerse una idea de las cosas, y no podría afirmar que entre aquellas cartas y archivos de trabajo encontrase algo que despertase mis sospechas; el error que cometía la mayoría de la gente cuando quería impedir que alguien viera un material era encriptarlo, lo cual hacía que una persona como yo supiera exactamente dónde buscar.

Tal como había sospechado cuando entré en su cuarto de estar, no había nada que estuviera en clave, y si Cumali había sido lo bastante inteligente para ocultar documentos incriminatorios a simple vista, desde luego yo no fui capaz de identificarlos. Además, tampoco había nada escrito en árabe, aun cuando tenía buenas razones para suponer que sin duda conocía dicho idioma.

Como entre los expedientes no encontré nada, pasé a examinar los correos electrónicos. En este caso, muchos estaban en inglés, así pude ver que Cumali poseía un amplio círculo de amistades y conocidos, muchos de los cuales eran otras madres de niños con síndrome de Down. Entre los centenares de mensajes, tan sólo encontré dos que llamaron mi atención: ambos eran de una asociación benéfica palestina relacionada con la Brigada de los Mártires de Al Aqsa, un grupo que con frecuencia organizaba bombardeos suicidas contra los israelíes. En aquellos correos se acusaba recibo de donaciones a un orfanato de la Franja de Gaza, y mi primera reacción fue la de preguntarme por qué Cumali no hacía donativos a UNICEF, si quería ayudar de verdad a los niños. Por otra parte, la caridad era uno de los Cinco Pilares del islam, y, si fuera delito dar dinero a organizaciones asociadas con grupos radicales, acabaríamos levantando cargos contra la mitad del mundo musulmán. Probablemente, contra más de la mitad.

Marqué ambos correos con una banderita roja, luego metí el lápiz USB en un sobre y escribí en él la dirección de Bradley en Nueva York. En cuanto abriera la oficina de FedEx, se lo enviaría para que se lo hiciera llegar al Susurrador y éste pudiera someterlo a un análisis más profundo. Consulté el reloj; eran las siete de la mañana, y, aunque era temprano, quería averiguar si el fotógrafo estaba vivo o muerto.

Marqué el número de teléfono y esperé un rato que me pareció que duraba minutos enteros. Ya estaba a punto de colgar para llamar más tarde, cuando oí una voz irritada que me contestaba en turco. Le pedí disculpas por hablar inglés y pronuncié despacio con la esperanza de que pudiera seguirme.

—¿Puede hablar un poco más rápido? Me estoy durmiendo otra vez —replicó con un acento que indicaba que había visto demasiadas películas del Oeste.

Contento de que por lo menos pudiéramos comunicarnos, le pregunté si era fotógrafo, y cuando me lo confirmó le dije que estaba planeando un regalo especial para el aniversario de boda de unos amigos. Quería componer un mosaico con fotos de su gran día y necesitaba adquirir varias copias.

—¿Tiene el número de serie? —me preguntó, más amable ahora que había dinero de por medio.

—Claro —respondí, y le leí el número que figuraba en el reverso de la foto robada.

Me pidió que esperase un momento mientras consultaba sus archivos, y uno o dos minutos más tarde regresó y me dijo que no había problema, que tenía el archivo justo delante.

—Sólo para cerciorarme de que no nos confundimos —dije—, ¿puede confirmarme los nombres de los novios?

—*No problemo*, colega. El novio se llama Ali-Reza Cumali... —Y a continuación me dio una dirección, pero no me interesaba. En el momento en que oí aquel nombre, supe con seguridad que la detective no había recuperado su apellido de soltera.

—¿Y la novia? —pregunté, procurando que no se me notase el entusiasmo en la voz—. ¿Tiene el nombre de la novia?

—Por supuesto —contestó el fotógrafo—: Leila al Nasuri. ¿Es la pareja?

—Sí, son ellos, *sheriff* —respondí, y le hice reír—. Nunca he sabido escribir correctamente el apellido de soltera de ella —continué—, ¿le importa deletrearlo?

El fotógrafo me lo deletreó, le di las gracias por su ayuda, le dije que me pondría en contacto con él en cuanto tuviera una lista completa de las fotos que necesitaba, y colgué. El apellido Al Nasuri no era turco, sino más bien propio de Yemen, Arabia Saudí o los países del golfo Pérsico. Pero, ya fuera de un sitio o de otro, era de origen árabe. Tan árabe como el hombre del Hindu Kush.

Cogí mi pasaporte, salí por la puerta y, casi a la carrera, me dirigí al ascensor.

59

Las puertas se abrieron, y, aunque sólo eran las siete y veinte de la mañana, al llegar al vestíbulo me encontré con lo que parecía ser una especie de celebración. El encargado, el ayudante de recepción, el botones y demás empleados del hotel estaban congregados frente al mostrador de la entrada, y se les habían sumado varios de los carpinteros y otros amigos del encargado que me habían ayudado con los espejos.

La conversación, toda ella en turco, era de lo más animada, y alrededor del grupo circulaban bandejas de café y de pastas. A pesar de la hora temprana, alguien había sacado una botella de *raki*, así que me pregunté si les habría tocado la lotería o algo parecido.

El encargado se me acercó sonriendo más de lo habitual en él y agitando en la mano un ejemplar del periódico local de aquella mañana.

—Tenemos noticias de gran felicidad —me dijo—. ¿Se acuerda de Bob Esponja, el hombre de más corrupción, la plaga para todos los ciudadanos buenos?

—Sí, me acuerdo de él. ¿Por qué?

—Ha muerto.

—¿Ha muerto? —repetí, fingiendo sorpresa y cogiendo el periódico, en el que se publicaba una fotografía del exterior de la nave del puerto deportivo, con policías por todas partes—. Cuesta trabajo creerlo —aseguré—. ¿Cómo ha ocurrido?

—Aplastado... plano como tortita... tortilla —explicó—. Algún hombre de cerebro idiota entró en una casa perteneciendo a una policía mujer —prosiguió.

—¿Allanó el domicilio de una policía? Pues sí, hay que tener cerebro de idiota.

—Seguramente fue un griego —dijo el encargado con absoluta seriedad.

—¿Y cuándo ha sucedido eso? —pregunté, en un intento de actuar con normalidad, por seguir la corriente.

Todos los demás estaban junto al escritorio, y el encargado y yo nos encontrábamos en nuestro propio mundo.

—La noche atrás, mientras usted estaba teniendo su relax con la cena buena, justo antes de entrar aquí con la herida... —Se interrumpió bruscamente, como si acabara de ocurrírsele algo, y aunque intentó recuperar la frase, ya no fue capaz—. Dicen que el asesino huyó del taller de barcos con una herida de sangre —afirmó. De nuevo, calló unos instantes y me miró.

Ambos nos sostuvimos la mirada... No cabía duda de que el encargado sabía quién era el «asesino». Yo podría haberlo negado, pero no creí que resultara muy convincente. Incluso podría haberle lanzado una sórdida amenaza, aunque estaba seguro de que mi interlocutor no era un hombre al que se pudiera intimidar fácilmente. No me gustó, pero supuse que debía fiarme de mi intuición, y apoyarme en él y en su amistad.

—No, no —dije al fin—, tiene usted una equivocación en lo muy sustancial. Mi relax con la cena buena no fue la noche de atrás, sino la noche anterior.

El encargado me miró con expresión indecisa, como si estuviera a punto de discutir conmigo, pensando que yo estaba confundido de verdad, pero continué hablando para que no tuviera ocasión de meterse en un berenjenal.

—Anoche, usted y yo estuvimos aquí, en el vestíbulo —aseguré—. ¿Se acuerda? Estaba todo muy tranquilo, no había nadie más.

De pronto, brilló en sus ojos una chispa que indicaba que lo había comprendido.

—Ay, sí —contestó—. Por supuesto, es verdad, la cena fue la noche atrás previa.

—Ya se acuerda. Anoche estuvimos charlando usted y yo, usted me explicaba cosas de los griegos. Fue una conversación muy larga...

—Muy larga, sí. Esos malditos griegos... Nada es fácil con ellos.

—Cierto. Usted tenía muchas cosas que contarme, mucha historia. Ya eran más de las diez cuando me fui a dormir.

—Probablemente más tarde, las once es más la hora que tengo en mi memoria —dijo con gran entusiasmo.

—Sí, creo que tiene usted razón —aseguré.

Nos miramos de nuevo el uno al otro, y supe que mi intuición no me había fallado. El secreto —y mi coartada— estaba a salvo.

El encargado señaló el pasaporte que llevaba yo en la mano y bajó el tono de voz:

—¿Se va con prisa para no regresar? —me preguntó.

—No, no —respondí—. Si alguien le pregunta, diga que he ido a Bulgaria, que he dicho algo acerca de ir a ver a un testigo importante.

Me despedí de él y me encaminé hacia la puerta del hotel para ir en busca de mi coche. Abrí el maletero, levanté el forro de caucho y encontré un modo de acceder al arco de la rueda trasera derecha. Retiré el transmisor de rastreo, que estaba sujeto con una serie de imanes, y lo pegué al poste de una señal de tráfico.

Con un poco de suerte, ningún peatón lo veía, y quienquiera que estuviera controlándolo en la MIT pensaría que mi coche continuaba aparcado junto al bordillo.

Luego me senté al volante y puse rumbo a la frontera.

60

Durante todo el día, machaqué al Fiat obligándolo a recorrer kilómetros y más kilómetros de autovía; tan sólo me detuve para echar
gasolina. A primera hora de la tarde vi a lo lejos los minaretes de
Estambul, y cuando ya estaba a punto de hacerse de noche, llegué
a la frontera de Bulgaria.

El paupérrimo rincón del mundo donde confluyen Turquía,
Grecia y Bulgaria es una de las encrucijadas de carreteras más concurridas de toda Europa, y, en cuanto dejé atrás Turquía y entré en
una especie de tierra de nadie, me vi rodeado de camiones de gran
tonelaje que se dirigían lentamente hacia la aduana y la oficina de
inmigración.

Cuando llevábamos así cuarenta minutos, y habiendo avanzado como unos cien metros, llamé la atención del conductor de
un enorme camión danés que se había detenido en el arcén de la
carretera y le pregunté cuánto tiempo calculaba él que tardaríamos
en cruzar la frontera.

—Desde aquí, unas ocho horas —me contestó—. Depende
de cuántos inmigrantes ilegales encuentren y tengan que procesar.

Bulgaria se las había arreglado para entrar a formar parte de la
Unión Europea, y rápidamente quedó claro que poseía la frontera
más vulnerable, pues actuaba de imán para todo el que quisiera
penetrar en Europa de manera ilegal y continuar viaje hacia otros
pastos más ricos, como Alemania y Francia. Por el aspecto que
tenían los camiones y turismos que vi en aquella cola, no faltaban
oportunistas y traficantes de seres humanos.

Pensé en acercarme hasta la aduana y mostrar mi placa, pero rechacé la idea; siempre existía la posibilidad de que me tropezara con algún cabeza cuadrada que estuviera deseoso de enseñarle al FBI quién mandaba allí. De modo que, en vez de eso, decidí darles una excusa: salí al arcén y avancé por dentro de la interminable cola. Pasé bajo dos estructuras en las que había cámaras, y supuse que la policía de frontera no tardaría en venir a por mí.

Dos minutos más tarde divisé una silueta recortada contra el cielo del crepúsculo: varias luces azules centelleaban a lo lejos, un coche se acercaba velozmente por el arcén, directo hacia donde yo me encontraba. El vehículo se detuvo unos diez metros delante de mí, cortándome el paso, y el tipo que iba en el asiento del pasajero, que probablemente era el mayor de los dos, se apeó moviéndose con pesadez y echó a andar en mi dirección. Era más o menos de mi edad, con sobrepeso, y el uniforme que vestía daba la impresión de que lo había llevado puesto para dormir otro individuo todavía más grueso que él. Se le notaba que venía dispuesto a echarme la bronca y a ordenarme que regresara al final de la cola.

Yo sabía como unas diez palabras de búlgaro que había aprendido años atrás, en una visita al país, y, por suerte, entre ellas estaba la expresión «Lo siento». La solté rápidamente, antes de que él pudiera lanzar su ofensiva, y vi que por lo menos había conseguido eliminar un poco del veneno que traslucía su gesto. Sin embargo, no pude verle la expresión de los ojos, porque, a pesar de la hora que era, llevaba gafas de sol.

Seguí hablando, cambié al inglés y también repetí varias veces más aquella frase en búlgaro. Le dije que ya había estado anteriormente en su bello país y que en todas esas ocasiones me había sentido abrumado por la amabilidad de sus gentes. Esperaba que en aquella ocasión me sucediera lo mismo, porque necesitaba ayuda: se me había hecho muy tarde e intentaba desesperadamente tomar un vuelo a Sofía, la capital. El policía emitió un gruñido y puso cara de estar a punto de decirme que todo aquello le importaba un carajo —como dije, eran gentes muy amables—, cuando de pronto vio que le estaba entregando mi pasaporte. Me dirigió una mirada interrogante, yo se la devolví, y cogió el documento. Al abrirlo por la página de los datos personales, descubrió el billete de quinientas levas —unos trescientos dólares estadounidenses, equivalentes al suelo de un mes en aquel lugar del mundo— que había metido yo dentro.

Había llegado a lo que siempre era la parte más peligrosa de toda transacción de ese tipo: sobornar a un funcionario constituía un delito grave en cualquier jurisdicción, y en aquella fase era cuando el tipo de uniforme podía hacerlo a uno picadillo si quería. ¿Quinientas levas por situarme a la cabecera de la fila? ¿Qué tal más bien veinte mil, además del reloj y la cámara de fotos, por favor, a cambio de que no te denuncie por intento de soborno?

Me pidió el permiso de conducir, y cuando se lo entregué regresó con él y con el pasaporte al coche patrulla. Los vehículos a los que había adelantado por el arcén iban pasando por mi lado tocando el claxon para celebrar la excelencia de la justicia búlgara y haciendo gestos de triunfo en dirección a los policías. Yo no me enfadé, si hubiera estado en su lugar seguramente habría hecho lo mismo.

El agente regresó y me dijo que abriese la puerta del conductor. Aquello tenía toda la pinta de que, efectivamente, me iba a caer una buena, de modo que me preparé para mostrar mi placa, pero de repente el tipo se subió al bastidor de la carrocería de tal forma que quedó de pie a mi lado, sosteniendo la puerta medio abierta.

—Conduzca —me ordenó— y toque el claxon.

Hice lo que me decía, y él empezó a hacer señas a varios de los grandes camiones para que se detuvieran de inmediato y abrieran un hueco.

—Pase entre ellos —me ordenó. Y acompañado por el siseo de los enormes frenos hidráulicos me colé por un carril central que, en media docena de idiomas, decía que era sólo para uso oficial—. Más rápido —volvió a ordenar el policía.

No necesité que me azuzaran más, y pisé a fondo el acelerador.

Seguido por el coche patrulla con las luces encendidas, y llevando al policía de pie en la puerta medio abierta, pasé como una exhalación junto a los varios kilómetros de camiones, hasta que llegué a una hilera de casetas de vidrio coronadas por diversos emblemas y una enorme bandera de Bulgaria. El agente colgado de mi puerta cogió mi pasaporte, se metió en una de las casetas, tomó prestado el sello de su colega y me estampó el documento.

Regresó, me lo devolvió, y supuse que estaba a punto de decirme que su colega también necesitaba una contribución, de modo que pisé de nuevo el acelerador y, antes de que abriera la boca, me perdí en la noche.

Avancé deprisa, surcando la oscuridad con los faros del coche, que iban iluminando hectáreas de bosque y también, como si la vida en la nueva Unión Europea no fuera ya bastante surrealista, a grupos de mujeres con minifaldas microscópicas y tacones de vértigo que surgían a un lado de la carretera, en mitad de la nada. En otros países, las rutas principales de los camiones tenían una ristra interminable de vallas publicitarias; en la Europa del Este, en cambio, tenían prostitutas, y ningún país más que Bulgaria.

Fui pasando junto a centenares de ellas —gitanas en su mayoría—, figuras desamparadas de mirada endurecida, vestidas con ropa interior y pieles falsas, cuya vida giraba en torno a la cabina de un camión de gran tonelaje o el asiento de atrás de un turismo. Si estaban embarazadas, sus servicios costaban más caros, y no había que ser un genio para deducir que los huérfanos eran uno de los pocos sectores industriales que estaban en crecimiento en aquel país.

«El *Porrajmos*», me dije a mí mismo mientras conducía, recordando el término en lengua romaní que me había enseñado Bill tantos años antes. Lo que estaba viendo en aquel momento era sólo otra modalidad del «Devoramiento».

Finalmente, las jóvenes dieron paso a las gasolineras y a los restaurantes de comida rápida, y llegué a la ciudad de Svilengrad, una localidad de unos veinte mil habitantes que no tenía prácticamente nada que ofrecer, excepto una calle mayor peatonal y una amplia gama de tiendas que permanecían abiertas hasta bien pasadas las doce de la noche para poder atender a la incesante avalancha de camioneros.

Aparqué el coche bastante lejos y encontré cuatro de las tiendas que estaba buscando, todas juntas. Escogí la más cochambrosa de las cuatro, la que, según me pareció, no contaba con un sistema de cámaras de vigilancia, y adquirí los dos artículos que me habían empujado a recorrer mil cien kilómetros en doce horas y me habían llevado desde el límite de Asia hasta el interior del antiguo bloque soviético: un teléfono móvil de los malos, y una tarjeta SIM anónima y de prepago.

Regresé al coche y, bajo la única farola que había en un oscuro rincón de una ciudad de Bulgaria de la que nadie había oído hablar, rodeado de tierras de cultivo y jóvenes prostitutas gitanas, efectué una llamada a un número cuyo prefijo no existía.

61

Empleando un móvil imposible de rastrear que utilizaba el sistema telefónico de Bulgaria, y bastante seguro de que la MIT no estaría escuchando, aguardé para hablar directamente con el Susurrador.

Tenía que decirle cuál era el nombre auténtico de Leila Cumali, informarle de que era árabe, y revelarle que se trataba de la mujer de la cabina telefónica. Aquél era el primer imperativo de todo agente que todavía estuviera «en acción» y lejos de casa: informar de todo lo que hubiera descubierto. Era la única póliza de seguros contra la captura o la muerte, y ya desde el principio le enseñaban a uno que la información no existía hasta que se hubiera transmitido de manera segura. Pero, sobre todo, tenía que hablar con él de por qué creía que no debíamos llevarla a otro país para torturarla.

El teléfono sonó cinco veces antes de que contestara la voz del Susurrador.

—¿Quién es? —preguntó.

En Washington era primera hora de la tarde, pero me sorprendió el cansancio que noté en su tono.

—Dave, soy yo —dije, empleando a propósito su nombre de pila, que pocas personas conocían, por si acaso había alguien escuchando.

Mantuve un tono ligero y relajado, a pesar de lo inquieto que estaba y del nerviosismo que me causaba el entorno en que me encontraba.

Aunque debió de sorprenderse al oír mi voz, inmediatamente captó el tenor de la conversación.

—Hola, ¿qué hay? —preguntó con la misma naturalidad, y una vez más me acordé de lo buen director de agentes que era.

—¿Sabes la mujer de la que estuvimos hablando, Leila Cumali?

—¿La policía?

—Sí. Bueno, pues su nombre verdadero es Leila al Nasuri.

—Suena a árabe...

—Exacto. Ella es la que utilizó la cabina telefónica.

Al otro extremo de la línea se hizo el silencio absoluto. A pesar de la estudiada indiferencia del Susurrador, a pesar de sus años de experiencia y de su enorme talento, mi revelación lo había dejado sin palabras.

En aquel momento yo lo ignoraba, pero el efecto de lo que le dije se vio amplificado por la inutilidad de todos los esfuerzos que se habían estado llevando a cabo en aquella operación. Los cien mil agentes que estaban trabajando para un gran número de agencias de inteligencia, todos supuestamente buscando a un hombre que intentaba construir una bomba casera, estaban arrojando mucho calor, pero absolutamente nada de luz. En el fondo, el Susurrador imaginaba que estábamos lidiando con un individuo que carecía de antecedentes, y que las posibilidades de atraparlo a tiempo iban disminuyendo a cada hora que pasaba.

—Ah, ya... la de la cabina telefónica —contestó cuando recuperó la voz, empleando el tono adecuado para aparentar que aquello no tenía gran importancia—. ¿Estás seguro?

—Al cien por cien. He conocido a un tipo que tocaba cierto instrumento... No voy a intentar pronunciarlo... pero te diré que está fabricado con el hueso del ala de las águilas. Me enseñó unas imágenes.

—Eso suena raro... —comentó el Susurrador como si todo aquello resultase bastante gracioso—. ¿Cómo se escribe? Me refiero a «Al Nasuri», no al instrumento ese de las águilas.

Se lo dije, y, en circunstancias normales, la siguiente pregunta habría sido que desde dónde le llamaba, pero estaba seguro de que él ya lo sabía. Dada la índole de su trabajo, todas las llamadas que se recibían en su teléfono móvil eran grabadas, y supuse que ya habría garabateado una nota a uno de sus ayudantes para que Echelon rastrease mi conexión.

Mientras él aguardaba la respuesta, continué hablando:

—Hay una cosa que me preocupa mucho, Dave, muchísimo, en realidad. Debes proceder con cautela y vigilar con quién hablas.

—¿Por qué? —repuso—. ¿Crees que a alguien se le ocurrirá una idea brillante? ¿Que querrá intervenir y empezar a hacer daño a la gente?

—Exacto. Damos por sentado que ella sabe cómo ponerse en contacto con nuestro hombre, pero estoy bastante seguro de que el sistema a través del cual se comunican está protegido de algún modo.

—¿Te refieres a que ella pueda cometer un error deliberado en caso de encontrarse bajo coacción, algo así?

—Sí.

Reflexionó unos segundos acerca de aquel punto.

—Supongo que, en caso contrario, ese tipo sería un necio.

—Podríamos perderlo para siempre.

—Entiendo —afirmó el Susurrador. Hubo otra pausa mientras pensaba cómo debía actuar—. Voy a tener que contar esto por lo menos a otra persona más. ¿Estás conmigo?

Se refería al presidente.

—¿Podrás convencerlo de que no haga nada? —pregunté.

—Creo que sí; es una persona inteligente, y comprenderá cuál es el problema. ¿Podrás tú solventar este asunto?

—¿Te refieres a dar con él? Tengo bastantes posibilidades —respondí.

Percibí un leve suspiro de alivio… O quizá era su presión arterial, que estaba bajando de las alturas.

—De acuerdo. De momento, daremos por hecho que vamos a mantener esto en el plano de lo confidencial… Pondré a los investigadores a trabajar con el nombre auténtico de esa mujer.

—¿Has visto lo que han descubierto hasta ahora?

—Sí. No ha sido gran cosa, ¿verdad?

—No nos sirve de una mierda. Tenemos que pasar de los métodos convencionales, utilizar a otra gente.

—¿A quién?

Cuando estaba recorriendo Turquía, siguiendo la línea blanca de la carretera un kilómetro tras otro hasta quedar casi hipnotizado, había estado pensando en la investigación que había llevado a cabo la CIA y en cómo diablos compensar sus malos resultados. Al llegar al sur de Estambul, ya tenía claro qué era lo que debíamos hacer. «*Hai domo*», me dije a mí mismo.

—Conozco a alguien —le dije al Susurrador—. En una ocasión le comenté que, si me encontrase en un apuro y necesitase ayuda informática, acudiría a él. Se llama Battleboi.

—Repite el nombre —pidió el Susurrador.

—Battleboi.

—Eso es lo que me había parecido entender.

—Se escribe con «i» latina, no con «y» griega.

—De acuerdo, eso cambia las cosas. «Battleboi» con «i» latina... es casi normal, ¿no?

—En realidad se llama Lorenzo, ése es su nombre de pila. Está en la cárcel por robar los datos de quince millones de tarjetas de crédito.

Oí que el Susurrador escribía en un teclado; se me hizo evidente que estaba accediendo a la base de datos del FBI, y un momento después volvió a hablar.

—Sí, bueno, en eso llevas razón... Dios, este tipo debería figurar en el palmarés de los piratas informáticos. Sea como sea, hace un par de días llegó a un acuerdo con el fiscal del distrito de Manhattan.

—¿Y qué ha conseguido?

—Quince años en la prisión de Leavenworth.

—¡Quince años! —exclamé, y empecé a despotricar contra los responsables de aquello.

¿Quince años en la cárcel por unas tarjetas de crédito? No estaba seguro de que Battleboi lograra sobrevivir a algo así.

—¿Qué ha sido eso? —me preguntó el Susurrador, que me había oído murmurar.

—Acabo de decir que son unos gilipollas. Ese tipo siempre afirmó que iban a exprimirlo a base de bien para sacarle toda la información que tenía en su poder y que después de colaborar le darían una puñalada trapera.

—Yo no sé nada de eso.

—Ya imagino que no, pero tienes que impedir que vaya a prisión, por lo menos hasta que hayamos terminado con esto. Dile que un amigo suyo, Jude Garrett, necesita su ayuda. Estoy seguro de que él lo hará mejor que nuestros agentes, con independencia de los recursos que tengan.

—Battleboi... Por el amor de Dios. ¿Estás seguro de esto?

—¡Claro que estoy seguro!

—Está bien, está bien —respondió el Susurrador—. ¿Cómo quieres que se ponga en contacto contigo?

—No sé... Si es capaz de robar quince millones de tarjetas de crédito, estoy seguro de que encontrará la manera.

Ya habíamos terminado de hablar de trabajo, y de pronto me sentí profundamente cansado.

—Antes de que cuelgues... —empezó a decir el Susurrador, aunque dejó la frase sin terminar. Pensé que a lo mejor había perdido el hilo de lo que iba a contarme, pero resultó que le estaba costando mucho decirlo, nada más—. En una ocasión te confesé que me dabas envidia —continuó, en un tono de voz aún más bajo de lo habitual en él—. ¿Te acuerdas?

—Sí, dentro de tu coche —respondí.

—Pues ya no. Me alegro de que estés ahí, colega. Estás haciendo una labor extraordinaria. Enhorabuena.

Aquello, viniendo de Dave McKinley, significaba mucho más que si lo hubiera dicho cualquier otra persona.

—Gracias —le dije.

Después de colgar estuve un buen rato sentado, pensando. Sólo había una cosa que seguía sin poder comprender: Leila al Nasuri no encajaba en ningún perfil que yo pudiera imaginar.

62

Para aquel adolescente de El Mina, la racha de buena suerte que se había iniciado con el inesperado regalo de un teléfono móvil continuaba sin decaer.

Un miércoles por la tarde, cuando regresaba del colegio, sonó su teléfono y estuvo hablando con el hombre que se lo había regalado. El Sarraceno le dijo que llamaba desde Alemania, donde había tenido la suerte de encontrar tanto una mezquita que se conducía conforme a sus estrictas creencias como un empleo que prometía mucho para el futuro.

El muchacho empezó a hacerle preguntas, probablemente con la esperanza de que tal vez algún día pudiera reunirse con aquella figura paterna que tan generosa había sido con él, pero el Sarraceno lo interrumpió, le dijo que lo lamentaba mucho, pero que se dirigía al trabajo y disponía de poco tiempo, así que le pidió que escuchara con atención.

—Coge un bolígrafo, voy a darte una dirección.

Mientras el chico se sentaba en una tapia a la sombra de un árbol y rebuscaba dentro de su mochila, el Sarraceno le explicó que ya le había enviado por correo una llave con la que abrir el garaje de su antiguo apartamento. Dentro estaban las cajas de medicamentos de las que le había hablado. «Te acuerdas, ¿no? Las vacunas caducadas con los resguardos oficiales pegados.» Una vez que hubiera recibido la llave, debía abrir el garaje y escribir en las cajas la dirección siguiente.

—Envíalas a mi atención —añadió el Sarraceno—, a Chyron Chemicals, Karlsruhe, Alemania. Voy a deletrearlo empezando por la calle, ¿de acuerdo?

Cuando hubo terminado, y después de obligar al chico a que le repitiera lo que le había dictado, le dijo que ya había organizado todo para que el mensajero de Beirut se pasara por el garaje el sábado por la mañana con una camioneta refrigerada. ¿Podría el chico encontrarse allí con él para abrirle la puerta? Por supuesto que sí.

Ya sólo quedaba una tarea más: le dijo al muchacho que llamase a la empresa de Beirut a la que había comprado los frigoríficos industriales y que consiguiera un buen precio para volver a vendérselos.

—El dinero que consigas te lo puedes quedar —le dijo el Sarraceno—. Así seguro que harás un buen negocio —agregó entre risas.

Cuando el Sarraceno le dijo lo que podía esperar que le diesen por los frigoríficos, el muchacho no podía creerlo; ¡era casi lo que ganaba en seis meses su madre, que trabajaba en una tintorería! Empezó a darle las gracias, pero el médico lo interrumpió de nuevo diciéndole que debía darse prisa para llegar puntual al trabajo. Colgó y, aunque el muchacho no lo sabía, aquélla iba a ser la última vez que hablara con aquel hombre.

El Sarraceno salió de la cabina telefónica próxima a la plaza del mercado de Karlsruhe, y se sentó unos momentos en un banco de madera. Estaba cada vez más cerca, al cabo de unos días el garaje quedaría vacío y las diez mil ampollas estarían a bordo de una camioneta de una empresa de mensajería especializada en medicamentos.

Las cajas que contenían los preciados viales llevarían resguardos genuinos de un hospital del Líbano, su destino era claramente uno de los principales fabricantes de vacunas del mundo, y el envío iba dirigido a un empleado auténtico del almacén de dicha empresa.

63

Las cajas llegaron cinco días más tarde.

La documentación que las acompañaba demostraba que la empresa de mensajería las había transportado hasta el puerto de Trípoli, donde se cargaron dentro de un contenedor refrigerado. Un pequeño carguero de la línea Cedars las había llevado hasta la otra orilla del Mediterráneo, y varios días después pasaron la aduana europea en Nápoles, Italia.

¿Cómo podría decir esto de forma amable? Italia, incluso en su mejor momento, no era un país conocido por ser concienzudo ni por contar con una burocracia eficiente. Y por si fuera poco, las cajas llegaron en el peor momento posible. Los continuos recortes en el presupuesto habían causado estragos en el servicio de aduanas, que vio menguar aún más sus recursos con la avalancha de contenedores que transportaban a los inmigrantes ilegales que se arriesgaban a realizar el corto trayecto desde el norte de África.

Y aunque las cajas ocultaban un agente activo del Nivel 4 de bioseguridad, ninguna de ellas llegó a abrirse para ser inspeccionada, y mucho menos analizada. Los estresados funcionarios de aduanas se creyeron a pie juntillas lo que ponía en la documentación y en el historial de tránsito: que eran vacunas caducadas que se devolvían al fabricante original, ubicado en Alemania.

En Nápoles, las cajas se cargaron en un camión, se despacharon sin más revisiones, cruzaron la frontera de Austria, que no estaba vigilada, y desde allí siguieron viaje hacia Alemania.

A las 23.06 h, según el registro informatizado de los guardias, llegaron a la verja de seguridad de Chyron Chemicals; otro envío más entre los centenares que entraban y salían a diario. Uno de ellos examinó el número de contacto anotado en la documentación; correspondía a un empleado que trabajaba en el almacén, lo llamó y le dijo que había llegado una remesa.

La verja de la entrada se alzó ante el conductor del camión, le dieron permiso para continuar, y, tres minutos después, el Sarraceno tomaba posesión de sus diez mil viales de holocausto líquido. El viaje que había comenzado tanto tiempo atrás, cuando aquel médico libanés accedió a una información en otro tiempo secreta que actualmente circulaba con toda libertad por internet, casi había tocado a su fin.

De inmediato el Sarraceno colocó las cajas en una zona muy poco transitada del almacén, reservada para los paquetes desechados, y en la parte delantera pegó una advertencia en alemán y en turco: «NO TRASLADAR, ESPERAR INSTRUCCIONES.»

Su plan original había consistido en hacerse con los viales de un cargamento que estaba destinado a las cuarenta ciudades más grandes de Estados Unidos, vaciar el contenido y sustituirlo por el virus que él había fabricado. Esa parte del proceso habría sido lenta y peligrosa. Sin embargo, en su primer día de trabajo se dio cuenta de que aquello no era necesario: los viales de cristal que había utilizado en el Líbano se parecían tanto a los que se usaban en Chyron que incluso un experto habría tenido dificultades para distinguirlos. Lo único que debía hacer era etiquetarlos.

Inmediatamente empezó a experimentar con disolventes capaces de despegar la etiqueta original sin estropearla. Necesitaba las etiquetas intactas, y encontró lo que estaba buscando en una tienda grande de artículos de artes plásticas: una solución común que neutralizaba la mayoría de los pegamentos comerciales.

Los bidones de dos litros que había llenado con ella ya estaban dentro de su taquilla, y la única operación que le quedaba por hacer era despegar las etiquetas de los medicamentos auténticos y volver a pegarlas en las minúsculas ampollas que contenían el virus de la viruela. Cuando las tuviera perfectamente disfrazadas, las enviaría a Estados Unidos, se distribuirían a las cuarenta ciudades más grandes del país, y estaba seguro de que el sistema sanitario estadounidense haría el resto.

Era consciente de que cambiar las etiquetas iba a ser un proceso largo y laborioso, pero, por suerte, en el turno de noche estaba solo, y había poco trabajo de verdad que pudiera distraerlo. Había hecho mentalmente aquella operación tantas veces ya —incluso había pasado una noche entera cronometrándose—, que sabía que iba a cumplir con la fecha prevista.

Quedaban nueve días para actuar.

64

Después de deshacer los mil cien kilómetros que había recorrido el día anterior, llegué a Bodrum a primera hora de la tarde, todavía intentando reconciliar lo que sabía de la vida de Leila Cumali con el papel que estaba desempeñando en aquella inminente conflagración.

Por el camino había parado dos veces: a echar gasolina y a tomar un café, y en cada una de esas ocasiones había aprovechado para mirar en el teléfono y en el portátil con la esperanza de haber recibido algún mensaje de Battleboi. Pero no llegó ninguno, y los únicos correos electrónicos que tenía eran dos mensajes basura que habían ido directos a la carpeta de *spam*. Me sentía cada vez más frustrado y preocupado —a lo mejor aquel pirata samurái no resultaba ser más capaz que los agentes de la CIA—, así que, cuando vi al encargado cruzando a toda prisa el vestíbulo para acudir a mi encuentro, me dije que seguramente había ocurrido otro desastre.

Resultó que estaba tan cansado que había interpretado mal las señales: el encargado corría hacia mí, eso estaba claro, pero era porque le costaba trabajo creer que hubiera vuelto. Me di cuenta al instante de que había pensado que mi historia del viaje a Bulgaria era una farsa y que, como había matado a Bob Esponja, me había largado de allí para siempre jamás.

—Usted es una persona de muchas grandes sorpresas —me dijo al tiempo que me estrechaba la mano calurosamente—. ¿Quizá todos los hombres del FBI son iguales que usted?

—¿Inteligentes y guapos? —repuse—. No, no son como yo.

Me dio una palmada en la espalda y bajó el tono de voz.

—No ha venido nadie de visita para usted —me dijo—. El periódico dice que el hombre era del tipo de ladrón, probablemente tomaba drogas.

Aliviado por aquella noticia, le di las gracias y subí a mi habitación. Inmediatamente abrí mi portátil para ver si había llegado algún correo electrónico, pero seguía sin recibir nada de Battleboi. Sabía que, a pesar de lo cansado que estaba, me iba a ser imposible dormir, porque cada cinco minutos me levantaría a mirar si había llegado algún mensaje. De modo que saqué los informes sobre la muerte de Dodge que me había dado Cumali y me senté al escritorio. Mientras esperaba, intentaría encontrar algún rastro de la joven estadounidense que hablaba con acento del Medio Oeste.

65

Lo encontré al cabo de cuarenta minutos. Apenas fueron unas pocas palabras incluidas en una grabación de una entrevista, pero fue suficiente.

Cumali y su equipo habían pedido a los amigos de Dodge y de Cameron que contasen cómo habían conocido a aquella adinerada pareja y lo que habían hecho durante el tiempo que habían pasado juntos en Bodrum. Se trataba de un procedimiento estándar: la policía intentaba construirse una imagen de la vida que hacían, y por suerte la mayoría de las transcripciones estaban en inglés.

Entre ellas había una con un joven llamado Nathanial Clunies-Ross, vástago de una dinastía de acaudalados banqueros británicos, que conocía a Dodge desde hacía años. Él y su novia habían ido a Saint-Tropez a pasar una semana con Dodge y su nueva esposa. Aquello no tenía nada de particular —aparte del hecho de que con sólo veintiséis años ya era dueño de un barco de cien millones de dólares en el que pasearse por ahí—, y encontré media docena de páginas en las que catalogaba la vida de despilfarro que llevaban algunas personas ricas de verdad.

En la última página, relataba brevemente una salida nocturna regada con abundante vodka que hicieron a una concurrida discoteca de la costa llamada Club Zulu. Los seis habían llegado hasta allí en helicóptero, y casi al final de la noche Cameron se tropezó con una joven a la que conocía, se llamaba Ingrid y estaba con otro grupo. Ambos grupos terminaron sentándose juntos, y lo más interesante, según Clunies-Ross, fue que uno de los tíos de la pandilla de Ingrid —no recordaba cómo se llamaba, pero estaba bastante seguro de que era italiano, y probablemente el novio de la chica— describió las aventuras que había vivido con turistas de mediana edad. «Tenía un negocio de masajes en la playa...», contaba Clunies-Ross.

A partir de aquel punto leí más deprisa, el cansancio fue disipándose y empecé a recuperar la concentración. Revisé rápidamente el resto del interrogatorio, pero no volví a encontrar ninguna referencia a Gianfranco ni, más importante aún, a la tal Ingrid.

Miré en la parte de atrás del expediente, y encontré los documentos que servían de apoyo al interrogatorio, entre los que había imágenes de las cámaras del circuito cerrado del Club Zulu, granulosas y distorsionadas. En la última se veía un grupo de personas, que obviamente llevaban una buena cogorza, saliendo del local. Distinguí a Cameron y a Dodge, a un individuo que imaginé que sería Clunies-Ross con su novia —toda piernas y escote— y, al fondo y a la derecha, casi invisible, a Gianfranco.

Rodeaba con el brazo a una mujer impresionante: cabello corto, falda todavía más corta, piel bronceada, figura esbelta, una de esas jóvenes que parecían sentirse totalmente cómodas con su cuerpo. Por un capricho del destino, miraba a la cámara. Tenía los ojos grandes, un poco más hundidos de lo que cabría esperar, y daba la sensación de que miraban directamente al espectador. Toda mi intuición, destilada y agudizada a lo largo de incontables y agotadoras misiones y de un millar de noches sin dormir, me decía que se trataba de Ingrid.

Empecé a rebuscar entre los otros expedientes; en algún sitio debía de haber una lista maestra, un índice de todos los nombres que habían ido surgiendo durante la investigación. Había varias decenas de ellos, pero sólo una «Ingrid».

Ingrid Kohl.

El índice remitía a las páginas donde figuraba la información que había recopilado la policía acerca de ella. Pasé al volumen «B», página 46, y vi que prácticamente no tenían nada de aquella joven: era una conocida que carecía de importancia, y su interacción con Cameron y Dodge era tan insignificante que los agentes ni siquiera se habían tomado la molestia de hablar con ella. Por suerte, sí que habían fotocopiado su pasaporte. Contemplé la foto. Aquélla era la misma mujer de cabello corto del Club Zulu, Ingrid Kohl.

No había interrogatorio, pero sí algunas certezas: Ingrid conocía a Cameron, era amiga, y tal vez algo más, de Gianfranco, y era estadounidense. El pasaporte, además, indicaba que era de Chicago, puro Medio Oeste.

66

Examiné los demás expedientes con la esperanza de encontrar alguna otra referencia a Ingrid o más fotos, pero no había nada, tan sólo tenía aquella mención del banquero y la imagen de baja calidad de la cámara de vigilancia.

Cuando ya caía la tarde, volví a estudiar la documentación, y, aunque hice un largo recorrido por el desván de mi memoria, no conseguí recordar a nadie que fuera tan atractivo como la señorita Kohl. En un nivel más profesional, continuaba intentando asociar una voz a la única imagen que tenía de ella y seguía pensando en aquel olor a gardenias...

Cuando el portátil emitió un pitido para advertirme de que tenía correo, supuse que sólo podía ser Battleboi y corrí a ver la pantalla... pero, una vez más, me quedé decepcionado. Era más correo basura, que también había ido a parar a la carpeta de *spam*. «¿Dónde diablos estará el samurái?», me pregunté, frustrado, al tiempo que seleccionaba los mensajes para borrarlos. Vi que eran de una estafa relacionada con no sé qué lotería, y pulsé el botón para condenarlos para siempre al olvido. Pero no sucedió nada, seguían estando allí. Apreté otra vez el botón, con el mismo resultado, y entonces comprendí lo tonto que había sido: aquellos mensajes, disfrazados de *spam*, eran de Battleboi.

Cuando lo conocí y estuvimos los dos sentados en el Japón Antiguo eliminando todo rastro del expediente académico de Scott Murdoch, me contó que hacía poco había diseñado un virus particularmente agresivo que parecía idéntico a los innumerables mensajes de correo basura que circulaban por el ciberespacio. Era tan evidente que hasta el filtro más primitivo era capaz de reconocerlo y enviarlo a la carpeta de *spam*. Cuando el propietario intentaba borrar el mensaje —sin sospechar nada y creyendo que el filtro había cumplido su misión—, lo que hacía era activarlo. De inmediato se descargaba un virus, un *troyano* o cualquier otro programa que Battleboi considerase necesario, por ejemplo un registrador de teclas pulsadas para grabar información de tarjetas de crédito.

Como los federales lo habían metido en la cárcel, no llegó a tener la oportunidad de llevar a la práctica su nueva bomba de *spam*, pero entonces comprendí que al intentar borrarlo acababa de descargar la información que había descubierto él acerca de Leila Cumali al Nasuri. Lo único que debía hacer era encontrarla.

Abrí el primero de los mensajes *spam* y me encantó enterarme de que era el afortunado ganador de una lotería *online*. Para poder cobrar el premio de 24.796.321,81 dólares, sólo tenía que enviar un correo electrónico, y ellos me contestarían mandándome una clave de autorización y una serie de instrucciones. Los demás correos *spam* eran recordatorios que me instaban a que no dejara pasar el tiempo, pues podía quedarme sin mi premio.

Probé a pulsar el botón de «Pagar» sin la autorización, pero no ocurrió nada. Supuse que lo que estaba buscando en realidad sería una clave de encriptado que desbloquearía un archivo oculto, y ya estaba empezando a pensar si Battleboi no me la habría enviado en uno de los nuevos correos, cuando de repente me di cuenta de que ya la tenía.

Copié la cifra de mi premio, borré los puntos y la coma, tecleé el número resultante como clave de autorización y pulsé «Pagar». Y funcionó.

Se abrió un documento y apareció una fotografía de Leila Cumali a la edad de dieciséis años aproximadamente, sacada de un permiso de conducir. Debajo de ella había una lista de todo lo que había averiguado el samurái hasta el momento, y al examinarla vi que, como yo esperaba, había empleado métodos poco ortodoxos.

Decía que, como Cumali era policía, supuso que debía tener estudios, de modo que decidió indagar dónde se había formado. Aquella estrategia le proporcionó una ventaja enorme: la de reducir considerablemente el número de personas a las que estaba investigando, porque, por chocante que pueda parecer, más del cuarenta y cinco por ciento de las mujeres árabes no sabían leer ni escribir.

Escogió seis países árabes y empezó a buscar en los colegios de clase media y alta. Encontró sólo una Leila al Nasuri de la edad adecuada: en un archivo de internet de un colegio de Baréin, en el que había ganado un concurso de redacción en inglés. Luego la perdió, pero más adelante descubrió que en árabe Leila significa «noche», de modo que empezó a buscar en blogs y páginas de redes sociales usando varias decenas de variantes de dicho nombre. Encontró a una mujer que había publicado varias entradas en un blog de buceo de Baréin con el apodo de Medianoche. Logró acceder a su base de datos, y se enteró de que Medianoche era el apodo que utilizaba Leila al Nasuri en internet, lo cual le permitió leer la dirección de correo electrónico que usaba en aquella fecha. Calculando que tendría algo más de diecisiete años, y armado con el nombre y el correo electrónico, intentó colarse en la Dirección General de Tráfico de Baréin con la esperanza de dar con los datos del permiso de conducir. Le llevó más de cuatro horas de pirateo por la fuerza bruta, pero por fin logró entrar en su red y encontrar la solicitud de Leila. Así consiguió su fotografía, y también su fecha y lugar de nacimiento.

Había nacido en Arabia Saudí.

Battleboi decía que el rastro de Leila desaparecía en ese punto, y que los otros datos que había podido hallar pertenecían a dos años más tarde: una fotografía y un resumen de su trayectoria académica en una facultad de Derecho de Estambul. «Eso es todo lo que tengo por el momento», escribía.

Cerré el documento y dejé pasar unos minutos, reflexionando sobre lo que acababa de leer. Volví a verla acercándose a la cabina telefónica, hablando con un terrorista que se encontraba en el Hindu Kush, el hombre más buscado del mundo... Una mujer árabe con estudios, que había hecho buceo, aprendido a conducir y viajado muy lejos de su hogar para asistir a la universidad.

Battleboi había hecho un trabajo extraordinario, aunque las cosas no estaban mucho más claras. Tal vez Leila Cumali hubiera nacido en Arabia Saudí, pero aquello seguía sin tener ninguna lógica.

67

Paseaba por la calle. Con los hombros encorvados y las manos embutidas en los bolsillos, reflexionaba una vez más sobre las contradicciones de la vida de Cumali.

Caminé por un laberinto de callejuelas y, cuando ya había probado cien maneras distintas de cuadrar aquel maldito círculo, vi que había llegado a la playa. Era media tarde y todavía hacía calor: el verano daba sus últimos coletazos antes de dar paso al otoño. Me senté en un banco y contemplé aquel mar desconocido, color turquesa y casi como de otro mundo, de tan resplandeciente. Un hombre estaba jugando en el agua con sus tres hijos, en la estrecha franja en que las olas tocaban la arena. Sus risas llenaban el aire, y aquello bastó para que me pusiera a pensar en un niño pequeño que no tenía un padre con el que jugar en el agua, y que ni siquiera sabía lo que era el síndrome de Down. La madre de los tres niños se acercó para hacerles una fotografía, y me acordé de Cumali y del desgarro que debió de sentir en su corazón cuando descubrió en su hijo recién nacido aquella arruga única que cruzaba la palma de su mano —una señal inequívoca—, y se dio cuenta de que su pequeño era uno entre setecientos.

El mundo entero pareció ralentizarse, el agua que relucía en los cubos con que jugaban los tres niños quedó suspendida en el aire, la risa del padre dio la impresión de congelarse. En mi mente había surgido una idea sumamente extraña.

A los indicios que teníamos les dábamos el nombre de «pruebas», pero ¿qué pasaba con las piezas del rompecabezas que no habíamos encontrado? En ocasiones, las cosas que faltan tienen una importancia mucho mayor.

Durante todo el tiempo que había pasado registrando la casa de Cumali, no había visto ni una sola foto en la que apareciera la detective con el pequeño. Ninguna instantánea de ella con su hijo recién nacido sobre el escritorio, ninguna jugando con él cuando gateaba, ninguna foto colgada de la pared. Tampoco hallé ninguna en los cajones, ni un portarretratos en la mesilla de noche. ¿Por qué guardaba un álbum de fotos de un matrimonio fracasado, y en cambio no conservaba ninguna imagen de familia ni de su hijo cuando era pequeño? ¿Acaso no eran ésas las cosas que guardaban siempre las madres? A no ser que...

A no ser que no fuera hijo suyo.

Todavía con el agua suspendida en el aire, la madre con la cámara de fotos pegada al rostro y el padre detenido en mitad de una carcajada, me pregunté por qué no se me había ocurrido antes. Cumali había llegado a Bodrum con su hijo tres años antes, ya separada de su marido y sin amigos ni conocidos que pudieran cuestionarla. Pudo contarle a la gente la historia que le diese la gana.

Y si el niño no era hijo suyo, ¿de quién era?

Finalmente, el agua cayó al mar, la madre hizo la foto, el padre volvió a salpicar a sus hijos, y yo eché a correr.

Era la hora de cenar, y calculé que, si me daba suficiente prisa, podría llegar a casa de Cumali antes de que acabara de fregar los platos.

68

La detective abrió la puerta vestida con una camisa informal y unos vaqueros, y con la mano enfundada en una manopla. Como no esperaba visitas, había prescindido del pañuelo en la cabeza y se había recogido el pelo en una cola de caballo... y debo decir que le sentaba bien, acentuaba sus pómulos marcados y sus grandes ojos. Una vez más, me sorprendió lo atractiva que era.

No dio la impresión de sentirse violenta por el hecho de que la viera con la cabeza sin cubrir y la camisa abierta en el cuello, simplemente parecía irritada de que la molestasen en su casa.

—¿Qué es lo que quiere? —me soltó.

—Su ayuda —contesté—. ¿Me permite pasar?

—No... estoy ocupada, a punto de servir la cena.

Me disponía a discutir, a insistir todo lo que fuera necesario, pero me ahorraron el esfuerzo. El niño salió de la cocina, me vio y vino corriendo hacia mí y gritando todo contento en turco. Luego frenó en seco, recuperó el control de sí mismo y ejecutó una reverencia perfecta.

—Muy bien —le dije, riendo.

—Ya puede salirle bien... lleva varios días practicando —comentó Cumali suavizando el tono de voz y apartándole varios mechones de pelo de la frente.

—No serán más que unos minutos —dije entonces.

Tras una pausa, Cumali se hizo a un lado y me dejó entrar, más por su hijo, si acaso lo era, que por el deseo de ayudarme.

Recorrí el pasillo con ellos detrás, cerciorándome de ir mirando a mi alrededor con gesto de curiosidad, como si nunca hubiera estado dentro de aquella casa. El niño venía justo pisándome los talones, sin dejar de hablar en turco y exigiendo a su madre que fuera traduciendo.

—Quiere ir con usted de picnic —explicó la detective—. Ha visto un programa de un niño norteamericano, al parecer eso es lo que hacen los amigos de verdad.

No me reí, porque entendí que aquello significaba mucho para el pequeño.

—¿De picnic? Pues claro que sí —respondí al tiempo que hacía un alto para ejecutar otra reverencia—. Cuando quieras, prometido.

Entramos en la cocina. Cumali fue directa al horno y, con ayuda de la manopla, sacó un tajín —un guiso marroquí—, lo probó con una cuchara de madera, y sirvió una ración para ella y otra para su hijo. A mí no me ofreció, lo cual representaba una verdadera afrenta en el mundo musulmán, donde, debido a que el alcohol está prohibido, la hospitalidad gira fundamentalmente en torno a la comida. Con ello dejaba claro que deseaba librarse de mí lo antes posible.

—Ha dicho que quería mi ayuda... ¿de qué se trata? —me preguntó en cuanto se sentó y empezó a comer.

—¿Se acuerda de una mujer llamada Ingrid Kohl? —le dije, dando gracias a Dios por tener una buena tapadera para aparecer por su casa.

Cumali se detuvo un momento a pensar, mientras el pequeño me sonreía y bebía un sorbo de su vaso de Mickey Mouse.

—Ingrid Kohl —repitió—. Una mochilera... norteamericana... Cameron la conocía, si no recuerdo mal. ¿Se refiere a ella?

—Sí. ¿Tiene alguna información más acerca de esa joven?

—Era un elemento periférico, no creo que la interrogásemos siquiera. ¿Se ha presentado en mi casa a la hora de cenar para preguntarme por esa chica? ¿Por qué?

—Creo que Cameron y ella se conocen. Creo que se conocen desde hace mucho tiempo. Sospecho que son amantes.

Cumali me miró fijamente, con el tenedor suspendido en el aire.

—¿Tiene alguna prueba... o simplemente está barajando posibilidades?

—¿Quiere decir como con los espejos? —repliqué en tono cortante—. Hay pruebas, sólo tengo que confirmarlas.

—Entonces, ¿me está diciendo que esa chica sabe cómo se entra en la finca, que es una sospechosa?

—Eso es lo que estoy diciendo exactamente. Pero necesito oír su voz.

—¿Su voz?

—Cuando esté seguro, le daré toda clase de explicaciones —contesté.

No quería enzarzarme en una larga discusión sobre la muerte de Dodge, sólo quería que Cumali saliera de aquella maldita cocina para poder recoger los objetos que ya había identificado.

—¿Podría citar a las dos mujeres en la comisaría, mañana por la mañana? —solicité—. Quiero oír la voz de Ingrid, y después formularles unas cuantas preguntas, a ella y a Cameron.

La expresión de Cumali mostraba de todo menos entusiasmo.

—Cameron ya ha sido sometida a un extenso interrogatorio. Tendría que saber más de...

—Quiero terminar enseguida con esto —la interrumpí—. Y marcharme de Turquía lo antes posible. Si usted me ayuda, podré hacerlo.

Tal vez fue mi tono de voz a la hora de insistir, aunque es probable que pesara más la idea de librarse de mí, pero, fuera cual fuese el motivo, Cumali acabó cediendo.

—Está bien, lo primero que haré mañana por la mañana será llamar a Hayrunnisa y decirle que lo organice.

—¿Podría llamarla ahora, por favor?

Ya había inspeccionado visualmente la cocina y no había visto por allí ni su bolso ni su teléfono móvil. Abrigué la esperanza de que estuvieran en otra habitación.

—¿Quiere decir que la llame a su casa?

—Sí.

—Ni hablar. Como le he dicho, la llamaré mañana por la mañana.

—Pues entonces deme su número de teléfono —repliqué—, la llamaré yo mismo.

Cumali me miró exasperada, después dejó escapar un suspiro, se levantó de la silla y se fue hacia el cuarto de estar a buscar su teléfono.

Me di prisa en actuar. Lancé un maullido al gato, que me observaba desde un rincón, cosa que funcionó, porque hizo reír al niño y que éste volviera la vista en la dirección contraria. Entonces me puse detrás de él y, antes de que se diera cuenta, ya tenía el primer objeto dentro del bolsillo. Para cuando se volvió de nuevo hacia mí, yo me encontraba junto a la cocina, de espaldas a él, y no pudo verme coger el segundo objeto. Con la intención de distraerlo, saqué mi móvil al tiempo que me volvía, y empecé a gesticular con muecas divertidas y a hacerle fotos. Aquello lo hizo reír otra vez, y era lo que estaba haciendo cuando regresó su madre, con el teléfono pegado a la oreja, hablando en turco con Hayrunnisa. Al terminar la llamada, levantó la vista hacia mí.

—Hayrunnisa las llamará a las ocho de la mañana y les dirá que estén en la comisaría a las diez. ¿Satisfecho?

—Gracias.

—Ahora, ¿le importaría dejarnos cenar a mi hijo y a mí?

—Por supuesto —respondí—, ya me voy.

Hice una reverencia más al pequeño, di media vuelta y salí por la puerta de la calle. Torcí a la derecha, me dirigí hacia la avenida más próxima y eché a correr. Sólo me detuve cuando tuve la suerte de encontrar un taxi libre que venía del puerto y volvía al centro. Le dije al taxista que quería ir a la zona de tiendas de recuerdos que había visto el día que llegué a Bodrum; ya era un poco tarde, pero sabía que estaban abiertas a todas horas, y que en la más grande podría enviar un paquete vía FedEx.

Al llegar, compré media docena de objetos y le dije al dependiente del mostrador que quería enviarlos por mensajería urgente a Nueva York, y que lo único que me hacía falta era una caja para embalarlos. Puse la dirección de la comisaría, a la atención de Ben Bradley, e incluí una nota. Si la MIT inspeccionaba el paquete, pensarían que el contenido era de lo más inocente: un policía que estaba de servicio enviaba unos cuantos recuerdos a sus compañeros para darles envidia.

A Bradley le decía que distribuyera los feces de color granate entre los otros detectives, que la lámpara con la bailarina de la danza del vientre era para su mesa y que los otros dos objetos eran para el amigo que teníamos en común. «No te preocupes, que pillará la broma», escribí.

Por supuesto, no se trataba de ninguna broma: al cabo de una hora llamaría a Bradley y le diría qué quería exactamente que hicieran con la cuchara de madera y el vaso de Mickey Mouse. Tenían que recuperar la saliva seca y someterla a una prueba de ADN cuanto antes; sólo así sabría cuál era la relación existente entre Cumali y el niño.

69

Se produjo un cambio de planes. A la mañana siguiente, llegué a la comisaría unos minutos antes de las diez, y me enteré de que Ingrid Kohl había dicho que estaba resfriada y que no podría llegar hasta más avanzado el día. Quizá fuera verdad, no había forma de saberlo.

Cameron, por su parte, ni siquiera se había puesto al teléfono personalmente. Hayrunnisa la había llamado al barco, pero su ayudante personal se negó a despertarla.

—Mis instrucciones son muy claras: no se la debe molestar. Cuando la señora se levante, le diré que la llame.

Le dije a Hayrunnisa que me telefonease en cuanto llegara cualquiera de las dos. Sin embargo, dos horas más tarde, estaba yo sentado en la terraza de un café cercano, preguntando a través del móvil cómo iba mi envío de FedEx —al parecer había conseguido salir la noche anterior hacia Nueva York y estaba a punto de ser entregado a su destinatario—, cuando vi a Ingrid por primera vez.

Venía andando hacia mí. Llevaba un bolso barato colgado del hombro y unas gafas Tom Ford de imitación en la cabeza, y tiraba de la correa de un chucho joven. Por entonces, las chicas que iban a la moda solían pasear un perro de raza. A Ingrid, sin embargo, parecía que aquello le importaba una mierda, o tal vez se estuviera burlando de ellas.

Casi me eché a reír, pero hubo un detalle que hizo que me contuviera: la fotografía granulada no le hacía justicia. Era más alta de lo que parecía, y el pantalón corto de tela vaquera y la fina camiseta blanca que llevaba dejaban entrever una sensualidad que iba más allá de la que yo había esperado. El cabello le había crecido un poco, y hacía que sus ojos azules parecieran todavía más hundidos y que dieran la impresión de traspasarlo a uno con la mirada.

Era una mujer espectacularmente bella, no cabía ninguna duda —así lo atestiguaban los cinco jóvenes con pinta de modernos que la contemplaban sin poder pestañear desde una mesa cercana—, pero Ingrid no parecía darle importancia a aquel hecho, si es que era siquiera consciente de ello. A lo mejor por eso sabía llevar con soltura todos aquellos complementos, incluso el maldito perro.

Mucho tiempo atrás, dije que hay lugares que recordaré toda la vida. Bueno, pues he de decir ahora que con algunas personas me ocurre algo parecido. En aquel momento, sentado en una anodina cafetería bajo el sol de Turquía, supe que Ingrid Kohl y aquella primera visión que tuve de ella iban a ser una de esas cosas que me acompañarían siempre.

Ingrid dejó la acera y sorteó las mesas de la terraza para dirigirse a la sección de comida para llevar. Cuando pasó por delante de los chicos que la miraban, serbios, a juzgar por el idioma que hablaban, uno de ellos —barbita moderna, camisa abierta y un tatuaje en el bíceps— alargó la mano y la agarró por la muñeca.

—¿De qué raza es tu perro? —le preguntó en un inglés con fuerte acento.

Ingrid lo fulminó con una mirada capaz de chamuscarle aquella barbita.

—Haz el favor de soltarme el brazo —ordenó.

El otro no obedeció.

—No es más que una pregunta —replicó, sonriente.

—Es de una raza alemana —contestó Ingrid—. Un comepollas.

—¿Un qué? —preguntó el chico.

—Un comepollas. Si le señalo a un tío, vuelve con su polla en la boca. ¿Quieres que te lo demuestre?

El perro, como si hubiera oído la orden, lanzó un gruñido, y al chico se le esfumó la sonrisa. Su rabia aumentó todavía más al ver cómo se reían de él sus compañeros. Ingrid se zafó de la mano del joven y continuó hacia el mostrador.

Yo permanecí sentado en mi sitio, concentrado en su voz, pero no me sonó tan nítida como había pensado; al parecer, decía la verdad cuando aseguró que estaba resfriada: la voz le salió rasposa y distorsionada. Además, en el interior de la mansión la acústica resultaba totalmente distinta, la estancia era tan grande que se producía una especie de reverberación y yo la había oído mitigada por la distancia. Aunque mi impresión era que la voz venía del dormitorio, no podía estar seguro del todo.

Lleno de dudas, volví a mirarla, de pie ante el mostrador con aquel chucho, y para ser sincero, debo decir que en aquel momento deseé que no fuera ella la asesina.

70

Ingrid apareció por la parte de atrás de la comisaría acompañada por otro joven policía de botas relucientes. Ató el perro a la barandilla de la escalera de entrada y subió para dirigirse al despacho de Cumali.

Yo me había ido de la cafetería antes que ella para estar preparado cuando llegara, y aguardaba sentado ante la mesa de reuniones que había en un rincón del despacho, observándola por la ventana. Cumali se había excusado, alegando que tenía un asunto más urgente que atender: buscar al asesino de Bob Esponja.

—Vengo a ver a la detective Cumali —dijo Ingrid al entrar, sin reparar aún en mi presencia, lo cual me dio otra oportunidad más para oír su voz, pero aun así seguía sin estar lo bastante seguro.

—Me temo que la detective no está —contestó Hayrunnisa—. Pero me parece que este caballero podrá atenderla.

Ingrid se volvió y me vio, y me fijé en que su mirada se posaba en mis tristes zapatos estilo FBI, subía por mi pantalón sin forma y se detenía un momento en la camisa barata y en la corbata insulsa. Tuve la sensación de que lo único que me faltaba era un portabolígrafos para el bolsillo.

Como ya la había visto en la cafetería, no tuve necesidad de recorrerla a mi vez con la mirada, de manera que la fría indiferencia con que la miré me proporcionó una pequeña ventaja. Sin embargo, mi pequeña ventaja se volatilizó en cuanto Ingrid sonrió.

—¿Y quién es usted? —preguntó.

Aunque tuve la impresión de que ya conocía la respuesta.

—Me llamo B. D. Wilson —me presenté—, soy del FBI.

La mayoría de las personas, incluso las que no tienen nada que esconder, experimentan un escalofrío de miedo cuando oyen esas palabras. Pero, si Ingrid Kohl experimentó algo parecido, desde luego no mostró el menor indicio de ello.

—Pues en ese caso no sé cómo puede atenderme usted. Me han dicho que viniera a recoger mi pasaporte.

Dirigió a Hayrunnisa una mirada fulminante, y me di cuenta de que la secretaria había dicho lo primero que le vino a la cabeza para asegurarse de que la chica acudiera a la cita. Seguramente era el modo habitual de proceder en los departamentos de la policía turca.

Para impedir que Hayrunnisa sufriera más humillación, me adelanté a responder por ella.

—Estoy seguro de que podemos arreglar eso, pero antes quisiera formularle unas preguntas.

Ingrid dejó el bolso en el suelo y tomó asiento.

—Adelante —me dijo.

No era de las que se amilanan fácilmente.

Puse encima de la mesa una pequeña cámara digital de vídeo, apreté un botón, verifiqué que estuviera grabando tanto la imagen como el sonido y hablé al micrófono recitando el nombre completo que figuraba en la copia del pasaporte que tenía delante, la hora y la fecha.

Vi que Ingrid observaba fijamente la cámara, pero no le di importancia. Y debería haberlo hecho. En cambio, me volví hacia ella y le dije que era un agente de los cuerpos de seguridad y que estaba investigando la muerte de Dodge.

—Ahora es un caso de homicidio —afirmé.

—Eso tengo entendido.

—¿Quién se lo ha dicho?

—Todo el mundo. Los mochileros norteamericanos sólo hablan de eso.

—¿Dónde conoció usted a Dodge y a su esposa?

Me contó que se habían visto en diversos clubes y bares, pero que nunca habían hablado.

—Hasta que una noche cambió todo de repente, en la puerta de un club que se llama El Supositorio.

—¿Existe un club que se llama El Supositorio? —Me resultó extraño. A ver, una cosa así hay que cuestionarla, ¿no?

—La verdad es que no. En realidad se llama Depósito de Libros de Texas, ya sabe, Kennedy y Oswald. Lo dirigen un par de *hipsters* de Los Ángeles, pero es un antro tan cutre que todo el mundo lo llama El Supositorio. Bueno, sea como sea, yo acababa de salir de allí con unos amigos cuando vi un perro abandonado que estaba tumbado detrás de unas basuras. Le habían dado una paliza. Estaba buscando la forma de llevármelo en mi motocicleta cuando aparecieron Dodge y Cameron. Llamaron para que viniera a buscarnos un coche, y lo llevamos a un veterinario. Después de aquello, cada vez que nos encontrábamos charlábamos un rato, sobre todo del perro.

—¿De modo que usted conocía a Dodge lo suficiente como para que él la reconociera si una noche entrara en su casa para darle una noticia alarmante?

Ingrid se encogió de hombros con cara de no entender demasiado.

—Imagino que sí.

—Ése es el perro del que habla, ¿verdad? —le pregunté, señalando la calle.

—Sí.

Continué hablando mientras consultaba mis apuntes, sólo por llenar el silencio.

—¿Cómo se llama el perro? —quise saber.

—*Gianfranco.*

No reaccioné.

—Ése es un nombre italiano, ¿no?

—Sí, me recordó a un tío que conocí. Hay perros que están hechos para cazar.

Esbocé una sonrisa y levanté la vista.

—¿Tiene usted familia, señorita Kohl?

—Alguna.

—¿En Chicago?

—Por todas partes. Me casé, me divorcié, volví a casarme, me separé... Ya sabe usted cómo va eso.

—¿Tiene hermanos?

—Tres hermanos adoptivos, pero ni los conozco ni quiero conocerlos.

—Y se fue usted de Chicago, ¿me equivoco?

—Me trasladé a Nueva York, si se refiere a eso. Estuve unos ocho meses allí, pero no me gustó, así que me saqué el pasaporte y me vine aquí. Estoy segura de que lo tiene usted todo en alguna base de datos.

Ignoré aquel último comentario y seguí escarbando.

—¿Vino a Europa usted sola?

—Sí.

—Qué valiente, ¿no?

Se limitó a encogerse de hombros y no se molestó en contestar. Era inteligente, pero también era mucho más que eso: una mujer independiente. Saltaba a la vista que no necesitaba a nadie.

—¿Y cómo ha vivido hasta ahora? Quiero decir, desde el punto de vista económico.

—¿Cómo vive todo el mundo? Trabajando. En cafés, bares, estuve cuatro semanas de portera en una discoteca de Berlín. Gano lo suficiente para ir tirando.

—¿Qué planes tiene para el futuro?

—Pues ya sabe: casarme, tener un par de críos y una casa en las afueras. Claro que me gustaría que fuera con un tío que vistiera bien... Alguien como usted, señor Wilson. ¿Está casado?

«Pues sí, podría intentar ligármela —me dije a mí mismo—. ¡Menuda bruja!»

—Me refiero al futuro inmediato.

—El verano ya casi ha acabado. Puede que me vaya a Perugia, Italia; allí hay una universidad para extranjeros de la que me han hablado muy bien.

Levanté la vista de mis apuntes, verifiqué que la cámara seguía grabando y miré a Ingrid.

—¿Es usted lesbiana o bisexual, señorita Kohl?

Hizo frente al nivel DEFCON 1 con toda la artillería:

—Y dígame, señor Wilson, ¿en cuál de las dos aceras se sitúa usted?

—Eso no viene al caso —repliqué sin alterarme.

—Pues eso es exactamente lo que opino yo de su pregunta —me contestó.

—Su caso es muy diferente. Se ha sugerido que Cameron es bisexual.

—¿Y qué? Tiene usted que salir más. Hoy en día hay muchas chicas que lo son... Yo diría que están tan hartas de los tíos que han decidido pasarse al otro bando.

Antes de poder refutar su teoría, oí un taconeo sobre el suelo de linóleo del pasillo.

Y Cameron entró en escena.

71

Ingrid se volvió y, gracias a la casual distribución de las sillas, tuve la oportunidad de verlas a las dos de frente en el preciso momento en que se miraron la una a la otra.

No hubo entre ellas ni una chispa de afecto, ni una secreta señal de reconocimiento. Se miraron como lo habrían hecho dos personas que no se conocen mucho. Si estaban fingiendo, desde luego sabían hacerlo muy bien, claro que con mil millones de dólares en juego cabría esperar una buena actuación, ¿no?

—Hola —saludó Cameron a Ingrid tendiéndole la mano—. No esperaba encontrarte aquí. Me han dicho que ya podía recoger el pasaporte.

—A mí también —respondió Ingrid con rencor, al tiempo que agitaba un dedo acusador en dirección a Hayrunnisa—. El señor Wilson acaba de preguntarme si eres bisexual.

—¿En serio? —repuso Cameron—. ¿Y qué le has contestado?

Acercó una silla y se sentó. A ella tampoco se la veía nerviosa, y tuve que admirar el dominio que mostraba de sí misma.

—Que sí... pero sólo con las negras. He pensado que, como esto es una fantasía masculina, bien podemos jugar con el lote completo.

Cameron lanzó una carcajada.

—El asesinato no es una fantasía masculina —repliqué.

Le dije a Cameron que se estaba investigando un homicidio, y les expliqué lo de los fuegos artificiales y la operación de trasladar los espejos hasta Florencia. Mientras lo hacía, intenté estudiar a las dos mujeres de cerca. Necesitaba obtener algún indicio que me aclarara la relación que había entre ambas: si eran amantes o sólo dos jóvenes atractivas que habían recalado en Bodrum como dos barcos que se cruzan en la noche. ¿Era Ingrid a quien había oído hablar en el dormitorio de Cameron? ¿Quién era la mujer que conocía la existencia del pasadizo secreto y que, como yo suponía, había inducido a Dodge a que fuera hasta el acantilado para empujarlo al precipicio?

—Tengo una fotografía de Dodge y del asesino en la biblioteca; lo único que me falta es el rostro —afirmé.

Las dos me miraron, sorprendidas por la existencia de semejante foto; aquello sí que no se lo habían oído comentar a nadie.

—¿Fue idea suya lo de revelar los espejos? —preguntó Ingrid.

Percibí un cambio en el ambiente. Tal vez no le gustara mucho mi manera de vestir, pero empezaba a sentir un profundo respeto por mis capacidades.

—Sí —contesté.

—Ésa sí que es una idea increíble —murmuró, pensativa.

Empecé a explicarles las dificultades que entrañaba intentar penetrar en la finca sin ser visto.

—Tiene que haber una entrada secreta, un pasadizo, por así decirlo.

Pero no fui más allá. Ingrid se agachó para recoger su bolso y lo puso encima de la mesa.

—Disculpe —dijo—, necesito tomar algo para el resfriado.

Mientras intentaba encontrar las pastillas para la garganta, el bolso se le resbaló y derramó su contenido sobre la mesa y el suelo. Cameron y yo nos agachamos y recogimos barras de labios, monedas sueltas, una cámara bastante maltrecha y una docena de objetos sin importancia. Al incorporarme, vi que Ingrid estaba recogiendo lo que había caído sobre la mesa y guardándolo de nuevo en el bolso. Aún le quedaba por meter un tubo de cristal decorado con una flor.

—¿Es perfume? —le pregunté al tiempo que lo cogía.

—Sí —respondió—. Lo compré en el Gran Bazar de Estambul, a un tío que lo fabrica artesanalmente. Es un poco fuerte, es capaz de dejar fuera de combate a un elefante a cincuenta metros.

Sonreí, quité el tapón del frasco y me eché un poco en la mano.

—Huele a gardenias —dije.

Ingrid me miró y supo que ocurría algo malo.

—¿Qué es usted, un puto florista? —Intentó reír y me quitó el perfume de la mano, pero ya era demasiado tarde.

Todas las dudas que me quedaban acerca de su voz acababan de disiparse. Ahora sabía con certeza que quien estaba en el dormitorio de Cameron era ella, porque cuando salí de la habitación de invitados y me dirigí al ascensor oculto en el armario capté aquel mismo aroma, tan singular, flotando todavía en el pasillo después de que pasara ella.

—No, no soy florista —repliqué—. Soy un agente especial del FBI que está investigando varios asesinatos. Dígame, ¿cuánto tiempo estuvo saliendo con ese tal Gianfranco, el tipo del que usted tomó prestado el nombre para su perro?

Ella y Cameron percibieron la agresividad en mi tono de voz, y comprendieron que algo había cambiado.

—¿Qué tiene que ver Gianfranco con todo esto? —preguntó Ingrid.

—Responda a la pregunta, señorita Kohl.

—No me acuerdo.

—¿Le enseñó Gianfranco el túnel que lleva hasta la casa?

—¿Qué casa?

—La de Cameron.

—No hay ningún túnel que lleve hasta mi casa —apuntó Cameron.

Me volví hacia ella, e incluso a mí me sorprendió la furia con que lo hice. Dodge era su marido, y en todos los interrogatorios sus amigos habían dicho que él la adoraba.

—No me diga que no hay ningún túnel, porque yo mismo lo he recorrido.

—¿Y qué? Aunque lo haya —interrumpió Ingrid—, nadie me lo ha enseñado.

—Pues Gianfranco asegura que sí lo hizo. —Me lo estaba inventando, con la esperanza de ponerla nerviosa, pero mi treta no funcionó.

—Pues en ese caso está mintiendo —contraatacó ella.

Cameron se había quedado profundamente perpleja al enterarse de todo aquello y al verme enfurecido, pero Ingrid no. Se incorporó en su asiento y se encaró conmigo:

—¿Y usted le ha creído? —me dijo—. ¿Gianfranco es su testigo? ¿Un tío que manosea a mujeres de mediana edad en la playa a cambio de diez dólares y pico? Un abogado como Dios manda lo haría pedazos. Ya le ha preguntado por sus trapicheos con la hierba, ¿eh? En realidad ni se llama Gianfranco ni es italiano, pero, claro, ¿qué mujer fantasearía con hacerle una mamada a un tipo llamado Abdul? Aunque usted todo eso ya lo sabía, naturalmente...

Me taladró con la mirada mientras yo me reprendía en mi fuero interno: había notado algo en el acento de Gianfranco que lo hacía parecer más de Estambul que de Nápoles, pero no me había detenido a pensarlo a fondo.

—Ah, veo que lo de su nacionalidad se le había escapado —me dijo Ingrid sonriendo.

—Eso no viene al caso. Me da igual cómo se llame y cuál sea su país.

—Pues a mí no —replicó—. Porque afecta a su credibilidad. Gianfranco no tiene ninguna, y hasta el momento usted tiene menos todavía.

—¿Es usted abogada, señorita Kohl?

—No, pero leo mucho.

Por la manera en que dijo aquello, y por el modo en que movió los ojos, hubo algo que me hizo pensar en el escenario de un teatro, en una fría sala de ensayos. Así que intenté algo.

—¿Dónde fue... en Nueva York, en Los Ángeles?

—¿Dónde fue el qué?

—Donde estudió interpretación.

Ingrid no mostró ninguna reacción, pero advertí que Cameron la miraba de reojo, y supe que había acertado.

—Puede lanzar todas las teorías que quiera —me contestó—. Si Abdul... o sea, Gianfranco, conoce una entrada secreta a la casa, yo diría que quien aparece en la foto es él. Probablemente él mató a Dodge.

—Eso no tiene sentido —repliqué—. ¿Cuál es su móvil?

—¿Y cuál es el mío?

—Yo creo que usted y Cameron son amantes. Creo que ambas planearon el asesinato, y que lo hicieron por el dinero.

Ingrid lanzó una carcajada.

—Pero ¡si Cameron y yo apenas nos conocemos! Hemos coincidido media docena de veces. Lo más cerca que hemos estado la una de la otra ha sido en la consulta del veterinario. Menuda historia de amor.

—Eso es cierto en el caso de Ingrid Kohl —le dije—. Pero es que no me creo que usted sea en realidad Ingrid Kohl...

—Pues eche un vistazo a mi pasaporte —contraatacó—. Eso es una gilipollez... ¡Joder!... ¡Pues claro que soy Ingrid Kohl!

—No —insistí—. Yo creo que ha robado la identidad de otra persona. Creo que está representando un papel. Estoy convencido de que, sea cual sea su nombre, Cameron y usted se conocen desde hace mucho tiempo, puede que incluso desde pequeñas. Ustedes salieron de Turkey Scratch, o como se llamase su pueblo, y se marcharon a Nueva York. Después, las dos vinieron a Bodrum con un plan: matar a Dodge. Ése es un delito que se castiga con la pena de muerte, y aunque consiguieran librarse de la inyección letal, ambas pasarían el resto de la vida en la cárcel.

Ingrid sonrió.

—¿Turkey Scratch? Eso sí que tiene gracia. ¿Se lo ha inventado, como todo lo demás?

—Ya veremos, aún no he terminado...

—Pues yo sí. —Se volvió hacia Cameron—. No sé tú, pero yo quiero un abogado.

—Sí, yo también necesito el asesoramiento de un abogado —contestó Cameron con la expresión de un ciervo sorprendido por los faros de un coche.

Agarró su bolso e hizo ademán de levantarse.

—No —la interrumpí—, aún tengo algunas preguntas.

—¿Es que va a detenernos? —me espetó Ingrid.

No dije nada; estaba claro que no se dejaba amedrentar con facilidad.

—Ya decía yo —añadió al ver que yo guardaba silencio—. No puede retenernos, ¿verdad? Aquí no tiene jurisdicción —agregó con una sonrisa.

Cameron ya estaba dirigiéndose hacia la puerta. Ingrid recogió las pastillas para la garganta y se las metió en el bolso. Tras colgárselo del hombro, se volvió y se situó a unos centímetros de mi rostro. Yo no pude evitarlo, me sentí igual que una cometa flotando en medio de una tempestad.

—Usted se cree muy listo, pero no sabe nada de Cameron ni de mí. No sabe ni la mitad de lo que está ocurriendo. Ni se acerca siquiera. Está perdido, y por eso se agarra a un clavo ardiendo, eso es lo que está pasando. Sí, cree que tiene algunas pruebas, pues deje que le diga otra cosa que he leído: «Las pruebas son una lista de los materiales que uno tiene. ¿Qué pasa con los materiales que no se han encontrado? ¿Cómo los denomina usted?»

Esta vez me tocó a mí sonreír.

—Una cita excelente, buena literatura —comenté. En aquel momento supe que era ella quien había matado a la mujer de Nueva York y después la había metido en una bañera llena de ácido—. Esa cita está tomada de un libro titulado *Principios de la Técnica de Investigación Moderna*, cuyo autor es un tal Jude Garrett —continué—. Y sé dónde consiguió usted dicho libro: lo sacó de la Biblioteca Pública de Nueva York con un permiso de conducir falso expedido en Florida. Se lo llevó consigo a la habitación número ochenta y nueve del Eastside Inn, que era donde se hospedaba, y lo utilizó como manual para matar a alguien. ¿Le parece una buena prueba?

Ingrid me miró con gesto inexpresivo —Dios, aquello era todo un éxito de autocontrol por su parte—, pero su silencio me dijo que yo acababa de trastocarlo todo, que había rasgado de arriba abajo el lienzo de su meticuloso crimen.

Giró sobre sus talones y salió por la puerta. Supuse que, al cabo de una hora, Cameron ya habría puesto en acción a todos sus abogados, y que empezaría a abrir la chequera a todo un regimiento de asesores de altos vuelos, pero aquello no iba a servirle de nada. Yo comprendía ahora todo lo que habían hecho desde el día en que cayeron las Torres Gemelas, hasta la verdadera razón por la que Dodge presentaba laceraciones en las manos.

Sin embargo, Ingrid acababa de decirme que yo no entendía ni la mitad, y debería haber prestado más atención a aquellas palabras. Pensé que simplemente estaba alardeando, que era palabrería barata, pero en realidad estaba subestimándola. Debería haber anotado cuidadosamente lo que había dicho, debería haber escuchado cada una de aquellas palabras y haberlas analizado a fondo.

Levanté la vista y crucé la mirada con Hayrunnisa, que me observaba sin pestañear, profundamente impresionada.

—Vaya... —dijo.

Yo sonreí con modestia.

—Gracias.

—No lo digo por usted —repuso la secretaria—, sino por ella. ¡Menuda mujer!

Si quería ser sincero, la verdad es que yo también estaba impresionado. Ingrid Kohl, o como fuera que se llamase, se había desenvuelto a la perfección durante aquel interrogatorio, mucho mejor de lo que yo esperaba. Aun así, había grabado material de sobra para condenarla ante un tribunal. Recogí el aparato y, sin poder evitarlo, rompí a reír.

—¿Qué ocurre? —me preguntó Hayrunnisa.

—Tiene razón —le dije—. ¡Menuda mujer! El numerito del bolso no ha sido un accidente, sino una distracción. Ha aprovechado para apagar la puta cámara.

72

Iba paseando por el puerto deportivo, hambriento y con los pies doloridos, pero demasiado alterado para descansar o comer. Habían transcurrido tres horas desde que volví a poner la batería al teléfono móvil y salí del despacho de Cumali, y ya había dejado atrás la playa, el casco histórico y ahora el paseo marítimo.

En dos ocasiones había empezado a marcar el número de Bradley, desesperado por conocer los resultados de las pruebas de ADN, pero me contuve a tiempo. Ya lo había presionado diciéndole lo urgente que era el asunto, y sabía que él y el Susurrador habrían hecho lo que fuera necesario para meter prisa a los del laboratorio. Me llamaría en cuanto tuviera los resultados, pero eso no me tranquilizaba. «Vamos —no dejaba de repetirme a mí mismo—. Vamos.»

Estaba cruzando una zona llena de puestos que vendían marisco y de bares náuticos de lo más ruidoso cuando de pronto sonó el teléfono. Lo atendí sin mirar siquiera el número que aparecía en la pantalla.

—¿Ben? —dije.

—Ya están los resultados —me respondió—. Los detalles todavía no los tengo, sólo me han dado un resumen por teléfono, pero he imaginado que querrías saberlo cuanto antes.

—Adelante —contesté, procurando mantener un tono de voz neutro.

—Decididamente, el niño no es hijo de ella.

Resoplé con todas mis fuerzas; estaba tan tenso que ni siquiera me había dado cuenta de que había estado aguantando la respiración. «Entonces, ¿por qué diablos está Cumali criándolo como si fuera hijo suyo?», me pregunté.

—Sin embargo, las pruebas genéticas demuestran que guardan algún tipo de parentesco —prosiguió Bradley—. Existe un 99,8 por ciento de probabilidades de que ella sea la tía del niño.

—¿La tía? —dije, y lo repetí para mis adentros: «¿La tía?»—. ¿Qué me dices del padre? ¿Las pruebas pueden aportar algún dato en ese sentido?

—Sí, el padre del niño es hermano de la mujer.

«De modo que Leila Cumali está criando al hijo de su hermano», pensé. Sentí que me invadía una oleada de emoción, de repente todo encajaba, pero no dije nada.

—Eso es todo lo que tenemos por el momento —dijo Bradley.

—Está bien —respondí con calma, y después colgué.

Me quedé inmóvil, sin oír ya el alboroto de los bares. Así que el hermano de Leila Cumali tenía un hijo pequeño, y ella estaba criándolo, completamente en secreto, como si fuera hijo suyo.

Una vez más, volví a preguntármelo: «¿Por qué? ¿Por qué todo aquel secretismo? ¿Qué tenía de vergonzoso hacerse cargo de un sobrino?»

Me acordé de aquella mañana en que la encontré en el parque, me acordé de cuánto la molestó mi intrusión y de los ademanes furtivos con que recogió al pequeño. Me acordé de que, en aquel momento, tuve la sensación de haber descubierto un secreto. No era normal. Nada de aquello tenía sentido.

A no ser, claro está, que el padre fuera un forajido, por ejemplo un soldado que estuviera librando una guerra secreta. Un hombre que estuviera siempre en movimiento, un hombre reclamado para la yihad, o para el terrorismo, o para algo peor...

Puede que alguien así hubiera entregado a su propio hijo a una hermana, para que lo criase ella.

En aquellas circunstancias, Leila Cumali al Nasuri habría reaccionado con un gesto de alarma cuando un norteamericano, un investigador, hubiera aparecido de pronto y hubiera descubierto la existencia del pequeño.

Pero ¿y la madre del niño, dónde estaba? Probablemente muerta, en un bombardeo o en un tiroteo, en alguno de los muchos países en los que mueren mujeres musulmanas a diario.

Busqué un banco, me senté y me quedé con la mirada fija en el suelo. Al cabo de un largo rato, levanté la vista y, a partir de aquel momento, con la abrumadora sensación de haber llegado a un punto de inflexión, dejé de pensar que Leila al Nasuri había hablado con un terrorista desde aquella cabina telefónica. Ahora tenía el convencimiento de que había hablado con su hermano.

Por fin había cuadrado el círculo, y entendía la verdadera relación que existía entre un árabe fanático y una moderada agente de policía turca. No habían hablado del mecanismo de ningún plan letal, ni de la tasa de fallecimientos de la viruela. Habíamos dado por sentado que sí y habíamos embestido contra la puerta en la que colgaba el cartel de «terrorismo», cuando la verdad respondía a una razón mucho más humana: ambos eran parientes.

Probablemente Cumali sabía que su hermano era un forajido, pero dudé que tuviera idea de la magnitud del ataque que estaba preparando. Había incontables varones árabes que eran fundamentalistas islámicos y creían en la yihad —sólo en la lista elaborada por Estados Unidos de personas que tenían prohibido subir a un avión comercial figuraban ya veinte mil—, y todos ellos tenían puesto un precio a su cabeza de un modo o de otro y estaban evitando que Echelon o su sucesor diera con ellos. Seguramente, para Cumali su hermano era uno de tantos, un fanático más. No había pruebas de que supiera que su hermano estaba planificando un asesinato a gran escala, ni de que se encontrara en el Hindu Kush.

Eché a andar a paso vivo en dirección al hotel, sorteando a los grupos de turistas y los coches que llenaban las calles. Me preocupaban aquellas dos llamadas telefónicas... ¿Por qué en aquel momento tan crítico el Sarraceno había puesto todo en peligro hablando con ella? Como he dicho, todo empezaba a encajar. En el archivador que tenía Cumali en el dormitorio, había encontrado aquella factura del hospital regional, la que demostraba que el niño había ingresado por una meningitis meningocócica. No recordaba la fecha exacta del ingreso, pero no la necesitaba, porque estaba seguro de que coincidía con las dos llamadas telefónicas que hubo entre Leila Cumali y su hermano.

En cuanto supo de la gravedad de la enfermedad que padecía el pequeño, Cumali debió de publicar el aviso codificado en el foro de internet para comunicarle al Sarraceno que la llamase urgentemente. Angustiada por aquella noticia, debió de pensar que el padre tenía derecho a saber algo así y, dado que su hermano era tan devoto, imaginó que seguramente querría rezar por su hijo.

La mayoría de las webs de citas y anuncios personales alertan automáticamente a otros usuarios de cosas que se publican que pueden interesarles. El Sarraceno debió de recibir un mensaje de texto que le decía que otra persona, devota como él de un desconocido poeta —o algo parecido—, había publicado un comentario. Consciente de que aquello tenía que significar que había pasado algo, seguramente llamó a su hermana a la cabina telefónica designada y escuchó el mensaje pregrabado y codificado.

Menudo momento debió de ser aquél para el Sarraceno. En lo alto de una desolada montaña de Afganistán, intentando probar la eficacia de un trabajo que le había llevado media vida, con tres personas encerradas en una cabaña sellada y muriéndose de una agresiva cepa del virus de la viruela, consciente de que si lo descubrían con toda seguridad hallaría la muerte instantánea, y encima recibiendo la noticia de que su hijo sufría una enfermedad muy grave, puede que incluso mortal.

Desesperado, debió de pedirle a Cumali que volviera a comunicarse con él más adelante, de ahí la segunda llamada que recibió. Su hermana debió de decirle, en aquella segunda ocasión, que los medicamentos habían funcionado, que la crisis había pasado y que su hijo estaba a salvo... Por eso ya no hubo más llamadas.

Pero entonces comprendí otra cosa, algo que no podía evitar: el Sarraceno debía de querer a aquel niño con toda su alma para arriesgarlo todo de aquel modo. Aquello no me gustó, no me gustó nada en absoluto. Debido a que tuve que ejecutar al Tiburón de los Mares, ahora sabía que, si debía matar a un hombre, mejor que fuera un monstruo antes que un padre cariñoso.

Subí volando los escalones del hotel, entré en tromba en mi habitación, metí una muda de ropa en una bolsa de viaje y cogí el pasaporte. Ahora sabía cuál era el apellido del Sarraceno, el mismo que el de su hermana: Al Nasuri. Y también sabía de dónde procedía su familia.

Tenía que ir a Arabia Saudí.

CUARTA PARTE

1

El vuelo 473 de Turkish Airlines despegó del aeropuerto de Milas, efectuó un marcado viraje frente al sol de poniente y enfiló hacia Beirut, situado en otro rincón de la costa del Mediterráneo.

Después de salir del hotel, me subí al Fiat, fui al aeropuerto a toda velocidad y tomé el primer avión que se dirigía hacia el sur. Me servía cualquier vuelo que me acercase a Arabia Saudí. Mi idea era ahorrar todo el tiempo que me fuera posible y aprovechar para hacer una llamada mientras estuviera en el aire, de modo que un reactor del gobierno estadounidense acudiera a recogerme en la misma pista de aterrizaje.

En cuanto aparecieron ante nosotros las relucientes aguas del Mediterráneo y se apagó la señal de los cinturones de seguridad, saqué el teléfono móvil y me dirigí al cuarto de baño. Con el pestillo de la puerta echado y sin tiempo para preocuparme de que alguien pudiera estar escuchando, llamé a Nueva York, a Battleboi. Primero tenía que saber a qué puto lugar de Arabia Saudí debía ir.

Contestó al teléfono Rachel-san.

—Soy yo —dije sin proporcionar más datos—. Necesito hablar con el grandullón. —Unos segundos después, Battleboi se puso al teléfono—. Escucha —no tenía tiempo para conversaciones triviales—, dijiste que habías encontrado la solicitud del permiso de conducir de la mujer...

—Así es.

—Nació en Arabia Saudí, pero ¿dónde? ¿En qué ciudad?

—Un momento —respondió Battleboi, y oí cómo caminaba hasta la mesa y regresaba—. Tengo la solicitud aquí delante, y dice Yeda. Un lugar llamado Yeda.

—Gracias —contesté—, buen trabajo.

Estaba a punto de colgar, pero el samurái se me adelantó.

—¿Se ha enterado de lo que ha sucedido? —me preguntó.

—¿Lo de Leavenworth?

—Sí. Ya le dije que primero me exprimirían y después me darían la puñalada. Odio estas cosas, pero... tengo que pedírselo... necesito ayuda.

Se le notaba la voz entrecortada, y tuvo que hacer una pausa para controlar sus emociones.

—Puedo con ello... quiero decir que soy capaz de pasar ese tiempo en prisión... pero perderé a Rachel. Ella quiere tener hijos, y no puedo pedirle que me espere y renuncie a eso. Lo único que pido es una reducción de cinco años. No sé quién es usted en realidad, pero...

—No sigas —dije en un tono más áspero del que pretendía, pero es que no podía permitirle que siguiera hablando de mi identidad: podía haber alguien escuchando—. Conozco gente —dije de forma precipitada—, te prometo que haré lo que pueda.

—Ya, claro —respondió el samurái con sarcasmo, y aunque yo comprendía que lo único que habían hecho había sido utilizarlo y joderlo, aquello no me gustó nada.

—Oye, yo no soy como las personas que te la han jugado —le dije elevando el tono—. Si te doy mi palabra, te la doy en serio. Haré cuanto pueda, ¡¿de acuerdo?! Bien, ahora tengo mis propios problemas...

—Vale, vale —contestó el samurái.

Me pareció que mi enfado le resultó más tranquilizador que ninguna otra cosa que pudiera haberle dicho, y colgué.

La siguiente llamada fue para el Susurrador. Tampoco en este caso tuve que presentarme.

—Sé cómo se llama —dije en voz baja.

Creo que, en toda la historia del espionaje, ninguna bomba ha sido recibida con un silencio tan profundo. Tras unos instantes que se me antojaron una eternidad, el Susurrador respondió:

—¿Te refieres al tipo de Afganistán?

—Sí. Se apellida Al Nasuri. Es hermano de la agente de policía de Bodrum.

Y con aquello quedó todo dicho. El organismo había desempeñado su función, la de transmitir la información. Si en aquel momento yo hubiera muerto, habría dado igual, porque la misión seguiría viva.

—¿Qué más? —preguntó el Susurrador.

—No mucho... Al parecer, nació en Yeda, Arabia Saudí —contesté.

—¿Arabia Saudí? No sé por qué, pero no me sorprende —repuso el Susurrador.

—Dentro de unas horas tendré el nombre completo y la fecha de nacimiento. Y espero hacerme también con una foto.

—¿Se puede saber dónde diablos estás? —dijo de improviso.

Era la segunda vez en la historia que el Susurrador alzaba la voz, y supuse que acababa de aparecer en su pantalla el rastreo automático de mi llamada, y éste indicaba que me encontraba en mitad del Mediterráneo. Pero, en realidad, aquel arrebato no se debía a que mi ubicación lo alarmase, sino a que finalmente Dave McKinley se había dejado llevar por la emoción, la tensión y el alivio. Ahora teníamos un nombre, una identidad, un hombre al que dar caza. Ahora sólo era cuestión de tiempo.

—Estoy a bordo del vuelo 473 de Turkish Airlines, en ruta hacia Beirut —respondí—. Necesitaré asistencia para llegar hasta Yeda y mucha ayuda sobre el terreno cuando esté allí.

—Hablaremos de eso dentro de un minuto. Pero primero, dime, ¿cuánto tiempo crees que tardarás en proporcionarme los demás detalles?

Consulté el reloj e hice un cálculo rápido del tiempo que me quedaba de vuelo y de lo que me llevaría buscar los documentos.

—Doce horas. Para entonces deberé tener ya lo que necesitamos.

—¿Seguro?

—Sí.

—Ahora estoy en la oficina, pero a esa hora ya no. Estaré más abajo... ya sabes dónde. Estaremos esperando tu llamada.

Se refería a la Casa Blanca, y el lugar donde iba a estar era el Despacho Oval, con el presidente.

2

Abrí el pestillo del baño y me encontré frente a media docena de pasajeros cabreados que ya habían llamado a una azafata. Por la forma en que me apuntaba con su mandíbula, me quedó claro que estaba pensando en hacer justicia.

—Estas personas llevan un rato llamando a la puerta —dijo en tono glacial.

—Sí, ya las he oído —contesté. Era cierto, pero ¿qué iba a hacer yo, colgarle al director de inteligencia?

—¿Sabe que es delito utilizar el teléfono móvil durante el vuelo?

Asentí con la cabeza. Dios, qué cansado estaba.

—Sí, lo sé.

—¿Acaso no lo decía bien claro nuestro vídeo?

—Sí, señora, pero... la verdad es que me da igual.

Los pasajeros, hablando en turco o en albanés, me miraron con cara de pocos amigos cuando di media vuelta y regresé a mi asiento. «Otro norteamericano engreído», imaginé que estaban diciendo.

De manera que sentí una gran satisfacción cuando, poco tiempo después de aterrizar en Beirut, me di cuenta de que no nos dirigíamos hacia una puerta de embarque, sino que nos deteníamos a un lado de la pista mientras acudían rápidamente a nuestro encuentro una grúa con plataforma elevada, tres vehículos policiales y media docena de todoterrenos de color negro.

Mientras los pasajeros y la tripulación de cabina miraban por las ventanillas, preguntándose qué demonios estaba pasando y cada vez más asustados, la gélida azafata se acercó a mí.

—¿Señor Wilson? —me dijo—. Tenga la bondad de acompañarme.

Un británico que iba sentado en la fila de delante se quedó mirando a las patrullas de policías armados que se aproximaban al avión.

—Dios santo... ¿todo esto es por usar el teléfono móvil? Los libaneses no se andan con chiquitas, ¿eh?

Su broma me hizo sonreír. Cogí mi equipaje de mano y seguí a la gélida azafata por el pasillo. Dos de sus compañeras estaban ya accionando una palanca y abriendo una de las puertas de la cabina de pasajeros. Mientras lo hacían, la plataforma de la grúa fue elevándose hasta situarse en posición. En ella estaba de pie un individuo de mediana edad, con un traje de color oscuro. Se asomó al interior de la cabina y me vio.

—¿Brodie Wilson? —me preguntó.

Hice un gesto de asentimiento.

—¿Tiene su pasaporte?

Lo saqué y se lo entregué. Examinó la fotografía y la descripción física que figuraba en la página de datos, y seguidamente introdujo el número de serie en su teléfono móvil. Un momento después, recibió un Código Verde y me devolvió el pasaporte.

—Soy Wesley Carter, agregado comercial de la embajada —se presentó. Yo no lo conocía de nada, pero sabía que aquello no era verdad: sin duda alguna era el delegado de la CIA en Beirut—. ¿Quiere acompañarme?

Observado por todos los pasajeros de a bordo —y por la azafata con gesto de sentirse avergonzada—, subí a la plataforma y la grúa comenzó a bajarnos hasta el suelo. Allí había otros cuatro norteamericanos trajeados, situados en puntos estratégicos alrededor de los todoterrenos, y deduje que eran el personal de seguridad y que iban armados. Esperaron a que Carter me guiara hasta la parte de atrás de uno de los vehículos, y acto seguido les hicieron una seña a los policías libaneses que iban en los coches patrulla.

Los polis encendieron las luces giratorias y, a gran velocidad, arrancaron en dirección a la cinta de asfalto de una pista contigua.

—Hemos dispuesto un reactor privado para usted —me explicó—. Es propiedad de un comerciante de armas árabe, una especie de amigo nuestro. Ha sido lo único que hemos podido conseguir con tan poca antelación. Pero los pilotos son nuestros, antes pertenecían a las Fuerzas Aéreas, de modo que son buenos.

Miré por la ventanilla de cristal blindado y vi un avión privado G4 con doble fuselaje aguardando a lo lejos, con los motores ya en marcha. Me pregunté cuántos lanzacohetes habría que suministrar a los amigos que tenía la CIA en Oriente Próximo para que ese tipo pudiera permitirse un aparato como aquél.

—El Susurrador me ha dicho —empezó Carter, hablando despacio— que está usted trabajando de forma extraoficial, que está buscando el detonante nuclear.

Asentí.

—Como todo el mundo, ¿no?

Carter lanzó una carcajada.

—De eso puede estar seguro. Sólo en Beirut hay tres mil personas trabajando en ello, todos los que se encuentran en esta región del mundo están echando una mano. Pero aún no han encontrado nada. ¿Y usted?

Negué con un gesto.

—Nada todavía.

—Me parece que ese tipo trabaja solo.

—¿Quién?

—El de la bomba nuclear.

Me volví hacia él.

—¿Por qué lo cree?

—Porque así es la naturaleza humana, imagino. De lo contrario, ya habríamos descubierto algo. La gente siempre habla, todo el mundo termina siendo delatado tarde o temprano. No lejos de aquí hubo un revolucionario, no era precisamente uno de esos que se ponen un chaleco-bomba, pero sí un fanático, o al menos eso decían muchas personas. Tenía una docena de seguidores que lo veneraban, y pasaron por mucho todos juntos. Y aun así, uno de ellos acabó traicionándolo. Todos conocemos esa historia: Judas traicionó a Jesucristo con un beso.

Me eché a reír.

—Eso fue hace dos mil años —siguió diciendo Carter—, y desde entonces no ha cambiado nada, por lo menos en esta parte del mundo.

El todoterreno se detuvo junto a la escalerilla del G4, y yo cogí mi bolsa de viaje.

—Una historia muy acertada —dije, y le estreché la mano.

Abrí la puerta y corrí hacia la escalerilla. A mi espalda oí a Carter, que me gritaba:

—¡No lo olvide! Esos tipos son auténticos sacos de basura. ¡Buena suerte!

Sonreí, porque ya no necesitaba suerte. Y tampoco importaba que el Sarraceno trabajara solo. Al cabo de unas horas conoceríamos su nombre completo, su fecha de nacimiento y la historia de su vida, y probablemente tendríamos una fotografía. Esa información bastaría para que Carter y otro centenar de delegados como él movilizaran a sus efectivos y a los de otros países —de hecho, la mayor parte de los agentes de inteligencia del mundo entero— para dar con nuestro objetivo.

Calculé un plazo de cuarenta y ocho horas. Al cabo de cuarenta y ocho horas lo habríamos capturado: íbamos a conseguirlo a tiempo.

3

Todas las etiquetas de los viales estaban ya puestas. El Sarraceno lo había hecho justo dentro del plazo previsto.

Había trabajado sin descanso, aunque también intervino la suerte: uno de sus compañeros había sufrido un accidente de tráfico, y aquello le permitió hacer turnos dobles durante unos días.

Ya desde el principio organizó la tarea como si estuviera en una cadena de montaje, y se instaló en una sección de la zona del almacén que quedaba oculta tras unas torres de embalajes plegados. Allí, sin que lo molestara nadie, disponía de una manguera, un desagüe, un compactador de basura, una pistola de pegamento y diversas cubetas de plástico de gran tamaño.

Llenó las cubetas con el disolvente químico, abrió una rendija en el embalaje de los fármacos auténticos y fue sacando los diminutos viales para sumergirlos en la solución durante dos minutos y medio: según había comprobado, ése era el tiempo óptimo para que las etiquetas se despegaran. A continuación, colocó las etiquetas delante de un calefactor durante dos minutos para que se secaran, el mismo tiempo que le llevó arrojar los frascos desechados al compactador de basura, para aplastarlos hasta que desapareciesen y evacuar el medicamento líquido que contenían por el desagüe.

La parte más lenta del proceso fue la de aplicar el adhesivo a la parte posterior de las etiquetas con la pistola y pegarlas de nuevo en los viales que contenían el virus. Al principio, le pareció que iba tan despacio que de ninguna forma conseguiría terminar en el plazo previsto, pero no tardó en darse cuenta de que, si no pensaba demasiado en ello y trabajaba mecánicamente, actuando como un robot que manipula una pistola de pegamento, su productividad aumentaba de forma espectacular.

Por suerte para él, el almacén contaba con una máquina de empaquetado propia que se utilizaba para reparar los embalajes deteriorados durante el proceso de fabricación y envío. De modo que el Sarraceno no tuvo dificultad para volver a introducir y sellar sus mortíferos frascos dentro del envoltorio correcto.

Cuando llegó al final de su primera jornada, tenía mil viales de cristal que, a todos los efectos, eran idénticos a los que utilizaba Chyron. Estaban llenos de un fluido transparente que se parecía mucho al del fármaco, llevaban la etiqueta correcta de un medicamento de uso generalizado, iban sellados dentro de un embalaje de plástico auténtico, y provistos de códigos de barras, números de serie y resguardos de envío, todos originales. La única diferencia —imposible de detectar a través de ningún otro medio que no fuera un complejísimo análisis químico— radicaba en que la sustancia capaz de salvar la vida había sido reemplazada por el virus apocalíptico de fabricación casera del Sarraceno.

Como era médico, sabía exactamente qué iba a suceder cuando aquellos viales llegaran a Estados Unidos. Un médico o algún profesional de enfermería cualificado insertaría una jeringuilla provista de una aguja de al menos dos centímetros y medio por la parte superior del vial. La longitud de la aguja tenía su importancia, porque la sustancia que ellos creían que estaban inyectando debía administrarse por vía intramuscular. Sería inyectada en el músculo deltoides del paciente, situado en la parte superior del brazo, y se necesitaba una aguja que midiera por lo menos dos centímetros y medio para que penetrara debidamente en el tejido muscular de un adulto o de un adolescente. Si el paciente era un niño o un bebé, bastaba con una aguja que midiera veintidós milímetros, porque la inyección había que ponerla en la parte posterior del muslo.

Con independencia de la edad que tuviera el paciente y del lugar en que se administrara la inyección, una vez que el virus estuviera dentro del cuerpo —y con una inyección intramuscular no se podía fallar— ya no habría salvación. Y podría decirse, con toda exactitud, que esa persona se habría convertido en un zombi, un «caminante».

El Sarraceno sabía también que había ciertos grupos de individuos —como el de los niños recién nacidos— que quedarían excluidos de recibir el medicamento original, pero le daba igual. Habiendo diez mil vectores en circulación, y dado que la viruela era un patógeno que se transmitía por vía aérea, igual que el resfriado común, la única manera de que los bebés, o cualquier otra persona, evitasen la infección sería dejando de respirar.

Una vez terminados los primeros mil viales, y convencido de que podía avanzar más deprisa, dio por terminada aquella primera noche y se fue a casa emocionado y lleno de esperanzas. Estaba empezando a despuntar el día, pero, en vez de dejarse caer en la cama de su minúsculo piso de alquiler, inició un ritual que pensaba seguir a lo largo de toda la semana siguiente.

Encendió el televisor y se puso a ver el canal meteorológico.

En las primeras horas de la mañana, dicho canal ofrecía una amplia información del tiempo que hacía en la zona continental de Estados Unidos. Para gran regocijo del Sarraceno, en el norte de Canadá se estaba formando lentamente un frente frío, impropio de aquella época del año, y se preveía que barriera todo Estados Unidos. Todos los meteorólogos de aquella cadena predecían que se avecinaba un otoño inusualmente frío antes de tiempo.

Aquella noticia, en apariencia inocua, garantizaba que el inminente ataque iba a ser todavía más devastador, si es que tal cosa era posible. Todos los virus que se transmiten por vía aérea, no sólo el de la viruela, son mucho más contagiosos cuando hace frío, y la mayoría de los expertos calculan que eso acelera su propagación por lo menos en un treinta por ciento. Los motivos son simples: la gente tose y estornuda más, toma el autobús en vez de ir andando, y come dentro de los restaurantes en lugar de en las terrazas al aire libre. A medida que fueran bajando las temperaturas, la población, sin darse cuenta, iría agrupándose más, lo cual ofrecería el entorno perfecto para la transmisión del virus.

Varios días más tarde, cuando por fin terminó de empaquetar los diez mil viales, el Sarraceno vio que el frente frío ganaba en intensidad y se extendía.

Trasladó los paquetes sellados con plástico a la zona general del almacén, los colocó en las áreas de embarque que se correspondían con el destino de cada uno y comprobó por última vez que todos los documentos de envío estuvieran en orden.

Al cabo de veinticuatro horas, varios camiones, que formaban parte del interminable convoy que pasaba continuamente por la planta de fabricación de Chyron, los recogerían y los transportarían a lo largo de los ciento cincuenta kilómetros que había hasta la ciudad de Mannheim, cruzarían la enorme base militar norteamericana de Darmstadt y continuarían hasta el aeropuerto de Fráncfort.

Tardarían unas diez horas más en llegar por aire a Estados Unidos. A continuación, los paquetes se transportarían hasta los centros regionales de flete de la empresa y, unas doce horas más tarde, se cargarían de nuevo en camiones y se entregarían en las consultas médicas de todo el país.

A solas en el interior de aquel cavernoso almacén, con sus pensamientos y Dios como única compañía, el Sarraceno tenía ya la certeza de que al cabo de cuarenta y ocho horas la tormenta, tanto en sentido literal como figurado, comenzaría a azotar los Estados Unidos de América.

4

El interior del reactor privado del comerciante de armas era tan feo que, además de hacerme daño a la vista, también hería mi sensibilidad. Las paredes estaban tapizadas con terciopelo morado, los sillones del capitán eran de brocado color granate —con iniciales incluidas— y todo el equipamiento estaba chapado en oro y le habían sacado tanto brillo que parecía latón.

Sin embargo, aquel avión era capaz de volar a gran altura —donde las turbulencias eran menos frecuentes y el aire tenía menor densidad—, lo cual, en manos de los dos expilotos de las Fuerzas Aéreas, nos permitiría llegar a Yeda en un tiempo récord. Por otro lado, aquella nave contaba con otra ventaja más: en la parte de atrás de la cabina había una puerta que daba acceso a un dormitorio provisto de una cama de matrimonio y a un cuarto de baño decorado con un conjunto de cromados, espejos y piel de leopardo.

Logré ignorar la decoración, y, después de darme una ducha, me cambié de ropa y me tumbé en la cama. No sé exactamente cuánto tiempo pasé durmiendo, pero en algún momento me desperté, y, cuando levanté la persiana, me sorprendió ver que ya se había hecho de noche y que estábamos volando bajo un cielo infinito cuajado de estrellas.

Me di la vuelta y, en la soledad de aquel vuelo, me puse a reflexionar sobre el tremendo esfuerzo que había hecho para dejar atrás la vida de agente secreto. Pensé en los días en París, en aquellos pocos meses, tan maravillosos, cuando intenté alcanzar lo que parecía una vida normal, y en lo mucho que me habría gustado encontrar a una persona que me quisiera tanto como yo a ella. También me habría gustado tener hijos, pero, dadas las circunstancias —verme arrastrado de nuevo al mundo del espionaje, obligado a perseguir sombras en callejones oscuros—, y teniendo en cuenta cómo habían evolucionado las cosas, era mucho mejor no haber tenido aún esa oportunidad. «Tal vez más adelante, cuando esta misión concluya por fin», pensé entre sueños...

Con aquellos pensamientos llenando mi mente, en algún punto situado entre el cielo y el desierto debí de quedarme dormido otra vez, y de nuevo, al parecer sin que viniera a cuento, me vi a mí mismo a bordo de aquel viejo barco, navegando por un mar infinito, con rumbo a un lugar donde ya no había luz.

En mitad de aquel sueño, oí una voz distante que no reconocí, pero de pronto caí en la cuenta: no era la voz de Dios, sino la del piloto, que anunciaba por los altavoces que íbamos a aterrizar al cabo de quince minutos.

Bajé los pies de la cama y dejé pasar unos instantes en silencio. Aquella visión de la muerte me había turbado incluso más que las veces anteriores. Había sido más vívida y más apremiante, como si estuviera cada vez más próxima.

5

Una delegación de alto nivel, cuyos miembros iban todos vestidos con *zobes* de un blanco inmaculado y con el característico pañuelo a cuadros rojos —dos de los cuales estaban trenzados con hilo de oro para indicar que pertenecían a la familia real saudí—, acudió a mi encuentro sobre la pista de aterrizaje de Yeda.

Eran unos doce, y estaban aguardando al pie de la escalerilla, azotados por el fuerte viento del desierto, y por lo menos había otros cuarenta junto a una flota de automóviles Cadillac Escalade de color negro, empuñando rifles de asalto.

El jefe de la delegación —uno de los que llevaban el pañuelo trenzado con oro— dio un paso al frente, me estrechó la mano y se presentó como director de la Mabahiz, la policía secreta saudí. De treinta y muchos años, con un apretón de manos más bien flojo y ojos de párpados caídos, tenía tanto carisma como el Ángel de la Muerte.

—Estas personas son todas miembros veteranos de mi organización —dijo indicando al resto del grupo—. Hemos llegado de Riad hace dos horas —explicó, a la vez que señalaba un reactor jumbo sin distintivos que reposaba en la pista anexa.

Imaginé que necesitaban un avión de aquel tamaño para transportar su flota de todoterrenos blindados.

Sonreí y levanté una mano para saludar al equipo. Pensé en preguntar por qué razón no había mujeres, pero me dije que tal vez aquello nos hiciera comenzar con mal pie, de modo que, en lugar de eso, di las gracias al director por su ayuda.

—Nada más salir de Turquía hablé con Dave McKinley, supongo que lo llamó de inmediato a usted.

El otro me miró como si me hubiera vuelto loco.

—En ningún momento he hablado con el Susurrador. Fue el presidente Grosvenor quien llamó personalmente a su majestad el rey.

No me extrañó que tuviéramos a nuestra disposición un 747 y un pequeño ejército.

Yo sólo había estado una vez en Arabia Saudí, varios años antes, pero la recordaba lo bastante bien como para saber que los modales tenían una importancia crucial, así que me volví hacia el resto de la delegación.

—¡Para un miembro de las fuerzas de seguridad de Estados Unidos, representa un gran honor tener la oportunidad de trabajar con la famosa Mabahiz! —mentí, gritando de cara al viento—. Todos los que formamos parte de mi organización, y por supuesto toda la comunidad de inteligencia, tenemos en muy alta consideración a sus fuerzas de seguridad. —Aquellos individuos eran los mismos que Carter había descrito como «sacos de basura»—. Como seguramente ya saben ustedes, tenemos el convencimiento de que estamos muy cerca de identificar al hombre que está intentando hacerse con un detonante nuclear. Con la habilidad, los conocimientos y la inteligencia de la Mabahiz, ya legendarios, estoy seguro de que podremos concluir con rapidez y éxito esta misión.

Les encantó. Entre sonrisas y gestos de asentimiento, todos se acercaron a mí para besarme en la mejilla y presentarse. Una vez acabadas las formalidades, nos encaminamos hacia los Escalade y abandonamos el aeropuerto en dirección a unas luces que resplandecían a lo lejos.

Yo ya había estado en Yeda en mi anterior viaje, de modo que la conocía bastante bien. Como dijo alguien en una ocasión, sólo había un motivo para recomendar una visita a aquella ciudad: si uno quería suicidarse y no tenía valor suficiente para ello, dos días en Yeda eran mano de santo.

Dado que no había cines, ni conciertos, ni bares, ni cafeterías para ambos sexos, ni fiestas, había poco que hacer por la noche, por eso la carretera que tomamos se hallaba casi desierta. Sin embargo, aquel detalle no impidió que el coche que iba en cabeza llevara puestas las luces giratorias ni que atravesáramos aquel yermo y aburrido paisaje a toda velocidad y con las sirenas ululando.

Tan sólo aminoramos la marcha cuando llegamos a la Corniche y torcimos a la derecha. Por la ventanilla distinguí la mezquita principal de la ciudad, frente a la que había un aparcamiento gigantesco —un área que, según me habían comentado, en ocasiones se utilizaba para actividades mucho más siniestras—, y después pasamos por delante del Ministerio de Asuntos Exteriores y penetramos en una calle secundaria. Nos detuvimos en un punto de control atendido por individuos armados que parecían más bien guardias de una prisión de máxima seguridad. Y probablemente lo eran. La Mabahiz era una de las pocas fuerzas de seguridad que había en el mundo con un sistema de prisiones propio, y no hacía falta escarbar mucho para descubrir que allí se torturaba a los reclusos con frecuencia.

Nos aproximamos a un edificio de aspecto sombrío, entramos en un aparcamiento subterráneo y subimos en ascensor hasta una enorme sala de reuniones dotada de mesas de trabajo, pantallas gigantescas, equipos de videoconferencia y cubículos acristalados llenos de discos duros y servidores.

—Bienvenido a la sala de guerra —dijo el director.

Allí dentro había otro centenar de hombres sentados en sus puestos —por su aspecto, se diría que agentes y analistas—, y al vernos entrar se pusieron de pie. Su jefe se dirigió a ellos en árabe, me presentó, y luego se volvió hacia mí.

—Díganos qué es lo que necesita —me dijo.

Les conté que estábamos buscando a un hombre de unos treinta y tantos años apellidado Al Nasuri.

—Aparte de eso, no sabemos nada de él —reconocí—. Excepto que tiene una hermana nacida aquí mismo, en Yeda.

Añadí que se llamaba Leila, les facilité su fecha de nacimiento y les dije que estábamos convencidos de que se había mudado con su familia a Baréin. El director asintió con la cabeza, impartió a sus agentes una serie de instrucciones en árabe y les dio luz verde.

Sólo entonces me acompañó hasta un sillón contiguo al que ocupaba él frente a la consola central, y tuve la oportunidad de presenciar un acontecimiento de lo más singular. Había leído que existía, naturalmente, pero nunca había visto personalmente la maquinaria de un Estado totalitario en pleno despliegue. Para una persona que valore la intimidad y la libertad, es algo terrorífico.

Los agentes fueron sacando listas de partidas de nacimiento, ingresos en hospitales, solicitudes de pasaportes y de visados, archivos de los miembros de todas las mezquitas, listados de alumnos de los colegios, expedientes académicos e historiales médicos confidenciales, datos de la Dirección General de Tráfico y, que yo supiera, las imágenes grabadas en todos los aseos públicos del reino.

Aquello continuó durante un buen rato; no se trataba sólo de información relacionada con nuestro objetivo, sino con todo aquel que tuviese el mismo apellido que él, pues de ese modo aparecerían también los parientes que pudiera tener. Estaba todo en árabe, así que no tenía forma de saber si iban avanzando o no, pero contemplé con asombro cómo giraban los innumerables discos duros, cómo desaparecían los agentes en las profundidades del edificio y regresaban poco después con carpetas amarillentas repletas de documentación, y cómo un equipo de mecanógrafos sentados detrás de la consola central actualizaba constantemente un resumen para mantener informado al director.

Los analistas y los agentes se afanaban sobre sus mesas de trabajo, y sólo hacían una pausa para ir a buscar un café o para pedir algo a gritos a la otra punta de la sala. Pasadas tres horas, y con las mesas atestadas de documentos impresos y listas de tareas, uno de los investigadores de más edad regresó de los archivos con un delgado fajo de documentos oficiales atados con una cinta roja. Educadamente, llamó a su jefe en árabe, y no sé lo que le dijo, pero consiguió que todo el mundo interrumpiera lo que estaba haciendo y se volviera hacia el director.

El Ángel de la Muerte tomó posesión del delgado fajo de documentos, lo miró fijamente con sus ojos de párpados caídos, pidió la última versión del resumen informativo y se volvió hacia mí.

—Ya tenemos todo lo que necesitamos, señor Wilson —me dijo—. Me desagrada reconocer que me siento confuso… creo que se ha cometido un grave error.

—¿Qué clase de error? —repuse, procurando reprimir la punzada de pánico y conservar la calma.

—El nombre de la persona que está usted buscando es Zakaria al Nasuri —dijo al tiempo que me entregaba una copia de una partida de nacimiento en árabe.

La cogí y la estudié por espacio de unos instantes. Lo único que se me ocurrió pensar fue que había hecho un viaje larguísimo para conseguir aquella simple hoja de papel. Mi vida entera, en cierto modo.

—La mujer que ha mencionado —siguió diciendo—, Leila al Nasuri, tenía una hermana y un hermano. Dicho hermano, Zakaria, era cinco años más joven que ella, y también nació aquí, en Yeda. El padre era zoólogo y trabajaba en el Departamento de Biología Marina del Mar Rojo. Por lo visto, estaba especializado en el estudio del... —tuvo dificultades para leer el latín, pero lo intentó de todos modos—. *Amphiprion ocellaris.*

Muchos de los hombres que se hallaban presentes en la sala rieron al oír aquello, fuera lo que cojones fuera.

—El pez payaso —dije yo en voz baja, comprendiendo de repente. Metí la partida de nacimiento en una funda de plástico y la dejé al lado de mi teléfono—. La traducción es «pez payaso». Me parece que el hombre que estoy buscando lo adoptó como una especie de nombre en clave, probablemente para registrarse en un foro de internet.

El director se limitó a asentir con un gesto, y continuó.

—Según los archivos, quienes me precedieron en la Mabahiz conocieron bien al cabeza de familia: fue ejecutado hace veinticinco años.

Aquel dato me dejó perplejo.

—¿Ejecutado? —pregunté—. ¿Por qué?

El director examinó un par de documentos y finalmente encontró el que estaba buscando.

—Por lo de siempre: corrupción en la tierra.

—Perdone, pero ¿qué significa exactamente «corrupción en la tierra»?

El director lanzó una carcajada.

—Más o menos lo que se nos antoje. —Casi todos los integrantes de su equipo también lo encontraron gracioso—. En este caso —continuó—, al parecer criticó a la familia real y defendió su supresión. —De repente ya no reía, ni sus agentes tampoco: estábamos hablando de su propia familia.

—Las ejecuciones se llevan a cabo en público, si no me equivoco.

—Así es —contestó—. Al Nasuri fue decapitado cerca de donde nos encontramos ahora, en el aparcamiento que hay delante de la mezquita.

Incliné la cabeza... Dios, qué desastre. Una decapitación en público sería suficiente para radicalizar a cualquiera. No me extrañó que el hijo, al hacerse mayor, se convirtiera en terrorista.

—¿Qué edad tenía entonces Zakaria al Nasuri?

De nuevo consultó los documentos.

—Catorce años.

Lancé un suspiro.

—¿Existe alguna prueba de que presenciara la ejecución?

Todo aquello era tan catastrófico que cualquier hipótesis era posible.

—Nadie lo supo con seguridad, pero tenemos una fotografía tomada en la plaza, y en aquella fecha varios agentes pensaron que seguramente se trataba del hijo. De manera que se archivó en el expediente familiar.

Sacó una foto vieja de una carpeta y me la pasó.

Era en blanco y negro, y había sido tomada desde un ángulo elevado, por lo que sin duda era de una cámara de vigilancia. En ella se veía a un adolescente alto y desgarbado, azotado por un fuerte viento del desierto en medio de la plaza, casi vacía.

Todo su lenguaje corporal —la absoluta desolación que se apreciaba en la postura del muchacho— hablaba tan claramente de dolor y de sentimiento de pérdida que apenas tuve dudas de que se trataba del Sarraceno. En la foto había también un policía que se dirigía hacia él enarbolando su caña de bambú para ahuyentarlo de allí, y por eso él estaba medio de espaldas a la cámara, con el rostro mirando hacia el agente. Ni siquiera en aquel momento, teniendo en la mano una fotografía suya, pude verle la cara. No fui consciente de ello, pero era un mal presagio.

Metí la foto en la funda de plástico, y el director prosiguió con su informe.

—Los datos del Departamento de Inmigración demuestran que, poco después de la ejecución del padre, la madre se llevó a sus tres hijos a vivir a Baréin. Dudo que tuviera mucho donde elegir; teniendo en cuenta el carácter del delito cometido por su marido, seguramente pasó a ser una marginada entre sus parientes y sus amigos. El exilio debió de suponer un alivio para ellos —agregó, encogiendo los hombros—. Aun así, dado el historial familiar, nosotros seguimos interesándonos por lo que hacían, al menos durante los primeros años. Baréin es un vecino con el que tenemos buenas relaciones, y estuvieron vigilándolos para nosotros.

Pasó a otra carpeta, y al hacer aquel movimiento se le alzó un poco la manga de la *zobe* y dejó ver un Rolex de oro y zafiros que probablemente le había costado más de lo que la mayoría de la gente de su país ganaba en toda una vida. Extrajo varios folios. Imaginé que serían informes sobre el terreno de agentes que estaban realizando las labores de vigilancia.

—La madre se puso a trabajar —dijo el director examinando el texto— y renunció a seguir llevando el velo. ¿Qué nos dice eso? —preguntó mirando a sus hombres—. Que no era precisamente una buena madre ni una buena musulmana, ¿cierto? —Su equipo asintió con murmullos.

«Bueno, a lo mejor el hecho de que su marido fuera decapitado tuvo algo que ver con que ella se pusiera a trabajar», pensé yo. Carter no se había equivocado acerca de aquella gente, pero ¿qué alternativa teníamos? En aquel momento los necesitábamos.

—El muchacho empezó a frecuentar una pequeña mezquita, muy conservadora y antioccidental, de los alrededores de Manama, la capital. En torno a la fecha de su dieciséis cumpleaños, lo ayudaron a pagarse un billete de avión a Pakistán...

Contuve la respiración. Un muchacho de dieciséis años era sólo un crío, pero hice un cálculo rápido para averiguar de qué año estábamos hablando.

—¿Fue a Afganistán? —pregunté—. ¿Me está diciendo que se hizo muyahidín?

—Sí —respondió el director—. Incluso llegó a decirse que era un héroe, que derribó tres helicópteros Hind de combate.

De repente, comprendí por qué había ido hasta el Hindu Kush a poner a prueba su nueva cepa del virus. Y también dónde había encontrado los explosivos para sembrar de minas la aldea y cómo se las había arreglado para escapar de los australianos por olvidadas pistas de montaña. Me vino a la memoria otro saudí que había ido a Afganistán a luchar contra los soviéticos; él también era un fundamentalista, un hombre que había odiado con gran vehemencia a la familia real y que había acabado atacando a Estados Unidos: Osama bin Laden.

—Así que estuvo en Afganistán. ¿Qué hizo después? —quise saber.

—Sólo tenemos un documento más —contestó el director a la vez que cogía el fajo de papeles atados con una cinta roja.

Lo abrió y sacó un impreso de aspecto imponente, escrito en árabe y estampado con un sello oficial.

—Hemos encontrado esto en los archivos en papel. Nos fue enviado hace veinte años por el gobierno de Afganistán. —Me lo entregó—. Es un certificado de defunción.

»Como ya dije, parece que ha habido un error. Este hombre falleció dos semanas antes de que la guerra finalizase.

Me quedé mirando al director, sin siquiera bajar la vista al documento, incapaz de decir nada.

—Como puede ver, está usted persiguiendo a otro hombre —me dijo—. Zakaria al Nasuri está muerto.

6

·

Contemplé la luna creciente que se elevaba sobre el mar Rojo,
observé los minaretes de la mezquita de la ciudad, erguidos como
guardianes mudos. Sentí la cercana proximidad del desierto e imaginé el sonido de las bombas de petróleo extrayendo de las dunas
diez millones de barriles al día.

Aún tenía en la mano el certificado de defunción, y me había
acercado hasta una ventana sin decir nada; necesitaba un minuto para tranquilizarme, para pensar. Recurrí a mi fuerza de voluntad para obligarme a reflexionar sobre la situación. Zakaria al Nasuri no podía estar muerto, yo sabía con certeza que Leila Cumali
había estado hablando con él, su hermano, por teléfono. Además, había oído su voz grabada, incluso había conocido a su hijo.
El ADN no miente.

Entonces, ¿qué significaba aquello, un certificado de defunción
expedido tanto tiempo atrás? Me llevó unos instantes comprender
la respuesta, que fue peor de lo que podría haber imaginado. Sentí
que se me hacía un nudo en el estómago, y he de reconocer que, durante unos momentos de angustia, me entraron ganas de vomitar.

Sin embargo, sabía que la voluntad de no replegarse nunca,
de no rendirse, es uno de los elementos que caracterizan a una
misión exitosa, y tal vez, incluso, a la propia vida. Como rezaba el
verso que me recitó el Susurrador: «Ve hacia tu dios como todo
un soldado.»

Tenía cien pares de ojos clavados en mi espalda, y me volví
para hacerles frente.

—No está muerto —afirmé con total convicción—. Es imposible. Tiene un hijo de seis años, hemos analizado su ADN.

Vi cómo se extendía la alarma entre todos los presentes. ¿Estaba afirmando que la inteligencia saudí había cometido un error o que era incompetente? Había sido un necio. En mi desesperación y mi confusión, había olvidado la importancia de utilizar la adulación y las buenas maneras. Agarré los remos y reculé a toda prisa.

—Por supuesto, se necesita una organización que posea tanta habilidad y experiencia como la Mabahiz, por no mencionar su excelso liderazgo, para detectar cosas que nosotros nunca podríamos detectar.

Me salió un discurso tan edulcorado que podría haber provocado una diabetes, pero logró su propósito: todo el mundo se relajó, sonrió y asintió.

A continuación señalé el documento.

—Estoy convencido de que, en las últimas semanas de la guerra, el propio Zakaria al Nasuri compró su certificado de defunción, o en las calles de Kabul o sobornando a algún funcionario afgano.

—¿Por qué? —quiso saber el director.

—Porque había sido un muyahidín, y sabía que las personas como nosotros siempre intentaríamos darle caza. Puede incluso que ya entonces estuviera planeando librar una guerra mucho más amplia. En cuanto consiguió ese certificado, adoptó una nueva identidad. No debió de resultarle difícil. Afganistán, Pakistán, Irán... toda esa región era un caos por aquel entonces, había corrupción por todas partes. —Callé unos instantes y me enfrenté a mi fracaso—: Yo diría que se las arregló para adquirir un pasaporte nuevo.

El director me miró fijamente.

—¿Entiende cuál es la situación? —me dijo—. Eso quiere decir que no conocemos ni su nombre, ni su nacionalidad, ni con qué bandera está navegando...

—Es cierto, no sabemos nada —coincidí, procurando disimular la frustración que sentía—. Pero en alguna parte —proseguí—, alguna persona del mundo árabe habrá oído hablar de un hombre de esa misma edad, un antiguo muyahidín, un exiliado, cuyo padre fue ejecutado en Arabia Saudí. ¿Cuántos hombres así puede haber? Tenemos que tirar de ese hilo.

El director reflexionó unos instantes, y hasta me pareció ver cómo iban pasando los segundos en su reloj de un millón de dólares.

—Si hay algo, tendría que estar en los archivos informatizados —dijo por fin, pensando en voz alta—. Deberíamos haberlo encontrado ya. Es posible que en los archivos en papel también haya algo, de hace mucho tiempo.

A continuación, empezó a hablar en árabe con aspereza, dictando órdenes. Por el revuelo de actividad que estalló a nuestro alrededor, deduje que había pedido que trajeran refuerzos, que acudieran más analistas e investigadores, y que hicieran venir a agentes que llevaban mucho tiempo jubilados y que tal vez se acordasen de algo. Al instante, varias decenas de los agentes más veteranos se levantaron de sus asientos, cogieron sus ordenadores portátiles y su tabaco y se dirigieron a los ascensores.

El director me los señaló.

—Ése es el grupo principal de investigación, va a empezar a examinar los archivos en papel. Tengo otros doscientos hombres a punto de llegar, pero debo advertirle que esto no será rápido. Arriba hay un apartamento, ¿por qué no descansa un poco?

Le di las gracias, pero sabía que no podría descansar. Consulté el reloj: faltaban seis horas para la llamada que debía hacer a los dos hombres que estaban esperando en el Despacho Oval. Me volví hacia la ventana y contemplé la noche cuajada de estrellas. Allí fuera había un desierto tan vasto que lo llamaban la «Región Vacía», y de nuevo volví a pensar en el Sarraceno.

T. E. Lawrence, Lawrence de Arabia, sabía algo acerca de aquella parte del mundo y de la naturaleza de los hombres. Dijo que los soñadores de aquella época eran gente peligrosa, que intentaban vivir sus sueños para hacerlos realidad. El sueño de Zakaria al Nasuri era destruirnos a todos. El mío era capturarlo a él. Me pregunté cuál de los dos se despertaría al día siguiente y descubriría que su pesadilla había comenzado.

7

Aquellos pasillos medían kilómetros. A uno y otro lado se elevaban estanterías motorizadas de seis metros de altura, semejantes a monolitos. Había un panel de control en el que se introducía un número de referencia, un nombre o cualquier otro dato, y las estanterías se desplazaban sin hacer ruido y mostraban los archivos correspondientes. Era como estar dentro del disco duro de un ordenador.

Había dieciocho plantas idénticas a aquélla, todas abarrotadas de archivos en papel: los datos de décadas y más décadas de vigilancia, traición y sospecha. Escondido muy por debajo de la oficina regional de la Mabahiz, con todas sus dependencias comunicadas por medio de un atrio central, dicho complejo aparecía ahora inundado de hombres que buscaban en las estanterías y sacaban cajas llenas de archivos. El director había cumplido su palabra, y había puesto a trabajar a todos los agentes y analistas que pudo encontrar.

Yo había salido de la sala de reuniones y me había sentado junto a varios de los agentes superiores en un puesto de mando suspendido sobre el atrio, y desde allí estaba contemplando a los equipos que, en cada una de las plantas, desarmaban amarillentas carpetas de papel y rebuscaban entre montañas de datos alguna referencia, cualquier mención, de un hombre cuyo padre había sido ejecutado en Arabia Saudí tantos años atrás.

Tres horas viéndolos registrar archivos en árabe, tres horas en un sótano sin ventanas acompañado de unos individuos que no tocaban el alcohol, pero que fumaban treinta cigarrillos al día; tres horas contando los minutos, y cada vez más cerca de la desesperación total. Naturalmente, cuando uno de los agentes que se sentaban a mi lado dijo que los del primer pelotón se disponían ya a entrevistar a personas que tal vez pudieran aportar algo a las lagunas que había en el relato, cogí mi chaqueta y me fui con ellos.

Los tres agentes eran tipos duros. El más joven tenía veintitantos años y un cociente intelectual tan bajo que imaginé que debían regarlo dos veces al día. Por el camino fuimos recogiendo a otros colegas suyos —hasta un total de ocho—, y subimos todos a un convoy formado por cuatro todoterrenos de color negro cuyas lunas tenían tanto *majfí* que parecía que todo el tiempo fuera de noche. No obstante, estoy seguro de que aquellos cristales tintados cumplían admirablemente su verdadero propósito: que ningún ciudadano normal y corriente que los viera pasar dejara de asustarse.

Recorrimos varios kilómetros serpenteando por la ciudad —cuatro millones y medio de habitantes atrapados en pleno desierto, la mitad de los cuales por lo visto trabajaban para Aramco, la mayor empresa petrolera del mundo—, y fuimos preguntando a diversas personas por una familia que hacía mucho tiempo que había desaparecido. Nos sentamos en los *machlis* —salones formales— de viviendas pobres ubicadas en las afueras e interrogamos a hombres a quienes les temblaban las manos; vimos a niños de ojos oscuros que nos observaban desde las puertas y vislumbramos a mujeres cubiertas con el velo y vestidas con *burkas* que corrían a esconderse cuando veían que nos acercábamos. Visitamos a un anciano llamado Said bin Abdulá bin Mabruk al Bishi —el verdugo del Estado que había decapitado al padre de Al Nasuri— con la esperanza de que el condenado, en sus últimos momentos, hubiera dicho algo acerca de la profesión y el futuro que deseaba para su hijo. Después de aquello, fuimos hasta una modesta villa situada lo bastante cerca del mar para percibir el olor a sal, y, por alguna razón que no supe explicar, le hice una foto con el teléfono móvil —allí era donde había vivido Al Nasuri de pequeño—. Estuvimos interrogando al hombre que se había instalado en la casa después de que la familia huyera, por si hubiera tenido alguna noticia suya en los años posteriores.

Nadie había oído nada.

Por fin hicimos un descanso y paramos en un café que había en la carretera. Nos sentamos en la terraza. Estábamos escuchando al idiota veinteañero hablar de una chica que había conocido en Marruecos, cuando de pronto sonó un teléfono móvil y me solicitaron que regresara inmediatamente.

El equipo se hallaba reunido en una sala de investigación sin tabiques que había a un lado del atrio, en medio de una nube de humo de tabaco. El director estaba de pie junto a una mesa, con una caja de archivos delante y muchas cajas más apiladas en el suelo. De ellas rebosaban amarillentos informes sobre el terreno, entrevistas a informadores y datos recabados de chivatazos y chismorreos.

El director me contó que habían encontrado una caja que contenía material considerado de escaso valor, sobre varias mezquitas de carácter conservador que había en Baréin.

—Sin embargo, un breve expediente ha resultado ser de interés —afirmó—. Tiene que ver con una pequeña mezquita situada a las afueras de Manama, la capital. —Me miró para cerciorarse de que comprendía la importancia de lo que acababa de decir.

—¿Era la mezquita que frecuentaba Zakaria al Nasuri? —pregunté, procurando mantener un tono de voz neutro, pero luchando por reprimir un súbito sentimiento de esperanza.

El director asintió.

—El expediente contenía la habitual palabrería que no conduce a nada y unos cuantos registros incompletos de los miembros, pero enterrado entre todo eso había esto... —Sostuvo en alto un documento de tres páginas, escrito en árabe—. Hace aproximadamente cinco años, un agente de campo de bajo nivel entrevistó a un voluntario saudí que había llevado alimentos y medicinas a los refugiados de la Franja de Gaza. Mientras descargaba camiones en un hospital desvencijado, oyó hablar de un hombre al que habían ingresado aquella misma tarde, tras un ataque con misiles israelíes. Al terminar su trabajo, subió a verlo para ofrecerle su ayuda. El herido, que tenía trozos de metralla alojados cerca de la columna vertebral, sufría delirios intermitentes, y el voluntario acabó pasando la noche sentado a su lado.

El director calló unos instantes para leer el documento y verificar los datos.

—Al parecer, el herido era médico, y hubo un momento en el que, en su delirio, mencionó que en otro tiempo había sido miembro de la mezquita de Manama. Así acaba el informe guardado en este expediente en particular. Todo el mundo supuso que era ciudadano de Baréin, pero eso no era posible, porque mucho más adelante, también delirando, dijo que su padre había sido decapitado en público...

Me incorporé en la silla con tanta rapidez que tuve suerte de no caerme al suelo.

—Baréin no lleva a cabo ese tipo de ejecuciones... —dije.

—Exacto, sólo las practica un país.

—Arabia Saudí —repuse.

—Sí. Por lo visto, el herido viajaba en coche con su esposa palestina y su hijo, cuando cayó sobre ellos un misil. Nadie sabe si el vehículo era un objetivo o si se trató de un daño colateral. La mujer murió, pero no en el acto. El herido, en su verborrea provocada por el delirio, dijo que la sostuvo en sus brazos y que ella le hizo prometer, jurar por Dios, que cuidaría del hijo de ambos. El pequeño sólo había sufrido heridas leves...

—Alabado sea Alá —dijeron todos los presentes en árabe.

—Sin embargo, la madre —continuó el director— sabía que para el niño su muerte supondría una tragedia doble. No sólo la había perdido a ella, además sufría...

—Síndrome de Down —terminé yo con súbita certeza.

—¿Cómo lo ha sabido?

—Es Al Nasuri, sin duda —afirmé al tiempo que me ponía de pie; necesitaba eliminar el exceso de energía nerviosa—. Es su hijo, lo conozco personalmente. ¿Adónde lo envió el hospital, a un orfanato?

—Exacto.

—Dirigido por la Brigada de los Mártires de Al Aqsa, he visto las facturas. —Por fin comprendí por qué Leila Cumali no había enviado el dinero a UNICEF—. ¿Qué más? —pregunté, probablemente con más aspereza de lo que aconsejaban los buenos modales. Por suerte, todos estábamos rebosantes de adrenalina, y nadie se dio cuenta.

—La esposa fallecida se llamaba Amina Ebadi, por lo menos ése es el nombre que utilizaba, porque muchos activistas palestinos usan apodos o nombres de guerra. La hemos investigado, pero no hemos podido encontrar nada.

—Vale, pero ¿qué pasó con él, con el médico? —pregunté con la voz quebrada a causa de la intensidad—. ¿El voluntario supo qué nombre utilizaba?

—Eso es lo extraño... El estado del médico era grave, pero cuando el voluntario regresó al día siguiente le dijeron que se había dado el alta él mismo. Seguramente tenía miedo de lo que pudiera haber dicho mientras deliraba...

—El nombre, director. ¿Averiguó el nombre?

—No.

Me quedé mirándolo.

—¿No hay nada? ¿Nada más?

El director negó con la cabeza.

—Lo hemos examinado de arriba abajo. El informe original no tuvo un seguimiento, por lo visto no era lo bastante relevante para...

—Pues ahora sí que lo es —repliqué un tanto alterado.

Eché la cabeza hacia atrás e intenté respirar. Aquella noticia parecía haber robado el aire —y la energía— de la sala. Los agentes y el director seguían con la vista clavada en mí, pero yo intentaba pensar.

Sabía de Zakaria al Nasuri más de lo que tenía derecho a saber ningún agente encubierto. Sabía que había nacido y se había criado en Yeda, que había estado presente en aquella plaza en que decapitaron a su padre, y que su madre se lo había llevado a vivir en el exilio en Baréin. Conocía el nombre de la mezquita de Manama a la que se había afiliado, y sabía que sus compañeros le habían arreglado el viaje a Afganistán para que fuera a luchar contra los soviéticos. Al finalizar la guerra, compró un certificado de defunción, se las ingenió para adquirir un pasaporte nuevo, y se perdió en los insondables entresijos del mundo árabe. Había estudiado Medicina, se licenció como médico, conoció a una mujer que a veces utilizaba el nombre de Amina Ebadi y se casó con ella. Juntos trabajaron en una frontera en la que no existían ni documentos ni ley alguna: los campos de refugiados de Gaza, un auténtico infierno en la tierra. Y ahora sabía que ambos iban en coche con su hijo cuando fueron alcanzados por un misil israelí que mató a la mujer e hirió al médico. El pequeño fue trasladado a un orfanato, y el médico debió de rogar a su hermana Leila que le echase una mano y lo sacara de allí. Lleno de odio, sin responsabilidades familiares, valiéndose de sus conocimientos médicos, y ayudado por el amplio aluvión de información que circula por internet, se dedicó a sintetizar una nueva cepa del virus de la viruela. Había regresado a Afganistán para poner a prueba su invento, y nosotros le oímos hablar por teléfono, preocupado por su querido hijo, el único vínculo que le quedaba con su esposa muerta.

¿Y después? Después de aquello, la música cesó y ya no hubo nada más. ¿Quién era en la actualidad, qué nombre estaba usando y, más importante todavía, dónde estaba ahora?

—Tiene que haber una forma de entrar —dije en voz queda—. De alguna manera, insistiendo, siempre se encuentra una forma de volver a entrar.

Nadie supo si estaba hablando conmigo mismo o planteando una sugerencia a todos los presentes. Y probablemente tampoco yo lo sabía.

—Eso es todo lo que tenemos sobre ese hombre —zanjó el director señalando con la mano los varios pisos de estanterías motorizadas—. No hay ningún nombre, ninguna identidad ni ningún rastro. Por lo menos, no aquí dentro.

Tenía razón, y el silencio quedó flotando en el aire. Observé a los presentes a través de la neblina formada por el humo de sus cigarrillos. Ninguno de nosotros tenía forma de volver a entrar, se había perdido toda esperanza, y yo supe que... también lo habíamos perdido a él.

Me obligué a contener mi desesperación y enderecé un poco la espalda. Bill siempre me decía que no había excusa para no mostrar buenos modales, y yo estaba en deuda con aquellos saudíes.

—Han hecho ustedes más de lo que nadie podría pedir —dije en voz baja—. Ha sido una tarea ingrata, y, sin embargo, ustedes la han llevado a cabo con talento y buena disposición, y por eso les doy las gracias de todo corazón.

Aquélla era probablemente la primera vez que alguien les dedicaba un elogio sincero en vez de una adulación barata, y en su semblante vi el orgullo que les causaba.

—*Yazak Alá jairán* —dije finalmente, destrozando la pronunciación, pero utilizando una de las pocas frases en árabe que recordaba de mi visita anterior. Era la manera tradicional de dar las gracias: «Que Dios os colme de bendiciones.»

—*Wa iyakum* —contestaron todos sonriendo amablemente, al ver mi esfuerzo, y devolviéndome la frase ya consagrada: «Y a ti también.»

Fue la señal que necesitaban, de modo que se levantaron y empezaron a recogerlo todo. Yo me quedé donde estaba, de pie, solo, intentando a la desesperada encontrar otro camino por el que seguir avanzando, una ruta, una senda. Un milagro.

Repasé el catálogo de mi memoria profesional, dejé que mi mente vagara por todo aquel laberinto de extraños callejones, y no encontré nada.

Había identificado al Sarraceno, pero no lo conocía. Lo había localizado, pero no podía dar con su actual paradero. Era alguien, y sin embargo no era nadie. Aquélla era la verdad, y no había nada en el mundo que pudiera cambiarla.

Consulté el reloj.

8

Fue la peor llamada telefónica que he tenido que hacer en toda mi vida. Nadie estaba enfadado, nadie gritó ni lanzó acusaciones; sin embargo, la sensación de fracaso y de miedo nos invadió a todos.

Después de despedirme del director de la Mabahiz, uno de los todoterrenos negros me llevó hasta el complejo de alta seguridad que albergaba el consulado de Estados Unidos, situado a corta distancia de allí. Carter, el delegado de Beirut, ya había llamado con antelación para avisar al personal de que yo iba para allá, de modo que tardé muy poco en salvar las barreras contra los suicidas y las casetas de los guardias de seguridad.

Una vez dentro, el joven funcionario que estaba de guardia supuso que yo necesitaría una cama para pasar la noche y empezó a guiarme hacia un apartamento para invitados, pero lo detuve antes de llegar al ascensor. Le dije que necesitaba hacer una llamada y que me llevara a la denominada «zona TEMPESTAD» del edificio; es decir, un área especialmente diseñada para impedir escuchas electrónicas. Puede que hubiera terminado cordialmente mi entrevista con los de la Mabahiz, pero eso no quería decir que me fiara de ellos.

El funcionario titubeó unos instantes —sin duda preguntándose quién sería yo exactamente—, y luego empezó a activar los cierres electrónicos de unas puertas a prueba de explosiones para llevarme al corazón del edificio. Atravesamos un punto de control de seguridad interna, lo cual me indicó que estábamos penetrando en el área ocupada por la CIA, y por fin llegamos a una sala de pequeño tamaño en la que sólo había una mesa y un teléfono. Era el lugar más insulso que jamás se ha visto, únicamente caracterizado por la ausencia total de sonido.

Cerré la puerta, activé el bloqueo electrónico, levanté el teléfono y pedí a la operadora que me pusiera con el Despacho Oval.

Respondieron enseguida al teléfono, y oí la voz del presidente. Se notaba que estaba agotado, pero también resultaba obvio que se había animado un poco ante la perspectiva de recibir buenas noticias. Yo les había dicho que iba a conseguir el nombre completo del Sarraceno, su fecha de nacimiento y probablemente una foto, y lo cierto era que había conseguido todas aquellas cosas, sólo que no había previsto que iban a resultar del todo inútiles.

El Susurrador me informó de que él también estaba en línea, y creo que por mi desfallecido saludo adivinó que estaba a punto de sobrevenir un desastre; como todo buen director de agentes, había aprendido a interpretar hasta el más mínimo matiz en el comportamiento de sus hombres.

—¿Qué sucede? —me preguntó con voz tensa.

Se lo conté todo en términos duros, fríos y sin rodeos, como si se tratara de uno de esos partes de accidentes que se leen en los telediarios. Les dije que, pese a todos nuestros esfuerzos y a lo prometedora que era la situación unas horas antes, no teníamos nada con lo que trabajar. Nada en absoluto.

Se hizo un terrible silencio.

—Un minuto antes éramos los gallos del gallinero, y un minuto después no somos más que unos tristes pollos desplumados —dijo por fin el Susurrador—. Hemos fracasado...

—Hemos fracasado y nos hemos quedado sin tiempo —agregó el presidente. Esta vez se le notó claramente el cansancio en la voz, ya desprovista del leve tinte de esperanza que tenía antes.

—¿Y los demás? —pregunté—. Todos los que están buscando el detonante nuclear, ¿han averiguado algo?

—Cien mil personas, y nada —contestó Grosvenor.

—Supongo que en ningún momento hemos tenido la menor posibilidad de éxito. Y me parece que ahora nos encontramos en la peor de las situaciones posibles... —empezó a decir el Susurrador.

—Un tipo sin antecedentes que actúa en solitario —comenté.

—Sin antecedentes, en efecto, pero no actúa totalmente en solitario —replicó.

—¿Qué quieres decir?

—En Afganistán... tuvo que recibir ayuda de alguien, por lo menos durante un tiempo. Un hombre que actúa solo no puede secuestrar a tres rehenes.

Tenía razón, pero aquello no parecía importante, y de todas formas el presidente ya estaba pasando a otra cosa.

—Capturaremos a la mujer lo antes posible... Cómo se llama, ¿Cumali? ¿Es ése el plan? —preguntó al Susurrador.

—Sí. Pilgrim cree que ella no sabe nada, ¿no es así?

—Exacto —respondí—. Señor presidente, como sin duda ya le habrá dicho el Susurrador, la mujer tiene un modo de ponerse en contacto con él, pero yo diría que también tiene alguna forma de indicarle que algo va mal. Cambiará una letra de sitio, utilizará una palabra distinta... algo que le advierta de que debe huir.

—Puede que tenga razón —dijo el presidente—. El hecho de que se hiciera con un maldito certificado de defunción nos dice que es un tipo inteligente. Pero debemos intentarlo, no tenemos más remedio.

—Enviaré a un equipo urgentemente —dijo el Susurrador—. Sacaremos a esa mujer de Turquía y la trasladaremos a Luz Brillante.

Luz Brillante era el nombre en clave de Jun Yuam, la prisión secreta de la CIA situada en la frontera entre Tailandia y Birmania, y en la que yo había estado. Contaban que cuando alguien desaparecía tras los muros de Luz Brillante, ya no volvía a salir. Me extrañó, dada la magnitud de los sucesos a los que nos enfrentábamos, pero no podía evitar pensar en el pequeño y en lo que sería de él. Supuse que regresaría de nuevo a un orfanato, ya fuera en Turquía o en Gaza. En cualquier caso, allí no iba a encontrar ni reverencias ni risas.

—Al amanecer, o justo antes, emitiré una orden presidencial —siguió diciendo Grosvenor— para que cierren las fronteras. Aislaremos el país lo mejor que podamos: aeropuertos, pasos por tierra, puertos de entrada, todo lo que se nos ocurra.

Se hacía obvio que todavía seguían la pista del vector humano, y aunque estuvieran en lo cierto en lo referente al método de diseminación, todos los años entraban en el país más de medio millón de ilegales, lo cual constituía un buen indicador de que cualquier intento de sellar las fronteras serviría de bien poco. Como había dicho el anciano virólogo: «tarde o temprano, todos nos sentamos frente a un banquete de consecuencias».

Aunque yo no creía que aquel plan fuese a funcionar, no dije nada. No tenía otra alternativa, así que habría sido una grosería por mi parte hacerlo pedazos sin tener nada mejor que ofrecer a cambio. Ellos hacían todo lo que estaba en su mano para mantener el país a flote, nada más.

—No tenemos por qué decir que es viruela —sugirió el Susurrador—. Podríamos afirmar que se trata de una gripe aviar sumamente virulenta, algo que, por muy grave que sea, no aterrorice tanto como la viruela. En cuanto digamos que se trata de una cepa mortal de este virus, la reacción pública será tan imposible de prever como el tiempo que hace en el Everest.

—No —repuso Grosvenor, y se hizo evidente que él también lo había meditado—. ¿Qué pasará cuando la verdad salga a la luz? Nuestra única esperanza es que la población colabore. Si se nos da una oportunidad, los estadounidenses nos crecemos ante las adversidades. Sin embargo, si nos sentimos traicionados nunca volvemos a ofrecer nuestra confianza. Un vector, un rastro, eso es lo único que necesitamos, y podemos rastrearlo en sentido inverso. También he pensado en liberar la vacuna. No sé si servirá de algo, pero debemos intentarlo todo y usar cuanto tengamos.

—Sí, señor presidente —dijo el Susurrador—. ¿Qué me dices de ti, Pilgrim, piensas volver a casa?

—Voy a ir a Gaza —respondí.

Esta vez, el primero en reaccionar fue el Susurrador.

—¿Un norteamericano solo en Gaza, sin tapadera? Harán fila para acercarse a ti con cinturones de explosivos y bates de béisbol... no durarás ni un día.

—He estado hablando con los saudíes, y tienen gente sobre el terreno que puede ayudarme.

—Eso quiere decir que la fila sólo será un poco más corta.

—Al Nasuri estuvo en Gaza; es la única pista que tenemos.

—No tiene por qué hacer esto —intervino el presidente—. El hecho de que no hayamos dado con él no tiene por qué repercutir sobre usted. Al contrario. La primera vez que nos vimos, le pedí al

Susurrador que él no interviniera, le dije que usted era el hijo de puta más frío que había conocido en mi vida, pero no me di cuenta de que también era el mejor. Ha realizado un trabajo extraordinario.

—Gracias —dije simplemente.

—No pienso enviarle una carta de recomendación presidencial —siguió a continuación, para aligerar el tono—, ya tiene una.

—Y también unas bolas de golf —repliqué.

Los dos lanzaron una carcajada, y eso me dio una oportunidad.

—Señor presidente, quisiera hacerle una petición.

—Adelante —contestó Grosvenor.

—Hay un pirata informático que hemos sacado de Leavenworth y que ha realizado una labor excepcional. ¿Sería posible no devolverlo a prisión?

—¿Se refiere a que sea indultado?

—Si fuera posible.

—Susurrador, ¿qué dices tú? ¿Conoces a ese tipo?

—Sí, ha realizado un trabajo excelente, yo apoyaría esa iniciativa.

—Muy bien, el Susurrador me dará su nombre para que redacte la orden.

—Gracias, señor presidente —fue todo cuanto pude decir.

Ya estaba imaginándome a Battleboi abrazando a Rachel cuando se enterase de la noticia.

—Buena suerte, Pilgrim —dijo el presidente poniendo fin a la llamada—. Espero verlo de nuevo, en mejores circunstancias.

—No parecía muy seguro de ello.

Cuando se interrumpió la comunicación, me quedé sentado en aquel silencio hermético, pensando que probablemente aquéllos serían los últimos instantes de paz de que disfrutaría durante mucho tiempo. Puede que los últimos de mi vida.

Gaza.

El Susurrador tenía razón: aquél era uno de los lugares más peligrosos del planeta. Lo único bueno era que allí no había donde navegar: por lo menos en Gaza no habría barcos viejos de velas remendadas aguardándome.

Puede que estuvieran esperándome en otro lugar, pero no en Gaza.

9

Aquello era Alemania, de modo que los camiones llegaron con total puntualidad. Eran poco más de las seis de la mañana y caía una ligera llovizna cuando cruzaron por las verjas de seguridad de Chyron.

Tal como habían hecho un millar de veces, los conductores pasaron junto a las cristaleras del edificio de administración, rebasaron las naves de fabricación y por fin se detuvieron en la zona de carga de la parte trasera.

El mozo del almacén —aquel musulmán alto, cuyo nombre nunca recordaba ninguno de los camioneros— estaba ya esperando al volante de una carretilla elevadora para ayudarlos a cargar las cajas de medicamentos de un envío con destino a Estados Unidos. No dijo nada —nunca cruzaba más de dos palabras con ellos—, y aun así a los camioneros les caía bien porque trabajaba deprisa y parecía ser un poco más inteligente que la mayoría de sus compañeros.

El envío era considerable, e incluía de todo: desde palés de vacunas hasta cargamentos de antibióticos —millones de dosis de distintos fármacos—. A pesar de ello, el Sarraceno lo cargó en los camiones en menos de cinco minutos. Además, tenía toda la documentación preparada, y los conductores sabían que con él no era necesario examinarla, porque siempre era correcta.

Cogieron los documentos, echaron a correr bajo la lluvia, se subieron a sus camiones y pusieron rumbo a la autopista A5 en un tiempo récord.

Si hubieran mirado por el espejo retrovisor, cosa que no hizo ninguno de ellos, habrían visto que el Sarraceno no se movía en la carretilla, sino que permanecía allí sentado, pensativo, contemplando cómo se perdían de vista. Sabía que la lluvia y las obras de la A5 —aquella autopista siempre estaba en obras— los retrasarían bastante, por eso se había dado tanta prisa. Sin embargo, no fue suficiente, y su envío no llegaría a tiempo para partir en los vuelos que tenía asignados.

Finalmente inclinó la cabeza, la apoyó en los antebrazos y dejó que su mente vagara entre la oración y el agotamiento. Todo había terminado, ya no estaba en sus manos, y la sensación de alivio que lo inundó fue tan inmensa que sintió que los ojos se le llenaban de lágrimas. Por fin había sido liberado de la aplastante responsabilidad de los tres últimos años, del gran peso que suponía hacer la voluntad de Alá. El arma volaba libre, y el desenlace de aquella misión, el bienestar de las naciones, la supervivencia de la inocencia que quedaba en el mundo, fuera la que fuese, descansaban en un sistema de control de fronteras que, según su convencimiento, era tan tenue que resultaba prácticamente inexistente. Sin embargo, aquello ya no estaba en su mano, él había hecho todo lo que había podido. Ahora todo dependía de la voluntad de Dios.

Invadido cada vez más por un sentimiento de libertad, levantó la cabeza y se bajó del asiento del conductor. Regresó andando al interior del almacén, fue hasta su taquilla y la vació. Por primera y última vez desde que empezó a trabajar en Chyron, no aguardó a que finalizara su turno. Se echó la mochila al hombro, pasó por las verjas de seguridad sin que nadie reparase en su presencia y, con el corazón henchido, se alejó andando por la calle desierta, bajo la llovizna.

Regresó a su diminuto apartamento, en el que no había nada más que una cama, una mesa y un lavabo en un rincón, tiró a la basura la comida que había en los armarios, metió la ropa en la mochila, dejó las llaves encima de la mesa y se fue de allí cerrando la puerta, sin más. No hizo el menor intento de cobrar el sueldo que le debían, ni de esperar a que le reembolsaran la fianza del alquiler, y tampoco se despidió de los hombres de la mezquita de la Wilhelmstrasse que tan generosos habían sido con él: se marchó tan misteriosamente como había llegado.

Mientras la ciudad iba despertando, se dirigió con paso vivo hacia la estación de tren, compró un billete y, unos minutos más tarde, subió al expreso de Fráncfort. Allí recuperaría su equipaje y su maletín médico, guardados en la consigna de larga estancia, se metería en un aseo público y volvería a adoptar la indumentaria y la identidad de un médico libanés que había estado de visita para asistir a una conferencia en el Messe.

Por espacio de varias semanas, a medida que su misión iba acercándose al final, había pensado cada vez más en lo que iba a hacer a partir de entonces. No sentía el menor deseo de quedarse en Alemania y no tenía ninguna razón para regresar al Líbano. Sabía que, al cabo de pocos días, una nueva epidemia —la «viruela negra», la llamaba él— irrumpiría de improviso en la conciencia de la población. Se iría abriendo paso poco a poco, como el fuego de una cerilla en un pajar, pero rápidamente se transformaría en lo que los científicos denominan un «proceso de autoamplificación» —una explosión— y prendería fuego al establo entero.

Estados Unidos, el gran infiel, se convertiría en la zona cero, y la tasa de mortalidad alcanzaría proporciones astronómicas. A continuación, Israel, privado de su protector, se vería indefenso y por fin quedaría a merced de sus enemigos cercanos. Cuando la actividad económica se despeñara por un abismo sin fin, el precio del petróleo se derrumbaría, y la élite gobernante de Arabia Saudí, incapaz de seguir sobornando a su propio pueblo y sin el apoyo de Estados Unidos, aplicaría una feroz represión debida al miedo y sembraría la semilla de su destrucción por sí sola.

A corto plazo, el mundo cerraría las fronteras y viajar se haría imposible, puesto que las naciones buscarían la seguridad en la cuarentena y el aislamiento. Algunas tendrían más éxito que otras, y aunque en los cien años anteriores a la erradicación de la viruela habían muerto mil millones de personas, en el mundo moderno no había sucedido nada parecido, ni siquiera con el sida, de modo que nadie sería capaz de predecir hasta dónde crecerían los ríos de la infección ni dónde desembocarían.

A medida que el día de la muerte —así lo denominaba él— iba aproximándose, el deseo de estar con su hijo se acrecentaba. No le importaba lo que ocurriese. Si ambos perdían la vida, sería la voluntad de Alá, y lo único que pedía era estar con su hijo para poder abrazarlo y decirle que no tenía nada que temer, ni en este mundo ni en el próximo. Si Dios permitía que ellos sobrevivieran, en cuanto pudiera se lo llevaría a Afganistán. Los dos juntos recorrerían los cauces secos y sombreados, y tal vez le mostrase las laderas de las montañas en las que había derribado a aquellos temibles helicópteros soviéticos. Cuando el verano diera paso al otoño, atravesarían los valles que se veían a lo lejos y se dirigirían a la fortaleza de Abdul Mohamed Kan. ¿Qué mejor lugar para educar a un hijo que entre aquellos hombres valientes y devotos de Dios? Sólo cuando llegara el momento adecuado, regresarían a Arabia Saudí y reirían y envejecerían juntos, en la tierra más cercana al alma de su padre.

¿Volver a estar con su hijo? Aquel pensamiento lo había ayudado a sobrellevar todo lo que tuvo que soportar en Karlsruhe. Una noche se sentó en un cibercafé y se puso a buscar en la red. Ya había encontrado una casa de huéspedes en Milas adecuada para un musulmán devoto.

Sí, en Fráncfort volvería a ser médico, tomaría el tren hasta el aeropuerto y embarcaría en un avión. Iría a Bodrum.

10

A bordo de un reactor privado y a la máxima velocidad posible, se tardan unas dos horas en volar desde Yeda hasta la Franja de Gaza, una isla de abyecto sufrimiento encajada entre Israel y Egipto, hogar de un millón y medio de árabes que no tienen país, y por lo menos de veinte grupos identificados por el Departamento de Estado como organizaciones terroristas.

La delegación de Beirut había cambiado el Gulfstream rojo y hortera del comerciante de armas por un Learjet de la CIA decorado en tres tonalidades de beis. Éste, por lo menos, no me dio dolor de cabeza. Y aunque eso podría haber sido una ventaja, lo malo era que no disponía de una cama, un detalle que resultó tener su importancia. Me vi obligado a viajar sentado y sin tener otra cosa que mirar que incontables kilómetros de arena y torres petroleras, de modo que mi única compañía fueron mis pensamientos.

Y para ser sincero, como compañeros, fueron de lo peor. No me considero una persona vanidosa, pero sí poseo una generosa dosis de orgullo profesional. A bordo de un avión y a treinta mil pies de altitud no había ningún sitio donde esconderse, sobre todo de la verdad. Me había dado de bruces con Zakaria al Nasuri, y me había derrotado.

Tal vez nunca había tenido la menor posibilidad de vencerlo, él era demasiado bueno, demasiado listo, y me llevaba demasiada delantera para que pudiera atraparlo. Él era quien había transportado sacos de cal viva por las montañas del Hindu Kush. Cal viva a lomos de caballos de carga... ¡a lo largo de ochocientos kilómetros y a través de uno de los territorios más inhóspitos del planeta! Había planeado cada paso, cada detalle. Ciertamente, un hombre capaz de hacer algo así habría pensado en el día en que alguien de mi oficio intentara dar con él. Igual que un fugitivo que huye corriendo sobre nieve recién caída, había ido borrando sus huellas. Muchos años antes, había sido capaz de conseguir un certificado de defunción y un pasaporte falso. Sí, quizá me llevase demasiada delantera para que yo pudiera esperar atraparlo.

Y sin embargo, a mi modo de ver, no podríamos haber hecho las cosas de otra manera. De las diez personas que conocían el secreto, los ocho altos cargos del gobierno no sólo habían guardado silencio, sino que además habían actuado con una rapidez que resultaba admirable. Sin pecar de falsa modestia, los otros dos miembros del grupo —el Susurrador y yo— éramos de los mejores del mundo en nuestro oficio, y contábamos con todos los recursos y la tecnología que era capaz de proporcionar el país más poderoso de la tierra. Éramos depredadores en lo más alto de la cadena trófica, y como tales estábamos programados para cazar...

Hice un alto para rectificar. No todos los depredadores situados en la cúspide de la cadena alimentaria actuaban así, me acordé por lo menos de uno que no lo hacía: los tiburones persiguen a sus presas, pero los cocodrilos se quedan agazapados y en silencio entre los cañaverales, esperando a que su presa se acerque a ellos.

En aquel momento caí en la cuenta de cuál había sido nuestro error: habíamos perseguido al Sarraceno, cuando deberíamos haberle tendido una trampa. En una persecución lineal no íbamos a tener ninguna oportunidad de cazarlo: nos llevaba mucho terreno ganado. En cambio, si le hubiéramos tendido una trampa, dicha ventaja no habría importado.

¿Habría tiempo todavía? Quizá nos quedase una carta por jugar, otra tirada de dados, una última bala en la recámara. No sabía cómo, pero teníamos que obligarlo a salir de las sombras y hacerlo caer en el foso.

Estuve mirando por la ventanilla durante un rato que se me antojó una vida entera. Ya no veía las nubes ni las torres petroleras. Ahora iba pensando en que ciertamente teníamos una posibilidad, y me basaba en una sola cosa, en una lección que me había enseñado mucho tiempo atrás un banquero de Ginebra: que el amor no es débil, el amor es poderoso.

Me desabroché el cinturón de seguridad y me puse de pie. Ni siquiera me había dado cuenta de que las turbulencias en aire claro estaban zarandeando el pequeño reactor, que cabeceaba y daba bandazos, pero no tuve tiempo de preocuparme porque me fui de cabeza contra la parte delantera de la cabina, y a punto estuve de chocar contra el techo cuando el aparato bajó el morro súbitamente. Me agarré al respaldo de un asiento y, medio gateando medio volando, llegué como pude hasta el pequeño armario en el que estaba el teléfono seguro de la CIA.

Aferré el auricular y efectué una llamada.

11

El Susurrador contestó casi inmediatamente, pero su voz, todavía más suave que de costumbre, sonaba tan ronca que parecía ácido deshaciendo la grava. Un exceso de estrés, muy pocas horas de sueño, demasiadas decepciones para un solo hombre.

Le hablé de la equivocación que habíamos cometido al intentar perseguir al Sarraceno, y le expliqué lo que quería probar ahora, no todos los detalles, sino tan sólo las líneas maestras. Por suerte, el Susurrador poseía tanta experiencia que no necesitó que le diera demasiadas explicaciones.

Le dije que debíamos aplazar la entrega de Cumali y convencer al presidente de que postergara el discurso que tenía previsto dirigir a la nación.

—Necesito tiempo para que funcione, Dave —rogué.

El Susurrador intentó lanzar una carcajada.

—Me estás pidiendo precisamente lo único que no tenemos —replicó, y de nuevo capté el cansancio que traslucía su tono de voz—. No podemos aplazar nada, he hablado con él hace veinte minutos, y es imposible.

Defendí mi postura, le supliqué y, finalmente, al ver que no conseguía nada, le dije irritado que más le valía hacerme caso porque yo era el mejor agente de mi generación y, coño, le estaba diciendo que teníamos una oportunidad de ganar. El Susurrador guardó silencio durante unos instantes, y noté que aquel arrebato de vanidad por mi parte, tan poco habitual en mí, lo había dejado perplejo. Me pidió que aguardase un momento.

De modo que aguardé agarrado a aquel teléfono, tanto en sentido literal como metafórico, soportando los cabeceos y los balanceos de las turbulencias mientras él se comunicaba con el presidente a través de otro teléfono. Unos minutos después, oí sus pisadas repiqueteando en el suelo de madera de su estudio.

—Acabo de hablar con Grosvenor —me informó—. En su opinión, ese plan no funcionará, no cree en él...

—¡Joder, Dave! —lo interrumpí—. ¿Le has explicado cuál ha sido nuestro error?

—Claro que sí —contestó el Susurrador en tono tajante—. Le he dicho que hemos cabalgado todos en grupo, cuando deberíamos haber actuado como un forajido que está esperando a que llegue el tren. ¿Te parece que he sido lo bastante claro?

—¿Y aun así sigue sin entenderlo?

—No me has dejado acabar. Grosvenor me ha dicho que no cree en tu plan, pero que sí cree en ti. Dispones de treinta y seis horas.

De repente, me inundó el alivio. Una oportunidad más para alcanzar la salvación, una oportunidad más para obtener la redención.

—Gracias —contesté con timidez.

—Llámanos con lo que sea, bueno o malo. Si la cosa empieza a desmoronarse, Grosvenor quiere saberlo de inmediato. Ya tiene escrito el discurso que va a dirigir a la nación, y ha dicho que no quiere falsas esperanzas ni piensa permitir que las ilusiones se impongan a la lógica. Si es una cagada, no intentaremos maquillarla.

—De acuerdo —respondí.

—Mi teléfono ya lo tienes; anota otro más por si acaso surge algún problema. Es el de Grosvenor.

Aunque mi memoria era excelente, no quise fiarme de ella, de manera que saqué el móvil, marqué los dígitos que me facilitó el Susurrador y los guardé en el número de marcación rápida de emergencias. Todavía estaba pulsando teclas cuando el Susurrador continuó hablándome:

—Muy bien, así que tenemos treinta y seis horas y las líneas generales de un plan. Vamos a ponerlo en práctica. ¿Cuál es el primer paso?

—Una llamada telefónica —contesté—. Pero no podemos hacerla nosotros, debe parecer auténtica. ¿Cuál es el efectivo de mayor nivel que tenemos en la inteligencia turca?

Dada la importancia estratégica de Turquía, yo sabía que la CIA, al igual que todas las principales agencias de inteligencia, sin duda habría pasado años captando colaboradores en el seno de la MIT.

El Susurrador no dijo nada; le estaba pidiendo que hablase de uno de los secretos mejor guardados del país.

—¿Dave...? —lo insté.

—Hay una persona que podría servirnos —dijo de mala gana.

—¿Quién? —Sabía que estaba presionando demasiado, pero necesitaba garantías de que aquello iba a funcionar.

—Joder, no me pidas eso —repuso.

—¿Quién?

—Hay dos subdirectores de la MIT —dijo por fin—. Uno de ellos ha sido siempre de Walmart, pero prefiere Gucci, ¿vale?

—Hay que joderse... ¿un subdirector? —repuse, estupefacto. Pese a los años que había pasado en la División, todavía me sorprendía el grado de traición que existía en el mundo del espionaje—. No va a gustarle hacer esto —afirmé.

—No tendrá más remedio, lo amenazaré con entregarlo a su gobierno. Puede que en Turquía sigan ahorcando a los traidores. ¿Cuáles son los detalles?

Oí que movía papeles y me pareció que buscaba un bolígrafo para apuntar.

Cuando hube terminado, me leyó los puntos principales, pero había hecho mucho más que memorizarlos: los había mejorado y moldeado sobre la marcha, y una vez más di gracias a Dios por contar con un director de agentes tan bueno.

—¿Y ahora qué? —me preguntó—. ¿Lo llamo y lo obligo a que ponga manos a la obra?

—Sí, si queremos que el plan salga bien, debemos actuar con la máxima premura.

Colgué, y mientras el Susurrador dejaba caer una bomba sobre el subdirector de la MIT, llamé con los nudillos a la puerta del piloto.

—¿Qué ocurre? —respondió la voz del ex piloto de la USAF por el interfono.

—Cambio de planes. Olvídese de Gaza, nos vamos a Bodrum.

La puerta se abrió de repente.

—¿Dónde está Bodrum?

Le contesté a gritos, de camino a toda prisa hacia el teléfono de a bordo. Tenía otra llamada urgente que hacer.

12

Cuando sonó su teléfono, Bradley estaba en un bar del Lower East Side. No se trataba de ningún garito para *hipsters* en el que sirvieran tapas y un «menú de degustación», sino de un verdadero antro con las paredes impregnadas de nicotina en el que servían bebidas lo bastante fuertes para que a uno se le enroscasen los dedos de los pies. Era un último vestigio del antiguo Nueva York, o, dicho de otro modo, un bar de policías.

Ben estaba en la despedida de un viejo colega, y, gracias a la popularidad del que se jubilaba y al diseño del tugurio en cuestión, el único sitio en el que podía escapar de tanto ruido y tanta gente era la calle. De modo que cuando fue reclutado para acudir a la primera línea del mundo del espionaje, estaba bajo la lluvia sosteniendo en la mano una enorme jarra de cerveza.

—¿Dónde estás? —me preguntó.

—En un avión de la CIA, sobrevolando Jordania —contesté. No merecía la pena enmascararlo, necesitaba que Ben se sorprendiera, que oyera sonar el clarín—. En cuanto cuelgues —proseguí—, quiero que llames al tipo al que has estado pasando mensajes, a David McKinley, es el director de inteligencia de Estados Unidos.

Oí que Bradley inspiraba profundamente.

—Mierda, pensaba que...

—Olvídate de lo que pensabas, esto es la realidad. Dile a Dave que necesito un copiloto con urgencia. Te mandará un helicóptero para llevarte hasta un aeropuerto, donde tomarás un avión oficial.

—¿Adónde voy? —quiso saber.

—A Bodrum. Ya se encargará McKinley de la documentación, ahora eres un detective de la policía de Nueva York que investiga el asesinato de Ingrid Kohl.

—¿Quién es Ingrid Kohl?

—La muerta que encontraste en el Eastside Inn.

—¿Cómo has...?

—Te lo explicaré más tarde —lo interrumpí, y di gracias al cielo de que hubieran aparecido Cameron y la tal Ingrid o quien fuera en realidad, porque los delitos que habían cometido me habían llevado hasta Turquía y por lo menos nos habían dado una oportunidad.

—Iré a recogerte al aeropuerto —le dije—. Ah, Ben, no te olvides de traer tu arma.

A diez mil metros de altura, virando en dirección a Bodrum y con las turbulencias remitiendo por fin, supuse que, si todo salía conforme al plan, Ben no iba a necesitar la pistola. Pero, claro, ¿cómo iba a esperar que las cosas salieran bien?

13

A pesar de que protestó con vehemencia, el subdirector de la MIT turca hizo la llamada telefónica veinte minutos después de que yo hubiera hablado con el Susurrador. La destinataria era Leila Cumali.

No llegué a escuchar la conversación, desde luego, pero más tarde leí la traducción al inglés de la transcripción. Incluso en aquel documento, desprovisto de inflexiones y de emociones, se notaba claramente que el de la MIT era un maestro en su oficio. Ordenó a uno de sus ayudantes que telefonease a Cumali y que fijase una hora para que ella lo llamara a él. A la detective le facilitaron el número de la centralita de la MIT, de modo que, para cuando hubiera pasado por diversos asistentes, ya no le quedaría la menor duda de que iba a hablar con un hombre muy poderoso.

En tono educado, el subdirector le dijo que necesitaba su ayuda en un asunto sumamente confidencial relacionado con la visita de un extranjero. Dios, qué aliviada debió de sentirse Cumali cuando vio que no la estaban investigando a ella.

—¿Conoce usted bien a Brodie David Wilson? —preguntó el subdirector.

En la transcripción se anotó una pausa —seguramente Cumali estaba intentando superar la sorpresa—, pero nuestro espía la alentó.

—Deme sólo su impresión general, detective, no le estoy pidiendo que aporte pruebas —dijo entre risas.

El muy cabrón sabía lo que hacía.

Escuchó con atención mientras Cumali le refería lo que sabía de mí, y la fue interrumpiendo aquí y allá para hacerle creer que se interesaba por lo que le contaba.

—Muy bien, gracias —dijo cuando Cumali calló por fin—. ¿En algún momento ha tenido la sensación de que tal vez no perteneciera al FBI? —preguntó, empezando a fastidiar.

—No... no —respondió Cumali, pero al instante titubeó y lo pensó un poco mejor—. Sí que había algo... Era listo, quiero decir que era muy bueno en su trabajo. Recuerdo que me pregunté si todos los agentes del FBI serían tan buenos como él.

—Ya, eso tiene cierta lógica, lo de que sea muy bueno —comentó el subdirector de forma misteriosa—. Dígame, ¿alguna vez, estando usted presente, realizó alguna llamada que la hiciera a usted sospechar algo, que le pareciera extraña?

—No... pero tenía una costumbre un poco rara, yo no me fijé en aquel detalle, pero mi secretaria sí. Excepto cuando llamaba, siempre llevaba el teléfono móvil sin la batería.

Vaya, pensé yo, a pesar del maquillaje y los zapatos de tacón, Hayrunnisa era más lista de lo que yo había creído.

—¿Y por qué sacaba la batería? —preguntó el subdirector.

—No tengo ni idea.

—En ese caso, permita que la ayude. Si una persona tiene un móvil en el bolsillo, alguien puede encenderlo por control remoto sin que ella se dé cuenta. Una vez encendido, se puede activar el micrófono que lleva incorporado; así, si alguien está pinchando ese teléfono puede oír todo lo que se diga en una habitación. Sin embargo, sin la batería, no existe ese peligro.

—No tenía ni idea —repuso Cumali.

—¿De modo que no sabía que los agentes de inteligencia siempre toman esa precaución?

—¿Los agentes de inteligencia? ¿Puede decirme de qué va esto?

Siguiendo las instrucciones del Susurrador, aquélla era exactamente la pregunta que el subdirector quería que formulase la detective Cumali. Y la manejó como el experto que era.

—Usted es una agente que ha jurado defender la ley, y que goza de muy alta estima, debo añadir. Todo esto es sumamente confidencial.

—Por supuesto.

—En la frontera de Bulgaria tenemos cámaras que graban a todas las personas que la cruzan. Y también conocemos el número de la matrícula del coche que alquiló Brodie Wilson, de modo que, gracias a nuestro software, hemos descubierto que se desplazó a Bulgaria. ¿Sabe usted para qué?

Lo del sistema de reconocimiento de matrículas era falso; sí, existía, pero Turquía ni siquiera soñaba con tenerlo a su disposición. Sin embargo, Cumali no tenía forma de saberlo.

—No —respondió.

—Dos de los hombres que tenemos operando al otro lado de la frontera lo localizaron en una población llamada Svilengrad, donde adquirió un móvil barato y una tarjeta SIM para efectuar una llamada. ¿En algún momento lo ha oído usted mencionar dicha población?

—Nunca.

—A consecuencia de ese hecho, tenemos ahora un gran interés por el agente Wilson. Por razones que no puedo comentar, estamos convencidos de que tal vez no sea ésa su verdadera identidad. Pensamos que se llama Michael John Spitz. ¿Le dice algo ese nombre, detective?

—Nada en absoluto —contestó Cumali.

—Spitz forma parte de un grupo de élite de la CIA —continuó diciendo el subdirector—. Eso explicaría que a usted le haya parecido un investigador tan sobresaliente. Su trabajo consiste en cazar terroristas.

Ya me estaba imaginando la ola de pánico que debió de atenazar el corazón de Cumali, en el interior de su casita encalada del Puerto Antiguo. Estaba seguro de que en aquel momento se acordó de las llamadas codificadas que había hecho al hombre del Hindu Kush.

«Su trabajo consiste en cazar terroristas.»

En el nombre de Alá, debió de pensar ella, ¿a quién estaba persiguiendo la CIA? ¿A ella? ¿A su hermano? Ya sabía que a su hermano lo buscaban, pero ¿en qué demonios la había metido a ella?

—Estamos convencidos de que la investigación del homicidio es una tapadera —dijo el subdirector—. Ese hombre ha venido a Bodrum para investigar otra cosa. ¿Tiene usted alguna idea de a quién puede estar investigando?

—No —mintió Cumali.

La transcripción indicaba que esto último lo dijo «forzadamente».

—Gracias de todas formas, ha sido usted de gran ayuda —dijo el espía—. Por el momento no vamos a hacer nada, escucharemos las llamadas que realice Spitz y esperaremos a ver. Sin embargo, voy a darle un número, una línea directa. Si se entera de algo, llámeme de inmediato. ¿Entendido?

A continuación, le recitó el número y colgó.

El Susurrador y yo habíamos infringido todas las normas: habíamos permitido que el objetivo conociese la verdadera misión. Pero al obrar así habíamos puesto el cebo en la trampa. Cumali era detective, y yo estaba apostándolo todo a que su instinto la empujara a investigar. Querría saber más, de eso ya se encargaría el miedo, y yo estaba convencido de que sólo había un sitio en el que podía hurgar: mi habitación del hotel. No lo haría ella personalmente, pero, dado su oficio, seguro que conocía a delincuentes dispuestos a hacerlo en su lugar. Mi labor ahora consistía en cerciorarme de que, cuando llegaran, todo estuviera preparado.

14

Por primera vez en mi vida profesional, me encontraba solo y desprotegido, llevando a cabo una misión sin leyenda ni tapadera.

El pequeño reactor había atravesado Jordania y había aterrizado en Milas a media mañana. Pasé por inmigración sin problemas, subí a mi coche y, en lugar de dirigirme a Bodrum, entré en Milas.

Justo detrás del ayuntamiento, encontré una tienda donde vendían cámaras. Entregué mi teléfono a una joven dependienta para que hiciera una copia en papel de la fotografía que había tomado en Yeda: la casa en la que había vivido Cumali de pequeña. La tienda también vendía accesorios para teléfonos, así que adquirí otra batería para el trasto que me había comprado en Bulgaria.

Cerca de allí encontré una ferretería, donde compré un taladro de mano, un soldador pequeño, un bote de pegamento multiuso y otra media docena de cosas. Lo metí todo en el coche y me dirigí rápidamente a Bodrum. Llegué al hotel cuando todavía era la hora del almuerzo, y gracias a ello no me topé con el encargado. De modo que pude subir a mi habitación sin que nadie me entretuviera.

Saqué la desgastada maleta Samsonite del altillo del armario ropero y corté con sumo cuidado el forro de tela que ocultaba el interior de las dos cerraduras. Taladré el diminuto agujero de una de ellas y, a continuación, centré la atención en el teléfono que había comprado en Bulgaria. Con el soldador, conseguí conectar la nueva batería de forma secuencial, lo cual duplicaría el tiempo de funcionamiento del teléfono, y seguidamente abrí el menú. Pasé veinte frustrantes minutos manipulando el software para que la cámara tomase una fotografía cada dos segundos.

Al acabar, sujeté el teléfono modificado al interior de la maleta con cinta adhesiva, de manera que el objetivo de la cámara quedase pegado a la cerradura en la que ahora había un orificio nuevo, y así captase una amplia panorámica de la habitación. Antes de irme, sólo tenía que conectar el teléfono, volver a colocar el forro de tela con pegamento y subir de nuevo la Samsonite al altillo del armario. Supuse que la cámara quedaría perfectamente oculta, pero además aquella ubicación tenía otra gran ventaja: las personas que buscan algo siempre miran dentro de una caja o de una maleta, pero rara vez examinan el objeto en sí.

Ahora disponía de mi propio sistema de vigilancia. Tal vez era un poco casero, sí, pero funcionaba. Tenía que saber con seguridad que los intrusos habían dado con lo que estaba a punto de colocar. Todo lo demás dependía de aquel único detalle.

Tomé la foto del antiguo hogar de Cumali, recién impresa, y la puse junto a un CD que contenía una copia de su permiso de conducir de Baréin, unos cuantos datos del blog de buceo y el programa de la carrera que había estudiado en Estambul. Lo metí todo en una carpeta de plástico y lo guardé en la caja fuerte de la habitación, un trasto provisto de un teclado electrónico que funcionaba a pilas, y que cualquier allanador que mereciera ese nombre sabría cómo desconectar, borrarle el código y abrirla.

La fotografía y los documentos eran para convencer a Leila Cumali de que Michael Spitz iba tras ella.

Además, como los documentos eran auténticos, el denominado «efecto dominó» se extendería sobre todo lo demás que encontrase la detective, pues yo contaba con que los parásitos que contratase Cumali también me robarían el portátil. Dentro de mi ordenador hallaría dos correos electrónicos, totalmente falsos, que había redactado durante el vuelo a Milas. Precisamente estaba repasándolos e insertándolos en mi bandeja de entrada en las fechas apropiadas, cuando de repente sonó el teléfono de la habitación.

Era una mujer que se identificó como secretaria de la Oficina de Homicidios de Nueva York, pero imaginé que se trataba de una tapadera: sin duda era una integrante de la oficina de apoyo del Susurrador.

—El vuelo que está usted esperando es el de Turkish Airlines 349, procedente de Roma, con llegada al aeropuerto de Milas a las 15.28 horas —me informó.

Yo no esperaba ningún vuelo procedente de Roma, pero adiviné qué era lo que había sucedido: el Susurrador había supuesto que un avión del gobierno suscitaría demasiadas preguntas, de modo que había embarcado a Bradley en un vuelo comercial.

Consulté el reloj. Si quería llegar a Milas a tiempo, me quedaban diez minutos. Terminé de repasar los correos, pero no borré ningún archivo del ordenador: el material auténtico estaba protegido por un código encriptado de 128 bits, y el simple hecho de que estuviera allí daría credibilidad al subterfugio. El portátil, además, estaba protegido por una contraseña, y también existía una clave de bajo nivel, pero yo confiaba —porque así me lo había dicho el Susurrador cuando me lo entregó— en que, si alguien quería descifrarlo, no le resultaría muy difícil.

Guardé el portátil en la caja fuerte, junto con el resto del material, encendí el teléfono búlgaro, pegué el forro de tela y salí como una flecha por la puerta.

El botones, el joven de la recepción y la chica que atendía la centralita me miraron cuando salí del ascensor. Dejé la llave de la habitación sobre el mostrador, y, alzando la voz para que todos me oyeran, le dije a la operadora:

—Me voy al aeropuerto. Si hay alguna llamada, diga que volveré a las cinco y media.

Sabía que si Cumali ordenaba registrar mi habitación, lo primero que haría sería intentar descubrir mis movimientos: con aquel aviso esperé haberles ahorrado, a ella y a sus mafiosos, alguna que otra molestia.

Mientras me dirigía a la carrera hacia mi coche supuse que, para cuando regresara, ya habrían entrado por la zona de carga y descarga que había en la parte de atrás: tomarían el ascensor de servicio, forzarían la cerradura de mi puerta y, con el fin de que aquello pareciese el típico robo en un hotel, dejarían la habitación patas arriba.

No podía estar más equivocado.

15

Llegué al aeropuerto justo a tiempo: dos minutos después, Bradley salía del área de aduana.

Atravesamos la interminable riada de mendigos y timadores que se movían entre los hombres cargados con enormes samovares a la espalda que vendían té de manzana, esquivamos a una atractiva pareja de eslavos que casi con toda seguridad eran carteristas, y salimos al aparcamiento.

Ya en la calle, soplaba una brisa que venía directamente desde Asia y traía consigo una miríada de aromas exóticos, mientras la voz de un muecín recordaba a los musulmanes a través de unos altavoces que era la hora de la oración. Observé cómo miraba Bradley el caótico tráfico y las colinas alfombradas de pinos a lo lejos, los minaretes de una mezquita cercana, y comprendí que todo aquello lo tenía profundamente asombrado.

—Estamos muy cerca de las fronteras con Iraq y Siria —le dije—. Es bastante diferente de París, ¿eh?

Ben asintió con la cabeza.

—Los que nos dedicamos a este tipo de trabajo estamos acostumbrados a los lugares extraños —continué—, pero uno nunca se acostumbra a la soledad. Me alegro de verte.

—Yo también —me respondió—. ¿Vas a decirme por qué estamos aquí?

—No —repliqué—, pero te diré todo lo que necesitas saber.

Habíamos llegado al Fiat, y mientras ejecutaba la habitual danza mortal con el tráfico turco, le pedí a Bradley que sacase las baterías de nuestros teléfonos móviles. Cuando terminé de explicarle el motivo, ya estábamos circulando por la autovía.

—Nosotros, es decir, el gobierno de Estados Unidos, estamos persiguiendo a un hombre —le dije—. Ya llevamos varias semanas tras él...

—¿Se trata del tipo del que habla todo el mundo? —me preguntó Ben—. ¿El que tiene el detonante nuclear?

—No hay ningún tipo que tenga un detonante nuclear —repuse—. Eso es una tapadera.

Vi la sorpresa pintada en la cara de Bradley y supe lo que estaba pensando: que había visto al presidente hablando de ello en televisión en numerosas ocasiones. No tenía tiempo para explicarle la razón de aquello, de modo que continué.

—Hace un par de días creíamos que ya lo habíamos localizado, pero nos equivocamos. No tenemos ni el nombre, ni la nacionalidad, ni sabemos dónde está. La única conexión que tenemos con él es su hermana...

—Leila Cumali —dijo Ben, y los ojos le brillaron ante aquella revelación.

—Así es. En las doce últimas horas, se le ha dicho que yo no estoy aquí para investigar un asesinato, sino que soy agente de la CIA.

—¿Y lo eres?

—No, soy mucho más que eso. Seguro que, cuando lleguemos a Bodrum, nos encontraremos con que Cumali ha ordenado que simulen un robo en mi habitación del hotel. Los supuestos ladrones se habrán llevado varias cosas, entre ellas mi ordenador portátil. Tiene varios mecanismos de seguridad, pero ella logrará franquearlos sin demasiados problemas. Dentro hay dos correos electrónicos que le resultarán muy significativos. El primero le dirá que hemos interceptado varias llamadas telefónicas en clave realizadas entre ella y un hombre que se encontraba en el Hindu Kush...

—¿En el qué? —preguntó Bradley.

—En Afganistán. Comprobará que desconocemos el contenido de dichas llamadas, porque estaban en clave, pero como ella nació en Arabia Saudí, como su padre fue decapitado en público y su amigo telefónico ha tenido mucho que ver con el secuestro de tres extranjeros desaparecidos, creemos que está involucrada en una acción terrorista.

—¿Y lo está?

—Yo creo que no, pero el documento da detalles sobre su inminente traslado a Luz Brillante.

—¿Qué es Luz Brillante?

—Cumali buscará en internet y encontrará varios artículos de prensa que afirman que se encuentra en Tailandia, y que forma parte de una serie de prisiones secretas de la CIA.

—¿Y es así?

—Sí.

—¿Qué ocurre en Luz Brillante?

—Que torturan a la gente.

—¿Nuestro país hace eso a las mujeres?

—Nuestro país hace eso a cualquiera.

Ben llevaba sólo treinta minutos en Bodrum, y ya estaba enterado de muchos secretos. Le permití que rumiara aquello en silencio durante unos instantes, mientras yo adelantaba a un convoy de vehículos militares turcos que se dirigían a la frontera de Siria.

—Cumali es la única persona que cuida de un niño de seis años —seguí contándole una vez que los camiones cargados con tanques se perdieron en mi espejo retrovisor—. Obviamente, ese niño no puede quedar abandonado, de modo que el documento especifica lo que se ha dispuesto para velar por su bienestar.

Saqué mi teléfono móvil, volví a colocarle la batería, abrí el archivo de fotos y se lo pasé a Ben. En la pantalla aparecía una de las fotos que le había hecho al pequeño en la cocina de la casa.

—Tiene síndrome de Down —dijo Bradley levantando la vista hacia mí.

—Sí —respondí—. El documento dice que nuestra gente lo recogerá y lo llevará a un orfanato de Bulgaria, uno de los países más pobres de Europa. Debido a la pobreza y al hecho de que es extranjero, no harán nada para atender sus necesidades especiales.

Bradley no me quitaba los ojos de encima, espantado, según me pareció.

—El propósito de ese documento es que a Cumali le entre el pánico —continué.

—Pues yo diría que seguramente lo conseguirás —repuso Ben—. ¿Por qué?

—Sabemos que Cumali puede ponerse en contacto con nuestro objetivo. El problema en todo momento ha sido que, si intentamos obligarla a hacerlo, lo hará de un modo que lo advierta a él, con lo cual nuestro hombre se esfumará y lo perderemos definitivamente. Sin embargo, si Cumali cree que está leyendo información secreta y entra en pánico, se pondrá en contacto con el objetivo de forma voluntaria. Sin errores intencionados y sin advertencias sutiles. El objetivo es la única persona que puede ayudarla, la única persona que puede decirle qué está ocurriendo. Aunque quisiera ignorarla, no puede, porque es árabe, es su hermano, y eso lo convierte en el cabeza de familia.

Bradley reflexionó unos momentos, después volvió a mirar la foto que aún sostenía en la mano. En ella el pequeño sonreía... No era más que un niño, un mero peón en todo aquel juego.

—¿Y todo esto lo has planeado tú solo? —me preguntó Ben. No fue admiración lo que percibí en su voz.

—En gran parte —contesté.

—¿Siempre es así tu trabajo?

—No —repuse, acordándome de las dos niñas de Moscú—. A veces es peor.

Bradley inspiró profundamente.

—Está bien. Así que Cumali se pone en contacto con su hermano... ¿y luego?

—Luego le habla del segundo correo electrónico.

16

Me situé en el carril lento y observé el tráfico que llevaba detrás por el espejo retrovisor. Cuando ya me quedó claro que nadie nos seguía, introduje a Ben más profundamente en el mundo del espionaje.

—Cumali creerá que el segundo correo es del subdirector de la CIA. Tiene fecha de anteayer y afirma que hemos conseguido avanzar mucho en relación con el secuestro de los tres extranjeros del Hindu Kush.

—Pero no es verdad, claro —aventuró Ben.

—No. Ese hombre y lo que ha hecho constituyen todo un misterio. Es un lobo solitario, una organización formada por una única persona. Nunca le ha comentado nada de lo que pretende a nadie, y por tanto nadie ha podido traicionarlo. Estamos buscando a un fantasma. —Me salí por un desvío que llevaba a Bodrum—. Pero sí que lo hemos vislumbrado brevemente. Sabemos que ha estado en Afganistán dos veces. La primera cuando era un muyahidín adolescente que luchaba contra los soviéticos, y la segunda, hace unos meses, para secuestrar a los tres extranjeros...

—¿Por qué raptó a esas personas?

—Eso no puedo decírtelo. —Ben pareció ofenderse, pero yo no podía decirle más: no era necesario, y aquélla era la regla de oro del mundo en el que acababa de entrar—. Sin embargo, ese suceso ha tenido una importancia crucial para el desarrollo de nuestro plan. De eso se percató Dave McKinley: actuando en solitario, uno no puede secuestrar a tres personas que están en Afganistán, que proceden de lugares distintos y viven en complejos sumamente protegidos. De modo que nuestro fantasma debió de contar con la ayuda de alguien. Y eso nos ha abierto una puerta. McKinley ha trabajado en Afganistán en dos ocasiones, y en Occidente no hay nadie que conozca ese país mejor que él. Está seguro de que quienes ayudaron a nuestro hombre fueron antiguos camaradas muyahidines, probablemente uno de los señores de la guerra. Los vínculos entre esa gente suelen ser muy profundos, y explicarían el hecho de que, a pesar de contar con un millar de agentes sobre el terreno, no hayamos podido sacarles nada.

»El segundo correo electrónico me informa a mí de que, dentro de dos días, una de esas personas que lo ayudaron, a cambio de una considerable suma en efectivo y de una nueva identidad, revelará los nombres de nuestro fantasma y de quienes lo apoyaron en el secuestro.

Habíamos llegado a la costa, y el sol poniente estaba ya tiñendo el azul intenso del mar con tonalidades rosadas. Dudaba que Ben hubiera visto nada tan hermoso, pero apenas se fijó en ello.

—Si lo de la recompensa económica fuera cierto, ¿qué pasaría con los hombres a los que traicione ese «ayudante»? —preguntó.

—Que serían interrogados y después entregados al gobierno de Afganistán.

—Y ejecutados.

—Sí. El correo no revela el nombre del traidor, pero deja claro que yo ya lo conozco.

—Así que si tu objetivo, el fantasma, quiere salvarse a sí mismo y a sus camaradas, deberá sacarte a ti el nombre del traidor y pasárselo rápidamente a ese señor de la guerra.

—Eso es —contesté—. Nuestro objetivo tiene que acercarse a la trampa, venir a Bodrum y hacerme hablar. Y para ello dispondrá de menos de un día.

—Y entonces tú lo atraparás.

—No.

—¿No? —protestó Bradley—. ¿Qué quieres decir con eso? Pensaba que...

—No servirá de nada atraparlo. Ese hombre tiene información que necesitamos. Digamos que ha enviado un paquete a Estados Unidos o que está a punto de enviarlo, y que nosotros no tenemos ninguna posibilidad de encontrarlo. Debemos conseguir que nos facilite los datos del envío.

—Torturándolo.

—No, y tenemos el mismo problema con su hermana: para cuando descubramos que nos ha contado una sarta de mentiras, será demasiado tarde. El paquete ya habrá llegado a su destino. Debe decírnoslo, pero voluntariamente.

Bradley se echó a reír.

—¿Y cómo vas a conseguir que haga algo así?

—No lo voy a conseguir yo —repliqué—. Lo harás tú.

17

—¡Ni hablar! —exclamó Ben perforándome con la mirada.

Nunca lo había visto tan furioso. Yo acababa de exponerle cómo íbamos a obligar al Sarraceno a desvelar los denominados «datos de la entrega», y ahora que había terminado de oír la explicación, no se tomó la molestia de disimular el rechazo que sentía ante semejante idea.

—No pienso hacer tal cosa. Ni de coña. ¿A qué clase de persona, a qué mente enfermiza, se le ocurre algo así?

—Pues entonces dame tú una idea mejor —repliqué, procurando conservar la calma—. A mí no me gusta más que a ti.

—¿Cómo que no? Olvidas que esta vida la elegiste tú.

—No es verdad. Por si no te acuerdas, estaba intentando dejarla, de modo que esta vida me eligió a mí.

Estaba cabreado. Lo que menos me apetecía era que me dieran lecciones de moralidad. Pisé el freno y me metí en el aparcamiento de la cafetería con vistas panorámicas de Bodrum y el mar.

—No me interesa el puto paisaje —gruñó Bradley.

—He parado para que puedas tener un poco de intimidad.

—¿Intimidad para qué?

—Para que hables con Marcie.

De nuevo me detuve bien lejos de la gente que llenaba la terraza, e hice ademán de ir a apearme del coche para que Ben se quedase solo.

—¿Para qué tengo que hablar con Marcie? —reclamó Ben.

—En una ocasión, me contaste que sus padres tenían una casa en la playa, en Carolina del Norte o algo así.

—¿Qué pinta en todo esto una casa en la playa?

—¿La tienen o no? —insistí.

—Sí, en los Outer Banks. ¿Por qué?

—Dile a Marcie que vaya allí, ahora mismo, esta noche.

—Sólo un pequeño detalle: a lo mejor quiere saber por qué motivo.

No le hice caso.

—Dile que reúna toda la comida y el agua embotellada que pueda. Alimentos básicos como arroz, harina, y también bombonas de gas. Que no se le olviden las bombonas de gas, que coja todas las que encuentre.

Ben me miraba boquiabierto. Ya no estaba enfadado.

—Me estás asustando, Scott.

—¡Brodie! Me llamo Brodie.

—Perdona.

—No te asustes, tú estás sano y salvo donde estás, en tu superioridad moral. ¿Marcie sabe usar un arma?

—Claro, yo mismo le enseñé.

—Pues que consiga armas largas, rifles, escopetas. Ahora te diré cuáles son las mejores marcas y modelos. Cuando ya esté instalada en la casa de la playa, le explicaré cómo convertirlas en automáticas. Y necesitará munición, en grandes cantidades.

Bradley intentó interrumpirme.

—Cállate. Si se acerca alguien a la casa, a menos de doscientos metros, que le diga que retroceda. Si continúa acercándose, que dispare a matar. Nada de disparos de advertencia. Lo de los doscientos metros es importante, porque a esa distancia no hay peligro de que inhale partículas procedentes de aerosoles y se infecte.

Vi el pánico chispear en sus ojos.

—¿Infectarse de qué?

—De un virus. Un virus sumamente contagioso y resistente a todas las vacunas que se conocen. Es una nueva cepa, la llaman «evasivohemorrágica», y se cree que su índice de mortalidad es del ciento por ciento. Eso es lo que va de camino a nuestro país. La viruela.

Ben Bradley, policía de homicidios de Manhattan, héroe del 11-S, en su segundo viaje al extranjero de toda su vida, un tipo ajeno a todo aquello y que hacía menos de doce horas que había sido reclutado por el servicio de inteligencia de Estados Unidos, plantado allí, en un remoto mirador de la costa de Turquía, el hombre más valiente que he conocido en mi vida, acababa de convertirse en la undécima persona en conocer el secreto.

18

Descendimos hacia Bodrum en completo silencio. Ben no llegó a llamar a Marcie. Al verse obligado a escoger entre dos males, e incapaz de encontrar una alternativa al plan que había trazado yo para sacarle la verdad al Sarraceno, eligió el menor de los dos.

—Repíteme otra vez todo lo que has organizado —me dijo cuando consiguió recuperarse de la impresión inicial y del miedo que le causó enterarse de la catástrofe que nos amenazaba.

Cuando terminé de explicarle el plan y respondí a todas sus preguntas —señalándole incluso detalles como la longitud de la cuerda y la fuerza con la que había que atar el nudo—, metí primera, dejé atrás la terraza de aquella cafetería y me incorporé a la carretera.

Me concentré en conducir, y sólo reduje la velocidad cuando llegamos a Bodrum y empezamos a serpentear por las callejuelas. Al llegar a la casa que estaba buscando, me detuve junto al bordillo y aparqué a unos cincuenta metros de ella. Se la señalé a Ben, lo obligué a que nombrara diez características que fueran significativas y luego se las hice repetir. Se trataba de un procedimiento estándar para grabar algo en la memoria, y la mayoría de los estudios demostraban que, incluso sometido a un estrés extremo, el sujeto era capaz de recordar seis de los rasgos que había identificado. Cuando hube comprobado que, incluso estando metido de lleno en el torbellino de una misión, Bradley sería capaz de dar con aquella casa sin equivocarse, puse el coche en marcha y me dirigí hacia el hotel.

Mientras Ben se acercaba al mostrador de recepción, yo fui al ascensor para subir a mi habitación, ya que estaba deseoso de ver los destrozos que habían causado los maleantes contratados por Cumali. En el momento de entrar en la cabina, vi que el encargado, mostrándome su gran sonrisa, cogía el pasaporte de Ben.

—Aaah, *mister* Benjamin Michael Bradley —dijo—. Necesitaré de las tarjetas de crédito tres de ustedes, sólo para ser seguro de mí.

—¿Le importa repetírmelo? —contestó Ben.

19

No había ocurrido nada. Estaba de pie, en mi habitación, justo acababa de entrar, y no habían tocado nada.

Cerré la puerta y fui hasta el armario ropero, tecleé la clave en la caja fuerte y la abrí. El ordenador portátil y la carpeta de plástico estaban exactamente donde los había dejado.

Recorrí la habitación con la mirada. ¿En qué cojones me había equivocado? ¿Cómo había logrado Cumali adivinar mis intenciones? ¿Acaso el tipo de la MIT la había puesto sobre aviso, a propósito o sin darse cuenta? Llegué a la conclusión de que no era posible: el subdirector se jugaba demasiado como para echarlo todo a perder por una llamada telefónica a una agente de policía de grado muy inferior al suyo. Entonces, ¿por qué Cumali no había picado el anzuelo? Paseé por la habitación, saltando mentalmente de una teoría a otra. Pasé junto a la cama sin hacer —cuando me fui puse en la puerta el cartel de «NO MOLESTAR», para que nadie estorbase a los maleantes—, y entré en el cuarto de baño.

Todo estaba exactamente como yo lo había dejado. Sin una intención concreta, me incliné para alcanzar una toalla que había quedado sobre una banqueta, y justo en ese momento me fijé en el dentífrico, que estaba en la misma balda en que lo había puesto. Yo tenía una extraña costumbre, adquirida desde que era pequeño: siempre colocaba el cepillo de dientes junto a la boquilla del tubo de la pasta. Sin embargo, ahora estaba apartado. Alguien lo había movido para abrir el armario del lavabo.

Giré sobre mis talones, entré en el dormitorio y bajé la maleta del altillo. Me alivió mucho constatar que, aun en el caso de que un intruso hubiera mirado dentro, no había encontrado el teléfono que había comprado en Bulgaria, porque seguía escondido en el interior del forro. Lo liberé de la cinta adhesiva, toqué un icono y abrí la carpeta de las fotos, que se habían ido tomando a intervalos de dos segundos.

Rápidamente, comprobé que los maleantes habían entrado, sí... pero eran mucho más listos de lo que yo había supuesto.

El código de tiempo mostró que en mi habitación habían entrado dos hombres treinta minutos después de que yo me fuera. En una foto se los veía de frente, con un enfoque perfecto. Eran un par de *hipsters* de mirada endurecida, de treinta y pocos años, vestidos con carísimas cazadoras de cuero y cargados con mochilas. Sus movimientos, rápidos y eficientes, y el hecho de que apenas hubieran intercambiado cuatro palabras, me indicaron que eran profesionales. Había conectado el micrófono del teléfono, lo cual me permitió captar, si bien en una grabación apenas audible, sus voces amortiguadas. Aunque no logré entender lo que decían, sí reconocí el idioma: eran albaneses. Viéndolo ahora en retrospectiva, aquel detalle debería haber hecho saltar todas las alarmas.

Su nacionalidad también explicaba la facilidad con que habían entrado en la habitación. En un momento dado, apareció en el plano, de fondo, el botones del hotel —paisano suyo y tan sinvergüenza como ellos— recibiendo un fajo de billetes. Supuse que, después de coger el dinero, habría vuelto a sentarse a holgazanear en un rincón del vestíbulo y a controlar si yo regresaba antes de lo previsto.

Había miles de fotografías —gracias a Dios, las dos baterías habían aguantado—, pero a medida que iba viéndolas, y dado que ya sabía cómo trabajaban los profesionales, conseguí hacerme una idea de lo que habían hecho exactamente.

Las fotografías mostraban al jefe, el que impartía las órdenes, quitándose la cazadora de cuero y poniéndose manos a la obra. Debajo llevaba una camiseta negra muy ajustada, seguramente elegida a propósito para acentuar su musculatura. «Cuántos esteroides», pensé.

A continuación, sacó una cámara digital de una de las mochilas y, antes de ponerse a registrar el desorden de papeles amontonados en el pequeño escritorio, les hizo una fotografía para poder volver a dejarlos justo en la misma posición. Supuse que emplearían el mismo procedimiento con todo lo demás. No me extrañó que, aparte de encontrarme el cepillo de dientes ligeramente fuera de sitio, yo hubiera pensado que allí no había entrado nadie.

Acto seguido, centraron la atención en la caja fuerte y, aunque las fotos no eran muy nítidas, observé que no les había costado mucho abrirla. Por lo que me pareció ver, el Musculitos giró el teclado redondo y barato en el sentido contrario a las agujas del reloj y lo extrajo para dejar a la vista la fuente de alimentación y los circuitos. Eso le permitió retirar las baterías —así la clave se borraba automáticamente— y conectar un teclado propio. Una serie de diez fotografías mostraba que había abierto la puerta de la caja en menos de veinte segundos.

Sacaron la carpeta de plástico y fotografiaron la instantánea de la casa en la que había vivido Cumali de pequeña. A continuación, el Musculitos sacó su propio portátil, introdujo el CD y copió el contenido. En cuanto terminó, pasaron a mi ordenador. No tuve necesidad de ver todas las fotos para saber lo que habían hecho. Con la ayuda de un destornillador pequeño, extrajeron el disco duro y lo insertaron en su propio ordenador, de ese modo pasaban por encima de todas las medidas de seguridad. Después, sirviéndose de un software capaz de replicar todas las claves, desactivaron las demás defensas y accedieron a todos mis documentos y mis correos electrónicos en cuestión de minutos.

A partir de ese punto, lo único que tuvieron que hacer fue copiarlo todo en unos lápices de memoria USB y volver a meter el disco duro en mi portátil. Después lo guardaron todo de nuevo en la caja fuerte. Pasé rápidamente el resto de las fotos y vi que también habían registrado otras zonas de la habitación, que habían entrado en el cuarto de baño y que habían salido por la puerta llevándose cuanto necesitaban veintiséis minutos después de haber llegado.

Me senté en la cama y contemplé una foto en la que se los veía disponiéndose a salir de la habitación. Me temblaba la mano de alivio: la primera fase de mi plan había concluido con éxito. Cumali se había tragado la llamada telefónica de nuestro hombre de la MIT y había actuado exactamente como habíamos esperado.

No cabía duda de que podría leer los datos robados, y eso quería decir que los pasos siguientes dependían totalmente de ella. ¿Se tragaría también lo que iba a descubrir en los correos electrónicos? Agotado y nervioso como estaba, ¿habría cometido yo algún pequeño error que pudiera dar al traste con todo? ¿Cumali se asustaría lo suficiente como para codificar un nuevo mensaje y ponerse en contacto con su hermano? ¿El miedo a acabar en Luz Brillante y a que al pequeño lo encerraran en un orfanato de Bulgaria eran incentivos suficientes?

Quizá, si no hubiera estado tan preocupado con estas preguntas, habría prestado más atención a la foto que tenía en la mano. Sabía que siete importantes carteles de la droga operaban en aquella zona, y que uno de ellos, el que dirigía un floricultor de Tesalónica, tenía un profundo interés por las actividades de los agentes de inteligencia estadounidenses. Si hubiera estado más atento, habría reflexionado sobre a quién era más probable que hubiera recurrido Cumali para hacer el trabajo sucio. Si hubiera estado más atento, quizá habría percibido algún detalle conocido en uno de los hombres que había fotografiado en mi habitación.

Por desgracia, no fue así, y justo en aquel momento llamaron a la puerta. Bradley estaba al otro lado de la mirilla.

—¿Han entrado los ladrones? —me preguntó.

—Sí —respondí.

Se derrumbó en una silla.

—¿Qué le pasa al encargado?

—¿Al catedrático? ¿Qué problema hay con él?

Ben se volvió y me miró.

—¡El catedrático! ¿Catedrático de qué?

—De inglés —dije.

Bradley estuvo a punto de sonreír... para gran alivio por mi parte. Eso quería decir que estaba dejando atrás el disgusto que le había causado el papel que le había tocado representar. Si todo salía como estaba previsto, lo necesitaba tranquilo y totalmente comprometido, porque de ello dependía mi vida.

20

—¿Y ahora qué? —quiso saber Bradley.

Había salido de mi habitación y regresado a la suya, había deshecho la maleta y se había dado una ducha. Ya con el gesto menos demacrado y, al parecer, más relajado, estaba sentado conmigo en el comedor del hotel. Eran las nueve de la noche, y estábamos picoteando un poco de *meze*, ninguno con demasiado apetito, acusando el efecto del nerviosismo. No había nadie más; la temporada veraniega tocaba ya a su fin, y los pocos clientes que quedaban en el hotel aparte de nosotros se habían ido a los bares y restaurantes de la playa.

—El siguiente paso es que Cumali lea los falsos correos —respondí—. Después, tenemos la esperanza de que se ponga en contacto con su hermano.

—¿Y cómo sabremos que lo ha hecho?

—Por Echelon —dije.

—¿Qué es Echelon?

—Algo que no existe. Pero, si existiera, estaría a la escucha de los teléfonos móviles, los fijos, los correos electrónicos, todas las comunicaciones que tengan lugar en esta parte de Turquía. En particular, estaría vigilando una cabina telefónica situada a seis kilómetros de aquí.

—Y, si efectivamente Cumali se pone en contacto con su hermano, ¿cuándo calculas tú que lo hará?

Era la misma pregunta que me había estado haciendo yo.

—A estas alturas, ya debería haber recibido la información robada —contesté—. Considerando el modo en que la han sustraído los albaneses, no tendrá necesidad de perder tiempo intentando acceder a ella, porque las contraseñas ya no existen. De modo que, suponiendo que se crea todo lo que lea, se llevará un susto de muerte. Continuará leyéndolo, tratando encontrar más cosas en el disco duro, desperdiciando tiempo. Hasta que por fin supere la impresión inicial, puede que incluso un amago de náusea, y empiece a reaccionar. Entonces se sentará delante del ordenador que tiene en su antigua casita de pescadores y publicará un mensaje en un foro de internet o en una página de citas.

»Casi de inmediato, el Sarraceno recibirá un mensaje de texto de esa misma página que le comunicará que alguien que comparte sus mismos intereses acaba de publicar algo. Sabrá enseguida qué significa eso: que debe ponerse lo antes posible en contacto con su hermana, probablemente a una hora predeterminada.

»Mientras tanto, Cumali estará grabando fragmentos sacados de informativos en inglés para preparar un mensaje codificado. Los nervios la harán ir despacio. Luego tiene que ir en coche hasta la cabina telefónica y esperar a que su hermano la llame. Supongo que, para cuando haya hecho todo eso, Echelon habrá captado algo, no más tarde de las doce de la noche, que es la hora que tenemos nosotros como tope para desactivar el plan. Si Echelon no capta nada, deberemos asumir que Cumali habrá adivinado nuestras intenciones, y estaremos acabados.

—Digamos que Echelon sí capta algo. ¿McKinley te llamará a ti y te dirá que seguramente ese tipo ya viene hacia aquí? —preguntó Bradley.

—Sí. El mensaje de McKinley será breve, sólo dirá algo así como: «Colega, sigues jugando.»

—Las doce de la noche —murmuró Ben en voz baja, mirando hacia un reloj que había encima de la chimenea—. Pues quedan tres horas. —Estuvo a punto de echarse a reír—. Va a ser una noche muy larga.

—Sí —contesté sin emoción.

Con el paso de los años, había vivido muchas noches largas, y había aprendido a tener paciencia.

—Te doy a escoger: ¿qué prefieres, jugar a las cartas o que te cuente una historia?

—No sé —respondió Ben—. ¿La historia es entretenida?

—Júzgalo tú mismo —repuse—. Trata de una mujer que se llama Ingrid Kohl.

21

—No todas las condenas a muerte las firma un juez o un gobernador —expliqué—. Ésta venía incluida en unas capitulaciones matrimoniales.

Ben y yo habíamos pasado del comedor al salón, una estancia acogedora en la que había una chimenea, un gato perezoso y una buena vista del vestíbulo y la puerta de la calle. Sólo por si acaso Cumali o los albaneses decidían optar por un plan distinto y venían a hacerme una visita.

—Los novios en cuestión se conocían desde hacía seis semanas y decidieron casarse —continué—. Ella se llamaba Cameron, él, Dodge, y había en juego mil doscientos millones de dólares.

—No me extraña que se redactaran unas capitulaciones —comentó Ben levantando su cerveza.

Si alguna vez había habido una noche apropiada para tomar una copa, era aquélla, me dije, pero logré apartar a un lado esa idea.

—Hasta ese momento, Cameron trabajaba de dependienta con pretensiones, así que no tenía mucho poder de negociación... Y tampoco acceso a un buen asesor. No hace falta decir que las condiciones del contrato matrimonial eran bastante duras. Si ella se divorciaba de Dodge, sobre todo en los cinco primeros años, no recibiría prácticamente nada. Por otra parte, si enviudaba se quedaría con todo. De modo que si dejase de estar enamorada...

—Y quisiera pasta de verdad... —agregó Ben.

—Estaba claro que Dodge no había firmado un contrato prenupcial...

—¡Había firmado una sentencia de muerte! —terminó el detective de homicidios, alzando las cejas, impresionado.

—Un par de meses más tarde, Cameron decidió que no quería seguir con Dodge —proseguí.

—¿Había otra parte implicada?

—Suele haberla. En este caso, era una mujer.

—Vaya, aquí no se acaban nunca las sorpresas —comentó Ben.

—Bueno, tienes que entender que hay unas cuantas cosas que desconozco y que he tenido que adivinar haciendo una serie de suposiciones basadas en la experiencia, pero sé que estoy en lo cierto.

Ben asintió con la cabeza.

—Claro. Tú eres el único investigador con el que no discutiría.

—Mi intuición me dice que las dos mujeres se conocían desde pequeñas; yo diría que ya eran amantes antes de que Dodge entrara en escena —seguí contando—. En cualquier caso, a esa amiga vamos a llamarla Marilyn, porque no conozco su verdadero nombre.

Miré fugazmente el reloj; sólo habían pasado veinte minutos. Yo no lo sabía, pero, por lo visto, cuando uno está esperando que llegue el fin del mundo, el tiempo transcurre muy despacio.

—Habían dejado Turkey Scratch o como se llamase el sitio en el que vivían y se habían mudado a Manhattan, imagino que con grandes sueños. Cameron encontró un empleo en Prada, y Marilyn quería ser actriz. Dicho de otro modo, empezó a trabajar en una oficina.

—Y entonces Cameron conoció al joven multimillonario —aventuró Ben.

—Sí, y probablemente aquello provocó una crisis en su relación, pero Cameron debió de pensar que aquélla era su única oportunidad de hacerse con una fortuna, porque ya se sabe que un rayo nunca cae dos veces en el mismo sitio. A lo mejor lo habló con Marilyn, y quizá fue todo muy civilizado, pero, según mi experiencia, la vida es mucho más sucia. Lo que supongo es que dejó tirada a su amiga de la infancia. Pasara lo que pasase, se casó con Dodge. Y hay una cosa de la que estoy seguro: Dodge nunca conoció a Marilyn, ni siquiera llegó a verla. Eso es importante para entender lo que sucedió más tarde.

—De acuerdo —dijo Ben—. Así que Dodge y Cameron se casan, pero las cosas no salen bien.

—No tardaron mucho en torcerse. Aunque estoy convencido de que Marilyn se sentía traicionada, Cameron volvió a establecer contacto con ella. Quería librarse de Dodge, pero tenía un problema...

—El contrato prenupcial.

—Exacto. Sin embargo, las dos amigas encontraron la manera de darle la vuelta al asunto, para poder tenerse la una a la otra sin perder el dinero: matar a Dodge.

—¿Cuál era su plan? —quiso saber Ben.

—Aún no tenían ningún plan. Pero de repente, una mañana, un grupo de terroristas las ayudó. Un once de septiembre. La oficina en la que trabajaba Marilyn estaba en una de las torres, pero ese día Marilyn se retrasó. Vio estrellarse los aviones, y se dio cuenta de que, para el resto del mundo, ella acababa de morir. Para una aspirante a homicida, no había mejor coartada que aquélla.

En aquel momento, levanté la vista y vi a tres clientes del hotel que entraban por la puerta y se dirigían al ascensor. Mi entrenamiento como agente de inteligencia seguía estando activado en algún rincón de mi cerebro, y al verlos supe que ya estábamos en el hotel todos los que nos hospedábamos en él. Dentro de diez minutos, el joven encargado que hacía el horario nocturno echaría la llave a la puerta de la calle, comprobaría que tanto la zona de carga y descarga como el ascensor de servicio estuvieran cerrados, y atenuaría las luces. Eché un vistazo al reloj de la chimenea y observé que las manecillas apenas se habían movido. ¿Qué estaría haciendo Cumali? ¿Y dónde diablos estaba Echelon?

—Pero Marilyn tenía que seguir muerta —dijo Ben para hacerme volver a Nueva York y al 11-S.

—Exacto, por eso se abrió paso entre el humo y los restos humanos y encontró el sitio perfecto en el que vivir fuera del sistema: el Eastside Inn. Como era actriz, se valió de su talento para cerciorarse de que nadie fuera capaz de reconocerla ni de describirla físicamente. Cada día representaba un papel diferente.

Ben asintió con un gesto.

—Sí, nunca llegué a tener un retrato robot de ella. Debió de empezar a planearlo todo de inmediato, y eso la hizo acudir a la Biblioteca de Nueva York y a tu libro.

—Eso es. Al final, hay un apéndice que indica la tasa de casos de homicidios resueltos en diferentes países. Sólo necesitó unos minutos para descubrir que había lugares mucho mejores que Estados Unidos para matar a una persona. Turquía era perfecta: apenas recurren a la ciencia forense y los investigadores están saturados de trabajo. Seguramente Cameron no tuvo dificultades a la hora de convencer a Dodge de que ambos hicieran un crucero por el Egeo; sin embargo, a Marilyn eso le creó un problema importante.

—Que los muertos no pueden sacarse el pasaporte —adivinó Bradley.

Hice un gesto de asentimiento. Las luces de todo el hotel comenzaron a atenuarse, el gato se desperezó, y Bradley y yo volvimos la mirada hacia el reloj de la chimenea: quedaban ciento veinticinco minutos.

Hice una pausa, me di un paseo y me serví un café. Mis manos no dejaban de temblar.

22

En Washington también estaban mirando el reloj. En la Costa Este era mediodía, y el Susurrador ya había hecho sus propios cálculos de cuándo captaría Echelon un mensaje codificado procedente de Cumali. Su hora era todavía más temprana que la mía. Calculó que, si tenía que suceder algo, no ocurriría más allá de la once de la noche, hora de Bodrum. O era más pesimista que yo... o más realista.

Cuando quedaban unos sesenta minutos para el momento clave, cerró la puerta de su despacho, bloqueó todas las llamadas telefónicas y dio órdenes estrictas de que no se lo molestara. Si el presidente lo necesitaba, sobre su mesa había un teléfono directo y seguro, y, en el caso de que hubiera buenas noticias, la Agencia de Seguridad Nacional le pasaría los detalles a través de un canal de internet dedicado.

En su fuero interno, no creía que aquello último fuera probable. La experiencia le había enseñado que, en asuntos de terrorismo, no bastaba con desear las cosas: había visto demasiada locura y demasiado fanatismo para esperar que un plan como aquél funcionara. En su primer trabajo en Afganistán, cuando era un joven analista, resultó gravemente herido por una mujer embarazada que llevaba puesto un cinturón de explosivos, y años más tarde, cuando era el delegado de la CIA, vio a niños con granadas en la mano que corrían hacia los soldados para pedirles caramelos.

No, estaba seguro de que muy pronto el presidente ordenaría que se cerrasen las fronteras, estallaría el pánico, las colas para vacunarse se extenderían a lo largo de varios kilómetros, las calles se llenarían de soldados y la terrible búsqueda de infectados suicidas daría comienzo. En cuanto el presidente hubiera terminado de dar su discurso a la nación, el Susurrador le entregaría el documento que ya estaba empezando a preparar: era su carta de dimisión.

La redactó con la brutal sinceridad de siempre, pero con una tristeza que le pesaba tanto en el alma que creyó que iba a aplastarlo. Tristeza por su país, por los ciudadanos a los que había fallado, por sus hijos, a los que apenas conocía, por una carrera profesional que se había iniciado treinta años antes de forma tan prometedora, y que ahora finalizaba con un fracaso histórico.

El reloj de su mesa fue agotando el tiempo —el canal de internet estaba abierto, la pantalla seguía encendida—, hasta que marcó un espacio en blanco. El plazo se había terminado, no había noticias de Echelon, y, por primera vez en su vida, se sintió profundamente desgraciado al comprobar que tenía razón.

Abrió el cajón, y estaba ya poniéndose el brazalete para tomarse la tensión arterial cuando, de pronto, la luz del teléfono seguro comenzó a parpadear. Levantó el auricular.

—¿Nada? —preguntó el presidente sin siquiera intentar disimular la ansiedad.

—Nada —respondió el Susurrador—. Es evidente que Cumali no se lo ha tragado. Supongo que habremos cometido algún error, pequeño pero crucial. Pilgrim ha calculado de otra manera el plazo para desactivar el plan y ha solicitado que esperemos otros cincuenta y siete minutos, pero no creo que eso cambie las cosas. ¿Qué desea hacer, va a dirigirse ya a la nación?

Se hizo un largo silencio, durante el cual Grosvenor intentó poner en orden el torbellino de pensamientos que se agitaban en su cerebro.

—No —dijo por fin—. Le he dado treinta y seis horas, de manera que agotaremos el plazo. Se lo merece.

Grosvenor colgó, hundido por el país y por su pueblo, consciente de que la población y la historia serían despiadadas a la hora de juzgarlo.

Una hora antes, igual que el Susurrador, él también había anulado su agenda y bloqueado sus llamadas, de modo que ahora estaba a solas en el silencio del mediodía, cada vez más pronunciado.

Enterró la cabeza entre las manos y deseó que Anne aún estuviera viva, deseó que hubieran tenido hijos, deseó haber tenido una familia en cuyo seno pudiera encontrar ahora sentido y consuelo.

Pero no tenía nada de eso, tan sólo un vendaval de miedo que rugía por los pasillos vacíos de su mente.

23

Bradley y yo estábamos ahora en un lugar distinto: el pasillo en penumbra donde se encontraba la puerta de mi habitación.

Cuando faltaban menos de treinta minutos para que finalizara el plazo, quise desahogar parte de la ansiedad caminando, y le sugerí a Ben que subiéramos a mi habitación, quería entregarle el expediente que había elaborado la policía turca sobre la muerte de Dodge. Como sabía que aquellos papeles iban a resultar cruciales para un futuro procesamiento, Ben accedió enseguida, de modo que nos despedimos del gato perezoso y atravesamos el vestíbulo, ya desierto.

Estábamos a punto de entrar en el ascensor cuando, de pronto, me detuve. Tenía la aguda sensación de que nos estaban observando. A nuestro alrededor no había nadie, ni siquiera el encargado que hacía la guardia nocturna, pero sí había una cámara de circuito cerrado montada en una pared, enfocada hacia el mostrador de recepción y la caja fuerte, y me pregunté quién podría estar en algún despacho de por allí cerca observándonos.

Sin hacer ruido, le indiqué a Ben que tomase el ascensor mientras yo subía por la escalera —a un grupo de atacantes, albaneses por ejemplo, les costaría mucho trabajo lidiar con un objetivo que de improviso se dividiera en dos—. Bradley me miró con expresión interrogante.

—Necesito hacer un poco de ejercicio —alegué.

Ben sabía que aquello era una patraña. En cuanto se metió en la cabina, yo giré a la izquierda, hacia la escalera, y empecé a subir los escalones de dos en dos. Lo alcancé sin sufrir ningún percance justo en el momento en que volvían a abrirse las puertas. Se quedó mirándome, y elevó las cejas al ver que yo tenía mi Beretta de 9 mm desenfundada y preparada para disparar.

—¿Qué, haciendo pesas? —me preguntó con gesto impasible.

Bajé la pistola y nos dirigimos juntos hacia mi habitación. Yo seguía teniendo la sensación de que alguien nos observaba, pero el pasillo no estaba dotado de cámaras, y, aunque me volví rápidamente para mirar a mi espalda, no vi nada.

Cuando estaba abriendo la puerta, se me ocurrió una idea: era posible que el botones siguiera dentro del edificio, y que quienquiera que lo hubiese contratado le hubiera ordenado que no me quitara ojo de encima. Cerré la puerta al entrar, eché el pestillo y puse la pistola sobre la mesa de centro, de modo que quedara bien a mano.

—Estábamos en Manhattan —me recordó Bradley—. Cameron y Marilyn habían decidido matar a Dodge en Turquía, pero había un problema.

—Sí, Marilyn debía conseguir un pasaporte —continué—, así que empezaron a buscar. Necesitaban una mujer de veintitantos años, solitaria, quizá recién llegada a la ciudad; desde luego, tenía que ser alguien a quien nadie fuera a echar de menos.

—¿Y la encontraron?

—Claro que sí.

—¿Dónde?

—En un bar de ambiente llamado Craig's List, ubicado en Washington Square, un domingo por la tarde... No lo sé, no importa. Pero Marilyn consiguió una cita. Esa misma noche la invitó a ir con ella al Eastside Inn, con la promesa de ofrecerle una juerga de drogas y sexo. Pero, en lugar de eso, la mató. —Nos miramos el uno al otro—. La mató para robarle la identidad, Ben.

Bradley no dijo nada. Estaba reflexionando, como hace todo buen policía que intenta buscar los puntos débiles de una teoría.

—¿Te acuerdas de una mujer que había en tu seminario —proseguí—, una con una blusa de color turquesa, muy inteligente, sentada en las primeras filas?

—Sí, pero no me pareció muy inteligente que digamos. Le dijiste que las mujeres te encontraban sexualmente atractivo, y ella te dio la razón.

Lancé una carcajada.

—Dijo que el asesinato podría haber tenido algo que ver con el robo de identidad, pero yo no estaba concentrado en aquello. ¿Recuerdas a los tipos que entraron en la sala y se sentaron al fondo? Debería haber escuchado a aquella mujer, porque dio en el clavo.

—¿Y dices que la asesinada se llamaba Ingrid Kohl? —preguntó Bradley—. ¿Ésa era la mujer que encontramos en la bañera llena de ácido?

—Sí —contesté—. Marilyn ya estaba muerta. Pero necesitaba una nueva identidad, así que tuvo que destruir la cara y las huellas dactilares de Ingrid y arrancarle los dientes. No podía permitir que identificasen a la chica asesinada, porque pensaba robarle el nombre y convertirse en ella. En cuanto la verdadera Ingrid estuvo muerta, se quedó con su billetera, su bolso y las llaves de su piso. Limpió la habitación ochenta y nueve, la roció con un antiséptico industrial, dio una última pasada, quemó todo lo demás que encontró y se marchó.

—¿Tú crees que se mudó al piso de Ingrid?

—No lo sé. Pero es posible, por eso escogió a una persona que estuviera sola. Fuera como fuese, Marilyn se quedó de inmediato con todas las pertenencias de Ingrid. En cuestión de horas, tuvo un número de la Seguridad Social y todo lo necesario para obtener una partida de nacimiento.

—Y con una partida de nacimiento uno ya puede sacarse el pasaporte —terminó Bradley.

—Exacto —confirmé, y me puse a ordenar los papeles relacionados con el asesinato de Dodge.

Eché una mirada al reloj digital de la mesilla de noche —faltaban quince minutos para que finalizase el plazo— y procuré no pensar en el fracaso. Todavía quedaba tiempo, todo cuanto necesitábamos era una llamada telefónica y un breve mensaje.

—De modo que ahora Marilyn es Ingrid Kohl, y, para demostrarlo, tiene un pasaporte legítimo en el que figura su foto —dijo Bradley.

—Se fue a Europa —expliqué—, se fabricó un historial de joven mochilera, y llegó a Turquía cuatro meses antes que Dodge y Cameron.

—¿Cuál era el plan? ¿Cómo iban a matar a Dodge entre las dos?

—No estoy muy seguro de que tuvieran un plan todavía. Yo diría que pensaban tramarlo todo aquí: una caída accidental por la borda del barco una noche, un cóctel de drogas peligrosas, esperar hasta que estuviera colocado y ahogarlo en la bañera... Pero Ingrid tuvo suerte: conoció a un estafador que se hacía llamar Gianfranco, un tipo que conocía mejor que nadie la mansión que había alquilado Dodge. Seguramente ya tenía montado su propio chanchullo: cuando no había nadie viviendo en la casa, accedía a ella con sus jóvenes ligues a través de un túnel secreto y se acostaba con ellas en la mansión, que permanecía cerrada con llave.

—Pero ¿esa finca tiene una entrada secreta? —se asombró Ben—. Eso debió de ser lo único que necesitaba Ingrid.

—Sí —repuse yo, al tiempo que le pasaba los papeles del caso de Dodge. Quedaban diez minutos—. Dodge y Cameron llegaron a Bodrum en su yate y conocieron a Ingrid en alguna discoteca... Algo casual, nada del otro mundo. Dodge nunca había visto a la amante de Cameron, de manera que no tenía motivos para sospechar que fuera una cosa distinta de la que parecía ser. Las dos mujeres aguardaron hasta el día en que se quedó solo en la mansión, la noche de los fuegos artificiales, y entonces Ingrid entró por la casa de la playa, donde se guardan los botes, y subió por el túnel secreto.

»Dodge estaba en la biblioteca, con un colocón de campeonato debido a las drogas que se había metido, y de pronto irrumpió en la habitación una mujer a la que acababa de conocer. Naturalmente, dio por sentado que la habían dejado entrar los de seguridad. Mi teoría es que Ingrid, jadeando, le dijo que el helicóptero en el que iba Cameron acababa de estrellarse en la bahía.

—¡Increíble! —exclamó Ben, sorprendido por lo despiadado de la idea.

—Como es lógico, Dodge se lo creyó —continué—, no se encontraba en un estado que le permitiera pensar de manera racional. Estaba completamente ciego, lleno de odio y asco hacia sí mismo.

—¿Cómo sabes eso?

—Porque presentaba una serie de cortes en la palma de las manos. Los policías pensaron que se los había hecho al agarrarse a un arbusto tras caer por el precipicio, pero eran unas heridas demasiado simétricas. Posiblemente había estado autolesionándose en la biblioteca. No es infrecuente entre los drogadictos.

Ben guardó silencio.

—Pobre hombre —dijo al fin—. Tenía todo el dinero del mundo y resulta que estaba solo, con un cuchillo... —Su voz terminó apagándose en la tristeza.

—Cogió unos prismáticos, e Ingrid se lo llevó hacia los jardines que daban a los acantilados —continué—. Desesperado por ver lo que le había ocurrido a Cameron, se puso de pie sobre la barandilla. Lo más probable es que Ingrid se ofreciese a sujetarlo por la cintura. Todo había salido a la perfección. Se limitó a empujarlo ligeramente, y él salió volando por los aires. A la vuelta de la esquina esperaban mil millones de dólares.

Me encogí de hombros. Se acabó, hasta allí había llegado el relato.

—¿Has visto alguna vez un caso tan perfecto como éste? —me preguntó Ben mirándome—. Aun cuando la policía turca creyese que fue un asesinato, no había nada que relacionase a Ingrid con Cameron.

—Nada en absoluto —repuse—. ¿Cómo podía ser sospechosa siquiera? No existía ninguna relación anterior ni actual entre ellas, ni motivo.

Ben se limitó a negar con la cabeza.

—Brillante.

—Desde luego que sí —coincidí—. Los dos asesinatos, éste y el de Manhattan.

Ben había encontrado una carpeta que le interesaba, y la abrió. Dentro estaba la foto de pasaporte de Ingrid, y contempló su bello rostro durante unos instantes.

—Si estás en lo cierto con respecto a lo del rechazo, imagino que Ingrid debe de amar realmente a Cameron; verse apartada de pronto por culpa de un hombre, luego recuperarla, luego matar por ella. Y no una vez, sino dos, como tú dices.

Yo nunca lo había visto de ese modo.

—Sí, supongo que así es —contesté—, pero se trata de un amor bastante extraño.

Por supuesto, debería haberme acordado de lo que me dijo Ingrid cuando la interrogué: que yo no entendía ni la mitad. Supongo que fue una arrogancia por mi parte; estaba seguro de haber desentrañado el crimen en su totalidad.

Y Bradley también.

—Pero han tenido muy mala suerte —comentó—. Cometieron dos crímenes que estaban muy cerca de ser perfectos, y sin duda habrían salido impunes de ellos. Y mira tú por dónde, a las altas esferas de la comunidad de inteligencia estadounidense y a uno de sus investigadores les da por poner el ojo en esta pequeña ciudad.

—Es posible que hayan tenido mala suerte, pero no ha sido así para nosotros —repliqué—. Sin Ingrid y Cameron, yo no habría tenido la tapadera perfecta, jamás nos habríamos acercado tanto. Que Dios las ayude, pero han formado parte de algo que podría haber sido una gran victoria.

—¿Ya se ha agotado el tiempo? —preguntó Ben, sorprendido y mirando el reloj. Quedaban cuatro minutos—. ¿Crees que ese tipo va a llamar?

Negué con un gesto.

—No te lo he dicho, pero McKinley ha hecho sus propios cálculos de cuándo podríamos esperar tener noticias. Él ha cerrado el plazo una hora antes que yo.

—¿Y qué va a pasar ahora? —preguntó Ben en voz queda.

—Coge el teléfono —le dije— y reserva el primer vuelo que salga para Estados Unidos. Si te vas al amanecer, probablemente podrás llegar antes de que cierren los aeropuertos. Después, haz lo que te he sugerido esta tarde: llévate a Marcie y ve directamente a la casa de la playa. Juntos tendréis más posibilidades.

—Y más aún si somos tres —contestó—. Ven con nosotros.

Sonreí y volví a negar.

—No, yo me voy a París.

—¿A París? —repitió Ben, extrañado—. Las ciudades van a ser los peores sitios.

—Lo sé, pero allí fui feliz... Tenía muchos sueños... Si las cosas se ponen mal de verdad, me gustaría estar cerca de todo eso.

Ben me miró durante largos instantes, creo que con tristeza, pero costaba trabajo distinguirlo.

Luego empezó a hacerme preguntas sobre cuánto tiempo tardaría el virus en agotarse. Levanté una mano para indicarle que guardara silencio. Me había parecido oír algo fuera, en el pasillo. Los dos nos quedamos inmóviles, escuchando. Y entonces lo oímos juntos: eran pasos.

Recogí la Beretta de la mesa y me acerqué a la mirilla sin hacer ruido. Ben desenfundó su pistola y apuntó hacia la puerta.

Espié por la mirilla y vi la sombra de un hombre proyectada en la pared. Se acercaba.

24

El hombre penetró en mi campo visual... era el botones. Sin darse cuenta de que estaban observándolo, introdujo un sobre por debajo de la puerta.

Aguardé hasta que se hubo marchado para bajar la pistola y recoger el sobre. Observado por Ben, con el corazón desbocado y la mente bailando entre la esperanza y la contención, abrí la solapa y extraje una única hoja de papel.

Empecé a leerla y sentí que la pared de ansiedad se desmoronaba. Negué con la cabeza, en un gesto de incredulidad.

—¿Qué ocurre? —preguntó Ben.

—Que soy un idiota —contesté—. Cómo iba Echelon a poder captar ningún mensaje... Cumali no tenía necesidad de acudir a la cabina telefónica, porque su hermano ya está aquí.

—¡¿En Bodrum?! ¿Cómo lo sabes?

Señalé la nota.

—Cumali quiere pasar a recogerme mañana a las once de la mañana, me ha invitado a almorzar al aire libre con su supuesto hijo.

—Quizá sea cierto —replicó Ben—. ¿Qué pasa si el hijo está con ella?

Lancé una carcajada.

—No lo llevará —aseguré—. Pondrá una excusa. ¿Por qué, si no, iba a invitarme de pronto a almorzar con ella? No me soporta. No, Ben, su hermano está aquí. Mañana lo conoceré.

Las dudas que podía albergar Bradley se extinguieron al verse aplastadas por mi certidumbre, y por la expresión de su cara deduje que le daba miedo el papel que iba a tener que representar. Y, para ser sincero, a mí tampoco me hacía mucha gracia el que iba a representar yo.

Abrí la puerta para que Ben se marchara.

—Llama enseguida al Susurrador y dile exactamente estas palabras: «Colega, seguimos jugando.»

25

Había llegado a Turquía como explorador, y había terminado siendo un cebo. Por eso no había hecho ningún esfuerzo por poner en orden mis asuntos antes de irme, y ahora descubría que tenía que hacerlo a toda prisa.

En cuanto Bradley salió de mi habitación para llamar al Susurrador, me senté ante el pequeño escritorio, saqué una hoja de papel y, a pesar de lo tarde que era, empecé a redactar mi testamento. En circunstancias normales —teniendo únicamente una pensión del gobierno, la asignación anual de Grace y una pequeña colección de obras de arte—, no me habría molestado en hacer nada, pero las cosas se habían complicado bastante.

Cuando Ben y Marcie descubrieron mi tapadera y me obligaron a marcharme de París, una de las pocas cosas que metí en mi maleta fueron las dos cartas del abogado de Nueva York que tenían que ver con el fallecimiento de Bill y de Grace.

Aquel viejo letrado se llamaba Finbar Hanrahan, era hijo de unos inmigrantes irlandeses pobres, y un hombre de tal integridad que él solo bastaría para limpiar la reputación de todos los abogados del mundo. Trabajaba para Bill desde antes de que éste se casara con Grace, y yo lo había visto en muchas ocasiones a lo largo de los años.

Cuando regresé a Nueva York, cogí las dos cartas y concerté una cita con él. Así, una tarde entraba en su magnífico despacho y Finbar se levantaba tras su escritorio para saludarme afectuosamente. A continuación, me acompañó hasta un sofá que había en un extremo de la estancia y desde el que se veía todo Central Park, y me presentó a los otros dos caballeros que se hallaban presentes, a uno de los cuales lo reconocí porque era un antiguo secretario de Comercio. Finbar dijo que eran abogados, pero que ninguno de los dos estaba asociado a su bufete.

—Han leído ciertos documentos, y yo les he pedido que acudieran aquí para hacer de observadores imparciales. Su labor consiste en asegurarse de que todo se hace como es debido y de que no pueda interpretarse mal o cuestionarse más adelante. En este sentido, quiero ser de lo más escrupuloso.

A mí me pareció un tanto extraño, pero no le di mayor importancia; supuse que Finbar sabía lo que hacía.

—En tu carta decías que había un pequeño asunto relacionado con los bienes de Bill que había que cerrar —dije—. ¿Es de eso de lo que estamos hablando?

—Sí —me respondió—, pero hay un tema importante que debemos resolver primero. —Se volvió hacia los dos caballeros, y éstos hicieron gestos de asentimiento; «adelante», parecían decir—. Puede que no lo sepas —me dijo—, pero a Bill le importabas mucho. Es más, estaba convencido de que, en cierto modo, eras especial, pensaba que estabas destinado a hacer algo muy importante.

Sonreí de oreja a oreja.

—Sí, me lo comentó una de las amistades de Grace. Es evidente que Bill ya no estaba en sus cabales.

Finbar sonrió.

—Nada de eso, estaba perfectamente en su juicio... Aunque sí es cierto que cada vez mostraba más preocupación por ti. Sobre todo cuando abandonaste Harvard y te fuiste a vivir a Europa. Si he de ser sincero, nunca se creyó que te dedicaras al negocio del arte.

Aquella noticia no me sorprendió; Bill no sólo era inteligente, sino además muy intuitivo. No dije nada, y me limité a mirar al abogado con cara de póquer.

—Bill no tenía ni idea de cómo te ganabas la vida —prosiguió—, y le preocupaba que te hubieras metido en algo turbio o un tanto inmoral.

Aguardó a que yo respondiera, pero sólo asentí con la cabeza, sin hacer ningún comentario.

—Dijo que había intentado hablar contigo al respecto en varias ocasiones, pero que tú no te mostraste lo que se dice «expresivo».

De nuevo me limité a asentir.

—Así pues, Scott, mi pregunta es la siguiente: ¿a qué te dedicas exactamente?

—En este momento, a nada —respondí—. He vuelto a Nueva York para ver si encuentro algo que despierte mi interés.

No me pareció que fuera buena idea decirle que estaba buscando una tapadera y huyendo de mi pasado.

—De acuerdo, pero ¿y antes de esto?

—Trabajaba para el gobierno —dije tras una pausa.

—Pues al parecer la mitad del país hace lo mismo, aunque el término «trabajar» es un poco ambiguo. —El bueno de Finbar tenía un sentido del humor bastante sarcástico—. ¿Qué hacías para el gobierno, exactamente?

—Lo siento —repuse—, no se me permite hablar de ello.

Vi que los dos caballeros intercambiaban una mirada; era obvio que no me creían.

—¿Quién no te lo permite? —preguntó Finbar sin hacerles caso.

Lo sentí por él, porque estaba claro que de verdad deseaba esclarecer el asunto.

—Es una orden presidencial —contesté en voz baja.

El antiguo secretario de Comercio levantó el rostro; aquello empezaba a ser demasiado para él.

—Usted estuvo trabajando en Europa; sin embargo, la Casa Blanca no le permite hablar de ello, ¿es correcto?

—Sí, señor secretario.

—Tiene que haber alguien, un superior u otra persona, con quien podamos hablar, aunque sea en términos generales —dijo Finbar.

—No creo que eso sea posible —repliqué—. Seguramente ya les he dicho demasiado.

Y de todos modos, la División, que oficialmente nunca había existido, ya estaba muerta y enterrada.

Finbar lanzó un suspiro.

—Scott, Bill lo dejó muy claro: no podemos continuar a menos que yo esté seguro de tu integridad y honestidad. Vas a tener que ayudarnos a...

—No puedo. He dado mi palabra de no hablar en absoluto de este tema. Firmé ciertos acuerdos.

Tuve la impresión de que se quedaban muy sorprendidos por mi dureza y por el tono tajante que empleé.

—En ese caso, me temo que... —El abogado miró con tristeza a los otros dos caballeros buscando su confirmación, y ellos asintieron—. Me temo que debemos dar por finalizada esta reunión.

Me puse de pie, y los demás hicieron lo mismo. Me sentí decepcionado al comprender que nunca iba a saber lo que pretendía Bill, pero no podía hacer nada más. El ex secretario de Comercio ya estaba tendiendo la mano para despedirse, cuando de repente se me ocurrió una idea.

—Tengo una carta de recomendación que quizá pueda servir. Está relacionada con un «evento» en el que participé hace unos años.

—¿Un evento? ¿Qué clase de evento, una obra de beneficencia o algo parecido? —preguntó el ex secretario.

—No exactamente —contesté—. Habría que tachar algunos párrafos de la carta, pero creo que ustedes podrían leerla.

—¿De quién procede? —preguntó Finbar con avidez.

—Del presidente. Está escrita a mano en un papel que lleva el membrete de la Casa Blanca.

Los tres caballeros guardaron silencio. Parecía que Finbar iba a tener que agacharse para recoger del suelo la mandíbula que se le había descolgado. El primero en recuperarse fue el ex secretario, todavía un tanto escéptico.

—¿Qué presidente? —preguntó.

—Su antiguo jefe —respondí con frialdad. No me caía muy bien aquel tipo—. Adelante, llámelo, estoy seguro de que tiene su número de teléfono. Pídale permiso para leer esa carta. Dígale que guarda relación con un joven y un terrible suceso acaecido en la Plaza Roja, seguro que se acordará.

El ex secretario no supo cómo reaccionar, de modo que Finbar se apresuró a llenar el silencio.

—Deberíamos dejarlo aquí —propuso—. Me parece que hemos entrado en un terreno que afecta a la seguridad nacional y...

—Así es —ratifiqué.

Finbar miró a los otros dos abogados y se dirigió al ex secretario.

—Jim, si no te importa... ¿podrías hacer esa llamada un poco más tarde, sólo como una mera formalidad?

El aludido asintió con la cabeza.

—Mientras tanto, ¿estamos de acuerdo, entonces? —continuó Finbar—. ¿Estamos conformes... podemos proseguir?

Los dos caballeros asintieron una vez más, pero por la forma en que me miraba el ex secretario me percaté de que había estado presente en la reunión de gabinete cuando se habló de la muerte del Tiburón de los Mares. Probablemente jamás imaginó que iba a conocer en persona al hombre que lo había matado.

26

Finbar sacó una carpeta de una caja fuerte de la pared, los otros dos abogados se quitaron la chaqueta, y yo contemplé desde nuestro nido de águilas los nubarrones de lluvia que cruzaban el parque directos hacia nosotros, aún sin tener ni idea de lo que estaba ocurriendo.

—Como sin duda sabes, cuando Bill falleció, lo más sustancial de su fortuna estaba guardado en una serie de fideicomisos que, a partir de ese momento, pasaron en su totalidad a Grace —explicó Finbar al tiempo que abría la carpeta—. No obstante, había una porción de su vida, pequeña pero especial, que permanecía bloqueada en una estructura empresarial aparte. Lo que contenía inicialmente había ido incrementándose con el paso de los años y, si he de ser sincero, Grace nunca mostró el menor interés por ello. Antes de morir, Bill, con mi ayuda, dispuso que esa porción de su fortuna pasara a tus manos. Creo que le preocupaba que, si Grace moría después que él, no te dejase nada de dinero. —Dibujó una sonrisa—. Es obvio que Bill era un hombre inteligente, porque ya sabemos lo que ocurrió, ¿verdad?

Yo le devolví la sonrisa:

—Que Grace me asignó ochenta de los grandes al año.

—Sólo porque yo insistí en que lo hiciera —replicó el letrado—. Le dije que, si no tenía algún gesto contigo, seguramente impugnarías el testamento y tal vez acabases siendo el destinatario de toda su gran fortuna.

—Eso debió de revolverle el estómago.

—Puedes estar seguro. Bill quería que este arreglo se mantuviese en secreto hasta después de que falleciera Grace, sin duda pensando que ella pudiera recusarlo y aplastarte con gastos de abogados. Pero ahora que ha fallecido, y que he verificado tu integridad, todo está en su sitio. —Buscó dentro de la carpeta y sacó un fajo de documentos—. La primera parte de lo dispuesto por Bill se refiere a una propiedad ubicada en el Soho. ¿La has visto alguna vez?

—Ni siquiera he oído hablar de ella —contesté.

—Era un antiguo almacén de té, con una fachada de hierro forjado y un enorme espacio interior. Varias personas han dicho que, restaurado como vivienda, sería magnífico. Pero no tengo ni la menor idea de en qué basan dicha opinión.

Finbar, viudo y sin hijos, vivía en un piso de catorce habitaciones de antes de la guerra situado en el edificio más exclusivo de Park Avenue, así que no me sorprendió que opinara que un almacén reconvertido era poco más que un cuchitril.

—Bill lo cerró herméticamente, después de hacer que instalaran sofisticados aparatos de control de la humedad, sistemas contra incendios y aire acondicionado. Pues bien, ese edificio y todo lo que contiene es lo que deseaba que fuera de tu propiedad.

Entregó el fajo de papeles y varios documentos más a los dos caballeros, que empezaron a firmarlos y testificarlos.

—¿Y qué es lo que contiene? —quise saber.

Finbar sonrió.

—Bill era muy ordenado, un hombre totalmente racional. Sin embargo, nunca quiso desprenderse de ciertos objetos que pertenecieron a cierta parte de su vida...

—¡Sus cuadros! —lo interrumpí, atrapado entre el asombro y la extrañeza.

—Exacto —confirmó Finbar—. Como quizá ya sepas, difícilmente había un artista desconocido al que Bill no ayudara comprándole cuadros, en ocasiones exposiciones enteras.

—Una vez me contó que la idea que tiene la mayoría de la gente de la caridad es limitarse a dar dinero a una ONG, pero que él prefería ayudar a los artistas que se morían de hambre.

—Y eso fue exactamente lo que hizo, un año tras otro, un cheque tras otro. Aunque tenía buen ojo, Scott, eso era lo extraordinario. Y se quedaba con todo lo que iba comprando.

—¿Y lo guardaba en ese viejo almacén de té?

—Para eso lo reformó, para guardar allí las obras de arte y apilarlas como si fueran leña. Warhol, Roy Lichtenstein, Hockney, Jasper Johns, Rauschenberg... la lista es interminable.

Me mostró una lista impresa, y la hojeé; todas las páginas estaban llenas de nombres que se habían convertido en celebridades.

—¿Y qué pasó con Grace? Cuando falleció Bill, ¿nunca preguntó por todas estas obras de arte?

—Como te he dicho, ella no mostraba ningún interés. En mi opinión, en algún momento él debió de decirle que había vendido lo que todavía conservaba en su poder y que las ganancias habían ido a parar a uno de los fideicomisos.

Deslizó otro documento más sobre la mesa.

—Como es natural, yo debía tener los cuadros asegurados, y eso obligaba a realizar tasaciones periódicas. Ésta es la información más reciente.

Cogí la lista y vi que junto a cada obra se indicaba su valor estimado. En la última página figuraba el total. Me quedé mirando la cifra, y me di cuenta de que era un hombre muy rico... Tal vez no tanto como Cameron, pero sí aproximadamente la mitad que ella.

Bajo la mirada de aquellos tres abogados, me puse de pie y fui hasta la ventana. Ya estaba empezando a llover, y no supe distinguir si lo que me nublaba la vista era la llovizna o las lágrimas. Incluso al final de su vida, y dudando de mi integridad, Bill había hecho un esfuerzo para cuidar de mí. ¿Qué más podría haber pedido yo? Bill había sido un hombre extraordinario, y de nuevo pensé que debería haberlo tratado mejor.

Me volví y miré a Finbar, y él me pasó todos los documentos, ya firmados, sellados y entregados.

—Enhorabuena —me dijo—. Ahora eres el propietario de una de las mejores colecciones de arte contemporáneo que existen en el mundo.

27

A solas, en un hotel barato de una callejuela de Bodrum, redactando mi testamento y últimas voluntades, debía decidir qué iba a ocurrir con aquel tesoro en obras de arte por el que se pelearían la mayoría de los conservadores del mundo.

La colección estaba absolutamente intacta. Aunque yo había pasado mucho tiempo en el silencio de aquel antiguo almacén de té, paseando entre las torres de cuadros, sacando obras maestras que nadie había visto en varias décadas, jamás había vendido ninguna. Eran una parte muy importante de la vida de Bill, y, a pesar de la fortuna que representaban, tenían para mí un valor sentimental que me impedía plantearme siquiera qué hacer con ellos.

Sin embargo, por extraño que parezca, lo que ocurriera con aquellos cuadros si yo fallecía no me planteaba ningún problema. Supuse que la respuesta debía de llevar muchas horas, si no más tiempo, madurando en lo más recóndito de mi cerebro.

Dispuse por escrito que mi deseo era que se cedieran al Museo de Arte Moderno los cien cuadros que escogieran sus comisarios, a condición de que las obras se exhibieran de forma permanente. Ordené que se le cedieran también todos los dibujos de Rauschenberg que habían motivado la visita que habíamos hecho Bill y yo a Estrasburgo, tiempo atrás. A continuación, describí la fotografía de la campesina y sus hijos caminando hacia la cámara de gas que había visto en el campo de concentración de Natzweiler, aquella fotografía que me había perseguido tantas veces en sueños, y solicité que el museo adquiriese una copia de ella.

En cuanto al resto de las obras, incluido el almacén en que estaban guardadas, dispuse que debían venderse, y que el dinero de la venta debía emplearse para fundar el Hogar William J. Murdoch para Niños Huérfanos Romaníes o Gitanos.

Después, llegué a la parte más difícil. Para finalizar, dije, quería que el Museo de Arte Moderno montase una pequeña exposición en la entrada de la galería en la que estuvieran aquellos cien cuadros. Dicha exposición debía comprender los dibujos de Rauschenberg, la copia de la foto del campo de concentración y la siguiente dedicatoria: «LEGADO AL PUEBLO DE NUEVA YORK EN MEMORIA DE BILL...»

Permanecí largo rato en silencio, muy quieto, y finalmente solté el bolígrafo. No sabía muy bien qué decir a continuación, era incapaz de encontrar la manera de honrar debidamente su recuerdo. Me acordé del día en que fuimos en coche por aquellos pinares de los montes Vosgos, y rememoré la maldad que permanecía agazapada en aquella cámara de gas; sentí de nuevo la fuerza que me transmitió cuando me agarré a su mano de forma espontánea, y vi el instante de felicidad que brilló en sus ojos al mirarme. De repente, supe qué palabras iban a resultar más elocuentes para mi padre adoptivo: «LEGADO AL PUEBLO DE NUEVA YORK, EN MEMORIA DE BILL MURDOCH, POR SU HIJO SCOTT, CON PROFUNDO CARIÑO.»

Terminé nombrando albacea a Finbar Hanrahan, letrado de Park Avenue, y a James Balthazar Grosvenor, presidente de Estados Unidos. Supuse que, ya que iba a morir por mi país, aquello era lo menos que él podía hacer por mí.

Llamé a recepción, me respondió la voz soñolienta del encargado de guardia y le pedí que subiera a mi habitación. Sin dejarle ver el contenido del documento, le hice testigo de mi firma y, a continuación, lo metí en un sobre, lo cerré y escribí la dirección de Finbar. Introduje el sobre dentro de otro, garabateé el nombre de Ben y añadí una nota: «En el caso de que yo muera, te ruego que entregues esta carta en mano cuando regreses a Nueva York.»

Seguidamente, la deslicé por debajo de la puerta de la habitación de Ben y volví a la mía. Cerré con llave, me quité los zapatos y me tumbé en la cama totalmente vestido. En la quietud de la noche, me vinieron a la memoria dos versos de un antiguo poema cuyo título y autor no conseguí recordar:

Dormí y soñé que la vida era belleza;
desperté y descubrí que la vida era deber.

La vida era deber. Al igual que todo soldado que va a la batalla, pensé en el enfrentamiento que me aguardaba. Para ser sincero, no abrigaba ninguna esperanza de obtener ni el éxito ni la gloria: tan sólo esperaba actuar con suficiente coraje y honor.

28

Las once de la mañana, apenas una nube en el cielo, una temperatura inusualmente calurosa para aquella época del año, y Cumali se presentó puntual.

Yo estaba esperándola enfrente del hotel, en la acera, vestido con zapatillas deportivas, unos chinos y una camisa de verano suelta por encima. «Una indumentaria perfecta para un almuerzo al aire libre», me dije. Llevaba la Beretta metida por detrás del pantalón, pero era puro atrezo, formaba parte de la leyenda de un agente encubierto no muy listo, porque sabía que la pistola no podría salvarme y que se me caería al suelo en cuanto diera un salto. Los bolsillos del pantalón eran profundos —por eso decidí ponérmelo—, y mi verdadera arma estaba guardada en uno de ellos. Sólo tenía que inclinarme hacia delante con naturalidad, meter las manos en los bolsillos y la tendría a mi alcance.

El Fiat negro se detuvo, y vi que Cumali venía sola; si necesitaba una confirmación de lo que estaba sucediendo en realidad, ella misma acababa de dármela. Compuse una sonrisa amable y me acerqué a abrir la puerta del copiloto. Estaba cerrada con el seguro, y la detective me indicó con un gesto el asiento de atrás. Abrí la puerta trasera y me subí al coche.

—¿Dónde está el pequeño? —pregunté.

—El colegio ha organizado una excursión al campo —me respondió—, y le han permitido ir, a pesar de no ser un alumno. Nos reuniremos con ellos para almorzar, quiere presumir de su amigo norteamericano.

Era mejor policía que actriz; había pensado demasiado en la excusa que iba a poner, y al final le salió un tanto forzada.

—¿Qué clase de excursión? —pregunté siguiéndole la corriente, como si todo fuera de lo más normal.

—Una de arqueología, los niños las llaman «ruinas tontas». —Dejó escapar una pequeña carcajada que pareció aliviar su ansiedad—. Es un lugar interesante, verá como le gusta.

Me permití dudarlo.

—¿Está muy lejos?

—En coche, bastante —contestó—. Pero he alquilado una lancha motora. Espero que no le importe echar una mano como ayudante en cubierta, es más rápido y el paisaje es más espectacular. Después podremos regresar con mi hijo, a él le encanta ir en lancha.

Alguien sabía bien lo que hacía. Resultaba fácil seguir a un coche, pero ir tras una lancha era casi imposible; el campo visual era demasiado amplio, y no había tráfico entre el que esconderse. Alguien estaba asegurándose de que yo no tuviera a un amigo siguiéndome los pasos.

—Suena genial —dije.

Pero no lo sentía así. Pese a mis años de entrenamiento, pese a los planes que había trazado, noté cómo el miedo me atenazaba la garganta; no era nada fácil meterse en la boca del lobo siendo consciente de ello.

Cumali giró el volante y se dirigió hacia una cala escondida en la que había un viejo embarcadero y unas pocas decenas de botes fondeados. Como yo iba sentado en la parte de atrás, no pude ver si la detective llevaba consigo la única parte de su equipo que tenía una importancia crucial para que mi plan funcionara. En caso negativo, sería necesario abortar la operación.

—¿Ha traído el teléfono? —le pregunté.

—¿Por qué? —respondió, alerta, mirando por el espejo retrovisor para escrutar la expresión de mi rostro.

—No nos conviene estar a bordo de un barco que se hunde y no poder llamar para pedir ayuda, ¿no le parece? —repuse encogiéndome de hombros.

Cumali sonrió y se tranquilizó un poco.

—Naturalmente.

Se llevó una mano a la cintura de los vaqueros y me mostró el móvil.

La misión estaba en marcha, ya no había vuelta atrás.

Detuvo el coche, lo aparcó, y yo me desabroché el cinturón de seguridad.

—¿Hay que descargar algo? —me ofrecí.

—En el maletero hay una cesta. Yo no bebo alcohol, pero he traído unas cervezas y hay comida de sobra. Sírvase usted mismo.

«El condenado ingirió una comida contundente», pensé para mis adentros, y casi rompí a reír. Me di cuenta de que el estrés y el miedo estaban empezando a pasarme factura, y me obligué a bloquearlos. Saqué la cesta del maletero y seguí a Cumali, que ya había bajado hacia el embarcadero. Estaba agachada, soltando la amarra de una pequeña lancha abierta que tenía un solo camarote. Era vieja y de madera, pero estaba bien conservada. Me gustaría saber cuánto le había costado alquilarla para pasar un día entero.

Cumali se incorporó sin ser consciente de que yo estaba observándola, e hizo una pausa para volver la vista hacia la pequeña cala, que estaba preciosa bajo la luz matinal: el agua color turquesa, la playa desierta, las casitas encaladas... En un instante de inspiración, caí en la cuenta de que estaba intentando grabarse aquel lugar en la memoria: estaba despidiéndose. Yo ya me había preguntado si con la información que le había pasado la habría asustado lo suficiente, pero ahora confirmaba que la amenaza de Luz Brillante y del orfanato búlgaro la había aterrorizado. Supuse que ella y el pequeño se marcharían muy pronto con su hermano, probablemente se dirigirían en coche a la frontera de Iraq o de Siria. Reflexionando un poco más sobre ello, comprendí que, si yo desaparecía, ella sería la principal sospechosa, y eso le dejaba pocas alternativas. Para todos nosotros, nuestra estancia en Bodrum estaba tocando a su fin.

Se liberó de sus pensamientos y subió a la lancha. Para cuando subí yo a bordo y dejé la cesta bien sujeta, ya había arrancado el motor y encendido una pequeña radio VHF que había junto al timón, y estaba hablando en turco al micrófono. Después, lo dejó de nuevo en su base y se volvió hacia mí.

—Estaba informando al director del puerto de adónde vamos y cuál es nuestra ruta —me dijo.

Fue un detalle por su parte, pero no había hablado con el director del puerto, sino con su hermano y con quienquiera que estuviese con él, para decirles que íbamos para allá. Yo ya había adivinado cuál era nuestro destino, por supuesto.

29

Las ruinas de la ciudad sumergida parecían agarrarse al acantilado: los restos de la antigua escalinata trazaban eternamente su camino internándose en el mar, y la Puerta a Ninguna Parte era una silueta bajo el fuerte sol del mediodía.

Cumali aminoró la velocidad a medida que íbamos acercándonos, lo cual me permitió contemplar las ruinas en todo su esplendor. Reaccioné con las adecuadas muestras de asombro, como si nunca hubiera estado en aquel lugar.

La pared del acantilado y el aparcamiento que había arriba se encontraban tan desiertos como de costumbre, y lo único que se oyó cuando pasamos junto a la hundida plataforma que había servido de pista de baile fueron los chillidos de unas cuantas gaviotas que volaban en círculos. Su triste lamento parecía un acompañamiento de lo más oportuno, mientras Cumali aproximaba la lancha al maltrecho embarcadero.

Cogí el cabo de amarre, salté a tierra y sujeté la lancha con un nudo firme. En la playa, donde había multitud de parches de alquitrán y dos gaviotas muertas, las hordas de cangrejos corrieron a ponerse a cubierto igual que un ejército de cucarachas en la cocina de un piso de alquiler. Odiaba aquel lugar.

Cumali vino hasta donde estaba yo cargando con la cesta de excursión. Me ofrecí a llevársela, al tiempo que señalaba el entorno.

—No parece un sitio muy adecuado para sentarse a almorzar.

Ella se echó a reír, ya más relajada, ahora que me tenía donde quería tenerme, y ahora que ya casi había cumplido con su parte del plan.

—No vamos a almorzar aquí. Hay un túnel que lleva hasta un anfiteatro romano. Los expertos afirman que es el mejor del mundo después del Coliseo.

Puse mi mejor cara de ilusión.

—Suena genial. ¿Y dónde están los niños?

Se hizo obvio que ya había pensado en aquello... o que lo había pensado su hermano.

—Ya están aquí —respondió con naturalidad—. Han venido en autobús, hay un camino que baja desde la carretera.

Yo sabía que aquello no era verdad. Se había hecho un reconocimiento de la zona cuando se planificó la operación contra Finlay Finlay, y Control nos había advertido que, si las cosas se torcían, en ningún caso debíamos disparar a la verja con la intención de abrirla y entrar en el túnel para buscar refugio en las ruinas: aquello era un callejón sin salida, no había absolutamente ningún punto por donde escapar.

—Estoy deseando ver al pequeño —comenté mientras caminábamos sorteando las rocas cubiertas de algas.

—Está muy emocionado —repuso Cumali—. Me ha costado lo suyo que se terminara el desayuno.

Encontramos un sendero que conducía hacia un hueco oscuro, situado en la pared del acantilado, justo encima de la playa.

—Ésa es la boca del túnel —dijo—. Los dignatarios y los generales llegaban hasta aquí en barcazas y, acompañados de fanfarrias, recorrían el túnel y entraban en el anfiteatro.

—Es extraño que este lugar no sea más famoso, debería estar lleno de turistas —sugerí.

—Hace años estaba siempre abarrotado, pero la gente causaba tantos daños que ahora sólo lo visitan grupos de arqueólogos. —Cada vez le resultaba más cómodo mentir.

—¿Cómo se llamaba el anfiteatro? —pregunté.

Cumali dijo algo en turco que, lógicamente, yo no entendí.

—¿Y en inglés?

—No creo que exista una traducción directa. No sé muy bien qué significa.

Creo que le pareció mejor no decirme que estaba a punto de entrar en un lugar llamado el Teatro de la Muerte.

Nos detuvimos en la entrada del túnel, y vi, medio escondida en la penumbra, una verja de hierro que tenía unos barrotes gruesos y oxidados. Probablemente unas horas antes estaba bloqueada con una cadena y un candado, pero ahora ya no.

—¿No tienen esto cerrado con llave? —pregunté.

—La única forma de acceder es viniendo en barco, y casi nadie conoce este lugar —explicó Cumali.

Aquél fue su primer error. Las marcas que había dejado la cadena en el óxido al ser retirada se distinguían levemente, y estaba claro que alguien la había quitado unas horas antes. Aquello no me sirvió de mucha ayuda, pero resultó tranquilizador, significaba que tenían prisa y no prestaban atención a los detalles. La experiencia me decía que aquello iba a representar una ventaja.

Cumali empujó la verja, y estaba a punto de entrar cuando, de pronto, se lo impedí.

—Deje que vaya yo delante —le dije, actuando como un perfecto caballero.

En mi opinión, es muy importante mantener los buenos modales cuando a uno lo conducen a la muerte... y así también tendría ante mí un campo visual despejado para disparar si las cosas se ponían feas.

Crucé la verja, me interné en la oscuridad del túnel y sentí cómo empezaba a acumularse el sudor en torno a la Beretta que llevaba a la espalda. Sabía que en el otro extremo de aquel túnel me esperaba el Sarraceno.

30

Bradley no había tenido ninguna dificultad para encontrar la casa. Tal como estaba planeado, salió del hotel cinco minutos después de que la detective Cumali me recogiera y, sirviéndose de un detallado mapa que yo le había dibujado, fue derecho a la ferretería mejor equipada de todo Bodrum.

Tres minutos más tarde, salió de la tienda con una bolsa de plástico que contenía lo único que acababa de comprar y, de nuevo siguiendo mi mapa, se encaminó en dirección suroeste. Once minutos después, tomó la calle que estaba buscando y vio el almacén de distribución de Coca-Cola. Se dirigió hacia él, cruzó la calzada y se detuvo delante de una pequeña vivienda.

Después de examinar su fachada y recordar sus seis rasgos característicos, confirmó que no se había equivocado. Abrió la cancela, pasó junto a los gnomos y llamó a la puerta. Eran las 11.25 h, justo según el programa previsto. Unos segundos más tarde, oyó una voz femenina que respondía en turco desde el interior de la casa, y, aunque no entendió lo que decía, estaba seguro de que acababan de preguntarle quién era.

No respondió, sólo dejó que el silencio llenara el vacío, hasta que, como hacen la mayoría de las personas en una situación así, la mujer, que era la niñera del pequeño, abrió la puerta. Siguiendo el plan trazado, Bradley tenía que empujarla, pasar al interior, cerrar de nuevo y enfrentarse a la mujer en la intimidad de la casa.

Pero no funcionó. Cuando le expliqué a Bradley lo que debía hacer, no tuve en cuenta el detalle de que la canguro era una mujer muy obesa, y, al empujar la puerta, Ben chocó contra el bulto inmóvil de la joven y se vio frenado en seco. Lo cual le dio a la sorprendida niñera tiempo suficiente para empujarlo a su vez y ponerse a chillar. Por un instante, dio la impresión de que Bradley iba a quedarse en la calle y que todo el plan fracasaría, pero, gracias a Dios, Ben reaccionó rápidamente: sacó su pistola, se la metió a la niñera entre los dientes y le gritó que se echara atrás.

La joven no entendió todo lo que le dijo el policía, pero captó el mensaje. Retrocedió un paso, Bradley se apresuró a entrar y, sin dejar de apuntarla, cerró de un portazo. La niñera estaba demasiado asustada para gritar, y eso le dio a Ben la oportunidad de abrir una cortina y mirar por una estrecha ventana. Con alivio, comprobó que fuera no había movimiento, y se dio cuenta de que los tres camiones de Coca-Cola que estaban maniobrando para entrar en el almacén habían apagado los gritos de la joven con el rugido de sus motores.

Se volvió hacia la chica y vio que estaba muerta de miedo y que temblaba violentamente, pero, antes de que pudiera decir nada, apareció una carita por la puerta que había al fondo de la casa y se quedó mirándolos. Era el pequeño.

El arma que sostenía Bradley quedaba oculta por el cuerpo de la niñera, y Ben la bajó un poco más para que no pudiera verla. Luego sonrió al niño: eso era todo lo que necesitaba el pequeño, que se dirigió hacia él sonriendo de oreja a oreja y hablando en turco sin parar.

La niñera lo abrazó, protectora, y aquel gesto, junto con la sonrisa de Bradley, la tranquilizó un poco, porque el temblor que unos segundos antes parecía un terremoto se transformó en un ligero estremecimiento.

—¿Qué está diciendo? —preguntó Bradley señalando al pequeño y empleando un tono de voz lo más amistoso posible.

La canguro tragó saliva en un intento de humedecerse la garganta y obligó a su cerebro a desempolvar el poco inglés que había aprendido trabajando para diversas familias a lo largo de los años.

—Dice... ¿usted americano? —consiguió articular.

Bradley sonrió al niño.

—Sí, de Nueva York.

La niñera, sin dejar de abrazar al pequeño, se lo tradujo.

—Ahora pregunta... ¿usted amigo del hombre de las reverencias? —dijo a continuación.

Bradley puso cara de no entender... ¿El hombre de las reverencias? ¿A qué diablos se refería?

Pero la niñera acudió a rescatarlo:

—El hombre del FBI —aclaró.

—Ah —contestó Bradley—, Brodie Wilson. Sí, es amigo mío.

Luego el pequeño dijo algo más, y la niñera lo tradujo:

—¿Dónde está el hombre de las reverencias?

—Está con tu mamá —respondió Bradley.

—¿Y dónde están? —tradujo la joven.

Bradley no quiso alarmar al niño y se le ocurrió una idea que le pareció muy buena.

—Se han ido de excursión —dijo.

En cuanto se lo tradujeron, el niño rompió a llorar de manera inconsolable. Bradley no tenía modo de saber que aquello era lo que más ansiaba el pequeño, ir de excursión con su amigo americano, y ahora resultaba que se habían ido sin él. Lo miró sin saber qué hacer.

Entre lágrimas y sollozos, la niñera consiguió entender cuál era el problema y se lo explicó a Bradley. Ben se agachó, escondió la pistola y le dijo al pequeño que no pasaba nada, que su mamá iba a venir pronto a buscarlo, pero que antes tenían que jugar un poco.

En cuanto la niñera se lo tradujo, el pequeño volvió a sonreír, ya consolado, y le regaló a Bradley una de sus mejores reverencias.

Ben y Marcie no habían tenido hijos, de manera que Ben consideraba que los niños eran más bien una especie alienígena, pero no pudo evitar sentirse profundamente emocionado por aquel anhelo que sentía el niño por algo tan simple como una excursión. Notó que algo se revolvía en su interior ante la perspectiva de lo que iba a tener que hacer, pero sabía que no tenía alternativa. El sufrimiento de un único niño no era nada comparado con la carnicería que causaría el virus, de modo que le ordenó por señas a la niñera que echase a andar por el pasillo.

Al llegar a la cocina, cerró de inmediato las persianas y echó la llave a la puerta trasera. Sólo entonces centró la atención en la arquitectura de la casa. Se trataba de una construcción tradicional, y la cocina, como la mayoría, tenía un techo muy alto y muy inclinado para ayudar a disipar el calor. En el centro había una lámpara que colgaba de una de las vigas. Bradley se fijó en que estaba sujeta a una gruesa argolla de latón, y supo que iba a ser perfecta para lo que necesitaba.

Se volvió hacia la canguro, le pidió el teléfono móvil y lo conectó al cargador que descansaba sobre la encimera. Era una buena precaución, porque, si el teléfono se quedaba sin batería en el momento crucial, todo fallaría.

Hablando despacio y con claridad, le dijo a la niñera que su intención era que tanto ella como el niño salieran vivos de allí.

—Pero eso no ocurrirá —la avisó— si intentas escapar, abrir la puerta o tocar el teléfono. Vas a hacer todo lo que yo diga, ¿entendido?

La joven asintió con la cabeza. Dicho esto, Bradley se sentó con la pistola muy cerca de la mano, abrió la bolsa de plástico de la ferretería y sacó un rollo de cuerda gruesa. El pequeño, intrigado, se acercó y se sentó a su lado. Juntos empezaron a hacer el nudo.

31

Avancé por el túnel seguido por Cumali. Las paredes estaban decoradas con fragmentos de mosaicos antiguos, y el techo abovedado aparecía dividido por enormes grietas causadas por varios siglos de terremotos. El silencio resultaba asfixiante.

A ambos lados estaban las ruinas del llamado «hipogeo», las estancias subterráneas en las que encerraban a los esclavos y las bestias utilizados en las cacerías de animales salvajes, y sentí que me envolvía la profunda melancolía que flotaba en aquel lugar: era como si el sufrimiento hubiera echado raíces en la piedra misma.

Cumali señaló las celdas protegidas con barrotes, de pronto hablaba demasiado deprisa, parecía nerviosa.

—En las celdas sólo cabían unos pocos cientos de personas —explicó—. Los enormes espectáculos y las batallas navales, en los que con frecuencia morían miles de prisioneros o esclavos, eran casi exclusivos del Coliseo. Aquí, en las provincias, el gobernador no disponía de las riquezas de un césar, de modo que se recurría sobre todo a las luchas de gladiadores y a la recreación de mitos famosos. Por supuesto, esas historias también eran tremendamente populares: un montón de violencia y de muertes, pero sin mucho argumento.

—Igual que las películas de Hollywood —comenté con la boca seca, procurando actuar con naturalidad. Pero Cumali no pareció oírme.

El túnel acababa allí mismo, después de un recodo en ángulo recto. Salimos, y entonces vi el anfiteatro por primera vez. Lo que había dicho Cumali era cierto: la simetría, las filas de columnas de mármol prácticamente intactas y el tamaño del conjunto resultaban extraordinarios. Y también el silencio que reinaba allí. Bajo aquel sol que caía a plomo, el Teatro de la Muerte daba la impresión de estar aguardando en silencio, preparado para que diera comienzo un nuevo espectáculo.

—¿Dónde está todo el mundo? —pregunté.

—Por encima de nosotros —contestó Cumali—. Hay una plataforma desde la que se tiene una amplia panorámica de todo el foso. Si seguimos la columnata, encontraremos una escalera que sube hasta ella.

Giró y se dirigió hacia allí, y en aquel momento vislumbré al primero de los hombres. Estaba de pie en un pasadizo en ruinas, sin darse cuenta de que, para un ojo entrenado, la oscuridad a menudo es algo relativo: vestido de negro, era un parche más oscuro dentro de una zona en sombras. Imaginé que su misión consistía en situarse a mi espalda y cerrarme toda posibilidad de escapar volviendo por el túnel.

Recorrí el foso con la mirada, actuando como lo haría cualquier turista: el Sarraceno y sus mercenarios ya me tendrían triangulado, y basándome en el punto que ocupaba aquel tipo escondido no me costó mucho calcular dónde podrían estar los otros.

Cumali, avivando un poco el paso, me señaló el centro del anfiteatro.

—Hace dos mil años, la arena que cubría el foso estaba teñida de color rojo oscuro —contó.

—¿Para disimular la sangre? —dije.

—Exacto.

Localicé a otro miembro del equipo, esta vez un individuo corpulento como un toro, entre un laberinto de arcos semiderruidos que había justo por encima de donde estábamos. Me sorprendió porque tendría unos sesenta años, demasiados para aquel numerito de acción, y había algo en él que me resultó familiar; sin embargo, no tuve tiempo de entretenerme en aquel detalle, porque Cumali me había guiado hasta un pasadizo de altos muros —un callejón sin salida, estaba seguro— hablando todo el tiempo para apaciguar su nerviosismo.

—Como es natural, había que retirar los cadáveres para poder dar paso al siguiente espectáculo. Así que entraban dos hombres disfrazados de figuras mitológicas en el foso para supervisar dicha operación. El primero era supuestamente Plutón, el dios de los muertos. Golpeaba los cadáveres con un martillo para mostrar que aquel hombre, mujer, o niño, ahora le pertenecía a él. El segundo era Mercurio que, según la mitología, portaba una vara en la mano y acompañaba a las almas hasta el inframundo. En este caso, la vara era de hecho un hierro al rojo vivo con el que tocaba los cuerpos para comprobar que la persona estuviera muerta de verdad.

—Así que no había posibilidad de escapar ni siquiera fingiendo.

—Ninguna en absoluto —repuso Cumali.

Nos internamos aún más en la oscuridad del pasadizo. En lo alto, el sol iluminaba de lleno el techo destrozado, y adiviné que allí era donde me encontraría cara a cara con Zakaria al Nasuri. Mi viaje estaba a punto de finalizar.

Tenía que sincronizarlo todo a la perfección, no podía cometer ningún error. De ello dependían mi vida y todo lo demás.

Hundí las manos un poco más en los bolsillos, con ademán relajado. Estaba seguro de que los individuos que me observaban desde las sombras ya se habían percatado del pequeño bulto que formaba mi pistola en la cintura, en la parte posterior del pantalón. Imaginé que estarían sonriendo, conscientes de que no me iba a dar tiempo de sacar la mano derecha, llevármela a la espalda, coger la pistola y empezar a disparar.

«Mira que son gilipollas, estos norteamericanos.»

Me habían enseñado cómo trabajaban los aficionados: se concentrarían en la pistola, creyendo que allí era donde estaba el peligro, y no se preocuparían de mi mano izquierda, que estaba cerrada en torno a la única arma que me importaba: el teléfono móvil. Lo tenía encendido, preparado, con todos los botones del teclado programados para que activaran el único número que había en modo marcación rápida: el del teléfono que Ben Bradley guardaba en su bolsillo, en casa de la niñera.

Durante los segundos que tendría de margen antes de que aquellos hombres lograsen reducirme, lo único que debía hacer era pulsar un botón del teclado. Cualquier botón.

Bradley no contestaría; simplemente reconocería el número e iniciaría una cuenta atrás. Justo cuatro minutos después, cogería el móvil de la niñera, lo retiraría del cargador y marcaría el número de Cumali. La detective vería la identidad de la persona que la llamaba, vería que se trataba de la niñera y, preocupada de que hubiera surgido algún problema grave relacionado con el niño, respondería. Entonces se enteraría de lo único que podía cambiarlo todo.

El plazo de cuatro minutos era crucial. Según mis cálculos, ése era el tiempo que transcurriría entre el momento en que me agarrase el primero de los mercenarios y el momento en que Zakaria al Nasuri emergiera de las sombras.

Si el teléfono de su hermana sonaba demasiado pronto, el Sarraceno podría percatarse de que algo había salido mal, dar media vuelta y desaparecer entre las ruinas. ¿Y cómo podría yo coaccionar a un hombre que ya había huido?

Si el teléfono de Cumali sonaba demasiado tarde, me vería envuelto en un mar de problemas. El Sarraceno estaría desesperado por obtener información sobre el presunto traidor afgano, y no tenía mucho tiempo para averiguar su nombre, de modo que no estaría dispuesto a perderlo en una conversación educada, y supuse que tendría por allí cerca algo así como una batería de camión de doce voltios y unas tenazas. Como bien sabía todo torturador, aquel instrumento era muy fácil de transportar y muy fácil de adquirir, y, si a uno no le importaban demasiado los daños que podía causar a la víctima, también solía ser muy rápido.

No estaba seguro de ser capaz de aguantar mucho tiempo.

«Cuatro minutos... No la cagues, Ben.»

Dejamos atrás un montículo de escombros y basura formado por cristales rotos, botellas de cerveza vacías y la tapa de acero de una nevera. Estaba claro que, a lo largo de los años, los jóvenes de Bodrum habían entrado allí a montar fiestas a lo grande.

Junto al montículo había un abrevadero de mármol, largo y estrecho. Antaño utilizado por los dignatarios para lavarse los pies, recibía el agua de una fuente de piedra que imitaba la cabeza de una gorgona. Un extremo del abrevadero estaba roto, y debería haber prestado más atención a aquel detalle porque alguien lo había tapado con piedras, y ahora estaba lleno de agua.

Sin embargo, yo tenía la cabeza en otra parte: estaba esperando a que me atacasen, preparado para pulsar el botón mágico antes de que me sujetasen las manos a la espalda.

Atravesamos un haz de luz solar que se filtraba por el tejado destrozado, y en aquel momento vi que el camino quedaba bloqueado por una montaña de escombros de mampostería. Había llegado al callejón sin salida, estaba atrapado en un cañón encajonado, y el dedo índice de mi mano izquierda era lo único que me separaba del desastre.

32

—¿Nos hemos equivocado de camino? —pregunté señalando la montaña de escombros y volviéndome hacia Cumali.

Pero la detective ya no estaba sola.

El primero de los ayudantes había salido de un pasadizo lateral y había cerrado el paso para suprimir toda posibilidad de escape. Ya no intentaba esconderse y me miraba directo a los ojos. Era el Musculitos, el que había entrado en mi habitación del hotel, y todavía llevaba la cazadora de cuero y la camiseta ajustada. A lo mejor era porque todos mis sentidos estaban alerta, o quizá porque ahora lo veía en persona, pero en aquel momento caí en la cuenta de que, mucho tiempo atrás, había visto una foto de aquel tipo... riendo en la cubierta del rompehielos reconvertido en yate de lujo de Christos Nikolaides, anclado en la bahía de Santorini.

En aquel momento supe a cuál de los carteles de la droga había pedido ayuda Cumali y por qué. Cuando un viejo lobo de Tesalónica se enteró de que el plan tenía que ver con un agente de inteligencia estadounidense, debió de aceptar encantado.

—¿Tú también estás visitando las ruinas? —le pregunté—. Supongo que vienes con el grupo del colegio, ¿no?

Aún no podía permitir que creyeran que sospechaba algo; debían creer que el elemento sorpresa había funcionado, de lo contrario el Sarraceno podría darse cuenta de que le habíamos tendido una trampa.

Oí unas pisadas sobre la grava... El Musculitos era una distracción, el ataque iba a venir por detrás. No me quedaba tiempo para pensar, tenía que tomar una decisión. ¿Sí o no? ¿Efectuaba el lanzamiento o no?

Apreté un botón del teléfono, un gesto firme y breve.

Fue la decisión acertada. Apenas había retirado el dedo del móvil, cuando se abalanzaron sobre mí: dos individuos muy rápidos, muy duros, casi profesionales. Caí de rodillas, pero antes de derrumbarme del todo alcancé a golpear a uno de ellos en la laringe con el codo y lo dejé aturdido y jadeando, en medio de una nube de dolor. El otro me agarró por el cuello, me lanzó un puñetazo a la cara y sentí que se me partía el pómulo. Podría haberle devuelto el golpe, pero estaba haciendo un poco de teatro: en realidad, no merecía la pena obligar a aquel pedazo de mierda a que me diera una paliza, porque iba a necesitar todas mis fuerzas para lo que se avecinaba.

Así que apreté las mandíbulas y me tiré al suelo. Ya estaba contando: «Cuatro minutos, doscientos cuarenta segundos.»

«Doscientos treinta y dos. Doscientos...»

El del cuello hinchado y amoratado retrocedió tambaleándose para sumarse al otro agresor, y alcancé a verle la cara. Era el que parecía un toro: cuadrado, con el cabello muy corto y una crueldad en los ojos que rara vez se distingue en los hombres que no han estado en la cárcel. Ya lo había visto antes, y su mirada también: en una ficha policial que me facilitó la policía griega, y recordé que ciertamente tenía un currículum muy abultado. Era Patros Nikolaides, el padre de Christos: el viejo padrino en persona había salido de su finca protegida por una tapia de cuatro metros de altura.

Él y el Ayudante me quitaron la pistola del cinturón, me rompieron la camisa, me palparon la entrepierna y me descalzaron para ver si llevaba más armas ocultas. Después me desgarraron los bolsillos y me quitaron la billetera, las llaves y el móvil. Finalmente, Nikolaides llamó a Cumali.

—¿Las tienes?

Ella les lanzó unas esposas como las que utiliza la policía, y entre el ayudante y él me sujetaron los brazos a la espalda y me esposaron tan fuerte que supe que al cabo de veinte minutos la carne de las muñecas empezaría a necrosarse por la falta de riego sanguíneo, y que tal vez perdería las manos para siempre. Cuando quedaron convencidos de que estaba inmovilizado, se incorporaron, cogieron sus armas, destrozaron mi teléfono móvil, lo arrojaron al lado de mi Beretta e hincharon el pecho. Hablaron en una mezcla de griego y albanés, pero no resultó difícil deducir lo que estaban diciendo: estos agentes norteamericanos no eran ni la mitad de listos de lo que se creían, sobre todo cuando se tropezaban con tipos duros de verdad de los Balcanes.

Dicho esto, el toro dio un paso al frente empuñando una Glock bastante respetable, me miró —con las manos esposadas, tumbado en tierra, boca abajo— y me propinó un fuerte puntapié en las costillas con la puntera reforzada con acero de una bota de trabajo.

—Eso, por lo de la garganta —dijo con voz rasposa, y acto seguido hizo una señal al Musculitos y al Ayudante, ambos armados con metralletas Skorpion, para que me levantaran del suelo.

Reprimí el acceso de náuseas que me produjo la patada en las costillas, me incorporé un tanto tambaleante y miré a Cumali.

—¿Qué está pasando? —le pregunté con los dientes apretados.

Estaba jadeando, intentando dominar los aguijonazos de dolor que sentía en el pecho y en la cara. Por una vez no estaba fingiendo nada, aquello no era precisamente un paseo por el parque.

«Ciento setenta y ocho segundos.»

—No debería haber cruzado la frontera de Bulgaria con el coche alquilado —me dijo Cumali—. Eso fue una estupidez, está vigilada por cámaras equipadas con un sistema de reconocimiento de matrículas.

No hizo nada por disimular el tono triunfal. Estaba claro que había sido más lista que aquel agente norteamericano de élite.

—¿Bulgaria? —contesté—. Yo nunca he estado en la puta Bulgaria.

Cumali hizo un gesto negativo con la cabeza, a modo de burla.

—Ya, y tampoco ha estado en Svilengrad ni sabe nada de Luz Brillante ni de un orfanato para un niño. Usted se llama Michael John Spitz y es agente de inteligencia, miembro de un grupo especial de la CIA.

Callé unos instantes para que pareciese que aquello me había dejado perplejo y que estaba intentando disimular.

—No sé de qué me está hablando —respondí—. Usted sabe que soy agente del FBI, que he venido aquí a investigar el...

¡Zas! La puntera de acero volvió a acertarme justo debajo del hueso de la rodilla, y tuve que aspirar una fuerte bocanada de aire para combatir la explosión de dolor. Me habría desplomado en el suelo si el Musculitos y el Ayudante no hubieran estado sosteniéndome.

—¡No mientas, joder! —dijo Patros Nikolaides con una sonrisa.

Resultaba agradable conocer a un hombre que disfrutaba de su trabajo.

«Ciento treinta y dos segundos.»

Y entonces lo vi.

El hombre más buscado del mundo salió del pasadizo lateral, dejó atrás las sombras y se situó en una zona iluminada por el sol.

Era alto y musculoso, tal como había esperado que fuera un antiguo muyahidín, y ni siquiera el barato traje occidental que llevaba lograba ocultar la tensión que intentaba reprimir. «Peligroso» fue la palabra que me vino al instante a la cabeza, entre oleadas de dolor. Lo miré a los ojos y me fue imposible no ver en ellos una aguda inteligencia. «Ten cuidado —me dije a mí mismo—, ten mucho cuidado.»

Llevaba la barba cuidadosamente recortada, la mandíbula tensa, los labios apretados en un gesto de decisión... No necesitaba demostrar quién estaba al mando, la autoridad parecía emanar de él de forma natural.

—Tengo entendido que ha estado buscándome, señor Spitz —dijo sin levantar la voz.

—No me llamo Spitz, y no tengo ni idea de quién es usted ni...

Vi acercarse de nuevo la bota del toro y me preparé para la detonación, pero el Sarraceno alzó una mano para frenarlo.

—Por favor —me dijo, como si las mentiras le causaran dolor—. Mi hermana, loado sea Dios, posee contactos en la inteligencia turca y ha descubierto quién es usted realmente...

—¿Su hermana? —repliqué.

Él ignoró mi reacción.

—Ella no sabe nada de mi trabajo y muy poco de mi persona, sobre todo de estos últimos años, en cambio sabe muy bien lo que les ocurre a los musulmanes cazados por agentes como usted. Todo el mundo árabe lo sabe.

—Soy un agente del FBI —repetí, envuelto en una niebla roja de dolor—. Me llamo Brodie Wilson y estoy investigando un asesinato.

—No tengo mucho tiempo. Voy a hacerle unas preguntas, y usted va a decirme exactamente lo que necesito saber. ¿Le parece?

—¿Cómo quiere que se lo diga? ¡No soy Spitz! No sé de qué estamos hablando.

«Noventa y ocho segundos, sólo noventa y ocho segundos, nada más...» Y sin embargo no veía el momento de que llamase Bradley. La rodilla se me estaba hinchando y apenas podía contener las ganas de vomitar, el pecho me palpitaba entre constantes punzadas de dolor, y cada vez me costaba más hablar por culpa del puñetazo en el pómulo.

—No se obligue a pasar por esto —dijo el Sarraceno—. Usted es norteamericano, señor Spitz, un hombre sin Dios. Cuando esté al borde del abismo, cuando esté en el potro de tortura, ¿a quién acudirá pidiendo ayuda? Ha ido cometiendo pequeños errores, ha ido dejando suficientes pistas para terminar aquí. No, lo cierto es que no es usted tan bueno. ¿Por qué cree que ha cometido todos esos errores? ¿Qué mano me estaba protegiendo a mí? ¿Quién cree usted que lo ha traído hasta aquí? No ha sido Leila al Nasuri, sino Dios.

No contesté y me dejé caer un poco como si estuviera derrotado. El Musculitos y el Ayudante aflojaron mínimamente su tenaza, como si sólo quisieran sostenerme, y en aquel momento me lancé hacia delante utilizando la cabeza como la única arma que tenía. Golpeé a Nikolaides con el cráneo y le partí el labio inferior: noté cómo le brotaba la sangre y cómo caía hacia atrás escupiendo dos dientes.

Otros pocos segundos desperdiciados. «Vamos, Ben, ya no queda mucho. Haz un poco de trampa.»

El toro, bramando de dolor, arremetió contra mí, y lo único que lo detuvo fue el hombro del Sarraceno, que se interpuso entre ambos.

—Estamos perdiendo el tiempo —se quejó, y miró al Musculitos y al Ayudante—. Empecemos ya.

Me habría gustado continuar charlando. Me habría gustado seguir charlando otros sesenta y tres segundos, pero ellos no parecían querer lo mismo. Los dos matones albaneses me arrastraron de nuevo por el pasadizo. Me sentí confuso... Creía que iban a sacar la batería de camión o cualquier otro artilugio que tuvieran a mano.

Pero mi confusión se disipó cuando vi que me llevaban hacia el abrevadero de mármol lleno de agua y comprendí lo que significaba aquello. Desesperado, intenté cambiar de táctica: me había preparado para el dolor, no para el terror. Había supuesto que sería capaz de soportar las tenazas, incluso que me arrancasen las uñas con alicates durante un breve lapso de tiempo, pero ahora avanzaba a rastras, intentando detener el reloj, porque cada segundo iba a ser importante. Si empezaba a hablar, lo arruinaría todo.

«Cuarenta y dos segundos.» El correo de la droga de Jun Yuam, aquel tipo duro con el pecho surcado de cicatrices de machete, apenas había aguantado veintinueve segundos.

El Sarraceno se detuvo junto al abrevadero de mármol y habló con su hermana en árabe. No entendí lo que dijo, pero el gesto que hizo con la mano fue lo bastante elocuente: le decía que fuera a dar un paseo. Lo que estaba a punto de ocurrir allí no resultaba apropiado para que lo presenciara una mujer.

Treinta y ocho segundos. «Ben, no me falles.»

33

Bradley también estaba contando los segundos, pero lo hacía con un reloj, de modo que su método era mucho más preciso que el mío. Para él faltaban cuarenta y seis segundos.

La niñera estaba empapada en sudor y daba la impresión de que iban a fallarle las piernas de un momento a otro. Peor todavía: estaba en medio de un charco de pis, porque se había orinado encima en cuanto comprendió lo que se proponía hacer Bradley. A punta de pistola —siguiendo mis instrucciones—, Bradley le había ordenado que se situase con el niño en el centro de la habitación, justo debajo de la fuerte viga del techo. Ahora, siete minutos después, la joven seguía lloriqueando y pidiendo compasión en turco, y el pequeño, aunque había superado el primer acceso de miedo y ya no gritaba, todavía lloraba y llamaba a su madre.

Todo aquello le estaba destrozando los nervios a Bradley, y cuando no consultaba el reloj miraba al suelo como si estuviera a punto de vomitar. La niñera, a pesar de su angustia, se dio cuenta de ello y no consiguió entender a qué se debía: a lo mejor, después de todo, aquel norteamericano no era un hombre tan malo. Aquello le dio ánimos para recurrir de nuevo a sus limitados conocimientos de inglés e implorarle que los dejase libres a ella y al niño.

—¡Silencio! —vociferó Bradley.

Después, al ver que la niñera no hacía caso, lo repitió más alto y levantando la pistola.

La joven rompió a llorar de nuevo, los sollozos del niño se volvieron más lastimeros, y lo único que deseó Bradley fue que aquello acabara de una vez. Aún no se había agotado el tiempo de espera, pero desconectó el teléfono de la niñera de su cargador y, pese a que yo había insistido en que debía ceñirse fielmente a lo programado, racionalizó su decisión diciéndose que iba a necesitar unos segundos para marcar el número de Cumali y que ella tardaría otros más en contestar.

El móvil sonó cuatro veces... «¡Vamos, vamos!»

Por fin lo cogieron... —gracias a Dios— y oyó una voz femenina hablando en turco. Sólo llegó a captar unas pocas palabras antes de interrumpirla gritando para preguntarle si era Leila Cumali y decirle que escuchara con atención...

Pero la mujer continuó hablando sin modificar el tono. Era como si fuera un... De repente, cayó en la cuenta de que se trataba del buzón de voz.

La niñera, sosteniéndose en pie a duras penas, aguantando sus ciento cincuenta kilos con sus frágiles rodillas, vio a través de las lágrimas que estaba ocurriendo algo muy grave, porque el norteamericano parecía a punto de caer presa del pánico.

Bradley respiraba agitadamente, sin pronunciar palabra... Aquella voz hablaba en un idioma que él no entendía, no tenía modo de descifrarlo y no sabía qué hacer. Aquello no lo habían previsto. ¡Dónde diablos estaba la detective turca!

Consultó el reloj... Treinta y dos segundos para completar los cuatro minutos. Bradley estaba a punto de colgar y probar de nuevo, cuando la voz, por cortesía de la compañía telefónica, repitió el mensaje en su idioma:

«El teléfono al que llama se encuentra apagado o fuera de cobertura.»

El policía bajó el aparato y se quedó con la mirada fija en la nada. «Dios santo...»

Cumali había bajado un tramo de escaleras de mármol rotas y había penetrado en un área que, más que ninguna otra, había atraído a legiones de arqueólogos e historiadores a aquellas ruinas.

Había bajado al subsuelo, a un sótano que aún conservaba fragmentos de la antigua decoración de mosaicos y frescos, y se detuvo junto a un estanque de aguas reflectantes y quietas como la muerte. Era la pieza central de lo que antiguamente había sido un templo, un lugar en el que los altos dignatarios hacían ofrendas a sus dioses para dar las gracias por haber realizado un viaje sin accidentes. Cumali lo había descubierto muchos años atrás, y había regresado a contemplar su misteriosa belleza con el convencimiento de que allí, bajo tierra, le sería imposible oír los gritos y los ruegos desesperados de Spitz. Ni siquiera pensó en ello, pero aquel espacio subterráneo era también muy eficaz a la hora de bloquear la recepción de los teléfonos móviles.

Contempló fijamente su rostro reflejado en la superficie espejada del agua, y se dijo a sí misma que lo que estaba haciendo su hermano con el norteamericano no se diferenciaba mucho de lo que habían soportado los musulmanes de Abu Ghraib y de Guantánamo. Y también los de Luz Brillante.

Reconfortada por aquel pensamiento, siguió andando, dejó atrás el estanque y se internó todavía más en los pasadizos del templo, semejantes a los de unas catacumbas.

Ningún sonido podría llegar hasta ella, y tampoco ninguna señal a su móvil.

35

El Musculitos y el Ayudante se habían hecho con un tablón de madera que estaba entre la montaña de basura y escombros. Yo forcejeé y me debatí, en un intento de ganar tiempo, pero la herida de la rodilla y el dolor del pecho me impidieron ofrecer resistencia cuando me amarraron al tablón con gruesas correas de cuero.

Estaba boca arriba, tan fuertemente sujeto que apenas podía moverme, y de pronto apareció ante mí la cara del Sarraceno, impasible, bajando una mano para agarrarme la muñeca. Como era médico, me estaba tomando el pulso. Emitió un gruñido de satisfacción: por mi ritmo cardíaco, supo que estaba asustado.

Señaló a Nikolaides.

—Cuando haya terminado —me dijo—, el hombre del problema dental le hará unas cuantas preguntas con respecto a un asesinato que cometió su agencia de inteligencia en Santorini. Quiere saber quién ordenó el ataque y los nombres de los que llevaron a cabo el crimen. ¿Lo ha entendido?

—¿Santorini? No sé nada de Santorini.

No parecieron quedarse convencidos. Nikolaides le pasó un cubo al Musculitos y cogió una toalla sucia del montón de basura. Iban a empezar ya.

El Sarraceno no dejaba de mirarme.

—Puede evitar todo esto —me dijo.

Pero yo no contesté, de modo que se encogió de hombros.

—Cuando estaba en el Hindu Kush, me ayudaron varias personas. Como ya sabe, una de ellas decidió traicionarnos. Obviamente, no puedo consentir que eso quede impune. Quiero que me diga el nombre del traidor.

—Aunque lo supiera —repuse—, en cuanto se lo dijera, usted me mataría.

El Sarraceno asintió con la cabeza.

—Voy a matarlo de todas formas.

—Ya lo había imaginado. De lo contrario, estarían todos intentando ocultar su rostro.

Calculaba que terminaría metido en una bolsa impermeable que probablemente ya estaría guardada en una taquilla de la lancha, y que pasarían años antes de que algún pescador me devolviera a tierra. Si Ben no llamaba, esperé al menos estar muerto cuando me metieran dentro.

—Si sabe que va a morir, ¿de qué sirve sufrir antes? El nombre, señor Spitz.

—Soy agente del FBI. He venido a Bodrum para...

—¡He visto el correo electrónico! —exclamó el Sarraceno acercando su rostro al mío—. El que le envió el subdirector de la CIA.

Hice todo lo posible por poner cara de asombro. El Sarraceno lo vio y sonrió.

—Ahora... el nombre del traidor.

—Soy agente del FBI...

Exasperado, hizo una señal a Nikolaides. El griego me enrolló la toalla a la cara y me tapó la nariz y los ojos para obligarme a abrir la boca. A continuación, agarró los dos extremos por debajo del tablón y los anudó entre sí. Yo no veía nada, y ya estaba teniendo dificultades para respirar. Tenía la cabeza sujeta al tablón con tanta fuerza que no podía moverme.

Noté que me levantaban en vilo y, en la más absoluta oscuridad, aterrorizado, comprendí que me habían suspendido por encima del abrevadero.

Calculaba unos veintinueve segundos, los mismos que había aguantado el correo de la droga. Pese a que me veía incapaz de soportar aquella tortura, y aunque siempre había dudado de que fuera un hombre valiente, lo único que debía hacer era aguantar tanto tiempo como aquel tipo.

Empezaron a bajarme hacia el agua, e inspiré profundamente. La toalla olía a sudor y a aceite de motor. Lo último que oí fue la voz del Sarraceno, que me decía:

—Está usted temblando, señor Spitz.

Y acto seguido noté el contacto del agua.

36

El agua me cubrió el torso cuando el tablón se hundió en el abrevadero, me heló los genitales y, sin embargo, me pareció que me quemaba aún más la herida del pecho. Fui sumergiéndome poco a poco sin que pudiera hacer nada, y noté cómo se me hundían también la nuca y los oídos.

De repente, inclinaron el tablón hacia atrás.

El agua me bañó toda la cara. Procurando no dejarme llevar por el pánico, y sin poder hacer uso de los brazos ni retorcer el cuerpo, aspiré otra enorme bocanada de aire con olor a aceite, pero sólo conseguí que la toalla se empapara con mayor rapidez. El agua se me coló garganta abajo, y empecé a atragantarme y a toser.

Una ola de agua me cubrió la cara y dejé de toser. ¡Me estaba ahogando! A oscuras, incliné la cabeza hacia atrás. No tenía forma de saber si aquella súbita ola procedía de un cubo o si me habían sumergido más en el abrevadero: lo único en que podía pensar era en la sensación de ahogamiento, en la aterradora necesidad de aspirar aire a través de la toalla empapada.

El agua me llenaba las fosas nasales y la boca, y bajaba por mi garganta inclinada. Entonces entró en acción el reflejo de la náusea, que intentaba salvarme, y me provocó una oleada incesante de espasmos y arcadas. Pero no dejaba de entrarme agua y más agua, y ya estaba empezando a sentirme desorientado. Sólo pensaba en una cosa, una idea fija, una verdad a la que aferrarme: que al cabo de dieciocho segundos llamaría Bradley. Diecisiete segundos y tendría la salvación al alcance de la mano. Dieciséis segundos...

Las ataduras habían sido afianzadas con tanta fuerza que, a pesar del terror que me dominaba cada vez más, no podía forcejear ni patalear. Seguía entrándome tanta agua en la nariz y en la boca que amenazaba con ahogarme, y las constantes arcadas y espasmos me estaban despellejando la garganta. Habría gritado, pero la toalla y el agua me impedían siquiera aquel pequeño intento de liberación. El terror que me invadía, al no tener ninguna forma de expresarse, se volcó hacia dentro y reverberó por todas las cámaras de mi corazón.

Mis piernas y mi espalda se sacudieron de forma involuntaria en el afán de empujarme a huir, pero aquellos movimientos consumieron mis escasas energías y sentí que me hundía todavía más hacia atrás. El agua me cubrió por completo. Otra oleada de náuseas. ¿Dónde estaba Bradley? Tenía que llamar.

Un fragmento de mi mente desbocada me dijo que había perdido el sentido del tiempo. ¿Cuántos segundos llevaba? Ya no había nada más que negrura y la necesidad desesperada de respirar. Resistir, sobrevivir, no sucumbir; aquello era lo único que quedaba.

Giraba arrastrado por un torbellino de oscuridad y de pánico. Me inclinaron un poco más hacia atrás, y me hundí más todavía. A lo mejor era sólo otro cubo de agua, pero tuve la sensación de estar por debajo de la superficie, ahogándome, boqueando y tosiendo en una tumba líquida, desesperado por aspirar aire, desesperado por aferrarme a la vida.

Sabía que no iba a poder aguantar mucho más, pero de repente noté que volvían a levantarme, el agua se retiró de mi cara y pude aspirar aire a través de la toalla. Fue una cantidad minúscula e insignificante, pero fue aire, vida, y a continuación sentí que me colocaban en posición vertical... Debía de haber llamado Bradley, ¡seguro que sí!

Intenté enviar más aire a mi garganta, porque tenía que estar preparado para representar mi papel... pero no dejaba de boquear y de toser. De pronto, la toalla desapareció y empecé a tragar aire a borbotones, con el pecho agitado, agobiado por los temblores y los espasmos.

Sabía que debía serenarme, recuperar el control de la situación... porque ahora le tocaba al Sarraceno sentarse frente a un banquete de consecuencias.

Una mano se deslizó bajo mi camisa destrozada. Parpadeé para retirar el agua de los ojos y vi que se trataba de él, que estaba examinando el ritmo y la fuerza de mis latidos. Acerté a ver detrás del Sarraceno al viejo toro, que se reía de mí con sus dientes llenos de manchas, disfrutando de mi angustia y de mi miedo.

Me invadió una oleada de pánico irrefrenable: nadie estaba actuando como si se hubieran vuelto las tornas. Comprendí que no había habido ninguna llamada telefónica. ¿Qué demonios estaría haciendo Ben?

Me desmoroné... Estaba solo en el Teatro de la Muerte, y esta vez sí que moría para el mundo. Me habría desplomado en el suelo, pero el Musculitos y el Ayudante sujetaban el tablón y me mantuvieron erguido.

—¿El nombre del traidor? —dijo el Sarraceno.

Intenté hablar, pero tenía la garganta en carne viva y la mente inundada de adrenalina y de cortisol, de modo que, mirando al suelo, lo único que pude hacer fue negar con la cabeza. No pensaba darle ningún nombre.

—Ha aguantado treinta y siete segundos —informó el Sarraceno—. Más que la media, debería sentirse orgulloso. No imaginaba que aguantara tanto. Pero podemos hacer que esto dure minutos, si queremos. Todo el mundo se derrumba, nadie ha vencido jamás. Dígame el nombre.

Me temblaban las manos de una forma que no conseguía reprimir. Levanté la vista y de nuevo intenté decir algo. La primera sílaba me salió tan débil que resultó inaudible, y el Sarraceno se inclinó hacia mí para poder oírme.

—Vuelva... a ponerme la toalla —susurré.

De improviso me cruzó la cara de un revés, con tanta violencia que me partió el labio. Pero ya no podía amedrentarme; en lo más recóndito de mi cerebro había encontrado una pequeña reserva de valor: estaba pensando en Bradley y en aquellos sesenta y siete pisos.

El Musculitos y el Ayudante levantaron el tablón y me llevaron de nuevo hasta el abrevadero. El Sarraceno estaba a punto de anudarme otra vez la toalla cuando, de pronto, Nikolaides le dio una voz para decirle que se hiciera a un lado. Vi que había cogido un martillo de cantero de entre las herramientas que habían escondido junto a los escombros, un artilugio contundente y brutal.

En cuanto me tuvo con el tablón en horizontal, con los pies descalzos delante de él, tomó impulso y golpeó con todas sus fuerzas.

El martillo me dio de lleno en la planta del pie izquierdo, reventó el músculo y aplastó el delicado entramado de huesos y articulaciones. Sentí un latigazo de dolor, acompañado de un acceso de náuseas, que me traspasaba como una potente descarga eléctrica y me subía por la rodilla y por la pierna hasta los genitales. Habría sentido lo mismo si me hubiera golpeado en los testículos, y sin duda habría acabado perdiendo el conocimiento, pero de algún modo el alarido que solté me mantuvo consciente.

Nikolaides lanzó una risotada.

—¿Lo ve? Ya ha recuperado la voz —le dijo al Sarraceno—. A veces, los métodos que mejor funcionan son los de toda la vida.

Y volvió a golpearme. Esta vez me machacó los dedos, oí cómo se fracturaban más huesos y chillé todavía más fuerte. Me estaba acercando al precipicio de la inconsciencia, pero el Ayudante, que estaba de pie junto a mi cabeza, vitoreando al viejo toro, me propinó una bofetada para anclarme al presente.

—Otra vez —le dijo después a su jefe.

—No —ordenó el Sarraceno—. Esto ya ha durado bastante. Si se desmaya, pasaremos aquí el día entero. —Acto seguido, se volvió hacia mí—. Dígame ya el nombre.

—Me llamo Brodie David Wilson, y soy del FBI...

Entonces volvieron a ponerme la toalla y me bajaron de nuevo hacia el agua.

37

Cumali había llegado paseando hasta la parte posterior del templo, pasó entre los restos de unos gruesos muros de mampostería y penetró en un espacio subterráneo denominado *spoliarium*, donde se arrojaban los cadáveres de los gladiadores muertos después de despojarlos de sus armas.

Le habría gustado saber qué estaba sucediendo allí arriba. Seguro que su hermano no tardaría mucho en llamarla para decirle que todo había terminado y que ya podían marcharse.

«Qué desperdicio», pensó. Spitz era un investigador brillante, desde luego el mejor que había conocido. Prueba de ello fue lo que se le ocurrió hacer con los espejos de la Casa de los Franceses. Y también se habría salido con la suya ocultando su verdadera identidad, si no hubiera sido porque cruzó la frontera en un coche alquilado que pudo relacionarse con él. ¿Es que en Estados Unidos no tenían cámaras con sistemas de reconocimiento de matrículas? Si lo más probable era que las hubieran inventado ellos... Qué extraño que una persona tan inteligente hubiera cometido un desliz como aquél.

Por supuesto, ella jamás habría sabido quién era en realidad de no haber sido porque la llamó el subdirector de la MIT. Qué gente más rara. Una llamada telefónica y después nada, ni preguntas de seguimiento, ni nuevas llamadas para conocer más detalles de Spitz o de los movimientos que realizaba. Ella misma, haciendo uso de los contactos que tenía en el mundo de la droga, había descubierto más acerca de él en un solo allanamiento que la inteligencia turca con todos sus recursos. La verdad es que no parecía que estuvieran realmente interesados por Spitz.

De repente se le ocurrió una idea terrible. ¿Y si el norteamericano no había cometido ningún error cruzando la frontera? ¿Y si el subdirector de la MIT colaboraba con él o alguien había redirigido la llamada y en realidad ella no había hablado con el servicio de inteligencia turco? ¿Y si todas las pistas que había encontrado en la habitación las hubieran puesto allí a propósito? ¿Le habían tendido una trampa para cazar a alguien? Eso significaría que contaban con que ella mostrase la información a su hermano y lo hiciera salir de las sombras.

—En el nombre de Dios... —susurró, y echó a correr.

Atravesó los sótanos en los que antiguamente se habían almacenado las armas y las corazas de los gladiadores, y subió a la carrera por una rampa alargada que conducía a la Porta Libitinensis, la «puerta de la muerte» por la que se sacaban los cadáveres de los gladiadores muertos.

Casi había llegado al arco en ruinas y ya veía frente a sí el foso del anfiteatro, cuando de pronto su móvil, fuera ya de la zona sin cobertura, empezó a sonar. Lo sacó y vio que tenía por lo menos una docena de llamadas perdidas. Todas ellas, como la actual, procedían de su niñera.

Contestó, profundamente asustada, hablando en turco.

—¿Qué ocurre?

Pero la voz que le respondió no fue la de su canguro, sino la de un norteamericano:

—¿Leila Cumali?

—¿Quién es usted? —chilló aterrorizada.

Su interlocutor, en vez de contestar, recitó las palabras exactas que habíamos pactado en la habitación del hotel:

—Le he enviado un archivo de vídeo. Ábralo.

Cumali, confusa y con miedo, daba la impresión de que no le oía, pues no hacía más que preguntarle quién era.

—¡Si quiere salvar a su sobrino, abra el vídeo! —exclamó Ben—. Se ha grabado en tiempo real, está ocurriendo ahora mismo.

«Ha dicho mi sobrino», pensó Cumali. Lo saben todo.

Con la mano temblorosa y al borde de las lágrimas, encontró el archivo de vídeo y lo abrió. Al verlo, a punto estuvo de desplomarse.

—No... por favor... Oh, no.

38

Me estaba ahogando de nuevo, y esta vez al ahogamiento se le sumaba el dolor. Luchaba por sobrevivir al agua que no dejaba de caerme de lleno en la cara, y mi pie destrozado latía entre sucesivas oleadas de un dolor insoportable. Aquello estaba convirtiéndose rápidamente en el único pensamiento consciente que era capaz de albergar.

Tenía la cabeza inclinada hacia atrás, la garganta abierta, el agua penetraba sin parar y me provocaba constantes arcadas. Sentía espasmos en el pecho y los pulmones a punto de estallar, y mi cuerpo entero parecía acercarse al colapso final. El terror se había apropiado de todo pensamiento racional y me tenía acorralado. Había intentado contar de nuevo, pero me perdí al llegar a los cincuenta y siete segundos. Y tenía la impresión de que había pasado una vida entera desde entonces.

Detrás de la venda que me cubría los ojos, había viajado más allá de la estrella más lejana, había visto el vacío que hay en el límite del universo, una negrura carente de toda forma y final. Sabía que me habían causado un daño que superaba el dolor físico, que habían dejado una cicatriz permanente en mi alma.

En el profundo abismo en que me encontraba, vino a mi encuentro un recuerdo fugaz. Algo que había dicho el Susurrador: que si alguna vez las cosas se ponían demasiado feas, debía acabar con todo. «Coge tu rifle y ve hacia tu dios como todo un soldado.»

Pero aquello era precisamente lo más cruel: como la cantidad de agua la controlaban mis torturadores, yo ni siquiera podía abrir la garganta, inundar mis pulmones y ahogarme con rapidez. Ni siquiera tenía a mi alcance aquel último gesto de dignidad, el de quitarme yo mismo la vida. Me vi obligado a continuar, a sufrir, a seguir de pie ante la Puerta a Ninguna Parte sin poder atravesarla nunca.

El Sarraceno consultó su reloj; aquel americano ya llevaba aguantando ciento veinticinco segundos, más que ningún hombre que él hubiera conocido, mucho más de lo que había esperado. Incluso estaba acercándose a la marca establecida por Jalid Sheij Mohamed, un gran guerrero, seguidor del Único Dios Verdadero y valeroso estudiante del sagrado Corán. No tenía duda alguna de que ahora ya estaría dispuesto a hablar, así que hizo una señal a los dos albaneses.

Sentí que el agua se retiraba de mi cabello, que la toalla sucia se apartaba de mi cara y que me levantaban de nuevo. Temblaba, tenía todo el cuerpo completamente descontrolado y la mente no estaba mucho mejor. El terror era una entidad física, todos los miedos que había albergado en la vida se habían manifestado ante mí. No podía hablar, pero al regresar del abismo regresó también el dolor del pie, mucho más violento que antes, y tuve la sensación de hundirme en un estado de inconsciencia que me produjo cierto alivio. Pero el Sarraceno me abofeteó con rabia en el pómulo fracturado, y el torrente de adrenalina impidió que me desmayara.

Me obligó a abrir los ojos para poder verme las pupilas y calcular cuánta vida me quedaba, mientras con la otra mano me palpaba el cuello para buscar una arteria y examinar si mis latidos eran irregulares y amenazaban con interrumpirse. Dio un paso atrás y me miró. Yo boqueaba en el afán de respirar, intentaba controlar el temblor, me esforzaba en no pensar en el dolor del pie...

—¿Quién es usted? —me preguntó en un tono de voz tan bajo que seguramente yo fui el único que lo oyó.

Vi la expresión de preocupación y perplejidad que reflejaba su rostro, y eso me dio fuerzas. En nuestra épica lucha de voluntades, aunque moribundo, estaba ganando yo.

—El nombre —exigió.

Respondí negando débilmente con la cabeza.

—Déjemelo a mí —pidió Nikolaides explotando de impaciencia.

—No —contestó el Sarraceno—, acabará matándolo, y entonces nos quedaremos sin saber nada. Tenemos varias horas.

—Hasta que pase alguien en barco por delante de estas ruinas y le entre curiosidad —replicó Nikolaides.

—Pues entonces vaya a cambiar de sitio la lancha —dijo el Sarraceno—. Escóndala detrás de las rocas, para que no la vea nadie.

Nikolaides titubeó, no estaba acostumbrado a que le dieran órdenes.

—Vaya —insistió el Sarraceno—, estamos perdiendo tiempo.

El toro lo miró con cara de pocos amigos, pero cedió. Se volvió hacia los dos albaneses y les ordenó que lo ayudaran. Cuando los tres hombres desaparecieron por el pasadizo principal, el Sarraceno se dirigió hacia mí. Yo estaba derrumbado contra el abrevadero, todavía atado al tablón, con las muñecas hinchadas y deformadas, las esposas de acero clavadas en la carne y los dedos tan blancos como el mármol debido a la falta de riego sanguíneo. Me tocó el pie herido con la punta del zapato y vio el gesto de dolor que hacía. Repitió el movimiento con más fuerza, y yo, aunque intenté contenerme, solté un grito.

—Esto sólo va a empeorar —me prometió en tono tranquilo.

Alzó la bota para asestar un puntapié en la herida, pero no llegó a hacerlo. De la oscuridad del pasadizo anexo surgió una voz.

Era su hermana, vociferando algo en árabe.

39

Desde donde estaba, vi con toda claridad a Cumali, que salía a la luz del día con el pánico pintado en el rostro y el teléfono móvil agarrado en la mano. Su hermano corría hacia ella.

Por un instante, me pregunté qué estaría pasando, porque en mi cabeza el plan había fracasado y me resultaba difícil procesar incluso la información más rudimentaria. No podía concebir que Bradley estuviera vivo, y se me había olvidado que una sola llamada telefónica podía salvar la misión y salvarme a mí.

Aturdido, y haciendo un esfuerzo para no sucumbir al dolor del pie y de las muñecas, vi que Cumali llegaba hasta su hermano y le pasaba el teléfono. El Sarraceno habló en árabe, pero no tuve ninguna duda de que estaba exigiendo saber qué era lo que sucedía. Su hermana, sin aliento, no hacía más que señalar el teléfono. El Sarraceno miró la pantalla...

Su querido hijo lo miró a su vez, inocente y sin entender nada. Al pequeño le corrían las lágrimas por las mejillas, pero como lo estaban grabando intentaba hacer un esfuerzo por esbozar una sonrisa. Llevaba una cuerda anudada al cuello.

El Sarraceno miró fijamente la pequeña pantalla del móvil sintiendo que todo su universo se tambaleaba, todo lo que creía saber y entender se sacudía en sus cimientos. Se volvió hacia mí con mirada asesina e irascible. ¡Estaban amenazando a su hijo! No pensaba consentir...

Se me acercó como una flecha, con los ojos llameantes de furia, y en mi maltrecho cerebro por fin se encendió una luz. Aquélla era la llamada que yo había cronometrado con tanto esfuerzo, la que esperaba con tanta desesperación. Era lo único que podía explicar la angustia de Cumali y la furia del Sarraceno... ¡Bradley lo había logrado!

Intenté sentarme un poco más erguido, pero continuaba amarrado al tablón. A pesar de las oleadas de dolor, conseguí acordarme de lo que había ensayado en la habitación del hotel, cuando mi mente y mi cuerpo aún estaban enteros, y el terror era sólo algo que conocían otras personas. Había imaginado que el momento de mayor peligro llegaría cuando el Sarraceno se diera cuenta de que aquello era una trampa para cazarlo a él y de que estaba en juego la vida de su hijo: era posible que, llevado por la ira, matase a quien tuviera más cerca. Rebusqué en mi memoria y recordé lo que debía decir:

—Si... actúa con... sensatez, podrá salvar... a su hijo —pronuncié con la voz entrecortada.

—¡Cómo sabe usted que es mi hijo! —chilló.

—Puede salvarlo, si quiere —repetí sin molestarme en explicar nada.

Su hermana se había recobrado lo suficiente y empezó a gritarle, medio en árabe y medio en inglés, angustiada, que no perdiese más tiempo, que me preguntase qué tenía que hacer para salvar al pequeño. El Sarraceno no apartaba la mirada de mí, sin saber muy bien si debía ceder a la lógica o a la ira.

—¡Mira el vídeo! —le ordenó Cumali—. ¡Mira a tu hijo!

Le acercó el teléfono, y él vio de nuevo la cara del niño. Luego se volvió hacia mí...

—¿Qué está ocurriendo aquí? ¡Dígamelo! —exigió.

—Hable... con el hombre que está al teléfono —repuse yo.

El Sarraceno se llevó el móvil a la boca y habló en inglés empleando un tono corrosivo.

—¿Quién es usted? —dijo, intentando dejar claro quién tenía el control.

Supe que Bradley iba a ignorar cualquier pregunta y que, como habíamos planeado, le diría al Sarraceno que abriera otro vídeo que estaba a punto de enviarle. En la primera escena aparecería un reloj que demostraría que la grabación no era una farsa, que aquello no era teatro, sino que estaba sucediendo de verdad en aquel instante.

El Sarraceno vio el reloj y pareció estremecerse. Su hermana, que también estaba viendo la grabación, se agarró a él y empezó a lamentarse en una mezcla de árabe y turco. En la pantalla se veía un extremo de la cuerda anudado a la argolla de latón de la que antes colgaba la lámpara de la cocina. El otro extremo lo tenía el pequeño alrededor del cuello. Estaba subido a los hombros de la niñera, que aparecía empapada en sudor. Cuando a ella le fallaran las rodillas, caería al suelo y el niño se ahorcaría.

Era una escena estremecedora, y no me extrañó que Bradley se hubiera opuesto con tanta insistencia a representarla, pero yo necesitaba recurrir a algo que fuera lo bastante contundente como para que el Sarraceno no tuviera tiempo de actuar ni de planear nada.

Para ser sincero, el mérito de aquella idea no era todo mío —si es que puede utilizarse dicha palabra en una situación como ésta—. Años atrás, había leído en alguna parte que, durante la Segunda Guerra Mundial, los japoneses obligaron a unos prisioneros europeos a hacer exactamente lo mismo con sus hijos. A continuación, obligaron a las madres de los niños a contemplar la escena hasta que los padres perdían pie y se desplomaban en el suelo. Naturalmente, para los japoneses era una mera diversión.

El Sarraceno bajó el teléfono y me miró con odio. Y mientras él se quedaba inmóvil donde estaba, Cumali se abalanzó sobre mí con la intención de arañarme la cara. Su hermano la obligó a retroceder; estaba intentando pensar. Su mirada recorría incesante las paredes de las ruinas, y aquel gesto indicaba la prisión en la que se sentía atrapado mejor que los barrotes de una jaula. Mi cerebro estaba empezando a funcionar, y supe que debía continuar presionándolo, negarle toda posibilidad de que desbaratase el guión que yo había escrito.

—Mi gente y yo no vamos a tolerar ningún retraso —le dije—. Siga escuchando el vídeo.

Con ademanes robóticos, conmocionado, el Sarraceno levantó el teléfono y oyó a una mujer que sollozaba, histérica, y le hablaba en turco. Aquel detalle lo desorientó, pues era un idioma que no entendía, y le pasó el aparato a su hermana.

Cumali empezó a traducir al árabe, pero yo la interrumpí:

—En inglés —exigí.

Le explicó a su hermano que aquella mujer era la niñera.

—Está suplicando —dijo—, ¡no puede más! Dice que, si no podemos salvarla a ella, por lo menos salvemos al niño. —De repente perdió el control y asió al Sarraceno de la camisa—. En nombre de Dios, ¿qué es lo que has hecho? ¿En qué nos has metido?

El Sarraceno le agarró la mano y la empujó. Ella retrocedió unos pasos con la respiración agitada y mirándolo furiosa.

—Hemos calculado que la niñera será capaz de aguantar así otros seis minutos —dije yo—. Claro que tal vez hayamos sido demasiado optimistas.

Me lo estaba inventando, pero como las circunstancias eran desesperadas a nadie se le ocurrió que pudiera estar mintiendo. El Sarraceno miró primero la imagen que se veía en la pantalla del teléfono, y después me miró a mí. Yo sabía que vacilaba, no sabía qué hacer.

—Usted es su padre —le dije en voz queda—. Su hijo es su responsabilidad. Sálvelo.

Tiempo atrás, en Ginebra, había descubierto que el amor no es débil sino poderoso. Ahora lo había apostado todo a ese poder. El Sarraceno no respondió, estaba inmovilizado, era incapaz de pensar y de tomar una decisión, se veía atrapado entre su grandioso plan para el futuro y la vida de su hijo. Yo tenía que forzarlo, de modo que rebusqué en mi fragmentada mente y recordé lo que debía decir:

—¿Qué valor tiene una promesa —pregunté—, sobre todo la que se le hace a una esposa agonizante? Pero, si así lo desea, adelante, incumpla la promesa que hizo ante Alá.

El Sarraceno me miró fijamente, con la respiración entrecortada, asustado.

—¿Cómo sabe usted eso? ¿Quién le ha contado lo de Gaza?

No contesté, y él nos dio la espalda a los dos. Totalmente perdido, intentaba encontrar una manera de salir de aquella prisión. Estoy seguro de que rememoraba el momento en que tuvo en brazos a su esposa moribunda, pensaba que su hijo era el único vínculo tangible que lo unía a ella, recordaba la sagrada promesa que les había hecho a ella y a Dios: proteger al pequeño.

Me pareció ver que sus hombros se hundían, y a continuación se le quebró la voz con una súbita angustia:

—¿Qué es lo que quiere? —dijo al tiempo que se volvía hacia mí—. Dígame qué debo hacer.

Cumali, sollozando aliviada, lo rodeó con los brazos.

—He de comunicarle al hombre que está al teléfono que estoy vivo y a salvo —respondí—. Desáteme.

El Sarraceno dudó. Sabía que cuando me dejase libre ya no habría vuelta atrás, pero no se lo pensó más. Cumali se adelantó, soltó las correas de cuero que me sujetaban al tablón, se sacó una llave del bolsillo y abrió las esposas, que cayeron al suelo. Yo estuve a punto de desmayarme a causa del dolor que me inundó cuando la sangre volvió a circular por mis manos hinchadas. Conseguí agarrarme al borde del abrevadero e incorporarme. En cuanto mi pie machacado tocó el suelo, la explosión de dolor de los nervios aplastados casi me hizo volver a caer, pero logré mantenerme erguido y tender la mano para que el Sarraceno me pasara el teléfono.

Me lo dio de inmediato, pero no me lo acerqué a la cara, sino que volví a tender la mano hacia ellos.

—Las armas —ordené.

Ambos me entregaron una pistola: la de la detective era un arma estándar, una Beretta de 9 mm, pero la del Sarraceno, que seguramente se la habría dado Nikolaides, era una SIG 1911 de acero inoxidable fabricada en Suiza, de las mejores que se pueden adquirir en el mercado.

Me guardé la Beretta en el bolsillo y empuñé la SIG con esfuerzo. Tenía los dedos hinchados y, dado el estado de mis manos, no estaba seguro de poder dispararla siquiera. Cambié el peso al pie machacado, contuve una oleada de náuseas y me puse al teléfono.

—Ben —dije con una voz ronca que seguramente le costaría trabajo reconocer.

—¿Eres tú? —me preguntó.

El hecho de oír la voz de Ben, algo que había llegado a pensar que no volvería a suceder, casi pudo conmigo. Tuve un instante de desfallecimiento, durante el cual fui consciente de que habían estado a punto de matarme.

—Más o menos —susurré pasados unos segundos—. Ben, voy a abrir el micrófono —añadí, procurando acordarme de los detalles que había planeado tan meticulosamente—. Oirás todo lo que se diga. Si me sucede algo, dispara a la niñera... ¿de acuerdo?

Vi cómo Cumali y el Sarraceno asimilaban aquella información, y bajé el teléfono. A pesar de los cráteres que acababan de abrirse en mi cerebro, supe que debía actuar con rapidez, así que me volví hacia la detective.

—Salga por el túnel, escóndase y vigile la playa. Cuando vea que los otros vuelven, regrese aquí enseguida para avisarme. Recuerde, si se pasa de lista y les hace alguna señal para que me agredan, el hombre que está en Bodrum se enterará. Y ya sabe lo que hará a continuación.

Cumali asintió con la cabeza y se marchó corriendo, desesperada por que aquello saliera bien, desesperada por salvar al niño. En su ansiedad y su miedo, dudé que se hubiera dado cuenta siquiera de que había pasado a ser mi mejor aliada.

Me volví y miré al Sarraceno. Sabía que, por más doloroso que hubiera sido lo que había aguantado hasta el momento, la parte realmente difícil era la que estaba por venir: tenía que convencer a Zakaria al Nasuri de que me dijera la verdad y no me venciera con desinformación y mentiras.

—Mi nombre es Scott Murdoch —dije, asediado por el dolor de mis heridas—. Soy un agente de inteligencia estadounidense, y voy a hacerle unas cuantas preguntas.

40

La noche anterior la había pasado despierto en mi habitación del hotel, pensando en cómo interrogar a Zakaria al Nasuri si lograba tener la oportunidad de hacerlo.

Llegué a la conclusión de que mi única esperanza radicaba en formularle una avalancha de preguntas sin pausa, sin darle en ningún momento la opción de que adivinase de cuáles conocía la respuesta y de cuáles no. Tenía que mezclar ignorancia con conocimiento de una forma tan eficaz que le impidiera correr el riesgo de mentir, y tenía que hacerlo con la suficiente rapidez como para que él no tuviera tiempo de pensar y zigzaguear.

Unas horas antes sabía que iba a ser difícil, pero, ahora que estaba herido y que apenas era capaz de pensar, dudaba que pudiera conseguirlo. Un solo error que cometiera yo, una sola vez que lograra engañarme él, y todo habría resultado inútil.

—Si miente, si me da una respuesta que no sea correcta —le advertí—, le pego un tiro y apago el teléfono. Ya sabe que el hombre que está en Bodrum tiene instrucciones claras con respecto a su hijo. ¿Le ha quedado claro?

No esperé a que me respondiera.

—¿Quién reclutó a Patros Nikolaides? —dije, preocupado de que mi maltrecha garganta me jugase una mala pasada.

Ya de entrada, aquella pregunta lo descolocó. Nadie había mencionado el nombre del viejo toro, y vi que el Sarraceno se preguntaba cómo diablos lo sabía yo. Se puso a la defensiva.

—Mi hermana —respondió, procurando no mostrar su sorpresa.

—Cuando tenía doce años, su hermana ganó un concurso de redacción. ¿De qué era?

—De inglés... de comprensión del inglés.

«¿Con quién demonios han hablado?», debía de estar pensando. ¿Quién podía conocer detalles como aquéllos? ¿Su madre...?

—¿En qué hospital le sacaron el trozo de metralla que tenía en la espalda?

—En una enfermería de Gaza.

Yo pasaba de una cosa a otra, saltándome décadas enteras...

—¿Su hermana practicó alguna vez buceo con botella?

—Se lo enseñó mi padre... cuando era pequeña.

Seguramente aquello era verdad. Su padre trabajaba en el Departamento de Biología Marina del Mar Rojo.

—¿Cuántos helicópteros de guerra Hind derribó usted?

Lancé una mirada al móvil, esperando que Bradley estuviera tomando notas, porque, tal como me encontraba, no estaba muy seguro de ser capaz de acordarme de las respuestas.

El Sarraceno estaba estupefacto: ahora habíamos pasado a Afganistán.

—Tres, hay quien dice que cuatro —contestó.

Vi por su expresión que estaba preguntándose: «¿Quién es este tipo?»

—Cuando terminó la guerra contra los soviéticos, ¿dónde compró su certificado de defunción?

—En Qüetta... Pakistán.

—¿A quién se lo compró?

—¿Cómo voy a saberlo? Fue en el bazar.

—¿Quién le proporcionó una identidad nueva?

Esta vez lo miré directo a los ojos.

—Abdul Mohamed Kan. —Su respuesta fue levísimamente menos audible que las otras, por lo que deduje que estaba traicionando al aludido. Bien.

—No baje la voz —le ordené—. ¿La dirección que tuvo durante su infancia en Yeda?

—Ya la sabe, ha visto una foto de la casa.

—En realidad he estado allí personalmente, la foto la he tomado yo —repliqué—. ¿Dónde estaba su base de operaciones cuando luchó en Afganistán?

—En el Hindu Kush, en un pueblo llam...

Le pisé la palabra para hacerle ver que ya conocía la respuesta y no perder el ritmo implacable.

—¿De qué nacionalidad era su nueva identidad?

—Libanesa.

En ese momento conseguí anotarme el primer tanto: tenía una nacionalidad, un dato con el cual podríamos empezar a rastrearlo si surgía la necesidad. Estábamos estrechando el cerco.

En la casa de Bodrum, Bradley escuchaba con el teléfono pegado a la oreja. Esforzándose para no perderse nada, tenía un montón de papeles desperdigados por la isleta de la cocina y tomaba apuntes furiosamente, debido a la velocidad que estaba imprimiendo yo al interrogatorio.

Más adelante, me contó que estaba casi seguro —me lo notó en la voz— de que yo me encontraba al límite de mi resistencia.

41

Y así era como me sentía, en efecto. Cogí agua del abrevadero con la mano y me la eché por la cara. Haría lo que hiciera falta con tal de poder continuar, lo que fuera con tal de aplacar un poco el dolor y frenar lo que ya me temía que era una fiebre incipiente.

—¿Quién es Said bin Adbulá bin Mabruk al Bishi? —pregunté.

—Un verdugo del Estado —contestó el Sarraceno.

—¿De qué país?

—De Arabia Saudí.

—¿De qué lo conoce?

El Sarraceno calló unos instantes, y me di cuenta de que la herida seguía abierta, después de tantos años.

—Mató a mi padre.

—Conteste más rápido —le advertí—. ¿Cuál es su fecha de nacimiento?

Apenas había empezado a responder, cuando lo bombardeé con la pregunta siguiente:

—¿Cuál es su grupo sanguíneo?

De nuevo lo interrumpí en mitad de la respuesta con otro volantazo. Tenía que mantenerlo desconcertado.

—¿Cuál es el nombre común del *Amphiprion ocellaris*?

—Pez payaso.

—¿Dónde se licenció en Medicina?

—En la Universidad de Beirut.

—¿Quién le pagó los estudios?

—Conseguí una beca... del Departamento de Estado de Estados Unidos.

No reaccioné de ninguna forma, pero sí, tenía lógica.

—¿A qué mezquita acudía cuando vivía en Baréin?

Yo no me acordaba del nombre, pero lo que contestó el Sarraceno me sonó acertado.

—¿A qué grupo radical estaba afiliada?

—A los Hermanos Musulmanes.

—¿En qué hospital estuvo trabajando?

—En el del distrito de El Mina.

Aquél fue el segundo tanto. Los hospitales tenían registros de sus empleados, y me mostrarían el nombre que había estado usando el Sarraceno desde que obtuvo el pasaporte libanés.

—¿Quién era el director?... ¿En qué año empezó?... ¿En qué mes?

El Sarraceno no tenía más remedio que contestar, la velocidad era despiadada, pero a mí me estaba costando muy cara. Mis escasas reservas de energía se agotaban rápidamente, y ya estaba seguro de que el dolor que sentía en la espalda era un síntoma de fiebre. Deduje que la infección de las heridas estaba empezando a extenderse por mi organismo. «Ve más deprisa —me dije—. Más deprisa...»

—¿El nombre de la madre del chico?

—Amina.

—¿Ebadi?

—Sí —contestó el Sarraceno, impresionado de que yo supiera aquello.

—¿Cuántos nombres utilizó, además de ése?

—Cuatro.

—Dígame qué relación había entre la Brigada de los Mártires de Al Aqsa y el orfanato de su hijo.

—Lo financiaban ellos.

—¿Cómo murió su esposa?

—Por culpa de un misil sionista. —Dios, cómo se le notaba el rencor en la voz.

—¿Cómo se llamaba el hijo de Nikolaides que murió en Santorini?

—¿Qué? —replicó, confuso y desesperado—. ¿Ahora volvemos a los griegos?

Él no tenía ni idea de adónde íbamos a continuación, y eso me dio fuerzas. Me di cuenta de que todos los detalles de mi épico viaje tenían su importancia, de modo que recurrí a todos los hilos de la investigación: por una vez no estaba dando puntadas sin hilo, nada se había desperdiciado. Nada.

—¿El nombre del hijo de Nikolaides? —repetí.

El Sarraceno intentó hacer memoria, a lo mejor no estaba seguro de que se lo hubieran dicho siquiera.

—No sé... No recuerdo... —El pánico empezaba a dominarlo—. Christopher —aventuró, pero sin estar seguro—. No, no...

—Christos —dije yo, y lo dejé pasar—. ¿Dónde estaba usted el día antes de llegar a Bodrum?

—En Alemania.

Supuse que era verdad, porque tenía que ser un lugar cercano a Turquía.

—¿Cuánto tiempo estuvo allí?

—Dos meses.

—¿El nombre de la calle de la mezquita a la que acudía?

—Wilhelmstrasse.

—¿De qué ciudad?

—Karlsruhe.

—Nombres de los tres extranjeros a los que asesinó en el Hindu Kush.

—No... No lo recuerdo...

—¡Los nombres de pila! ¿Cómo se llamaban ellos entre sí?

—Jannika...

No esperé. Yo tampoco los recordaba.

—¿Utilizaba un foro de internet para comunicarse con su hermana?

—Sí.

—¿Quién era «Pez Payaso»?

—Era mi apodo.

—¿Qué enfermedad tuvo su hijo mientras usted estaba en el Hindu Kush?

El Sarraceno me miró fijamente. ¿Cómo diablos sabía yo que su hijo había estado enfermo?

—La gripe...

Desesperado, intentaba mentir para ponerme a prueba, pero yo lo miré a los ojos y lo hice desistir.

—Meningitis meningocócica.

—Contesta demasiado despacio. Y no vuelva a intentar algo así. ¿Cuál es el hotel más grande de Karlsruhe?

Yo no conocía aquella ciudad de nada, de modo que necesitaba otro dato para cerciorarme de que no estuviéramos centrándonos en el sitio que no era. Sentí que la fiebre empeoraba.

—El Deutscher König —contestó.

—¿Estuvo usted trabajando allí?

—¿En el hotel?

—¡En Karlsruhe!

—Sí.

—¿Dónde?

—En Chyron.

Aquel nombre no me dijo nada, y ni siquiera tuve la seguridad de haberlo oído bien.

—Nombre completo.

—Es una empresa estadounidense, es...

—¡Nombre completo!

El Sarraceno estaba sudando. Probablemente intentaba acordarse del letrero que había en la fachada del edificio, pero no lo conseguía. Yo levanté el teléfono para hablar con Ben, como si estuviera ya amenazando al niño, y el Sarraceno lo recordó al momento.

—Chyron Pharma-Fabrik GmbH.

—Nombre de la mezquita a la que acudía de pequeño.

Ya me daba igual: vi que el Sarraceno se relajaba porque advertí que aflojaba mínimamente los músculos de la mandíbula, y supe que Karlsruhe y su fábrica de productos químicos eran la zona más caliente de las zonas calientes.

—¿Su dirección cuando estuvo trabajando en El Mina?

El Sarraceno me seguía el ritmo a duras penas, pero me dio una calle y un número. Aún no había terminado cuando lo bombardeé de nuevo.

—Nombre de tres personas con las que yo pueda verificarlo.

Me los proporcionó, pero a mí ya no me importaba El Mina, aunque adiviné que era allí donde había sintetizado el virus.

—¿Qué empleo tenía en Chyron? —Había vuelto a donde quería volver, a la zona caliente. Por su expresión, advertí que no compartía mi entusiasmo.

—Era empleado del departamento de envíos.

—¿Nombre del supervisor?

—Serdar...

—¿En qué turno?

—En el de noche.

—¿Cuál es la actividad principal de Chyron?

—Farma... medicamentos.

—¿Qué clase de medicamentos?

—Vacunas.

Decidí apostar. Probablemente era la apuesta más fuerte que había hecho en toda mi vida, pero por algo un médico aceptaba un empleo en el turno de noche del departamento de envíos de una fábrica de medicamentos.

—¿Cuándo salió el virus de Karlsruhe?

El Sarraceno calló durante una fracción de segundo, y yo me acerqué el teléfono a la boca, dispuesto a quitar la anilla de la granada de mano. Me miró durante unos instantes más, y después contestó.

—Ayer —dijo sin alterarse.

Sentí cómo se desmoronaban las torres del misterio y me inundaba una ola de alivio tan intenso que, por un momento, me olvidé del dolor. Ahora ya lo sabía: en las últimas veinticuatro horas había salido una partida de «vacunas» contaminada con el virus de la viruela de una fábrica de Alemania llamada Chyron Chemicals. Ya debía de estar en Estados Unidos, o muy cerca, y lo que pensé a continuación fue: ¿cómo sería de grande? ¿Qué escala iba a tener el ataque?

—¿Cuántas dosis? —pregunté.

—Cien.

Lo que me alertó fue la diminuta inflexión en la voz, la bajada del tono al final, como si el Sarraceno estuviera intentando quitarle importancia al asunto. Todavía tenía el teléfono junto a la boca. En la otra mano tenía la SIG, con el cañón apuntado a su rostro...

—Haré esto sólo una vez. Voy a preguntárselo de nuevo. ¿Cuántas?

El Sarraceno pareció derrumbarse.

—Diez mil —respondió.

Necesité una gran cantidad de autocontrol para no mostrar ninguna reacción. ¡Diez mil! Aquella cifra tenía que ser auténtica. Era demasiado extraordinaria para ser falsa, y en aquel momento logré encajar la pieza que faltaba del rompecabezas.

Teniendo en cuenta la escala del ataque y la época del año, sólo podía haber un sitio en el que estuviera escondido el virus. Sabía dónde se encontraba y qué había planeado el Sarraceno. Por primera vez en lo que se me antojó media vida, no tenía más preguntas que hacerle.

Me recosté contra el abrevadero. Aquel dolor me acosaba sin piedad, estaba profundamente agotado, y la fiebre ya iba apoderándose de forma implacable de mi organismo: el sudor empezaba a resbalarme por la cara.

Levanté la vista y vi que Al Nasuri me estaba observando. Sabía por qué había interrumpido el interrogatorio: porque ya había descubierto todo lo que necesitaba, y porque en lo que él había estado trabajando durante todos aquellos años, lo único que había dado sentido a su vida, se había desmoronado. Iba a decir algo, probablemente maldecirme en el nombre de su Dios, pero no tuvo ocasión de hacerlo, porque en aquel momento vimos que Cumali corría hacia nosotros.

—¡Ya vienen! —informó, al tiempo que se detenía.

—¿Juntos? —pregunté yo, sacudiéndome el cansancio a toda prisa—. ¿Alguno se ha rezagado?

—No, vienen los tres.

Aquello me brindaba una oportunidad: si venían uno detrás de otro, al último de ellos lo alertarían los disparos, y no me parecieron nada halagüeñas las posibilidades que iba a tener yo frente a un idiota que empuñaba un subfusil. De modo que mi mejor arma sería la sorpresa... Tenía que atacarlos a los tres al mismo tiempo.

Oí a Bradley chillar al teléfono, preocupado de que hubiera ocurrido algo y preguntándose por qué diablos había cesado el interrogatorio. Me apresuré a contestarle.

—Hay un problema —le dije—, espera un poco, tres minutos...

Me guardé el teléfono en el bolsillo y empecé a flexionar los dedos hinchados para ver si era capaz de disparar la SIG. Una cosa estaba clara: por culpa de mi maltrecho pie no iba a poder sostenerme erguido ni tampoco agacharme en cuclillas. Necesitaba que me ayudasen.

42

La Beretta salió volando por los aires. Me la había sacado del bolsillo y se la había lanzado rápidamente a Cumali. Ella la atrapó al vuelo y me miró sorprendida.

—Si me sucede algo —le dije—, el hombre que está en Bodrum no aceptará ninguna excusa, disparará a la niñera. Así que más vale que se asegure usted de que yo continúe con vida. ¿Entendido?

Cumali iba a aceptar asintiendo con la cabeza, pero su hermano la interrumpió.

—Ése no es un trabajo apropiado para ella, es una mujer. Deme a mí la pistola.

Me quedé mirándolo un momento, con incredulidad, pero me rehíce enseguida: debería haberme esperado algo así de él, dadas sus creencias y la educación que había recibido.

—No —me opuse.

—Usted sabe que he sido muyahidín —siguió insistiendo él—, que ya he matado y que disparo mejor que ella. Deme el arma.

—No —insistí yo también con énfasis—. No me fío de usted y, además, usted es el señuelo.

El Sarraceno me miró sorprendido... ¿El señuelo? No tenía tiempo para explicárselo, y me volví hacia Cumali.

—¿Alguna vez ha matado a alguien?

—Nunca. —No parecía que le hiciera mucha gracia la idea.

—En ese caso, sólo recuerde que no está disparando a un hombre, sino que está salvando a su sobrino.

Le ordené que se escondiera tras un montón de piedras caídas: desde allí podría ver con claridad a los tres hombres.

—Su objetivo es el viejo —le dije—. Será más lento y lleva sólo una pistola. Yo intentaré encargarme de los de las automáticas. Estaré sentado, y su hermano estará de pie, fingiendo que me interroga. En el momento en que me vea girarme hacia un costado, abra fuego. Apunte a Nikolaides al pecho. Cuando caiga, continúe disparando, ¿de acuerdo? El ruido siempre ayuda.

Agarré la tapa de la vieja nevera y la apoyé contra una columna caída. A continuación, me senté en el suelo y me recosté contra el abrevadero, medio girado de espaldas al camino por el que llegaría el enemigo.

Cuando me vieron, tirado en el suelo y de espaldas a ellos, no sospecharon que sucediera nada malo. Ni tampoco vieron la SIG que tenía yo en mi regazo. La tapa de la nevera no era exactamente un espejo, pero serviría: me permitiría ver con nitidez el campo de batalla y la posición exacta de los tres hombres que se aproximaban.

—¡Ya vienen! —susurró Cumali en un grito ahogado.

Quité el seguro de la SIG, recé para que la detective, a pesar de su nerviosismo, se hubiera acordado de hacerlo también, y esperé junto al Sarraceno, que estaba de pie a mi lado.

Respiraba con dificultad, era un hombre derrumbado cuya mirada, ahora, se perdía en la superficie de acero inoxidable de la tapa de la nevera. Vi reflejadas las figuras de Nikolaides y de los otros dos en cuanto entraron, y me obligué a esperar a que llegase ese momento que los francotiradores llaman «de máximo alcance». Cuatro segundos... tres...

El sol giró levemente sobre su eje y un rayo de luz atravesó el maltrecho tejado e incidió sobre la tapa de la nevera. El agudo destello atrajo de inmediato la atención de los tres hombres.

Nikolaides no era idiota, y se dio cuenta de que la tapa de la nevera había cambiado de sitio. Entrecerró los ojos y me vio a mí observándolos. Gritó para alertar a los albaneses, se lanzó hacia un lateral y desenfundó la pistola.

Yo giré hacia un costado y empecé a rodar sobre mí mismo para adoptar una posición de disparo. En aquel momento, Cumali abrió fuego con la Beretta, pero estaba claro que aquello no era lo suyo y apenas consiguió acercarse al viejo toro, que además había echado a correr.

Rodé sobre la tierra embarrada lanzando exclamaciones de dolor por el pie machacado y por la herida del pecho, al tiempo que apuntaba al Musculitos, que ya estaba volviéndose con la automática en la mano, a punto de ametrallar el abrevadero y todo lo que hubiera cerca de él, incluido yo.

El Sarraceno, desarmado, había dado un salto en el aire para intentar ponerse a salvo detrás de los escombros...

Apuntando hacia atrás, tumbado de espaldas, mantuve el dedo en el gatillo, pero lo tenía tan hinchado que apenas sentía nada. Desesperado, disparé una ráfaga de tres tiros al Musculitos haciendo un gran esfuerzo para acertar en diferentes puntos. Normalmente, mi primer disparo al menos habría dado en el blanco, pero las circunstancias eran de todo menos normales, de modo que fallé por mucho los dos primeros...

El tercer disparo le acertó en la ingle, un lugar que difícilmente sería mortal, pero estaba a una distancia tan corta que lo hizo caer de espaldas y soltar la Skorpion para agarrarse con la mano lo que quedaba de sus genitales.

Cumali, ocupada en disparar a Nikolaides siguiéndolo en su rápida huida, no sabía qué más estaba pasando. El viejo toro eludió sus disparos sin problemas, pero la detective le metió un balazo en el cuello al Ayudante, que se desplomó inmediatamente.

Siguió disparando, persiguiendo la trayectoria de Nikolaides a pesar de que éste corría rápidamente hacia el abrevadero. Las balas impactaron en tierra cerca de donde estaba yo.

«¡Joder!» Habría chillado para avisar, pero nadie me habría oído entre los gritos que lanzaba el Musculitos intentando detener la hemorragia de su entrepierna. Me revolví para rodar hacia un lado y ponerme a cubierto, pero algo me empujó hacia atrás. Sentí una oleada de dolor que brotaba de la parte carnosa de mi hombro, y supe que me había alcanzado uno de los proyectiles perdidos. Logré elevarme sobre una rodilla y apuntar con la SIG a la figura borrosa de Nikolaides, que continuaba indemne. Maldije mi maldito dedo, que apenas conseguía apretar el gatillo, y vi que mi mano izquierda, la que sostenía el cañón, estaba temblando como una hoja.

Disparé cuatro veces, muy deprisa, pero lo único que conseguí fue alcanzar al viejo toro en una pierna y hacerlo caer al suelo y soltar el arma. Acto seguido, me volví rápidamente, porque sabía que debía rematarlo enseguida o de lo contrario me fallarían las fuerzas. Justo en ese momento, vi que el imbécil del Musculitos se lanzaba a agarrar su automática.

Disparé al tiempo que giraba sobre mí mismo: por primera vez, estuve a la altura de lo que requería la ocasión, y le metí dos tiros en el pecho, lo cual no fue nada elegante, pero bastó para rematarlo.

Nikolaides, desarmado y sangrando, vio cómo su último esbirro se derrumbaba. Caído en tierra, levantó la vista hacia mí con una expresión de confusión y de odio. Imagino que creía que aquello iba a resultar fácil, un trabajito matinal sencillo; en cambio, yo había sobrevivido a la tortura con el agua, había conseguido que mis captores se volvieran contra él y todavía conservaba fuerzas para disparar y abatir a dos de sus hombres.

—¿Quién cojones es usted? —rugió.

Vi que su mirada se posaba en la pistola que descansaba en el suelo, muy cerca de él. No pude evitar acordarme de cómo sonrió cuando me destrozó la rodilla con la puntera de acero de la bota, y de la fuerza con que me golpeó el pie con el martillo.

—Antes me llamaban el Tiburón de los Mares —contesté—. Yo ordené la ejecución de Christos en Santorini.

Su semblante se distorsionó. Había estado tan cerca de conseguir su venganza... Y ahora sufría aquel humillante fracaso. Lanzó un aullido, y, al instante, una llamarada de energía semejante a los estertores de la muerte le recorrió todo el cuerpo. Se arrojó a por la pistola. Pero yo disparé dos veces, y a aquella distancia su cabeza prácticamente reventó.

Aparté la vista, no me causaba ningún placer segar una vida, ni siquiera la de un hombre como él. Sabía que el día en que algo así me causara placer marcaría el momento de abandonar la lucha para siempre.

Señalé con la SIG a Cumali, que estaba empapada en sudor e inundada por un torrente de adrenalina tan intenso que no creo que fuera capaz de asimilar lo que acababa de ocurrir, y le dije que le quitase el cargador a la Beretta.

—Sujétela con fuerza, apunte al suelo y dispare tres veces —le ordené, para asegurarme de que no quedaba ninguna bala en la recámara—. Bien, ahora suéltela y repita la misma operación con las dos Skorpion y con la pistola de Nikolaides. Cuando tenga los cargadores, acérquese y tráigalos hasta mí.

Cumali los recogió, me los entregó, y yo me los guardé en los bolsillos. Cuando todas las armas quedaron separadas de su munición, le señalé las esposas, que seguían en el suelo donde ella las había dejado caer, todavía con la llave en la cerradura.

—Espóselo —le ordené, señalando al Sarraceno.

Ya había salido de detrás de los escombros y se sostenía apoyado en el abrevadero, hundido y desesperado, preguntándose por qué motivo lo había abandonado Dios en el último momento.

—Las manos a la espalda —ordené.

Mientras Cumali esposaba a su hermano, vi que los cadáveres empezaban a llenarse de moscas, y me dije que aquello no era nada en comparación con el enjambre que se le echaría encima al Sarraceno cuando se abalanzaran sobre él los servicios de inteligencia de media docena de países. Alzó la cabeza y me miró. Yo tenía la SIG en una mano y todavía apuntaba en su dirección, mientras con la otra empezaba a rasgar tiras de la tela de mi camisa para fabricarme un improvisado vendaje que detuviera la hemorragia del hombro. Nos miramos el uno al otro, y ambos supimos que no importaba lo que le quedase de vida, jamás volvería a tener la oportunidad de iniciar otro siniestro capítulo como aquél.

—Lo amo —dijo con sencillez. Se refería a su hijo.

—Lo sé —repuse yo—. Era la única arma con la que podía detenerlo.

Cumali me entregó la llave de las esposas, y yo me la guardé en el bolsillo junto con la munición. Acabé de vendarme el hombro y, ayudándome con los dientes, hice un nudo. Cuando el reguero de sangre pasó a ser un leve goteo, saqué el teléfono de Cumali de mi bolsillo. Los tres minutos casi habían transcurrido ya.

—¿Sigues ahí? —pregunté con la voz ronca.

—¡Joder! —contestó Ben—. ¿Cuántos muertos hay? —Había oído el tiroteo a través del teléfono.

—Tres. Se acabó, ya puedes soltarlos.

Un instante más tarde, me dijo que la niñera se había derrumbado de rodillas y que ya había descolgado al pequeño. Me volví para mirar al Sarraceno y a su hermana, y dejé que interpretasen la expresión de mi rostro: la chica y el niño estaban sanos y salvos.

El Sarraceno, sentado en el suelo junto al abrevadero, con las manos esposadas a la espalda, inclinó la cabeza, y supe que estaba rezando. Cumali se estremeció, y, aliviada, rompió a llorar.

Estaba a punto de poner fin a la llamada —tenía que hacer otra, más importante—. La fiebre aumentaba implacable y la cabeza me daba vueltas, pero, aun así, había algo que necesitaba saber.

—¿Habrías disparado a la niñera? —le pregunté a Ben.

No me contestó, la respuesta estaba clara.

—¿Le habrías disparado tú? —replicó al cabo de un momento.

—Ésa es la diferencia que hay entre nosotros, Ben —dije en voz baja—, por eso yo estoy hecho para este oficio y tú no. Desde luego que le habría disparado.

Temblando, y no sólo a causa de la fiebre, finalmente colgué y le hice un gesto a Cumali para que se acercara. No podía andar... Dios, estaba tan agotado y dolorido que apenas podía sostenerme en pie, y la necesitaba a ella para apoyarme. La detective me sujetó bajo el brazo, lo cual me permitió levantar el peso del pie destrozado y volverme para mirar al Sarraceno.

—Si intenta seguirme —le dije—, no dudaré en matarlos a los dos.

El Sarraceno asintió, y ambos nos miramos una última vez. Nuestras vidas habían cambiado para siempre, y no pude evitar recordar lo que dijo un grupo de soldados británicos tras la guerra de las Malvinas: que únicamente ellos y sus enemigos sabían lo que era de verdad estar en el frente de batalla.

No le dije nada —¿qué más quedaba por decir?—, y le indiqué a Cumali que echase a andar y dejase a su hermano esposado en el suelo. La única llave que abría las esposas la llevaba yo en el bolsillo, las armas estaban inutilizadas, y sabía con seguridad que sólo había un modo de salir de aquellas ruinas: en barco, y el único que había iba a llevármelo yo.

Tranquilo, y con la certeza de que el Sarraceno estaba atrapado, supe que, probablemente, cuando hubieran transcurrido menos de veinte minutos después de que yo efectuase la siguiente llamada, llegarían varias decenas de hombres de diferentes agencias. Aunque lo cierto era que ya no tenían mucho más que hacer que detenerlo, porque ya no había ningún plan que desentrañar, ninguna red que desbaratar y ningún conspirador al que perseguir. La «Muerte Blanda de América» casi había finalizado.

Con los dedos hinchados y temblorosos, me di prisa en hacer la segunda llamada. Sin embargo, tuve que esforzarme para recordar el número que me habían dado y que había guardado en mi móvil, ahora hecho añicos.

Arrastrando un pie y apoyado en la detective, volví a internarme en el túnel en ruinas, sumido en la oscuridad. No obstante, había una cosa que había pasado por alto, y aún no sabía que iba a pasar el resto de mi vida reflexionando sobre el error que acababa de cometer.

43

Cumali me ayudó a cruzar la verja de barrotes, y cuando salí a las rocas me golpeó con fuerza el resplandor del sol.

La corta distancia que había recorrido desde el abrevadero había sido el trayecto más doloroso de toda mi vida, cada paso que daba era como otra cuchillada más. La tortura con la toalla, la pérdida de sangre y la fiebre galopante iban consumiendo poco a poco las escasas fuerzas que me quedaban. Sentía como si el pasado y el presente se mezclaran entre sí.

Me apoyé en una gran roca y le ordené a Cumali que fuese a buscar la lancha a donde fuera que estuviera escondida y la trajera hasta el embarcadero. Mientras ella se iba a una minúscula cala que había tras un montón de rocas, terminé de marcar los dígitos del número de teléfono y oí el pitido que indicaba que se estaba estableciendo la conexión internacional. Contestaron de inmediato.

Mi voz era rasposa y apenas audible.

—¿Señor presidente? —dije lo mejor que pude.

—¿Quién es? —respondió un hombre demasiado joven para ser Grosvenor.

—Necesito... Necesito hablar con...

—Casi no le oigo. Identifíquese, por favor. —Parecía un marine.

Estaba más débil de lo que habría creído posible, tenía heridas terribles, pero supe de inmediato lo que sucedía. Estaba utilizando el teléfono de Cumali, y el sistema de comunicaciones de la Casa Blanca había detectado que mi llamada procedía de una fuente totalmente desconocida. Sí, estaba llamando a la línea directa del presidente, pero no iban a permitir la entrada de una llamada así hasta que supieran quién la efectuaba. De ahí que me hubieran desviado a un centro de comunicaciones de alta seguridad enterrado en las montañas de Colorado, y que ahora estuviera hablando con uno de los mil ochocientos marines y técnicos que trabajaban allí.

—Identifíquese —repitió el marine.

—Me llamo Sco...

De pronto, comprendí que no debía dar ningún nombre, que además no iba a significar nada para aquel soldado. Deslumbrado por el sol que caía a plomo, tuve la sensación de separarme de mi cuerpo, y, como si estuviera flotando en el aire, me contemplé a mí mismo desde las alturas.

—Le oigo muy mal —insistió el marine—. Repita, por favor.

Apenas me enteré de lo que me decía. Estaba viendo al viejo toro blandiendo el martillo, y de pronto oí a alguien que gritaba como si estuviera en el interior de mi cerebro. Caí en la cuenta de que era mi propia voz, pero lo único que se oía en aquella playa era el zumbido del motor que se aproximaba y los chillidos de las gaviotas que volaban en círculos en lo alto.

—Pilgrim... —logré articular.

Aún hoy creo que lo pronuncié en voz alta, pero nunca he estado seguro, a lo mejor sólo lo dije mentalmente.

—No le he entendido. Repita.

Silencio. Estaba viendo al niño con síndrome de Down corriendo por la arena y saltando a los brazos de su padre.

—¿Sigue ahí? Repita, por favor. —La voz del marine me devolvió de nuevo al presente.

—Soy... Pilgrim... —dije.

En esta ocasión el marine sí me oyó. Durante todo aquel mes, se había martilleado a todos los marines con una misma orden al comienzo de cada turno: si oían una determinada palabra, cierto nombre en clave, debían otorgarle la máxima prioridad. Y ahora aquel marine la estaba oyendo: «Pilgrim.»

—¿Señor, sigue ahí? No cuelgue, señor. ¡Aguante, Pilgrim!

Introdujo una serie de rápidos comandos en su teclado para activar la lista de todos los oficiales a los que debía transmitir aquella comunicación de inmediato: «Pilgrim está vivo, Pilgrim se ha puesto en contacto, Pilgrim ha regresado del frío.»

La primera persona de dicha lista era el funcionario de guardia de Seguridad Nacional, que se hallaba sentado en su pequeño despacho de la Casa Blanca. Ya era muy tarde, algo más de las cuatro de la madrugada en la Costa Este, cuando levantó el teléfono y oyó una voz anónima:

—Para el presidente. Pilgrim.

Aunque el funcionario de guardia estaba seguro de que su comandante en jefe estaría durmiendo, sus instrucciones eran muy claras, de modo que de inmediato llamó al teléfono del dormitorio presidencial.

Sin embargo, Grosvenor no estaba dormido, ni mucho menos, porque más de doce horas antes le había llamado el Susurrador para informarlo del esperanzador mensaje de Bradley que acababa de recibir. Cuando su teléfono sonó de nuevo, estaba sentado en un sillón, abstraído, contemplando las luces de Washington. Al responder sorprendió al funcionario de guardia, que esperaba tener que esperar unos segundos. Grosvenor escuchó el mensaje que le transmitió atropelladamente el funcionario.

—¿De qué demonios me habla? —ladró, perdiendo los nervios por culpa de la ansiedad.

—Es Pilgrim, señor —dijo por fin el funcionario.

Acto seguido oyó que el presidente murmuraba algo así como «Dios mío», aunque no pudo distinguir sus palabras con claridad. ¿Por qué iba a rezar el presidente?

—¿Sigue ahí, Pilgrim? —oí que me preguntaba la voz inconfundible del presidente.

La línea sonaba extraña y con eco, pero en algún lugar de mi fracturado cerebro caí en la cuenta de que la estaban encriptando desde Colorado.

—Son diez mil dosis —susurré.

—¿Diez mil? —repitió el presidente con incredulidad.

—Ya están en Estados Unidos —dije—. Piensa servirse de nuestro propio sistema sanitario... Lo más probable es que todo empiece dentro de unas horas.

No sé en qué momento, después de dejar atrás el abrevadero, debió de entrar en acción el entrenamiento que había recibido, porque, sin darme cuenta, había ensayado lo que debía decir. Sentía la garganta en carne viva y necesitaba beber urgentemente, pero en el instante mismo en que se me ocurrió dicha idea la aparté de nuevo, por si acaso se activaba el reflejo de vomitar. Hice un esfuerzo para no perder la concentración.

—Han llegado en un envío de Chyron... —dije con la voz cada vez más débil.

—Repita eso —pidió el presidente.

—Es un laboratorio farmacéutico... de Karlsruhe... Alemania.

En aquel momento se oyó otra voz por la línea. Era la del Susurrador, y deduje que debían de haberlo puesto en comunicación y que debía de haber oído todo lo anterior.

—¿Puedes deletrearlo? —me dijo.

Probé varias veces, pero no conseguí pasar de las primeras letras: mi mente era incapaz de realizar un ejercicio tan simple como aquél.

—¿Karlsruhe? —me preguntó Dave, intentando confirmar el nombre.

Nunca lo había oído hablar con tanta delicadeza, y me pregunté a qué se debería. Esperé que se encontrara bien.

—Allí hay un hotel, el Deutscher König... —conseguí decir antes de que se me quebrase la voz de nuevo.

—Genial, esto es genial —dijo el Susurrador.

Seguramente, el presidente imaginaba que me estaba muriendo, pero, a pesar de la urgencia y de lo que había en juego, no quiso presionarme; creo que sabía que, poco a poco, conseguiría comunicar lo fundamental.

—No desfallezca —fue todo lo que me dijo—. Es usted un maldito héroe. No desfallezca.

—Debería... haberle preguntado por los números de lote —divagué, más débil que nunca—. Me he olvidado de algunas cosas... El Sarraceno me ha torturado... Y... había un niño...

—Sí, ya lo sabemos —dijo el Susurrador.

—No deberíamos haber hecho eso... fue... pero no sabía cómo...

—No se preocupe —contestó el Susurrador—. Ya ha terminado todo.

En algún rincón encontré un resquicio de energía que me ayudó a arañar un poco más de lucidez.

—Es una vacuna —dije—. Está en los viales de las vacunas.

—¿Qué vacuna? —preguntó el Susurrador, todavía con aquella voz tan extrañamente delicada.

—La de la gripe —respondí—. Lo ha metido en los viales de las vacunas de la gripe... Ya se ha iniciado el calendario de vacunación... mañana empiezan las vacunaciones.

Al otro lado de la línea se hizo el silencio. Creo que acababan de darse cuenta de que lo había conseguido. Dos llamadas telefónicas efectuadas desde el Hindu Kush habían terminado conduciéndonos a las consultas médicas de todo Estados Unidos. A continuación, el Susurrador confirmó la información y dijo al presidente que lo tenían todo: la fecha, el fabricante y el método de propagación. Creí que ya iban a dar por finalizada la llamada porque debía de haber un millón de cosas que organizar, pero Grosvenor intervino de nuevo.

—¿Dónde se encuentra ahora? —quiso saber.

No respondí. Ya estaba todo hecho. La luz del sol me cegaba, y sólo pensaba en el largo trayecto que tenía por delante.

—Está en la costa —contestó el Susurrador—, treinta kilómetros al norte de Bodrum. ¿Me equivoco?

Seguí sin decir nada. Estaba haciendo acopio de fuerzas e intentando dominar los pocos recursos que me quedaban, porque iba a tener que arrastrarme por la arena de la playa para llegar hasta el viejo embarcadero.

—¿Puedes aguantar, Scott? —me preguntó Grosvenor, cada vez más alarmado—. Voy a enviar varios helicópteros de la Flota del Mediterráneo a buscarte. ¿Puedes aguantar?

—Tendremos que informar de ello al gobierno turco —intervino el Susurrador.

—Que se joda el gobierno turco —le replicó Grosvenor.

—¡No, no! No envíen a nadie... —dije yo—. No voy a estar aquí.

Grosvenor hizo ademán de querer contradecirme, porque quería saber qué significaba aquello, pero el Susurrador se lo impidió.

—De acuerdo, Scott, entiendo. De acuerdo.

—Pues yo no, maldita sea —se quejó Grosvenor—. Te digo que van para allá los helicópteros.

—Señor presidente, Pilgrim está herido, lo han torturado...

Había llegado el momento de marcharse, y de repente tuve la sensación de que me olvidaba de algo.

—¿Me han oído? —les dije—. Diez mil dosis... Chyron... en los viales de las vacunas de la gripe...

—Sí, no se preocupe, lo hemos oído todo —respondió el presidente con delicadeza—. Quiero que sepa que en nombre del...

Pero colgué. Ya estaba hecho. Ya estaba todo hecho. Resistir... ¿No era eso lo que dije que debía hacer? Resistir.

44

Había subido la marea y, de manera totalmente fortuita, aquello me sirvió de ayuda.

Cojeando y tambaleándome, atravesé la playa recalentada por el sol en dirección al embarcadero de madera, y no me quedó más remedio que meterme en el agua.

Sin embargo, al hacerlo me di cuenta de que el frío que rodeó mis tobillos atenuó el dolor del pie y liberó mi mente. Me quedé unos instantes quieto, dejando que el mar aliviara la fiebre y que la sal limpiase mis heridas abiertas.

Ya con la mente más clara, seguí hasta el embarcadero y, agarrándome a la barandilla, caminé hasta Cumali, que estaba esperándome. Había acercado la pequeña lancha de popa y tenía el motor al ralentí. Yo no se lo había dicho, porque no habíamos vuelto a hablar, pero para ella el viaje terminaba allí. Pensaba marcharme yo solo, y aunque sabía que, teniendo en cuenta mi estado, lo que me aguardaba era muy duro, estaba deseoso de empezar aquel viaje.

Entonces fue cuando oímos el disparo.

Los dos nos volvimos y miramos hacia el túnel del Teatro de la Muerte. En aquel preciso momento, me di cuenta de lo que había pasado por alto, el error que me haría dudar el resto de mi vida: ¿lo había cometido deliberadamente?

Era cierto que cuando dejé atrás las ruinas estaba agotado, a duras penas podía andar, y tenía que hacer una llamada urgente a Washington. Por supuesto, había tomado todas las precauciones quitando los cargadores de las armas y guardándomelos en los bolsillos. Pero todo aquello lo había hecho consciente. ¿En el fondo sabía que quedaba otra arma más, una que incluso estaba cargada? Se trataba de mi propia Beretta, la pistola que me quitaron los albaneses cuando me redujeron en la columnata y que tiraron al montón de escombros de mampostería junto con mi teléfono. ¿La dejé allí para que el Sarraceno la utilizara consigo mismo? Y, si ése era el caso, ¿por qué lo hice?

Era evidente que el Sarraceno sí se había acordado de mi Beretta, y en el momento en que oí el disparo supe lo que había hecho: con las manos esposadas a la espalda, caminó o se arrastró para adentrarse un poco más en el pasadizo y se sentó al lado de la pistola. Luego se las arregló para pasar las manos por debajo de las nalgas, recogió la Beretta, la situó entre los muslos, bajó la cara para acercarse el cañón a la boca y apretó el gatillo. Probablemente, incluso tarareó aquella vieja canción:

Cuando estés solo y herido en la llanura afgana,
y las mujeres salgan a ver qué ha quedado,
coge tu rifle y vuélate los sesos,
y ve hacia tu dios como todo un soldado.

Cumali comprendió al mismo tiempo que yo lo que significaba aquella detonación. La agarré con una mano, pero estaba tan débil que se zafó de mí sin esfuerzo. El tono urgente de mi voz fue lo único que la hizo detenerse.

—¡Escúcheme! —grité—. Cuando vengan, dígales que usted no sabía nada. Cuénteles que al final me salvó la vida, que me soltó y que traicionó a su hermano, y hábleles del hombre al que ha matado. ¡Dígales lo que sea! El único que sabe la verdad soy yo, y no voy a estar aquí para desmentir nada.

Cumali me miró sin entender.

—¿Por qué hace esto? —preguntó—. ¿Por qué hace esto por una mujer musulmana?

—¡No lo hago por usted, Leila! —contesté—. Lo hago por el niño... Merece tener una madre.

Acto seguido, me agarré del borde de la cabina de la lancha y subí a bordo. Cumali echó a correr en dirección al túnel, pero yo sabía que ya no podría hacer nada. Su hermano era un muyahidín, había derribado tres helicópteros soviéticos, no fallaría en algo así.

45

Aferrado al asiento del patrón, luchando contra el dolor y la fiebre, separé la lancha del embarcadero y puse rumbo a mar abierto. Me dirigí hacia el sur, siguiendo la línea de la costa, y aceleré el motor al máximo para avanzar deprisa.

El viento había rolado y ahora soplaba en dirección contraria a la marea, de modo que la proa se hundía en el pronunciado oleaje levantando nubes de espuma y haciendo gruñir el viejo motor. Aquel trayecto podría haber terminado agotándome del todo, pero me obligué a ignorar el dolor y utilicé sólo el brazo bueno para mantener la rueda del timón en el rumbo previsto y sin desviarse. Por fin llegué a la altura de un promontorio, penetré en un alargado brazo de mar que estaba al abrigo del viento y me sentí lo bastante seguro para anclar el timón y dejar que la lancha avanzara por sí sola.

Entonces bajé a la bodega y me puse a buscar. En un armario de la zona de proa encontré una mochila vieja y la utilicé para guardar la SIG y los cargadores que todavía llevaba en los bolsillos. Al lado, envuelta en una funda de lona, había una bolsa hermética para cadáveres, ya provista de pesas de plomo. No tenía ninguna lógica, pero me encontraba en tal estado de ansiedad que no me apetecía viajar acompañado de mi propio sudario. Así que abrí la ventana, lo lancé al mar y contemplé cómo quedaba flotando y bamboleándose entre las olas que iba dejando la lancha en su estela.

Debajo de un banco, encontré lo que estaba buscando: el botiquín de primeros auxilios. Probablemente tendría unos veinte años, pero, como nunca lo habían utilizado, estaba sorprendentemente bien equipado. Lo subí al puente y con unos algodones me limpié el pie. Luego, con la ayuda de unas tijeras, retiré la carne chamuscada del hombro en el punto en que había penetrado la bala y rocié todas las heridas con un antiséptico que hacía dieciocho años que había caducado. Mierda, todavía funcionaba, ya lo creo que sí... Lancé un aullido de dolor, pero permanecí lo suficientemente consciente como para dar gracias de que no pudiera oírme nadie.

Y así fue como, con las heridas protegidas con vendajes amarillentos, oliendo a antiséptico y provisto de una muleta fabricada con un remo, vi por fin el tramo de costa que estaba buscando. Con las últimas luces del día, ya muy al sur de las ruinas y viendo que estaba a punto de desatarse una tormenta, giré el timón y pasé entre dos grandes peñascos que protegían un recoleto pueblo de pescadores.

Las primeras gotas de lluvia habían dejado desierto el embarcadero, de manera que aproximé la lancha sin que me viera nadie. Entré de popa, y, sin apagar el motor, amarré la lancha a un bolardo. Luego metí el otro remo entre los radios de la rueda del timón para bloquearla y dejarla fija, y lancé a tierra la mochila y la improvisada muleta. Como el motor intentaba llevarse de nuevo la embarcación hacia el mar, el cabo de amarre estaba tenso, y me serví de él para agarrarme cuando tuve que reptar hasta la muleta que había tirado al embarcadero. Luego, armado con una navaja que había encontrado a bordo, corté el cabo y contemplé cómo se alejaba la lancha en dirección a la oscuridad de los dos peñascos.

Aunque consiguiera atravesar el canal, la costa circundante era tan agreste que, antes de que amaneciera, acabaría estrellándose en algún punto del litoral y terminaría reducida a un montón de astillas.

Sólo entonces me eché la mochila al hombro y, apoyándome en la muleta, empecé a andar. Con toda la pinta de un soldado que regresa de una guerra lejana, pasé por delante de dos cafeterías cerradas y me adentré en las calles de un pueblo del que apenas me acordaba.

46

Las humildes viviendas tenían las cortinas echadas, y las escasas farolas apenas alumbraban la calle. Ya era casi noche cerrada cuando llegué a una estrecha callejuela y, justo cuando empezaba a preocuparme la posibilidad de haberme equivocado al tomar algún ramal, vi una fuente comunitaria.

Reconocí el viejo cubo atado a la cuerda, y las flores que había alrededor se veían tan marchitas como siempre. Al borde del agotamiento físico, pasé junto a la fuente cojeando y llegué a la casa. Las letras grabadas en la placa de latón resultaban casi ilegibles. Llamé a la puerta con los nudillos y, tras unos minutos que se me antojaron una eternidad, ésta se abrió y apareció en el umbral el doctor Sídney. Iba sin afeitar, y había sustituido su pantalón corto por unos raídos pantalones chinos largos, a juego con una vieja camiseta del Oktoberfest del 92. Por lo demás, había cambiado poco en aquellos años.

Aunque probablemente el alcohol había seguido causando estragos en todos sus otros órganos, su cerebro y su memoria aún funcionaban muy bien. Debió de ver algo en mi rostro que reconoció al instante, pues me di cuenta de que su mente rebuscaba en el pasado para intentar recordar mi nombre.

—Jacob, ¿verdad? —probó.

—Casi, casi —repuse.

Vi que paseaba la mirada por los vendajes que llevaba en el hombro y en el pie, y que también se fijaba en los desgarros de la ropa y en mi rostro demacrado.

—Estás estupendo, Jacob —dijo con expresión impasible.

Asentí con la cabeza.

—Usted también, doctor. Tan elegante como siempre.

El médico lanzó una carcajada.

—Pasa, podemos seguir mintiéndonos el uno al otro mientras intento salvarte ese pie.

Cuando me condujo al interior de la casa, reparé en lo extraña que es la memoria: las habitaciones me parecieron mucho más pequeñas y las distancias mucho más cortas que en aquella noche en que ambos trasladamos a Mack por aquel mismo pasillo.

Al llegar a la cocina, el australiano acercó tres lámparas, me ayudó a subir a la isleta, me quitó los vendajes, le echó un vistazo al pie y me administró una dosis masiva de antibióticos y otra todavía más masiva de analgésicos. Por suerte, en todo lo concerniente a la medicina, la sutileza no era su punto fuerte.

Llegó a la conclusión de que, pese a la hinchazón y a los hematomas, no tenía rota ni la rótula ni ninguna costilla. Tal vez hubiera alguna fisura, pero no había forma de saberlo sin hacer una radiografía.

—¿Te sientes con fuerzas para ir en coche hasta el hospital de Milas? —me preguntó. Pero al ver la cara que puse, sonrió—. Ya, a mí tampoco me lo parecía.

A continuación me dijo que me las inmovilizaría y vendaría lo mejor que pudiese.

Por último, me inyectó un anestésico local, limpió y suturó la herida de bala y me dijo que había tenido suerte.

—Pues a mí no me lo parece —repliqué.

—Un centímetro más allá, y no habrías acabado en el hospital, ni siquiera en uno improvisado. Habrías acabado en el depósito de cadáveres.

Una vez que hubo atendido el resto de las heridas, centró la atención en el desastre que habían ocasionado los golpes de martillo. Su especialidad había sido la cirugía pediátrica, poseía una amplia experiencia en víctimas de accidentes de tráfico, de modo que le creí cuando me dijo que los hematomas y la inflamación acabarían curándose por sí solos.

—En cuanto a los huesos que puedan haberse roto, poco puedo hacer sin una radiografía o una eco ni un quirófano —me dijo sonriendo— . Y tampoco estaría de más contar con un pulso firme.

Decidió manipular los huesos de uno en uno para colocarlos en la mejor posición; después, esperando haberlo dejado todo en su sitio, me vendaría el pie.

—Tendrás que hacer mucho ejercicio para conservar la movilidad del tobillo e impedir que los músculos de la pierna se atrofien. Puede que eso funcione.

Hice un gesto de asentimiento, y ajustó las lámparas para empezar.

—Esto te va a doler.

En aquel detalle no se equivocó. Ya eran más de las doce de la noche cuando finalizó la tarea y decidió parar. Durante todo aquel rato me había movido entre el sueño y la inconsciencia, y creo que dudó de que fuera capaz de aguantar mucho más. Así que me sostuvo por las axilas, me bajó de la isleta, me sacó de la cocina y me ayudó a llegar hasta el cuarto de estar para tomar una escalera que llevaba a un dormitorio que no usaba.

A mitad de camino oí voces procedentes de un rincón, y de nuevo vi el viejo televisor, sintonizado en la CNN. Estaban emitiendo el informativo, y el corresponsal de Washington comentaba los frenéticos esfuerzos que se estaban realizando desde primeras horas de la mañana para localizar e inmovilizar diez mil dosis de vacuna contra la gripe que al parecer se habían contaminado de forma accidental con trazas potencialmente letales de aceite de motor.

No quise que el médico supiera que me interesaba aquel asunto, de modo que le dije que necesitaba descansar un momento. Me agarré al respaldo de una silla y me quedé observando la pantalla.

—La alarma la emitió por primera vez el presidente en una rueda de prensa que concedió a las seis de la mañana —informó el periodista—. Simultáneamente, el FBI y los departamentos de policía de todo el país empezaron a buscar y bloquear todas las vacunas contra la gripe fabricadas en una planta de Karlsruhe, Alemania, de los laboratorios Chyron Chemicals. El presidente elogió calurosamente al personal de la FDA que descubrió este problema y alertó a la Casa Blanca mediante una llamada telefónica efectuada a las cuatro de la madrugada...

—¿Ya? —me preguntó el médico.

Yo asentí y dejé que me ayudase a subir la escalera.

No me sorprendió la historia que se estaba contando desde Washington. ¿Cómo era eso que dijo alguien en una ocasión... «En toda guerra, la primera baja es la verdad»?

Llegué a la cama y me tumbé en ella. Apoyé la cabeza en la almohada, el médico apagó la luz y me sumí en un extraño sopor.

47

La fiebre se disparó durante la confusión de días y noches que siguieron, y el médico apenas pudo salir de mi pequeña habitación. Más adelante, me contó que había pasado todo el tiempo sentado a mi lado, bebiendo lentamente de una botella de Jack Daniel's y escuchando cómo deliraba en sueños.

Hablé de un hombre atado a un tablón que se ahogaba en un océano infinito, de un padre decapitado bajo un sol abrasador, de una ciudad atestada de personas que morían desangradas por culpa de un virus incurable y de un niño con síndrome de Down que llevaba una soga al cuello. El médico me dijo, sonriendo, que la mente era una cosa sumamente extraordinaria y que, bajo el asedio de la fiebre y de las altas dosis de medicamentos, era capaz de inventar terribles fantasías.

Si él supiera...

Preocupado de que los horrores fueran a peor, y convencido de que aquello era una reacción adversa a los fármacos, decidió reducir las dosis. Tal vez se debió al ajuste de la medicación, o quizá a que la naturaleza siguió su curso, pero la fiebre alcanzó su máximo y empezó a descender, y los recuerdos convertidos en pesadillas remitieron. Cuando por fin pude tomar algún alimento sólido, el médico decidió acercarse al centro del pueblo a comprar comida y provisiones. Supuse que seguramente se le había acabado el Jack Daniel's.

Regresó profundamente preocupado. Me dijo que habían llegado a la aldea un hombre y una mujer afirmando ser turistas que estaban de excursión, y que, con toda naturalidad, habían preguntado en los dos cafés del pueblo si últimamente había pasado por allí algún estadounidense.

Siempre supe que el Susurrador y sus legiones acabarían dando conmigo, porque la gente habla, Echelon escucha, y alguien debió de meterse en los archivos y encontrar el relato de la muerte de Mack, sucedida tantos años atrás. Sin embargo, aquellos desconocidos no me dieron miedo; sabía que los habían enviado para ayudarme en caso de que lo necesitara, pero aún no tenía intención de hablar con ellos.

Estaba hecho una pena, pero había cumplido mi misión; nadie podía pedirme que hiciera más, y era totalmente libre para decidir cómo salir de entre los escombros que hubieran quedado.

No le dije nada al doctor cuando me contó lo de los «intrusos», pero, a medida que fue avanzando la jornada, me di cuenta de que cada vez estaba más preocupado por lo que se había presentado un día en la puerta de su casa.

Aquella noche, por primera vez, bajé renqueante hasta la cocina y descubrí que el doctor era todo un cocinero. Mientras sazonaba lo que según él era su plato estrella —cordero marinado con ajo y tomillo—, me preguntó si todavía cantaba *Midnight Special*.

—¿Quieres decir si me acuerdo de Mack? —respondí—. Me acuerdo de él más de lo que hubiera imaginado.

—Yo también —repuso—. Fue una noche terrible. Justo después de que te marcharas, oí llegar un helicóptero. Se llevaron su cadáver, ¿verdad?

—Sí.

—¿Dónde lo enterraron? —Procuró sonar natural, pero la pregunta era extraña, y supe adónde quería llegar.

—En Arlington —contesté.

—¿Era militar?

—Sí, y le tocó ser soldado en una guerra que nunca se declaró.

El médico dejó las especias y se volvió hacia mí. Ya había llegado a donde quería.

—¿Tú también, Jacob? ¿A eso te dedicas?

—¿Preocupado, doctor?

—¡Pues claro que estoy preocupado, joder! Llevo preocupado desde la noche en que llegaste. En cuanto te acostaste, abrí tu mochila. Dentro había una SIG llena de residuos de pólvora y munición suficiente para armar a un país africano pequeño. Ahora aparecen dos supuestos turistas, y me pregunto cuándo empezará el tiroteo.

Era una buena persona, se había portado muy bien conmigo, y se merecía una respuesta sincera.

—Sí, yo también soy soldado.

—¿Enrolado o mercenario?

Esbocé una sonrisa.

—Reclutado para la ocasión.

—¿Por la CIA o por alguien peor?

—Me gusta pensar de forma positiva, pero cada cual opina según su experiencia.

—¿Y esos que han aparecido en el pueblo?

—Son de los nuestros. Han venido para ver si estoy bien.

—¿Estás seguro?

—No son asesinos, doc. Si lo fueran, ya estaríamos muertos. No hay nada de qué preocuparse, te doy mi palabra.

Vi que mi respuesta lo tranquilizaba, y me alegré de ello. Porque unos días más tarde, justo después de anochecer, llamaron a la puerta. Había algo raro —la intensidad de los golpes, el hecho de que la cancela de la entrada no hubiera chirriado al abrirse, la hora que era— que me preocupó. Le hice una señal al médico para que abriera, y mientras tanto fui tan rápido como me lo permitió la cojera hasta el dormitorio, que tenía una estrecha ventana desde la que se veía bastante bien la puerta de la calle.

Se trataba de un individuo de treinta y tantos años, vestido de turista, pero tan envarado, tan tenso, que la indumentaria que llevaba sólo habría podido engañar a un novato.

Cuando el médico abrió la puerta, el «turista» le dijo que quería hablar con el hombre que había llegado varias semanas atrás. El médico le contestó que, aparte de él, en aquella casa sólo había estado un hermano suyo que había venido de visita y que había vuelto a Australia hacía un par de días.

El agente se limitó a asentir. Supuse que le habrían dado instrucciones de que actuase con calma.

—Bien, si vuelve su hermano —dijo—, y por casualidad descubre usted que es un estadounidense con una herida de bala en el hombro, haga el favor de entregarle esto.

A continuación, le dio un paquete sellado y se marchó. Unos minutos después, en la cocina, el médico me contempló en silencio mientras yo abría el sello y dejaba caer un fajo de cartas. Con los ojos como platos, vio que la primera de ellas llevaba el membrete del presidente de Estados Unidos. Pero todavía se sorprendió más cuando la dejé a un lado para mirar las otras. Había una escrita con una letra que me resultó familiar, era del Susurrador, y la puse junto a la del presidente.

Quedaban otras dos. Una venía en un sobre de la policía de Nueva York, y el remitente era Bradley; la otra, cuya dirección estaba garabateada con una extraña caligrafía, iba dirigida al Despacho Oval junto con la nota de «Entréguese a la persona que, en ocasiones, utiliza el nombre de Jude Garrett». Ya sabía quién la enviaba.

Cogí aquellas dos, crucé la cocina cojeando y subí a mi habitación.

48

Primero leí la carta de Bradley. Decía que, nada más salir él de la casa de la niñera, la joven había telefoneado a la policía local para denunciar lo sucedido.

Como trabajaba para Cumali, no le costó mucho convencer a los agentes de que la historia que contaba era verídica, a pesar de tratarse de algo tan fuera de lo común. Un negro norteamericano no era exactamente difícil de localizar, de modo que, tras darse la voz de alerta a través de un boletín emitido a todos los medios de comunicación, lo recogió un coche patrulla incluso antes de que hubiera llegado al hotel. Lo metieron en el coche, lo desarmaron y se lo llevaron a la comisaría. Ya se temía lo peor —algún desagradable método de interrogatorio—, pero en aquellos momentos se estaba armando una buena en el Teatro de la Muerte.

El presidente había dado la orden de que despegaran varios helicópteros de la Flota del Mediterráneo... No para recogerme a mí, sino para capturar al Sarraceno y recopilar pruebas. Grosvenor llamó por teléfono al presidente turco, lo alertó de la llegada de los helicópteros y le dijo que habían localizado al hombre que estaba intentando hacerse con el detonante nuclear.

A consecuencia de ello, acudieron también a las ruinas varios operativos de la MIT y del ejército turco. Con dos destructores de la marina turca aguardando frente a la costa, media docena de helicópteros estadounidenses en la playa y doscientos efectivos, entre militares y agentes de inteligencia, peinando las ruinas, la orden fue que lo de Bradley quedase en suspenso hasta que la situación se aclarase un poco.

Después de pasar cinco días en una celda, y gracias a una petición directa formulada por Grosvenor a su homólogo turco, Bradley quedó en libertad. Le devolvieron el pasaporte, regresó al hotel y, entre lágrimas, habló por teléfono con Marcie, la cual, tras recuperarse, le preguntó cuándo iba a volver a casa.

—Dentro de unos días —respondió él.

—¡¿Qué?! —exclamó ella.

Poli hasta el final, Bradley no pensaba marcharse sin organizar la extradición de Cameron y de Ingrid por el asesinato de Dodge y de la mujer del Eastside Inn.

A la mañana siguiente, cuando aún no habían pasado ni doce horas desde que fue puesto en libertad, volvió a la comisaría y fue directamente al despacho de Cumali. Hayrunnisa le dijo en voz baja que a su jefa seguían «interrogándola» —al parecer, estaba ciñéndose firmemente a la historia que yo le había recomendado que contara—, de modo que pidió ver a la persona responsable de la investigación del asesinato. Tras un revuelo de llamadas telefónicas, el muchacho de las botas relucientes lo acompañó hasta el lujoso despacho del jefe de policía de Bodrum.

Me acordaba de aquel tipo, lo había visto cuando la mitad de sus efectivos me perseguían en el taller de embarcaciones la noche en que dejé plano como una tortilla a Bob Esponja. Tenía cincuenta y tantos años, era corpulento y coloradote, y lucía un cutis impecable y un bigote perfectamente recortado. Vestía un uniforme tan ajustado que los botones dorados parecían dispuestos a saltar de un momento a otro. A pesar del agua de colonia que usaba, desprendía un olor propio, y no pude decir que lo que me contó Ben me produjera ninguna sorpresa.

Según relataba, el jefe afirmó que había recibido abundante documentación aportada por abogados que actuaban tanto en nombre de Cameron como de Ingrid. Como yo había imaginado, ambas mujeres, después de entrevistarse conmigo, acudieron de inmediato a sus abogados. El jefe de policía dijo que dichos documentos lo empujaron a revisar personalmente todas las pruebas.

—Como es lógico, tuve que descartar todo lo que supuestamente había descubierto ese hombre que decía llamarse Brodie

David Wilson. Ni siquiera pertenecía al FBI, y además había entrado en el país con un propósito falso. Como ya sabemos, tenía sus propios motivos para complicar y prolongar el caso. Al examinarlo yo mismo, descubrí que la labor realizada por los detectives turcos había sido extraordinaria, como de costumbre. Quedó claro que los hallazgos iniciales eran correctos: el señor Dodge falleció a causa de un desafortunado suceso. Su caída fue un trágico accidente.

Ben se quedó mirándolo sin poder creer lo que decía, pero el corpulento turco no pareció inmutarse. Sonrió, encendió otro cigarrillo e hizo un amplio gesto con las manos.

—Naturalmente, no he querido hacer esa afirmación por mi cuenta, así que he presentado las pruebas y la documentación aportada por los abogados a uno de nuestros jueces más respetados. Él tampoco ha hallado razón alguna para retener en Bodrum durante más tiempo a esas dos mujeres y a los demás testigos materiales. Sugirió, y yo estuve de acuerdo, que les devolviéramos los pasaportes y los dejáramos en libertad bajo fianza, a la espera de futuras investigaciones.

—¡¿Que los dejaran en libertad?! —exclamó Ben con vehemencia, actuando de nuevo como el defensor de los muertos—. ¿De cuánto fue la fianza?

El turco intentó evadir la respuesta.

—Bueno, estamos hablando de diez personas... No lo sé con seguridad... Hay un expediente, tendría que...

—¿De cuánto? —insistió Ben sin tomarse la molestia de disimular su enfado.

El policía abandonó todo intento de fingir buena educación.

—Doscientos mil dólares cada uno —gruñó.

¡Dos millones de dólares! Aquello era una fortuna... pero no para Cameron. Ben no tuvo necesidad de preguntar qué había hecho la chica, seguro que pagó el soborno y se largó.

—¿Cuándo se han marchado? —preguntó, desesperado.

—Hace tres días. Subieron a bordo del yate, y una hora después ya habían zarpado.

—¿Y qué pasa si las «futuras investigaciones» arrojan algo de luz al asunto? —preguntó Ben con rencor—. ¿Qué hará usted entonces?

—Les escribiremos y les pediremos que vuelvan, pero, como digo, estoy seguro de que eso no será necesario.

Ben contaba en la carta que el policía casi sonrió al pronunciar aquellas últimas palabras.

Como ya he dicho, no me sorprendí lo más mínimo. Ahora que el FBI estaba al margen de aquel asunto, el jefe de policía de Bodrum y un juez corrupto, armados con todo el trabajo que les había hecho yo, habían visto que tenían a Cameron acorralada, e hicieron lo que habían hecho otras muchas generaciones de predecesores suyos: extender la mano.

Ben decía a continuación que él poco podía hacer, las dos asesinas se habían marchado de Bodrum y, tras el pago efectuado por Cameron, estaba garantizado que todos los testigos materiales también habrían puesto pies en polvorosa. Pensaba que quizá podría reanudar el caso desde Nueva York, pero era lo bastante realista para saber que, contando con recursos limitados y estando una de las asesinas en la lista oficial de los fallecidos en el World Trade Center, a no ser que ambas mujeres regresaran a Estados Unidos, tenía pocas esperanzas de conseguir nada. Y, con todo el dinero que tenían, desde luego no necesitaban regresar, podían dedicarse a viajar por el mundo hasta el fin de sus días.

Permanecí unos minutos en silencio, pensando en aquellas dos mujeres y en sus crímenes, pero ni siquiera entonces lo recordé. No, el comentario que me había hecho Ingrid de que yo no entendía ni la mitad ni siquiera se me pasó por la cabeza.

49

La segunda carta, la que iba dirigida a Jude Garrett y había sido enviada a través del Despacho Oval, era de Battleboi.

Estaba mejor escrita de lo que yo habría imaginado, y, conociendo a aquel grandullón, tuve la seguridad de que había pasado varias horas haciendo el esfuerzo de redactarla.

«Me llevaban con grilletes en las manos y en los pies —contaba— junto con otros nueve presos, en un autobús con barrotes en las ventanillas. Íbamos por la pista de despegue de LaGuardia para tomar un vuelo de Con Air a la prisión de Kansas, cuando de repente dos todoterrenos de color negro con las sirenas a tope nos obligaron a parar. Supuse que quienes iban dentro debían de tener una autorización de seguridad realmente impresionante para poder meterse así con esos coches por un aeropuerto, pero aparte de ese detalle no sentí el menor interés. Aquella mañana le había escrito a Rachel para decirle que no me esperase, y estaba intentando pensar en cómo iba a sobrevivir quince años en Leavenworth.»

Battleboi contaba que los dos policías que iban en el autobús —unos tipos que no habían dejado de burlarse de él por su corpulencia y su excentricidad— se apearon y estuvieron hablando con los individuos trajeados que se bajaron de los todoterrenos.

El más veterano de los tipos trajeados —que resultó ser un ejecutivo de las altas esferas del Departamento de Justicia— enseñó su documentación y comenzó a ladrar órdenes.

«Mientras los convictos mirábamos por las ventanillas, los dos policías volvieron a subir inmediatamente al autobús y empezaron a inspeccionar a los presos. Se detuvieron al llegar a mí, soltaron la cadena de seguridad que me sujetaba al asiento y me llevaron hacia la puerta. Yo les pregunté qué diablos estaba ocurriendo, pero no me contestaron. Probablemente ni ellos lo sabían.

»Ya en la pista, el ejecutivo me entregó una carta. Abrí el sobre y vi que era del Despacho Oval, pero aún no sabía qué significaba aquello. Por una vez en mi vida, no pude computar.

»Cuando terminé de leerla, estuve a punto de echarme a llorar. Era un indulto presidencial. «Por los servicios prestados en defensa de su país», decía.

»No sé quién es usted, pero dijo que haría todo lo posible por ayudarme, y lo ha hecho.»

Después contaba que, tras cumplimentar las formalidades, regresó al Japón Antiguo, entró corriendo en el piso sin siquiera descalzarse y encontró a Rachel en un rincón del dormitorio, profundamente desconsolada. La joven levantó el rostro, lo vio y, por un instante, creyó que estaba soñando. Pero de pronto el sueño sonrió, tendió los brazos hacia ella y, como sus padres eran católicos devotos, le dijo maravillado: «Nena, esto es igual que la escena del evangelio de san Marcos, capítulo 16, versículo 6.»

Ella no tenía ni idea de lo que estaba diciendo Battleboi, y tampoco le importó; dejó que la engullera en un enorme abrazo, lo besó, y después de pasar ambos un largo rato en mudo agradecimiento, él se sentó a escribirme aquella carta.

«Usted me ha dado una segunda oportunidad, una oportunidad de vivir, de amar, de tener hijos. ¿Cómo se agradece eso? —escribía—. Sospecho que jamás volveremos a vernos, pero no se olvide nunca: todos los años, en esta fecha, pondremos un plato más en nuestra mesa a la hora de cenar y esperaremos a que usted llame a la puerta.

»Cuídese, y que Dios, sea cual sea el nombre por el que usted lo conozca, lo proteja.»

50

Al día siguiente, después de la rutina habitual de ejercicios y fisioterapia, hice inventario de mi estado de salud. Si bien era evidente
que el pie se me estaba curando, tuve que reconocer que, si realmente quería recuperar toda la movilidad, debía incrementar de
manera drástica el trabajo que estaba haciendo.

Lo hablé con el doctor Sídney, y aquella noche, después de
cenar y con el pueblo sumido en la oscuridad, me aventuré a salir
de casa por primera vez. Muy despacio, renunciando a mi improvisada muleta e incluso a un bastón, di un paseo por las callejuelas
hasta la orilla del mar, arrastrando el pie en un estrafalario cojeo a
medida que iba cansándome, pero obligándolo a continuar.

Fue un esfuerzo lento y doloroso, y, al cabo de dos horas, por
fin regresé a la casa y me derrumbé en el sofá del cuarto de estar.
El médico ya estaba durmiendo, y cuando me recuperé aproveché
aquella oportunidad para fisgar un poco entre los libros de sus
viejas estanterías. Al fondo, cubierta de polvo, encontré una biblia
que le había regalado su padre cuando se licenció en Medicina.

Busqué el evangelio de san Marcos, capítulo 16, versículo 6.
Era la versión del rey Jacobo, y, aunque uno no sea creyente, lo
que dice sigue siendo muy bello. Permanecí largo rato sentado,
pensando en Battleboi y en Rachel. No puedo decir que llegara
a rezar, pero sí me sentí agradecido de que por lo menos hubiera
salido una cosa buena de toda aquella terrible empresa.

Al día siguiente, por la noche, a pesar del dolor y del cansancio,
salí de nuevo a caminar por las duras calles. Y también la noche

siguiente, y la otra. Jamás vi a nadie, jamás hablé con nadie: era una sombra en la oscuridad, pero una sombra que iba haciéndose cada vez más fuerte.

Fui aventurándome a cubrir distancias cada vez mayores, hasta que, un mes más tarde, me sentí lo bastante seguro de mí mismo para ponerme a prueba con un ejercicio extremo: un recorrido de quince kilómetros por el sendero que discurría paralelo a la costa y que luego bajaba hasta una pequeña aldea de pescadores rara vez visitada por nadie. Según el médico, una de las más bellas del país.

—No te olvides de ir a ver el astillero —me dijo—. Todavía usan los métodos antiguos. Es el único que sigue trabajando con madera.

Una mañana fría en la que soplaba un viento cortante, salí de casa temprano y empecé a caminar por las agrestes colinas del sur de Turquía, teniendo como únicos compañeros el aroma de los pinos y el mar incansable. Para mi sorpresa, la caminata me resultó relativamente fácil; todavía cojeaba y de vez en cuando tenía que descansar, pero el dolor agresivo que tanto me debilitaba había desaparecido, y supe que mi estancia en la casa del médico iba tocando a su fin.

El sendero de la costa descendía hasta la aldea: una auténtica maraña de viviendas y casetas para embarcaciones habitada por unas gentes cuya vida había cambiado muy poco en varios cientos de años.

Después de tomar un almuerzo a base de marisco recién pescado en un tranquilo café, me dirigí hacia el astillero, situado en un extremo de la pequeña cala, y constaté que el médico estaba en lo cierto: fue maravilloso ver aquellos hornos antiguos encendidos, lanzando penachos de humo hacia el cielo, y a los artesanos doblando y dando forma a la madera para reparar los barcos pesqueros que saldrían al mar la temporada siguiente.

Nadie se fijó en mí, de modo que paseé junto a las pilas de madera puesta a secar pensando en las muchas habilidades que había perdido el mundo, en las muchas cosas de valor que se habían extinguido sin que ninguno de nosotros se hubiera percatado siquiera. Aquellos ancianos, con sus sierras y sus formones, seguro que antiguamente eran los hombres mejor remunerados de su comunidad, ¿y con qué los habíamos reemplazado? Con expertos en ingeniería financiera y jóvenes operadores de divisas.

Doblé una esquina... y me detuve. Al fondo del astillero, protegido por una lona a modo de toldo y apoyado en unos gruesos calzos, había un queche construido exclusivamente con madera. Mediría unos veinte metros de largo, y tal vez tuviera un siglo de antigüedad. Aunque estaba sin pintar y aún no le habían colocado los mástiles, me di cuenta enseguida de que debía de haber sido toda una belleza.

Quienquiera que fuese su propietario había hecho uso de las destrezas casi perdidas de aquel astillero para empezar a restaurarlo, pero por el polvo que tenía acumulado en la superficie de la popa deduje que se le había acabado el dinero o el interés. Me acerqué un poco más y aparté la lona hacia un lado para que la luz lo iluminase de manera más uniforme. Siempre había pensado que no hay nada más triste que un barco abandonado, pero el trabajo que se había hecho con aquel queche era extraordinario, y le confería una dignidad que contradecía su actual estado de penuria.

Gracias a las clases de navegación que me había regalado Bill en el estrecho de Long Island, yo sabía mucho de barcos, y sólo con mirarlo supe que aquel velero sería capaz de capear casi cualquier temporal.

—Está a la venta —dijo una voz masculina a mi espalda, en un inglés excelente para aquella parte del mundo.

Me volví y adiviné que se trataba del dueño del astillero. Tenía treinta y tantos años y una sonrisa fácil, era un hombre que probablemente intentaba ganar algo con su negocio y mantener vivo aquel pueblo.

—Un ruso rico lo encontró y lo trajo aquí —me contó—. En su época ganó la Fastnet, la Transpac, la de Sídney a Hobart y la mayoría de las demás regatas clásicas. Cuando el ruso nos lo trajo, llevaba ya varios años pudriéndose en un amarradero de las islas griegas, así que tuvimos que empezar con él desde la quilla.

—¿Y qué ocurrió después? —pregunté.

—Que el ruso dejó de llamar. Y más importante todavía: las facturas dejaron de pagarse. Imagino que el tipo se arruinó o que se lo cargó otro oligarca.

«Probablemente lo segundo», pensé yo. En Rusia, aquélla era la manera de arreglar la mayoría de las disputas. El dueño del astillero me señaló una vieja escalera de mano que estaba apoyada sobre el costado del queche.

—Por favor —me dijo.

Subí a la amplia cubierta de madera de teca. Vi que la cabina del puente se hallaba situada muy atrás, y que era baja y alargada. La rueda del timón, sin embargo, estaba en una posición más elevada, de modo que el piloto tendría una buena panorámica del mar. No era difícil comprender por qué el ruso había rescatado aquel barco.

Entré en la cabina del timón, después bajé a la bodega y recorrí en silencio los camarotes. Durante los años que estuve navegando, oí decir a la gente que todo barco le hablaba a un marinero una vez en la vida, y supe que, para bien o para mal, aquel queche estaba destinado a pertenecerme.

El dueño del astillero había subido a bordo detrás de mí, y cuando emergí por una portilla de proa me lo encontré junto a unos molinetes.

—¿Cuánto tiempo tardará en pintarlo? —le pregunté.

—Una semana —contestó.

—Sería difícil conseguir un juego de velas...

—Aún conservamos las originales; están remendadas, pero sirven. Acompáñeme a la oficina y le mostraré los detalles.

Veinte minutos más tarde ya había negociado un precio, al cual había sumado veinte de los grandes por modernizar el equipo de navegación y aprovisionar la embarcación de víveres, combustible y agua. Le pedí prestado al dueño el teléfono móvil, salí al exterior y llamé a Finbar Hanrahan a Nueva York, para darle instrucciones de que hiciera una transferencia bancaria a la cuenta del dueño del astillero. El viejo abogado no me preguntó para qué era el dinero; en cuanto se enteró de que me encontraba en Turquía, debió de suponer que estaba metido en algún asunto gubernamental y no me presionó. Antes de colgar, le pedí que también enviara treinta mil dólares al doctor Sídney, a fin de compensarlo por todo lo que había hecho. Ya había tomado la decisión de no regresar a su casa: dormiría en el barco para supervisar los trabajos que iban a hacerse. Tenía conmigo mi mochila, y dentro llevaba la

SIG y las cartas, de modo que no necesitaba nada más. Y de todas maneras, nunca me habían gustado las despedidas.

Volví a entrar en la oficina y me acordé de algo que no había preguntado.

—¿Cómo se llama el barco?

—*Nómada* —dijo el dueño del astillero.

Hice un gesto de asentimiento. Si me quedaba alguna duda de que aquel queche tenía que ser mío, su nombre la disipó. Creo que ya lo he mencionado: en una acepción muy antigua, el término «sarraceno» significa también «errante», «nómada».

51

Zarpé un lunes por la mañana, temprano, y si bien aquel barco en realidad era demasiado grande para una sola persona, recordaba perfectamente lo que había aprendido navegando con Bill, y descubrí que, siempre y cuando no fuera demasiado ambicioso, era capaz de manejarlo bastante bien.

Aun así, debía de constituir una extraña estampa, con su casco recién pintado, sus velas descoloridas y su *spinnaker* lleno de remendones, pero no merecía la pena preocuparse: estando a finales de año y con el invierno ya encima, la única embarcación que divisé aparte de la mía navegaba muy lejos, en el horizonte.

Conforme fui ganando seguridad en mí mismo y recordando mis conocimientos marineros, descubrí que el *Nómada* todavía era sorprendentemente veloz, y al cabo de tres semanas estaba ya surcando el mar a toda vela en dirección a la bota de Italia, con la idea de subir por el Adriático hacia Split, en Croacia.

Recalé en una diminuta localidad de la costa occidental griega —no tenía más que una tienda de comestibles y un embarcadero decrépito—, con la idea de reponer combustible y comprar provisiones. El anciano dueño de la tienda llenó el depósito de gasóleo, metió la fruta y la leche en cajas de cartón y me regaló un fajo de *International Herald Tribune* de los meses anteriores, que le habían quedado sin vender.

—Mejor que se los lleve usted, porque yo iba a quemarlos.

Dos días después, mientras me tomaba tranquilamente un café al sol de la tarde navegando por una costa desierta, iba ya por los últimos periódicos cuando, de pronto, al final de uno de ellos, tropecé con un artículo casi escondido junto a las páginas de finanzas. No era gran cosa, la típica reseña que uno se encuentra tantas veces; decía que la policía griega no había hallado ninguna circunstancia sospechosa en relación con la muerte de una joven de nacionalidad estadounidense que se había caído de su yate de lujo frente a la costa de la alegre isla de Mikonos.

«La mujer, que fue esposa del heredero de la fortuna Dodge...»

Me erguí en el asiento y recorrí con más atención aquellas líneas hasta que encontré el nombre: Cameron había muerto. Según la policía, estaba totalmente ebria cuando se cayó por la popa de la embarcación. El artículo decía que el forense local había encontrado en su organismo un cóctel de drogas recreativas y de alcohol.

En mitad del texto había una foto de Cameron e Ingrid, ambas tomadas del brazo, posando con el chucho callejero de Ingrid frente a un impresionante edificio barroco. Cada vez más conmocionado, leí rápidamente la reseña para averiguar qué significaba aquello. Unos cuantos párrafos más adelante, encontré la explicación: Cameron acababa de casarse de nuevo, esta vez con Ingrid Kohl, una mujer a la que había conocido recientemente en la ciudad de Bodrum, Turquía.

«Las dos mujeres estaban entre las primeras que habían podido beneficiarse de la nueva legislación alemana, que permite el matrimonio entre personas del mismo sexo. Habían viajado a Berlín y se habían casado allí, en el ayuntamiento, cuatro horas después de que dicha ley entrase en vigor, en una ceremonia de la que fueron testigos dos personas desconocidas que encontraron en la calle y su perro *Gianfranco*. Seguidamente, la pareja inició su luna de miel regresando a su yate, atracado cerca de...»

Me puse de pie y fui hasta la barandilla de estribor para intentar respirar. El sol comenzaba a fundirse con el mar, pero apenas me di cuenta. Ingrid tenía razón: yo no entendía ni la mitad. Pero tuve la seguridad de que ahora sí.

Toda mi experiencia —toda mi intuición— me decía que, en el momento mismo en que ambas se fueron de Berlín como una pareja de recién casadas, Cameron ya estaba sentenciada. Aunque no podía demostrarlo, estaba convencido de que el plan magistral que había tramado Ingrid en el torbellino del 11-S tenía un codicilo secreto del que Cameron no sabía nada: Ingrid iba a asegurarse de ser ella quien heredase la fortuna de Dodge. «Pero ¿acaso Ingrid no amaba a Cameron?», me pregunté, como el investigador que era. Sin embargo, ya conocía la respuesta: Ingrid había sido traicionada y abandonada por su antigua amante. Ya no amaba a Cameron, en realidad la odiaba.

Naturalmente, estaba convencido de que a Ingrid no le habría resultado difícil ocultar sus verdaderos sentimientos: era actriz y representó su papel hasta el final. Sabía que, en cuanto estuvieran casadas, ni siquiera necesitaría que Cameron redactara un testamento; aunque ésta muriera sin redactarlo, al ser su cónyuge legal lo heredaría todo.

El resto debió de ser fácil: una larga noche de fiesta, un paseo hasta la popa, un último beso a la luz de la luna, y una esbelta mano que hace caer a Cameron por la barandilla en el momento en que el yate arranca los motores.

Incliné la cabeza bajo la luz del crepúsculo, enfadado conmigo mismo por no haberlo visto antes. Ella misma me lo había advertido. Me aparté de la barandilla y volví a consultar el periódico para mirar la fecha. Era de hacía varios meses, ya había transcurrido demasiado tiempo: el yate se habría vendido, y el resto del dinero se habría transferido a través de un laberinto de empresas extranjeras imposible de desenmarañar, hasta que finalmente acabaría en un banco como el de Richeloud.

Alguien tan inteligente como Ingrid —o comoquiera que se llamase— se habría hecho con otra identidad más y tendría ya una vida nueva esperándola: yo sabía que habría desaparecido en el anonimato, protegida por su astucia y su ingenio, ambos infinitos.

Era la persona más lista que había conocido, y sin embargo... sin embargo... tenía la intensa sensación de que en alguna ciudad extranjera... en Tallin o en Riga... en Dubrovnik o en Cracovia... reconocería un rostro entre la multitud...

52

Permanecí sentado en cubierta hasta mucho después de que se hubiera hecho de noche, pensando en aquellas dos mujeres y en los acontecimientos que nos habían llevado a unos a la vida de los otros.

En mi profesión de agente encubierto, la oscuridad había sido siempre una amiga. Sin embargo, desde la última visita que hice al Teatro de la Muerte había empezado a tenerle tanto miedo que sospeché que aquel terror iba a perdurar en el tiempo más que ningún otro recuerdo de mi vida. Me levanté para encender las luces de navegación y verificar el rumbo, pero a mitad de camino hice un alto.

Por lo visto, mi rumbo ya estaba fijado. Observé la configuración de las estrellas, la posición de la luna y el movimiento del mar. Después escuché con atención y oí un silencio tan estridente que me hablaba a gritos.

Ya había vivido aquel instante.

Era la visión del futuro que había tenido la noche en que me asomé por la ventana del Despacho Oval. Era exactamente lo mismo que vislumbré en aquella ocasión: iba solo en un barco viejo de velas remendadas y descoloridas, el viento me empujaba hacia la oscuridad, y ambos, el barco y yo, íbamos haciéndonos cada vez más pequeños en un mar infinito.

Ésta era la noche y éste era el momento, así que aguardé allí, solo, sin atreverme a respirar, sintiendo cómo el mar venía hacia mí. Entonces el *Nómada* escoró ligeramente y se formó una cresta de espuma blanca en la proa, al tiempo que el viento caía un instante para a continuación soplar con más fuerza. Ahora navegábamos más rápido, de modo que me aproximé a la borda para manejar el molinete. Las velas empezaron a silbar a causa de la tensión, y aunque no se veía ni un alma en aquel océano pintado de negro, ya no volví a sentirme solo.

En el otro molinete estaba Bill Murdoch, trabajando con ímpetu, riéndose nuevamente de mí y diciéndome a gritos que orientase la proa al viento.

En la proa apareció una mujer que se apresuró a encender las luces de navegación. Como mi madre había muerto siendo yo muy pequeño, era muy poco lo que recordaba de ella, y para mí era una secreta fuente de dolor el hecho de que, con cada año que pasaba, yo fuera olvidando cada vez más su rostro. Esta noche, sin embargo, iluminada por las luces de navegación, la vi con toda nitidez, con todo detalle.

De improviso, oí a mi espalda unas voces que hablaban en polaco. La mujer que había visto en aquella foto del campo de concentración, yendo con sus hijos hacia la cámara de gas, estaba conmigo ahora, en la cubierta, sentada en el puente de mando, envejecida y feliz, con sus hijos ya adultos y rodeada de sus nietos.

Sí, todo moría a mi alrededor, y en efecto fue una visión de la muerte lo que yo había visto, pero no de la mía, sino de otra cosa. Estaba diciendo adiós a todos los fantasmas de mi pasado. Como me había dicho tantos años atrás aquel monje budista en la carretera que llevaba a Jun Yuam, «si uno desea ser libre, lo único que tiene que hacer es soltarse».

Y bajo aquella bóveda de estrellas, navegando por un mar negro azabache, comprendí que había nacido para el mundo secreto, que mi destino era ser agente. No lo había elegido yo, lo cierto era que nunca quise serlo, pero aquélla era la mano de naipes que me había sido dada. Había iniciado aquel viaje pensando que era una carga, pero aquella noche comprendí que en realidad era un regalo.

Y supe que aquel año no, pero tal vez sí el siguiente, regresaría a Nueva York. Que en un día y una hora señalados iría hasta un edificio cercano a Canal Street, llamaría al timbre y subiría la escalera del Japón Antiguo. La puerta del piso estaría abierta, y dentro vería una mesa preparada para tres, porque sabía que el hombre que vivía allí no dejaría de cumplir su promesa.

Bajo la mirada de Rachel, Battleboi lanzaría una carcajada de alegría y vendría hacia mí con los brazos abiertos. Un momento después, nos miraríamos el uno al otro y él me preguntaría por qué había ido a su casa.

Yo sonreiría y no diría nada, pero en el fondo de mi corazón conocería la respuesta, sabría exactamente qué era lo que había dejado atrás: era lo que estaba escrito en el evangelio de san Marcos, capítulo 16, versículo 6.

Ésa es la parte del épico relato que habla de regresar de entre los muertos y ser devuelto a la vida. «Ha resucitado», dice el pasaje.

Ha resucitado.

Agradecimientos

Me parece que fue John Irving, ganador del National Book Award por una novela y de un Óscar por el guión de su adaptación al cine, quien dijo lo siguiente: «Escribir una película es como nadar en una bañera; escribir una novela es como nadar en el mar.»

Había leído esa frase mucho antes de embarcarme en *Soy Pilgrim*, pero ni siquiera entonces estaba preparado para lo inmenso que era el mar y el ingente esfuerzo que iba a tener que hacer para cruzarlo. Jamás podría haberlo logrado sin contar con la ayuda de las personas que iban en las embarcaciones de apoyo, que me alentaban constantemente y que, de vez en cuando, si veían que yo desfallecía, me advertían de la presencia de algún que otro tiburón. Ciertamente, sería una grosería por mi parte no reconocerles la ayuda prestada y no transmitirles mi más profundo agradecimiento.

En primer lugar a Doug Mitchell, productor realmente extraordinario y aún mejor amigo, que lo lleva siendo durante más años de los que puedo recordar. No sólo me dio sabios consejos, además me apoyó y creyó en mí cuando yo más lo necesitaba. A George Miller, director de cine y ganador de un Premio de la Academia, que un día entró en una oficina en la que estaba yo trabajando y me preguntó si me interesaría trabajar en un guión con él. Aquello supuso el inicio de un viaje, una búsqueda, hacia el interior del arte de contar historias que nunca ha cesado, y que probablemente continuará hasta que, como decíamos en *Mad*

Max 2: el guerrero de la carretera, «mi vida se apague y mi visión se oscurezca».

Debo dar las gracias a todo el equipo europeo de Secoma Group, sobre todo a Tony Field, Louise Knapp y Carolina Scavini —todos ellos consumados expertos del mundo de los negocios— por su amistad, su inquebrantable lealtad y su gran ayuda en cuestiones prácticas. Han cuidado de tantas cosas y me han ayudado de tantas maneras inesperadas que sé que nunca podré darles las gracias como se merecen. Soy consciente de que a un escritor no le conviene admitir algo así, pero es la verdad.

A François Micheloud y Clément Bucher, amigos y socios desde hace tiempo, que me han guiado por los entresijos de la vida en Suiza y gracias a eso han hecho nuestras vidas mucho más agradables e interesantes. Fue sugerencia de ellos que los acompañase a realizar una visita al campo de concentración de Natzweiler-Struthof, un lugar sombrío y terrible en el que pasé largo rato a solas contemplando la fotografía de una mujer que se dirigía con sus hijos hacia la cámara de gas, y allí fue donde nació el germen de la idea para una novela.

Emily Bestler tiene su propio sello en Atria, una división de Simon & Schuster. Su entusiasmo, su inteligencia y su apoyo —¡por no hablar de su paciencia!— han sido cruciales a lo largo del camino que ha seguido esta novela hasta su publicación. Ella adquirió el manuscrito cuando sólo llevaba escrita una tercera parte, y además se lo compró a un novelista novato, y no perdió la fe en ningún momento de los largos meses y las grandes dificultades que siguieron después. Muchas gracias, Emily.

También debo expresar mi gratitud a Judith Curr, la estimada presidenta y directora de Atria; a Ben Lee, encargado de *marketing*; a David Brown, que en mi opinión es un publicista sin parangón; a Jeanne Lee por su maravilloso trabajo de diseño; a Kate Cetrulo, editora asociada y autora de los correos electrónicos más concisos que he visto; a Megan Reid, una ayudante editorial que nunca ha perdido comba de todo lo que sucede en las redes sociales, y al resto del equipo de Emily Bestler Books/Atria por su intenso trabajo y por su gran profesionalidad.

También sería descortés por mi parte no dar las gracias a Carolyn Reidy, presidenta y directora ejecutiva de Simon & Schuster, que tuvo la amabilidad de leer *Soy Pilgrim* y de darme muchos ánimos justo cuando las dudas y el nerviosismo empezaban a hacerme decaer. Jamás lo olvidaré.

Bill Scott-Kerr es el director de Transworld en el Reino Unido, uno de cuyos sellos es Bantam Press. Su fe incondicional, sus incisivas notas y sus correcciones, su gran *marketing* y sus profundos conocimientos de los arcanos entresijos del mundo editorial —un tema digno de una novela de Dan Brown, a mi modo de ver— han sobrepasado todo cuanto yo podría haber esperado. O probablemente merecido.

Dada la habilidad y la dedicación que se han aplicado a la publicación de esta novela, sólo espero tener la oportunidad de seguir viajando por este camino tanto con Emily como con Bill —y con el resto del extraordinario equipo de Transworld, Random House, Atria y Simon & Schuster— durante muchos años más.

Debo hacer una mención especial de Steven Maat, de Holanda, que fue el primer editor no inglés que compró el manuscrito, en su caso también cuando sólo llevaba escritas doscientas páginas. Siempre he pensado que los holandeses eran gente valiente e inteligente, ¡y ahora ya no me cabe la menor duda! Aunque después de Steven han venido otros muchos editores extranjeros, el primero de todos fue él, y eso siempre lo recordaré.

Jay Mandel, de Nueva York, y Cathryn Summerhayes, de Londres, han representado el libro —y han contestado a innumerables correos electrónicos delirantes que les he enviado yo— siempre con amabilidad, inteligencia y la cantidad justa de dureza. Las dos son agentes literarias de WME y han llevado a cabo una labor realmente extraordinaria. Les deseo mucha prosperidad.

También he de dar las gracias a Danny Greenberg, de Los Ángeles, que lleva siendo mi amigo además de mi representante en el mundo del cine desde hace más años de los que seguramente ninguno de los dos quisiera calcular. El destino que aguarda a los derechos cinematográficos de la novela depende de él, y sé que no podría estar en mejores manos.

Don Steele corre un grave peligro de dar buena fama a los abogados. Abogado especializado en el mundo del espectáculo que trabaja en Hansen Jacobson, de Los Ángeles, es una de esas personas verdaderamente buenas —además de un excelente abogado—

en una ciudad en la que hay muy pocos ejemplos tanto de lo uno como de lo otro. No es de sorprender que trabaje en el bufete en que trabaja, porque Tom Hansen posee muy buen gusto, una gran inteligencia y se rodea de gente como él. Gracias a los dos.

Brian y Sandra Maki merecen mi especial gratitud por todo el apoyo que me han dado y la fe que han tenido, tanto en mí personalmente como en el proyecto, a lo largo de tantos años. Brian, lector voraz, examinó todos los borradores de la novela y siempre volvió trayendo un montón de sugerencias útiles y de correcciones gramaticales. Puede que no siempre estuviéramos de acuerdo en el uso correcto del idioma, pero eso no reduce en lo más mínimo su enorme aportación. Muchas gracias a los dos.

Jennifer Winchester ayudó de una forma que sólo yo mismo y mi familia sabemos apreciar plenamente. Paciente e imperturbable, siempre ha estado a mi disposición y nunca ha perdido los nervios ni se ha irritado, ni siquiera cuando yo daba muestras de sufrir de ambas cosas. Muchas gracias a ella y, sobre todo, a Marinka Bjelosovic, que ha trabajado con tanto ahínco en nuestro nombre durante los ocho últimos años. Estoy seguro de que a ella le ha parecido mucho más tiempo.

A mis hijos, Alexandra, Stephanie-Marie, Connor y Dylan, gracias por vuestro apoyo infinito y por vuestra fe incondicional. Vosotros hacéis que todo valga la pena. Debo hacer una mención especial de Dylan. Todas las mañanas entraba en mi despacho, echaba un vistazo a las páginas que había escrito durante la noche y hacía un gesto de asentimiento. «Lo estás haciendo muy bien, papá», me decía siempre. Tenía cuatro años, todavía no sabía leer, y no me cabe duda de que la suya seguirá siendo la crítica más entrañable que recibiré nunca.

Por último, a Kristen, mi esposa —mi mejor amiga, mi caja de resonancia, mi compañera en cada paso de este viaje—, gracias. Escuchó incontables ideas desacertadas, supo cómo ocultarlas con delicadeza, y siempre reconoció las buenas cuando yo tuve la suerte de tenerlas. Los errores que hay en el libro son todos míos, pero lo que pueda haber de bueno en él se debe en gran medida a Kristen. Yo jamás habría podido lograrlo sin su inquebrantable ayuda, consejo y aliento. *Soy Pilgrim* está dedicado, con amor, a ella.